Diogenes Taschenbuch 20261

de
te
be

Anton Čechov

Ein unbedeutender Mensch

Erzählungen 1883–1885

Aus dem Russischen von Gerhard Dick, Wolf Düwel und Ada Knipper

Herausgegeben und mit Anmerkungen von Peter Urban

Diogenes

Wolf Düwel übersetzte
›Das schwedische Zündholz‹
Alle übrigen Erzählungen
wurden von Gerhard Dick und
Ada Knipper übersetzt
Umschlagzeichnung von
Tomi Ungerer

Veröffentlicht als Diogenes Taschenbuch, 1976
Lizenzausgabe mit freundlicher
Genehmigung des Winkler Verlags
Übersetzungsrechte beim Verlag Rütten & Loening, Berlin

www.diogenes.ch
30/01/8/5
ISBN 3 257 20261 X

Inhalt

Freude

Es war Mitternacht.

Mitja Kuldarov stürmte aufgeregt und mit zerzaustem Haar in die elterliche Wohnung und rannte durch alle Zimmer. Die Eltern waren schon schlafen gegangen. Seine Schwester lag im Bett und las gerade die letzte Seite eines Romans. Seine Brüder, die Gymnasiasten, schliefen.

»Wo kommst du her?« fragten die Eltern erstaunt. »Was ist mit dir los?«

»Ach, fragt mich nicht! Das habe ich nie erwartet! Nein, das habe ich nie erwartet! Das ist ... das ist direkt unwahrscheinlich!«

Mitja fing an zu lachen und setzte sich in einen Sessel. Er konnte sich nicht mehr auf den Beinen halten vor Glück.

»Es ist unwahrscheinlich! Ihr könnt euch das nicht vorstellen! Schaut mal her!«

Die Schwester sprang aus dem Bett, hüllte sich in eine Decke und trat zu dem Bruder. Die Gymnasiasten wurden wach.

»Was ist mit dir los? Du siehst ja ganz verstört aus!«

»Das ist vor Freude, Mama! Jetzt kennt mich ganz Rußland! Ganz Rußland! Früher habt nur ihr allein gewußt, daß es auf dieser Welt einen Kollegienregistrator Dmitrij Kuldarov gibt, aber jetzt weiß es ganz Rußland! Mamachen! O Gott!«

Mitja sprang auf, lief durch alle Zimmer und setzte sich wieder.

»Was ist denn passiert? Sprich doch vernünftig!«

»Ihr lebt wie die wilden Tiere, lest keine Zeitung, schenkt der Öffentlichkeit keine Beachtung, und in den Zeitungen steht so viel Wissenswertes! Wenn was passiert, gleich wird es bekannt, nichts bleibt verborgen. Wie glücklich ich bin! O Gott! In den Zeitungen wird doch nur über berühmte Menschen geschrieben, und hier schreibt man auf einmal über mich!«

»Was sagst du da? Wo denn?«

Papa wurde blaß. Mama schaute auf das Heiligenbild und bekreuzigte sich. Die Gymnasiasten sprangen auf und liefen, so wie sie waren, nur in kurzen Nachthemden, zu ihrem älteren Bruder.

»Jawohl! Über mich hat man geschrieben! Jetzt kennt mich ganz Rußland! Mama, heben Sie bitte diese Nummer zum Andenken auf! Wir werden sie ab und zu lesen. Schaut mal her.«

Mitja zog eine Zeitung aus der Tasche, überreichte sie dem Vater und zeigte mit dem Finger auf eine mit Blaustift umrandete Stelle.

»Lesen Sie!«

Der Vater setzte die Brille auf.

»So lesen Sie doch!«

Die Mama schaute auf das Heiligenbild und bekreuzigte sich. Der Papa räusperte sich und begann zu lesen: »Am 29. Dezember, um elf Uhr abends, als der Kollegienregistrator Dmitrij Kuldarov...«

»Seht ihr, seht ihr? Weiter!«

»... der Kollegienregistrator Dmitrij Kuldarov in der Malaja Bronnaja die im Haus von Kozichin befindliche Bierschenke in betrunkenem Zustand verließ...«

»Das war ich mit Semën Petrovič ... Alles ist ganz genau beschrieben! Fahren Sie fort! Weiter! Hört zu!«

»... in betrunkenem Zustand verließ, rutschte er aus und fiel unter das Pferd des hier stehenden Droschkenkutschers, des Bauern Ivan Drotov aus dem Dorf Durykina, Kreis Juchnovsk. Das erschrockene Pferd schritt über Kuldarov hinweg und jagte, nachdem es den Schlitten, in dem der Moskauer Kaufmann der Zweiten Gilde Stepan Lukov saß, über den Betrunkenen hinweggezogen hatte, die Straße entlang, wurde aber von Hausknechten zum Stehen gebracht. Kuldarov, der zunächst bewußtlos war, wurde in das Polizeirevier geschafft und von einem Arzt untersucht. Der Schlag, den er auf den Hinterkopf erhalten hatte...«

»Das war von der Deichsel, Papa. Weiter! Lesen Sie weiter!«

»... den er auf den Hinterkopf erhalten hatte, erwies sich als leicht. Über das Vorgefallene wurde ein Protokoll aufgenommen. Dem Verletzten wurde medizinische Hilfe zuteil...«

»Man hat mir befohlen, den Hinterkopf mit kaltem Wasser anzufeuchten. Habt ihr es jetzt gelesen? Nun? Das ist doch was! Jetzt geht es durch ganz Rußland! Geben Sie her!«

Mitja nahm die Zeitung, legte sie zusammen und steckte sie in die Tasche.

»Ich werde zu den Makarov laufen und es ihnen zeigen ...

Dann muß ich es noch den Ivanickij zeigen, dann Natalja Ivanovna und Anisim Vasiljič ... Ich laufe! Lebt wohl!«

Mitja setzte die Mütze mit der Kokarde auf und lief triumphierend und freudestrahlend auf die Straße hinaus.

In der Barbierstube

Es ist früh am Morgen. Noch nicht sieben Uhr, doch die Barbierstube von Makar Kuzmič Blestkin ist schon geöffnet. Der Inhaber, ein junger Mann von etwa dreiundzwanzig Jahren, ungewaschen, schmutzig, aber stutzerhaft gekleidet, ist beim Aufräumen. Eigentlich gibt es hier gar nichts aufzuräumen, trotzdem ist er bei der Arbeit in Schweiß geraten. Bald wischt er etwas mit einem Läppchen weg, bald kratzt er etwas mit dem Fingernagel ab, bald findet er eine Wanze und fegt sie von der Wand.

Die Barbierstube ist klein, eng und unansehnlich. Die Balkenwände sind mit Tapeten beklebt, die an ein verschossenes Kutscherhemd erinnern. Zwischen zwei beschlagenen, Tränen vergießenden Fenstern befindet sich ein schmales knarrendes und altersschwaches Türlein, darüber ein von der Feuchtigkeit grün gewordenes Glöckchen, das von selbst und ohne jeden Grund zittert und kläglich bimmelt. Aber schauen Sie mal in den Spiegel, der an der einen Wand hängt, er verzerrt Ihre Physiognomie aufs erbarmungsloseste nach allen Seiten. Vor diesem Spiegel wird rasiert und das Haar geschnitten. Auf einem Tischchen, das genauso ungewaschen und schmutzig ist wie Makar Kuzmič selbst, findet man alles: Kämme, Scheren, Rasiermesser, für eine Kopeke Haarpomade, für eine Kopeke Puder, für eine Kopeke stark verdünntes Kölnischwasser. Und die ganze Barbierstube ist auch nicht mehr als fünfzehn Kopeken wert.

Über der Tür ertönt das Winseln des kläglichen Glöckchens, und die Barbierstube betritt ein älterer Mann in einem kurzen Schafspelz und Filzstiefeln. Sein Kopf und sein Hals sind in einen Frauenschal gewickelt.

Das ist Erast Ivanyč Jagodov, der Taufpate Makar Kuzmičs. Einst war er im Konsistorium als Wächter angestellt, jetzt aber wohnt er in der Nähe des Roten Teiches und befaßt sich mit Schlosserarbeiten.

»Makaruška, mein Schatz, guten Tag!« sagt er zu dem ins Aufräumen vertieften Makar Kuzmič.

Sie küssen sich. Jagodov zieht den Schal vom Kopf, bekreuzigt sich und nimmt Platz.

»Ist das eine Entfernung«, sagt er ächzend. »Ist das etwa ein Spaß? Vom Roten Teich bis zum Kalugaer Tor?«

»Wie ist Ihr Befinden?«

»Schlecht, mein Lieber. Ich hatte das hitzige Fieber.«

»Was Sie nicht sagen! Das hitzige Fieber!«

»Ja. Einen Monat war ich bettlägerig, dachte, ich müßte sterben. Habe die letzte Ölung erhalten. Jetzt fällt mir das Haar aus. Der Arzt hat mir befohlen, das Haar abschneiden zu lassen. Kommt neues Haar, sagt er, kräftiges. Und so habe ich mir überlegt: ich geh mal zu Makar. Statt zu jemand anders, ist es schon besser, man geht zum Verwandten. Er wird's besser machen und auch kein Geld nehmen. Ein bißchen weit ist es ja, das stimmt, aber was macht das schon? Ist wie ein Spaziergang.«

»Soll mir ein Vergnügen sein. Bitte sehr!«

Makar Kuzmič macht einen Kratzfuß und zeigt auf den Stuhl. Jagodov setzt sich, betrachtet sich im Spiegel und ist mit seinem Anblick sichtlich zufrieden: Der Spiegel zeigt eine schiefe Fratze mit Kalmückenlippen, stumpfer, breiter Nase und Augen, die auf der Stirn sitzen. Makar Kuzmič bedeckt die Schultern seines Kunden mit einem weißen Laken, das gelbe Flecken hat, und beginnt mit der Schere zu quietschen.

»Ich schneide alles ratzekahl runter«, sagt er.

»Natürlich. Daß ich wie ein Tatar aussehe, wie eine Bombe. Das Haar kommt dann dichter.«

»Wie geht's denn Tantchen?«

»Es geht ihr ganz gut. Neulich war sie bei Frau Majorin zur Entbindung. Man hat ihr einen Rubel gegeben.«

»So. Einen Rubel. Halten Sie das Ohr fest!«

»Halt schon. Paß auf, schneid es nicht ab. Au, das tut weh! Du ziehst mich an den Haaren.«

»Das macht nichts. In unserem Beruf ist das nun mal nicht anders. Und wie geht es Anna Erastovna?«

»Der Tochter? Ganz gut, springt herum. Vorige Woche, am Mittwoch, haben wir sie mit Šejkin verlobt. Warum bist du nicht gekommen?«

Die Schere hört auf zu quietschen. Makar Kuzmič läßt die Hände sinken und fragt erschrocken:

»Wen hat man verlobt?«

»Die Anna.«

»Wie ist das möglich? Mit wem denn?«

»Mit Šejkin, Prokofij Petrov. Seine Tante ist in der Zlato-Ustenskij-Gasse Wirtschafterin. Eine gute Frau. Wir sind natürlich alle froh, Gott sei Dank. In einer Woche ist Hochzeit. Komm hin, wir werden tüchtig feiern.«

»Aber wie ist das möglich, Erast Ivanyč?« sagt Makar Kuzmič blaß und erstaunt und zuckt mit den Achseln. »Wie ist so etwas möglich? Das ist ... das ist ganz unmöglich! Denn Anna Erastovna ... denn ich ... ich hegte Gefühle für sie, hatte Absichten ... Wie ist das möglich?«

»Na eben so. Wir haben sie halt verlobt. Ist ein guter Mensch.«

Auf Makar Kuzmičs Gesicht tritt kalter Schweiß. Er legt die Schere auf den Tisch und beginnt sich mit der Faust die Nase zu reiben.

»Ich hatte Absichten ...« sagt er. »Das ist unmöglich, Erast Ivanyč! Ich ... ich bin verliebt und habe einen Heiratsantrag gemacht ... Und Tantchen haben mir versprochen ... ich habe Sie immer wie einen Vater geachtet ... Das Haar schneide ich Ihnen immer umsonst. Ich habe Ihnen immer Gefälligkeiten erwiesen, und als mein Papa starb, haben Sie das Sofa und zehn Rubel genommen und mir nicht zurückgegeben. Erinnern Sie sich?«

»Wie sollte ich mich nicht erinnern? Ich erinnere mich. Aber was bist du denn für ein Bräutigam, Makar? Bist du etwa ein Bräutigam? Kein Geld, kein Stand, das Handwerk ist faul ...«

»Ist Šejkin denn reich?«

»Šejkin ist Mitglied vom Artel. Als Kaution hat er anderthalb Tausend hinterlegt ... So ist das, Bruderherz ... Kannst reden, was du willst, die Sache ist abgemacht ... Es gibt kein Zurück, Makaruška. Such dir eine andere Braut ... Die Welt ist groß und rund. Nun, schneide! Was stehst du da herum?«

Makar Kuzmič schweigt und steht regungslos da, dann zieht er ein Tüchlein aus der Tasche und beginnt zu weinen.

»Na, was denn«, tröstet ihn Erast Ivanyč. »Laß doch! Da heult er wie ein Weib! Mach meinen Kopf fertig, dann kannst du flennen. Nimm die Schere!«

Makar Kuzmič nimmt die Schere, schaut sie eine Minute lang verständnislos an und läßt sie auf den Tisch fallen. Seine Hände zittern.

»Ich kann nicht«, sagt er. »Jetzt kann ich nicht, es geht über meine Kraft. Ich unglücklicher Mensch! Und sie ist auch unglücklich! Wir liebten uns, waren miteinander versprochen, und böse Menschen haben uns erbarmungslos getrennt. Gehen Sie, Erast Ivanyč! Ich kann Sie nicht mehr sehen.«

»Dann komm ich morgen wieder, Makaruška. Morgen schneidest du fertig.«

»Schon gut.«

»Beruhige dich, und ich komme morgen zu dir, möglichst früh.«

Die eine Kopfhälfte von Erast Ivanyč ist kahlgeschoren, und er ähnelt einem Zuchthäusler. Es ist peinlich, mit so einem Kopf herumzulaufen, aber da ist nichts zu machen. Er wickelt den Schal um Kopf und Hals und verläßt die Barbierstube.

Allein geblieben, setzt sich Makar Kuzmič hin und weint leise weiter.

Am nächsten Tag, in aller Frühe, kommt Erast Ivanyč wieder.

»Was wünschen Sie?« fragt Makar Kuzmič kühl.

»Schneide fertig, Makaruška. Der halbe Kopf ist noch übriggeblieben.«

»Belieben das Geld im voraus zu geben. Umsonst schneide ich nicht.«

Erast Ivanyč geht fort, ohne ein Wort zu sagen, und bis heute hat er auf einer Kopfhälfte langes Haar, auf der anderen kurzes. Für Haarschneiden Geld auszugeben, hält er für Luxus, und er wartet, bis auf der geschorenen Seite die Haare von selbst nachwachsen. So hat er auch die Hochzeit mitgemacht.

Die Frau ohne Vorurteile

Ein Roman

Maksim Kuzmič Saljutov ist ein hochgewachsener, breitschultriger, stattlicher Mann. Seinen Körperbau kann man ohne weiteres als athletisch bezeichnen. Seine Kraft ist außergewöhnlich. Er biegt Zwanzigkopekenstücke, entwurzelt junge Bäume, hebt mit den Zähnen Gewichte und schwört, es gebe auf Erden keinen Menschen, der es wage, mit ihm zu ringen. Er ist tapfer und furchtlos. Nie hat man gesehen, daß er je vor etwas Angst gehabt hätte. Im Gegenteil, man hat vor ihm Angst und wird blaß, wenn er wütend ist. Männer und Frauen schreien auf und werden rot, wenn er ihnen die Hand drückt: es tut weh! Seinen wunderschönen Bariton kann man unmöglich überhören, weil er alles übertönt ... Ein Kraftmensch! Ich kenne keinen, der ihm ähnlich ist.

Und diese ungeheure, übermenschliche Kraft eines Stieres wurde zu einem Nichts, glich einer zerquetschten Ratte, als Maksim Kuzmič Fräulein Elena Gavrilovna eine Liebeserklärung machte. Maksim Kuzmič wurde abwechselnd rot und blaß, er zitterte und wäre nicht imstande gewesen, einen Stuhl zu heben, als er aus seinem großen Mund die Worte »Ich liebe Sie!« herauspressen mußte. Die Kraft war verschwunden, und der athletische Körper hatte sich in ein großes, leeres Gefäß verwandelt.

Er machte die Liebeserklärung auf der Eisbahn. Sie flatterte leicht wie eine Feder auf dem Eis umher, und er jagte ihr nach, zitterte, verging vor Liebe und konnte nur noch flüstern. Sein Gesicht trug den Stempel des Leidens ... Seine geschickten, flinken Beine knickten ein und kamen aus dem Konzept, wenn er ein anspruchsvolles Monogramm in das Eis gravieren wollte ... Sie meinen, er fürchtete einen Korb zu bekommen? O nein. Elena Gavrilovna liebte ihn und sehnte sich danach, daß er ihr sein Herz und seine Hand antragen würde. Es gab keinen Augenblick, wo sie, die kleine, hübsche Brünette, nicht vor Ungeduld verging ... Er war schon dreißig Jahre alt und hatte als Beamter keinen hohen Rang, Geld hatte er auch nicht besonders viel, aber dafür war er so schön, geistreich und geschickt! Er tanzte ausgezeichnet und war ein vortrefflicher Schütze. Keiner ritt besser als er. Bei einem gemeinsamen Spaziergang sprang er einmal über einen Graben, der sogar jedem englischen Rennpferd Schwierigkeiten bereitet hätte ...

Es war unmöglich, einen solchen Menschen nicht zu lieben.

Und er wußte, daß er geliebt wurde. Er war davon überzeugt. Er litt aber unter einem Gedanken ... Dieser Gedanke bedrückte ihn, er zwang ihn, sich wie ein Besessener aufzuführen, zu weinen, er ließ ihn weder ruhig trinken noch essen noch schlafen ... Er vergiftete sein Leben. Während Maksim Kuzmič Liebe schwor, rumorte der Gedanke in seinem Gehirn und pochte an seine Schläfen.

»Werden Sie meine Frau«, sagte er zu Elena Gavrilovna. »Ich liebe Sie rasend, schrecklich!«

Und gleichzeitig dachte er bei sich:

Habe ich das Recht, ihr Ehemann zu werden? Nein, ich habe es nicht. Wenn sie von meiner Herkunft wüßte, wenn jemand ihr von meiner Vergangenheit erzählte, sie würde mir eine Ohrfeige geben. Eine schimpfliche, unglückliche Vergangenheit. Angesehen, reich und gebildet, wie sie ist, würde sie auf mich pfeifen, wenn sie wüßte, was für ein Vogel ich bin.

Als Elena Gavrilovna ihm um den Hals fiel und ihre Liebe beteuerte, war er nicht glücklich.

Der Gedanke vergiftete alles ... Auf dem Heimweg von der Eisbahn biß er sich auf die Lippen und dachte: Ich bin ein Schuft! Wäre ich ein ehrlicher Mensch, hätte ich ihr alles erzählt ... alles! Ich hätte sie, bevor ich ihr meine Liebe erklärte, in mein Geheimnis einweihen müssen! Aber ich habe das nicht getan, also bin ich ein Halunke, ein Schuft!

Elena Gavrilovnas Eltern stimmten der Ehe mit Maksim Kuzmič zu. Der Athlet gefiel ihnen: er war ein höflicher Mensch, und als Beamter berechtigte er zu den besten Hoffnungen. Elena Gavrilovna schwebte im siebenten Himmel. Sie war glücklich. Dafür aber war der arme Athlet alles andere als glücklich. Bis zu der Hochzeit quälte ihn derselbe Gedanke wie während der Liebeserklärung ...

Auch ein Freund, der Kuzmičs Vergangenheit wie seine Westentasche kannte, quälte ihn ... Er mußte für diesen Freund fast sein ganzes Gehalt ausgeben.

»Spendier mir ein Mittagessen in der Eremitage«, sagte der Freund. »Sonst erzähle ich jedem ... Und borge mir fünfundzwanzig Rubel.«

Der arme Maksim Kuzmič magerte zusehends ab ... Seine Wangen fielen ein, seine Fäuste wurden sehnig. Der Gedanke machte ihn krank. Wenn die geliebte Frau nicht gewesen wäre, er hätte sich erschossen ...

Ich bin ein Schuft, ein Schurke! dachte er. Ich muß mich mit ihr vor der Hochzeit aussprechen! Soll sie auf mich pfeifen!

Aber bis zur Hochzeit sprach er sich nicht aus, es fehlte ihm an Mut. Und der Gedanke, er würde nach dem Geständnis gezwungen sein, sich von der geliebten Frau zu trennen, war für ihn schrecklicher als alles ...

Der Hochzeitsabend kam. Die jungen Leute wurden getraut, man gratulierte ihnen, und alle staunten über ihr Glück. Der arme Maksim Kuzmič nahm die Gratulationen entgegen, er trank, tanzte und lachte, aber er war sehr unglücklich: Ich werde mich zu einem Geständnis zwingen. Wir sind zwar vermählt, aber es ist noch nicht zu spät ... Wir können uns noch trennen.

Und er sprach sich aus ...

Als die heißersehnte Stunde gekommen war und man die Neuvermählten zum Schlafzimmer geleitet hatte, siegten das Gewissen und die Ehrlichkeit ... Maksim Kuzmič war wie von Sinnen, er trat bleich, zitternd, kaum atmend und schüchtern zu ihr, nahm sie bei der Hand und sagte: »Bevor wir einander ... angehören, muß ich ... muß ich dir etwas gestehen ...«

»Was ist dir, Maks? Du bist ja so blaß! Die ganzen Tage warst du so blaß und schweigsam ... Bist du krank?«

»Ich ... muß dir alles erzählen, Lëlja ... Setzen wir uns ... Ich muß dich erschrecken, dein Glück vergiften ... aber es läßt sich nicht ändern. Die Pflicht geht über alles ... Ich werde dir meine Vergangenheit erzählen ...«

Lëlja machte große Augen und lächelte ...

»Nun, so erzähle ... Aber ein bißchen schnell, bitte. Und zittere nicht so.«

»Ich wurde in Tam-tam-bov ge-ge-boren. Meine Eltern waren einfache Leute und furchtbar arm ... Ich werde dir erzählen, was ich für ein Vogel bin. Du wirst entsetzt sein. Warte ... Du wirst schon sehen ... Ich war ein Bettler ... Als Junge verkaufte ich Äpfel und Birnen ...«

»Du?!«

»Du bist entsetzt? Aber, Liebste, das ist noch nicht so schrecklich. O ich Unglücklicher! Sie werden mich verfluchen, wenn Sie es erfahren!«

»Aber was denn?«

»Mit zwanzig Jahren ... war ich ... war – verzeihen Sie mir! Jagen Sie mich nicht fort! Ich war ... Clown in einem Zirkus!«

»Du? Ein Clown?«

Saljutov verbarg sein bleiches Gesicht in den Händen, er erwartete eine Ohrfeige ... Er war einer Ohnmacht nahe ...

»Du ... ein Clown?«

Und Lëlja fiel vom Sofa ... sprang auf, lief hin und her ... Was war mit ihr? Sie hielt sich den Bauch ... Und durch das Schlafzimmer tönte und fegte ein beinahe hysterisches Lachen ...

»Hahaha ... Du warst Clown? Du? Maksimka ... Mein Liebster! Spiel mir etwas vor! Beweise, daß du es warst! Hahaha! Mein Liebster!«

Sie sprang zu Saljutov hin und umarmte ihn ...

»Spiel mir was vor! Lieber! Mein Liebster!«

»Du lachst, Unglückliche? Verachtest mich?«

»Mach doch was. Kannst du auf dem Seil gehen? Ist denn so etwas möglich?«

Sie bedeckte das Gesicht ihres Mannes mit Küssen, schmiegte sich an ihn, schmeichelte ... Es war nicht zu merken, daß sie etwa böse war ... Er begriff nichts, aber er war glücklich und gab den Bitten seiner Frau nach.

Er ging ans Bett, zählte bis drei und stand auf dem Kopf, wobei er sich mit der Stirn auf den Bettrand stützte ...

»Bravo, Maks! Noch einmal! Haha! Mein Liebster! Noch mal!«

Maks schaukelte ein wenig, sprang in derselben Stellung auf den Fußboden und lief auf den Händen ...

Am nächsten Morgen waren Lëljas Eltern höchst erstaunt. »Wer poltert denn da oben so?« fragten sie einander. »Die jungen Leute schlafen doch noch ... Wahrscheinlich sind die Dienstboten so ausgelassen ... Wie sie herumwirtschaften! Diese Halunken!«

Papa ging nach oben, aber Dienstboten fand er dort keine.

Zu seinem großen Erstaunen kam der Lärm aus dem Zimmer der Neuvermählten ... Er blieb eine Zeitlang an der Tür stehen und öffnete sie dann achselzuckend ein wenig ... Als er in das Schlafzimmer blickte, fuhr er zusammen und wäre vor Schreck beinahe gestorben: Mitten im Schlafzimmer stand Maksim Kuzmič und vollführte in der Luft einen tollkühnen Salto mortale, neben ihm stand Lëlja und klatschte Beifall. Die Gesichter der beiden strahlten vor Glück.

Die Bittstellerin

Eine kleine Episode aus dem Leben der ›gnädigen Herren‹

Auf dem satten, glänzenden Gesicht eines gnädigen Herrn malte sich tödliche Langeweile. Er hatte sich eben aus den Umarmungen des mittäglichen Morpheus gelöst und wußte nicht, was er anfangen sollte. Er mochte weder denken noch gähnen ... Seit undenklichen Zeiten war er des Lesens überdrüssig, für das Theater war es noch zu früh, zum Spazierenfahren war er zu faul ... Was tun? Womit sich zerstreuen?

»Ein unbekanntes Fräulein ist gekommen«, meldete Egor. »Sie fragt nach Ihnen.«

»Ein Fräulein? Hm ... Wer kann denn das sein? Ist übrigens ganz gleich, bitte sie herein ...«

In das Zimmer trat leise eine hübsche Brünette, einfach gekleidet ... sogar sehr einfach ... Sie kam herein und grüßte.

»Entschuldigen Sie«, begann sie mit zitterndem Diskant. »Ich, wissen Sie ... Man hat mir gesagt, daß man Sie ... Sie nur um sechs Uhr antreffen kann ... Ich ... ich ... bin die Tochter des Hofrates Palcev ...«

»Sehr angenehm! Setzen Sie sich! Womit kann ich dienen? Setzen Sie sich, genieren Sie sich nicht!«

»Ich komme zu Ihnen mit einer Bitte ...« fuhr das Fräulein fort, setzte sich ungeschickt und drehte mit bebenden Fingern an ihren Knöpfen. »Ich bin gekommen ... um bei Ihnen eine Freifahrkarte für die Reise in meine Heimat zu erbitten ... Wie ich hörte, geben Sie ... Ich möchte gern hinfahren, aber ich habe ... ich bin nicht reich ... Ich will von Petersburg nach Kursk ...«

»Hm ... Soso ... Und warum wollen Sie nach Kursk fahren? Gefällt es Ihnen etwa hier nicht?«

»Nein, es gefällt mir hier, aber wissen Sie ... die Eltern. Ich möchte zu meinen Eltern. Schon lange war ich nicht mehr bei ihnen ... Man schreibt, Mama sei krank ...«

»Hm ... Sind Sie hier in Stellung oder studieren Sie?«

Das Fräulein erzählte, wo und bei wem sie in Stellung war, wieviel Gehalt sie bekam und wieviel Arbeit sie hatte ...

»So ... Sie sind in Stellung ... Ja, man kann nicht sagen, daß Ihr Gehalt groß ist ... Das kann man nicht sagen ... Es wäre unmenschlich, Ihnen keine Freifahrkarte zu geben ... Hm ... Sie wollen also zu den Eltern ... Nun, und in Kursk haben Sie gewiß eine Liebelei, ja? Eine kleine Liebschaft? Hehehe ... Einen Bräutigam? Sie sind ja ganz rot geworden! Nun, was ist schon dabei ... Ist doch eine gute Sache. Fahren Sie nur. Für Sie ist es Zeit zum Heiraten ... Und was ist er?«

»Beamter ...«

»Das ist gut. Fahren Sie nach Kursk ... Man sagt, daß es schon hundert Verst vor Kursk nach Kohlsuppe riecht und daß dort überall Schaben herumkriechen ... Hehehe ... Es ist gewiß langweilig in diesem Kursk? Nehmen Sie doch den Hut ab! Nun, so genieren Sie sich nicht! Egor, bring uns Tee! Es ist gewiß langweilig in diesem ... hm, hm, hm, wie heißt es gleich ... Kursk?«

Das Fräulein, das eine so freundliche Aufnahme nicht erwartet hatte, strahlte und beschrieb dem gnädigen Herrn alle Zerstreuungen, die es in Kursk gab ... Sie erzählte, daß einer ihrer Brüder Beamter sei und ein Onkel Lehrer und daß ihre Vettern das Gymnasium besuchen würden ... Egor servierte Tee ... Das Fräulein streckte schüchtern die Hand nach dem Glas aus, und aus Angst, zu schlürfen, schluckte sie lautlos ... Der gnädige Herr schaute sie an und schmunzelte ... Er fühlte plötzlich keine Langeweile mehr ...

»Sieht Ihr Bräutigam gut aus?« fragte er. »Und wie haben Sie sich kennengelernt?«

Das Fräulein antwortete auf beide Fragen verlegen. Sie rückte vertraulich an den gnädigen Herrn und erzählte lächelnd, wie hier in Petersburg die jungen Männer um sie geworben hätten und wie sie ihnen einen Korb gegeben habe ... So redete sie lange. Zum Schluß nahm sie einen Brief ihrer Eltern aus der Tasche und las ihn dem gnädigen Herrn vor.

Die Uhr schlug acht.

»Ihr Vater hat keine schlechte Handschrift ... Mit was für Schnörkeln er schreibt! Hehe ... Aber nun ist es Zeit für mich ... Das Theater hat schon begonnen ... Leben Sie wohl, Marja Efimovna!«

»So darf ich hoffen?« fragte das Fräulein und erhob sich.

»Worauf denn?«

»Daß Sie mir eine Freifahrkarte geben ...«

»Eine Fahrkarte? Hm ... Ich habe keine Fahrkarten. Sie

haben sich wahrscheinlich geirrt, gnädiges Fräulein ... Hehehe ... Sie sind in den falschen Eingang geraten ... neben mir wohnt tatsächlich so ein Eisenbahner, aber ich arbeite in einer Bank. Egor, laß einspannen! Leben Sie wohl, ma chère Marja Semënovna! Ich habe mich gefreut ... sehr gefreut ...«

Das Fräulein zog sich an und ging fort ... An dem anderen Eingang wurde ihr gesagt, daß *er* um halb acht nach Moskau gefahren sei.

Eine grausame Lektion

Neulich bat ich die Gouvernante meiner Kinder zu mir ins Arbeitszimmer, um mit ihr abzurechnen.

»Setzen Sie sich, Julija Vasiljevna«, sagte ich zu ihr. »Wir wollen abrechnen. Sie brauchen bestimmt Geld, aber Sie genieren sich so, daß Sie selbst nicht danach fragen. Na ja ... Wir hatten dreißig Rubel im Monat vereinbart ...«

»Vierzig ...«

»Nein, dreißig ... Ich habe es mir aufgeschrieben ... Ich habe den Gouvernanten immer dreißig gezahlt ... Nun, Sie haben zwei Monate hier gelebt ...«

»Zwei Monate und fünf Tage ...«

»Genau zwei Monate ... So habe ich es mir aufgeschrieben. Es stehen Ihnen also sechzig Rubel zu ... Davon gehen neun Sonntage ab, denn Sie haben doch Kolja sonntags nicht unterrichtet, sondern sind spazierengegangen ... und drei Feiertage ...«

Julija Vasiljevna wurde rot und zupfte an ihrem Ärmel, aber – sie sagte kein Wort!

»Drei Feiertage ... Folglich gehen zwölf Rubel ab ... Vier Tage war Kolja krank und ohne Unterricht ... Sie haben nur Varja unterrichtet ... Drei Tage lang hatten Sie Zahnschmerzen, und meine Frau erlaubte Ihnen, den Unterricht nach dem Mittagessen ausfallen zu lassen ... Zwölf und sieben macht neunzehn. Subtrahiert, bleiben ... hm ... einundvierzig Rubel. Stimmt's?«

Das linke Auge von Julija Vasiljevna rötete sich und füllte sich mit Tränen. Ihr Kinn begann zu zittern. Sie hüstelte nervös und schneuzte sich, aber – sie sagte kein Wort!

»Zu Neujahr zerschlugen Sie eine Teetasse nebst Untertasse.

Gehen zwei Rubel ab ... Die Tasse kostet mehr, sie ist ein Familienstück, aber ... meinetwegen. Ist schließlich auch nicht so schlimm. Dann kletterte Kolja, weil Sie nicht aufpaßten, auf einen Baum und zerriß sich den Rock ... Zehn weniger ... Das Stubenmädchen hat, ebenfalls durch Ihre Unachtsamkeit, Varja die Schuhe gestohlen. Sie müssen auf alles aufpassen. Sie bekommen dafür Gehalt. Also gehen noch mal fünf ab ... Am 10. Januar haben Sie sich von mir zehn Rubel geliehen ...«

»Ich habe mir nichts geliehen«, flüsterte Julija Vasiljevna.

»Aber ich habe es mir doch aufgeschrieben.«

»Nun, dann ... gut.«

»Einundvierzig weniger siebenundzwanzig – bleiben vierzehn ...«

Beide Augen hatten sich mit Tränen gefüllt ... Auf das lange, hübsche Näschen trat der Schweiß. Armes Mädchen!

»Ich habe mir nur einmal etwas geliehen«, sagte sie mit bebender Stimme. »Ich habe mir bei Ihrer Gattin drei Rubel geliehen ... mehr nicht ...«

»Ja? Sieh mal an, und das habe ich nicht mal aufgeschrieben. Gehen von vierzehn noch drei ab, bleiben elf ... Hier ist Ihr Geld, meine Liebe. Drei, drei, drei, eins und ein ... Nehmen Sie!«

Und ich gab ihr elf Rubel ... Sie nahm sie und steckte sie mit zitternden Fingern in ihre Tasche.

»Merci«, flüsterte sie.

Ich sprang auf und lief durchs Zimmer. Mich packte die Wut.

»Wofür denn merci?« fragte ich.

»Für das Geld ...«

»Aber ich habe Sie doch betrogen, zum Teufel, ausgeplündert habe ich Sie! Ich habe Sie doch bestohlen! Wofür denn merci?«

»In den anderen Stellungen hat man mir überhaupt nichts gegeben ...«

»Nichts gegeben? Kein Wunder! Ich habe mit Ihnen gescherzt, eine grausame Lektion habe ich Ihnen erteilt ... Ich werde Ihnen die ganzen achtzig geben! Sie liegen da im Kuvert für Sie bereit. Aber kann man denn so ein Duckmäuser sein? Weshalb protestieren Sie nicht? Weshalb schweigen Sie? Auf dieser Welt muß man Haare auf den Zähnen haben. Kann man denn solch ein Waschlappen sein?«

Sie lächelte sauer, und ich las auf ihrem Gesicht: Man kann!

Ich bat sie wegen der grausamen Lektion um Verzeihung und gab ihr, zu ihrer großen Verwunderung, die ganzen achtzig Rubel. Sie bedankte sich schüchtern und ging hinaus... Ich sah ihr nach und dachte: Es ist leicht, auf dieser Welt mächtig zu sein!

Der Triumph des Siegers

Erzählung eines pensionierten Kollegienregistrators

Am Freitag in der Butterwoche begaben sich alle zu Aleksej Ivanyč Kozulin Plinsen essen. Sie kennen Kozulin nicht, für Sie ist er vielleicht eine Null, ein Nichts, jedoch für unsereinen, der nicht in höheren Regionen schwebt, ist er groß, allmächtig und allwissend. Also zu ihm begaben sich alle, die sozusagen sein Piedestal bildeten. Auch mein Papa und ich gingen hin.

Ich kann Ihnen, werter Herr, gar nicht beschreiben, wie großartig die Plinsen waren: weich, locker und knusprig. Nimmt man eine, taucht sie in die heiße Butter und ißt sie auf, kriecht die andere, weiß der Teufel, von selbst in den Mund. Als Details, Ornamente und Kommentare waren da: saure Sahne, frischer Kaviar, Lachs und geriebener Käse. Dazu ein ganzes Meer von Weinen und Schnäpsen. Nach den Plinsen aßen wir eine Störsuppe und nach der Störsuppe Rebhühner mit Soße. Wir hatten uns so vollgestopft, daß mein Papa heimlich die Knöpfe über seinem Bauch öffnete, und damit keiner diesen Liberalismus bemerkte, breitete er eine Serviette darüber. Aleksej Ivanyč, dem alles erlaubt ist, weil er unser Vorgesetzter ist, knöpfte Weste und Hemd auf. Nach dem Mittagessen rauchten wir, ohne von der Tafel aufzustehen, mit Erlaubnis der Obrigkeit Zigarren und plauderten. Wir hörten zu, und Seine Exzellenz, Aleksej Ivanyč, sprach. Die Sujets hatten meist einen humoristischen, der Faschingszeit angemessenen Charakter ... Der Vorgesetzte erzählte und wollte offenbar als geistreich erscheinen. Ich weiß nicht, ob er etwas Komisches sagte, ich erinnere mich nur, daß Papa mich dauernd in die Seite stieß und sagte:

»Lache!«

Ich riß den Mund weit auf und lachte. Einmal kreischte ich sogar vor Lachen, womit ich die allgemeine Aufmerksamkeit auf mich lenkte.

»So ist's recht«, flüsterte Papa. »Bravo! Er sieht dich an und lacht ... Das ist gut so; vielleicht gibt er dir doch die Stelle des Schriftführergehilfen!«

»Nun ja«, sagte unter anderem Kozulin, unser Vorgesetzter, keuchend und schweratmend. »Jetzt esse ich Plinsen, nehme nur den allerfrischesten Kaviar, liebkose eine weißhäutige Frau. Und meine Töchter sind solche Schönheiten, daß nicht nur ihr Heuchler euch umschaut und seufzt, sondern sogar Fürsten und Grafen. Und meine Wohnung? Hehehe ... Das ist es eben! Murrt und klagt auch ihr nicht, solange das Ende noch nicht abzusehen ist! Alles ist möglich, auch allerlei Veränderungen kann es geben ... Heute, angenommen, bist du ein Nichts, eine Null, ein Staubkörnchen ... ein Rosinchen – aber wer weiß? Vielleicht, mit der Zeit ... da wirst du Menschenschicksale beim Schopf fassen. Alles ist möglich!«

Aleksej Ivanyč schwieg eine Weile, schüttelte den Kopf und fuhr fort:

»Aber was war denn früher, früher! Wie? Mein Gott! Man möchte seinem eigenen Gedächtnis nicht trauen. Ohne Schuhe, in zerrissenen Hosen, mit Angst und Bangen ... Für einen Rubel mußte man zwei Wochen arbeiten. Aber diesen Rubel gibt man dir nicht, o nein! Man knüllt ihn zusammen und schmeißt ihn dir ins Gesicht: friß! Und jeder kann dich zerschmettern, aufspießen, dir einen Schlag versetzen ... Jeder kann dich in Verlegenheit bringen ... Gehst du Bericht erstatten und guckst, da steht so ein Köter an der Tür. Du trittst an diesen Köter heran und sagst: ›Gib Pfötchen, gib Pfötchen ... Verzeihung, daß ich vorbeigegangen bin. Guten Morgen!‹ Aber der Köter: ›Rrr ...‹ Der Portier stößt dich mit dem Ellenbogen. Und du sagst zu ihm: ›Ich habe kein Kleingeld, Ivan Potapyč. Entschuldigen Sie!‹ Aber die meisten Erniedrigungen mußte ich von diesem Räucheraal, von diesem ... Krokodil da ertragen! Von diesem Heuchler da, von Kuricyn!«

Und Aleksej Ivanyč zeigte auf einen kleinen, krummen alten Mann, der neben meinem Papa saß. Der Alte zwinkerte mit den müden Äuglein und rauchte widerwillig eine Zigarre. Gewöhnlich raucht er nicht, aber wenn die Obrigkeit ihm eine Zigarre anbietet, so hält er es nicht für angebracht, diese abzuschlagen. Als er den auf ihn gerichteten Finger erblickte, wurde er furchtbar verlegen und rutschte auf seinem Stuhl hin und her.

»Durch diesen Heuchler habe ich viel leiden müssen«, fuhr Kozulin fort. »Er war doch mein erster Vorgesetzter. Man brachte mich, einen ganz stillen, unscheinbaren, unbedeutenden Jungen, zu ihm und setzte mich an seinen Tisch. Und er begann mich zu schikanieren ... Jedes Wort – ein scharfes Messer, jeder Blick – eine Kugel in die Brust. Jetzt sieht er so armselig wie ein Würmchen aus, aber was war er früher! Ein Neptun! Öffne dich, Himmel! Lange hat er mich gequält. Und ich habe für ihn geschrieben, Pasteten geholt, Federn beschnitten, seine alte Schwiegermutter habe ich ins Theater geführt. Jede Gefälligkeit habe ich ihm erwiesen. Tabak schnupfen habe ich sogar gelernt! Na ... Und alles für ihn ... Es geht nicht anders, dachte ich, es muß sein, ich muß die Tabaksdose ständig bei mir haben, falls er danach fragt. Kuricyn, erinnerst du dich? Eines Tages kommt meine verstorbene Mutter zu ihm, und sie, die Greisin, bittet ihn, er möchte das Söhnchen, das heißt mich, für zwei Tage beurlauben, um bei der Tante eine Erbschaft zu teilen. Da fällt er über sie her, glotzt sie an und schreit: ›Er ist mir ein Faulpelz, ein Schmarotzer, was guckst du, dumme Gans ... Er kann noch mal vors Gericht kommen!‹ Die alte Frau ging nach Hause und legte sich hin, sie erkrankte von dem Schreck, sie wäre damals beinahe gestorben ...«

Aleksej Ivanyč wischte sich mit einem Tüchlein die Augen und trank auf einen Zug ein Glas Wein aus.

»Er hatte vor, mich mit seiner Tochter zu verheiraten, aber ich erkrankte um diese Zeit ... zum Glück an Fieber, ein halbes Jahr lag ich im Krankenhaus. So war es einmal! So hat man gelebt! Und jetzt? Fff! Jetzt bin ich ... jetzt stehe ich über ihm ... Er führt meine Schwiegermutter ins Theater, er reicht mir die Tabaksdose, und da raucht er eine Zigarre. Hehehe ... jetzt kriegt er von mir Pfeffer ... Pfeffer! Kuricyn!«

»Was belieben?« fragte Kuricyn, erhob sich und stand stramm.

»Spiel uns eine Tragödie vor!«

»Zu Befehl!«

Kuricyn machte ein finsteres Gesicht, hob den Arm, schnitt eine Grimasse und sang mit heiserer, klirrender Stimme:

»Stirb, Treulose! Ich lechze nach Blllut!«

Wir bogen uns vor Lachen.

»Kuricyn! Iß dies Stück Brot da mit Pfeffer!«

Der schon gesättigte Kuricyn nahm ein großes Stück Roggenbrot, bestreute es mit Pfeffer und kaute es unter lautem Gelächter.

»Die Zeiten ändern sich«, fuhr Kozulin fort. »Setz dich, Kuricyn! Wenn wir aufstehen, wirst du uns etwas vorsingen ... Damals du, und jetzt ich ... Ja ... Da ist nun die Alte auch gestorben ... Ja.«

Kozulin stand auf und schwankte ...

»Und ich mußte schweigen, weil ich klein und unscheinbar war ... Peiniger ... Barbaren ... Aber jetzt bin ich dran ... Hehehe ... Doch nun du! Du! Man spricht mit dir, du Milchbart!«

Und Kozulin wies mit dem Finger auf Papa.

»Lauf um den Tisch herum und kräh wie ein Hahn!«

Mein Papa lächelte, errötete vor Vergnügen und trippelte um den Tisch herum. Ich hinterdrein.

»Kikeriki!« krähten wir beide laut und liefen immer schneller.

Ich lief und dachte: Ich werde bestimmt Schriftführergehilfe!

Der gescheite Hausknecht

Mitten in der Küche stand der Hausknecht Filipp und hielt eine Lektion. Die Diener, der Kutscher, zwei Stubenmädchen, der Koch, die Köchin und zwei Küchenjungen, seine eigenen Kinder, hörten ihm zu. Jeden Morgen predigte er über irgend etwas; an diesem Morgen war die Bildung das Thema seiner Rede.

»Und ihr lebt alle wie so ein Schweinevolk«, sprach er und hielt eine Mütze mit einem Blechschild in der Hand. »Ihr sitzt hier herum, und man merkt euch keine Zivilisation an, nur Unwissenheit. Miška spielt Dame, Matrëna knackt Nüsse, Nikifor grinst. Wo bleibt da der Verstand? Das kommt nicht vom Verstand, sondern von der Dummheit. Ihr habt eben keine geistigen Fähigkeiten! Und warum?«

»Das stimmt tatsächlich, Filipp Nikandryč«, bemerkte der Koch. »Man weiß doch, was für einen Verstand wir haben. Einen bäuerlichen. Können wir denn da was verstehen?«

»Und warum habt ihr keine geistigen Fähigkeiten?« fuhr der Hausknecht fort. »Weil ihr Brüder nicht den richtigen Standpunkt findet. Bücher lest ihr keine, und was das Schreiben betrifft, dafür habt ihr schon gar keinen Sinn. Solltet euch ein Büchlein nehmen, solltet euch hinsetzen und ein bißchen lesen. Ihr könnt doch lesen und schreiben, werdet euch auch in der Druckschrift auskennen. Du, Miša, könntest ein Büchlein nehmen und hier vorlesen. Für dich ist es von Nutzen, und auch den anderen ist es angenehm. Und in den Büchern verbreitet man sich über so allerhand. Dort findet man etwas über die Natur, über die Göttlichkeit und über die Länder der Erde. Was aus was gemacht wird, und in was für Sprachen das verschiedene Volk spricht. Und über Götzendienst ebenfalls. Alles findet man in den Büchern, wenn man nur Lust dazu hat. Aber ihr sitzt am Ofen, freßt und sauft. Wie das Vieh, das unanständige! Pfui!«

»Nikandryč, es ist Zeit, auf Wache zu gehen«, bemerkte die Köchin.

»Das weiß ich selbst. Du brauchst mich nicht zu belehren. So zum Beispiel, nehmen wir mal mich. Was ist die Beschäftigung in meinem Greisenalter? Womit kann ich meine Seele ergötzen? Es gibt nichts Besseres als ein Büchlein oder eine Zeitung. Gleich geh ich auf Wache. Etwa drei Stunden sitze ich am Tor. Denkt ihr, ich gaffe da herum oder schwatze mit den Weibern Unsinn? N-nein, so einer bin ich nicht! Ich nehme mir ein Büchlein mit, setz mich hin und lese mit großem Vergnügen. So ist's.«

Filipp holte ein zerlesenes Büchlein aus dem Schrank und steckte es in die Brusttasche.

»Da ist sie, meine Beschäftigung. Von klein auf bin ich's so gewohnt. Wissen ist Licht – Unwissenheit Finsternis, habt ihr's gehört? So ist's . . .«

Filipp setzte die Mütze auf, ächzte und verließ murmelnd die Küche. Er ging vors Tor, setzte sich auf die Bank und machte ein Gesicht, finster wie eine Wolke.

»Das sind doch keine Menschen, das sind irgendwelche Chemiker, schweinische«, brummte er vor sich hin und dachte dabei immer an das Küchenvolk.

Nachdem er sich beruhigt hatte, zog er das Büchlein aus der Tasche, seufzte würdevoll und machte sich ans Lesen.

Besser kann man's gar nicht schreiben, dachte er, als er die erste Seite gelesen hatte, und drehte dabei den Kopf hin und her. Den Seinen gibt's der Herr im Schlaf!

Das Büchlein war gut, eine Moskauer Ausgabe: »Der Anbau

von Wurzelgewächsen. Brauchen wir Steckrüben?« Nachdem der Hausknecht die ersten beiden Seiten gelesen hatte, nickte er vielsagend und räusperte sich.

»Richtig geschrieben!«

Nach der dritten Seite wurde Filipp nachdenklich. Er wollte an die Bildung denken und aus irgendeinem Grund auch an die Franzosen. Sein Kopf sank auf die Brust, die Ellenbogen stützten sich auf die Knie. Die Augen fielen ihm zu.

Und Filipp hatte einen Traum. Alles, so kam es ihm vor, hatte sich verändert: Die Erde ist zwar dieselbe geblieben, auch die Häuser und Tore sind wie früher, aber die Menschen sind ganz anders geworden. Alle Menschen sind klug, es gibt keinen einzigen Dummkopf mehr, und auf den Straßen laufen lauter Franzosen herum, und nur Franzosen. Sogar der Wasserträger räsoniert: »Ich bin, offen gesagt, mit dem Klima sehr unzufrieden und möchte mal auf das Thermometer schauen«, und er hält ein dickes Buch in der Hand.

»Lies doch mal den Kalender«, sagte Filipp zu ihm.

Die Köchin ist dumm, aber auch sie mischt sich in die klugen Gespräche ein und macht ihre Bemerkungen. Filipp geht zum Revier, um die Mieter anzumelden, und sonderbar, sogar an diesem gestrengen Ort spricht man nur Gescheites, und überall auf den Tischen liegen Bücher. Aber da tritt jemand an den Lakaien Miša heran, stößt ihn an und schreit:

»Schläfst du? Ich frage dich: schläfst du?«

»Du schläfst auf Wache, du Trottel?« hört Filipp eine fremde Donnerstimme. »Du schläfst, du Halunke, du Rindvieh?«

Filipp sprang auf und rieb sich die Augen; vor ihm stand der Gehilfe des Reviervorstehers.

»Was? Du schläfst? Ich werde dich bestrafen, du Bestie! Ich werde dir zeigen, wie man auf Wache schläft, du Schweineschnauze!«

Zwei Stunden danach wurde der Hausknecht aufs Revier bestellt. Dann kam er wieder in die Küche. Hier saßen alle, gerührt von seinen Belehrungen, um den Tisch herum und hörten Miša zu, der etwas buchstabierte.

Mit finsterem, rotem Gesicht ging Filipp zu Miša, schlug mit dem Fausthandschuh auf das Buch und sagte mißmutig:

»Laß das!«

Ein Fall aus der Gerichtspraxis

Die Sache trug sich im Kreisgericht von N. zu, in einer der letzten Verhandlungen.

Auf der Anklagebank saß der Kleinbürger Sidor Šelmecov, ein junger Mann von etwa dreißig Jahren mit einem lebhaften Zigeunergesicht und spitzbübischen Äuglein. Er wurde des Einbruchdiebstahls, verschiedener Gaunereien und des Aufenthalts mit falschem Paß beschuldigt. Die letztgenannte Gesetzwidrigkeit wurde noch durch die Führung ihm nicht zukommender Titel verschärft.

Der Staatsanwalt erhob Anklage. Er hat einen ganz gewöhnlichen Namen. Besondere Kennzeichen oder Eigenarten, die ihm Popularität und ein solides Honorar eingetragen hätten, besitzt er keine: er fällt unter seinesgleichen nicht auf. Er redet durch die Nase, kann den Buchstaben K nicht aussprechen und schneuzt sich alle Augenblicke.

Der Verteidiger aber ist ein hochberühmter, weithin bekannter Advokat. Diesen Advokaten kennt die ganze Welt. Man zitiert seine wundervollen Reden, seinen Namen nennt man voller Ehrfurcht ...

In schlechten Romanen, die mit der völligen Rechtfertigung des Helden und dem Beifall des Publikums enden, spielt er eine nicht geringe Rolle. In solchen Romanen wird sein Name von Donner, Blitz oder anderen, nicht minder imposanten Naturerscheinungen abgeleitet.

Als der Staatsanwalt nachgewiesen hatte, daß Šelmecov schuldig sei und keine mildernden Umstände verdiene, als er alles überzeugend geklärt hatte und mit den Worten schloß: »Ich bin am Ende«, da erhob sich der Verteidiger. Alle spitzten die Ohren. Es herrschte Stille. Der Advokat fing an zu reden, und ... die Nerven des Publikums von N. begannen zu tanzen! Er reckte seinen bräunlichen Hals, neigte den Kopf zur Seite, funkelte mit den Augen, hob seine Hand, und unbeschreibliche Wonne ergoß sich in die gespannt lauschenden Ohren. Seine Zunge spielte auf den Nerven wie auf den Saiten einer Balalajka ... Nach den ersten zwei, drei Sätzen stöhnte jemand aus dem Publikum laut auf, und eine bleiche Dame wurde aus dem Gerichtssaal getragen. Nach drei Minuten sah sich der Vorsitzende bereits genötigt, zur Glocke zu greifen und dreimal zu läuten. Der Gerichtsdiener mit seiner roten Nase drehte sich auf seinem Stuhl um und schaute drohend auf das hingerissene Publikum. Alle Pupillen waren geweitet, die Gesichter waren bleich in leidenschaftlicher Erwartung der folgenden Sätze, die Hälse reckten sich ... Und was geschah erst mit den Herzen?!

»Wir sind Menschen, meine Herren Geschworenen, wir wollen deshalb auch menschlich urteilen!« sagte der Verteidiger unter anderem. »Vor allem stellen Sie sich vor, dieser Mann hat eine sechsmonatige Untersuchungshaft erduldet. Auf die Dauer von sechs Monaten war seine Frau von dem heißgeliebten Gatten getrennt, die Tränen in den Augen seiner Kinder trockneten nicht bei dem Gedanken, daß ihr guter Vater nicht bei ihnen war. Oh, wenn Sie diese Kinder sähen! Sie hungern, weil niemand da ist, der sie ernährt, sie weinen, weil sie tief unglücklich sind ... Und schauen Sie sie an! Sie strecken Ihnen die Ärmchen entgegen und bitten Sie, ihnen den Vater wiederzugeben! Sie sind nicht hier, aber Sie können sie sich vorstellen ... Die Haft ... Hm ... Man sperrte ihn mit Dieben und Mördern zusammen ... Ihn ...! Man muß sich nur einmal seine moralischen Qualen in dieser Haft vorstellen, fern von Frau und Kindern, um ... Aber wozu reden?«

Im Publikum vernahm man Schluchzen ... Ein junges Mädchen mit einer großen Brosche auf der Brust begann zu weinen. Nach ihr fing ihre Nachbarin, ein altes Frauchen, zu flennen an.

Der Verteidiger redete und redete ... Die Tatsachen überging er, er legte mehr Wert auf die Psychologie.

»Seine Seele kennen heißt eine besondere, ungewöhnliche Welt voller Bewegung kennen. Ich habe diese Welt studiert, und dabei habe ich, das gestehe ich, erst den Menschen studiert. Ich habe den Menschen verstanden ... Jede Regung seiner Seele zeugt davon, daß ich in meinem Klienten einen idealen Menschen zu sehen die Ehre habe ...«

Der Gerichtsdiener hörte auf, eine drohende Miene zu machen und suchte in seiner Tasche nach einem Taschentuch. Wieder wurden zwei Damen aus dem Saal getragen. Der Vorsitzende ließ die Glocke in Ruhe und setzte seine Brille auf, damit man die Tränen nicht bemerkte, die in sein rechtes Auge getreten waren. Alle suchten nach Taschentüchern. Der Staatsanwalt, dieser Fels, dieser Eisblock, der gefühlloseste aller Organismen, rutschte unruhig auf seinem Sessel hin und her, wurde rot und schaute unter den Tisch ... Tränen schimmerten hinter seinen Brillengläsern.

Könnte ich doch die Anklage zurücknehmen, dachte er. Soll ich denn ein solches Fiasko erleiden, wie?

»Schauen Sie in seine Augen!« fuhr der Verteidiger fort (sein Kinn zitterte, seine Stimme zitterte, und aus seinen Augen sprach seine leidende Seele). »Können denn diese sanften, zärtlichen Augen einem Verbrechen gleichgültig zusehen? O nein! Sie weinen, diese Augen. Diese tatarischen Backenknochen verbergen zarte Nerven. In dieser groben, häßlichen Brust schlägt ein von Verbrechen weit entferntes Herz! Und ihr Menschen wagt zu sagen, er sei schuldig?!«

Das ertrug selbst der Angeklagte nicht. Jetzt war die Reihe zu weinen an ihm. Er blinzelte, weinte und wurde unruhig.

»Ich bin schuldig!« stieß er hervor und unterbrach den Verteidiger. »Schuldig! Ich bekenne meine Schuld! Ich habe gestohlen und betrogen! Ich bin ein verruchter Mensch! Ich habe das Geld aus der Truhe genommen, und den gestohlenen Pelz habe ich meiner Schwägerin zum Verstecken gegeben ... Ich gestehe! Ich bin in allem schuldig!«

Und der Angeklagte erzählte, wie die Sache gewesen war. Er wurde verurteilt.

Der Weidenbaum

Wer ist schon einmal auf der Poststraße zwischen B. und T. gefahren?

Wer dort entlanggefahren ist, der erinnert sich natürlich an die Mühle von Andreev, die einsam am Ufer des Flüßchens Kozjavka steht. Es ist eine kleine Mühle mit zwei Mahlgängen ... Sie ist mehr als hundert Jahre alt, schon lange nicht mehr in Betrieb, und es ist deshalb kein Wunder, daß sie einer kleinen, gebeugten, zerlumpten alten Frau gleicht, die jeden Augenblick umfallen kann. Und die Greisin wäre schon längst umgefallen, würde sie nicht ein alter, breiter Weidenbaum stützen. Die Weide ist so dick, daß zwei Männer sie nicht umfassen können. Ihr glänzendes Laub senkt sich auf das Dach und auf das Wehr, und die untersten Zweige baden im Wasser und schlängeln sich über den Erdboden. Sie ist ebenfalls alt und gebeugt. Ihren verwachsenen Stamm entstellt eine große dunkle Höhlung. Steckt man in diese Höhlung seine Hand, so versinkt sie in schwarzem Honig. Wilde Bienen summen einem um den Kopf und stechen. Wie alt ist sie? Archip, ihr Freund, sagt, sie sei schon damals alt gewesen, als er bei dem Herrn als ›Franzose‹ und dann bei der Herrin als ›Neger‹ diente; aber das ist schon viel zu lange her.

Die Weide ist auch die Stütze einer anderen Ruine – des alten Archip, der an ihrer Wurzel sitzt und von früh bis spät angelt. Er ist alt und krumm wie die Weide, und sein zahnloser Mund ähnelt der Höhlung. Tagsüber angelt er, und des Nachts sitzt er und grübelt. Beide, die alte Weide und Archip, flüstern Tag und Nacht ... Beide haben zu ihrer Zeit mancherlei gesehen. Hören wir, was sie zu erzählen haben ...

Vor etwa dreißig Jahren, an einem Weidensonntag, am Namenstag der Weide, saß der Alte auf seinem Platz, blickte in den Frühling und angelte. Ringsum war es still wie immer ... Man hörte nur das Flüstern der beiden Alten und von Zeit zu Zeit das Plätschern eines Fisches. Der Alte angelte und wartete auf die Mittagszeit. Gegen Mittag kochte er sich dann immer eine Fischsuppe. Wenn sich der Schatten der Weide vom jenseitigen Flußufer entfernte, dann war Mittagszeit. Die Uhrzeit erfuhr Archip auch noch durch das Geläut des Postwagens. Genau um zwölf fuhr immer der Postwagen aus T. über das Wehr.

Auch an diesem Sonntag vernahm Archip das Geläut. Er legte die Angel beiseite und schaute auf das Wehr. Eine Trojka kam die Anhöhe herunter und fuhr im Schritt zum Wehr. Der Postbote schlief. Als die Trojka das Wehr erreicht hatte, blieb sie plötzlich stehen. Schon lange hatte sich Archip nicht mehr gewundert, aber diesmal war er doch sehr erstaunt. Es geschah etwas Ungewöhnliches. Der Kutscher blickte sich um, machte ein paar hastige Bewegungen, riß das auf dem Gesicht des Postboten liegende Tuch herunter und schwang eine Schlagkugel. Der Postbote rührte sich nicht. Auf seinem blonden Kopf klaffte eine blutrote Wunde. Der Kutscher sprang vom Wagen und schlug, weit ausholend, noch einmal zu. Einen Augenblick später vernahm Archip neben sich Schritte: Der Kutscher kam zum Ufer herunter und ging geradewegs auf ihn zu ... Sein gebräuntes Gesicht war blaß, seine Augen blickten stumpfsinnig Gott weiß wohin.

Am ganzen Körper zitternd, eilte er zur Weide und steckte, ohne Archip zu bemerken, eine Posttasche in die Höhlung. Dann lief er wieder nach oben, sprang auf den Wagen und versetzte sich, was Archip seltsam vorkam, selbst einen Schlag gegen die Schläfe. Nachdem er sein Gesicht mit Blut beschmiert hatte, hieb er auf die Pferde ein.

»Hilfe!« schrie er. »Mörder!«

Das Echo antwortete ihm, und lange noch hörte Archip diesen Hilferuf.

Nach sechs Tagen kam eine Untersuchungskommission zur Mühle. Sie zeichnete von der Mühle und dem Wehr einen Plan, maß zu irgendeinem Zweck die Tiefe des Flusses, und nachdem die Leute unter der Weide zu Mittag gegessen hatten, fuhren sie wieder weg. Archip saß während der ganzen Untersuchung unter dem Mühlrad, er zitterte und blickte auf die Tasche. Er sah dort Umschläge mit fünf Siegeln. Tag und Nacht schaute er auf diese Siegel und grübelte, und die alte Weide schwieg tagsüber, des Nachts aber weinte sie. Närrin! dachte Archip, während er ihrem Weinen lauschte. Nach einer Woche ging Archip mit der Tasche in die Stadt.

»Wo ist hier das Gericht?« fragte er, als er in die Wachstube am Stadttor trat.

Man schickte ihn zu einem großen gelben Haus mit einem gestreiften Schilderhaus neben der Tür. Er ging hinein und erblickte im Vorzimmer einen Herrn mit glänzenden Knöpfen. Der Herr rauchte Pfeife und schimpfte gerade mit einem Wächter. Archip trat zu ihm und erzählte ihm, am ganzen Leib zitternd, die Episode mit der alten Weide. Der Beamte nahm die Tasche, löste die Riemen und wurde abwechselnd rot und blaß.

»Gleich«, sagte er und rannte ins Amtszimmer. Dort umringten ihn die Beamten ... Sie liefen unruhig hin und her und flüsterten miteinander ... Nach zehn Minuten brachte ein Beamter Archip die Tasche zurück und sagte: »Du bist hier nicht richtig, mein Freund. Geh in die Nižnjaja-Straße, dort wird man dir's zeigen, aber hier ist das Rentamt, mein Lieber! Geh du mal zur Polizei.«

Archip nahm die Tasche und ging hinaus.

Die Tasche ist aber leichter geworden! dachte er. Ist um die Hälfte leichter geworden!

In der Nižnjaja-Straße schickte man ihn zu einem anderen

gelben Haus mit zwei Schilderhäusern. Archip ging hinein. Hier gab es kein Vorzimmer, das Amt begann gleich an der Treppe. Der Alte trat an einen der Tische und erzählte den Schreibern die Geschichte mit der Posttasche. Sie rissen ihm die Tasche aus der Hand, schrien ihn an und schickten nach dem Vorsteher. Es erschien ein dicker Mann mit einem Schnurrbart. Nach einem kurzen Verhör nahm er die Tasche und schloß sich damit in einem anderen Zimmer ein.

»Hast nun genug herumgelungert, du Narr«, sagte er zu ihm.

»Wo ist denn das Geld?« hörte man eine Minute später aus dem Zimmer rufen. »Die Tasche ist leer! Sagt übrigens dem Alten, er kann gehen. Oder haltet ihn fest. Bringt ihn zu Ivan Markovič! Nein, soll er ruhig gehen!«

Archip verbeugte sich und ging. Am nächsten Tag sahen schon wieder die Karauschen und Barsche seinen grauen Bart ...

Es war spät im Herbst. Der Alte saß und angelte. Sein Gesicht war ebenso düster wie die gelb gewordene Weide: er liebte den Herbst nicht. Sein Gesicht wurde noch düsterer, als er neben sich den Kutscher erblickte. Der Kutscher, der ihn nicht bemerkt hatte, ging zu der Weide und steckte seine Hand in die Höhlung. Feucht und träge krochen ein paar Bienen auf seinem Ärmel hoch. Nachdem er ein wenig gestöbert hatte, wurde er blaß, und eine Stunde später saß er noch am Fluß und starrte verständnislos aufs Wasser.

»Wo ist *sie*?« fragte er Archip mehrmals.

Anfangs schwieg Archip und wich dem Mörder aus, aber bald erbarmte er sich seiner.

»Ich hab sie auf die Behörde gebracht«, sagte er. »Aber hab keine Angst, du Narr ... Ich hab dort gesagt, ich hätte sie unter der Weide gefunden ...«

Der Kutscher sprang auf, brüllte los und stürzte sich auf Archip. Lange schlug er auf ihn ein. Er zerschlug ihm das alte Gesicht, warf ihn zu Boden und trat ihn mit den Füßen. Nachdem er den Alten verprügelt hatte, ging er nicht fort, sondern blieb, um bei der Mühle zu leben, zusammen mit Archip.

Tagsüber schlief er und schwieg, des Nachts aber ging er zum Wehr. Über das Wehr trieb der Schatten des Postboten, und er plauderte mit ihm. Der Frühling brach an, und der Kutscher schwieg und wanderte immer noch herum. Eines Nachts trat der Alte zu ihm.

»Hast nun genug herumgelungert, du Narr«, sagte er zu ihm und blickte von der Seite auf den Postboten. »Geh fort!«

Und der Postbote sagte dasselbe ... Und die Weide flüsterte auch dasselbe ...

»Ich kann nicht«, entgegnete der Kutscher. »Ich würde gehen, aber die Füße tun weh, das Herz tut weh!«

Der Alte nahm den Kutscher bei der Hand und führte ihn in die Stadt. Er brachte ihn in die Nižnjaja-Straße, in das gelbe Amt, wo er die Posttasche abgegeben hatte. Der Kutscher fiel vor dem Vorsteher auf die Knie und gestand. Der Schnurrbärtige zeigte sich erstaunt.

»Weshalb verleumdest du dich selbst, du Trottel«, sagte er. »Bist du betrunken? Willst wohl, daß ich dich ins kalte Wasser stecke? Sind alle verrückt geworden, die Schurken! Verwickeln nur die Sache ... Der Verbrecher wurde nicht gefunden, und damit basta! Was willst du noch! Scher dich fort!«

Als der Alte an die Tasche erinnerte, brach der Schnurrbärtige in Lachen aus, und die Schreiber wunderten sich. Sie hatten offenbar ein schlechtes Gedächtnis ... Der Kutscher fand in der Nižnjaja-Straße keine Erlösung. Er mußte zu der Weide zurückkehren ...

Und er mußte vor seinem Gewissen ins Wasser laufen, mußte den nämlichen Platz in Aufruhr versetzen, wo Archips Schwimmer tanzte. Der Kutscher ertränkte sich. Nun sehen der alte Mann und die alte Weide zwei Schatten auf dem Wehr ... Ob sie mit ihnen flüstern?

Der Dieb

Es schlug zwölf. Fëdor Stepanyč zog seinen Pelz an und ging auf den Hof. Die Feuchtigkeit der Nacht umhüllte ihn ... Es wehte ein feuchter, kalter Wind, vom dunklen Himmel nieselte ein feiner Regen. Fëdor Stepanyč trat über den halbzerstörten Zaun hinweg und ging leise die Straße entlang. Die Straße war breit wie ein Platz, solche Straßen sind im europäischen Rußland selten. Keine Beleuchtung, keine Bürgersteige ... es gab nicht einmal Andeutungen eines solchen Luxus.

An den Zäunen und Mauern huschten die dunklen Silhouetten

der Bürger vorüber, die zur Kirche eilten. Vor Fëdor Stepanyč patschten zwei Gestalten durch den Schmutz. In der einen, kleinen und gebeugten Gestalt erkannte er den Arzt der Stadt, den einzigen ›gebildeten Menschen‹ im ganzen Kreis. Der alte Doktor schämte sich seiner Bekanntschaft nicht und seufzte freundlich, wenn er ihn ansah. Diesmal trug der Alte einen altmodischen Uniformdreispitz, und sein Kopf glich zwei Entenköpfen, die Nacken an Nacken zusammengeleimt waren. Unter den Schößen seines schäbigen Pelzes baumelte ein Degen. Neben ihm ging ein großer, hagerer Mann, der ebenfalls einen Dreispitz trug.

»Christ ist erstanden, Gurij Ivanyč!« grüßte Fëdor Stepanyč und hielt den Doktor an.

Der Arzt drückte ihm schweigend die Hand und schlug ein wenig den Pelz zurück, um vor dem *Verbannten* mit dem Knopfloch großzutun, an dem der Stanislausorden baumelte.

»Ich will mich, Herr Doktor, nach der Frühmesse zu Ihnen begeben«, sagte Fëdor Stepanyč. »Sie müssen mir schon gestatten, daß ich bei Ihnen die Fasten beende ... Ich bitte Sie darum ... Ich habe *dort* in dieser Nacht immer in einer Familie mit dem Fleischessen begonnen. Es wird für mich eine Erinnerung sein ...«

»Das wird kaum gehen ...« erwiderte der Arzt verwirrt. »Ich habe eine Familie, wissen Sie ... eine Frau ... Wenn Sie auch sozusagen ... So ist es trotzdem ... Trotzdem gibt es Vorurteile! Mir macht das übrigens nichts aus ... Ähäm ... Ich habe Husten ...«

»Und Barabaev?« sagte Stepanyč, der den Mund verzog und gehässig grinste. »Barabaev hat man zusammen mit mir verurteilt, wir wurden zusammen verschickt, und dabei ißt er bei Ihnen jeden Tag zu Mittag und trinkt bei Ihnen Tee. Er hat mehr gestohlen, das ist es.«

Fëdor Stepanyč blieb stehen und lehnte sich an den feuchten Zaun: sollten sie weitergehen. Weit vor ihm blinkten Lichter. Erlöschend und wieder aufflammend, bewegten sie sich in einer Richtung.

Die Kreuzprozession, dachte der Verbannte. Wie *dort,* bei uns daheim ...

Von den Lichtern her ertönte Geläut. Die hellen Glocken erklangen in den verschiedensten Stimmlagen, und sie läuteten so schnell, als eilten sie irgendwohin.

Das erste Osterfest hier, in dieser Kälte, dachte Fëdor Stepanyč, und ... nicht das letzte. Schlimm! Und *dort* ist jetzt vielleicht ...

Und er sann über das *dort* ... Dort gibt es jetzt keinen schmutzigen Schnee unter den Füßen, keine kalten Pfützen, sondern junges Grün; dort schlägt einem der Wind nicht wie ein feuchter Lappen ins Gesicht, sondern er trägt den Hauch des Frühlings ... Der Himmel ist dort dunkel, aber voller Sterne, mit einem weißen Streifen im Osten ... Statt dieses schmutzigen Zaunes sind dort ein grüner Vorgarten und sein Haus mit den drei Fenstern, hinter den Fenstern helle, warme Zimmer. In einem davon ein Tisch, bedeckt mit einem weißen Tischtuch, darauf Osterkuchen, Vorspeisen, Vodka ...

Es wäre schön, könnte man jetzt etwas von dem dortigen Vodka bekommen! Hier ist der Vodka elend schlecht, er ist nicht zu trinken ...

Am nächsten Morgen ein tiefer, erquickender Schlaf, nach dem Schlaf Besuche, Alkohol ... Er erinnert sich natürlich auch an Olga, an ihr katzenhaftes, weinerliches, hübsches Gesichtchen. Jetzt schläft sie wahrscheinlich und träumt nicht von ihm. Diese Frauen trösten sich schnell. Wäre Olga nicht gewesen, er wäre nicht hier. Sie hatte ihn, den Dummkopf, verleitet. Sie brauchte Geld, schrecklich viel, sie war krank damals, wie jede Modepuppe. Ohne Geld konnte sie weder leben noch lieben und auch nicht leiden ...

»Und wenn man mich nach Sibirien verschickt?« fragte er sie. »Kommst du dann mit?«

»Selbstverständlich! Bis ans Ende der Welt!«

Er stahl, wurde gefaßt und kam hierher nach Sibirien, aber Olga verlor den Mut und kam selbstverständlich nicht mit. Jetzt versinkt ihr dummes Köpfchen in einem weichen, spitzenverzierten Kissen, und ihre Füße sind fern von dem schmutzigen Schnee.

Vor Gericht erschien sie aufgedonnert und sah mich nicht einmal an ... Sie lachte, als der Verteidiger Witze machte ... Totschlagen wäre noch zuwenig ... Diese Erinnerungen strengten Fëdor Stepanyč sehr an. Er wurde müde und fühlte sich krank, als hätte er mit dem ganzen Körper gedacht. Seine Beine wurden schwach, sie knickten ein und hatten nicht mehr die Kraft, in die Kirche zu gehen, zu der vertrauten Frühmesse ... Er wandte sich heimwärts, und ohne den Pelz und die Stiefel abzulegen, warf er sich aufs Bett.

Über seinem Bett hing ein Vogelbauer, das dem Hausherrn gehörte. Der Vogel darin war seltsam, er hatte einen spitzen Schnabel, war dürr und von einer ihm unbekannten Art. Seine Flügel waren beschnitten, und auf dem Kopf hatte man ihm Federn ausgerissen. Er wurde mit einem sauren Zeug ernährt, nach dem die ganze Stube stank. Der Vogel rumorte unruhig in seinem Käfig, stieß mit dem Schnabel an eine mit Wasser gefüllte Blechdose und sang bald wie ein Star, bald wie eine Goldamsel ...

Er läßt mich nicht schlafen! dachte Fëdor Stepanyč, Teu-fel ...

Er erhob sich und schüttelte das Bauer mit der Hand. Der Vogel war still. Der Verbannte legte sich wieder hin und zog sich am Bettrand die Stiefel aus. Kurz darauf begann der Vogel aufs neue zu rumoren. Ein Stück von dem sauren Futter fiel auf Fëdors Kopf und blieb in den Haaren hängen.

»Du willst nicht aufhören? Du bist nicht still? Du hast mir gerade noch gefehlt!«

Fëdor Stepanyč sprang auf, riß voller Wut das Bauer herunter und schleuderte es in die Ecke. Der Vogel war still.

Aber nach etwa zehn Minuten, so schien es dem Verbannten, kam er aus der Ecke in die Mitte des Zimmers und wühlte mit dem Schnabel in dem Lehmfußboden ... Der Schnabel war wie ein Bohrer ... Er wühlte, wühlte, und der Schnabel wollte kein Ende nehmen. Die Flügel begannen zu schlagen, und es war dem Verbannten, als liege er auf dem Fußboden und um seine Schläfen schlügen Flügel ... Der Schnabel brach schließlich ab, und alles war voller Federn ... Der Verbannte schlummerte ein ...

»Wozu hast du dieses Geschöpf getötet, du Mörder?« hörte er gegen Morgen jemand sprechen.

Fëdor Stepanyč öffnete die Augen und erblickte vor sich den alten, wunderlichen Hausherrn, der ein Sektierer war. Das Gesicht des Alten zitterte vor Wut und war feucht von Tränen.

»Weshalb hast du Verfluchter mein Vögelchen getötet? Weshalb hast du meinen kleinen Sänger umgebracht, du Satan? Was? Warum hast du das getan? Wofür? Du guckst so schamlos, du toller Hund! Verschwinde aus meinem Haus, laß dich hier nicht wieder blicken! Verschwinde augenblicklich! Sofort!«

Fëdor Stepanyč zog seinen Pelz an und ging hinaus auf die

Straße. Der Morgen war grau und trübe ... Wenn man auf den bleiernen Himmel blickte, wollte man nicht glauben, daß hoch über den Wolken die Sonne schien. Es nieselte immer noch ...

»Bonjour! Frohe Feiertage, mon cher!« hörte der Verbannte, als er aus dem Tor trat.

Vor dem Tor rollte in einer nagelneuen Droschke sein Landsmann Barabaev vorbei. Er war im Zylinder und hatte einen Regenschirm aufgespannt.

Er macht Besuche! dachte Fëdor Stepanyč. Der Hund hat es verstanden, sich hier anzuschmieren ... Er hat Bekannte ... Hätte ich doch auch etwas mehr gestohlen!

Als er sich der Kirche näherte, hörte Fëdor Stepanyč noch eine Stimme, diesmal eine weibliche. Ihm entgegen kam die Postkutsche, mit Koffern vollgeladen. Hinter den Koffern schaute ein Frauenköpfchen hervor.

»Wo ist hier ... Du meine Güte, Fëdor Stepanyč! Sie sind es?« piepste das Köpfchen.

Der Verbannte eilte zu der Kutsche, verschlang das Köpfchen mit den Augen und ergriff die dargebotene Hand, als er die Frau erkannt hatte ...

»Träume ich auch nicht? Was ist das? Zu mir? Hast du dich entschlossen, Olga?«

»Wo wohnt hier Barabaev?«

»Was willst du bei Barabaev?«

»Er hat mich herbestellt ... Zweitausend hat er mir geschickt, stell dir das vor ... An dreihundert monatlich werde ich außerdem bekommen. Gibt es hier Theater?«

Bis zum späten Abend wankte der Verbannte durch die Stadt und suchte eine Unterkunft. Es regnete den ganzen Tag, die Sonne zeigte sich nicht.

Können denn diese Tiere ohne Sonne leben? dachte er, während er durch den nassen Schnee stapfte. Sie sind froh und zufrieden ohne Sonne! Nun ja – sie haben eben ihren eigenen Geschmack.

Aus dem Tagebuch eines Hilfsbuchhalters

1863, 11. Mai. Unser sechzigjähriger Buchhalter Glotkin hat aus Anlaß seines Hustens Milch mit Kognak getrunken und hat aus diesem Anlaß das Delirium bekommen. Mit dem ihnen eigenen Selbstbewußtsein behaupten die Ärzte, daß er morgen stirbt. Endlich werde ich doch Buchhalter! Diese Stelle ist mir schon seit langem versprochen worden.

Der Sekretär Kleščëv kommt vor Gericht, weil er einen Bittsteller verprügelt hat, der ihn Bürokrat nannte. Das ist anscheinend beschlossene Sache.

Habe einen Kräutertrank gegen Magenkatarrh eingenommen.

1865, 3. August. Dem Buchhalter Glotkin schmerzt wieder die Brust. Er hat angefangen zu husten und trinkt Milch mit Kognak. Wenn er stirbt, bekomme ich seine Stelle. Ich habe aber nur schwache Hoffnung, weil das Delirium anscheinend nicht immer tödlich ist!

Kleščëv hat einem Armenier einen Wechsel aus der Hand gerissen und vernichtet. Die Sache kann eventuell vor Gericht kommen.

Ein altes Mütterchen, die Gurjevna, sagte gestern, ich hätte keinen Katarrh, sondern versteckte Hämorrhoiden. Das kann leicht möglich sein!

1867, 30. Juni. Man schreibt, daß in Arabien die Cholera herrscht. Vielleicht kommt sie auch nach Rußland, dann wird es viele freie Stellen geben. Vielleicht stirbt der alte Glotkin, und ich bekomme die Stelle des Buchhalters. Ein zähes Leben hat der Mensch! So lange zu leben ist meiner Meinung nach anstößig.

Was soll man gegen den Katarrh einnehmen? Ob ich mal Zitwersamen einnehme?

1870, 2. Januar. Auf Glotkins Hof hat die ganze Nacht der Hund geheult. Meine Köchin Pelageja sagt, das sei ein sicheres Omen, und wir haben bis zwei Uhr nachts darüber gesprochen, daß ich mir, wenn ich Buchhalter werde, einen Waschbärpelz und einen Schlafrock kaufe. Und vielleicht heirate ich auch. Natürlich kein junges Mädchen – das schickt sich nicht in meinem Alter, sondern eine Witwe.

Gestern hat man Kleščëv aus dem Klub hinausgeworfen, weil

er laut einen unanständigen Witz erzählt und sich über die patriotischen Gefühle des Mitglieds der Handelsdeputation Ponjuchov lustig gemacht hat. Der letztere will ihn, wie man hört, vor Gericht bringen.

Mit meinem Katarrh will ich mal zu Doktor Botkin gehen. Er soll gut behandeln ...

1878, 4. Juni. Man schreibt, in Vetljanka sei die Pest ausgebrochen. Das Volk fällt nur so um, schreibt man. Deshalb trinkt Glotkin Pfefferschnaps. Na, so einem Greis kann der Pfefferschnaps kaum was helfen. Wenn die Pest kommt, werde ich bestimmt Buchhalter.

1883, 4. Juni. Glotkin liegt im Sterben. Ich war bei ihm und habe ihn unter Tränen um Verzeihung gebeten, weil ich seinen Tod mit solcher Ungeduld erwartet habe. Er hat mir großmütig und mit Tränen in den Augen verziehen und mir geraten, gegen den Katarrh Eichelkaffee zu trinken.

Und Kleščëv ist beinahe wieder vor Gericht gekommen: Er hat ein ausgeliehenes Klavier an einen Juden verpfändet. Aber trotz alledem hat er schon den Stanislausorden und den Rang eines Kollegienassessors. Es ist erstaunlich, was so alles auf dieser Welt geschieht!

Zwei Lot Ingwer, einundeinhalb Lot Galgant, ein Lot scharfen Schnaps, fünf Lot Siebenbrüderblut, das alles vermischen, in einem Liter Vodka ziehen lassen und davon gegen den Katarrh auf nüchternen Magen ein Schnapsglas voll einnehmen.

Im selben Jahr, 7. Juni. Gestern wurde Glotkin beerdigt. O weh! Der Tod dieses Greises hat mir keinen Nutzen gebracht! Nachts träume ich von ihm: er kommt in einem weißen Umhang und winkt mir mit dem Finger. Und wehe mir! Wehe mir Verdammtem: Buchhalter ist Čalikov geworden, nicht ich. Diese Stelle habe nicht ich bekommen, sondern ein junger Mann, der die Protektion seiner Tante und der Generalin genießt. Alle meine Hoffnungen sind dahin!

1886, 10. Juni. Dem Čalikov ist die Frau weggelaufen. Er grämt sich, der Arme. Vielleicht wird er sich vor Kummer das Leben nehmen. Wenn er das tut, dann werde ich Buchhalter. Man spricht schon darüber. Also ist noch nicht alle Hoffnung verloren, es läßt sich noch leben, und vielleicht ist der Waschbärpelz gar nicht mehr so fern. Was das Heiraten betrifft, so bin ich nicht abgeneigt. Warum soll man nicht heiraten, wenn sich eine gute Gelegenheit bietet, man muß sich nur bei irgend jemandem Rat holen; das ist ein ernster Schritt.

Kleščëv hat seine Gummischuhe mit denen vom Geheimrat Lirmans vertauscht. Ein Skandal!

Der Portier Paisij hat mir geraten, gegen den Katarrh Sublimat einzunehmen. Ich werde es versuchen.

Einmal im Jahr

Das kleine dreifenstrige Häuschen der Fürstin hat ein festliches, geradezu vergnügtes Aussehen. Ringsum ist sorgfältig gefegt worden, das Tor steht weit offen, und die gitterförmigen Jalousien sind hochgezogen. Die frischgewaschenen Fensterscheiben liebäugeln schüchtern mit der Frühlingssonne ... Am Haupteingang steht der Portier Mark, alt und gebrechlich, mit einer von Motten zerfressenen Livree bekleidet. Sein stacheliges Kinn, das seine zitternden Hände den ganzen Morgen zu rasieren sich mühten, die frischgeputzten Stiefel und die Wappenknöpfe glänzen ebenfalls in der Sonne.

Mark ist nicht umsonst aus seinem Kämmerlein hervorgekrochen. Heute hat die Fürstin Namenstag, und er muß den Besuchern die Tür öffnen und ihre Namen rufen. Im Vorzimmer riecht es nicht wie gewöhnlich nach Kaffeesatz und Fastensuppe, sondern nach irgendeinem Parfüm, das an den Duft von Eierseife erinnert. Die Zimmer sind sorgfältig aufgeräumt. Es sind Gardinen aufgehängt, von den Bildern ist das Nesseltuch abgenommen, die abgenutzten Fußböden sind gebohnert. Den bissigen Hund Žulka, die Katze mit ihren Jungen und die Küken hat man bis zum Abend in der Küche eingesperrt.

Die Fürstin selbst, die Besitzerin des dreifenstrigen Häuschens, eine gebeugte, runzelige Greisin, sitzt in einem großen Sessel und ordnet immer wieder die Falten ihres weißen Musselinkleides. Nur die auf ihrer hageren Brust befestigte Rose spricht davon, daß es auf dieser Welt noch Jugend gibt.

Die Fürstin erwartet die Gratulanten. Zu ihr müssen kommen: Baron Tramb und Sohn, Fürst Chalachadze, der Kammerherr Burlastov, ihr Vetter, der General Bitkov und viele andere ... etwa zwanzig Personen.

Es ist schon Mittagszeit. Die Fürstin ordnet ihr Kleid und rückt die Rose zurecht. Sie lauscht: Läutet da nicht jemand? Eine Equipage kommt geräuschvoll angefahren und bleibt stehen. Fünf Minuten vergehen.

Nicht zu uns, denkt die Fürstin. Ja, nicht zu Ihnen, Fürstin! Es wiederholt sich die Geschichte der letzten Jahre. Eine unbarmherzige Geschichte. Um zwei Uhr geht die Fürstin, genau wie im vorigen Jahr, in ihr Schlafzimmer, riecht an einem Fläschchen Salmiakgeist und weint.

»Niemand ist gekommen! Niemand!«

Der alte Mark läuft geschäftig um die Fürstin herum. Er ist nicht minder betrübt; die Menschen sind jetzt so verdorben! Früher strömten sie in Scharen, wie die Fliegen, in den Salon, aber jetzt . . .

»Niemand ist gekommen«, sagt die Fürstin weinend. »Weder der Baron noch Fürst Chalachadze, noch Georges Buvickij. Sie haben mich im Stich gelassen! Und dabei, was wäre aus ihnen geworden, wenn ich nicht gewesen wäre. Ihr Glück, ihre Karriere haben sie mir zu verdanken, nur mir! Ohne mich hätten sie doch nichts erreicht!«

»Hätten nichts erreicht«, bestätigt Mark.

»Ich verlange keine Dankbarkeit . . . Ich brauche sie nicht! Ich brauche Mitgefühl! Mein Gott, wie ist das kränkend! Sogar mein Neffe Jean ist nicht gekommen. Warum ist er nicht gekommen? Was habe ich ihm denn getan? Ich habe alle seine Wechsel bezahlt, seine Schwester Tanja habe ich mit einem guten Menschen verheiratet. Er kommt mich teuer zu stehen, dieser Jean. Ich habe mein Wort gehalten, das ich meinem Bruder, seinem Vater, gab . . . Ich habe viel für ihn aufgewandt . . . du weißt es selbst . . .«

»Und zu seinen Eltern waren Sie, das kann man wohl sagen, Euer Erlaucht, wie eine Mutter.«

»Und das ist . . . das ist der Dank dafür! O ihr Menschen!«

Um drei Uhr, genau wie im vorigen Jahr, bekommt die Fürstin einen hysterischen Anfall. Der aufgeregte Mark setzt den Hut mit den Litzen auf, verhandelt lange mit einem Droschkenkutscher und fährt zum Neffen Jean. Zum Glück ist es bis zu dem Hotel, in dem Fürst Jean wohnt, nicht allzu weit. Mark trifft den Fürsten im Bett liegend an. Er ist eben erst von dem gestrigen Trinkgelage zurückgekehrt. Sein zerknittertes, feistes

Gesicht ist purpurrot, auf der Stirn sind Schweißtropfen. Er wäre froh, wenn er einschlafen könnte, aber es geht nicht: ihm ist übel. Seine bekümmerten Augen sind auf das Waschbecken gerichtet, das bis zum Rand mit Schmutz und Seifenwasser gefüllt ist.

Mark betritt das schmutzige Zimmer und geht zaghaft und angeekelt auf das Bett zu.

»Das ist nicht schön, Ivan Michalyč«, sagt er und schüttelt vorwurfsvoll den Kopf. »Das ist nicht schön.«

»Was ist nicht schön?«

»Warum sind Sie heute nicht gekommen, Ihrer Tante zum Namenstag zu gratulieren? Ist denn das schön?«

»Scher dich zum Teufel!« sagt Jean, ohne die Augen von dem Seifenwasser abzuwenden.

»Denken Sie, das kränkt Ihre Tante nicht? Wie? Ivan Michalyč, Euer Erlaucht. Sie haben gar kein Gefühl. Mit welchem Recht kränken Sie die alte Dame?«

»Ich mache keine Besuche ... Sag ihr das. Dieser Besuch ist schon längst veraltet ... Wir haben keine Zeit, herumzureisen. Reist selbst herum, wenn ihr nichts zu tun habt, aber laßt mich in Ruhe. Nun, troll dich! Ich will schlafen ...«

»Ich will schlafen ... Aber drehen Sie mir doch das Gesicht zu! Sie schämen sich wohl, einem in die Augen zu sehen.«

»Nun ... still! So ein Lump! Räudiger Hund!«

Mark blinzelt angestrengt mit den Augen.

Anhaltendes Schweigen.

»Aber so fahren Sie doch schon hin, Väterchen, gratulieren Sie«, sagt Mark freundlich. »Die Fürstin weinen, wälzen sich im Bettchen ... Seien Sie doch schon so gut, erweisen Sie ihr die Ehre ... Fahren Sie hin, Väterchen!«

»Ich fahre nicht. Es ist unnütz, und ich habe keine Zeit ... Und was soll ich denn bei der alten Jungfer?«

»Fahren Sie, Euer Erlaucht! Nehmen Sie doch Rücksicht, Väterchen. Haben Sie die Güte. Die Fürstin nehmen sich Ihre Undankbarkeit und Gefühllosigkeit schrecklich zu Herzen.«

Mark fährt sich mit dem Ärmel über die Augen.

»Haben Sie die Güte.«

»Hm ... Wird es Kognak geben?« sagt Jean.

»Natürlich, Väterchen, Euer Erlaucht.«

»Soso ...! Nun ja ...«

Der Fürst zwinkert mit einem Auge.

»Nun, werde ich hundert Rubel bekommen?« fragt er.

»Das ist ganz unmöglich! Es ist Ihnen doch nicht unbekannt, Euer Erlaucht, daß wir nicht mehr soviel Kapital wie früher haben ... Die Verwandtschaft hat uns ruiniert, Ivan Michalyč. Als wir Geld hatten, haben uns alle besucht, aber jetzt ... Es ist Gottes Wille!«

»Im vergangenen Jahr habe ich von euch für die Visite ... wieviel genommen? Zweihundert Rubel habe ich genommen. Und jetzt gibt es keine hundert? Du hältst mich zum Narren, alter Fuchs! Krame mal bei der Alten herum, wirst schon was finden ... Übrigens, scher dich fort! Ich will schlafen.«

»Seien Sie doch großmütig, Euer Erlaucht! Die Fürstin sind alt und schwach ... Der Körper hält kaum noch die Seele. Haben Sie Mitleid mit ihr, Ivan Michalyč, Euer Erlaucht.«

Jean ist unerbittlich. Mark beginnt zu handeln. Zwischen vier und fünf Uhr gibt Jean nach, zieht den Frack an und fährt zu der Fürstin ...

»Ma tante«, sagt er und küßt ihr die Hand.

Er setzt sich auf das Sofa und beginnt dasselbe Gespräch wie im vergangenen Jahr.

»Marija Kryskina, ma tante, hat einen Brief aus Nizza bekommen ... Ihr Männchen, das ist einer, wie? Er beschreibt ihr ganz ungeniert das Duell, das er wegen irgendeiner Sängerin mit einem Engländer hatte ... ich habe ihren Namen vergessen ...«

»Ist das die Möglichkeit?«

Die Fürstin verdreht die Augen, schlägt die Hände zusammen und wiederholt mit einem Erstaunen, das mit Schrecken vermischt ist:

»Ist das die Möglichkeit?«

»Ja ... Er duelliert sich, läuft den Sängerinnen nach, und seine Frau sitzt hier ... dank seiner Gnade kann sie verkümmern und dahinwelken ... Ich verstehe solche Menschen nicht, ma tante!«

Die glückliche Fürstin rückt näher an Jean heran, und das Gespräch zieht sich in die Länge ... Man serviert Tee mit Kognak.

Und während die glückliche Fürstin Jean zuhört, mal lacht, mal erschrickt und mal staunt, kramt der alte Mark in allen seinen Köfferchen und sammelt Banknoten. Fürst Jean hat großes Entgegenkommen gezeigt. Man braucht ihm diesmal nur fünfzig Rubel zu zahlen. Aber um diese fünfzig Rubel bezahlen zu können, muß man viele Köfferchen durchwühlen.

Der Tod des Beamten

An einem prächtigen Abend saß der nicht minder prächtige Gerichtsvollzieher Ivan Dmitrič Červjakov in der zweiten Sesselreihe und sah sich durchs Opernglas die ›Glocken von Corneville‹ an. Er schaute und fühlte sich auf dem Gipfel der Glückseligkeit ... Aber plötzlich ... In den Erzählungen stößt man oft auf dieses »aber plötzlich«. Die Autoren haben recht: Das Leben ist voller Überraschungen. Aber plötzlich verzog er sein Gesicht, rollte die Augen, hielt den Atem an ... er nahm das Opernglas von den Augen, bückte sich und ... hatschi! Er nieste, wie Sie sehen. Das Niesen ist niemandem und nirgendwo verwehrt. Auch Bauern und Polizeimeister niesen, manchmal sogar Geheimräte. Alle niesen. Červjakov wurde nicht im geringsten verlegen; er trocknete sich mit einem Taschentuch ab, und als höflicher Mensch warf er einen Blick in die Runde, ob er mit seinem Niesen nicht jemanden belästigt habe. Aber da mußte er doch verlegen werden. Er sah, wie der alte Herr, der vor ihm in der ersten Sesselreihe saß, mit einem Handschuh sorgfältig seine Glatze und seinen Hals abwischte und dabei etwas vor sich hin brummte. In dem alten Herrn erkannte Červjakov den Zivilgeneral Brizžalov aus dem Ministerium für Verkehrswesen.

Ich habe ihn bespritzt, dachte Červjakov. Er ist nicht mein Vorgesetzter, sondern ein Fremder, aber peinlich ist es doch. Ich muß mich entschuldigen.

Červjakov hustete, beugte sich vor und flüsterte dem General ins Ohr:

»Entschuldigen Sie, Euer -zellenz, ich habe Sie bespritzt ... aus Versehen ...«

»Macht nichts, macht nichts ...«

»Um Gottes willen, entschuldigen Sie. Ich habe doch ... ich habe das nicht gewollt.«

»Ach, bleiben Sie doch sitzen! Lassen Sie mich zuhören!«

Červjakov wurde verlegen, lächelte dumm und schaute wieder auf die Bühne. Er schaute, aber er empfand keine Glückseligkeit mehr. Unruhe begann ihn zu quälen.

In der Pause trat er zu Brizžalov, ging neben ihm her, und als er seine Schüchternheit überwunden hatte, murmelte er:

»Ich habe Sie bespritzt, Euer -zellenz ... Entschuldigen Sie ... Ich habe doch ... Ich wollte nicht ...«

»Ach, schon gut ... Ich hatte es schon vergessen, und Sie fangen wieder davon an!« sagte der General und bewegte ungeduldig die Unterlippe.

Er will es vergessen haben, dabei sitzt ihm die Bosheit in den Augen, dachte Červjakov und sah den General mißtrauisch an. Er will auch nicht darüber reden. Ich müßte ihm erklären, daß ich es gar nicht wollte ... daß es ein Naturgesetz ist, sonst wird er denken, ich wollte ihn anspucken. Wenn er das jetzt nicht denkt, so wird er es später denken!

Als Červjakov nach Hause kam, erzählte er seiner Frau von der Unhöflichkeit. Seine Frau nahm den Vorfall, wie ihm schien, zu leicht; sie erschrak zwar, aber als sie erfuhr, daß Brizžalov ein »Fremder« sei, beruhigte sie sich.

»Geh aber trotzdem hin und entschuldige dich«, meinte sie. »Er wird sonst denken, du verstehst nicht, dich unter Menschen zu benehmen.«

»Das ist es ja eben! Ich habe mich entschuldigt, aber er hat irgendwie sonderbar ... Hat kein gescheites Wort gesagt. Es war auch keine Zeit, um ein Gespräch zu führen.«

Am nächsten Tag zog Červjakov seine neue Extrauniform an, ließ sich die Haare schneiden und ging zu Brizžalov, um die Sache aufzuklären ... Als er das Empfangszimmer des Generals betrat, bemerkte er dort viele Bittsteller, und unter ihnen auch den General, der schon mit der Entgegennahme der Gesuche begonnen hatte. Nachdem er einige Bittsteller befragt hatte, richtete er seine Augen auch auf Červjakov.

»Gestern, in der ›Arkadia‹, wenn Sie sich erinnern, Euer -zellenz«, begann der Gerichtsvollzieher seinen Bericht, »habe ich geniest und ... Sie dabei ... ungewollt ... bespritzt ... Entsch ...«

»Was für Lappalien ... Weiß Gott! Was wünschen Sie?« wandte sich der General an den nächsten Bittsteller.

Er will nicht darüber sprechen, dachte Červjakov und erblaßte. Er ist also böse ... Nein, so kann man das nicht lassen ... Ich werde ihm erklären ...

Als der General das Gespräch mit dem letzten Bittsteller beendet hatte und sich in die inneren Gemächer begeben wollte, ging Červjakov hinter ihm her und murmelte:

»Euer -zellenz! Wenn ich es wage, Euer -zellenz zu stören, so aus dem Gefühl der Reue, kann ich wohl sagen ...! Nicht mit Absicht, belieben es selbst zu wissen.«

Der General zog ein weinerliches Gesicht und winkte ab.

»Sie machen sich über mich lustig, mein Herr«, sagte er und verschwand hinter der Tür.

Wieso denn lustig? dachte Červjakov ... Daran ist überhaupt nichts Lustiges! Er ist General und kann es nicht begreifen! Wenn das so ist, werde ich mich nicht mehr bei diesem Angeber entschuldigen. Zum Teufel mit ihm! Ich werde ihm einen Brief schreiben, aber ich werde nicht mehr hingehen! Bei Gott, das werde ich nicht!

So dachte Červjakov, als er nach Hause ging. Einen Brief an den General schrieb er nicht. Er überlegte und überlegte, aber es fiel ihm nichts Passendes für diesen Brief ein. So war er gezwungen, am nächsten Tag wieder hinzugehen und die Sache persönlich aufzuklären.

»Ich war gestern hier und belästigte Euer -zellenz«, murmelte er, als der General seine Augen fragend auf ihn richtete, »nicht, um mich lustig zu machen, wie Sie sich auszudrücken geruhten. Ich entschuldigte mich, weil ich Sie beim Niesen bespritzt habe ... aber mich über Sie lustig zu machen, daran dachte ich nicht im geringsten. Wie kann ich es denn wagen, mich über Sie lustig zu machen? Wenn wir uns lustig machen würden, so würde es keinerlei Achtung vor der Person ... geben ...«

»Scher dich fort!« schrie plötzlich der General, der ganz blau angelaufen war und zitterte.

»Wie bitte?« fragte Červjakov leise und vor Entsetzen vergehend.

»Scher dich fort!« wiederholte der General und stampfte mit den Füßen.

In Červjakovs Leib zerriß etwas. Er sah und hörte nichts mehr, wich zur Tür zurück, trat auf die Straße und schleppte sich davon ... Ganz mechanisch kehrte er nach Hause zurück, legte sich, ohne die Uniform auszuziehen, auf das Sofa und ... starb.

Der böse Knabe

Ivan Ivanyč Lapkin, ein junger Mann von angenehmem Äußeren, und Anna Semënovna Zamblickaja, ein junges Mädchen mit einem Stupsnäschen, stiegen das steile Ufer hinab und setzten sich auf eine kleine Bank. Die Bank stand direkt am Wasser, mitten in einem dichten jungen Weidengebüsch. Ein wunderschönes Plätzchen! Wenn man hier sitzt, ist man vor der ganzen Welt verborgen, man wird nur von den Fischen und von den Wasserläufern gesehen, die blitzschnell über das Wasser schießen. Die jungen Leute waren mit Angeln, Handnetzen, Büchsen und Würmern und anderen für den Fischfang unerläßlichen Geräten ausgerüstet. Nachdem sie sich hingesetzt hatten, fingen sie sofort zu angeln an.

»Ich bin froh, daß wir endlich allein sind«, begann Lapkin und sah sich dabei um. »Ich habe Ihnen vieles zu sagen, Anna Semënovna ... Sehr vieles ... Als ich Sie zum erstenmal sah ... Bei Ihnen beißt einer an! Da habe ich begriffen, wofür ich lebe, ich habe begriffen, wo das Ideal zu finden ist, dem ich mein ehrliches, arbeitsames Leben weihen soll ... Da beißt wahrscheinlich ein großer an! Als ich Sie sah, hab ich mich zum erstenmal verliebt, leidenschaftlich verliebt! Ziehen Sie noch nicht ... er muß noch fester anbeißen ... Sagen Sie mir, meine Teure, ich beschwöre Sie, darf ich hoffen – nicht auf Gegenliebe, o nein, das bin ich nicht wert, ich wage nicht daran zu denken –, darf ich aber hoffen auf ... Ziehen Sie!«

Anna Semënovna hob die Angelrute, riß daran und schrie auf. In der Luft blitzte ein silbergrünes Fischlein.

»Um Gottes willen, ein Barsch! Ach, ach! Schnell! Er hat sich losgerissen!«

Der Barsch riß sich vom Haken los, hüpfte durchs Gras zu seinem vertrauten Element und ... plumpste ins Wasser.

Bei der Verfolgung des Fisches ergriff Lapkin wie aus Versehen statt des Fisches Anna Semënovnas Hand, und aus Versehen drückte er sie an seine Lippen ... Sie zog sie zurück, aber es war schon zu spät: Ihre Lippen fanden sich zu einem Kuß ... Das geschah wie aus Versehen. Dem ersten Kuß folgte ein zweiter – dann Schwüre, Beteuerungen ... Glückliche Minuten! Indessen, es gibt in diesem Erdenleben kein absolutes Glück ... Das Glück trägt gewöhnlich das Gift schon in sich, oder es wird von außen her vergiftet ... So war es auch dieses Mal. Als die jungen Leute sich küßten, ertönte plötzlich Gelächter. Sie blickten zum Fluß und erstarrten: Bis zum Gürtel im Wasser stand ein nackter Knabe. Das war Kolja – der Gymnasiast, Anna Semënovnas Bruder. Er stand im Wasser, sah die jungen Leute an und lächelte boshaft.

»Aaah ... ihr küßt euch?« sagte er. »Gut so! Ich werde es Mama sagen.«

»Ich hoffe, daß Sie als Ehrenmann ...« murmelte Lapkin errötend. »Spionieren ist gemein, aber Petzen ist niedrig, schändlich, abscheulich ... Ich nehme an, daß Sie als ehrlicher und anständiger Mensch ...«

»Geben Sie mir einen Rubel, dann werde ich nichts sagen!« entgegnete der anständige Mensch. »Sonst sag ich es.«

Lapkin nahm einen Rubel aus der Tasche und reichte ihn Kolja. Der knüllte den Rubelschein in seiner nassen Faust zusammen, pfiff sich eins und schwamm weg. Für dieses Mal küßten sich die jungen Leute nicht mehr.

Am nächsten Tag brachte Lapkin für Kolja aus der Stadt Farben und einen Ball mit, und die Schwester schenkte ihm alle ihre Pillenschächtelchen. Dann mußte man ihm Manschettenknöpfe mit Hundeköpfen schenken. Dem bösen Knaben gefiel das alles offenbar sehr, und um noch mehr zu bekommen, fing er an aufzupassen. Wohin Lapkin mit Anna Semënovna ging – dorthin ging auch er. Keine Minute ließ er sie allein.

»Halunke!« Lapkin knirschte mit den Zähnen. »So klein und schon so ein Halunke! Was wird aus ihm noch werden?«

Den ganzen Juni hindurch ließ Kolja den armen Verliebten keine Ruhe. Er drohte mit Denunziation, paßte auf und forderte Geschenke; alles war ihm zuwenig, und schließlich sprach er von einer Taschenuhr. Was sollte man machen? Man mußte ihm eine Uhr versprechen.

Eines Tages, während des Mittagessens, als man Waffeln servierte, fing er plötzlich an zu lachen, blinzelte mit einem Auge und fragte Lapkin:

»Soll ich's sagen? Ja?«

Lapkin wurde furchtbar rot und kaute statt einer Waffel die Serviette. Anna Semënovna sprang vom Tisch auf und lief ins Nebenzimmer.

In einer solchen Lage befanden sich die jungen Leute bis Ende August, bis zu dem Tag, als Lapkin endlich Anna Semënovna einen Heiratsantrag machte. Oh, was für ein glücklicher Tag war das! Nachdem Lapkin mit den Eltern der Braut gesprochen und ihre Einwilligung erhalten hatte, lief er zuallererst in den Garten und suchte Kolja. Als er ihn gefunden hatte, war er vor Begeisterung dem Weinen nahe und packte den bösen Knaben am Ohr. Anna Semënovna, die ebenfalls auf der Suche nach Kolja war, kam angelaufen und packte ihn am anderen Ohr. Und man hätte sehen müssen, was für ein Vergnügen sich auf dem Gesicht der Verliebten malte, als Kolja weinte und sie anflehte:

»Ihr Allerliebsten, Guten, Besten, ich will es nicht wieder tun! Au, au, verzeiht mir!«

Und später gestanden sich beide, daß sie in der ganzen Zeit ihrer Verliebtheit kein einziges Mal ein solches Glück, eine solche hinreißende Seligkeit empfunden hatten wie in den Minuten, als sie den bösen Knaben an den Ohren zogen.

Die Aussteuer

Ich habe in meinem Leben viele Häuser gesehen, große und kleine, hölzerne und steinerne, alte und neue, aber ein Haus hat sich meinem Gedächtnis besonders eingeprägt. Übrigens ist das kein Haus, sondern ein Häuschen. Es ist klein, einstöckig, hat drei Fenster und gleicht einer kleinen, verwachsenen alten Frau mit einer Haube. Weiß verputzt, versinkt es mit seinem Ziegeldach und dem zerkratzten Schornstein ganz im Grün der Maulbeerbäume, Akazien und Pappeln, die von den Vorfahren der jetzigen Besitzer gepflanzt wurden. Vor lauter Grün ist es kaum zu sehen. Diese Unmenge Grün hindert es jedoch nicht, ein städtisches Haus zu sein. Sein breiter Hof steht in einer Reihe mit anderen, ebenfalls breiten, grünen Höfen und gehört zur Moskauer Straße. Über diese Straße fährt nie jemand, selten nur läuft dort jemand entlang.

Die Fensterläden des Häuschens sind immer geschlossen; die Bewohner brauchen kein Licht. Licht ist für sie nicht notwendig. Die Fenster werden nie geöffnet, weil die Bewohner die frische

Luft nicht mögen. Menschen, die ständig inmitten von Maulbeerbäumen, Akazien und Kletten leben, sind der Natur gegenüber gleichgültig. Nur den Sommerfrischlern hat Gott die Fähigkeit gegeben, die Schönheiten der Natur zu erkennen, die übrige Menschheit aber steckt, was diese Schönheiten betrifft, tief in Unwissenheit. Die Menschen schätzen nicht, was sie in reichem Maße besitzen. »Was wir haben, das wahren wir nicht«; um das Häuschen herum ist ein irdisches Paradies, ein Paradies im Grünen, in dem lustige Vögel wohnen; in dem Häuschen aber – o weh! Im Sommer ist es drinnen drückend und schwül, im Winter heiß wie in einem Dampfbad, dunstig und öde, so öde . . .

Zum erstenmal besuchte ich das Häuschen vor langer Zeit, und zwar dienstlich. Ich überbrachte von dem Besitzer des Hauses, dem Obersten Čikamasov, einen Gruß an seine Frau und seine Tochter. An diesen ersten Besuch erinnere ich mich noch sehr gut.

Stellen Sie sich eine kleine, aufgedunsene Frau von etwa vierzig Jahren vor, die Sie erschreckt und erstaunt ansieht, während Sie von der Diele in den Saal kommen. Sie sind ein »Fremder«, ein Gast, ein »junger Mann« – und das genügt schon, um Erstaunen und Schrecken hervorzurufen. Sie haben weder eine Schlagkugel noch eine Axt oder einen Revolver in der Hand. Sie lächeln freundlich, aber man empfängt Sie mit Unruhe.

»Mit wem habe ich die Ehre und das Vergnügen?« fragt mit zitternder Stimme die nicht mehr junge Frau, in der Sie Čikamasovs Gattin erkennen.

Sie stellen sich vor und erklären, weshalb Sie gekommen sind. Schreck und Erstaunen werden von einem schrillen, freudigen »Ach« und einem Verdrehen der Augen abgelöst. Dieses »Ach« schallt wie ein Echo von der Diele in den Saal, vom Saal in den Salon, vom Salon in die Küche . . . und so fort bis in den Keller. Bald füllt sich das ganze Häuschen mit vielstimmigem, freudigem »Ach«. Nach fünf Minuten sitzen Sie im Salon auf einem großen, weichen, heißen Sofa und hören, wie schon die ganze Moskauer Straße »Ach« ruft.

Es roch nach Mottenpulver und neuen ziegenledernen Schuhen, die, in ein Tüchlein eingewickelt, neben mir auf dem Stuhl lagen. Auf den Fenstern sah man Geranien und ein Musselinläppchen, auf dem Läppchen – satte Fliegen. An der Wand hing das Porträt eines Bischofs, mit Ölfarbe gemalt und hinter einer Glasscheibe, von der eine Ecke zerbrochen war. Dem Bischof schlossen sich eine Reihe von Ahnen mit zitronengelben Zigeunergesichtern an. Auf dem Tisch lagen ein Fingerhut, eine Rolle Garn und ein nicht fertiggestrickter Strumpf, auf dem Fußboden Schnittmuster und ein schwarzes Jäckchen, aus dem die Heftfäden noch nicht gezogen waren. Im Nebenzimmer sammelten zwei aufgeregte, erschreckte alte Frauen Schnittmuster und Stoffstücke vom Fußboden auf . . .

»Entschuldigen Sie, bei uns ist eine furchtbare Unordnung«, sagte die Čikamasova.

Sie unterhielt sich mit mir und schielte verlegen zu der Tür hin, hinter der man noch immer Schnittmuster aufsammelte. Die Tür wurde schüchtern einige Zentimeter geöffnet und dann wieder geschlossen.

»Nun, was willst du?« Die Čikamasova wandte sich zur Tür.

»Où est mon cravate, lequel mon père m'avait envoyé de Koursk?« fragte hinter der Tür eine weibliche Stimme.

»Ah, est-ce que Marie, que . . . Ach wie kann man . . . Nous avons donc chez nous un homme très peu connu par nous . . . Frag Lukerja . . .«

Wie gut sprechen wir doch Französisch, las ich in den Augen der Čikamasova, die vor Vergnügen rot geworden war.

Bald darauf öffnete sich die Tür, und ich erblickte ein großes, schmächtiges Mädchen von etwa neunzehn Jahren in einem langen Musselinkleid mit goldenem Gürtel, an dem, wie ich mich erinnere, ein Perlmuttfächer hing. Sie trat ein, nahm Platz und errötete. Zuerst errötete ihre lange, etwas scheckige Nase, nach der Nase die Augen, nach den Augen die Schläfen.

»Meine Tochter«, sagte die Čikamasova mit singendem Tonfall. »Und das, Manečka, ist der junge Mann, der . . .«

Ich stellte mich vor und äußerte mein Erstaunen über die große Anzahl von Schnittmustern. Mutter und Tochter schlugen die Augen nieder.

»Bei uns war Himmelfahrt Jahrmarkt«, sagte die Mutter. »Auf diesem Jahrmarkt kaufen wir immer Stoffe ein, und dann nähen wir das ganze Jahr über bis zum nächsten Jahrmarkt. Die Näharbeit geben wir nie außer Haus. Mein Pëtr Semënyč verdient nicht besonders viel, und da können wir uns keinen Luxus erlauben. Wir sind gezwungen, selbst zu nähen.«

»Aber wer trägt denn das alles bei Ihnen? Sie sind doch nur zwei.«

»Ach ... trägt man das denn? Das ist nicht zum Tragen! Das ist – die Aussteuer!«

»Ach, maman, was sagen Sie da!« warf die Tochter ein und wurde ganz rot. »Man muß wirklich denken ... Ich werde nie heiraten! Nie!« Doch als sie das sagte, leuchteten bei dem Wort »heiraten« ihre Äuglein auf.

Man brachte Tee, Zwieback, Konfitüre, Butter und dann noch Himbeeren mit Sahne. Um sieben Uhr gab es ein Abendessen mit sechs Gängen, und während dieses Essens hörte ich ein Gähnen; im Nebenzimmer hatte jemand laut gegähnt. Ich schaute erstaunt auf die Tür: nur ein Mann kann so gähnen.

»Das ist Pëtr Semënyčs Bruder, Egor Semënyč ...« erklärte die Čikamasova, als sie mein Erstaunen bemerkte. »Er wohnt seit dem vorigen Jahr bei uns. Sie müssen ihn entschuldigen, er kann nicht hereinkommen. Er ist so menschenscheu ... Fremde bringen ihn in Verlegenheit ... Er will ins Kloster ... Er hat im Dienst Ärger gehabt ... Also aus Kummer ...«

Nach dem Abendbrot zeigte mir die Čikamasova ein Meßgewand, das Egor Semënyč gestickt hatte, um es später der Kirche zu spenden. Manečka legte für einen Augenblick ihre Schüchternheit ab und zeigte mir einen Tabaksbeutel, den sie für ihren Vater gestickt hatte. Als meine Miene verriet, daß ich von ihrer Arbeit überrascht war, errötete sie und flüsterte ihrer Mutter etwas ins Ohr. Diese strahlte und schlug mir vor, mit ihr in die Vorratskammer zu gehen. Dort standen etwa fünf große und eine Anzahl kleinerer Koffer und Kästchen.

»Das ist ... die Aussteuer«, flüsterte mir die Mutter zu. »Selbst genäht.«

Nachdem ich mir diese düsteren Koffer angesehen hatte, begann ich mich von den gastfreundlichen Wirtsleuten zu verabschieden. Man nahm mir das Wort ab, daß ich sie wieder einmal besuchen käme.

Dieses Wort konnte ich erst etwa sieben Jahre nach meinem ersten Besuch einlösen, als ich einer Gerichtssache wegen als Sachverständiger in das Städtchen geschickt wurde. Als ich das bekannte Häuschen betrat, hörte ich das gleiche »Ach« ... Man hatte mich erkannt ... Und ob! Mein erster Besuch war in ihrem Leben ein großes Ereignis gewesen, und wo es wenig Ereignisse gibt, bleiben sie lange im Gedächtnis haften. Als ich in den Salon kam, kroch die Mutter, die noch dicker und schon grau geworden war, auf dem Fußboden herum und schnitt einen blauen Stoff zu; die Tochter saß auf dem Sofa und stickte. Dieselben Schnittmuster, derselbe Geruch nach Mottenpulver, dasselbe Porträt mit der zerbrochenen Ecke. Aber trotzdem hatte sich etwas verändert. Neben dem Porträt des Bischofs hing Pëtr Semënyčs Porträt, und die Damen waren in Trauer. Pëtr Semënyč war eine Woche nach seiner Beförderung zum General gestorben.

Man begann Erinnerungen auszutauschen ... Die Generalin weinte ein wenig.

»Wir haben großen Kummer«, sagte sie. »Pëtr Semënyč – Sie wissen doch? – ist nicht mehr. Wir beide sind Waisen und müssen selbst für uns sorgen. Egor Semënyč lebt, aber wir können über ihn nichts Gutes sagen. Ins Kloster hat man ihn nicht aufgenommen wegen ... wegen der geistigen Getränke. Und jetzt trinkt er vor Kummer noch mehr. Ich beabsichtige zum Adelsmarschall zu fahren, ich will klagen. Stellen Sie sich vor, er hat ein paarmal die Koffer geöffnet, hat ... Manečkas Aussteuer genommen und sie an Pilger verteilt. Aus zwei Koffern hat er alles weggeschleppt! Wenn das so weitergeht, bleibt meine Manečka ohne Aussteuer ...«

»Was reden Sie da, maman«, sagte Manečka und wurde verlegen. »Man kann wirklich Gott weiß was denken ... Ich werde nie, nie heiraten!«

Manečka schaute begeistert und voller Hoffnung zur Decke auf und glaubte offenbar nicht an das, was sie sagte.

Durch das Vorzimmer huschte ein kleines Männlein mit großer Glatze, es trug einen braunen Gehrock und Galoschen statt Stiefel; es raschelte wie eine Maus.

Das ist wahrscheinlich Egor Semënyč, dachte ich.

Ich sah gleichzeitig Mutter und Tochter an: sie waren beide sehr gealtert und hohlwangig geworden. Der Kopf der Mutter schimmerte silbern, und die Tochter verblühte und verwelkte, es schien, als sei die Mutter nur etwa fünf Jahre älter als die Tochter, und nicht mehr.

»Ich beabsichtige, zum Adelsmarschall zu fahren«, sagte die Alte, die nicht mehr wußte, daß wir schon darüber gesprochen hatten. »Ich will klagen! Egor Semënyč nimmt uns alles weg, was wir nähen, und verschenkt es für die Rettung seiner Seele. Meine Manečka ist ohne Aussteuer geblieben!«

Manečka errötete, aber sie sagte kein Wort mehr.

»Wir müssen alles noch einmal nähen, aber wir sind doch weiß Gott nicht reich! Wir sind beide Waisen!«

»Wir sind Waisen«, wiederholte Manečka.

Im vergangenen Jahr verschlug mich das Schicksal abermals in das bekannte Häuschen. Als ich den Salon betrat, erblickte ich die alte Čikamasova. Sie saß, zum Zeichen der Trauer ganz in Schwarz gekleidet, auf dem Sofa und nähte etwas. Neben ihr saß ein altes Männlein in braunem Gehrock und Galoschen statt Stiefeln. Als das alte Männlein mich bemerkte, sprang es auf und lief schnell aus dem Salon ...

Als Antwort auf meine Begrüßung lächelte die Greisin und sagte:

»Je suis charmée de vous revoir, monsieur.«

»Was nähen Sie?« fragte ich sie etwas später.

»Das ist ein Hemdchen. Wenn es fertig ist, bringe ich es zum Priester, sonst schleppt es Egor Semënyč weg. Ich verstecke jetzt alles beim Priester«, sagte sie im Flüsterton.

Und während sie das Porträt ihrer Tochter betrachtete, das vor ihr auf dem Tische stand, seufzte sie und sagte:

»Wir sind doch Waisen.«

Aber wo war denn die Tochter? Wo war Manečka? Ich habe nicht nach ihr gefragt, ich wollte die Alte, die tiefe Trauer trug, nicht ausfragen, und solange ich in dem Häuschen saß und auch als ich wegging, kam Manečka nicht zu mir, ich hörte weder ihre Stimme noch ihre leisen Schritte ... Alles war klar, und mir war so schwer ums Herz.

Die Tochter Albions

Vor das Haus des Gutsbesitzers Grjabov rollte eine prächtige Kutsche mit Gummireifen an den Rädern, einem dicken Kutscher und Samtpolstern. Aus der Kutsche sprang der Adelsmarschall des Kreises, Fëdor Andreič Otcov. Im Vorzimmer empfing ihn ein schläfriger Lakai.

»Sind die Herrschaften zu Hause?« fragte der Adelsmarschall.

»Nein. Die gnädige Frau sind mit den Kindern zu Besuch gefahren, und der gnädige Herr sind mit der Mamsell Gouvernante angeln. Schon seit dem frühen Morgen.«

Otcov blieb einen Augenblick stehen, überlegte und ging dann zum Fluß, Grjabov suchen. Er fand ihn etwa zwei Verst vom Hause entfernt am Fluß. Als er von dem Steilufer hinunterblickte und Grjabov sah, lachte Otcov laut auf ... Grjabov, ein großer, dicker Mann mit einem sehr großen Kopf, saß im Sand, die Beine wie ein Türke gekreuzt, und angelte. Sein Hut saß auf dem Hinterkopf, die Krawatte war zur Seite gerutscht. Neben ihm stand eine hochgewachsene, schlanke Engländerin mit vorstehenden Krebsaugen und einer großen Vogelnase, die eher einem Haken als einer Nase glich. Sie trug ein weißes Musselinkleid, das ihre mageren gelben Schultern deutlich durchschimmern ließ. An dem goldenen Gürtel hing ein goldenes Ührchen. Sie angelte ebenfalls. Um die beiden herum herrschte Totenstille. Beide waren regungslos wie der Fluß, auf dem ihre Schwimmer ruhten.

»Die Lust ist groß, aber bitter das Los.« Otcov lachte. »Guten Tag, Ivan Kuzmič!«

»Ah ... bist du es?« fragte Grjabov, ohne den Blick vom Wasser loszureißen. »Bist du gekommen?«

»Wie du siehst ... Und du treibst immer noch diesen Unsinn. Ist dir das noch nicht über?«

»Keine Spur ... Ich angele den ganzen Tag, von früh an ... Heute angelt es sich etwas schlecht. Wir haben nichts gefangen, weder ich noch diese Vogelscheuche da. Und wir sitzen und sitzen, kein Teufel beißt an! 's ist einfach zum Verzweifeln.«

»Ach, so pfeif doch drauf. Komm einen Vodka trinken!«

»Wart noch ... Vielleicht fangen wir doch noch was. Gegen Abend beißen die Fische besser an ... Ich sitze hier, mein Lieber, seit dem frühen Morgen! 's ist so langweilig, daß ich dir's gar nicht beschreiben kann. Der Teufel muß mich geritten haben, daß ich mich so an dieses Angeln gewöhnt habe! Ich weiß, es ist Blödsinn, aber ich sitze! Sitze wie irgend so ein Halunke, wie so ein Zwangsarbeiter und starre aufs Wasser wie ein ausgemachter Trottel. Ich müßte zur Mahd, aber ich angele. Gestern hat in Chaponevo Hochwürden den Gottesdienst gehalten, und ich bin nicht hingefahren, ich bin hier sitzen geblieben mit diesem Sterlet da ... mit diesem Satansbraten ...«

»Aber ... bist du verrückt geworden?« fragte Otcov und schielte verlegen zu der Engländerin hin. »Schimpfst in Gegenwart einer Dame ... und noch über sie selbst ...«

»Ach, zum Teufel mit ihr! Versteht sowieso kein Wort Russisch ... Ob du sie lobst oder schimpfst – ihr ist das gleich! Sieh dir mal die Nase an! Von der Nase allein kann man schon in Ohnmacht fallen! Ganze Tage sitzen wir zusammen, und es fällt nicht ein einziges Wort! Steht da wie eine Vogelscheuche und glotzt aufs Wasser.«

Die Engländerin gähnte, wechselte den Köder und warf die Angel wieder aus.

»Ich wundere mich immerzu, mein Lieber!« fuhr Grjabov fort. »Das dumme Frauenzimmer lebt schon zehn Jahre in Rußland und versteht noch kein Wort Russisch ...! Jeder beliebige Aristokrat von uns lernt, wenn er zu denen fährt, schnell in ihrer Sprache schwatzen, aber sie ... weiß der Teufel! Sieh dir mal die Nase an. Die Nase mußt du dir ansehn!«

»Nun, hör schon auf ... Ist ja peinlich ... Was fällst du über die Frau her?«

»Das ist doch keine Frau, das ist eine Jungfer ... Träumt vom Bräutigam, die Teufelspuppe. Und riechen tut sie verfault ... Ich hasse sie, mein Lieber! Ich kann sie nicht gleichgültig ansehen! Wenn sie mich mit ihren Glotzaugen anstarrt, habe ich so ein unangenehmes Gefühl, als wäre ich mit dem Ellenbogen gegen ein Geländer gestoßen. Sie angelt auch gern. Sieh dir das an: sie angelt, als wenn sie einen Gottesdienst abhält! Auf alles schaut sie mit Verachtung ... Diese Kanaille steht da und bildet sich ein, daß sie ein Mensch und wohl gar Herr der Natur ist. Aber weißt du, wie sie heißt? Wilka Charlesowna Twice! Pfui ...! das kann man gar nicht aussprechen!«

Die Engländerin, die ihren Namen gehört hatte, wandte ihre Nase langsam in Grjabovs Richtung und maß ihn mit einem verächtlichen Blick. Von Grjabov richtete sie die Augen auf Otcov und übergoß ihn mit Verachtung. Und das alles schweigend, feierlich und langsam.

»Hast du gesehen?« fragte Grjabov lachend. »Da habt ihr's! Ach, du Vogelscheuche! Nur der Kinder wegen halte ich diesen Wassermolch. Wenn ich keine Kinder hätte, würde ich sie nicht auf zehn Verst an mein Gut heranlassen ... Eine Nase hat sie wie ein Habicht ... Und die Taille? Diese Puppe erinnert mich an einen langen Nagel ... Weißt du, man möchte ihn nehmen und in die Erde einschlagen. Wart mal ... Bei mir beißt, scheint's, einer an ...«

Grjabov sprang auf und zog an der Angel. Die Schnur spannte sich ... Grjabov zog noch einmal, aber er konnte den Angelhaken nicht herausbekommen.

»Hat sich festgehakt«, sagte er und verzog das Gesicht. »An einem Stein wahrscheinlich ... Hol's der Teufel ...« Grjabovs Gesicht drückte Leiden aus. Seufzend, mit hastigen Bewegungen und Flüche ausstoßend, begann er an der Schnur zu reißen. Doch das Reißen führte zu nichts. Grjabov wurde blaß.

»Wie schade! Ich muß ins Wasser steigen.«

»Laß es doch!«

»Das geht nicht ... Gegen Abend angelt es sich gut ... So eine Geschichte, Gott verzeih mir! Ich muß ins Wasser steigen. Ich muß! Wenn du wüßtest, wie ungern ich mich ausziehe! Die Engländerin müßte man wegjagen ... Vor ihr sich auszuziehen ist doch peinlich. Immerhin ist sie eine Dame!«

Grjabov warf den Hut und die Krawatte ab.

»Miss ... äh, äh, äh ...« wandte er sich an die Engländerin. »Miss Twice! Je vous prie ... Nun, wie sagt man es ihr? Nun, wie soll ich dir's sagen, damit du es verstehst? Hören Sie mal zu ... dorthin! Gehen Sie dorthin! Hörst du?«

Miss Twice sah ihn verächtlich an und gab einen Nasallaut von sich.

»Was? Sie verstehen mich nicht? Geh von hier weg, sagt man dir! Ich muß mich ausziehen, du Teufelspuppe! Geh dorthin! Dorthin!«

Grjabov zupfte die Miss am Ärmel, zeigte auf die Büsche und hockte sich nieder: Geh hinter die Büsche, sollte das heißen, und versteck dich dort ... Die Engländerin bewegte energisch die Augenbrauen und sprach schnell einen langen englischen Satz. Die Gutsbesitzer brüllten vor Lachen.

»Zum erstenmal im Leben höre ich ihre Stimme. Na, das ist aber ein Stimmchen! Sie versteht mich nicht! Nun, was soll ich mit ihr machen!«

»Pfeif drauf! Komm Vodka trinken!«

»Unmöglich, ich muß jetzt angeln ... Es ist Abend ... Was soll ich nun machen? Das ist eine Geschichte! Ich muß mich vor ihr ausziehen ...«

Grjabov warf den Gehrock und die Weste ab und setzte sich auf den Sand, um die Stiefel auszuziehen.

»Hör mal, Ivan Kuzmič«, sagte der Adelsmarschall und prustete in die vorgehaltene Faust. »Das ist doch schon, mein Freund, kein Spaß mehr, das ist der reine Hohn.«

»Keiner hat sie darum gebeten, es nicht zu verstehen. Das wird eine Lehre für sie sein, diese Ausländer!«

Grjabov zog die Stiefel und die Hosen aus, warf die Unterwäsche von sich und war plötzlich im Adamskostüm. Otcov hielt sich den Bauch. Er wurde rot vor Lachen und auch vor Verlegenheit. Die Engländerin bewegte die Brauen und blinzelte ... Über ihr gelbes Gesicht flog ein hochmütiges, verächtliches Lächeln.

»Ich muß mich erst etwas abkühlen«, meinte Grjabov und klatschte sich auf die Schenkel. »Sei so gut, Fëdor Andreič, und sage mir, warum ich jeden Sommer auf der Brust Ausschlag bekomme?«

»So steig doch schon schneller ins Wasser, oder deck dich wenigstens zu, du Rindvieh!«

»Wenn sie wenigstens verlegen würde, das niederträchtige Ding!« sagte Grjabov, während er ins Wasser stieg und sich bekreuzigte. »Brrr ... ist das Wasser kalt ... Sieh mal, wie sie die Augenbrauen bewegt! Geht nicht weg ... Sie steht über der Menge! Hehehe ... und sie hält uns nicht für Menschen!«

Als er bis zu den Knien im Wasser stand, richtete er sich zu seiner vollen Riesengröße auf, zwinkerte mit einem Auge und sagte:

»Das ist hier nicht England für sie, mein Lieber!«

Miss Twice wechselte kaltblütig den Köder, gähnte und warf die Angel aus. Otcov drehte sich um. Grjabov löste den Haken, tauchte unter und stieg schnaufend aus dem Wasser. Nach zwei Minuten saß er schon wieder auf dem Sand und angelte weiter.

Die Auskunft

Es war um die Mittagszeit. Der Gutsbesitzer Voldyrev, ein hochgewachsener, robuster Mann mit kahlgeschorenem Kopf und Glotzaugen, legte seinen Mantel ab, trocknete sich mit einem Taschentuch die Stirn und betrat zögernd das Amtszimmer. Dort kratzten die Federn ...

»Wo kann ich hier eine Auskunft bekommen?« wandte er sich

an den Portier, der aus der Tiefe des Amtszimmers ein Tablett mit Gläsern brachte. »Ich muß hier Erkundigungen einziehen und die Kopie einer Journaleintragung mitnehmen.«

»Bitte dorthin! Zu dem da, der am Fenster sitzt«, sagte der Portier und zeigte mit dem Tablett auf das letzte Fenster.

Voldyrev hüstelte und begab sich zu dem Fenster. Dort saß an einem grünen, typhusfleckigen Tisch ein junger Mann mit vier Haarbüscheln auf dem Kopf und einer langen, finnigen Nase; er trug einen verblichenen Dienstrock, hatte seine große Nase in die Papiere gesteckt und schrieb. Auf seinem rechten Nasenflügel lustwandelte eine Fliege, und er schob fortwährend die Unterlippe vor und blies sich unter die Nase, was seinem Gesicht einen äußerst sorgenvollen Ausdruck verlieh.

»Kann ich hier ... bei Ihnen«, fragte Voldyrev, »Erkundigungen über meine Angelegenheiten einziehen? Ich bin Voldyrev ... Und bei dieser Gelegenheit muß ich die Kopie einer Journaleintragung vom zweiten März mitnehmen.«

Der Beamte tauchte die Feder in das Tintenfaß und schaute nach, ob er auch nicht zuviel Tinte genommen habe. Nachdem er sich überzeugt hatte, daß die Feder nicht tropfte, kratzte er weiter. Seine Lippe schob sich vor, aber er brauchte nicht mehr zu blasen, denn die Fliege setzte sich auf sein Ohr.

»Kann ich hier eine Auskunft bekommen?« wiederholte Voldyrev nach einer Minute. »Ich bin Voldyrev, der Grundbesitzer ...«

»Ivan Alekseič!« rief der Beamte in die Luft, als bemerkte er Voldyrev gar nicht. »Sage dem Kaufmann Jalikov, wenn er kommt, daß er die Kopie von der Bittschrift auf der Polizei beglaubigen lassen soll! Tausendmal habe ich ihm das schon gesagt!«

»Ich komme wegen meines Prozesses mit den Erben der Fürstin Gugulina«, murmelte Voldyrev. »Die Sache ist bekannt. Ich bitte Sie dringend, mich abzufertigen.«

Der Beamte, der Voldyrev noch immer nicht bemerkte, fing die Fliege auf der Lippe, schaute sie aufmerksam an und warf sie weg. Der Gutsbesitzer hüstelte und schneuzte sich laut in sein kariertes Taschentuch. Aber auch das half nichts. Man fuhr fort, ihn zu überhören. Das Schweigen dauerte etwa zwei Minuten. Da nahm Voldyrev einen Rubelschein aus der Tasche und legte ihn vor dem Beamten auf ein geöffnetes Buch. Der Beamte runzelte die Stirn, zog mit sorgenvollem Gesicht das Buch zu sich heran und klappte es zu.

»Eine kleine Auskunft ... Ich möchte nur erfahren, mit welcher Begründung die Erben der Fürstin Gugulina ... Darf ich Sie stören?«

Aber der Beamte, der mit seinen eigenen Gedanken beschäftigt war, stand auf, kratzte sich am Ellenbogen und ging aus irgendeinem Grund zum Schrank. Als er einen Augenblick später an seinen Tisch zurückkehrte, beschäftigte er sich wieder mit dem Buch: ein Rubelschein lag darauf.

»Ich werde Sie nur einen Augenblick stören ... Ich brauche nur eine kleine Auskunft ...«

Der Beamte hörte nicht; er begann etwas abzuschreiben.

Voldyrev verzog sein Gesicht und schaute ohne Hoffnung auf die ganze federkratzende Bruderschaft.

Sie schreiben, dachte er seufzend, sie schreiben, der Teufel soll sie allesamt holen!

Er trat vom Tisch zurück und blieb mit hoffnungslos herabhängenden Armen mitten im Zimmer stehen. Der Portier, der wieder mit den Gläsern vorbeiging, bemerkte offenbar seinen hilflosen Gesichtsausdruck, denn er trat ganz nahe an ihn heran und fragte leise:

»Nun, was ist? Haben Sie nachgefragt?«

»Ich habe nachgefragt, aber man will nicht mit mir sprechen.«

»Geben Sie ihm doch drei Rubel ...« flüsterte der Portier.

»Habe ihm doch schon zwei gegeben.«

»Na, dann geben Sie ihm eben noch einen.«

Voldyrev kehrte an den Tisch zurück und legte einen grauen Geldschein auf das offene Buch.

Der Beamte zog das Buch wieder zu sich heran und begann darin zu blättern, und plötzlich richtete er gleichsam unbeabsichtigt den Blick auf Voldyrev. Seine Nase glänzte, sie wurde rot und verzog sich zu einem Lächeln.

»Ach ... was wünschen Sie?« fragte er.

»Ich möchte Erkundigungen einziehen betreffs meiner Angelegenheit ... Ich bin Voldyrev.«

»Sehr angenehm! In der Sache Gugulina? Sehr gut! Was brauchen Sie also, genaugenommen?«

Voldyrev brachte seine Bitte vor.

Der Beamte lebte auf, als habe ihn ein Wirbelsturm ergriffen.

Er gab Auskunft, ordnete an, die Kopie auszufertigen, bot dem Bittsteller einen Stuhl an – und das alles im Handumdrehen. Er sprach sogar vom Wetter und fragte nach der Ernte. Und als Voldyrev wegging, begleitete er ihn die Treppe hinunter, lächelte freundlich und ehrerbietig und gab sich den Anschein, als sei er jeden Augenblick bereit, sich vor dem Bittsteller bis zur Erde zu verbeugen. Voldyrev war es irgendwie peinlich, und einem inneren Drang gehorchend, nahm er einen Rubelschein aus der Tasche und reichte ihn dem Beamten. Dieser verbeugte sich noch immer und lächelte; er nahm den Rubelschein wie ein Zauberkünstler in Empfang, so daß er nur ganz kurz in der Luft aufleuchtete.

Na, das sind vielleicht Menschen ... dachte der Gutsbesitzer, als er auf die Straße trat.

Dort blieb er stehen und trocknete sich mit seinem Taschentuch die Stirn.

Der alte Lakai

»Unser Bach windet sich im Zickzack wie eine kleine Schlange dahin. Er fließt durch die Felder in solchen Windungen und Krümmungen, daß man meint, er sei zerbrochen ... Immer wenn man auf den Berg klettert und nach unten blickt, sieht man ihn wie auf einer Handfläche liegen. Am Tage ist er wie ein Spiegel, aber nachts schimmert er wie Quecksilber. Am Ufer entlang wächst Schilf und schaut ins Wasser ... Welch eine Schönheit! Hier Schilf, da Gebüsch, dort wieder Weidenbäume ...«

So beschrieb Nikifor Filimonyč die Landschaft, wenn er in der Bierstube am Tisch saß und sein Bier trank. Er sprach mit Begeisterung und Eifer ... Sein runzliges, rasiertes Gesicht und der braune Hals zuckten jedesmal krampfhaft, wenn er in seiner Erzählung eine besonders poetische Stelle betonen wollte. Die hübsche sechzehnjährige Schankmamsell Tanja hörte ihm zu. Sie lag mit der Brust auf der Theke und stützte den Kopf in die Fäuste; bleich vor Staunen und ohne mit der Wimper zu zucken, nahm sie jedes Wort begeistert auf.

Nikifor Filimonyč saß jeden Abend in der Bierstube und unterhielt sich mit Tanja. Er liebte sie, weil sie eine Waise war und auch wegen der stillen Zärtlichkeit, von der ihr blasses Gesicht mit den stechenden Augen ganz übergossen war. Und wen er gern hatte, dem gegenüber ließ er seiner Zunge freien Lauf und erzählte ihm alle Geheimnisse seiner Vergangenheit. Seine Gespräche begannen gewöhnlich mit der Beschreibung der Natur. Von der Natur ging er zur Jagd über, von der Jagd auf die Persönlichkeit des seligen Herrn, des Fürsten Svincov.

»Ein berühmter Mann war das!« berichtete er von dem Fürsten. »Berühmt war er nicht so sehr durch seinen Reichtum und die Größe seiner Ländereien als durch seinen Charakter. Er war ein Don Juan!«

»Und was bedeutet Don Juan?«

»Das bedeutet, daß er zum weiblichen Geschlecht ein großer Don Juan war. Er liebte euch Frauenvolk. Sein ganzes Vermögen hat er mit dem weiblichen Geschlecht verpraßt ... Jawohl ... Und als wir in Moskau wohnten, hat das ganze obere Stockwerk vom Grandhotel auf unsere Kosten gelebt. In Petersburg pflegten wir enge Beziehungen zur Baronesse von Tussich und zeugten ein Kind. Diese selbe Baronesse hat in einer Nacht ihr ganzes Vermögen beim Bankhalten verspielt und wollte Hand an sich legen, aber der Fürst ließ sie nicht ihr Leben beenden. Sie war so schön, so jung ... Ein Jahr lang ging sie mit ihm, dann starb sie ... Und wie die Frauen ihn liebten, Tanečka! Wie sie ihn liebten! Sie konnten ohne ihn nicht leben!«

»War er schön?«

»Woher denn ... Alt war er, häßlich ... Jawohl ... Auch Sie, Tanečka, Sie hätten ihm bestimmt gefallen ... Er liebte solche Schlanken, Blassen ... Sie brauchen nicht gleich verlegen zu werden. Wozu denn verlegen werden? Ich habe mein ganzes Leben nicht gelogen, da werde ich doch jetzt nicht lügen ...«

Dann beschrieb Nikifor Filimonyč Equipagen, Pferde und Toiletten ... Er kannte sich darin aus. Dann begann er die Weine aufzuzählen ...

»Und es gibt solche Weine, wo eine Flasche fünfundzwanzig kostet. Trinkt man ein Gläschen, da tut sich was im Bauch, als ob man vor Freude sterben wollte ...«

Tanja gefiel am besten die Beschreibung der stillen Mondnächte ... Im Sommer eine geräuschvolle Orgie im Grünen, inmitten von Blumen, und im Winter – im Schlitten unter einer warmen Decke, im Schlitten, der dahinfliegt wie ein Blitz.

»Der Schlitten fliegt dahin, und es scheint, als wenn der Mond mitläuft . . . herrlich!«

Lange pflegte Nikifor Filimonyč so zu erzählen. Er hörte erst auf, wenn der Junge die Laterne über der Tür löschte und das Türschild der Bierstube hereinbrachte.

An einem Winterabend lag Nikifor Filimonyč betrunken am Zaun und erkältete sich. Man brachte ihn ins Krankenhaus. Als er nach einem Monat entlassen wurde, fand er seine Zuhörerin in der Bierstube nicht mehr vor. Sie war verschwunden.

Anderthalb Jahre später ging Nikifor Filimonyč in Moskau die Tverskaja entlang, um seinen abgetragenen Sommermantel zu verkaufen. Da traf er seinen Liebling, die Tanja. Weiß geschminkt, aufgedonnert, in einem Hut mit toller Krempe ging sie untergehakt mit einem Herrn im Zylinder und lachte laut . . . Der Alte sah sie an, erkannte sie, begleitete sie mit den Augen und nahm langsam die Mütze ab. Sein Gesicht drückte Rührung aus, in den Augen glitzerte ein Tränchen.

»Nun, gebe ihr Gott . . .« flüsterte er. »Sie ist ein guter Mensch.«

Und während er die Mütze wieder aufsetzte, lachte er leise vor sich hin.

Im Herbst

Es war spätabends.

In Onkel Tichons Schenke saß eine Gesellschaft von Kutschern und Pilgern. Ein herbstlicher Platzregen und ein ungestümer feuchter Wind, der die Gesichter wie mit Rutenhieben peitschte, hatte sie in die Schenke getrieben. Die durchnäßten und ermüdeten Reisenden saßen auf den Bänken an der Wand und horchten im Halbschlaf auf den Wind. Auf ihren Gesichtern malte sich Langeweile. Auf den Knien des einen Kutschers, eines Menschen von niedrigem Wuchs und mit einem blatternarbigen, zerkratzten Gesicht, lag eine naß gewordene Ziehharmonika; er spielte zuweilen darauf, hörte aber automatisch wieder auf.

Über der Tür, um die trübe, verschmierte Laterne herum, tanzten Regentropfen. Der Wind heulte wie ein Wolf, er heulte und pfiff und mühte sich sichtlich, die Tür der Schenke aus den Angeln zu reißen. Vom Hof her hörte man die Pferde schnaufen und im Schmutz herumpatschen. Es war feucht und kalt.

Hinter der Theke saß Onkel Tichon, ein großer Bauer mit feistem Gesicht und schläfrigen, geschwollenen Äuglein. Vor ihm, auf der anderen Seite des Schanktisches, stand ein etwa vierzigjähriger Mann in schmutziger, mehr als billiger Kleidung; dennoch wirkte er intelligent. Er trug einen zerknitterten, ganz verschmutzten Sommermantel, baumwollene Hosen und Gummischuhe an den bloßen Füßen. Sein Kopf, die in den Taschen steckenden Hände und die hageren, spitzen Ellbogen zitterten wie im Fieber. Von Zeit zu Zeit schüttelte ein leichter Krampf den ausgemergelten Körper, von dem schrecklich abgezehrten Gesicht bis hinunter zu den Gummischuhen.

»Gib mir um Christi willen«, bat er Tichon mit gebrochener, klirrender Tenorstimme. »Ein Gläschen ... so ein kleines nur. Auf Pump!«

»Ich werd dir gleich ... Es lungern schon genug von euch Spitzbuben hier herum!«

Der Spitzbube blickte mit Verachtung und Haß auf Tichon. Er hätte ihn am liebsten getötet, wenn er gekonnt hätte!

»Begreif doch, du Narr, du, du Grobian! Nicht ich bitte dich, sondern mein Inwendiges, auf deine Art, auf Bauernart ausgedrückt; es bittet! Meine Krankheit bittet! Begreif doch!«

»Da gibt's für mich nichts zu begreifen ... Hau ab!«

»Aber wenn ich nicht gleich etwas trinke, begreif das doch, wenn ich nicht gleich meine Leidenschaft befriedige, bin ich imstande, ein Verbrechen zu begehen! Ich könnte Gott weiß was anstellen! Du Unverschämter hast in deinem Kneipenleben viele Betrunkene gesehen; ist dir denn bis heute nicht klargeworden, was für Menschen das sind? Das sind Kranke! Leg sie an die Kette, schlag sie, geh mit dem Messer auf sie los, aber gib ihnen Vodka. Nun, ich bitte dich ganz ergebenst! Sei gnädig! Ich erniedrige mich ... Mein Gott, wie ich mich erniedrige!«

Der Spitzbube schüttelte den Kopf und spuckte langsam aus.

»Gib Geld, dann kriegst du auch Vodka«, sagte Tichon.

»Wo soll ich Geld hernehmen? Alles vertrunken! Ratzekahl alles! Allein der Mantel ist mir geblieben. Den kann ich dir nicht geben, weil ich ihn auf dem nackten Körper trage ... Willst du die Mütze haben?«

Der Spitzbube reichte Tichon seine Tuchmütze, aus der an einer Stelle schon die Watte guckte. Tichon nahm die Mütze, betrachtete sie und schüttelte verneinend den Kopf.

»Auch geschenkt nicht ...« sagte er. »Mist ...«

»Sie gefällt dir nicht? Nun, dann gib mir auf Pump, wenn sie dir nicht gefällt. Wenn ich aus der Stadt zurückkomme, bringe ich dir deinen Fünfer. Ersticken sollst du dann an diesem Fünfer! Ersticken!«

»Was bist du doch für ein Gauner?! Was für ein Mensch?! Wozu bist du hergekommen?«

»Trinken will ich. Nicht ich, meine Krankheit will! Begreif doch!«

»Was regst du dich auf? Viele von euch Ehrlosen treiben sich jetzt auf der großen Landstraße herum! Scher dich fort und bitte die Rechtgläubigen, sie sollen dich um Christi willen bewirten, aber ich gebe um Christi willen nur Brot. Gesindel!«

»Plündere du sie aus, die Armen, ich bin schon ... entschuldige. Ich kann sie nicht bestehlen. Ich nicht.«

Der Spitzbube unterbrach plötzlich seine Rede, errötete und wandte sich an die Pilger: »Das ist eine Idee, Rechtgläubige! Opfert ein Fünferchen! Mein Inneres bittet! Ich bin krank!«

»Trink Wasser!« sagte ein Kleiner mit pockennarbigem Gesicht und grinste hämisch.

Dem Spitzbuben war es peinlich. Er räusperte sich und schwieg. Kurze Zeit später flehte er wieder Tichon an. Zu guter Letzt fing er an zu weinen und bot für ein Glas Vodka seinen nassen Mantel. In der Dunkelheit sah man seine Tränen nicht, aber keiner nahm den Mantel, weil in der Schenke Pilgerinnen waren, die keinen nackten Mann sehen wollten.

»Was soll ich nun machen?« fragte der Spitzbube leise und verzweifelt. »Was mache ich nur? Ohne zu trinken, kann ich nicht leben. Da begehe ich ein Verbrechen oder Selbstmord ... Was mache ich nur?«

Er ging in der Schenke auf und ab.

Mit Geläut traf der Postwagen ein. Der durchnäßte Postbote trat in die Schenke, trank ein Glas Vodka und ging wieder. Die Post fuhr weiter.

»Ich werde dir ein Ding aus Gold geben«, sagte der Spitzbube, der plötzlich bleich wie Leinwand geworden war, und wandte sich dabei an Tichon. »Meinetwegen, ich geb dir's. Sei's drum! Es ist zwar gemein, schuftig von mir, aber nimm ... Ich begehe diese Gemeinheit, weil ich unzurechnungsfähig bin ... Und vor Gericht würde man mich freisprechen ... Nimm, aber nur unter einer Bedingung: du mußt es mir zurückgeben, wenn ich wiederkomme. Ich gebe es dir unter Zeugen . . .«

Der Spitzbube griff mit seiner nassen Hand an die Brust und holte ein kleines goldenes Medaillon hervor. Er öffnete es und blickte flüchtig auf ein Porträt.

»Ich müßte das Bild herausnehmen, aber ich weiß nicht, wo ich es lassen soll, ich bin ganz naß. In Teufels Namen, raub es mir mit dem Bild. Nur unter einer Bedingung . . . Mein Lieber, mein Guter, ich bitte dich . . . Du darfst dieses Gesicht nicht mit den Fingern berühren . . . Ich flehe dich an, mein Lieber! Verzeih mir bitte die Grobheiten, daß ich in grobem Ton mit dir gesprochen habe . . . Ich bin dumm . . . Berühr das Gesicht nicht mit den Fingern und schau es nicht mit deinen Augen an . . .«

Tichon nahm das Medaillon, betrachtete es prüfend und steckte es in die Tasche.

»Eine gestohlene Uhr«, sagte er, während er ein Glas vollschenkte. »Na, meinetwegen . . . Trink . . .«

Der Trunkenbold nahm das Glas, seine trunkenen, verschleierten Augen blitzten es an, soweit sie noch die Kraft dazu hatten, und er trank . . . Er trank mit Genuß, mit krampfhaften Pausen. Als er das Medaillon mit dem Bild vertrunken hatte, schlug er beschämt die Augen nieder und ging in eine Ecke. Dort hockte er sich neben einer Pilgerin auf eine Bank, krümmte sich zusammen und schloß die Augen.

Eine halbe Stunde verging ruhig und schweigend. Nur der Wind, der im Kamin wie zuvor seine herbstliche Rhapsodie sang, lärmte. Die Pilgerinnen schickten sich an, zu Gott zu beten und geräuschvoll unter den Bänken ihr Nachtlager zu richten. Tichon öffnete das Medaillon und blickte gebannt auf den Frauenkopf, der aus dem goldenen Rahmen die Schenke, Tichon und die Flaschen anlächelte.

Draußen knarrte ein Wagen. Man hörte jemanden »Brrr!« rufen und durch den Schmutz waten . . . In die Schenke kam eilig ein kleines Bäuerlein mit einem Spitzbart; es trug einen langen Schafpelz. Das Bäuerlein war durchnäßt und schmutzig.

»Na, mach hin!« rief er und knallte ein Fünfkopekenstück auf den Schanktisch. »Ein Glas echten Madeira! Schenk ein!«

Er drehte sich keck auf einem Absatz herum und musterte mit einem Blick die ganze Gesellschaft.

»Ihr seid wohl aus Zucker, daß ihr vor dem Regen Angst

habt, ihr Trunkenbolde! Ihr Weichlinge! Und was ist das da für eine Rosine?«

Das Bäuerlein sprang zu dem Spitzbuben und blickte ihm ins Gesicht.

»Da schau her! Der Herr«, sagte er. »Semën Sergeič! Meine Herrschaft! Was? Wie kommen Sie denn dazu, in dieser Kneipe herumzusitzen? Ist denn das ein Ort für Sie? Ach ... ein unglücklicher Märtyrer!«

Der Herr blickte auf den Bauern und bedeckte sein Gesicht mit dem Ärmel. Das Bäuerlein seufzte, schüttelte den Kopf, winkte hoffnungslos mit beiden Händen ab und trat an die Theke, um einen Vodka zu trinken.

»Das ist unser Herr«, flüsterte er Tichon zu und nickte dabei zu dem Spitzbuben hinüber. »Unser Gutsherr Semën Sergeič. Hast gesehen, wie er ist? Wie sieht er jetzt aus? Was? Das ist es eben ... Trunkenheit in solchem Grade ...«

Nachdem der Bauer den Vodka ausgetrunken hatte, wischte er sich mit dem Ärmel über die Lippen und fuhr fort:

»Ich bin aus seinem Dorf. Vierhundert Verst von hier, aus Achtilovka ... Waren Leibeigene bei seinem Vater ... So ein Jammer, Bruder! So ein Jammer! War ein so netter Herr ... Da draußen, das Pferdchen da, siehst du's? Das Geld für das Pferdchen hat er mir gegeben! Haha! Schicksal!«

Nach zehn Minuten saßen die Kutscher und Pilger um das Bäuerlein herum. Mit leiser, nervöser Tenorstimme, unter dem Rauschen des Herbstes, erzählte er ihnen die Geschichte. Semën Sergeič saß noch in derselben Ecke, hatte die Augen geschlossen und murmelte vor sich hin. Er hörte ebenfalls zu.

»Das alles ist nur von wegen der Kleinmütigkeit gekommen«, erzählte der Bauer zappelnd und mit den Armen fuchtelnd. »Aus Übermut ... War ein reicher Herr und vornehm, bekannt im ganzen Gouvernement ... Iß, trink – ich mag nicht! Ihr habt das gewiß auch schon erlebt ... Wie oft ist er in seiner Kutsche an dieser Kneipe vorbeigefahren! Reich war er ... Ich denke nur daran, wie er vor fünf Jahren auf der Mikiškinsker Fähre fuhr und statt einem Fünfer einen Rubel gegeben hat ... Wegen Nichtigkeiten hat er sich ruiniert. Mit einem Weibsbild fing's an. Er verliebte sich, der Herzensgute, in eine Städtische ... Liebte sie mehr als sein Leben. Einer Krähe lief er nach statt einem lichten Falken ... Marja Egorovna nannte sie sich, das Weibstück, ihr Zuname war so komisch, daß man ihn gar nicht aussprechen kann. Er liebte sie und warb also um sie, wie das nach Gottes Willen auch sein muß. Und sie willigte ein, bestimmt deshalb, weil er ein Herr war, und keiner von den Schlechtesten; er trank nicht, und Geld hatte er auch ... Eines Abends gehe ich, fällt mir gerade ein, durch ihren Garten; ich gucke, sie sitzen auf einer Bank und küssen sich. Er sie einmal und sie, die Schlange, ihn zweimal. Er sie auf das weiße Händchen, und sie – drückt sich so an ihn ran, hol sie der Kuckuck ...! Ich liebe dich, Senja, sagt sie. Und Senja läuft wie ein Besessener herum und prahlt mit seinem Glück, der Narr ... Der kriegt einen Rubel, der zwei ... Mir gab er für ein Pferd ... Vergab uns allen in seiner Freude unsere Schuld. So kam es zur Hochzeit ... Sie wurden getraut, wie sich's gehört ... Zur selben Zeit, als sich die Herrschaften zum Abendessen setzen wollten, nimmt sie einen Wagen, und weg ist sie ... In die Stadt eilt sie zu ihrem Adbockaten, zu ihrem Liebsten ... Gleich nach der Trauung, das Weibstück! Was sagt ihr dazu? Im selben Augenblick! Was? Seitdem war er wie von Sinnen, begann zu trinken ... Man sieht es ja ... Läuft rum wie verrückt und denkt nur an sie, an dieses Weibstück. Er liebt sie! Kann sein, er geht jetzt zu Fuß zu ihr in die Stadt, nur um sie einen Augenblick zu sehen ... An der zweiten Sache, Brüder, weswegen er in den Ruin gekommen ist – da ist der Schwager schuld, der Mann der Schwester ... Es fiel ihm ein, für diesen Schwager bei einer Bank gutzusagen ... so für dreißigtausend ... Der Schwager, der Spitzbube, erkennt natürlich sofort seinen Vorteil, er hat ein Fell, so dick wie bei einem Hund, und unser Herr muß die dreißigtausend blechen ... Ein dummer Mensch leidet auch Qualen aus Dummheit ... Seine Frau hat sich mit ihrem Adbockaten Kinder angeschafft, der Schwager hat sich bei Poltava ein Gut gekauft, aber unserer treibt sich wie ein Hanswurst in den Kneipen herum und kommt zu uns Bauern gekrochen und heult uns die Ohren voll: ›Bruder, ich habe den Glauben verloren! An niemand kann ich jetzt noch glauben!‹ So eine Kleinmütigkeit! Jeder Mensch hat seinen Kummer, muß er deshalb gleich trinken? Seht euch, beispielsweise, unseren Dorfältesten an. Seine Frau bringt am hellichten Tag einen Lehrer ins Haus geschleppt und schmeißt das Geld ihres Mannes für Trinkereien raus, aber der Dorfälteste läuft herum und lächelt. Nur seine Wangen sind ein bißchen eingefallen ...«

»Ja, wem Gott die Kraft gegeben hat ...« Tichon seufzte. »Die Kräfte sind ungleich – das ist wahr.«

Lange noch erzählte das Bäuerlein ... Als er geendet hatte, herrschte Stille in der Schenke.

»He, du ... wie heißt du gleich ... Unglücklicher Mensch! Komm, trink!« rief Tichon und wandte sich an den Herrn.

Der Herr kam an die Theke und trank mit Genuß das Spendierte ...

»Gib mir für einen Augenblick das Medaillon«, flüsterte er Tichon zu. »Ich will es mir nur ansehen und gebe es gleich wieder zurück ...«

Tichon machte eine finstere Miene und gab ihm schweigend das Medaillon. Der kleine Blatternarbige seufzte, wandte den Kopf und bestellte Vodka.

»Trink, Herr! Ach! Ohne Vodka lebt es sich gut, aber mit Vodka lebt es sich besser! Beim Vodka ist auch der Kummer kein Kummer mehr! Nur zu!«

Nachdem der Herr fünf Gläser getrunken hatte, verzog er sich in die Ecke, öffnete das Medaillon und suchte mit seinen trunkenen verquollenen Augen das teure Gesicht ... Aber das Gesicht war nicht mehr da ... Die Finger des tugendhaften Tichon hatten es aus dem Medaillon herausgerissen.

Die Laterne flammte auf und verlosch. In einer Ecke leierte eine Pilgerin hastig unverständliche Worte herunter. Der Kleine mit dem blatternarbigen Gesicht betete laut zu Gott und streckte sich auf dem Schanktisch aus. Draußen fuhr jemand vorüber ... Der Regen strömte und strömte ... Die Kälte wurde immer grimmiger, und es schien, als würde dieser häßliche, dunkle Herbst nie ein Ende nehmen. Der Herr verschlang das Medaillon mit den Augen und suchte immer noch das Frauengesicht ... Die Kerze verlosch.

Frühling, wo bist du?

Der Dicke und der Dünne

Auf einem Bahnhof der Nikolaj-Eisenbahn trafen sich zwei Freunde: der eine war dick, der andere dünn. Der Dicke hatte gerade auf dem Bahnhof zu Mittag gegessen, und seine Lippen, noch ganz fettig von der Butter, glänzten wie reife Kirschen. Er roch nach Sherry und Fleur d'Orange. Der Dünne dagegen war soeben ausgestiegen und mit Koffern, Bündeln und Pappschachteln beladen. Er roch nach Schinken und Kaffeesatz. Hinter seinem Rücken schaute eine hagere Frau mit langem Kinn hervor – seine Gattin, sowie ein hochgewachsener Gymnasiast mit einem halb zugekniffenen Auge – sein Sohn.

»Porfirij!« rief der Dicke, als er den Dünnen erblickte. »Bist du es wirklich? Mein Lieber ...! Wie lange haben wir uns nicht mehr gesehen!«

»Ach, du meine Güte!« Der Dünne war überrascht. »Miša! Freund meiner Kindheit! Wo kommst du denn her?«

Die Freunde küßten einander dreimal und schauten sich lange an, Tränen in den Augen. Beide waren angenehm überrascht.

»Mein Lieber«, begann der Dünne nach der Umarmung. »Das habe ich nicht erwartet! Ist das eine Überraschung! Nun schau mich doch mal richtig an! Derselbe schöne Mann, der du warst! Genauso charmant und elegant! Ach, du mein Gott! Nun, wie geht es dir? Bist du reich? Verheiratet? Ich bin schon verheiratet, wie du siehst ... Das ist meine Frau, Luise, geborene Wanzenbach ... lutherisch ... Und das ist mein Sohn Nafanail, Quartaner. Nafanja, das ist der Freund meiner Kindheit! Wir waren zusammen auf dem Gymnasium!«

Nafanail überlegte ein wenig und nahm die Mütze ab.

»Wir waren zusammen auf dem Gymnasium«, fuhr der Dünne fort. »Erinnerst du dich noch, wie man dich geneckt hat? Man nannte dich Herostratos, weil du mit der Zigarette ein Loch in das Klassenbuch gebrannt hattest, und mich Ephialtes, weil ich gerne petzte. Haha ... Wir waren eben Kinder! Keine Angst, Nafanja! Komm doch ruhig näher ... Und das ist meine Frau, geborene Wanzenbach ... lutherisch ...«

Nafanail überlegte ein wenig und versteckte sich dann hinter dem Rücken des Vaters.

»Nun, wie geht es dir, mein Lieber?« fragte der Dicke und sah den Freund begeistert an. »Bist du Beamter und wo? Bist du vorwärtsgekommen?«

»Ja, mein Lieber! Bin schon das zweite Jahr Kollegienassessor und habe den Stanislausorden. Das Gehalt ist niedrig ... nun, macht nichts! Meine Frau gibt Musikstunden, und ich mache privat aus Holz Zigarrenetuis. Vorzügliche Zigarrenetuis! Verkaufe sie für einen Rubel das Stück. Wer zehn Stück und mehr nimmt, bekommt Rabatt, verstehst du. Wir schlagen uns einigermaßen durch. Habe zuerst, weißt du, im Departement gedient, aber jetzt bin ich als Bürovorsteher im selben Ressort hierher versetzt ... Hier werde ich arbeiten ... Nun, und wie sieht es bei dir aus? Bist du schon Staatsrat? Ja?«

»Nein, mein Lieber, gehe noch etwas höher hinauf«, sagte der Dicke. »Ich habe es schon bis zum Geheimrat gebracht ... Habe zwei Ordenssterne.«

Der Dünne erblaßte plötzlich und stand wie erstarrt da, aber bald verzog sich sein Gesicht nach allen Seiten zu einem breiten Grinsen; es schien, als sprühten aus seinen Augen und seinem Gesicht Funken. Er selber schrumpfte zusammen, er bückte sich, wurde schmaler ... Seine Koffer, Bündel und Pappkartons schrumpften ebenfalls zusammen und bekamen Runzeln ... Das lange Kinn seiner Frau wurde noch länger; Nafanail nahm Haltung an und knöpfte seine Uniform zu ...

»Ich, Euer Exzellenz ... Sehr angenehm! Freund meiner Kindheit sozusagen, und sind plötzlich so ein Würdenträger geworden! Hihi ...«

»Na, hör auf!« sagte der Dicke und verzog das Gesicht. »Wozu dieser Ton? Wir sind doch Jugendfreunde – wozu diese Ehrerbietigkeit!«

»Aber ich bitte Sie ... Was sagen Sie ...« Der Dünne kicherte und schrumpfte noch mehr zusammen ... »Die gütige Aufmerksamkeit Eurer Exzellenz ... ist wie ein belebendes Naß ... Dies hier, Euer Exzellenz, ist mein Sohn Nafanail ... meine Frau Luise, lutherisch, gewissermaßen ...«

Der Dicke wollte eigentlich etwas erwidern, aber das Gesicht des Dünnen drückte so viel Ehrfurcht, Wonne und säuerliche Unterwürfigkeit aus, daß dem Geheimrat übel wurde. Er wandte sich von dem Dünnen ab und reichte ihm die Hand zum Abschied.

Der Dünne drückte drei Finger, verbeugte sich mit dem ganzen Körper und kicherte wie ein Chinese: »Hihihi.« Seine Frau lächelte. Nafanail machte einen Kratzfuß und ließ die Mütze fallen. Alle drei waren angenehm überrascht.

Auf See

Erzählung eines Matrosen

Man sah nur die verblassenden Lichter des zurückbleibenden Hafens und den tintenschwarzen Himmel. Es wehte ein kalter, feuchter Wind. Wir spürten über uns schwere Wolken, spürten ihr Verlangen, sich in Regen zu entladen, und trotz Wind und Kälte wurde uns schwül zumute.

Wir Matrosen versammelten uns im Zwischendeck und warfen das Los. Es ertönte das laute, trunkene Lachen unserer Besatzung, Witze wurden erzählt, und jemand krähte aus Spaß wie ein Hahn.

Ein leichtes Frösteln überlief mich von Kopf bis Fuß; genau in meinem Nacken befand sich ein Loch, und es war, als rieselten von dort feine kalte Schrotkörner den Körper hinunter. Ich zitterte vor Kälte und aus anderen Gründen, von denen ich jetzt erzählen will.

Der Mensch im allgemeinen ist meiner Meinung nach abscheulich, aber der Matrose ist, offen gestanden, das Abscheulichste auf der Welt, er ist abscheulicher als das schlimmste Tier, für das es noch eine Entschuldigung gibt, weil es dem Instinkt unterworfen ist. Vielleicht irre ich mich da auch, weil ich das Leben nicht kenne, aber mir scheint, der Matrose habe mehr Veranlassung, sich zu hassen und zu schmähen, als irgendein anderer. Ein Mensch, der jeden Augenblick vom Mast fallen und für immer in den Wellen verschwinden kann, der Gott nur kennt, wenn er am Ertrinken ist oder kopfüber abstürzt, einen solchen Menschen bekümmert nichts, und an Land tut ihm nichts leid. Wir trinken viel Alkohol und führen ein ausschweifendes Leben, denn wir wissen nicht, für wen und wozu auf See Tugend nötig ist.

Aber nun will ich fortfahren.

Wir warfen das Los. Wir, die wir wachfrei hatten, waren insgesamt zweiundzwanzig. Aber nur zwei konnten das Glück haben, ein seltenes Schauspiel zu genießen. Es handelte sich darum, daß die ›Kajüte für Neuvermählte‹, die es bei uns auf dem Dampfer gab, in der fraglichen Nacht Passagiere hatte und daß in der Wand dieser Kajüte nur zwei Gucklöcher waren, die uns zur Verfügung standen. Die eine Öffnung hatte ich selbst mit einer feinen Säge ausgesägt, nachdem ich vorher die Wand mit einem Korkenzieher durchbohrt hatte, die andere hatte einer meiner Kameraden mit einem Messer herausgeschnitten; wir hatten beide länger als eine Woche daran gearbeitet.

»Das eine Guckloch ist dir zugefallen!«

»Wem?«

Man zeigte auf mich.

»Und das andere?«

»Deinem Vater!«

Mein Vater, ein alter, verwachsener Matrose mit einem Gesicht, das einem Bratapfel glich, trat zu mir und klopfte mir auf die Schulter.

»Wir haben heute beide Glück, mein Junge«, sagte er zu mir. »Hörst du? Das Glückslos ist gleichzeitig auf dich und auf mich gefallen. Das muß doch etwas zu bedeuten haben.«

Er fragte ungeduldig, wie spät es sei.

Es war erst elf Uhr.

Ich verließ das Zwischendeck, rauchte eine Pfeife und blickte auf die See. Es war dunkel, aber man kann annehmen, daß sich in meinen Augen widerspiegelte, was in meiner Seele vorging. Auf dem schwarzen Grund der Nacht unterschied ich Gestalten, und ich sah, was mir in meinem damals noch jungen, aber schon verderbten Leben noch fehlte ...

Um zwölf ging ich an der Gemeinschaftskajüte vorbei und schaute durch die Tür. Der Neuvermählte, ein junger Pastor mit einem schönen blonden Kopf, saß am Tisch und hielt ein Evangelium in der Hand. Er erklärte irgend etwas einer großen, hageren Engländerin. Seine Gattin, eine junge, schlanke, sehr schöne Frau, saß neben ihm und wandte ihre blauen Augen nicht von seinem blonden Kopf. In der Kajüte lief ein Bankier auf und ab, ein großer, dicker, alter Engländer mit rotem, abstoßendem Gesicht. Es war der Gatte der bejahrten Dame, mit der sich der Neuvermählte unterhielt.

Die Pastoren haben die Angewohnheit, sich stundenlang zu unterhalten! dachte ich. Er wird vor morgen früh nicht aufhören!

Um eins kam mein Vater zu mir und sagte, wobei er mich am Ärmel zupfte:

»Es ist soweit! Sie haben die Gemeinschaftskajüte verlassen.«

Ich flog im Nu die steile Treppe hinunter und ging zu der

bewußten Wand. Zwischen dieser und der Schiffswand lag ein Zwischenraum, der voller Ruß, Wasser und Ratten war. Kurz darauf hörte ich die schweren Schritte meines alten Vaters. Er stolperte über Säcke und Petroleumkanister und schimpfte.

Ich ertastete mein Guckloch und zog das viereckige Stück Holz heraus, das ich ausgesägt hatte. Und ich sah ein dünnes, durchsichtiges Nesseltuch, das ein weiches, rosiges Licht durchschimmern ließ. Mit dem Licht drang ein schwüler, in höchstem Grade angenehmer Duft an mein heißes Gesicht; das war offenbar der Duft eines aristokratischen Schlafzimmers. Um das Schlafzimmer zu sehen, mußte man mit zwei Fingern das Nesseltuch beiseite schieben, was ich auch eiligst tat.

Ich erblickte Bronze, Samt und Spitzen. Und alles war von rosigem Licht übergossen. Etwa drei Meter von mir entfernt stand das Bett.

»Laß mich an dein Guckloch«, sagte mein Vater und stieß mich ungeduldig beiseite. »Durch deins sieht man besser!«

Ich schwieg.

»Deine Augen, mein Junge, sind besser als meine, und dir ist es schließlich egal, ob du aus der Nähe zuschaust oder von weiter weg!«

»Ruhe!« sagte ich. »Lärme nicht so, man kann uns hören!«

Die junge Frau saß auf dem Bettrand und ließ ihre kleinen Füße auf ein Fell herabhängen. Sie blickte zu Boden. Vor ihr stand ihr Gatte, der junge Pastor. Er sagte etwas zu ihr – was er aber sagte, verstand ich nicht. Das Geräusch des Dampfers hinderte mich, es zu hören. Der Pastor sprach leidenschaftlich, fuchtelte mit den Händen, und seine Augen funkelten. Sie hörte zu und schüttelte verneinend den Kopf ...

»Teufel, mich hat eine Ratte gebissen!« brummte mein Vater.

Ich preßte meine Brust fester an die Wand, als fürchtete ich, mir könnte das Herz herausspringen. Mein Kopf brannte.

Die Neuvermählten sprachen lange miteinander. Schließlich fiel der Pastor auf die Knie und flehte sie an, wobei er ihr die Hände entgegenstreckte. Sie schüttelte verneinend den Kopf. Da sprang er auf und lief durch die Kajüte. An dem Ausdruck seines Gesichtes und an seinen Handbewegungen erriet ich, daß er ihr drohte.

Die junge Frau erhob sich, ging langsam zu der Wand, an der ich stand, und blieb gerade vor meinem Guckloch stehen. Sie stand unbeweglich und überlegte, und ich verschlang ihr Gesicht mit den Augen. Es schien mir, als leide sie, als kämpfe sie mit sich und schwanke; gleichzeitig aber drückten ihre Züge Zorn aus. Ich begriff gar nichts.

Wir standen uns wohl fünf Minuten so gegenüber, dann entfernte sie sich und nickte, als sie in der Mitte der Kajüte stehenblieb, ihrem Pastor zu – zum Zeichen des Einverständnisses vermutlich. Dieser lächelte freudig, küßte ihr die Hand und verließ das Schlafzimmer.

Nach drei Minuten öffnete sich wieder die Tür, und ins Schlafzimmer trat der Pastor, hinter ihm der große, dicke Engländer, von dem schon weiter oben die Rede war. Der Engländer ging zu dem Bett und fragte die Schöne etwas. Diese war bleich und nickte zustimmend, ohne ihn anzusehen.

Der englische Bankier zog ein Päckchen aus der Tasche, vielleicht ein Päckchen Banknoten, und gab es dem Pastor. Dieser sah es an, zählte es durch und verließ mit einer Verbeugung das Zimmer. Der alte Engländer schloß hinter ihm die Tür . . .

Wie von der Tarantel gestochen, sprang ich von der Wand zurück. Ich fürchtete mich. Es schien mir, als reiße der Wind unseren Dampfer in Stücke, als führen wir in die Tiefe.

Mein alter Vater, dieser trunksüchtige, verderbte Mensch, nahm mich bei der Hand und sagte:

»Laß uns weggehen! Das sollst du nicht sehen! Du bist noch ein Kind . . .«

Er konnte kaum noch auf den Beinen stehen. Ich trug ihn die steile Wendeltreppe nach oben, wo schon ein richtiger Herbstregen fiel . . .

Die Verleumdung

Der Kalligraphielehrer Sergej Kapitonyč Achineev verheiratete seine Tochter Natalja mit dem Geschichts- und Geographielehrer Ivan Petrovič Lošadinych. Das Hochzeitsfest verlief wie am Schnürchen. Im Saal wurde gesungen, gespielt und getanzt. Durch die Zimmer rasten wie besessen die aus dem Klub entliehenen Lakaien in schwarzen Fräcken mit beschmutzten weißen Krawatten. Alles war erfüllt von Lärm und Gesprächen. Der Mathematiklehrer Tarantulov, der Franzose Pasdequoi und der

Unterrevisor der Kontrollkammer Egor, Venediktov Mzda, saßen nebeneinander auf dem Sofa und erzählten den Gästen, hastig und einander unterbrechend, Fälle von lebendig Begrabenen und äußerten auch ihre Meinung über den Spiritismus. Alle drei glaubten nicht an Spiritismus, aber sie hielten es für möglich, daß es auf dieser Welt vieles gebe, was der menschliche Verstand niemals fassen könne. In einem anderen Zimmer erläuterte der Literaturlehrer Dodonskij den Gästen die Fälle, in denen ein Wachposten das Recht habe, auf die Passanten zu schießen. Die Gespräche waren, wie man sieht, unheimlich, aber überaus reizvoll. Vom Hof aus schauten die Leute durch die Fenster, die ihrer sozialen Lage nach kein Recht hatten einzutreten.

Genau um Mitternacht ging der Hausherr Achineev in die Küche, um nachzusehen, ob alles zum Abendessen bereit sei. Die Küche war voller Rauch, und es duftete nach Gänsebraten, Entenbraten und vielen anderen guten Sachen. Auf zwei Tischen waren in malerischer Unordnung die Zutaten der Vorspeisen und alkoholische Getränke ausgebreitet. An diesen Tischen lief geschäftig die Köchin Marfa hin und her, ein rotes Weib mit fest geschnürtem Bauch.

»Mütterchen, zeig mir mal den Stör«, sagte Achineev, wobei er sich die Hände rieb und die Lippen leckte. »Was für ein Duft ist das, was für ein Miasma! Die ganze Küche möchte ich aufessen! Na, nun zeig mal den Stör!«

Marfa ging zu einer Bank und lüftete vorsichtig ein fettiges Zeitungsblatt. Unter diesem Blatt ruhte in einer riesigen Schüssel ein großer Stör in Sülze, die von Kapern, Oliven und Karotten bunt schimmerte. Achineev schaute den Stör an und ächzte vor Wonne. Sein Gesicht strahlte, seine Augen rollten ... Er beugte sich vor und gab mit den Lippen einen Laut wie ein nicht geschmiertes Rad von sich. Nachdem er einige Zeit so gestanden hatte, schnipste er vor Vergnügen mit den Fingern und schmatzte noch einmal mit den Lippen.

»Bah! Der Laut eines heißen Kusses ... Mit wem küßt du dich da, Marfuša?« ertönte aus dem Nebenzimmer eine Stimme, und in der Tür erschien der geschorene Kopf des Klassenleitergehilfen – Vankin. »Mit wem bist du da zusammen? Aaah ... sehr angenehm. Mit Sergej Kapitonyč ... Ein schöner Großvater, kann man wohl sagen! Mit weiblicher Polonaise tête à tête!«

»Ich küsse mich gar nicht«, sagte Achineev verlegen, »wer hat dir das gesagt, du Narr? Ich habe nur so ... mit den Lippen geschmatzt, in Hinsicht ... in Anbetracht des Vergnügens ... beim Anblick des Fisches ...«

»Erzähl das einem anderen!«

Vankin lächelte breit, und sein Kopf verschwand hinter der Tür. Achineev errötete.

Weiß der Teufel! dachte er. Jetzt wird der Strolch überall herumlaufen und über mich klatschen. In der ganzen Stadt wird das Rindvieh mich blamieren ...

Achineev betrat zögernd den Saal und blickte verstohlen zur Seite: Wo war Vankin?

Vankin stand neben dem Klavier und flüsterte, sich keck vorbeugend, der lachenden Schwägerin des Inspektors etwas ins Ohr.

Er redet über mich! dachte Achineev. Über mich, platzen soll er! Und die glaubt es ... die glaubt es! Sie lacht! Um Gottes willen! Nein, das kann man nicht auf sich beruhen lassen ... nein ... Ich muß etwas unternehmen, damit man ihm nicht glaubt ... Ich werde mit allen sprechen, und dann wird er als dummes Klatschmaul dastehen!

Achineev kratzte sich und trat, immer noch verlegen, auf Pasdequoi zu.

»Ich war eben in der Küche, um Anordnungen für das Abendbrot zu treffen«, sagte er zu dem Franzosen. »Ich weiß, Sie essen gern Fisch, und ich habe, mein Lieber, einen Stör, soo! Zwei Aršin lang! Hehehe ...! Ja, da fällt mir gerade was ein ... beinahe hätte ich's vergessen ... Ist mir doch eben in der Küche mit diesem Stör eine wahre Anekdote passiert! Ich komme in die Küche und will mir die Gerichte ansehen ... ich gucke mir den Stör an, und vor Vergnügen ... vor Pikanterie schmatze ich mit den Lippen! In diesem Augenblick kommt dieser Narr Vankin dazu und sagt ... hahaha ... und sagt: ›Ah ... Ihr küßt euch hier?‹ Mit Marfa, mit der Köchin! Da hat sich dieser dumme Mensch aber was ausgedacht! Das Weib ist spukhäßlich wie alle Tiere zusammen ... und er sagt ... sich küssen! So ein komischer Kauz!«

»Wer ist ein komischer Kauz?« fragte Tarantulov, der gerade dazukam.

»Da, dieser Vankin! Ich komme in die Küche ...«

Und er erzählte die Geschichte von Vankin noch einmal.

»Hat der mich aber zum Lachen gebracht, der Kauz! Meiner Meinung nach ist es angenehmer, sich mit einem alten Köter zu küssen als mit Marfa«, fügte Achineev hinzu, blickte sich um und sah hinter sich Mzda stehen.

»Wir sprechen gerade über Vankin«, sagte er zu ihm. »So ein verschrobener Kerl! Kommt in die Küche, sieht mich neben Marfa und fängt gleich an, sich verschiedene Sachen auszudenken. ›Warum küßt ihr euch?‹ fragt er. Im Suff hat er sich das eingebildet. Aber ich, sage ich, küsse mich lieber mit einem Truthahn als mit Marfa. Und ich hab doch eine Frau, sage ich, so ein Trottel bist du! Hat mich zum Lachen gebracht!«

»Wer hat Sie zum Lachen gebracht?« wurde Achineev von dem gerade hinzukommenden Priester, dem Religionslehrer, gefragt.

»Vankin. Ich stehe, wissen Sie, in der Küche und gucke mir den Stör an . . .«

Und so weiter. Nach kaum einer halben Stunde wußten bereits alle Gäste von der Geschichte mit dem Stör und Vankin.

Soll er jetzt ruhig erzählen, dachte Achineev und rieb sich die Hände. Soll er! Er beginnt zu erzählen, und man wird ihm gleich entgegnen: Hör auf, solch dummes Zeug zu schwätzen, du Trottel! Wir wissen schon Bescheid!

Und Achineev beruhigte sich so, daß er vor Freude vier Gläschen extra trank. Als er nach dem Abendessen die Jungvermählten ins Schlafzimmer begleitet hatte, ging er in sein Zimmer und schlief ein wie ein unschuldiges Kind. Am nächsten Tag erinnerte er sich nicht mehr an die Geschichte mit dem Stör. Aber, o weh! Der Mensch denkt, und Gott lenkt. Die böse Zunge tat ihr böses Werk, und Achineev hatte seine ganze List nichts geholfen. Genau eine Woche darauf, und zwar am Mittwoch nach der dritten Stunde, Achineev stand gerade mitten im Lehrerzimmer und sprach über die lasterhaften Neigungen des Schülers Vysekin, kam der Direktor auf ihn zu und nahm ihn beiseite.

»Da ist folgendes, Sergej Kapitonyč«, sagte der Direktor. »Entschuldigen Sie . . . Es geht mich nichts an, aber ich muß doch zu verstehen geben . . . Es ist meine Pflicht. Sehen Sie, es sind Gerüchte im Umlauf, daß Sie mit dieser . . . Köchin ein Verhältnis haben. Es geht mich nichts an, aber . . . leben Sie mit ihr, küssen Sie sich . . . machen Sie, was Sie wollen, nur bitte nicht so öffentlich! Ich bitte Sie! Vergessen Sie nicht, daß Sie Pädagoge sind.«

Achineev wurde es kalt, er erstarrte. Wie von einem ganzen Bienenschwarm gestochen und von kochendem Wasser verbrüht, ging er nach Hause. Er ging nach Hause, und ihm kam es vor, als blicke die ganze Stadt auf ihn wie auf einen mit Teer Beschmierten . . . Zu Hause erwartete ihn ein neues Unglück.

»Warum frißt du denn nichts?« fragte ihn während des Mittagessens seine Frau. »Worüber denkst du nach? Über deine Liebschaften! Sehnst dich wohl nach Marfuška? Ich weiß alles, du Muselmann! Gute Menschen haben mir die Augen geöffnet! Oooh . . . du Barbar!«

Und klatsch! gab sie ihm eine Ohrfeige . . . Er stand vom Tisch auf und schleppte sich, als habe er den Boden unter den Füßen verloren, ohne Mütze und Mantel zu Vankin. Er traf Vankin zu Hause an.

»Du Schuft«, schrie Achineev. »Weshalb hast du mich vor der ganzen Welt mit Dreck beschmissen? Weshalb hast du über mich diese Verleumdung verbreitet?«

»Was für eine Verleumdung denn? Was haben Sie sich da ausgedacht!«

»Aber wer hat denn überall herumgeklatscht, ich hätte mich mit Marfa geküßt? Willst du etwa sagen, du warst es nicht? Du warst es nicht, du Räuber?«

Vankin fing an zu blinzeln und mit allen Muskeln seines verlebten Gesichtes zu zucken, hob die Augen zum Heiligenbild und sprach:

»Gott soll mich strafen! Meine Augen sollen platzen, krepieren soll ich, wenn ich auch nur ein Wort über Sie gesagt habe! Ich will auf der Stelle tot umfallen! Die Cholera wäre noch zuwenig!«

Die Aufrichtigkeit Vankins unterlag keinem Zweifel. Es war offensichtlich, daß er nicht geklatscht hatte.

Aber wer denn? Wer? überlegte Achineev und ging im Geist alle seine Bekannten durch und schlug sich an die Brust. Wer denn nur?

»Ja, wer denn?« fragen auch wir den Leser . . .

Das schwedische Zündholz

Eine Kriminalerzählung

I

Am Morgen des 6. Oktober 1885 erschien in der Kanzlei des Polizeivorstehers des zweiten Distrikts des Kreises S. ein gut angezogener junger Mann und erklärte, sein Herr, der Gardekornett a. D. Mark Ivanovič Kljauzov, sei ermordet worden. Der junge Mann, der diese Erklärung abgab, war blaß und äußerst erregt. Seine Hände zitterten, und seine Augen flackerten vor Entsetzen.

»Mit wem habe ich die Ehre?« fragte ihn der Polizeivorsteher.

»Psekov, Kljauzovs Verwalter. Agronom und Mechaniker.«

Als der Polizeivorsteher und die hinzugezogenen Zeugen zusammen mit Psekov am Tatort eintrafen, fanden sie folgendes vor: Um das Seitengebäude, in dem Kljauzov wohnte, drängte sich eine Masse Menschen. Die Nachricht von dem Vorgefallenen hatte sich mit Windeseile in der Umgebung verbreitet, und dank dem Feiertag waren aus allen umliegenden Dörfern die Leute zu diesem Seitengebäude geströmt. Man hörte Lärm und Stimmengewirr. Hier und da sah man bleiche, verweinte Gesichter. Die Tür zu Kljauzovs Schlafzimmer war verschlossen. Der Schlüssel steckte von innen im Schloß.

»Offensichtlich sind die Täter durchs Fenster eingedrungen«, stellte Psekov bei der Besichtigung der Tür fest.

Man begab sich in den Garten, zum Fenster des Schlafzimmers. Das Fenster sah finster und unheilverkündend aus. Es war mit einem ausgeblichenen grünen Vorhang zugehängt. Eine Ecke des Vorhangs war etwas zurückgeschlagen, so daß man ins Schlafzimmer hineinschauen konnte.

»Hat jemand von euch durch das Fenster gesehn?« fragte der Polizeivorsteher.

»Keinesfalls, Euer Hochwohlgeboren«, erwiderte der Gärtner Efrem, ein kleiner, grauhaariger Greis, der das Gesicht eines ausgedienten Unteroffiziers hatte. »Wer möchte da hineinsehen, wir zittern doch an allen Gliedern!«

»Ach, Mark Ivanyč, Mark Ivanyč!« seufzte der Polizeivorsteher, als er zum Fenster hinschaute. »Ich hab's dir gesagt, daß es mit dir ein böses Ende nimmt! Ich hab's dir gesagt, Herzchen – du wolltest nicht hören. Liederlichkeit führt zu nichts Gutem!«

»Efrem ist es zu danken«, sagte Psekov, »ohne ihn hätten wir gar nichts gemerkt. Er kam als erster drauf, daß hier etwas nicht stimmt. Heute früh kommt er zu mir und sagt: ›Was soll das nur heißen, unser Herr ist noch immer nicht wach? Eine ganze Woche ist er nicht aus dem Schlafzimmer gekommen!‹ Als er das sagte, traf es mich wie ein Axthieb ... Sofort kam mir der Gedanke ... Er hat sich seit vorigem Sonnabend nicht mehr sehen lassen, und heute ist Sonntag! Sieben Tage – da hört der Spaß auf!«

»Ja, der Ärmste ...« seufzte der Polizeivorsteher noch einmal. »War ein kluger Kerl, gebildet und so gut. In Gesellschaft immer der Erste, kann man wohl sagen. Aber ein Wüstling – der Himmel sei ihm gnädig! Ich hab es kommen sehn! Stepan«, der Polizeivorsteher wandte sich an einen der Zeugen, »fahr mal sofort zu mir nach Hause, und schicke Andrjuška zum Kreishauptmann, er soll dort Meldung machen! Sag: Mark Ivanovič ist ermordet! Und dann lauf zum Wachtmeister – was trödelt er herum? Er soll herkommen! Und du selbst fahr so schnell, wie es irgend geht, zum Untersuchungsrichter Nikolaij Ermolaič und sag ihm, er möchte bitte unverzüglich herkommen! Warte, ich schreib ihm einen Brief.«

Der Polizeivorsteher stellte um das Gebäude herum Wachtposten auf, schrieb an den Untersuchungsrichter einen Brief und begab sich dann zum Verwalter, um Tee zu trinken. Zehn Minuten später saß er schon auf einem Hocker, zerbiß vorsichtig ein Stück Zucker und schlürfte den glühendheißen Tee.

»Jaja ...« sagte er zu Psekov, »jaja ... Ein Adeliger, ein reicher Mann ... ein Liebling der Götter sozusagen, wie Puškin sich ausgedrückt hat, und was ist aus ihm geworden? Nichts! Gesoffen und rumgehurt hat er, und ... nun haben Sie's ...! Ermordet!«

Nach zwei Stunden fuhr der Untersuchungsrichter vor. Nikolaj Ermolaič Čubikov (so hieß er), ein großer, vierschrötiger alter Herr von etwa sechzig Jahren, übte seine Tätigkeit schon ein Vierteljahrhundert aus. Der ganze Kreis kannte ihn als ehrlichen, klugen, energischen Menschen, der seine Arbeit liebt. Mit ihm erschien am Tatort auch sein ständiger Begleiter, der

Anwaltsgehilfe und Schriftführer Djukovskij, ein hochgewachsener junger Mann von etwa sechsundzwanzig Jahren.

»Ist es möglich, meine Herren?« sagte Čubikov, als er zu Psekov ins Zimmer trat und allen flüchtig die Hand drückte. »Ist es möglich? Mark Ivanyč ermordet? Nein, das ist nicht möglich! Nicht mööglich!«

»Das kommt davon . . .« seufzte der Polizeivorsteher.

»Herr, mein Gott! Ich habe ihn doch noch vorigen Freitag auf dem Jahrmarkt in Tarabankov gesehn! Hab mit ihm – Sie entschuldigen – Vodka getrunken!«

»Das kommt davon . . .« seufzte der Polizeivorsteher noch einmal. Man seufzte, entsetzte sich, trank noch ein Glas Tee und ging dann zum Seitengebäude.

»Auseinandergehen!« schrie der Wachtmeister die Leute an.

Als der Untersuchungsrichter das Gebäude betrat, widmete er sich zunächst der Besichtigung der Schlafzimmertür. Sie war aus Fichtenholz, gelb angestrichen und nicht beschädigt. Besondere Anzeichen, die als Fingerzeig hätten dienen können, wurden nicht gefunden. So machte man sich daran, die Tür aufzubrechen.

»Meine Herren, ich bitte alle, die hier nichts zu suchen haben, sich zu entfernen!« sagte der Untersuchungsrichter, als nach langem Schlagen und Hämmern mit Meißel und Beil die Tür endlich nachgab. »Ich bitte darum im Interesse der Untersuchung . . . Wachtmeister, lassen Sie niemand herein!«

Čubikov, sein Gehilfe und der Polizeivorsteher öffneten die Tür und betraten zögernd, einer nach dem andern, das Schlafzimmer. Ihnen bot sich folgendes Bild: An dem einzigen Fenster stand ein großes hölzernes Bett mit mächtigem Daunenpfühl. Auf dem zerdrückten Pfühl lag die verknüllte und zerdrückte Bettdecke. Das kattunbezogene Kopfkissen, gleichfalls ganz zerdrückt, war auf den Fußboden gefallen. Auf einem Tischchen neben dem Bett lagen eine silberne Uhr, eine silberne Münze im Wert von zwanzig Kopeken und Schwefelhölzchen. Außer dem Bett, dem Tischchen und einem einzigen Stuhl gab es im Schlafzimmer keine weiteren Möbelstücke. Der Polizeivorsteher schaute unters Bett und entdeckte dort etwa zwei Dutzend leere Flaschen, einen alten Strohhut und ein Dreilitergefäß mit Vodka. Unter dem Tischchen lag ein einzelner staubbedeckter Stiefel. Der Untersuchungsrichter ließ seinen Blick durch das Zimmer wandern, runzelte die Brauen und lief rot an.

»Diese Schurken!« murmelte er und ballte die Fäuste.

»Aber wo ist denn Mark Ivanyč?« fragte Djukovskij leise.

»Bitte, mischen Sie sich nicht ein«, entgegnete Čubikov in barschem Ton. »Untersuchen Sie gefälligst den Fußboden! Diesen Fall erlebe ich in meiner Praxis das zweite Mal, Evgraf Kuzmič«, wandte er sich mit gesenkter Stimme an den Polizeivorsteher. »Schon im Jahre 1870 habe ich mit solch einem Fall zu tun gehabt. Sie werden sich gewiß erinnern ... Der Mord an dem Kaufmann Potretov. Damals war es genauso. Die Schurken hatten ihn ermordet und den Leichnam aus dem Fenster gezerrt ...«

Čubikov trat ans Fenster, schob den Vorhang beiseite und stieß vorsichtig gegen den Fensterrahmen. Das Fenster öffnete sich.

»Es öffnet sich, also war es nicht verriegelt ... Hm ...! Spuren auf dem Fensterbrett. Sehen Sie? Da – der Abdruck von einem Knie ... Hier ist jemand hinausgeklettert ... Man wird das Fenster in der erforderlichen Weise untersuchen müssen.«

»Auf dem Fußboden ist nichts Besonderes festzustellen«, sagte Djukovskij. »Weder Flecken noch Schrammen. Ich habe lediglich ein abgebranntes schwedisches Zündholz gefunden. Hier ist es! Soviel ich mich erinnere, hat Mark Ivanyč nicht geraucht; für gewöhnlich benutzte er Schwefelhölzchen, keinesfalls aber schwedische Zündhölzer. Dieses Zündholz kann als Beweisstück dienen ...«

»Ach ... bitte, schweigen Sie!« Der Untersuchungsrichter winkte ab. »Kommt mir mit einem Zündholz! Ich mag Hitzköpfe nicht! Statt Zündhölzer zu suchen, sollten Sie sich lieber das Bett vornehmen!«

Nach der Untersuchung des Bettes meldete Djukovskij: »Weder Blutflecken noch irgendwelche sonstigen Flecken ... Risse im Leinen sind ebenfalls nicht zu finden. Auf dem Kopfkissen Spuren von Zähnen. Die Bettdecke ist mit einer Flüssigkeit begossen, die den Geruch von Bier sowie auch dessen Geschmack hat ... Der allgemeine Zustand des Bettes gestattet die Vermutung, daß ein Kampf darauf stattgefunden hat.«

»Weiß ich selber, daß es ein Kampf war! Man hat Sie nicht nach dem Kampf gefragt. Statt nach dem Kampf zu suchen, sollten Sie lieber ...«

»Der eine Stiefel liegt hier, der andere ist nicht vorhanden.«

»Na und, was folgern Sie daraus?«

»Daß er erwürgt worden ist, als er sich die Stiefel auszog. Er konnte sich den zweiten nicht mehr ausziehen, da ...«

»Unsinn ...! Woher wissen Sie überhaupt, daß er erwürgt worden ist?«

»Auf dem Kopfkissen finden sich Spuren von Zähnen. Das Kopfkissen selbst ist stark zerdrückt und zweieinhalb Aršin vom Bett weggeschleudert worden.«

»Er weiß über alles Bescheid, der Schwätzer! Gehen wir lieber in den Garten. Sie sollten sich lieber im Garten umsehen, statt hier herumzustöbern ... Das kann ich auch ohne Sie.«

Im Garten beschäftigte man sich vor allem mit der Untersuchung des Rasens. Das Gras unter dem Fenster war niedergetreten. Auch der Klettenbusch, der unter dem Fenster direkt an der Hauswand stand, war in Mitleidenschaft gezogen. Djukovskij entdeckte daran einige geknickte Stengel und ein Stückchen Watte. Auf den oberen Kletten fand man Fasern von einem dunkelblauen Wollstoff.

»Welche Farbe hatte der Anzug, den er zuletzt trug?« fragte Djukovskij Psekov.

»Gelb, er war aus Segeltuch.«

»Ausgezeichnet. Folglich waren jene blau gekleidet.«

Einige Kletten wurden abgeschnitten und sorgfältig in Papier gewickelt. In diesem Augenblick trafen der Polizeichef Arcybašev-Svistakovskij und der Arzt Tjutjuev ein. Der Polizeichef begrüßte die anderen und befriedigte unverzüglich seine Neugierde; der Arzt hingegen, ein langer, überaus hagerer Mann mit tiefliegenden Augen, langer Nase und spitzem Kinn, begrüßte niemanden, stellte auch keine Fragen, sondern setzte sich auf einen Baumstumpf, seufzte und sagte: »Die Serben haben wieder Krawall gemacht! Was sie eigentlich wollen, ist mir unbegreiflich! Ach, Österreich, Österreich! Das sind deine Taten!«

Die Besichtigung des Fensters von außen ergab gar nichts, die Besichtigung des Grases und der in nächster Nähe des Fensters stehenden Büsche erbrachte für die Untersuchung zahlreiche nützliche Anhaltspunkte. Djukovskij gelang es zum Beispiel, im Gras einen langen Streifen zu verfolgen, der aus dunklen Flecken bestand und sich vom Fenster einige Meter tief in den Garten hineinzog. Der Streifen endete unter einem Fliederstrauch mit einem großen dunkelbraunen Fleck. Unter demselben Strauch wurde der andere Stiefel entdeckt, der zu dem im Schlafzimmer aufgefundenen gehörte.

»Das ist getrocknetes Blut«, sagte Djukovskij, der die Flecken betrachtete.

Bei dem Wort Blut erhob sich der Doktor lässig und warf einen flüchtigen Blick auf die Flecken.

»Ja, Blut«, murmelte er.

»Also, wenn das Blut ist, wurde er nicht erwürgt«, sagte Čubikov und sah Djukovskij giftig an.

»Er wurde im Schlafzimmer erwürgt, hier aber haben jene aus Furcht, er könne zu sich kommen, mit einem scharfen Gegenstand auf ihn eingeschlagen. Der Fleck unter dem Strauch deutet darauf hin, daß er hier ziemlich lange gelegen hat, bevor sie sich über die Art und Weise einig waren, wie und worauf sie ihn aus dem Garten schaffen konnten.«

»Na, und der Stiefel?«

»Dieser Stiefel bestärkt meine Ansicht nur noch mehr, daß er ermordet wurde, als er sich vor dem Schlafengehen die Stiefel auszog. Den einen Stiefel hatte er ausgezogen, den anderen, das heißt diesen hier, vermochte er nur noch halb auszuziehen. Der halb ausgezogene Stiefel ist beim Schütteln und Hinwerfen von selbst abgefallen ...«

»Sieh mal einer an, was für eine Kombinationsgabe!« spottete Čubikov. »Messerscharf, messerscharf! Wann werden Sie sich endlich abgewöhnen, Ihre Erörterungen zu präsentieren? Statt zu erörtern, sollten Sie lieber für die Analyse ein wenig von dem blutbespritzten Gras mitnehmen.«

Nachdem der Tatort besichtigt und ein exakter Plan davon aufgenommen war, begab man sich zum Verwalter, um das Protokoll aufzusetzen und zu frühstücken. Während des Frühstücks kam es zu einer Unterhaltung.

»Die Uhr, das Geld und das übrige ... alles unberührt«, mit diesen Worten eröffnete Čubikov das Gespräch. »Es ist klar, wie zwei mal zwei vier, daß der Mord nicht aus gewinnsüchtigen Motiven begangen wurde.«

»Die Tat hat ein intelligenter Mensch begangen«, warf Djukovskij ein.

»Woraus schließen Sie das?«

»Darin bestärkt mich das schwedische Zündholz, dessen Gebrauch die hiesigen Bauern nicht kennen. Solche Zündhölzer verwenden nur die Gutsbesitzer, und keineswegs alle. Gemordet hat übrigens nicht einer, es waren mindestens drei: zwei haben ihn festgehalten, und einer hat ihn erwürgt. Kljauzov war kräftig, und die Mörder mußten das wissen.«

»Was konnte ihm seine Kraft wohl nützen, wenn er, sagen wir mal, gerade schlief?«

»Die Mörder haben ihn beim Ausziehen der Stiefel überrascht. Er hat sich die Stiefel ausgezogen, also hat er nicht geschlafen.«

»Schluß mit den Vermutungen! Essen Sie lieber!«

»Wenn ich mir das so überlege, Euer Hochwohlgeboren«, sagte der Gärtner Efrem, der den Samovar auf den Tisch stellte, »so hat diese selbe Schandtat niemand anders getan als Nikolaška.«

»Durchaus möglich«, meinte Psekov.

»Wer ist dieser Nikolaška?«

»Der Kammerdiener des Herrn, Euer Hochwohlgeboren«, antwortete Efrem. »Wer anders, wenn nicht er? Ein Bandit, Euer Hochwohlgeboren! Ein Trinker und wüster Kerl – möge die Himmelskönigin uns vor ihm behüten. Hat dem Herrn immer Vodka geholt, hat den Herrn zu Bett gebracht ... Wer anders, wenn nicht er? Und noch dazu, gestatten Euer Hochwohlgeboren das zu vermelden, hat er sich mal aufgespielt, der Schuft, in der Kneipe nämlich, er wird den Herrn ermorden. Wegen der Akulka ist alles gekommen, wegen dem Weibsstück ... Er lebte mit dieser Soldatenfrau ... Sie gefiel dem Herrn, und der Herr haben sich ihr genähert, na, und er ... man kennt das, er kriegte die Wut ... Jetzt liegt er betrunken in der Küche. Weint ... lügt, daß es ihm leid tut um den Herrn ...«

»Wirklich, wegen der Akulka kann man auch die Wut kriegen«, sagte Psekov. »Eine Soldatenfrau, ein richtiges Weibsstück, aber ... Nicht umsonst hat Mark Ivanyč sie Nana genannt. Sie hat was, das an Nana erinnert ... etwas Anziehendes ...«

»Hab ich gesehn ... Kenn ich ...« sagte der Untersuchungsrichter und schneuzte sich in sein rotes Taschentuch.

Djukovskij wurde rot und schlug die Augen nieder. Der Polizeivorsteher trommelte mit den Fingern gegen die Untertasse. Der Kreishauptmann hustete und suchte etwas in seiner Aktentasche.

Einzig und allein auf den Doktor machte die Erwähnung

Akulkas und Nanas keinen Eindruck. Der Untersuchungsrichter befahl, Nikolaška vorzuführen. Nikolaška, ein junger, lang aufgeschossener Bursche mit klobiger Nase und eingefallener Brust, in einem abgelegten Rock des Herrn, betrat Psekovs Zimmer und verbeugte sich tief vor dem Untersuchungsrichter. Sein Gesicht sah verschlafen und verweint aus. Er war betrunken und hielt sich nur mühsam aufrecht.

»Wo ist der Herr?« fragte ihn Čubikov.

»Ermordet, Euer Hochwohlgeboren.«

Nikolaška zwinkerte mit den Augen und fing an zu weinen.

»Wir wissen, daß er ermordet ist. Aber wo ist er jetzt? Sein Körper, wo ist der?«

»Es heißt, sie haben ihn durchs Fenster gezogen und im Garten vergraben.«

»Hm . . .! Die Ergebnisse der Untersuchung sind bereits in der Küche bekannt . . . Schlecht. Mein Bester, wo warst du eigentlich in der Nacht, als der Herr ermordet wurde? Am Sonnabend nämlich?«

Nikolaška hob den Kopf, reckte den Hals und dachte nach.

»Kann ich nicht sagen, Euer Hochwohlgeboren«, erwiderte er. »War betrunken und weiß es nicht mehr.«

»Alibi!« flüsterte Djukovskij, lächelte spöttisch und rieb sich die Hände.

»Soso. Und woher kommt das Blut da unter dem Fenster des Herrn?«

Nikolaška riß seinen heruntersinkenden Kopf hoch und dachte nach.

»Denk mal ein bißchen schneller«, sagte der Kreishauptmann.

»Sofort. Mit diesem Blut hat es nichts auf sich, Euer Hochwohlgeboren. Ich hab ein Huhn geschlachtet. Hab es ganz einfach geschlachtet, wie gewöhnlich, auf einmal reißt es sich los aus meinen Händen und rennt weg . . . Davon nämlich kommt das Blut.«

Efrem bezeugte, daß Nikolaška tatsächlich jeden Abend ein Huhn schlachte, niemand habe aber gesehn, daß ein halbgeschlachtetes Huhn durch den Garten gelaufen sei, was im übrigen nicht unbedingt abgestritten werden könne.

»Alibi«, spöttelte Djukovskij. »Und was für ein blödes Alibi!«

»Warst du mit Akulka bekannt?«

»Leider war ich's.«

»Und der Herr hat sie dir abspenstig gemacht?«

»Stimmt gar nicht. Der hier, der Herr Psekov, Ivan Michajlyč, der haben sie mir abspenstig gemacht, und unser Herr hat sie Ivan Michajlyč abspenstig gemacht. So war die Sache.«

Psekov wurde unruhig und begann sich das linke Auge zu reiben.

Djukovskij heftete seinen Blick auf ihn, bemerkte seine Verwirrung und zuckte plötzlich zusammen. Er hatte die vorher von ihm nicht beachteten blauen Hosen des Verwalters erblickt. Sie erinnerten ihn an die blauen Stoffasern, die er auf den Kletten gefunden hatte. Čubikov schaute Psekov ebenfalls argwöhnisch an.

»Kannst gehn!« sagte Čubikov zu Nikolaška. »Und nun gestatten Sie, Herr Psekov, daß ich Ihnen eine Frage stelle. Sie waren an dem Sonnabend vor dem Sonntag natürlich hier?«

»Ja, ich habe um zehn Uhr mit Mark Ivanyč Abendbrot gegessen.«

»Und dann?«

Psekov wurde verlegen und erhob sich.

»Dann ... dann ... Wirklich, ich weiß nicht«, murmelte er. »Ich habe damals viel getrunken ... Ich weiß nicht, wo und wann ich eingeschlafen bin ... Was sehen Sie mich so an? Als ob ich ihn ermordet hätte!«

»Wo sind Sie erwacht?«

»Erwacht bin ich in der Leuteküche auf dem Ofen ... Alle können es bezeugen. Wie ich aber auf den Ofen gekommen bin, das weiß ich nicht ...«

»Beunruhigen Sie sich nicht ... Sie kannten die Akulina?«

»Was ist da schon Besonderes bei ...«

»Und von Ihnen hat Kljauzov sie übernommen?«

»Ja ... Efrem, reich noch mal die Pilze! Möchten Sie Tee, Evgraf Kuzmič?«

Ein bedrückendes, unheimliches Schweigen trat ein, das fünf Minuten dauerte. Djukovskij saß stumm da und wandte den bohrenden Blick nicht von Psekovs blaß gewordenem Gesicht. Endlich brach der Untersuchungsrichter das Schweigen.

»Wir müssen ins Herrenhaus gehn«, sagte er, »und mit Marja Ivanovna, der Schwester des Verschiedenen, sprechen. Vielleicht kann sie uns noch Hinweise geben.«

Čubikov und sein Gehilfe bedankten sich für das Frühstück und gingen ins Herrenhaus hinüber.

Sie trafen Kljauzovs Schwester, Marja Ivanovna, ein fünfundvierzigjähriges Fräulein, betend vor dem hohen Heiligenschrein der Familie an. Als sie die Aktentaschen in den Händen der Besucher und die Schirmmützen mit der Kokarde erblickte, wurde sie blaß.

»Ich bitte vor allem um Verzeihung, daß wir Sie sozusagen in Ihrer Gebetsstimmung stören«, begann der galante Čubikov und machte einen Kratzfuß. »Wir kommen mit einer Bitte zu Ihnen. Sie haben natürlich schon gehört ... Es besteht der Verdacht, daß Ihr Bruder, gewissermaßen, ermordet worden ist. Gottes Wille, wissen Sie ... Dem Tode entgeht niemand, weder König noch Bauer. Können Sie uns nicht mit irgendeinem Hinweis oder einer Erklärung dienlich sein ...«

»Ach, fragen Sie mich nicht«, sagte Marja Ivanovna, die noch mehr erbleichte und die Hände vors Gesicht schlug. »Nichts kann ich Ihnen sagen! Gar nichts! Ich flehe Sie an! Ich kann nicht ... Was kann ich? Ach, nein, nein ... Kein Wort über den Bruder. Eher sterbe ich, als daß ich etwas sage!«

Marja Ivanovna begann zu weinen und ging ins Nebenzimmer. Die Untersuchungsbeamten wechselten einen Blick, zuckten die Achseln und zogen sich zurück.

»Satansweib!« schimpfte Djukovskij, als sie aus dem Herrenhaus traten. »Offenbar weiß sie etwas und verheimlicht es. Auch aus dem Gesicht des Dienstmädchens konnte man manches entnehmen ... Wartet nur, ihr Teufel! Wir bekommen noch alles heraus!«

Abends fuhren Čubikov und sein Gehilfe im bleichen Mondlicht nach Hause; sie saßen im Kutschwagen und zogen in Gedanken das Resümee des verflossenen Tages. Beide waren erschöpft und schwiegen. Čubikov sprach überhaupt nicht gern während der Fahrt; der redselige Djukovskij aber schwieg dem Alten zuliebe. Am Ende der Fahrt jedoch hielt es der Gehilfe nicht mehr aus und begann ein Gespräch.

»Daß Nikolaška mit der Sache zu tun hat«, sagte er, »non dubitandum est. Man sieht schon an der Visage, was für ein Früchtchen das ist ... Das Alibi verrät ihn ganz und gar. Ebenso besteht kein Zweifel, daß er nicht der Initiator dieser Sache gewesen ist. Er war nur das dumme, gemietete Werkzeug. Sind

Sie einverstanden? Keine geringe Rolle spielt in dieser Sache der bescheidene Psekov. Die blauen Hosen, die Verwirrung, und wie er nach dem Mord aus Angst auf dem Ofen gelegen hat, dieses mehr als zweifelhafte Alibi und endlich die Akulka.«

»Reden können Sie wie ein Wasserfall. Ihrer Meinung nach ist also jeder ein Mörder, der Akulka gekannt hat? Ach, Sie Hitzkopf! An die Mutterbrust gehören Sie, aber nicht in eine Untersuchungskommission! Sie sind doch selbst der Akulka nachgelaufen – also sind Sie wohl auch in die Sache verwickelt?«

»Akulka hat auch bei Ihnen einen Monat als Köchin gedient, aber ... aber ich schließe daraus gar nichts. In der Nacht vor jenem Sonntag habe ich mit Ihnen Karten gespielt, habe Sie gesehen, sonst müßte ich auch Sie verdächtigen. Es geht hier nicht um dieses Weib, Väterchen. Es geht um gemeine, häßliche, abscheuliche Gefühle ... Sehen Sie, dem bescheidenen jungen Mann hat es nicht gepaßt, daß er abgehalftert wurde. Die Eigenliebe, verstehen Sie ... Er wollte sich rächen. Und ferner ... Seine wulstigen Lippen zeugen unverkennbar von Sinnlichkeit. Erinnern Sie sich, wie er mit den Lippen schmatzte, als er Akulka mit Nana verglich? Daß dieser Schurke von seiner Leidenschaft geradezu verzehrt wird, steht außer Zweifel! Folglich: gekränkte Eigenliebe und unbefriedigte Leidenschaft. Das reicht, um einen Mord zu begehen. Zwei haben wir schon; aber wer ist nun der Dritte? Nikolaška und Psekov haben ihn festgehalten. Wer aber hat ihn erwürgt? Psekov ist schüchtern, wird schnell verlegen und überhaupt, er ist ein Feigling. Ein Nikolaška aber bringt es schon gar nicht fertig, jemanden mit einem Kissen zu erwürgen; so einer macht das mit der Axt, mit einem scharfen Gegenstand. Erwürgt hat ihn ein Dritter, aber wer?«

Djukovskij zog sich den Hut tief in die Stirn und begann zu grübeln. Er schwieg, bis der Wagen vor dem Haus des Untersuchungsrichters angelangt war.

»Heureka!« sagte er, als er ins Haus trat und den Mantel auszog. »Heureka, Nikolaj Ermolaič. Ich verstehe nicht, daß ich nicht schon früher drauf gekommen bin. Wissen Sie, wer der Dritte war?«

»Hören Sie jetzt bitte auf! Da, das Abendessen ist fertig! Nehmen Sie Platz!«

Der Untersuchungsrichter und Djukovskij setzten sich zum

Essen nieder. Djukovskij goß sich ein Glas Vodka ein, stand auf und sagte erhobenen Hauptes, mit blitzenden Augen:

»So erfahren Sie denn, daß der Dritte, der mit dem Halunken Psekov die Tat begangen und Mark Ivanovič erwürgt hat – eine Frau war! Jawohl, mein Herr. Ich spreche von der Schwester des Ermordeten, von Marja Ivanovna!«

Čubikov bekam seinen Vodka in die falsche Kehle, hustete und starrte Djukovskij fassungslos an.

»Sie ... sind wohl nicht ganz richtig? Ist in Ihrem Kopf ... etwas nicht in Ordnung? Haben Sie Schmerzen?«

»Ich bin völlig gesund. Gut, nennen Sie mich meinetwegen verrückt, aber womit erklären Sie ihre Verwirrung, als wir eintraten? Wie erklären Sie es, daß sie die Aussage verweigert hat? Räumen wir immerhin noch ein, dies wäre nicht von Belang – gut! einverstanden! –, aber dann denken Sie einmal an die Beziehungen der beiden! Sie haßte ihren Bruder! Sie ist eine Altgläubige, er ein verkommener, gottloser Mensch! Man erzählt sich, er habe sie mit Erfolg davon überzeugt, daß er ein Abgesandter Satans sei. Er hat sich in ihrer Gegenwart mit Spiritismus befaßt!«

»Und was wollen Sie damit sagen?«

»Sie verstehen nicht? Sie, die Altgläubige, hat ihn aus Fanatismus ermordet! Nicht nur, daß sie einen Ketzer, einen Verderber beseitigt hat, sie hat die Welt vom Antichrist befreit – und darin, so bildet sie sich ein, liegt ihr Verdienst, ihre religiöse Heldentat! Oh, Sie kennen diese alternden Fräulein aus dem Kreis der Altgläubigen noch nicht! Lesen Sie mal Dostoevskij! Lesen Sie, was Leskov und Pečerskij schreiben ... Sie hat es getan, sie war es, dafür lasse ich mir den Kopf abschlagen! Sie hat ihn erwürgt! Oh, das tückische Weib! Wozu hat sie vor den Ikonen gestanden, als wir bei ihr eintraten – doch nur um uns irrezuführen. Halt, denkt sie, ich stell mich vor die Ikonen und bete, sie werden dann glauben, daß ich ganz ruhig bin, daß ich sie gar nicht erwartet habe. Das ist die Methode aller Neulinge unter den Verbrechern. Mein bester Nikolaj Ermolaič! Mein Lieber! Überlassen Sie mir diesen Fall! Lassen Sie mich die Sache persönlich zu Ende führen! Mein Teurer, glauben Sie mir, ich werde sie erfolgreich zu Ende führen!«

Čubikov schüttelte den Kopf und runzelte die Stirn.

»Wir sind auch selbst imstande, schwierige Fälle aufzuklären«, sagte er. »Stecken Sie gefälligst Ihre Nase nicht in Sachen, die Sie nichts angehen. Schreiben Sie Ihr Diktat, wenn man Ihnen diktiert – das geht Sie was an!«

Djukovskij wurde puterrot, er sprang auf, knallte die Tür hinter sich zu und rannte davon.

»So ein Schlauberger, so ein Fuchs!« murmelte Čubikov, der ihm nachschaute. »Ein groooßer Schlauberger! Nur manchmal zu hitzig. Ich muß mal auf dem Jahrmarkt ein Zigarettenetui kaufen und ihm zum Präsent machen . . .«

Am nächsten Tag wurde dem Untersuchungsrichter aus Kljauzovka ein junger Bursche mit großem Kopf und einer Hasenscharte vorgeführt, der sich als Hirte Danilka vorstellte und eine sehr interessante Aussage machte.

»Ich war betrunken«, sagte er. »Ich saß bis Mitternacht bei der Gevatterin. Dann ging ich nach Hause, und weil ich betrunken war, badete ich im Fluß. Wie ich nun bade . . . was sehe ich? Zwei Männer gehen übers Wehr und tragen etwas Schwarzes. ›Tju‹, rufe ich. Sie erschraken und rannten, was das Zeug hielt, zu den Makarevsker Gemüsegärten. Gott soll mich strafen, wenn die nicht unsern Herrn weggeschleppt haben!«

Am gleichen Tag wurden gegen Abend Psekov und Nikolaška verhaftet und unter Bewachung in die Kreisstadt gebracht. Dort warf man sie in den Kerker.

II

Zwölf Tage waren vergangen.

Es war Morgen. Der Untersuchungsrichter saß an seinem grünbezogenen Schreibtisch und blätterte die »Sache Kljauzov« durch; Djukovskij ging wie ein Wolf im Käfig unruhig aus einer Ecke in die andere.

»Sie sind von Nikolaškas und Psekovs Schuld überzeugt«, sagte er und zupfte nervös an seinem jugendlichen Bärtchen. »Warum wollen Sie sich nicht überzeugen lassen, daß auch Marja Ivanovna schuldig ist? Genügen Ihnen etwa die Beweise nicht?«

»Ich sage nicht, daß ich nicht überzeugt bin! Ich bin überzeugt, aber irgendwie ist das unglaubwürdig . . . Wirkliche Beweise gibt es nicht, es ist alles nur so eine Philosophie . . . Fanatismus, dies und das . . .«

»Sie wollen also unbedingt eine Axt und blutige Bettlaken

sehen ...! Ach, diese Juristen! Ich werde Ihnen den Beweis erbringen! Und Sie werden sich dann nicht mehr so nonchalant zur psychologischen Seite der Sache verhalten. Nach Sibirien wird Ihre Marja Ivanovna kommen! Ich werde es beweisen! Wenn Ihnen die Philosophie nicht ausreicht, so habe ich noch etwas Reales ... Es wird Ihnen zeigen, wie recht ich mit meiner Philosophie habe! Sie müssen mir nur erlauben, daß ich jetzt wegfahre.«

»Wovon sprechen Sie?«

»Von dem schwedischen Zündholz ... Haben Sie es vergessen? Ich habe es nicht vergessen. Ich werde herausbekommen, wer es im Zimmer des Ermordeten angezündet hat! Nicht Nikolaška, nicht Psekov hat es angezündet; bei ihnen hat die Durchsuchung keine Zündhölzer zutage gefördert. Angezündet hat es ein Dritter, das heißt Marja Ivanovna. Und ich werde das beweisen ...! Sie müssen mir jetzt nur erlauben, daß ich eine Fahrt durch den Kreis mache und meine Nachforschungen anstelle ...«

»Na schön, aber setzen Sie sich ... Wir wollen erst noch jemanden verhören.«

Djukovskij setzte sich an sein Tischchen und steckte die lange Nase in die Akten.

»Nikolaj Tetechov vorführen!« rief der Untersuchungsrichter.

Man führte Nikolaška herein. Nikolaška war bleich und mager wie ein Holzspan. Er zitterte.

»Tetechov«, begann Čubikov. »Im Jahre 1879 wurden Sie vor dem Richter des ersten Distrikts wegen Diebstahls angeklagt und zu Gefängnis verurteilt. Im Jahre 1882 wurden Sie ein zweites Mal wegen Diebstahls angeklagt und kamen ein zweites Mal ins Gefängnis ... Uns ist alles bekannt ...«

Auf Nikolaškas Gesicht malte sich Erstaunen. Die Allwissenheit des Richters verblüffte ihn. Bald aber trat an die Stelle des Erstaunens ein Ausdruck tiefsten Schmerzes. Er begann zu weinen und bat, hinausgehen zu dürfen, damit er sich waschen und sich beruhigen könne. Man führte ihn ab.

»Psekov vorführen!« befahl der Untersuchungsrichter.

Psekov wurde hereingeführt. Der junge Mann hatte sich während der letzten Tage stark verändert. Er sah sehr schlecht aus, seine Hautfarbe war aschfahl, sein Gesicht eingefallen. Aus seinen Augen sprach Apathie.

»Setzen Sie sich, Psekov«, sagte Čubikov. »Ich hoffe, Sie werden heute vernünftig sein und nicht, wie bei den vorigen Malen, alles leugnen. Sie haben während all dieser Tage Ihre Teilnahme an der Ermordung Kljauzovs trotz der zahlreichen gegen Sie sprechenden Indizien abgestritten. Das ist unvernünftig. Das Geständnis mindert die Schuld. Mein heutiges Gespräch mit Ihnen wird das letzte sein. Wenn Sie heute kein Geständnis ablegen, dann ist es morgen zu spät. Also erzählen Sie ...«

»Ich weiß von nichts ... Auch Ihre Indizien kenne ich nicht«, flüsterte Psekov.

»Sie leugnen vergebens, mein Herr. Nun gut, dann gestatten Sie, daß ich Ihnen erzähle, wie die Sache gewesen ist. Am Sonnabend saßen Sie im Schlafzimmer von Kljauzov und tranken mit ihm Vodka und Bier.« (Djukovskij heftete seinen bohrenden Blick auf Psekovs Gesicht und wandte während dieses ganzen Monologs kein Auge von ihm.) »Bedient wurden Sie von Nikolaška. Um ein Uhr nachts äußerte Mark Ivanyč Ihnen gegenüber den Wunsch, sich schlafen zu legen. Als der Herr, betrunken wie er war, nun die Stiefel auszog und Ihnen Anweisungen für die Wirtschaft gab, wechselten Sie und Nikolaška das vereinbarte Zeichen, packten ihn und warfen ihn aufs Bett. Der eine von Ihnen setzte sich auf seine Beine, der andere auf den Kopf. In diesem Augenblick trat aus dem Flur die Ihnen bekannte Frau in Schwarz herein, die sich hinsichtlich ihrer Teilnahme an dem verbrecherischen Vorhaben mit Ihnen vorher verabredet hatte. Sie nahm das Kopfkissen und begann ihn zu würgen. Während des Kampfes erlosch die Kerze. Die Frau holte aus der Tasche eine Schachtel mit schwedischen Zündhölzern und brannte die Kerze wieder an. War es so? Ich sehe an Ihrem Gesicht, daß ich die Wahrheit sage. Aber weiter ... Als sie ihn erwürgt und sich davon überzeugt hatte, daß er nicht mehr atmete, haben Sie und Nikolaška ihn durch das Fenster gezerrt und neben dem Klettenbusch niedergelegt. Aus Furcht, er könne wieder zu sich kommen, haben Sie mit einem scharfen Gegenstand auf ihn eingeschlagen. Dann haben Sie ihn unter den Fliederstrauch geschleppt und ihn dort einige Zeit liegenlassen. Als Sie sich ausgeruht und Ihre Gedanken gesammelt hatten, trugen Sie ihn fort ... Sie hoben ihn über den Zaun ... Dann gingen Sie die Landstraße entlang ... Dort kam das Wehr. Am Wehr erschreckte Sie ein Bauer. Aber was haben Sie?«

Psekov, der bleich wie ein Leinentuch geworden war, erhob sich und taumelte.

»Mir ist schlecht!« sagte er. »Gut ... Meinetwegen ... Nur lassen Sie mich heraus ... bitte!«

Psekov wurde abgeführt.

»Endlich hat er gestanden.« Čubikov reckte sich genußvoll. »Hat sich verraten! Hab ihn geschickt herumgekriegt! Die Last der Beweise ...«

»Auch die Frau in Schwarz streitet er nicht ab«, sagte Djukovskij lachend. »Aber trotzdem macht mir das schwedische Zündholz furchtbares Kopfzerbrechen! Ich halt es nicht länger aus! Leben Sie wohl! Ich fahre los.«

Djukovskij setzte seine Schirmmütze auf und fuhr ab. Čubikov begann Akulka zu verhören. Akulka erklärte, sie wisse nichts, aber auch gar nichts.

»Ich habe nur mit Ihnen gelebt, sonst mit keinem«, sagte sie.

Um sechs Uhr kam Djukovskij zurück. Er war erregt wie nie zuvor. Seine Hände zitterten, so daß er nicht einmal imstande war, seinen Mantel aufzuknöpfen. Seine Wangen glühten. Man sah, er kehrte nicht ohne Neuigkeit zurück.

»Veni, vidi, vici!« rief er, als er in Čubikovs Zimmer stürmte und sich in einen Sessel warf. »Bei meiner Ehre, ich schwöre Ihnen, ich beginne an meine Genialität zu glauben. Hören Sie zu, hol's der Teufel, hol's der Teufel! Hören Sie zu und staunen Sie, mein Bester! Es ist lächerlich und traurig zugleich! Drei haben Sie bereits in der Hand ... nicht wahr? Ich habe einen Vierten gefunden oder genauer – eine Vierte, denn auch diesmal ist es eine Frau! Und was für eine Frau! Wenn ich nur einmal ihre Schultern berühren dürfte – ich würde zehn Jahre meines Lebens dafür hingeben! Aber ... hören Sie ... Ich fuhr nach Kljauzovka, und zwar immer rundherum, ich beschrieb eine Spirale. Unterwegs suchte ich alle Läden, Kneipen und Schnapskeller auf und fragte überall nach schwedischen Zündhölzern. Überall lautete die Antwort: ›Haben wir nicht.‹ Bis jetzt bin ich so rumgefahren. Zwanzigmal gab ich die Hoffnung auf und ebensovielmal gewann ich sie wieder. Den ganzen Tag war ich umsonst auf den Beinen, und erst vor einer Stunde stieß ich auf das Gesuchte. Drei Verst von hier entfernt. Man reichte mir ein Paket mit zehn Schachteln. ›Eine Schachtel fehlt ...‹ Ich sofort: ›Wer hat diese Schachtel gekauft?‹ – ›Die und die ...‹ – ›Sie gefielen ihr ... sie zischen so schön.‹ Mein bester Nikolaj Ermolaič! Was vermag nicht manchmal ein Mensch, den man aus dem Seminar gejagt und der eifrig seinen Gaboriau gelesen hat, es ist kaum zu fassen! Von heute an beginne ich Hochachtung vor mir zu haben ...! Uff! ... Also fahren wir los!«

»Wohin denn?«

»Zu ihr, zu der vierten ... Wir müssen schnell machen, denn sonst ... sonst falle ich vor Ungeduld noch tot um! Wissen Sie, wer das ist? Sie erraten es nicht! Die junge Frau unseres Polizeivorstehers, des betagten Evgraf Kuzmič, Olga Petrovna – da staunen Sie, was? Sie hat die Zündholzschachtel gekauft!«

»Sie ... du ... Sie ... bist du verrückt?«

»Ganz klarer Fall! Erstens rauchte sie. Zweitens war sie bis über beide Ohren in Kljauzov verliebt. Er hat sie wegen irgend so einer Akulka verschmäht. Also Rache. Jetzt fällt mir ein, daß ich die beiden einmal in der Küche hinter dem Wandschirm überrascht habe. Sie schwor ihm ihre Liebe, er aber rauchte indessen ihre Zigarette und blies ihr den Rauch ins Gesicht. Aber einerlei – fahren wir los ... Jetzt gleich, sonst wird es noch dunkel ... Fahren wir!«

»Ich bin doch nicht so verrückt und belästige wegen eines Grünschnabels wie Sie des Nachts eine anständige, ehrenwerte Frau!«

»Anständig, ehrenwert ... Wenn Sie weiter nichts zu entgegnen haben, sind Sie ein Waschlappen und kein Untersuchungsrichter! Ich habe mir niemals angemaßt, Sie zu beschimpfen, jetzt aber zwingen Sie mich dazu! Sie – Waschlappen! Sie – Schlafmütze! Nun, mein bester Nikolaj Ermolaič! Ich bitte Sie!«

Der Untersuchungsrichter wehrte mit der Hand ab und spuckte aus.

»Ich bitte Sie! Ich bitte Sie nicht meinetwegen, sondern im Interesse der Gerechtigkeit! Ich flehe Sie sogar an! Tun Sie mir wenigstens einmal im Leben den Gefallen!«

Djukovskij fiel auf die Knie.

»Nikolaj Ermolaič! Nun seien Sie doch so gut! Nennen Sie mich einen Schurken, einen Halunken, wenn ich mich hinsichtlich dieser Frau irre! Aber was ist das für ein Fall! Was für ein Fall! Nein, das ist kein Fall, ein Roman! Ganz Rußland wird davon sprechen! Man wird Sie zum Untersuchungsrichter für besonders wichtige Gerichtssachen ernennen! Verstehen Sie doch endlich, Mensch!«

Der Untersuchungsrichter machte ein finsteres Gesicht und streckte die Hand nach seinem Hut aus.

»Na, hol dich der Teufel«, sagte er. »Fahren wir.«

Es war schon dunkel, als der Kutschwagen an der Eingangstreppe des Polizeivorstehers hielt.

»Richtige Schweine sind wir!« meinte Čubikov, als er nach dem Klingelzug griff. »Belästigen die Leute.«

»Schon gut, schon gut ... haben Sie keine Angst ... Wir sagen, uns ist eine Wagenfeder gebrochen.«

Čubikov und Djukovskij wurden auf der Schwelle von einer großen, fülligen, etwa dreiundzwanzigjährigen Frau empfangen. Sie hatte pechschwarze Augenbrauen und üppige, rote Lippen. Es war Olga Petrovna selbst.

»Ach ... sehr angenehm«, sagte sie und lächelte übers ganze Gesicht. »Sie kommen gerade richtig zum Abendessen. Mein Evgraf Kuzmič ist nicht zu Hause ... Er sitzt noch immer beim Popen ... Aber wir kommen auch ohne ihn aus ... Setzen Sie sich! Sie waren wohl bei einer Untersuchung ...?«

»Ja ... Wissen Sie, uns ist am Wagen eine Feder gebrochen«, begann Čubikov, der das Empfangszimmer betrat und sich in einen Sessel setzte.

»Nicht lange fackeln ... los, überrumpeln!« flüsterte ihm Djukovskij zu. »Überrumpeln!«

»Die Feder ... Hm ... Ja ... Da sind wir kurzerhand zu Ihnen gefahren.«

»Überrumpeln, sage ich Ihnen! Wenn Sie erst lange reden, schöpft sie Verdacht!«

»Na dann mach, was du willst, mich aber laß aus dem Spiel!« murmelte Čubikov, der aufstand und ans Fenster trat. »Ich kann das nicht. Du hast die Suppe eingebrockt, nun löffle sie auch aus!«

»Ja, die Feder ...« begann Djukovskij, der auf die Frau des Polizeivorstehers zutrat und die lange Nase krauste. »Wir sind nicht gekommen, um ... äh, äh ... Abendbrot zu essen, wir wollen auch nicht zu Evgraf Kuzmič. Wir sind gekommen, um Sie zu fragen, meine Verehrteste, wo sich Mark Ivanovič befindet, den Sie ermordet haben.«

»Wie? Was für ein Mark Ivanovič?« stammelte die Frau des

Polizeivorstehers, deren großes Gesicht sich im Nu blutrot färbte. »Ich ... ich verstehe Sie nicht.«

»Ich frage Sie im Namen des Gesetzes! Wo ist Kljauzov? Wir wissen alles!«

»Von wem?« fragte leise die Frau des Polizeivorstehers, die Djukovskijs Blick nicht ertrug.

»Wollen Sie uns bitte zeigen, wo er ist!«

»Aber woher wissen Sie ...? Wer hat es Ihnen erzählt?«

»Wir wissen alles! Ich fordere Sie auf im Namen des Gesetzes!«

Der Untersuchungsrichter, durch das Eingreifen Djukovskijs ermutigt, trat an sie heran und sagte: »Zeigen Sie uns, wo er ist, und dann gehen wir wieder. Sonst müssen wir ...«

»Was haben Sie mit ihm vor?«

»Wozu diese Fragen, meine Dame? Wir ersuchen Sie, uns zu zeigen, wo er ist! Sie zittern, Sie sind verwirrt ... Ja, er ist ermordet worden, und, wenn Sie gestatten, von Ihnen ermordet! Ihre Mittäter haben Sie verraten!«

Die Frau des Polizeivorstehers wurde blaß.

»Kommen Sie«, sagte sie leise und rang die Hände. »Ich habe ihn im Badehaus versteckt. Aber um Gottes willen, sagen Sie meinem Mann nichts davon! Ich flehe Sie an! Er würde es nicht verwinden.«

Die Frau des Polizeivorstehers nahm einen großen Schlüssel von der Wand und führte ihre Gäste durch die Küche und den Vorraum auf den Hof. Draußen war es dunkel. Es begann leicht zu regnen. Die Frau des Polizeivorstehers ging voran. Čubikov und Djukovskij folgten ihr durch das hohe Gras und sogen den Duft von wildem Hanf und Spülwasser ein, das unter den Füßen schwappte. Der Hof war groß. Bald hatten sie die Spülwasserpfützen hinter sich und spürten aufgepflügte Erde unter den Füßen. Aus der Dunkelheit tauchten die Silhouetten von Bäumen auf und zwischen den Bäumen ein kleines Häuschen mit schiefem Schornstein.

»Da ist das Badehaus«, sagte die Frau des Polizeivorstehers. »Aber ich flehe Sie an, erzählen Sie es niemand weiter!«

Als Čubikov und Djukovskij an dem Badehaus angelangt waren, erblickten sie an der Tür ein riesiges Vorhängeschloß.

»Halten Sie eine Kerze und Zündhölzer bereit!« flüsterte der Untersuchungsrichter seinem Gehilfen zu.

Die Frau des Polizeivorstehers schloß auf und ließ ihre Gäste ins Badehaus treten. Djukovskij strich ein Zündholz an und beleuchtete den Vorraum. Im Vorraum stand ein Tisch. Auf dem Tisch befanden sich ein kleiner, dickbäuchiger Samovar, eine Terrine mit kalt gewordener Kohlsuppe und eine Schale mit Soßenresten.

»Weiter!«

Sie traten in den anschließenden Raum, die eigentliche Badestube. Auch dort stand ein Tisch. Auf diesem Tisch befanden sich eine große Schüssel mit Schinken, eine Flasche Vodka, Teller, Messer und Gabeln.

»Aber wo ... ist er? Wo ist der Ermordete?« fragte der Untersuchungsrichter.

»Er liegt auf der oberen Pritsche«, flüsterte die Frau des Polizeivorstehers, die immer noch blaß war und zitterte.

Djukovskij nahm den Kerzenstummel und stieg auf die obere Pritsche. Dort erblickte er einen langen menschlichen Körper, der regungslos auf einem großen Daunenbett lag. Der Körper gab leichte Schnarchtöne von sich.

»Man will uns nasführen, zum Teufel noch mal!« rief Djukovskij. »Das ist er gar nicht! – Hier liegt ein quicklebendiger Lümmel. He, wer zum Teufel sind Sie?«

Der Körper zog noch einmal pfeifend die Luft ein und begann sich zu bewegen. Djukovskij stieß ihn mit dem Ellenbogen an. Der Körper streckte die Arme hoch, reckte sich und hob den Kopf.

»Wer ist da?« fragte eine tiefe, heisere Baßstimme. »Was willst du von mir?«

Djukovskij hielt dem Unbekannten den Kerzenstummel vors Gesicht und schrie auf. An der purpurroten Nase, dem gesträubten, ungekämmten Haar, dem pechschwarzen Schnurrbart, dessen eine Seite verwegen hochgezwirbelt war und frech zur Decke ragte, erkannte er den Kornett Kljauzov.

»Sie ... Mark ... Ivanyč?! Das kann nicht sein!«

Der Untersuchungsrichter blickte hoch und erstarrte.

»Ja, ich bin es ... Ach, Sie, Djukovskij! Was zum Henker suchen Sie hier? Und da unten, was ist das für eine Visage? Ach, du meine Güte, der Untersuchungsrichter! Wie kommen denn Sie hierher?«

Kljauzov sprang herunter und umarmte den Untersuchungsrichter. Olga Petrovna trat indessen durch die Tür schleunigst den Rückzug an.

»Wo kommen Sie her? Ach, hol's der Teufel, trinken wir was! Tra-ta-ti-to-trom ... Trinken wir! Aber wer hat Sie eigentlich hierhergebracht? Woher wissen Sie, daß ich hier bin? Ach was, ist ja ganz egal! Trinken wir!«

Kljauzov zündete die Lampe an und goß drei Gläser Schnaps ein.

»Das heißt, ich versteh dich nicht«, sagte der Untersuchungsrichter und breitete hilflos die Arme aus. »Bist du's oder bist du's nicht?«

»Fang mir ja nicht so an ... Willst wohl Moralpredigten halten, was? Spar dir die Mühe! Djukovskij, los, trink aus, junger Mann! Laßt uns, Freuuunde, diese ... Was guckt ihr mich so an? Trinkt!«

»Trotzdem, ich versteh das nicht«, sagte der Untersuchungsrichter, der mechanisch sein Glas leerte. »Weswegen bist du hier?«

»Warum soll ich denn nicht hier sein, wenn ich mich hier wohl fühle?«

Kljauzov kippte den Vodka hinunter und aß ein Stück Schinken dazu.

»Ich lebe bei der Frau des Polizeivorstehers, wie du siehst. In der Einöde, in der Wildnis, wie ein Hausgeist. Trink! Sie hat mir leid getan, Bruder! Ich habe Mitleid bekommen, nun, und so lebe ich hier als Einsiedler in dem verlassenen Badehaus ... Essen und Trinken gibt's zur Genüge. Kommende Woche gedenke ich, mich aus dem Staube zu machen ... Ich hab's satt ...«

»Unfaßbar!« sagte Djukovskij.

»Was ist unfaßbar?«

»Unfaßbar! Erklären Sie mir um Himmels willen, wie ist Ihr Stiefel in den Garten gekommen?«

»Was für ein Stiefel?«

»Den einen Stiefel haben wir im Schlafzimmer gefunden und den anderen im Garten.«

»Und wozu wollt ihr das wissen? Das geht euch gar nichts an ... Nun trinkt schon, hol euch der Teufel. Habt mich geweckt, nun trinkt auch! Eine interessante Geschichte war das mit diesem Stiefel, Brüderchen. Ich wollte gar nicht zu Olja. Hatte schlechte Laune, weißt du, war so im Dusel ... Sie kommt ans Fenster und fängt an zu schimpfen ... Weißt du, wie Weiber halt schimpfen ... so allgemein ... Ich – betrunken wie ich war – den Stiefel genommen, und schon flog er ihr um die Ohren ... Haha ... Hör auf zu schimpfen, du! Da klettert sie durchs Fenster, zündet die Lampe an, und dann hat sie mich besoffenen Kerl verdroschen. Hat mich durchgeprügelt, hierhergeschleppt und eingesperrt. Hier hab ich alles, was ich brauche. Liebe, Vodka und Essen! Aber wo wollt ihr denn schon wieder hin? Čubikov, wo willst du hin?«

Der Untersuchungsrichter spuckte aus und verließ die Badestube. Djukovskij folgte ihm mit hängendem Kopf. Beide setzten sich schweigend in den Wagen und fuhren heimwärts. Nie zuvor war ihnen der Weg so lang und eintönig erschienen wie diesmal. Beide schwiegen. Während der ganzen Fahrt zitterte Čubikov vor Wut, Djukovskij versteckte den Kopf im Mantelkragen, als fürchte er, die Dunkelheit und der Sprühregen könnten sehen, wie sehr er sich schämte.

Als sie zu Hause angelangt waren, fand der Untersuchungsrichter bei sich den Arzt Tjutjuev vor. Der Doktor saß am Tisch und blätterte unter tiefem Seufzen die ›Niva‹ durch.

»Sachen gibt es auf der Welt«, sagte er, als er traurig lächelnd den Untersuchungsrichter begrüßte. »Wieder dieses Österreich ...! Und dieser Gladstone ist auch gewissermaßen ...«

Čubikov schleuderte seinen Hut unter den Tisch und zitterte am ganzen Leib.

»Teufelsskelett! Laß mich in Ruhe! Tausendmal hab ich dir gesagt, du sollst mich mit deiner Politik verschonen. Uns ist nicht nach Politik zumute! Und dir ...« wandte er sich an Djukovskij und schüttelte die Faust, »und dir ... werde ich das bis zum Jüngsten Tag nicht vergessen!«

»Aber ... das schwedische Zündholz! Konnte ich denn das wissen!«

»Ersticken sollst du an deinem Zündholz. Raus mit dir, reiz mich nicht noch mehr, sonst mach ich mit dir weiß der Teufel was! Nicht mal deine Fersen will ich mehr sehen!«

Djukovskij seufzte, nahm seinen Hut und ging hinaus.

»Ich werde mich betrinken«, beschloß er, als er aus dem Tor trat, und machte sich traurig auf den Weg in eine Kneipe.

Als die Frau des Polizeivorstehers von der Badestube ins Haus zurückkehrte, stand ihr Mann im Empfangszimmer.

»Weswegen ist der Untersuchungsrichter zu uns gekommen?« fragte der Mann.

»Er wollte mitteilen, daß man Kljauzov gefunden hat. Stell dir vor, man hat ihn bei einer fremden Ehefrau gefunden!«

»Ach, Mark Ivanyč, Mark Ivanyč!« seufzte der Polizeivorsteher und verdrehte die Augen. »Ich hab's dir immer gesagt, Liederlichkeit bringt nichts ein! Ich hab's dir gesagt, aber du wolltest nicht hören!«

Der Orden

Der Lehrer des Militärprogymnasiums, Kollegienregistrator Lev Pustjakov, wohnte neben seinem Freund, dem Leutnant Ledencov. Zu diesem lenkte er am Neujahrsmorgen seine Schritte.

»Siehst du, Griša, es handelt sich um folgendes«, sagte er nach der üblichen Neujahrsgratulation zu dem Leutnant. »Ich würde dich nicht belästigen, wenn es nicht unbedingt nötig wäre. Leih mir, mein Lieber, für heute deinen Stanislausorden. Ich esse nämlich heute bei dem Kaufmann Spičkin zu Mittag. Und du kennst doch diesen Schuft, diesen Spičkin: Er liebt Orden über alles und hält diejenigen, bei denen nichts am Halse oder am Knopfloch baumelt, beinahe für Halunken. Und dazu hat er noch zwei Töchter ... Nastja, weißt du, und Zina ... Ich sage dir das, weil du mein Freund bist. Du verstehst mich, mein Lieber. Gib ihn mir, sei so gut!«

Das alles sprach Pustjakov stockend, errötend und mit scheuen Blicken nach der Tür schauend. Der Leutnant schimpfte, aber er willigte ein.

Um zwei Uhr mittags fuhr Pustjakov mit einer Droschke zu Spičkin. Er hatte den Pelz ein wenig zurückgeschlagen und schaute auf seine Brust. Auf der Brust glänzte das Gold und schillerte die Emaille des fremden Ordens.

Man hat irgendwie vor sich selbst mehr Achtung! dachte der Lehrer und räusperte sich. Ein kleines Ding, kostet nicht mehr als fünf Rubel, aber was es für Furore macht!

Als er vor Spičkins Haus angelangt war, schlug er den Pelz zurück und begann gemächlich den Droschkenkutscher zu entlohnen. Der Kutscher erstarrte, so schien es ihm, als er seine

Achselstücke, Knöpfe und den Stanislausorden erblickte. Pustjakov hüstelte selbstzufrieden und betrat das Haus.

Während er im Vorzimmer den Pelz ablegte, warf er einen Blick in den Saal. Dort saßen an der langen Mittagstafel etwa fünfzehn Personen und speisten. Man hörte Gemurmel und Tellerklirren.

»Wer hat denn da geläutet?« ertönte die Stimme des Hausherrn. »Ah, Lev Nikolaič! Seien Sie willkommen. Sie kommen etwas spät, aber das ist nicht so schlimm ... Wir haben uns eben hingesetzt.«

Pustjakov streckte die Brust heraus, hob den Kopf und betrat, sich die Hände reibend, den Saal. Aber hier erblickte er etwas Schreckliches. Am Tisch saß neben Zina sein Kollege, der Französischlehrer Tremblant. Dem Franzosen den Orden zu zeigen – das hätte bedeutet, eine Menge unangenehmer Fragen hervorzurufen, sich auf ewig zu blamieren und in Verruf zu bringen ... Pustjakovs erster Gedanke war, den Orden herunterzureißen oder umzukehren; aber der Orden war fest angenäht, und ein Rückzug war schon unmöglich. Er bedeckte mit der rechten Hand schnell den Orden, verbeugte sich, grüßte ungeschickt nach allen Seiten und ließ sich, ohne jemandem die Hand zu reichen, schwer auf einen freien Stuhl nieder, gerade seinem Kollegen, dem Franzosen, gegenüber.

Wahrscheinlich betrunken! dachte Spičkin, als er sein verlegenes Gesicht sah.

Man stellte vor Pustjakov einen Teller Suppe. Er ergriff den Löffel mit der linken Hand, aber da er sich besann, daß es in einer anständigen Gesellschaft unpassend war, mit der linken Hand zu essen, erklärte er, er habe schon zu Mittag gespeist und wolle daher nicht mehr essen.

»Ich habe schon gegessen ... Merci ...« murmelte er. »Ich machte bei meinem Onkel, dem Oberpriester Eleev, eine Visite, und er bewog mich ... sozusagen ... Mittag zu essen.«

Pustjakovs Herz füllte sich mit beklemmender Schwermut und boshaftem Ärger: die Suppe duftete herrlich, und dem gedünsteten Stör entströmten ungewöhnlich appetitliche Gerüche. Der Lehrer versuchte die rechte Hand zu befreien und den Orden mit der linken zu bedecken, aber das ging erst recht nicht.

Sie werden es merken ... denn die Hand wird über die ganze Brust ausgestreckt sein, als schickte ich mich an zu singen. Mein

Gott, wäre doch das Mittagessen schon zu Ende! Ich werde in einem Wirtshaus essen!

Nach dem dritten Gang blickte er schüchtern, mit einem Äuglein, auf den Franzosen. Tremblant, der aus irgendeinem Grunde mächtig verwirrt war, schaute ihn ebenfalls an und aß auch nichts. Nachdem sie einander angeschaut hatten, wurden die beiden noch verlegener und richteten ihre Augen auf die leeren Teller.

Er hat was gemerkt, der Schuft, dachte Pustjakov. Ich sehe es an seiner Visage, daß er was gemerkt hat. Und der Schurke ist ein Denunziant. Schon morgen wird er es dem Direktor hinterbringen!

Die Gastgeber und die Gäste waren beim vierten Gang, und weil es das Schicksal so wollte, verspeisten sie auch noch einen fünften...

Darauf erhob sich ein hochgewachsener Herr mit breiten behaarten Nüstern, einer gebogenen Nase und von Natur zusammengekniffenen Augen. Er strich sich über den Kopf und rief:

»Äh-ä-äh... ich schlage vor... äh... auf das Wohl... äh... der hier anwesenden Damen zu trinken.«

Die Gäste erhoben sich geräuschvoll und nahmen die Gläser in die Hand. Durch alle Zimmer erscholl ein lautes »Hurra«. Die Damen lächelten und machten sich bereit anzustoßen. Pustjakov erhob sich und nahm sein Glas in die linke Hand.

»Lev Nikolaič, seien Sie so nett, und geben Sie dieses Glas Nastasja Timofeevna«, bat ihn ein Herr und reichte ihm einen Pokal. »Veranlassen Sie, daß sie es austrinkt!«

Jetzt mußte Pustjakov zu seinem großen Schrecken auch die rechte Hand in Aktion treten lassen. Der Stanislausorden mit dem zerknüllten roten Bändchen erblickte endlich die Welt und strahlte. Der Lehrer wurde blaß, senkte den Kopf und schaute schüchtern zu dem Franzosen hin. Der sah ihn mit erstaunten, fragenden Augen an, und von seinem Gesicht verschwand langsam die Verlegenheit...

»Julij Augustovič«, wandte sich der Hausherr an den Franzosen. »Reichen Sie das Fläschchen denen, die es noch möchten!«

Tremblant streckte unentschlossen die rechte Hand nach der Flasche aus und... o Glück! Pustjakov erblickte auf seiner Brust einen Orden. Und das war kein Stanislaus, sondern ein richtiger

Annenorden! Also auch der Franzose hatte gemogelt! Pustjakov lachte vor Vergnügen, setzte sich auf den Stuhl und rekelte sich ... Jetzt bestand keine Notwendigkeit mehr, den Stanislaus zu verstecken. Beide hatten dieselbe Sünde begangen, daher konnte keiner den anderen denunzieren und in Verruf bringen.

»A ... a ... hm!« brummelte Spičkin, als er auf der Brust des Lehrers den Orden erblickte.

»Jawohl!« entgegnete Pustjakov. »Eine merkwürdige Sache, Julij Augustovič. Nur wenige wurden vor den Feiertagen vorgeschlagen. Wieviel Leute gibt es bei uns, und nur wir beide wurden ausgezeichnet. Eine merkwürdige Sache!«

Tremblant nickte fröhlich und schob den linken Rockaufschlag vor, auf dem der Annenorden dritter Klasse prangte.

Nach dem Essen ging Pustjakov durch alle Zimmer und zeigte den jungen Damen den Orden. Ihm war leicht und frei zumute, obwohl ihn der Magen vor Hunger zwickte.

Hätte ich von diesem Streich gewußt, dachte er und schaute neidisch auf Tremblant, der sich mit Spičkin über Orden unterhielt, dann hätte ich den Vladimirorden angelegt. Ach, ich habe es nicht geahnt!

Allein dieser Gedanke quälte ihn noch ein wenig. Im übrigen aber war er vollkommen glücklich.

Die Rache einer Frau

Jemand riß an der Glocke. Nadežda Petrovna, die Mieterin der Wohnung, in der sich die hier beschriebene Geschichte abspielte, sprang vom Sofa und eilte aus dem Zimmer, um die Tür zu öffnen.

Das ist wahrscheinlich mein Mann, dachte sie.

Doch als sie die Tür öffnete, erblickte sie nicht ihren Gatten. Vor ihr stand ein hochgewachsener, schöner Mann in einem teuren Bärenpelz, er trug eine goldene Brille. Seine Stirn war voller Runzeln, und seine schläfrigen Augen schauten gleichgültig und träge in die Welt.

»Was wünschen Sie?« fragte Nadežda Petrovna.

»Ich bin der Arzt, gnädige Frau. Man rief mich hierher zu ... äh ... Čelobitjevs ... Sind Sie das?«

»Wir sind die Čelobitjevs, aber ... um Gottes willen, entschuldigen Sie, Herr Doktor, mein Mann hat ein fieberhaftes Zahngeschwür. Er hat Ihnen einen Brief geschickt, aber da Sie so lange auf sich warten ließen, hat er die Geduld verloren und ist zum Zahnarzt gelaufen.«

»Hm ... Er hätte auch zum Zahnarzt gehen können, ohne mich zu behelligen.«

Der Arzt machte ein finsteres Gesicht ... Eine Minute verging schweigend.

»Entschuldigen Sie, Herr Doktor, daß wir Sie umsonst belästigt haben ... Wenn mein Mann gewußt hätte, daß Sie kommen, glauben Sie mir, wäre er nicht zum Dentisten gelaufen ... Entschuldigen Sie ...«

Noch eine Minute verging schweigend ... Nadežda Petrovna kratzte sich den Nacken.

Ich verstehe nicht, worauf er noch wartet? dachte sie und schielte nach der Tür.

»Lassen Sie mich gehen, gnädige Frau«, murmelte der Arzt. »Halten Sie mich nicht auf ... Meine Zeit ist so kostbar, wissen Sie, daß ...«

»Das heißt ... Ich, das heißt ... Ich halte Sie nicht zurück ...«

»Aber, gnädige Frau, ich kann doch nicht wegfahren, bevor ich für meine Bemühungen nicht etwas bekommen habe.«

»Für Ihre Bemühungen? Ach, ja ...« stammelte Nadežda Petrovna und wurde über und über rot. »Sie haben recht ... Für eine Visite muß man bezahlen, das stimmt ... Sie haben sich bemüht, Sie sind hergekommen ... Aber, Herr Doktor, es ist mir sehr peinlich ... mein Mann ist aus dem Haus gegangen und hat das ganze Geld mitgenommen ... Ich habe absolut nichts im Hause ...«

»Hm ... Ist ja eigenartig. Was soll nun werden? Ich kann doch nicht auf Ihren Mann warten. Suchen Sie doch mal, vielleicht findet sich etwas ... Die Summe ist doch wirklich geringfügig ...«

»Aber ich versichere Ihnen, mein Mann hat alles mitgenommen ... Es ist mir peinlich ... Ich hätte mich doch wegen eines lumpigen Rubels nicht in solch eine ... dumme Situation gebracht ...«

»Eine sonderbare Auffassung haben Sie, haben die Leute von

der Arbeit der Ärzte . . . Bei Gott, sonderbar . . . Als ob wir keine Menschen sind, als ob unsere Arbeit keine Arbeit ist . . . Ich bin zu Ihnen gefahren, habe Zeit vergeudet . . . habe mich bemüht . . .«

»Das verstehe ich sehr gut, aber sehen Sie doch ein, es gibt manchmal Fälle, wo man keine Kopeke im Hause hat!«

»Ach, was gehen mich diese Fälle an? Sie, gnädige Frau, sind einfach naiv und unlogisch . . . Einen Menschen nicht zu bezahlen ist sogar unehrenhaft . . . Sie nutzen es aus, daß ich Sie nicht beim Friedensrichter verklagen kann, und . . . so etwas Rücksichtsloses, weiß Gott . . .! Mehr als sonderbar!«

Der Doktor schwieg verlegen. Er schämte sich für die Menschheit . . . Nadežda Petrovna geriet in Zorn. Sie war unangenehm berührt . . .

»Gut!« sagte sie in schneidendem Ton. »Warten Sie . . . ich schicke zum Krämer, dort wird man mir vielleicht Geld geben . . . Ich werde Sie bezahlen.«

Nadežda Petrovna ging in den Salon und setzte sich hin, um einen Zettel an den Krämer zu schreiben. Der Doktor legte den Pelz ab, betrat den Salon und lümmelte sich in einen Sessel. Während sie auf die Antwort des Krämers warteten, saßen sie schweigend da. Nach etwa fünf Minuten kam die Antwort. Nadežda Petrovna entnahm dem Briefumschlag einen Rubel und steckte ihn dem Arzt zu. Dem Arzt gingen die Augen über.

»Sie machen sich wohl über mich lustig, gnädige Frau«, sagte er und legte den Rubel auf den Tisch. »Mein Diener nimmt vielleicht einen Rubel, aber ich . . . nein, Sie müssen schon verzeihen!«

»Wieviel verlangen Sie denn?«

»Ich nehme gewöhnlich zehn . . . Von Ihnen werde ich meinetwegen nur fünf nehmen, wenn es Ihnen beliebt.«

»Nun, fünf können Sie von mir nicht erwarten . . . Ich habe für Sie kein Geld.«

»Schicken Sie zum Krämer. Wenn er Ihnen einen Rubel geben konnte, warum sollte er Ihnen dann nicht auch fünf geben? Ist das nicht einerlei? Ich bitte Sie, gnädige Frau, halten Sie mich nicht länger auf. Ich habe keine Zeit.«

»Hören Sie, Herr Doktor . . . Sie sind sehr unfreundlich, wenn nicht gar . . . frech! Nein, Sie sind grob, unmenschlich! Verstehen Sie? Sie sind . . . einfach widerlich!«

Nadežda Petrovna wandte sich zum Fenster und biß sich auf die Lippe. Ihre Augen füllten sich mit großen Tränen.

Schuft! Schurke! dachte sie. Rindvieh! Er untersteht sich ... untersteht sich! Er will meine furchtbare, schimpfliche Lage nicht begreifen! Na warte ... du Teufel!

Und nachdem sie eine Weile überlegt hatte, wandte sie ihr Gesicht dem Arzt zu. Diesmal malte sich auf ihrem Antlitz Qual und Flehen.

»Herr Doktor«, sagte sie mit leiser, bittender Stimme. »Herr Doktor. Wenn Sie ein Herz hätten, wenn Sie nur begreifen wollten ... Sie würden mich nicht dieses Geldes wegen quälen ... Ich habe ohnehin schon so viel Kummer und Herzeleid.«

Nadežda Petrovna preßte ihre Schläfen, als drücke sie eine Sprungfeder zusammen; ihre Haare fielen in Strähnen auf die Schultern ...

»Da leidet man unter einem ungebildeten Ehemann ... man erträgt diese unheimliche, beklemmende Umgebung, und da erlaubt sich noch ein gebildeter Mensch, einem Vorwürfe zu machen. Mein Gott! Das ist unerträglich!«

»Aber so begreifen Sie doch, gnädige Frau, die besondere Lage unseres Standes ...«

Doch der Arzt mußte seine Rede unterbrechen. Nadežda Petrovna wankte und fiel ohnmächtig in seine ausgestreckten Arme ... Ihr Kopf sank auf seine Schulter.

»Hierher, zum Kamin, Herr Doktor ...« flüsterte sie nach einer Weile. »Näher heran ... Ich werde Ihnen alles erzählen ... alles ...«

Nach einer Stunde verließ der Doktor die Wohnung der Čelobitjevs. Er war ärgerlich und zugleich peinlich und angenehm berührt ...

Der Teufel soll das alles holen, dachte er und setzte sich in seinen Schlitten. Man soll doch niemals von zu Hause viel Geld mitnehmen! Es kann einem auch passieren, daß man hereinfällt!

Der Nachhilfelehrer

Der Gymnasiast Egor Ziberov reicht Petja Udodov wohlwollend die Hand. Petja, ein zwölfjähriger Bub in einem grauen Anzug, dick und rotwangig, mit niederer Stirn und borstigen Haaren, macht einen Kratzfuß und holt dann die Hefte aus dem Schrank. Der Unterricht beginnt.

Entsprechend der mit Vater Udodov getroffenen Abmachung muß Ziberov den kleinen Petja täglich zwei Stunden unterrichten; dafür bekommt er sechs Rubel im Monat. Er bereitet ihn zur Aufnahme in die zweite Klasse des Gymnasiums vor. (Im vergangenen Jahr wurde Petja für die erste Klasse vorbereitet, aber er fiel durch.)

»Nun ...« beginnt Ziberov und steckt sich eine Zigarette an. »Sie hatten die vierte Deklination auf. Deklinieren Sie fructus!«

Petja fängt an zu deklinieren.

»Sie haben wieder nicht gelernt«, sagt Ziberov und steht auf. »Zum sechstenmal gebe ich Ihnen nun die vierte Deklination auf, und Sie haben keine blasse Ahnung. Wann wollen Sie endlich anfangen, Ihre Schulaufgaben zu machen?«

»Er hat wieder nicht gelernt?« hört man hinter der Tür eine hüstelnde Stimme, und in das Zimmer tritt Petjas Papa, der pensionierte Gouvernementssekretär Udodov. »Wieder nicht? Warum hast du denn nicht gelernt? Ach, du Halunke, du Halunke! Glauben Sie mir, Egor Alekseič, ich habe ihn gestern erst verprügelt!« Und schweratmend setzt sich Udodov neben den Sohn und schaut in den zerlesenen Kühner. Ziberov beginnt Petja in Gegenwart des Vaters zu prüfen. Soll der dumme Vater ruhig wissen, wie dumm sein Sohn ist. Der Gymnasiast gerät in Prüfungseifer; er haßt und verachtet den kleinen rotwangigen Dummkopf, er möchte ihn verprügeln. Er wird sogar ärgerlich, wenn der Junge eine treffende Antwort gibt – so widerlich ist ihm dieser Petja!

»Sie können nicht einmal die zweite Deklination! Auch die erste nicht! So lernen Sie also! Nun, sagen Sie mir, wie lautet der Vokativ von meus filius?«

»Von meus filius? Meus filius ist ... das ist ...«

Petja schaut lange an die Zimmerdecke, bewegt lange die Lippen, aber er gibt keine Antwort.

»Und wie ist der Dativ Plural von dea?«

»Deabus . . . filiabus«, entgegnet Petja langsam und deutlich.

Der alte Udodov nickt beifällig. Der Gymnasiast, der eine richtige Antwort nicht erwartet hat, ist ärgerlich.

»Und welches Substantiv hat noch im Dativ abus?« fragt er.

Wie es sich herausstellt, hat auch anima – die Seele – im Dativ abus, was nicht im Kühner steht.

»Die lateinische Sprache ist wohlklingend«, bemerkt Udodov. »Alon . . . tron . . . bonus . . . anthropos . . . Das ist Weisheit! Und das alles braucht man doch«, sagt er seufzend.

Stört den Unterricht, das Rindvieh . . . denkt Ziberov. Gibt keine Ruhe und kontrolliert. Ich dulde keine Kontrolle! »Nun«, er wendet sich wieder an Petja, »bis zum nächsten Mal nehmen Sie in Latein noch einmal dasselbe durch. Jetzt zur Arithmetik . . . Nehmen Sie die Tafel. Welche Aufgabe ist dran?«

Petja spuckt auf die Tafel und wischt sie mit dem Ärmel ab. Der Lehrer nimmt das Rechenbuch und diktiert: »Ein Kaufmann kaufte 138 Ellen schwarzes und blaues Tuch für 540 Rubel. Es wird gefragt, wieviel Ellen er von der einen und von der anderen Sorte gekauft hat, wenn das blaue 5 Rubel pro Elle, das schwarze 3 Rubel kostet. Wiederholen Sie die Aufgabe.«

Petja wiederholt die Aufgabe und dividiert sofort, ohne ein Wort zu sagen, 540 durch 138.

»Wozu dividieren Sie das? Warten Sie! Übrigens, so . . . machen Sie weiter. Es bleibt ein Rest? Hier kann kein Rest bleiben. Geben Sie mal her, ich werde dividieren!«

Ziberov dividiert, er bekommt drei und einen Rest heraus und wischt die Rechnung schnell weg.

Merkwürdig . . . denkt er, zerwühlt sich das Haar und wird rot. Wie wird denn das gerechnet? Hm . . . Das ist eine Aufgabe für Gleichungen mit Unbekannten, aber keine arithmetische.

Der Lehrer schaut bei den Lösungen nach und sieht 75 und 63. Hm . . .! Merkwürdig . . . 5 + 3 addieren; und dann 540 durch 8 dividieren? So vielleicht? Nein, das geht nicht.

»Rechnen Sie doch«, sagt er zu Petja.

»Nun, was überlegst du? Die Aufgabe ist doch kinderleicht«, sagt Udodov zu Petja. »Bist du aber ein Dummkopf, mein Lieber! Rechnen Sie ihm das doch mal vor, Egor Alekseič.«

Egor Alekseič nimmt den Griffel und fängt an zu rechnen. Er stottert und wird abwechselnd rot und blaß.

»Diese Aufgabe ist im Grunde genommen eine algebraische«, sagt er. »Man kann sie mit x und y lösen. Da habe ich dividiert ... verstehen Sie? Jetzt muß man subtrahieren, verstehen Sie? Oder wissen Sie was ... Lösen Sie diese Aufgabe bis morgen selbst ... Denken Sie mal nach ...«

Petja lächelt boshaft. Udodov lächelt auch. Beide verstehen sie die Verlegenheit des Lehrers. Der Gymnasiast wird noch verlegener, er steht auf und beginnt von einer Ecke in die andere zu laufen.

»Man kann sie auch ohne Algebra lösen«, meint Udodov und streckt die Hand nach dem Rechenbrett aus. »Wollen Sie bitte hersehen ...« Er klappert mit dem Rechenbrett und bekommt 75 und 63 heraus, wie es sein muß.

»Das ist's ... auf unsere Weise, auf ungelehrte Weise.«

Dem Lehrer wird es unheimlich zumute. Mit stockendem Herzen schaut er auf die Uhr und sieht, daß bis zum Ende des Unterrichts noch fünf Viertelstunden bleiben – eine Ewigkeit!

»Jetzt ein Diktat.«

Nach dem Diktat kommt Geographie, nach der Geographie Religion, dann Russisch – es gibt viele Wissenschaften auf dieser Welt! Aber schließlich geht der zweistündige Unterricht zu Ende. Ziberov greift nach der Mütze, gibt Petja wohlwollend die Hand und verabschiedet sich von Udodov.

»Können Sie mir nicht heute etwas Geld geben?« bittet er schüchtern. »Ich muß morgen Studiengebühren bezahlen. Sie sind mir sechs Monate schuldig.«

»Ich? Ach ja, ja ...« murmelte Udodov, ohne Ziberov anzusehen. »Mit Vergnügen! Leider habe ich jetzt nichts bei mir, aber so in einer Woche ... oder in zwei ...« Ziberov ist einverstanden, er zieht seine schweren, schmutzigen Gummischuhe an und geht zur nächsten Nachhilfestunde.

Die Chorsänger

Durch den Friedensrichter, der einen Brief aus Petersburg erhalten hatte, waren Gerüchte in Umlauf gekommen, daß in Kürze der Gutsherr in Efremovo eintreffen werde, Graf Vladimir Ivanyč. Wann er eintreffe, sei ungewiß.

»Wie ein Dieb in der Nacht«, sagt Vater Kuzma, ein kleiner grauhaariger Pope in violettem Priesterrock. »Und wenn er da ist, dann ist hier kein Durchkommen mehr von wegen dem Adel und den übrigen vornehmen Leuten. Alle Nachbarn werden angefahren kommen. Gib dir bloß ein bißchen Mühe, Aleksej Alekseič ... Ich bitte dich herzlich ...«

»Wem sagen Sie das«, erwidert Aleksej Alekseič und blickt finster vor sich hin. »Ich werde meine Sache schon machen. Hauptsache, mein Feind liest das Responsorium im richtigen Ton. Er macht nämlich gern zum Trotz ...«

»Nun, nun ... ich werde den Diakon schon darum bitten, ich werde ihn anflehen ...«

Aleksej Alekseič ist in der Dreiheiligenkirche von Efremovo Psalmleser. Gleichzeitig unterrichtet er die Schuljungen im kirchlichen und weltlichen Gesang, wofür er vom gräflichen Kontor jährlich sechzig Rubel erhält. Die Schuljungen ihrerseits sind verpflichtet, dafür in der Kirche zu singen. Aleksej Alekseič ist ein hochgewachsener, robuster Mann mit festem Gang und bartlosem, feistem Gesicht, das einem Kuheuter gleicht. Mit seiner stattlichen Figur und seinem Doppelkinn ähnelt er eher einem Menschen, der in der höheren weltlichen Hierarchie nicht den niedrigsten Rang einnimmt, als einem Kirchendiener. Es war ein seltsamer Anblick, wie er, ein stattlicher und solider Mann, vor dem Priester auf die Knie fiel und wie er einmal nach einer sehr lauten Auseinandersetzung mit dem Diakon Evlampij Avdiesov auf Geheiß des Propstes zwei Stunden auf den Knien lag. Erhabenheit ist seiner Figur angemessener als Erniedrigung.

In Anbetracht der Gerüchte von der Ankunft des Grafen hält Aleksej Alekseič jeden Tag morgens und abends in der Schule Chorproben ab. Der Schulunterricht wird dabei nicht sehr gestört. Während des Singens läßt Sergej Makaryč, der Lehrer, die Schüler kalligraphische Übungen machen, und er selbst gesellt sich als Liebhabersänger zu den Tenören.

Die Chorproben gehen folgendermaßen vor sich. Aleksej Alekseič tritt, türenknallend und sich schneuzend, ins Klassenzimmer. Hinter den Schultischen kommen geräuschvoll die Diskant- und Altsänger hervorgekrochen. Vom Hof treten, wie Pferde mit den Füßen stampfend, die schon lange wartenden Tenöre und Bässe ein. Alle stellen sich auf ihre Plätze. Aleksej Alekseič reckt sich, gebietet Schweigen und gibt den Kammerton an.

»To-to-ti-to-tom ... do-mi-sol-do!«

»Aaaa-men!«

»Adagio ... adagio ... Noch einmal ...«

Auf das Amen folgt im Wechselgesang das »Herr erbarme dich«. Das alles ist schon lange einstudiert, tausendmal gesungen und wiedergekaut worden und wird nur ganz pro forma gesungen. Man singt träge und mechanisch. Aleksej Alekseič schwenkt ruhig die Hand und singt manchmal mit den Tenören, manchmal mit den Bässen mit. Alles ist still, es geschieht nichts Interessantes ... Aber vor dem ›Gesang der Cherubim‹ beginnt plötzlich der ganze Chor sich zu schneuzen, zu husten und eifrig in den Noten zu blättern. Der Dirigent wendet sich vom Chor ab und stimmt mit geheimnisvoller Miene die Geige. So vergehen zwei Minuten.

»Stellt euch auf. Guckt lieber in die Noten ... Die Bässe nicht so laut ... weicher ...«

Ausgewählt ist der ›Gesang der Cherubim‹ von Bortnjanskij, Nummer sieben. Auf das gegebene Zeichen hin tritt Ruhe ein. Alle Augen sind auf die Noten gerichtet, und die Diskantsänger öffnen den Mund. Aleksej Alekseič läßt langsam die Hand sinken.

»Piano ... piano ... Da steht doch piano ... Leiser, leiser ...«

»Ihr ... und wir ...«

Wenn piano zu singen ist, dann strahlt Aleksej Alekseičs Antlitz vor Güte und Zärtlichkeit, als sähe er im Traum einen guten Imbiß.

»Forte ... forte! Stärker!«

Und wenn forte zu singen ist, dann drückt das feiste Gesicht des Dirigenten große Angst, ja sogar Schrecken aus.

Der ›Gesang der Cherubim‹ wird gut gesungen, so gut, daß die Schulkinder ihre Schreibübungen sein lassen und den Bewegungen Aleksej Alekseičs folgen. Unter den Fenstern bleiben die Leute stehen. In die Klasse tritt der Wächter Vasilij; er hat eine Schürze um und ein Messer in der Hand, er hört zu. Wie aus dem Boden gestampft, erscheint Vater Kuzma mit sorgenvoller Miene ... Nach dem »Entraten wir uns der Sorgen ...« wischt sich Aleksej Alekseič den Schweiß von der Stirn und tritt bewegt an Vater Kuzma heran.

»Ich kann das nicht fassen, Vater Kuzma«, sagt er achselzuckend. »Warum hat das russische Volk kein Verständnis dafür? Ich kann das nicht fassen, straf mich Gott! Es ist ein so ungebildetes Volk, daß man überhaupt nicht daraus schlau wird, was sie da in der Kehle haben: den Schlund oder irgendeine andere Innerei? Du hast dich verschluckt, wie?« Er wendet sich an den Baß Gennadij Semičëv, den Bruder des Schankwirts.

»Wieso?«

»Was ist das für eine Stimme? Sie rasselt ja wie eine Kasserolle. Hast wohl gestern wieder einen hinter die Binde gegossen? So ist es auch! Es stinkt aus deinem Maul wie aus einer Kneipe ... Ach! Ein richtiger Bauer bist du, Bruder! Ein Flegel! Was bist du für ein Chorsänger, wenn du dich in der Kneipe in Gesellschaft von Bauern herumtreibst? Ach, ein Esel bist du, Bruder!«

»Das ist Sünde, Bruder, Sünde ...« murmelt Vater Kuzma. »Gott sieht alles ... durch und durch ...«

»Und darum verstehst du auch nichts vom Singen, weil du Vodka im Schädel hast und keine göttlichen Gedanken, du Trottel, du.«

»Reg dich nicht auf, reg dich nicht auf ...« bittet Vater Kuzma. »Ärgere dich nicht ... Ich werde es ihm schon beibringen.«

Vater Kuzma tritt zu Gennadij Semičëv und fleht ihn an: »Weshalb machst du das? Du mußt doch sozusagen ein bißchen Verstand haben. Ein Mensch, der singt, muß enthaltsam leben, weil seine Kehle sozusagen ... zart ist.«

Gennadij kratzt sich den Hals und schielt zum Fenster, als sei die Rede nicht an ihn gerichtet.

Nach dem ›Cherubim‹ wird ›Ich glaube‹ gesungen, danach ›Würdig und gerecht‹; die Sänger singen gefühlvoll und fehlerlos, und so bis zum Vaterunser.

»Meines Erachtens, Vater Kuzma«, sagt der Dirigent, »klappt das einfache Vaterunser besser als der Gesang nach Noten. Man sollte das Vaterunser auch vor dem Grafen singen.«

»Nein, nein ... Sing nach Noten. Weil der Graf in der Hauptstadt, wenn er zur Messe geht, nichts außer Notengesang hört ... Vielleicht dort in den Kapellen ... Dort, Bruder, gibt es nicht nur solche Noten!«

Nach dem Vaterunser wieder Husten, Schneuzen und Notenblättern. Das Schwierigste steht bevor: das geistliche Konzert. Aleksej Alekseič übt zwei Stücke ein: ›Wer, großer Gott ...‹ und ›Ewiger Ruhm‹. Was sie besser lernen, das werden sie vor dem Grafen singen. Während des Konzerts gerät der Dirigent in Ekstase. Der erste Ausdruck der Güte wechselt immerzu mit dem der Angst. Er fuchtelt mit den Armen, bewegt die Finger, zuckt mit den Schultern ...

»Forte«, murmelt er. »Andante! Mund auf ... Mund auf! Sing, du Ölgötze! Nicht so auftragen, die Tenöre! To-to-ti-tom ... Sol ... si ... sol, du Dummkopf! Großer! Die Bässe, gro ... gro ... ßer ...«

Sein Geigenbogen spaziert über die Köpfe und Schultern der falsch singenden Diskant- und Altsänger. Die linke Hand packt immerzu die kleinen Sänger an den Ohren. Einmal läßt er sich sogar hinreißen und schlägt mit dem gebogenen Daumen dem Baßsänger Gennadij ans Kinn. Aber die Sängerknaben weinen nicht, und sie ärgern sich auch nicht über die Schläge: sie sind sich der ganzen Bedeutung der zu erfüllenden Aufgabe bewußt.

Nach dem Konzert vergeht eine Minute in Schweigen. Aleksej Alekseič setzt sich, rot, schwitzend und erschöpft, auf das Fensterbrett und überfliegt die Anwesenden mit einem trüben, schweren, aber dennoch siegreichen Blick. In der Schar der Zuhörer erblickt er zu seinem größten Unbehagen den Diakon Avdiesov.

Der Diakon, ein hochgewachsener, stämmiger Mann mit rotem, blatternarbigem Gesicht und Stroh in den Haaren, steht da, auf den Ofen gestützt, und grinst verächtlich.

»Gut so, sing nur! Bemüh dich um die Noten«, brummt er mit seinem tiefen Baß. »Ob du nach Noten singst oder ohne Noten ... Der Graf hat deinen Gesang gerade nötig, er ist doch Atheist ...«

Vater Kuzma blickt sich erschreckt um und bewegt die Finger. »Na, na ...« flüstert er. »Sei still, Diakon. Ich flehe dich an ...«

Nach dem Konzert singt man ›Und erfüllt ist unser Mund‹, und dann ist die Chorprobe zu Ende. Die Sänger gehen auseinander, um am Abend zu einer weiteren Probe zusammenzukommen. Und so geht das jeden Tag.

Es vergeht ein Monat und ein zweiter ...

Inzwischen hat auch der Verwalter die Nachricht von der baldigen Ankunft des Grafen erhalten. Und endlich werden auch die verstaubten Jalousien vor den herrschaftlichen Fenstern hochgezogen. Efremovo hört die Töne eines lädierten, verstimmten Flügels. Vater Kuzma siecht dahin und weiß selber nicht weshalb: ob vor Entzücken oder vor Angst ... Der Diakon läuft herum und grinst.

Am nächsten Samstagabend geht Vater Kuzma in die Wohnung des Dirigenten. Sein Gesicht ist bleich, er läßt die Schultern hängen, der Glanz seines violetten Priesterrockes ist verblaßt.

»Ich war gerade bei Seiner Durchlaucht«, sagt er stotternd zu dem Dirigenten. »Ein gebildeter Herr, mit delikaten Vorstellungen ... Aber sozusagen ... kränkelnd ist er, Bruder ... ›Zu welcher Zeit‹, frage ich, ›befehlen Sie, Euer Erlaucht, morgen zur Liturgie zu läuten?‹ Und er zu mir: ›Wann Sie wollen ... Nur geht es nicht irgendwie schneller und kürzer ... ohne Sänger.‹ – Ohne Sänger! Sozusagen, verstehst du, ohne Sänger ...«

Aleksej Alekseič wird puterrot. Es wäre ihm leichter gefallen, noch einmal zwei Stunden auf den Knien zu liegen, als solche Worte zu hören. Die ganze Nacht kann er nicht schlafen. Es kränkt ihn nicht so sehr, daß seine Mühe umsonst war, als vielmehr die Tatsache, daß ihn Avdiesov nun mit seinem Gespött nicht mehr in Ruhe läßt. Avdiesov freut sich über seinen Kummer. Am nächsten Tag schielt er während der ganzen Messe verächtlich auf den Altarraum, wo Aleksej Alekseič mutterseelenallein den Baß singt. Als er mit dem Weihrauchfaß an dem Chor vorbeigeht, brummt er:

»Bemüh dich um die Noten! Gib dir Mühe! Der Graf wird dem Chor einen Zehnrubelschein geben.«

Nach der Messe geht der Dirigent heim, vernichtet und tödlich beleidigt. Am Tor holt ihn Avdiesov ein, ganz rot im Gesicht.

»Wart mal, Alëša«, sagte der Diakon. »Warte, du Narr, und ärgere dich nicht! Du bist nicht allein der Dumme, sondern auch ich, Bruder! Da geht doch heute nach der Messe Vater Kuzma zum Grafen und fragt: ›Und was für eine Meinung haben Sie von der Stimme des Diakons, Euer Erlaucht? Stimmt es nicht, die vollkommenste Oktave?‹ Und der Graf da, weißt du, was der drauf antwortet? Ein Kompliment! ›Schreien‹, sagt er, ›kann jeder. Beim Menschen ist die Stimme nicht so wichtig wie der Verstand.‹ Ein großer Kenner! Atheist bleibt Atheist. Gehen wir, mein Lieber, der Beleidigung wegen wollen wir jeder einen heben!«

Und die Feinde spazieren untergehakt durchs Tor ...

Perpetuum mobile

Der Untersuchungsrichter Grišutkin, ein alter Mann, der noch in der Zeit vor den Reformen den Dienst angetreten hatte, und Doktor Svistickij, ein melancholischer Herr, fuhren zu einer Obduktion. Es war Herbst, und sie fuhren einen Feldweg entlang. Es herrschte eine furchterregende Dunkelheit, und ein toller Regen prasselte hernieder.

»Das ist aber eine Gemeinheit«, brummte der Untersuchungsrichter. »Keinerlei Zivilisation und Humanität, nicht einmal ein ordentliches Klima gibt es. Ist das aber ein Land! Wenn man bedenkt, daß es auch zu Europa gehört ... Ein Regen ist das, ein Regen! Als ob er gemietet wäre, der Schuft! Fahr doch schneller, verflucht noch mal, wenn du nicht willst, daß ich dir elendem Halunken alle Zähne einschlage!« schrie er den Knecht an, der auf dem Kutschbock saß.

»Es ist seltsam, Agej Alekseič«, sprach der Doktor seufzend und hüllte sich fester in seinen nassen Pelz. »Ich bemerke dieses Wetter nicht einmal. Mich bedrückt irgendeine dumpfe, seltsame Vorahnung. Mir ist, als werde mir jeden Augenblick ein Unglück zustoßen. Und ich glaube an Vorahnungen und ... warte. Alles kann passieren, eine Infektion an Leichengift ... der Tod eines geliebten Menschen ...«

»Schon vor Miška sollten Sie sich schämen, von Vorahnungen zu sprechen, Sie altes Weib. Schlimmer, als es ist, kann es nicht werden. Solch ein Regen – was soll noch schlimmer sein? Wissen Sie was, Timofej Vasiljič? Ich bin nicht mehr imstande, noch länger so zu fahren. Und wenn Sie mich totschlagen, ich kann nicht mehr. Wir müssen haltmachen und irgendwo übernachten ... Wer wohnt denn hier in der Nähe?«

»Ivan Ivanyč Ežov«, sagte Miška. »Gleich hinter dem Wald, nur noch über eine kleine Brücke müssen wir fahren.«

»Ežov? Auf zu Ežov! Übrigens war ich lange nicht bei diesem alten Sünder.«

Sie fuhren durch den Wald und über die Brücke, bogen erst links, dann rechts ein und gelangten schließlich auf den großen Hof des Vorsitzenden des Friedensrichterkollegiums, des pensionierten Generalmajors Ežov.

»Er ist zu Hause!« rief Grišutkin, als er aus dem Reisewagen kletterte und die hell erleuchteten Fenster des Hauses erblickte. »Das ist aber schön, daß er zu Hause ist. Da werden wir tüchtig essen und trinken und uns ausschlafen ... Wenn er auch ein gemeines Luder ist, ist er doch gastfreundlich, alles, was recht ist.«

In der Diele empfing sie Ežov selbst, ein kleiner, verhutzelter Greis mit einem Gesicht, das zu einem stachligen Klumpen geworden war.

»Gerade zur rechten Zeit, meine Herren, gerade zur rechten Zeit ...« sagte er. »Wir haben uns gerade erst an den Abenbrottisch gesetzt und essen Schweinefleisch, dreiunddreißig momentan. Und neben mir, wissen Sie, sitzt der Staatsanwalt. Ich danke ihm, dem Engel, daß er mich abholen gekommen ist. Wir haben morgen Versammlung ... dreiunddreißig momentan ...«

Grišutkin und Svistickij betraten den Saal. Dort stand ein großer Tisch, bedeckt mit Vorspeisen und Weinflaschen. Vor einem Gedeck saß die Tochter des Hausherrn, Nadežda Ivanovna, eine junge Brünette, die wegen ihres kürzlich verstorbenen Mannes in tiefer Trauer war; neben ihr saß der Staatsanwalt Tjulpanskij, ein junger Mann mit einem Backenbärtchen und einer Menge blauer Äderchen im Gesicht.

»Kennen Sie sich?« fragte Ežov und zeigte auf alle mit dem Finger. »Das hier ist der Staatsanwalt, das – meine Tochter ...«

Die Brünette lächelte, blinzelte mit den Augen und gab den Neuankömmlingen die Hand.

»Dann also ... willkommen, meine Herren«, sagte Ežov und schenkte drei Schnapsgläser voll. »Genieren Sie sich nicht, Sie Männer Gottes! Und ich trinke zur Gesellschaft mit, dreiunddreißig momentan. Nun, auf daß wir gesund bleiben ...«

Sie tranken. Grišutkin verspeiste ein Gürkchen und machte sich alsdann an das Schweinefleisch. Der Doktor trank und seufzte. Tjulpanskij rauchte eine Zigarre an, nachdem er die Dame zuvor um Erlaubnis gebeten hatte; dabei fletschte er so die Zähne, daß es schien, als habe er mindestens hundert Stück davon im Mund.

»Nun, was ist, meine Herren? Die Gläser da können es nicht mehr erwarten! Was? Herr Staatsanwalt! Herr Doktor! Auf die Medizin! Ich liebe die Medizin. Überhaupt liebe ich die Jugend, dreiunddreißig momentan. Was Sie dazu auch sagen mögen, aber die Jugend wird immer vorangehen. Nun denn, auf daß wir gesund bleiben!«

Man unterhielt sich. Alle sprachen, mit Ausnahme des Staatsanwalts Tjulpanskij, der schweigend dasaß und den Tabakrauch durch seine Nüstern blies. Es war offensichtlich, daß er sich als Aristokrat fühlte und den Arzt und den Untersuchungsrichter verachtete. Nach dem Abendessen setzten sich Ežov, Grišutkin und der Staatsanwalt hin und spielten zu dritt mit einem Strohmann Whist. Der Doktor und Nadežda Ivanovna setzten sich neben den Flügel und unterhielten sich.

»Sie fahren zu einer Obduktion?« begann die hübsche Witwe. »Eine Leiche sezieren? Ach! Was für eine Willenskraft muß man haben, welch eisernen Charakter, um das Messer zu heben und es, ohne das Gesicht zu verziehen und ohne mit der Wimper zu zucken, bis zum Griff in den Körper eines entseelten Menschen zu stoßen. Ich habe Ehrfurcht vor den Ärzten, müssen Sie wissen. Das sind besondere Menschen, heilige Menschen. Doktor, weshalb sind Sie so traurig?« fragte sie.

»Ich habe so eine Vorahnung ... Mich bedrückt eine seltsame, dumpfe Vorahnung. So, als erwarte mich der Verlust eines geliebten Menschen.«

»Sind Sie verheiratet, Doktor? Haben Sie Angehörige?«

»Keine Menschenseele. Ich bin allein und habe nicht einmal Bekannte. Sagen Sie, gnädige Frau, glauben Sie an Vorahnungen?«

»O ja, ich glaube an Vorahnungen.«

Während der Arzt und die Witwe über Vorahnungen redeten, standen Ežov und der Untersuchungsrichter Grišutkin immer wieder vom Kartenspiel auf und gingen zu dem Tisch mit dem Imbiß. Um zwei Uhr nachts fiel Ežov, der viel verspeist hatte, plötzlich die für den nächsten Tag angesetzte Versammlung ein, und er schlug sich vor die Stirn.

»Du lieber Himmel! Was machen wir da! Ach, wir Frevler, wir Frevler! Morgen bei Tagesanbruch wollen wir zu der Versammlung fahren, und wir spielen! Schlafen, schlafen, dreiunddreißig momentan! Nadja, marsch ins Bett! Ich erkläre die Sitzung für geschlossen.«

»Sie können glücklich sein, Doktor, daß Sie in einer solchen Nacht schlafen können«, sagte Nadežda Ivanovna, als sie sich von dem Arzt verabschiedete. »Ich kann nicht schlafen, wenn der Regen gegen die Fenster trommelt und meine armen Föhren stöhnen. Ich werde jetzt gehen und mich mit einem Buch langweilen. Ich bin nicht imstande zu schlafen. Überhaupt, wenn in dem kleinen Korridor an dem Fenster gegenüber meiner Tür das Lämpchen brennt, so bedeutet das, daß ich nicht schlafe und daß mich die Langeweile verzehrt . . .«

Der Arzt und Grišutkin fanden in dem für sie bestimmten Zimmer zwei gewaltige Betten, die auf dem Fußboden aus Federkissen hergerichtet waren. Der Doktor zog sich aus, legte sich hin und zog die Decke über den Kopf.

Der Untersuchungsrichter entkleidete sich und legte sich ebenfalls hin, aber er wälzte sich lange hin und her, dann stand er auf und ging aus einer Zimmerecke in die andere. Er war ein sehr unruhiger Mensch.

»Ich denke immerzu an die junge Frau, an die Witwe«, sagte er. »Was für eine Pracht! Mein Leben würde ich für sie hingeben! Die Augen, die Schultern, die Füßchen in den violetten Strümpfen . . . ein feuriges Weib! Ein Weib – oi, oi! Das sieht man sofort! Und diese Schönheit gehört weiß der Teufel wem – dem Juristen, dem Staatsanwalt! Diesem hageren Dämlack, der wie ein Engländer aussieht! Ich kann diese Juristen nicht ausstehen, mein Lieber! Als du mit ihr über die Vorahnungen sprachst, ist er beinahe geplatzt vor Eifersucht! Was soll man noch reden – eine tolle Frau! Bemerkenswert toll! Ein Wunder der Natur!«

»Ja, eine schätzenswerte Person«, meinte der Arzt und streckte den Kopf unter der Decke hervor. »Eine Person, die Eindruck macht, mit feinen Nerven und so verständnisvoll und so feinfühlig. Wir beide hier werden gleich einschlafen, aber die Arme kann nicht schlafen. Ihre Nerven ertragen eine so stürmische Nacht nicht. Sie sagte mir, sie würde sich die ganze Nacht hindurch langweilen und ein Buch lesen. Die Ärmste! Sicherlich brennt bei ihr jetzt das Lämpchen.«

»Was für ein Lämpchen?«

»Sie hat gesagt, wenn neben ihrer Tür am Fenster ein Lämpchen brennt, so bedeutet das, daß sie nicht schläft.«

»Das hat sie dir gesagt? Dir?«

»Ja, mir.«

»In diesem Fall kann ich dich nicht verstehen. Denn wenn sie dir das gesagt hat, bedeutet das, daß du der Glücklichste unter den Sterblichen bist! Alle Achtung, Doktor! Bravo! Ein Lob, mein Lieber! Wenn ich dich auch beneide, aber ich lobe dich! Ich freue mich nicht so sehr deinetwegen, mein Lieber, als dieses

Juristen, dieser rothaarigen Kanaille, wegen! Ich freue mich, daß du ihm Hörner aufsetzt! Nun, zieh dich an! Marsch!«

Grišutkin pflegte alle zu duzen, wenn er betrunken war.

»Was Sie sich da ausdenken, Agej Alekseič! Weiß Gott, wirklich«, antwortete der Arzt verlegen.

»Na, na, rede nicht so viel, Doktor! Zieh dich an und geh los . . . Wie singt man doch in der Oper ›Das Leben für den Zaren‹? – ›Und unterwegs den Liebestag, wie Blumen man ihn pflücken mag.‹ Zieh dich an, mein Lieber. Nun mach schon! Timoša! Doktor! Nun mach schon, du Rindvieh!«

»Entschuldigen Sie, ich verstehe Sie nicht.«

»Was gibt es denn da zu verstehen! Ist denn das etwa Astronomie? Zieh dich an und geh zu dem Lämpchen, das ist alles, was es da zu verstehen gibt.«

»Merkwürdig, was für eine wenig schmeichelhafte Meinung Sie von dieser Frau und von mir haben.«

»Laß doch das Philosophieren!« versetzte Grišutkin ärgerlich. »Kannst du denn da noch zögern? Das ist ja der reinste Zynismus!«

Er versuchte lange, den Arzt zu überzeugen, er wurde böse, er flehte ihn an, er lag sogar vor ihm auf den Knien, und er schloß damit, daß er laut schimpfte, ausspuckte und sich auf sein Bett warf. Aber nach einer Viertelstunde sprang er plötzlich wieder auf und weckte den Arzt.

»Hören Sie! Sie weigern sich also endgültig, zu ihr zu gehen?« fragte er streng.

»Ach . . . wozu soll ich denn hingehen! Was sind Sie für ein unruhiger Mensch, Agej Alekseič! Mit Ihnen zu einer Obduktion zu fahren ist schrecklich!«

»Nun dann, hol's der Teufel, gehe ich zu ihr! Ich . . . ich bin nicht schlechter als irgend so ein Jurist oder so ein Waschweib von Doktor. Ich gehe!« Er kleidete sich schnell an und ging zur Tür.

Der Arzt schaute ihn fragend an, als könne er nicht recht verstehen, dann sprang er auf.

»Ich nehme an, Sie scherzen?« fragte er und versperrte Grišutkin den Weg.

»Ich habe keine Zeit, mich mit dir zu unterhalten . . . Laß mich durch!«

»Nein, ich lasse Sie nicht, Agej Alekseič. Legen Sie sich schlafen . . . Sie sind betrunken.«

»Mit welchem Recht willst du Äskulap mich nicht durchlassen?«

»Mit dem Recht eines Menschen, der verpflichtet ist, eine anständige Frau zu beschützen. Agej Alekseič, besinnen Sie sich, was wollen Sie tun! Sie sind ein alter Mann! Sie sind siebenundsechzig Jahre alt!«

»Ich ein alter Mann?« Grišutkin war gekränkt. »Welcher Schurke hat dir gesagt, daß ich ein alter Mann bin?«

»Sie sind betrunken und erregt, Agej Alekseič. Das ist nicht schön. Vergessen Sie nicht, daß Sie ein Mensch und kein Tier sind. Einem Tier steht es an, sich dem Instinkt zu unterwerfen, aber Sie sind der Herr der Natur, Agej Alekseič.«

Der Herr der Natur wurde puterrot und steckte die Hände in die Taschen.

»Ich frage zum letztenmal: Läßt du mich durch oder nicht?« schrie er plötzlich mit durchdringender Stimme, geradeso, als brülle er auf freiem Feld einen Kutscher an. »Kanaille!«

Aber sogleich erschrak er selbst über seine Stimme und ging von der Tür zum Fenster. Wenn er auch betrunken war, so schämte er sich doch dieses durchdringenden Geschreis, das wahrscheinlich alle im Haus geweckt hatte. Nach kurzem Schweigen trat der Arzt zu ihm und berührte ihn an der Schulter. Der Doktor hatte feuchte Augen, und seine Wangen glühten...

»Agej Alekseič!« sagte er mit bebender Stimme. »Nach diesen scharfen Worten, nachdem Sie jeglichen Anstand vergessen und mich eine Kanaille genannt haben, werden Sie mir zustimmen, daß wir nicht länger unter einem Dach bleiben können. Sie haben mich furchtbar beleidigt... Geben wir zu, daß ich schuld bin, aber... inwiefern bin ich eigentlich schuld? Die Dame ist ehrbar und anständig, und Sie erlauben sich auf einmal solche Ausdrücke. Entschuldigen Sie, wir können nicht länger Kameraden sein.«

»Ausgezeichnet! Solche Kameraden brauche ich auch nicht.«

»Ich reise augenblicklich ab, ich kann nicht länger mit Ihnen zusammen bleiben, und... ich hoffe, daß wir uns nicht mehr begegnen.«

»Womit wollen Sie denn fahren?«

»Mit meinen Pferden.«

»Und womit soll ich fahren? Wie meinen Sie denn das? Wollen Sie etwa die Gemeinheit auf die Spitze treiben? Sie haben mich mit Ihren Pferden hergebracht, Sie müssen mich auch wieder von hier wegbringen.«

»Ich werde Sie fahren, wenn es Ihnen recht ist. Aber sofort ... Ich fahre sofort. Ich bin so erregt, daß ich hier nicht länger bleiben kann.«

Daraufhin kleideten sich Grišutkin und Svistickij schweigend an und gingen hinaus. Sie weckten Miška, dann setzten sie sich in den Reisewagen und fuhren los.

»Ein Zyniker ...« murmelte der Untersuchungsrichter den ganzen Weg über. »Wenn du mit anständigen Frauen nicht umzugehen verstehst, dann bleib zu Hause und halt dich nicht in Häusern auf, in denen Frauen sind ...«

Ob er mit sich selbst schimpfte oder auf den Doktor, war schwer zu erkennen. Als der Reisewagen vor seiner Tür hielt, sprang er hinunter und sagte, während er hinter dem Haustor verschwand:

»Ich wünsche nicht länger mit Ihnen bekannt zu sein!«

Es vergingen drei Tage. Der Arzt lag nach beendeter Visite daheim auf dem Sofa und las aus Langeweile im ›Ärztekalender‹ die Namen der Petersburger und Moskauer Ärzte, dabei bemühte er sich, den klangvollsten und schönsten herauszusuchen. In seinem Herzen war es so ruhig, angenehm und leicht wie an einem Himmel, in dessen Blau unbeweglich eine Lerche schwebt; und dieses Gefühl rührte daher, weil er in der vergangenen Nacht im Traum einen Brand gesehen hatte, was Glück bedeutete. Plötzlich hörte er das Geräusch eines vorfahrenden Schlittens (es war Schnee gefallen), und auf der Schwelle erschien der Untersuchungsrichter Grišutkin. Das war ein unerwarteter Gast. Der Arzt erhob sich und blickte ihn verwirrt und ängstlich an. Grišutkin hüstelte, schlug die Augen nieder und ging langsam zu dem Sofa.

»Ich bin gekommen, mich zu entschuldigen, Timofej Vasiljič«, begann er. »Ich war Ihnen gegenüber etwas unfreundlich und habe Ihnen, wie es scheint, sogar etwas Unangenehmes gesagt. Sie werden natürlich meinen damaligen erregten Zustand begreifen, der durch die bei jener alten Kanaille genossenen Getränke eingetreten war, und werden entschuldigen ...«

Der Arzt sprang auf und drückte mit Tränen in den Augen die ihm entgegengestreckte Hand.

»Ach ... ich bitte Sie! Marja, Tee!«

»Nein, ist nicht nötig ... Habe keine Zeit. Statt des Tees lassen Sie, wenn es möglich ist, Kvas servieren. Wir werden den Kvas trinken und losfahren, um die Leiche zu sezieren.«

»Was für eine Leiche?«

»Immer noch denselben Unteroffizier, den wir damals sezieren sollten, wozu wir aber nicht kamen.«

Grišutkin und Svistickij tranken den Kvas und machten sich auf den Weg zu der Obduktion.

»Natürlich, ich entschuldige mich«, sagte der Untersuchungsrichter auf der Fahrt. »Ich habe mich damals ereifert, aber trotzdem, wissen Sie, ist es ärgerlich, daß Sie dieser Kanaille von Staatsanwalt keine Hörner aufgesetzt haben.«

Als sie durch Alimonovo fuhren, erblickten sie neben der Schenke Ežovs Trojka ...

»Ežov ist hier«, sagte Grišutkin. »Das sind seine Pferde. Gehen wir hinein, besuchen wir ihn ... Wir trinken Selterswasser und gucken uns dabei die Kellnerinnen an. Hier gibt es eine berühmte Kellnerin! Ein Weib, oi, oi! Ein Wunder der Natur!«

Die Reisegefährten kletterten aus dem Schlitten und gingen in die Schenke. Dort saßen Ežov und Tjulpanskij und tranken Tee mit Moosbeerensaft.

»Woher, wohin?« fragte Ežov erstaunt, als er Grišutkin und den Arzt erblickte.

»Wir fahren immer noch zu der Obduktion, können aber durchaus nicht hingelangen. Wir sind in einen Teufelskreis geraten. Und wohin wollen Sie?«

»Zu einer Versammlung, mein Lieber.«

»Weshalb so oft? Sie sind doch schon vorgestern hingefahren.«

»Hat sich was, hingefahren ... Der Staatsanwalt hatte Zahnschmerzen, und ich selbst war in diesen Tagen auch nicht ganz da. Nun, was wollen Sie trinken? Setzen Sie sich zu uns, dreiunddreißig momentan. Vodka oder Bier? Gib uns, liebes Mamsellchen, von beidem. Ach, was für eine Mamsell!«

»Ja, eine berühmte Kellnerin«, stimmte der Untersuchungsrichter zu. »Eine bemerkenswerte Kellnerin. Ein Weib, oi, oi!«

Nach zwei Stunden kam des Doktors Miška heraus und sagte zu dem Kutscher des Generals, er solle ausspannen und die Pferde bewegen.

»Der Herr hat's befohlen ... Zum Kartenspiel hat er sich hingesetzt«, sagte er und machte eine wegwerfende Handbewegung. »Da kommen wir vor morgen nicht von hier weg. Na, und da kommt noch der Kreisrichter. Das bedeutet, sie werden noch bis übermorgen hier sitzen!«

Vor der Schenke hielt der Kreisrichter. Als er Ežovs Pferde erkannte, lächelte er vergnügt und eilte die Treppe hinauf ...

Lektüre

Erzählung eines alten Fuchses

Eines Tages saß im Arbeitszimmer unseres Chefs Ivan Petrovič Semipalatov der Direktor unseres Theaters, Galamidov, und sprach mit ihm über das Spiel und die Schönheit unserer Schauspielerinnen.

»Aber da bin ich mit Ihnen nicht einverstanden«, sagte Ivan Petrovič, während er Geldanweisungen unterschrieb. »Sofja Jurjevna ist ein starkes, originelles Talent! Sie ist so lieb, so graziös ... so reizend ...«

Ivan Petrovič wollte eigentlich weitersprechen, konnte aber vor Begeisterung kein Wort mehr herausbringen, und er lächelte so breit und süßlich, daß der Direktor Galamidov bei diesem Anblick einen süßen Geschmack im Mund verspürte.

»Mir gefällt an ihr ... äh ... die Erregung und das Beben der jungen Brust, wenn sie Monologe spricht ... Da ist sie entflammt, richtig entflammt! In solchen Momenten, richten Sie ihr das aus, bin ich ... zu allem bereit.«

»Euer Exzellenz, bitte unterzeichnen Sie die Antwort auf das Schreiben der Polizeibehörde von Cherson betreffs ...«

Semipalatov hob sein lächelndes Gesicht und sah vor sich den Beamten Merdjaev. Merdjaev stand vor ihm, machte große Augen und überreichte ihm ein Papier zur Unterschrift. Semipalatov verzog sein Gesicht, die Poesie wurde an der interessantesten Stelle durch die Prosa unterbrochen.

»Darüber hätte man auch später ...« sagte er. »Sie sehen doch, ich unterhalte mich. Ein schrecklich ungebildetes, rücksichtsloses Volk! Da haben Sie's, Herr Galamidov. Sie sagten, bei uns gäbe es keine Gogoltypen mehr ... Da haben Sie welche! Ist das kein Typ? Ein Schmutzfink, die Ellenbogen durchgescheuert, schieläugig ... kämmt sich nie ... Und schauen Sie sich an, wie er schreibt! Weiß der Teufel, was das ist! Er schreibt fehlerhaft und ohne Sinn, wie ein Schuster. Da, schauen Sie sich das an!«

»Hm – ja ...« murmelte Galamidov und blickte auf das Papier. »Tatsächlich ... Sie lesen wahrscheinlich wenig, Herr Merdjaev.«

»So geht es nicht, mein Bester«, fuhr der Chef fort. »Ich schäme mich für Sie! Wenn Sie wenigstens Bücher läsen ...«

»Die Lektüre hat große Bedeutung«, sagte Galamidov und seufzte ohne Grund. »Sehr große! Lesen Sie, und Sie werden sofort merken, wie sich Ihr Gesichtskreis bedeutend erweitert. Und Bücher können Sie sich beschaffen, wo Sie wollen. Bei mir zum Beispiel ... Ich tue es mit Vergnügen ... Schon morgen bringe ich welche mit, wenn Sie wollen.«

»Bedanken Sie sich, mein Bester!« sagte Semipalatov.

Merdjaev verbeugte sich ungeschickt, bewegte die Lippen und ging hinaus.

Am nächsten Tag kam Galamidov zu uns ins Büro und brachte einen Packen Bücher mit. In diesem Augenblick beginnt auch die Geschichte. Die Nachwelt wird Semipalatov seine leichtsinnige Handlungsweise niemals verzeihen! Das könnte man vielleicht einem Jüngling verzeihen, aber einem erfahrenen Wirklichen Staatsrat – niemals! Nach der Ankunft des Theaterdirektors wurde Merdjaev in das Arbeitszimmer des Chefs gerufen.

»Da haben Sie etwas zum Lesen, mein Bester«, sagte Semipalatov und überreichte ihm ein Buch. »Lesen Sie es aufmerksam.«

Mit zitternden Händen nahm Merdjaev das Buch entgegen und verließ das Arbeitszimmer. Er war blaß. Seine schielenden Äuglein liefen unruhig hin und her und schienen bei den Gegenständen der Umgebung Hilfe zu suchen. Wir nahmen ihm das Buch ab und betrachteten es vorsichtig.

Es war ›Der Graf von Monte Christo‹.

»Gegen seinen Willen ist nichts zu machen«, sagte unser alter Buchhalter Prochor Semënyč Budylda seufzend. »Gib dir nur Mühe, streng dich ein bißchen an ... Lies es nach und nach, und so Gott will, wird er vergessen, und dann kannst du damit aufhören. Brauchst keine Angst zu haben ... Und die Hauptsache – vertiefe dich nicht zu sehr in die Sache ... Lies und vertiefe dich nicht in diese Weisheit!«

Merdjaev wickelte das Buch ein und setzte sich hin, um

weiterzuarbeiten. Aber diesmal wollte ihm das Schreiben nicht gelingen. Seine Hände zitterten, und die Augen schielten nach allen Richtungen: das eine zur Decke hinauf, das andere ins Tintenfaß. Am nächsten Tage kam er verweint zum Dienst.

»Viermal habe ich schon angefangen«, sagte er, »aber ich kann einfach nichts begreifen ... Es sind irgendwelche Ausländer ...«

Als Semipalatov nach fünf Tagen an den Tischen vorbeiging, blieb er vor Merdjaev stehen und fragte:

»Nun, was ist? Haben Sie das Buch gelesen?«

»Ja, Euer Exzellenz.«

»Was haben Sie denn gelesen, mein Bester? Erzählen Sie mal!«

Merdjaev hob den Kopf und bewegte die Lippen.

»Ich hab's vergessen, Euer Exzellenz ...« sagte er nach einer Weile.

»Also, Sie haben nicht gelesen, oder, äh, Sie haben unaufmerksam gelesen. Auto-ma-tisch! So geht das nicht! Lesen Sie es noch einmal! Ich empfehle Ihnen das überhaupt, meine Herren! Lesen Sie! Bitte, lesen Sie alle! Nehmen Sie von meinen Büchern dort auf dem Fensterbrett und lesen Sie. Paramonov, gehen Sie hin und nehmen Sie sich ein Buch! Podchodcev, mein Bester, gehen Sie auch hin! Smirnov – Sie auch! Alle, meine Herren! Ich bitte darum!«

Alle gingen und holten sich ein Buch. Nur Budylda wagte zu protestieren. Er breitete die Arme aus, schüttelte den Kopf und sagte:

»Aber mich entschuldigen Sie schon, Euer Exzellenz ... Eher nehme ich meinen Abschied. Ich weiß schon, was diese Kritiken und Werke anrichten. Mein ältester Enkel nennt seither seine leibliche Mutter eine dumme Gans, und die ganze Fastenzeit säuft er Milch. Entschuldigen Sie!«

»Sie verstehen auch gar nichts«, sagte Semipalatov, der gewöhnlich dem Alten alle seine Grobheiten verzieh.

Aber Semipalatov täuschte sich: der Alte verstand alles. Nach einer Woche bereits sahen wir die Früchte dieser Lektüre. Podchodcev, der den zweiten Band des ›Ewigen Juden‹ las, nannte Budylda einen Jesuiten, Smirnov erschien betrunken zum Dienst. Aber auf keinen wirkte die Lektüre so stark wie auf Merdjaev. Er magerte ab, seine Wangen fielen ein, er begann zu trinken.

»Prochor Semënyč!« flehte er Budylda an. »Ich werde ewig für Sie beten! Bitten Sie Seine Exzellenz, mich zu entschuldigen ... Ich kann nicht lesen. Ich lese Tag und Nacht, schlafe und esse nicht mehr ... Meine Frau quält sich beim Vorlesen, aber Gott strafe mich, ich verstehe gar nichts! Erweisen Sie mir die göttliche Gnade!«

Budylda wagte ein paarmal, Semipalatov darüber zu berichten, aber er winkte nur ab und warf allen Unwissenheit vor, während er mit Galamidov im Büro auf und ab ging.

So vergingen zwei Monate, und schließlich endete die ganze Geschichte auf die fürchterlichste Weise.

Als Merdjaev eines Tages zum Dienst kam, ließ er sich, statt sich an den Tisch zu setzen, inmitten des Amtszimmers auf die Knie nieder, fing an zu weinen und sagte:

»Verzeiht mir, Rechtgläubige, ich habe Banknoten gefälscht!«

Daraufhin ging er in das Arbeitszimmer des Chefs, kniete vor Semipalatov nieder und sagte:

»Ich bitte um Verzeihung, Euer Exzellenz: Ich habe gestern ein Kindchen in den Brunnen geworfen!«

Er schlug mit der Stirn auf den Fußboden und schluchzte ...

»Was soll das bedeuten?« Semipalatov staunte.

»Das bedeutet, Euer Exzellenz«, sagte Budylda mit Tränen in den Augen und trat vor, »daß er den Verstand verloren hat. Er ist übergeschnappt! Das hat Ihr Galamidka mit seinen Büchern angerichtet! Gott sieht alles, Euer Exzellenz. Und wenn Ihnen meine Worte nicht gefallen, so erlauben Sie mir, den Abschied zu nehmen. Es ist besser, vor Hunger zu sterben, als auf seine alten Tage so etwas mit ansehen zu müssen.«

Semipalatov erblaßte und lief von einer Ecke in die andere.

»Galamidov wird nicht mehr empfangen«, sagte er mit tonloser Stimme ... »Und Sie, meine Herrschaften, beruhigen Sie sich. Ich sehe meinen Fehler ein. Ich danke dir, Alter!«

Und seit dieser Zeit ist bei uns nichts mehr vorgefallen. Merdjaev wurde gesund, aber nicht ganz. Bis heute zittert er und wendet sich ab, sobald er ein Buch erblickt.

Trifon

Und Vergangenes bereu ich nicht
Lermontov

Grigorij Semënovič Ščeglov verspürte ein Ziehen im Kreuz. Er erwachte und wälzte sich im Bett hin und her.

»Nastjuša«, flüsterte er, »bring mir doch mal, Kind, den Spiritus und reib mir den Rücken ein!«

Es erfolgte keine Antwort. Ščeglov tastete mit den Händen neben sich, fand aber niemanden. Das Bett war leer, abgesehen von Ščeglov selbst.

Wo ist sie denn? dachte er. »Nastja! Nastenka!«

Wieder keine Antwort. Man hörte nur den Nachtwächter das Klopfholz schlagen und das Knistern des verlöschenden Ikonenlämpchens. Ščeglov, der nichts Gutes ahnte, wischte sich den kalten Schweiß von der Stirn und sprang aus dem Bett. Es war drei Uhr nachts – eine Zeit, zu der Nastja gewöhnlich den festen Schlaf eines Kindes schlief. Wenn sie jetzt nicht schlief, so konnten sie nur außergewöhnliche Gründe dazu veranlaßt haben. Ščeglov kleidete sich schnell an und trat hinaus in den Hof.

Am Himmel schwamm der Mond, voll und stattlich wie die Haushälterin eines Generals, und übergoß mit seinem milden Licht den Himmel, den Hof mit seinen vielen Gebäuden und den Garten, der sich dunkel zu beiden Seiten des Hauses abhob. Das Licht war weich, gleichmäßig und zärtlich ... auf der Erde und an den Bäumen gab es nicht ein einziges grünes Blättchen, der Garten blickte schwarz und düster, aber in allem spürte man das Ende des März, den Beginn des Frühlings.

Ščeglov ließ seinen Blick über den Hof schweifen. Auf dem großen Viereck war niemand außer dem Kälbchen, das sich mit einem Fuß in seinem Strick verheddert hatte und wild umhersprang.

Ščeglov ging in den Garten. Dort war es ruhig und hell. Von den dunklen Büschen wehte es feucht wie aus einem Keller.

Aber wenn sie nun ins Dorf gegangen ist, dachte Grigorij Semënyč, zitternd vor Unruhe und Kälte. Wenn sie nicht in der Laube ist, dann muß ich ins Dorf schicken.

Ščeglov kannte an Nastja zwei Schwächen: Sie lief öfter aus Schwermut zu ihren Verwandten ins Dorf und hatte außerdem die Angewohnheit, nachts in die Gartenlaube zu gehen, wo sie im Finstern saß und melancholische Lieder sang.

Ich bin alt und gebrechlich ... dachte Grigorij Semënyč. Es ist für sie kein Zuckerlecken mit mir ...

Als er zur Laube kam, hörte er eine Frauenstimme. Aber diese Stimme sang nicht, sondern sprach ... Sie sprach schnell und fließend, ohne zu stocken, als beklage sie sich ...

»Laß doch den alten Teufel sitzen«, unterbrach eine grobe Männerstimme den Redefluß der Frau. »Ich bitte dich! Du gehst zwar in Seide und ißt von kristallenem Teller, aber das hier verstehst du nicht, du Dumme, dabei kommt nur Sünde heraus ... Ach ... Du machst Dummheiten, Nastjuša! Prügel verdientest du!«

»Du bist schwer von Begriff, Triša! Wenn es nach meinem Kopf ginge, ich würde hundert Verst von ihm weglaufen, aber da will doch ... Väterchen ein Häuschen bauen ... und der Bruder dient. Man muß ihm Tabak schicken oder so etwas ...«

Man hörte Schluchzen, darauf Küsse. Über Ščeglovs Rücken rieselte bis hinunter zu den Fersen ein Schauer. In dem Mann hatte er seinen Bereiter Trifon erkannt.

Hab sie aus dem Dreck gezogen, zu mir emporgehoben und, das kann man wohl sagen, sorglos leben lassen, dachte er entsetzt, sie hat die Stellung einer Ehefrau, und auf einmal geht sie mit Triška, dem Knecht! Was? In Seide hab ich sie gesteckt, mit mir an einem Tisch sitzt sie wie eine Gnädige, und sie ... geht mit Triška!

Vor Zorn und Kummer knickten dem Alten die Knie ein. Er hörte noch ein wenig zu und schleppte sich dann beleidigt und erschüttert wieder ins Haus zurück.

Ich sollte auf sie pfeifen, dachte er, als er sich ins Bett legte. Sie bildet sich vielleicht ein, ich kann ohne sie nicht leben! Aber nein ... Gleich morgen jage ich sie weg. Soll sie mit ihren Bauern Spreu fressen. Und Triška, diesen Schuft ... ich will ihn nicht mehr sehen! Wird morgen entlassen ...

Er zog die Decke bis an die Ohren und überlegte. Die Gedanken waren quälend und schlimm, und als Nastja aus dem Garten zurückkehrte und sich schlafen legte, als wäre nichts gewesen, versetzten ihn die Gedanken in einen fieberhaften Zustand.

Gleich morgen jage ich ihn weg ... Doch nein ... nicht wegjagen ... Jagt man ihn fort, so geht er woandershin – das macht ihm nichts aus, als sei er ganz unschuldig ... Man müßte ihn bestrafen, daß er sein Leben lang daran denkt ... Auspeitschen müßte man ihn wie ehedem ... Im Pferdestall müßte man ihn hinlegen, und dann so ... von zehn Händen, hierhin und dorthin ... Man läßt ihn peitschen, und er bittet und bettelt, aber du stehst daneben und reibst dir nur die Hände: gib ihm! feste! feste! Sie muß man danebenstellen, und man muß ihr Gesicht beobachten. Nun, was ist, Mütterchen? Aaah ... Soso!

Am Morgen schenkte Nastja wie gewöhnlich den Tee ein. Er saß da und schaute sie an. Ihr Gesicht war ruhig, ihre Augen blickten klar und arglos.

Ich werde ihr nichts sagen, dachte er. Soll sie selber drauf kommen ... Ich lasse sie moralisch ... moralisch leiden! Ich werde nicht mit ihr reden, ich werde böse mit ihr sein, dann wird sie's merken ... Nun, und was ist, wenn sie auf den Schuft von Triška hört und tatsächlich wegläuft?

Eine Minute erschreckte ihn dieser Gedanke so, daß er blaß wurde, und er sagte:

»Nastenka, warum ißt du denn die Kringelchen nicht, mein Herzchen? Sind doch für dich gekauft!«

Um neun Uhr kam der Bereiter Trifon zum Bericht. Ščeglov schien es, als blicke ihn der Bauer mit Haß und Verachtung an, voll siegesgewisser Frechheit.

Fortjagen wäre zuwenig, dachte er und maß ihn mit einem Blick. Auspeitschen müßte man ihn. »Ich verstehe das nicht«, begann er aus Schikane, während er die ihm von Trifon überreichten Quittungen durchging. »Was ist das für eine Ziffer? Fünfundsiebzig oder fünfzehn? So ein Trottel! Nicht einmal den Schnörkel auf der Sieben kannst du malen, wie sich's gehört! Die Sieben sieht aus wie ein Feuerhaken und die Eins wie eine Peitsche mit kurzem Schwänzchen. Weißt du das nicht? Trot-tel ... Für diese Dinge hat man euresgleichen früher im Pferdestall verprügelt!«

»Früher gab's so manches ...« brummte Trifon und blickte an die Decke.

Ščeglov schaute Trifon von der Seite her an. Ihm kam es so vor, als lächle der Bauer boshaft und blicke noch unverschämter drein ...

»Scher dich raus!« kreischte Ščeglov, der Trifons Gesichtsausdruck nicht länger ertragen konnte.

Bis zum Abend ging Ščeglov auf dem Hof umher und bemühte sich, einen Plan auszuhecken, wie er Trifon bestrafen und sich an ihm rächen könnte. Viele Pläne wanderten durch seinen Kopf, aber was er sich auch immer ausdachte, alles fiel unter diesen oder jenen Paragraphen des Strafgesetzbuches. Nach langen, quälenden Überlegungen zeigte sich, daß er nichts zu unternehmen wagte ...

Um drei Uhr nachts stand er wieder neben der Gartenlaube und hörte ein Gespräch, noch schlimmer als das gestrige. Trifon war dabei, Nastja seine Unterhaltung mit dem Herrn wiederzugeben:

»Ich hätte ihn am liebsten am Kragen gepackt, weißt du, und ihm die Seele aus dem Leib geschüttelt.«

Das ertrug Ščeglov nicht länger.

»Was, du Halunke?« kreischte er. »Wessen Seele aus dem Leib geschüttelt?«

In der Laube wurde es plötzlich still. Trifon räusperte sich verwirrt. Nach einer Weile trat er unentschlossen aus der Laube und lehnte sich mit der Schulter an einen Pfosten.

»Wer schreit da? Wer ist denn das? Ach, Sie sind's ...« sagte er, als er den Herrn erblickte. »Also Sie!«

Eine Minute verging in Schweigen ...

»Dafür hätte man früher unseresgleichen im Pferdestall ausgepeitscht, aber jetzt weiß ich nicht, was geschehen wird ...« sagte Trifon hämisch lächelnd und schaute zum Mond empor. »Vermutlich wird man mich entlassen ... Schrecklich!«

Er lachte laut und ging durch die Allee auf das Haus zu. Ščeglov trippelte neben ihm her.

»Trifon!« murmelte er und packte ihn am Ärmel, als sie beide die Gartenpforte erreicht hatten. »Triša! Nur ein Wort ... Bleib stehn! Ich will doch nichts ... Nur auf ein Wort ... Hör zu! Ich bitte dich, ich flehe dich an, du Schuft, auf meine alten Tage! Lieber Freund!«

»Nun?«

»Siehst du ... Ich werde dir einen Zwanziger geben und sogar, wenn du willst, den Lohn erhöhen ... Dreißig Rubel gebe ich dir, und du ... läßt dich von mir verprügeln! Nur einmal! Einmal nur prügle ich dich und dann nicht mehr!«

Trifon überlegte einen Augenblick, schaute auf den Mond und machte eine wegwerfende Handbewegung.

»Kommt nicht in Frage«, sagte er und ging langsam in die Gesindestube ...

Das Album

Der Titularrat Kraterov, schmal und dünn wie die Spitze des Admiralitätsgebäudes, trat vor, wandte sich an Žmychov und sagte:

»Euer Exzellenz! Bewegt und von ganzem Herzen ergriffen durch Ihre langjährige Vorgesetztentätigkeit und die väterliche Fürsorge ...«

»Im Laufe von mehr als zehn Jahren«, soufflierte ihm Zakusin.

»... im Laufe von mehr als zehn Jahren, überreichen wir, Ihre Untergebenen, Euer Exzellenz am heutigen für uns ... sozusagen ... so bedeutungsvollen Tag, als Zeichen unserer Ehrerbietung und tiefen Dankbarkeit, dieses Album mit unseren Porträts und wünschen, daß Sie während Ihres bedeutsamen Lebens, noch sehr, sehr lange, bis zu Ihrem Tode uns nicht im Stich lassen ...«

»Mit Ihren väterlichen Belehrungen auf dem Pfade der Wahrheit und des Fortschritts ...« fügte Zakusin hinzu und wischte sich den plötzlich hervorgetretenen Schweiß von der Stirn; er wollte offenbar unbedingt sprechen und hatte aller Wahrscheinlichkeit nach eine Rede parat. »Und es wehe«, so endete er, »noch sehr, sehr lange Ihr Banner über dem Wirkungskreis des Genies, der Arbeit und des öffentlichen Selbstbewußtseins!«

Über die linke, runzelige Wange Žmychovs rollte eine Träne.

»Meine Herrschaften!« sagte er mit zitternder Stimme. »Ich habe nicht erwartet und in keiner Weise daran gedacht, daß Sie mein bescheidenes Jubiläum feiern würden ... Ich bin gerührt ... sogar ... sehr ... Diese Minute werde ich bis an mein Lebensende nicht vergessen, und glauben Sie mir, glauben Sie mir, Freunde, keiner wünscht Ihnen mehr Gutes als ich ... Und wenn auch mal was vorgekommen ist, so war es nur zu Ihrem Nutzen ...«

Žmychov, der Wirkliche Staatsrat, küßte sich mit dem Titularrat Kraterov, der eine solche Ehre nicht erwartet hatte und vor Begeisterung erblaßte. Dann machte der Vorgesetzte eine

Handbewegung, die bedeuten sollte, daß er vor Aufregung nicht sprechen könne, und fing an zu weinen, als habe man ihm das teure Album nicht geschenkt, sondern vielmehr weggenommen ... Nachdem er sich etwas beruhigt, noch einige gefühlvolle Worte gesagt und allen die Hand gereicht hatte, stieg er unter lauten, freudigen Zurufen die Treppe hinunter, setzte sich in seine Kutsche und fuhr ab, von Segenswünschen begleitet. In der Kutsche sitzend, spürte er in seiner Brust einen Strom bis dahin unbekannter freudiger Gefühle und fing abermals an zu weinen.

Zu Hause erwarteten ihn neue Freuden. Dort brachten ihm seine Familie, seine Freunde und Bekannten eine solche Ovation dar, daß ihm schien, als habe er tatsächlich dem Vaterland sehr viel Nutzen gebracht und als wäre es, hätte es ihn nicht auf der Welt gegeben, dem Vaterland am Ende noch sehr schlecht ergangen.

Das Jubiläumsdiner bestand ganz aus Trinksprüchen, Reden, Umarmungen und Tränen. Mit einem Wort, Žmychov hatte in keiner Weise erwartet, daß seine Verdienste so sehr geschätzt würden.

»Meine Herrschaften!« sagte er vor dem Dessert. »Vor zwei Stunden wurde ich für alle Leiden entschädigt, die einem Menschen durchzumachen bestimmt sind, der seinen Dienst sozusagen nicht der Form halber, nicht nach dem Buchstaben, sondern aus Pflichtgefühl versieht. In meiner ganzen Dienstzeit habe ich mich ständig an das Prinzip gehalten: das Publikum ist nicht für uns da, sondern wir sind für das Publikum da. Und heute wurde mir die höchste Belohnung zuteil! Meine Untergebenen haben mir ein Album überreicht ... Da! Ich bin gerührt.«

Die feiertäglichen Gesichter beugten sich über das Album und betrachteten es.

»Das ist ein hübsches Album«, sagte Žmychovs Tochter Olga. »Ich denke, es kostet etwa fünfzig Rubel. O wie reizend! Papa, gib mir doch dieses Album. Hörst du? Ich werde es wegstecken ... Es ist so hübsch.«

Nach dem Essen trug Olečka das Album in ihr Zimmer und schloß es in den Tischkasten ein. Am anderen Tag nahm sie die Beamten heraus, warf sie auf den Fußboden und steckte an deren Stelle ihre Freundinnen aus dem Institut ein. Die Uniformen mußten weißen Pelerinen weichen. Kolja, das Söhnchen Seiner Exzellenz, sammelte die Beamten auf und bemalte ihre Kleidung mit roter Farbe. Den Schnurrbartlosen zeichnete er grüne

Schnurrbärte, den Bartlosen braune Bärte. Als nichts mehr zu bemalen blieb, schnitt er aus den Photographien die Figuren aus, durchstach ihnen mit einer Stecknadel die Augen und spielte mit ihnen Soldaten. Als er den Titularrat Kraterov ausgeschnitten hatte, befestigte er ihn auf einer Streichholzschachtel und trug ihn so in das Arbeitszimmer des Vaters.

»Papa, ein Monument! Guck mal!«

Žmychov lachte laut, zögerte ein wenig und küßte schmatzend und voll Rührung Kolja auf die Wange. »Nun geh, du Schelm, zeig es Mama. Mama soll es auch sehen.«

Gärung der Gemüter

Aus der Chronik einer Stadt

Die Erde war zur Hölle geworden. Die Nachmittagssonne brannte so unbarmherzig, daß sogar der im Arbeitszimmer des Steuereinnehmers hängende Réaumur in Verwirrung geriet: Er stieg bis auf 35,8 Grad und blieb dann unschlüssig stehen ... Die Einwohner waren schweißbedeckt, wie abgehetzte Pferde, der Schweiß trocknete ihnen am Leibe; man war zu faul, ihn abzuwischen.

Über den großen Marktplatz, die Häuser mit ihren fest geschlossenen Fensterläden vor Augen, schritten zwei Männer: der Rentmeister Počešichin und der Sachwalter Optimov, der auch langjähriger Korrespondent der Zeitschrift ›Syn otečestva‹ war. Beide schritten dahin, und der Hitze wegen schwiegen sie. Optimov wollte eigentlich die Stadtverwaltung für den Staub und die Unsauberkeit auf dem Marktplatz tadeln, aber da er den friedfertigen Charakter und die gemäßigte Einstellung seines Gefährten kannte, sagte er lieber nichts.

In der Mitte des Platzes blieb Počešichin plötzlich stehen und schaute zum Himmel hinauf.

»Was sehen Sie da, Evpl Serapionyč?«

»Die Stare kommen geflogen. Ich will mal sehen, wo sie sich niederlassen. Ganze Scharen! Wenn man, angenommen, einen Schuß aus einem Gewehr abgibt, wenn man sie dann aufsammelt ... und wenn ... sie sind im Garten des Oberpriesters eingefallen!«

»Ach wo, Evpl Serapionyč. Nicht beim Oberpriester, sondern beim Diakon Vratoadov. Wenn man von diesem Platz aus schießt, trifft man nichts. Das Schrot ist zu klein, und bis es dort ankommt, hat es an Wirkung verloren. Und wozu sollte man sie töten, urteilen Sie doch selbst! Der Vogel ist, was die Beeren betrifft, schädlich, das stimmt, aber er ist doch ein Geschöpf, ein lebendes Wesen. Der Star, wollen wir sagen, singt ... Und wofür, fragt man sich, singt er? Er singt Gott zum Lobe. Alles, was Odem hat, lobe den Herrn. Ach nein! Sie sind wohl doch beim Oberpriester eingefallen!«

An den Plaudernden gingen lautlos drei alte Pilgerinnen vorbei, mit Quersäcken beladen und in Bastschuhen. Sie blickten fragend auf Počešichin und Optimov, die aus irgendwelchen Gründen das Haus des Oberpriesters betrachteten, und gingen immer langsamer, bis sie stehenblieben. Sie blickten noch einmal die Freunde an und betrachteten dann ebenfalls das Haus des Oberpriesters.

»Ja, Sie haben die Wahrheit gesagt, sie sind beim Oberpriester eingefallen«, fuhr Optimov fort. »Bei ihm sind jetzt die Kirschen reif, so sind sie zu ihm geflogen, um welche zu picken.«

Aus der Haustür trat zusammen mit dem Küster Evstignej der Oberpriester Vosmistišiev selbst. Als er die in seine Richtung gewandte Aufmerksamkeit bemerkte und nicht begriff, was sich die Menschen anschauten, blieb er stehen und blickte zusammen mit dem Küster ebenfalls nach oben, um es zu ergründen.

»Ich nehme an, Vater Paisij geht zu einer Amtshandlung«, sagte Počešichin. »Gott helfe ihm!«

Zwischen den Freunden und dem Oberpriester kamen Arbeiter aus der Fabrik des Kaufmanns Purov vorbei; sie hatten gerade im Fluß gebadet. Als sie Vater Paisij erblickten, der seine Aufmerksamkeit auf das Firmament gelenkt hatte, und die Pilgerinnen, die unbeweglich dastanden und ebenfalls nach oben schauten, blieben sie stehen und blickten auch in diese Richtung. Dasselbe taten ein Junge, der einen blinden Bettler führte, sowie ein Bauer, der ein für den Müllhaufen bestimmtes Fäßchen mit verdorbenen Heringen über den Platz trug.

»Man muß annehmen, daß etwas passiert ist«, sagte Počešichin. »Vielleicht brennt es irgendwo? Aber nein, man sieht keinen Rauch! He, Kuzma!« rief er dem Bauern zu, der stehengeblieben war. »Was ist da los?«

Der Bauer antwortete etwas, aber Počešichin und Optimov konnten es nicht genau verstehen. In allen Ladentüren tauchten schläfrige Verkäufer auf. Die Maurer, die den Kornspeicher des Kaufmanns Fertikulin verputzten, ließen ihre Leitern stehen und gesellten sich zu den Fabrikarbeitern. Ein Feuerwehrmann, der barfüßig auf dem Wachtturm seine Runde machte, blieb stehen, sah sich kurz um und stieg hinunter. Der Wachtturm war verwaist. Das sah sehr verdächtig aus.

»Ob nicht irgendwo doch ein Feuer ist? Drängeln Sie nicht so, Sie Saukerl!«

»Wo sehen Sie denn Feuer? Was für ein Feuer denn? Herrschaften, gehen Sie auseinander! Man bittet Sie höflich!«

»Wahrscheinlich brennt es drinnen.«

»Der spricht von Höflichkeit, schubst aber selber. Fuchteln Sie nicht so mit den Händen! Wenn Sie auch der Herr Vorsteher sind, haben Sie doch kein Recht, handgreiflich zu werden!«

»Bist auf mein Hühnerauge getreten! Ach, zerquetschen sollte man dich!«

»Wen hat man zerquetscht? Leute, man hat einen Menschen zerquetscht!«

»Warum ist hier so ein Auflauf? Was ist los?«

»Euer Ho ... ohlgeboren, man hat einen Menschen zerquetscht!«

»Wo? Auseinandergehen! Herrschaften, ich bitte sehr! Man bittet dich höflich, du Dummkopf!«

»Schubse die Bauern, aber untersteh dich, die Vornehmen anzufassen! Rühr mich nicht an!«

»Sind das denn Menschen? Lassen sich denn diese Teufel nicht mit einem guten Wort bändigen? Sidorov, lauf mal zu Akim Danilyč! Rasch! Herrschaften, euch wird es noch schlecht ergehen! Akim Danilyč kommt und wird euch den Kopf waschen! Du bist auch hier, Parfën? Und bist noch dazu ein Blinder, ein heiliger Greis! Siehst nichts, aber was die Menschen tun, das muß er mitmachen und will nicht gehorchen! Smirnov, schreib Parfën auf!«

»Zu Befehl! Soll ich die von Purov auch aufschreiben? Da dieser mit der geschwollenen Wange – das ist einer von Purov!«

»Die von Purov schreib vorläufig nicht auf ... Purov hat morgen Namenstag.«

Wie eine dunkle Wolke hatten sich die Stare über dem Garten

des Oberpriesters erhoben, aber Počešichin und Optimov sahen sie nicht mehr, sie standen, blickten immerzu nach oben und versuchten zu begreifen, warum sich eine solche Menschenmenge versammelt hatte und wohin sie schaute. Da erschien Akim Danilyč. Während er etwas kaute und sich die Lippen abwischte, drang er in die Menge ein und brüllte:

»Feuerwehrmänner, fertigmachen! Auseinandergehen! Herr Optimov, gehen Sie auseinander, sonst wird es Ihnen schlecht ergehen! Statt in den Zeitungen Kritiken über anständige Menschen zu schreiben, sollten Sie sich lieber selbst Mühe geben, sich anständiger zu benehmen. Etwas Gutes lehren die Zeitungen doch nicht!«

»Ich bitte Sie, tasten Sie die öffentliche Meinung nicht an!« brauste Optimov auf. »Ich bin Schriftsteller und erlaube Ihnen nicht, die öffentliche Meinung anzutasten! Obwohl ich Sie als Staatsbürger wie einen Vater und Wohltäter achte.«

»Feuerwehrmänner, Wasser!«

»Kein Wasser da, Euer Hochwohlgeboren!«

»Keine Ausreden! Holt Wasser! Schnell!«

»Womit sollen wir fahren, Euer Hochwohlgeboren? Der Herr Major sind mit den Feuerwehrpferden weggefahren, um seine Tante zu begleiten!«

»Geht auseinander! Zurück mit dir, daß dich die Teufel holen ... Da hast du! Schreib ihn mal auf, den Teufel!«

»Der Bleistift ist weg, Euer Hochwohlgeboren ...«

Die Menschenmenge wurde immer größer ... Gott weiß, welche Ausmaße sie angenommen hätte, wenn man nicht in der Kneipe von Greškin auf den Einfall gekommen wäre, das neue Orchestrion auszuprobieren, das vor kurzem aus Moskau eingetroffen war. Als die Leute ›Streločka‹ hörten, staunten sie und strömten zur Kneipe. So erfuhr niemand, warum sich die Menschenmenge versammelt hatte, und Optimov und Počešichin hatten die Stare, die eigentlichen Urheber des Vorfalls, schon vergessen. Bereits nach einer Stunde lag die Stadt wieder regungslos und still da; zu sehen war nur ein einziger Mensch, nämlich der Feuerwehrmann, der auf dem Wachtturm auf und ab ging ...

Am Abend desselben Tages saß Akim Danilyč in der Kolonialwarenhandlung von Fertikulin, trank Selterswasser mit Kognak und schrieb: »Außer dem offiziellen Schreiben darf ich, Euer Exzellenz, auch von mir noch einen Zusatz beifügen. Vater und Wohltäter! Und zwar ist nur durch die Gebete Ihrer tugendhaften Frau Gemahlin, die sich in der gesunden Luft der Sommerfrische in der Nähe unserer Stadt aufhält, die Sache gerade noch in Grenzen geblieben. Ich habe so viel an diesem Tag durchgemacht, daß ich es kaum schildern kann. Für die Umsichtigkeit Krušenskijs und des Feuerwehrmajors Portupeev findet sich kaum ein passender Ausdruck! Ich aber tat alles, was ein schwacher Mensch nur tun kann, der nichts erstrebt als das Wohl seines Nächsten, und während ich jetzt am heimischen Herd sitze, danke ich mit Tränen in den Augen dem, der das Blutvergießen nicht zugelassen hat. Die Schuldigen sitzen vorläufig, wegen Mangels an Beweisen, hinter Schloß und Riegel, aber ich gedenke sie in einer Woche freizulassen. Nur aus Unwissenheit haben sie die Gebote übertreten!«

Die Beamtenprüfung

»Der Geographielehrer Galkin hat einen Zorn auf mich, und glauben Sie mir, ich werde heute bei ihm das Examen nicht bestehen«, sagte der Postbeamte Efim Zacharyč Fendrikov, ein weißbärtiger Mann mit einer ehrwürdigen Glatze und einem soliden Bauch; er rieb sich nervös die Hände und schwitzte ... »Ich bestehe es nicht, weiß Gott, nein ... Und dabei zürnt er mir wegen Nichtigkeiten. Kommt er eines Tages mit einem eingeschriebenen Brief und drängt sich durch das ganze Publikum, damit ich, verstehen Sie, seinen Brief als ersten annehmen soll und dann erst die übrigen. Das gehört sich doch nicht ... Wenn er auch ein Gebildeter ist, so muß er doch auf Ordnung sehen und warten. Ich machte eine geziemende Bemerkung. ›Warten Sie‹, sagte ich, ›bis Sie an der Reihe sind, gnädiger Herr.‹ Er wurde rot, und seit dieser Zeit empört er sich gegen mich wie Saul. Meinem Söhnchen Egoruška gibt er Fünfen, und über mich verbreitet er in der Stadt die verschiedensten Spitznamen. Eines Tages gehe ich beim Schankwirt Kuchtin vorbei, da lehnt er sich mit dem Billardstock aus dem Fenster und schreit in betrunkenem Zustand über den ganzen Platz: ›Herrschaften, guckt mal: da geht eine gebrauchte Briefmarke!‹«

Der Russischlehrer Pivomedov, der zusammen mit Fendrikov

im Hausflur der Kreisschule von X stand und herablassend seine Zigarette rauchte, zuckte die Achseln und sagte beruhigend:

»Regen Sie sich nicht auf. Ihr Bruder zum Beispiel ist bei uns auch nicht durchgefallen. Das Examen ist ja nur pro forma!«

Fendrikov beruhigte sich, aber nicht für lange. Über den Flur kam Galkin, ein junger Mann mit einem dünnen Bärtchen, das wie ausgerupft aussah; er war mit Segeltuchschuhen und einem neuen blauen Frack bekleidet, schaute Fendrikov streng an und ging weiter.

Darauf verbreitete sich das Gerücht, der Inspektor komme. Fendrikov überlief es kalt, und er begann mit jener Furcht zu warten, die jeder kennt, der erstmals vor Gericht steht oder geprüft werden soll. Über den Flur rannte der etatmäßige Schulaufseher Chamov und trat auf die Straße. Hinter ihm her eilte der Religionslehrer Zmiežalov mit Samtkappe und Brustkreuz dem Inspektor entgegen. Ebendorthin strebten auch die übrigen Lehrer. Der Inspektor der Volksschulen, Achachov, grüßte laut, äußerte seine Unzufriedenheit über den Staub und betrat die Schule. Nach fünf Minuten schritt man zum Examen.

Man prüfte zwei Popensöhne auf ihre Eignung als Landlehrer. Der eine bestand, der andere bestand nicht. Der Durchgefallene schneuzte sich in ein rotes Taschentuch, blieb noch einen Augenblick stehen, überlegte und ging. Es wurden noch zwei Freiwillige der dritten Kategorie geprüft, und danach schlug Fendrikovs Stunde ...

»Wo sind Sie angestellt?« wandte sich der Inspektor an ihn.

»Am hiesigen Postamt, als Schalterbeamter, Euer Hochwohlgeboren«, versetzte er, wobei er sich aufrichtete und bestrebt war, vor dem Publikum das Zittern seiner Hände zu verbergen. »Ich habe einundzwanzig Jahre gedient, Euer Hochwohlgeboren, und jetzt werden Unterlagen gefordert, um mich für den Rang eines Kollegienregistrators vorzusehen, weshalb ich wage, mich der Prüfung für die erste Rangklasse zu unterziehen.«

»Soso. Schreiben Sie ein Diktat.«

Pivomedov erhob sich, hüstelte und begann mit tiefer, durchdringender Baßstimme zu diktieren, wobei er sich bemühte, den Examinanden mit Wörtern hereinzulegen, die anders geschrieben als ausgesprochen werden.

Doch wie sehr sich auch der schlaue Pivomedov Mühe gab, das Diktat klappte. Der künftige Kollegienregistrator machte wenig

Fehler, obwohl er mehr auf die Schönheit der Lettern als auf die Grammatik achtete. Das Wort Walnuß schrieb er mit zwei l, das Wort Entgelt schrieb er Entgeld, und mit dem Wort naseweis rief er auf dem Gesicht des Inspektors ein Lächeln hervor, denn er hatte naseweiß geschrieben, aber das waren alles keine groben Fehler.

»Das Diktat ist befriedigend«, sagte der Inspektor.

»Ich wage es, Euer Hochwohlgeboren zur Kenntnis zu bringen«, sagte der ermunterte Fendrikov und schielte auf seinen Feind Galkin, »ich wage vorzutragen, daß ich Geometrie nach dem Buch von Davydov gelernt habe, teilweise habe ich sie bei meinem Neffen Varsonofij gelernt, der in den Ferien aus dem Klosterseminar gekommen ist. Auch Planimetrie habe ich gelernt, und Stereometrie ... alles, wie sich's gehört ...«

»Stereometrie ist im Programm nicht vorgesehen.«

»Nicht vorgesehen? Und ich habe einen Monat darüber gesessen ... So ein Ärger!« Fendrikov stöhnte.

»Aber lassen wir einstweilen die Geometrie. Wenden wir uns der Wissenschaft zu, die Sie als Postbeamter wahrscheinlich besonders mögen. Geographie ist die Wissenschaft der Postbeamten.«

Alle Lehrer lächelten ehrerbietig. Fendrikov war nicht damit einverstanden, daß die Geographie die Wissenschaft der Postbeamten sei (davon hatte weder in den Postvorschriften noch in den Rundschreiben je etwas gestanden). Aber aus Ehrerbietung sagte er:

»Genauso ist es.«

Er hüstelte nervös und erwartete ängstlich die Fragen. Sein Feind Galkin lehnte sich in seinem Stuhl zurück und fragte gedehnt, ohne ihn anzusehen:

»Äh ... sagen Sie ... was für eine Regierung hat die Türkei?«

»Bekanntlich ... eine türkische ...«

»Hm! Eine türkische ... Das ist ein dehnbarer Begriff. Dort ist eine konstitutionelle Regierung. Aber welche Nebenflüsse des Ganges kennen Sie?«

»Ich habe nach dem Geographiebuch von Smirnov gelernt, und, entschuldigen Sie, nicht genau gelernt ... Der Ganges, das ist der Fluß, welcher in Indien fließt ... dieser Fluß fließt in den Ozean.«

»Danach habe ich Sie nicht gefragt. Welche Nebenflüsse hat der Ganges? Das wissen Sie nicht? Und wo fließt der Araks?

Auch das wissen Sie nicht? Seltsam ... In welchem Gouvernement liegt Žitomir?«

»Postleitweg achtzehn, Platz hunderteinundzwanzig.«

Auf Fendrikovs Stirn trat kalter Schweiß. Er blinzelte mit den Augen und schluckte so heftig, daß es aussah, als verschlucke er seine Zunge.

»Wahrhaftigen Gottes, Euer Hochwohlgeboren«, murmelte er. »Sogar Vater Oberpriester können bezeugen ... Einundzwanzig Jahre habe ich gedient, und jetzt dasselbe, was ... Das ganze Leben werde ich zu Gott beten ...«

»Na schön, lassen wir die Geographie. Was haben Sie aus der Arithmetik vorbereitet?«

»Auch Arithmetik habe ich nicht genau ... Sogar der Vater Oberpriester können bezeugen ... Das ganze Leben werde ich zu Gott beten ... Seit Mariä Fürbitte lerne und lerne ich und ... kann nichts sagen ... bin zu alt für die Weisheit ... Seien Sie so lieb, Euer Hochwohlgeboren, lassen Sie mich ewig zu Gott beten.«

An Fendrikovs Wimpern hingen Tränen.

»Ich habe ehrlich und ordentlich gedient ... Ich faste jedes Jahr ... Sogar der Vater Oberpriester können bezeugen ... Seien Sie großzügig, Euer Hochwohlgeboren ...«

»Haben Sie sich gar nicht vorbereitet?«

»Auf alles habe ich mich vorbereitet, aber mir fällt nichts mehr ein ... Ich bin bald sechzig, Euer Hochwohlgeboren, wie soll man da mit der Wissenschaft fertig werden? Seien Sie gnädig!«

»Und er hat sich schon die Mütze mit der Kokarde bestellt«, sagte der Oberpriester Zmiežalov und lächelte.

»Na schön, gehen Sie«, sagte der Inspektor.

Nach einer halben Stunde ging Fendrikov mit den Lehrern in die Kneipe von Kuchtin, um Tee zu trinken und zu feiern. Sein Gesicht strahlte, in seinen Augen leuchtete das Glück, aber daß er sich alle Augenblick den Nacken kratzte, zeugte davon, daß ihn ein Gedanke quälte.

»So ein Ärger«, brummte er. »Das ist doch, weiß Gott, eine solche Dummheit von meiner Seite!«

»Na was denn?« fragte Pivomedov.

»Wozu habe ich Stereometrie gelernt, wenn sie nicht auf dem Programm steht? Einen ganzen Monat habe ich doch über diesem verdammten Zeug gesessen. So ein Ärger!«

Chirurgie

Ein Landkrankenhaus. Wegen der Abwesenheit des Arztes – er ist verreist, um zu heiraten – werden die Kranken von dem Heilgehilfen Kurjatin behandelt, einem dicken Mann im Alter von etwa vierzig Jahren, der mit einem schäbigen rohseidenen Jackett und abgetragenen Trikothosen bekleidet ist. Sein Gesicht drückt Pflichtgefühl und Wohlwollen aus. Zwischen Zeige- und Mittelfinger der linken Hand steckt eine Zigarre, die einen üblen Geruch verbreitet.

Das Sprechzimmer betritt der Küster Vonmiglasov, ein hochgewachsener, stämmiger Alter in brauner Kutte mit breitem Ledergürtel. Das rechte Auge, das den Star hat, ist halb geschlossen, auf der Nase sitzt eine Warze, die von weitem einer großen Fliege ähnelt. Einen Moment lang sucht der Küster mit den Augen das Heiligenbild, und da er keins findet, bekreuzigt er sich vor einer Flasche Karbollösung, dann entnimmt er einem roten Tüchlein ein Weihbrot und legt es mit einer Verbeugung vor den Heilgehilfen hin. »Ah ... ah ... habe die Ehre.« Der Heilgehilfe gähnt. »Was führt Sie her?«

»Einen schönen Sonntag, alles Gute, Sergej Kuzmič ... Möchte zu Euer Gnaden ... Wahr und gerecht ist es, was im Psalter steht, entschuldigen Sie: Mein Trank ist vermischt mit Tränen. Neulich setze ich mich mit meiner Alten zum Teetrinken und – mein Gott, keinen Tropfen, kein Bröckchen kriege ich runter, möchte mich am liebsten hinlegen und sterben ... Man schlürft ein bißchen – und schon ist's aus! Aber außer dem Zahn selbst, auch noch die ganze Seite ... Das zieht und zieht! Das pocht im Ohr, entschuldigen Sie, als ob ein kleiner Nagel oder ein anderer Gegenstand drin wäre: es schießt nur so, es schießt! Gesündigt habe ich und wider das Gesetz gehandelt ... In schimpflicher Sünde ist meine Seele verstrickt, ein Leben in Müßiggang habe ich geführt ... Wegen der Sünden, Sergej Kuzmič, wegen der Sünden! Der Vater Priester macht mir nach der Liturgie Vorwürfe: ›Du fängst an zu stottern, Efim, und zu näseln. Du singst, und man kann nichts verstehen.‹ Aber wie kann man singen, urteilen Sie selbst, wenn man den Mund nicht aufmachen kann, alles ist geschwollen, entschuldigen Sie, und in der Nacht habe ich nicht geschlafen ...«

»Na ja ... Setzen Sie sich ... Machen Sie den Mund auf!«

Vonmiglasov setzt sich und öffnet den Mund. Kurjatin verzieht das Gesicht, schaut ihm in den Mund und bemerkt unter den von Zeit und Tabak gelb gefärbten Zähnen einen, der mit einem riesigen Loch geschmückt ist.

»Der Vater Diakon hießen mich Schnaps und Meerrettich auflegen – hat nichts geholfen. Glikerija Anisimovna, Gott gebe ihr Gesundheit, haben mir ein Fädchen vom Berge Athos gegeben, an der Hand zu tragen, und hießen mich den Zahn mit warmer Milch spülen, und ich, um es zu gestehen, habe zwar das Fläschchen umgebunden, aber was die Milch betrifft, das habe ich gelassen: ich fürchte Gott, es ist Fastenzeit ...«

»Ein Vorurteil ...« (Pause.) »Man muß ihn ziehen, Efim Micheič.«

»Das müssen Sie besser wissen, Sergej Kuzmič. Sie sind ja ausgebildet worden, um diese Sache zu verstehen, wie sie ist, was zu ziehen ist und was mit Tropfen oder sonstigem ... Dazu sind Sie, unsere Wohltäter eingesetzt, Gott gebe Ihnen Gesundheit, daß wir für Sie Tag und Nacht, wie für liebe Väter ... bis zum Lebensende ...«

»Kleinigkeit ...« sagt der Heilgehilfe bescheiden, während er zum Schrank geht und in den Instrumenten herumkramt. »Die Chirurgie ist eine Kleinigkeit ... Das ist alles Gewohnheit, und eine sichere Hand ... Einmal ausspucken ... Neulich kommt da ebenso wie Sie der Gutsbesitzer Aleksandr Ivanyč Egipetskij ins Krankenhaus ... Auch wegen dem Zahn ... Ein gebildeter Mensch, fragt nach allem, geht auf alles ein, wie und was. Drückt einem die Hand, nennt einen mit Vor- und Vatersnamen ... Hat sieben Jahre in Petersburg gelebt, alle Professoren beschnüffelt ... Haben lange hier mit ihm ... In Gottes Namen fleht er: Ziehen Sie ihn mir raus, Sergej Kuzmič. Warum soll man ihn nicht ziehen? Ziehen kann man. Aber verstehen muß man das, ohne Verstand geht es nicht ... Es gibt verschiedene Zähne. Den einen zieht man mit der Zange, den anderen mit dem Geißfuß, den dritten mit einem Schlüssel ... Je nachdem.«

Der Heilgehilfe nimmt den Geißfuß, schaut ihn einen Augenblick fragend an, legt ihn wieder hin und nimmt die Zange.

»Nun machen Sie den Mund weit auf«, sagt er und tritt mit der Zange an den Küster heran. »Sofort werden wir ihn ... so ... Einmal ausspucken ... Man muß nur das Zahnfleisch einschneiden ... die Traktion nach der Vertikalachse vornehmen ... und das ist ...« (er schneidet das Zahnfleisch ein) »alles ...«

»Unsere Wohltäter sind Sie ... Wir Dummköpfe kapieren es nicht, aber Sie hat der Herr erleuchtet ...«

»Sprechen Sie nicht mit offenem Mund ... Der ist leicht zu ziehen, aber es kommt vor, daß nur noch die Würzelchen ... Dieser da – einmal ausspucken ...« (Er setzt die Zange an.) »Warten Sie, zappeln Sie nicht ... Sitzen Sie ganz still ... Im Augenblick ...« (Er macht die Traktion.) »Die Hauptsache ist, tiefer anfassen« (er zieht), »damit die Krone nicht abbricht ...«

»Vater unser ... heilige Mutter ... Fff ...«

»Nicht doch ... nicht doch ... wie denn? Greifen Sie nicht mit den Händen! Lassen Sie die Hände aus dem Spiel!« (Er zieht.) »Sofort ... Da ... da ... Die Sache ist doch nicht so leicht ...«

»Väter ... Heilige ...« (Er schreit.) »Engel! Oh – oh – oh ... Zieh doch, zieh! Wozu ziehst du fünf Jahre?«

»Die Sache ist doch ... die Chirurgie ... gleich geht es nicht ... Da, da ...«

Vonmiglasov hebt die Knie bis zu den Ellenbogen, bewegt die Finger, reißt die Augen auf und atmet stockend ... Auf sein purpurrotes Gesicht treten Schweißtropfen, die Augen füllen sich mit Tränen. Kurjatin schnauft, trippelt vor dem Küster hin und her und zieht ... Es vergeht eine äußerst qualvolle halbe Minute – und die Zange reißt sich vom Zahn los. Der Küster springt auf und greift sich in den Mund. Dort findet er den Zahn am alten Platz.

»Hast fein gezogen«, sagt er mit weinerlicher und zugleich spöttischer Stimme. »Möchte man dich im Jenseits so langziehen! Danke ergebenst! Wenn du nicht zu ziehen verstehst, dann laß es bleiben! Da vergeht einem Hören und Sehen ...«

»Aber warum greifst du denn mit den Händen?« entgegnet der Heilgehilfe ärgerlich. »Ich ziehe, und du stößt gegen meinen Arm und redest allerhand dummes Zeug ... Schafskopf!«

»Bist selber ein Schafskopf!«

»Du Bauer denkst, das Zahnziehen ist leicht? Versuch's mal! Das ist nicht so, wie wenn man auf den Turm klettert und die Glocken bimmelt!« (Er äfft ihn nach.) »›Nicht zu ziehen verstehst, nicht zu ziehen verstehst!‹ Sieh einer an, was sich da für ein Lehrmeister gefunden hat. Sieh einer an ... Dem Herrn

Egipetskij, Aleksandr Ivanyč, habe ich den Zahn gezogen, und der hat nichts, keinen Mucks gesagt ... War ein feinerer Mann als du, und der hat nichts mit den Händen ... Setz dich. Setz dich, sag ich dir!«

»Ich kann nichts mehr sehen ... Laß mich Atem holen ... Och!« (Setzt sich.) »Zieh bloß nicht so lange, sondern reiß ihn raus ... Auf einmal!«

»Du belehrst einen Gelehrten! Lieber Gott, was für ein ungebildetes Volk! Mit denen zu leben ... da verblödet man! Mach den Mund auf!« (Er setzt die Zange an.) »Die Chirurgie, Bruder, ist kein Spaß ... Das ist nicht wie in der Kirche lesen ...« (Er macht die Traktion.) »Zapple nicht ... Der Zahn, stellt sich heraus, ist alt und hat eine tiefe Wurzel ...« (Er zieht.) »Rühr dich nicht ... Nun, nun ...« (Man hört ein Knirschen.) »Das wußte ich!«

Vonmiglasov sitzt einen Augenblick regungslos da, wie ohnmächtig. Er ist erschüttert ... Seine Augen blicken stumpf in den Raum, auf das bleiche Gesicht tritt der Schweiß.

»Hätte einen Geißfuß nehmen sollen ...« murmelt der Heilgehilfe. »Solch ein Kasus!«

Als der Küster zu sich gekommen ist, steckt er den Finger in den Mund und findet an der Stelle des kranken Zahnes zwei spitze Zacken.

»Rrräudiger Hund!« stößt er hervor. »Man hat euch Unmenschen zu unserem Verderben hierhergesteckt!«

»Schimpf hier noch ...« murmelt der Heilgehilfe und legt die Zange in den Schrank. »Flegel ... Man hat dich im Priesterseminar zuwenig mit der Birke traktiert ... Herr Egipetskij, Aleksandr Ivanyč, lebte etwa sieben Jahre in Petersburg ... hat Bildung ... allein sein Anzug kostet an die hundert Rubel ... und der hat nicht geschimpft ... Und was bist du für ein Pfau! Nichts ist dir passiert, wirst nicht gleich krepieren!«

Der Küster nimmt das Weihbrot vom Tisch und begibt sich, die Hand an die Wange gepreßt, nach Hause.

Ein Chamäleon

Über den Marktplatz geht der Polizeiaufseher Očumelov, er hat einen neuen Mantel an und trägt ein Bündel in der Hand. Hinter ihm her stolziert ein rothaariger Schutzmann mit einem Korb, der bis an den Rand mit beschlagnahmten Stachelbeeren gefüllt ist. Ringsum ist alles still ... Keine Menschenseele ist auf dem Platz ... Die offenen Türen der Läden und Schenken schauen trostlos in die Welt, wie hungrige Mäuler; nicht einmal Bettler halten sich in ihrer Nähe auf.

»Du willst beißen, du verfluchtes Biest?« hört Očumelov plötzlich. »Leute, laßt ihn nicht weglaufen! Heutzutage ist es nicht erlaubt zu beißen! Halt! Ah ... ah!«

Man hört das Winseln eines Hundes. Očumelov blickt zur Seite und sieht: Aus dem Holzlager des Kaufmanns Pičugin kommt ein Hund gelaufen; er humpelt auf drei Beinen und sieht sich immerzu um. Ihm nach jagt ein Mann in einem gestärkten Kattunhemd und aufgeknöpfter Weste. Er rennt hinter ihm her, streckt den Oberkörper vor, fällt hin und packt den Hund an den Hinterpfoten. Erneut hört man das Winseln des Hundes und den Schrei: »Laßt ihn nicht weglaufen!«

Aus den Läden gucken verschlafene Gesichter, und bald ist beim Holzlager, wie aus dem Erdboden gestampft, eine Menschenmenge versammelt.

»Euer Wohlgeboren, hier scheint etwas nicht in Ordnung zu sein«, meint der Schutzmann.

Očumelov macht eine Vierteldrehung nach links und schreitet zu dem Menschenauflauf. Dicht neben dem Lagertor sieht er den obenerwähnten Mann mit der aufgeknöpften Weste stehen; er hält die rechte Hand hoch und zeigt der Menge einen blutigen Finger. Auf seinem Säufergesicht scheint geschrieben zu stehn: Das wirst du mir teuer bezahlen, du Schurke! Und der Finger selbst sieht wie ein Siegesbanner aus.

In diesem Mann erkennt Očumelov den Goldschmiedemeister Chrjukin. Inmitten der Menschenmenge sitzt, die Vorderbeine gespreizt und am ganzen Körper zitternd, der Urheber des Tumultes – ein junger weißer Windhund, mit spitzer Schnauze und einem gelben Fleck auf dem Rücken. In seinen tränenfeuchten Augen liegt ein Ausdruck von Trauer und Entsetzen.

»Was ist hier vorgefallen?« fragt Očumelov und drängt sich durch die Menge. »Weshalb seid ihr hier? Wozu hältst du den Finger so? Wer hat geschrien?«

»Ich gehe, Euer Wohlgeboren, tue niemandem etwas ...« beginnt Chrjukin und hustet in die Faust. »Will zu Mitrij Mitrič wegen Holz – und plötzlich schnappt dieses Biest für nichts und wieder nichts nach meinem Finger ... Entschuldigen Sie, ich bin ein Mensch, der arbeitet ... Hab eine feine Arbeit. Man soll mir bezahlen, wenn ich diesen Finger vielleicht eine Woche lang nicht bewegen kann ... Das steht in keinem Gesetz, Euer Wohlgeboren, daß man wegen so einem Luder leiden muß ... Wenn jeder beißen wollte, wäre es besser, nicht auf dieser Welt zu leben ...«

»Hm ...! Gut ...« sagt Očumelov streng, wobei er hustet und die Augenbrauen bewegt. »Gut ... Wessen Hund ist das? Das lasse ich nicht auf sich beruhen. Ich werde euch schon zeigen, was es heißt, Hunde so herumlaufen zu lassen! Es ist jetzt an der Zeit, mal die Aufmerksamkeit auf solche Herrschaften zu lenken, die sich den Verordnungen nicht fügen wollen! Wenn man diesen Schurken bestraft, so wird er schon von mir erfahren, was ein Hund und so ein herumstreunendes Vieh bedeutet! Ich werde ihm zeigen, was eine Harke ist ...! Eldyrin«, der Polizeiaufseher wendet sich an den Schutzmann, »stell fest, wessen Hund das ist, und nimm ein Protokoll auf! Und den Hund muß man beseitigen. Unverzüglich! Der ist bestimmt tollwütig ... Wessen Hund ist das, frage ich?«

»Das ist offenbar der vom General Žigalov«, sagt jemand aus der Menge.

»Vom General Žigalov? Hm ... Nimm mir mal, Eldyrin, den Mantel ab ... Furchtbar heiß ist es! Man muß annehmen, es gibt Regen ... Eines verstehe ich nur nicht: wie konnte er dich beißen?« wendet sich Očumelov an Chrjukin. »Kommt er überhaupt an deinen Finger? Er ist doch klein, und du, was bist du für ein langes Ende! Du hast dir wahrscheinlich den Finger an einem Nagel aufgerissen, und dann kam dir die Idee, aus der Sache Geld zu schlagen ... Man kennt euch schon! Ich weiß Bescheid, ihr Teufel!«

»Er hat ihm, Euer Wohlgeboren, eine Zigarette in die Schnauze gesteckt, aus Spaß, und der war nicht dumm und schnappte zu ... Ein streitsüchtiger Mensch, Euer Wohlgeboren!«

»Das lügst du, Einäugiger! Hast es nicht gesehen, wozu lügst du also? Seine Wohlgeboren sind ein kluger Herr und verstehen, wer da lügt und wer nach bestem Gewissen wie vor Gott ... Und wenn ich lüge, dann soll der Friedensrichter entscheiden. Bei ihm steht's im Gesetz ... Heutzutage sind alle gleich ... Ich selbst habe einen Bruder bei den Gendarmen ... wenn Ihr's wissen wollt ...«

»Red nicht soviel!«

»Nein, der ist nicht vom General ...« bemerkt der Schutzmann nachdenklich. »Solche hat der General nicht. Der hat meist Jagdhunde ...«

»Weißt du das bestimmt?«

»Bestimmt, Euer Wohlgeboren ...«

»Ich weiß es auch. Der General hat teure Rassehunde, und das da, weiß der Teufel, was das für einer ist! Kein Fell, sieht nach nichts aus ... ein richtiges Scheusal ... Und solch einen Hund soll einer halten?! Wo habt ihr euren Verstand? Wenn man solch einen Hund in Petersburg oder Moskau anträfe, wißt ihr, was da passieren würde? Dort würde man nicht erst auf das Gesetz sehen, sondern auf der Stelle – weg damit! Chrjukin, du hast gelitten, laß die Sache nicht auf sich beruhen ... Man muß ein Exempel statuieren! Es ist höchste Zeit ...«

»Aber vielleicht ist es doch der vom General«, denkt der Schutzmann laut. »Auf der Schnauze steht's ihm nicht geschrieben ... Neulich hab ich so einen bei ihm auf dem Hof gesehn.«

»Klar, vom General!« ruft eine Stimme aus der Menge.

»Hm ...! Leg mir mal, mein lieber Eldyrin, den Mantel um ... Ein kühler Wind kommt auf ... Mich fröstelt ... Du bringst ihn zum General und fragst dort nach. Du sagst, ich hätte ihn gefunden und schickte ihn ... Und sag, daß man ihn nicht auf die Straße lassen soll ... Er ist vielleicht teuer, und wenn jedes Schwein ihm eine Zigarette in die Schnauze steckt, so wird man ihn über kurz oder lang verderben. Ein Hund ist ein zartes Geschöpf ... Und du, Tölpel, nimm die Hand runter! Du brauchst deinen dummen Finger nicht hochzuhalten! Bist selber schuld ...!«

»Da kommt der Koch vom General, fragen wir ihn ... He, Prochor, komm mal her, mein Lieber! Sieh dir mal den Hund an ... Gehört er euch?«

»Wo denkst du hin? Solche haben wir nie im Leben gehabt!«

»Es hat keinen Zweck, noch länger zu fragen«, sagt Očumelov. »Das ist ein herrenloser Hund! Es lohnt sich nicht, hier noch lange herumzureden ... Wenn ich gesagt habe, er ist herrenlos, dann ist er herrenlos ... Umbringen, und fertig.«

»Das ist nicht unsrer«, fährt Prochor fort. »Der gehört dem Bruder des Generals, der neulich gekommen ist. Unser Herr ist kein Freund von Windhunden. Sein Bruder hat sie gern ...«

»Ist denn sein Bruder gekommen? Vladimir Ivanyč?« fragt Očumelov, und er lächelt vor Rührung über das ganze Gesicht. »Sieh mal einer an! Und ich habe nichts davon gewußt. Ist er zu Besuch gekommen?«

»Ja ...«

»Na, sieh mal einer an ... Hatte Sehnsucht nach dem Brüderchen ... Das habe ich gar nicht gewußt! Das ist also sein Hündchen? Sehr erfreut ... Nimm es ... Das Hündchen ist schon gut ... So ein flinkes ... Hat den da am Finger gepackt! Hahaha ... Na, warum zitterst du? Rrr ... Rr ... Der Schelm ist böse ... so ein süßes Hundevieh ...«

Prochor ruft den Hund und entfernt sich mit ihm vom Holzladen ...

Die Menge lacht Chrjukin aus.

»Ich erwische dich noch!« droht ihm Očumelov, hüllt sich in den Mantel und setzt seinen Weg über den Marktplatz fort.

Vom Regen in die Traufe

Beim Chormeister der Domkirche Gradusov saß der Rechtsanwalt Kaljakin, drehte eine auf den Namen Gradusov lautende Vorladung des Friedensrichters in den Händen und sagte:

»Was Sie auch sagen, Dosifej Petrovič, aber Sie sind schuld. Ich verehre Sie und weiß Ihr Wohlwollen zu schätzen, aber bei alledem muß ich mit Bedauern feststellen, daß Sie im Unrecht sind. Jawohl, im Unrecht. Sie haben meinen Klienten Derevjaškin beleidigt ... Nun, weshalb haben Sie ihn beleidigt?«

»Wer, zum Teufel, hat ihn denn beleidigt?« ereifert sich Gradusov, ein hochgewachsener alter Mann mit einer schmalen, nicht mehr vielversprechenden Stirn, dichten Augenbrauen und einer kleinen Bronzemedaille im Knopfloch. »Ich habe ihm nur eine Moralpredigt gehalten. Man muß die Dummköpfe belehren!

Wenn man die Dummköpfe nicht belehrt, dann wird man sich vor ihnen nicht mehr retten können.«

»Aber, Dosifej Petrovič, Sie haben ihm keine Moralpredigt gehalten. Sie haben ihn, wie er in seiner Eingabe erklärt, öffentlich geduzt und ihn einen Esel, Schuft und dergleichen genannt ... und einmal haben Sie sogar die Hand gehoben, als wollten Sie gegen ihn tätlich werden.«

»Warum soll man ihn denn nicht schlagen, wenn er es verdient? Verstehe ich nicht!«

»Aber begreifen Sie doch, daß Sie dazu keinerlei Recht haben.«

»Ich habe kein Recht? Nun, dann entschuldigen Sie schon ... Gehen Sie und erzählen Sie das jemand anderem, mir machen Sie nichts vor, seien Sie so gut! Er hat, nachdem man ihn aus dem bischöflichen Chor höflich rausgeschmissen hat, zehn Jahre in meinem Chor gedient. Ich bin sein Wohltäter, wenn Sie es wissen wollen. Wenn er böse ist, daß ich ihn aus dem Chor gejagt habe, so ist er selber dran schuld. Ich habe ihn wegen der Philosophie weggejagt. Philosophieren kann nur ein gebildeter Mensch, der ein Studium absolviert hat, aber wenn du ein Dummkopf bist und keinen großen Verstand hast, dann sitz in der Ecke und schweig ... Schweig und hör zu, was die Klugen reden, aber er, der Dummkopf, hatte es manchmal nur darauf abgesehen, etwas in dieser Art zum besten zu geben. Da ist eine Chorprobe oder ein Gottesdienst, und er redet von Bismarck und von allerlei Gladstones. Ob Sie es glauben oder nicht, die Kanaille hat eine Zeitung abonniert! Und wievielmal habe ich ihm für den Russisch-Türkischen Krieg eins aufs Maul gehauen, das können Sie sich nicht vorstellen! Da sollen sie singen, er aber beugt sich zu den Tenören und erzählt ihnen, wie die Unseren mit Dynamit das türkische Panzerschiff Ludfi-Dchelil in die Luft gesprengt haben ... Ist denn das in Ordnung? Natürlich ist es angenehm, daß die Unseren gesiegt haben, aber daraus folgt doch nicht, daß man nicht zu singen braucht ... Das kann man auch nach dem Gottesdienst erzählen. Mit einem Wort – ein Schwein.«

»Also haben Sie ihn auch schon früher beleidigt!«

»Früher hat er es aber nicht übelgenommen. Er merkte, daß ich es zu seinem Nutzen tat, und da sah er es ein ...! Er wußte, daß es eine Sünde ist, den Älteren und den Wohltätern zu widersprechen, aber als er auf der Polizei als Schreiber anfing, nun, da war's aus, da wurde er hochnäsig und hörte auf, es einzusehen. ›Ich‹, sagt er, ›bin jetzt kein Chorsänger mehr, sondern ein Beamter. Ich werde das Examen‹, sagt er, ›als Kollegienregistrator ablegen.‹ – ›Nun, du bist aber ein Dummkopf‹, sage ich. ›Würdest du weniger‹, sage ich, ›Philosophie treiben und dir öfter die Nase wischen, das wäre besser, als an einen Beamtenrang zu denken. Dir‹, sage ich, ›ist keine Beamtenwürde eigen, sondern Schwachsinn.‹ Das will er nicht hören! Nehmen wir doch diesen Fall – weshalb hat er sich beim Friedensrichter über mich beschwert? Nun, ist das nicht eine hundsgemeine Brut! Ich sitze in der Schenke von Samopljuev und trinke mit unserem Kirchenältesten Tee. Eine Unmenge Publikum, kein einziger freier Platz ... Da sehe ich, auch er sitzt hier und säuft mit seinen Schreibern Bier. So ein Stutzer, hebt die Schnauze und brüllt ... fuchtelt mit den Armen ... Ich horche – er spricht von der Cholera. Nun, was soll man da mit ihm machen? Er philosophiert! Ich, wissen Sie, schweige und gedulde mich ... Schwatz nur, denke ich, schwatz nur ... Die Zunge hat keine Knochen ... Plötzlich fing zu allem Unglück die Maschine an zu spielen ... Er ist gerührt, der Flegel steht auf und sagt zu seinen Freunden: ›Trinken wir‹, sagt er, ›auf weiteres Gedeihen! Ich‹, sagt er, ›bin der Sohn meines Vaterlandes und der Slavophile meiner Heimat! Meine einzige Brust gebe ich hin! Kommt nur her, ihr Feinde! Den möchte ich sehen, der mit mir nicht einverstanden ist!‹ Und er schlägt mit der Faust auf den Tisch! Da habe ich es nicht mehr ausgehalten. Gehe auf ihn zu und sage zartfühlend: ›Hör mal, Osip ... Wenn du Schwein nichts davon verstehst, so schweige lieber und rede nicht. Ein gebildeter Mensch kann philosophieren, aber du sei lieber still. Du bist eine Laus, ein Staubkorn ...‹ Ich sage ein Wort, er zehn ... So ging es immer hin und her ... Ich spreche natürlich zu seinem Nutzen, er aber aus Dummheit ... Hat sich beleidigt gefühlt – da hat er sich beim Friedensrichter beschwert ...«

»Ja«, seufzte Kaljakin. »Es steht schlecht ... Aus irgendwelchen Lappalien ist weiß der Teufel was geworden. Sie sind Familienvater, ein angesehener Mann, und nun Gericht, Vernehmungen, Verdrehungen, Arrest ... Man muß dieser Sache ein Ende machen, Dosifej Petrovič. Es gibt für Sie einen Ausweg, mit dem auch Derevjaškin einverstanden ist. Sie gehen heute mit mir in die Schenke von Samopljuev, um sechs Uhr, wenn sich dort die Schreiber, Schauspieler und die übrigen Gäste versammeln, vor denen Sie ihn beleidigt haben, und entschuldigen sich bei ihm. Dann zieht er seine Eingabe zurück. Haben Sie verstanden? Ich nehme an, daß Sie darauf eingehen, Dosifej Petrovič. Ich spreche zu Ihnen wie zu einem Freund ... Sie haben Derevjaškin beleidigt, und was die Hauptsache ist, Sie haben seine lobenswerten Gefühle verdächtigt und diese Gefühle ... diese Gefühle sogar profaniert. In unserer Zeit, wissen Sie, geht das nicht. Man muß vorsichtiger sein. Ihren Worten wurde so eine Nuance beigelegt, wie soll man es Ihnen sagen, die in unserer Zeit, mit einem Wort, nicht ganz angebracht ist ... Jetzt ist es drei Viertel sechs ... Ist es Ihnen recht, mit mir zu kommen?«

Gradusov schüttelte den Kopf, aber als Kaljakin ihm in lebhaften Farben die Nuance schilderte, die seinen Worten beigelegt wurde, und auch die möglichen Folgen dieser Nuance, bekam es Gradusov mit der Angst zu tun und ging auf den Vorschlag ein.

»Also, passen Sie auf, entschuldigen Sie sich, wie es sich gehört, in aller Form«, belehrte ihn der Rechtsanwalt auf dem Weg zur Schenke. »Gehen Sie auf ihn zu, sagen Sie zu ihm: ›Sie‹ ... und ›entschuldigen Sie ... ich nehme meine Worte zurück‹ und dergleichen mehr.«

Als Gradusov und Kaljakin in die Schenke kamen, wimmelte es dort bereits von Menschen. Da saßen Kaufleute, Schauspieler, Beamte, Polizeischreiber – überhaupt das ganze Volk, das die Angewohnheit hat, sich abends in der Schenke zu versammeln, um Tee und Bier zu trinken. Zwischen den Schreibern saß auch Derevjaškin, ein Bursche unbestimmten Alters. Er war bartlos, hatte große starre Augen, eine breitgedrückte Nase und derart struppiges Haar, daß man bei seinem Anblick den Wunsch verspürte, sich damit die Stiefel zu putzen ... Sein Gesicht war so glücklich konstruiert, daß man, wenn man es nur einmal anblickte, schon alles wußte: nämlich, daß er ein Trinker, ein Baßsänger und dumm war, aber wiederum nicht so dumm, daß er sich nicht für einen sehr klugen Menschen hielt. Als er den Chormeister kommen sah, erhob er sich und bewegte wie ein Kater den Schnurrbart. Die Menge, die anscheinend informiert war, daß eine öffentliche Buße stattfinden sollte, spitzte die Ohren.

»Da ... Herr Gradusov ist einverstanden«, sagte Kaljakin, als sie eintraten.

Der Chormeister begrüßte diesen und jenen, putzte sich laut die Nase, wurde rot und ging auf Derevjaškin zu.

»Entschuldigen Sie ...« murmelte er, ohne ihn anzusehen, und steckte sein Tuch in die Tasche. »Vor der ganzen Gesellschaft nehme ich meine Worte zurück.«

»Ich verzeihe Ihnen«, sagte Derevjaškin im Baßton und setzte sich, wobei er die übrigen Gäste siegesbewußt ansah. »Ich bin befriedigt! Herr Rechtsanwalt, ich bitte Sie, die Sache einzustellen!«

»Ich entschuldige mich«, fuhr Gradusov fort. »Entschuldigen Sie ... Ich liebe keine Unstimmigkeiten ... Wenn du willst, daß ich Sie zu dir sage, bitte, mach ich ... Willst du, daß ich dich wie einen klugen Menschen ehre, bitte ... Ist mir schnuppe ... Ich bin nicht nachtragend, mein Lieber. Zum Teufel mit dir ...«

»Aber erlauben Sie! Sie sollen sich entschuldigen, aber nicht schimpfen!«

»Wie soll ich mich denn noch entschuldigen? Ich entschuldige mich ja! Nur daß ich nicht Sie gesagt habe, das ist aus Vergeßlichkeit geschehen. Soll ich denn auf den Knien liegen? Ich entschuldige mich und danke dabei Gott, daß du so viel Verstand hattest, die Sache einzustellen. Ich habe keine Zeit, mich auf Gerichten herumzutreiben ... Mein Leben lang habe ich nicht prozessiert, ich werde auch nicht prozessieren, und dir rate ich es auch nicht ... das heißt – Ihnen ...«

»Natürlich! Wollen Sie nicht einen auf den Frieden von San Stefano trinken?«

»Trinken kann man auch ... aber du, Bruder Osip, bist ein Lump ... Das heißt nicht, daß ich schimpfe, nur so ... zum Beispiel ... Ein Lump, mein Lieber! Erinnerst du dich, wie du vor mir auf den Knien gelegen hast, als man dich aus dem bischöflichen Chor hinausgeworfen hat? Was? Und du wagst es, gegen deinen Wohltäter eine Beschwerde einzureichen? Du bist eine Schnauze, eine Schnauze bist du! Und du schämst dich nicht? Meine Herren Anwesenden, da schämt er sich nicht?«

»Erlauben Sie! Das artet doch wieder in Schimpferei aus!«

»Wieso in Schimpferei? Ich sage dir das nur, ich belehre dich ... Ich habe mich versöhnt und spreche zum letztenmal, ich denke nicht daran, zu schimpfen ... Ich werde mich doch mit dir

Waldschrat nicht mehr einlassen, wo du gegen deinen Wohltäter eine Beschwerde eingereicht hast! Nun scher dich zum Teufel! Ich will auch gar nicht mehr mit dir sprechen! Und wenn ich dich eben aus Versehen einen Lump genannt habe, so, weil du doch auch ein Lump bist ... Statt für deinen Wohltäter ewig zu Gott zu beten, weil er dich zehn Jahre ernährt und dir die Noten beigebracht hat, reichst du eine dumme Beschwerde ein und schickst einem allerlei Teufel von Advokaten auf den Hals.«

»Erlauben Sie, Dosifej Petrovič«, warf Kaljakin beleidigt ein. »Bei Ihnen waren keine Teufel, sondern ich! Ich bitte Sie, vorsichtiger zu sein!«

»Hab ich denn von Ihnen gesprochen? Kommen Sie ruhig jeden Tag, herzlich willkommen. Ich wundere mich nur, wie Sie das Studium absolviert und sich Bildung angeeignet haben und, statt diesen Truthahn zu belehren, ihm noch die Stange halten. An Ihrer Stelle hätte ich ihn im Gefängnis verfaulen lassen! Und dann, weshalb sind Sie böse? Habe ich mich denn nicht entschuldigt? Was wollen Sie noch von mir? Das begreife ich nicht! Meine Herren Anwesenden, Sie sind Zeugen, ich habe mich entschuldigt, und ich beabsichtige nicht, mich noch einmal bei irgendeinem Dummkopf zu entschuldigen!«

»Sie sind selber ein Dummkopf«, sagte Osip heiser und schlug sich vor Empörung an die Brust.

»Ich bin ein Dummkopf? Ich? Und du unterstehst dich, mir das zu sagen?«

Gradusov wurde flammendrot und zitterte ...

»Und du wagst es? Da hast du ...! Und außerdem, daß ich dir Schurken eben eine Ohrfeige gegeben habe, werde ich mich noch beim Friedensrichter über dich beschweren. Ich werde dir zeigen, was beleidigen heißt! Meine Herren, Sie sind Zeugen! Herr Revieraufseher, was stehen Sie da und halten Maulaffen feil? Man beleidigt mich, und Sie halten Maulaffen feil? Sie bekommen Gehalt, aber auf Ordnung sehen, das ist nicht Ihre Sache? Was? Glauben Sie, es gibt für Sie keinen Richter?«

Der Revieraufseher ging auf Gradusov zu – und die Geschichte fing an.

Eine Woche darauf stand Gradusov vor dem Friedensrichter. Es wurde über ihn wegen Beleidigung von Derevjaškin, des Rechtsanwalts und des Revieraufsehers verhandelt, bei dem Letztgenannten in Ausübung seines Dienstes. Anfangs begriff er nicht, ob er Kläger oder Angeklagter sei, dann aber, als der Friedensrichter ihn insgesamt zu zwei Monaten Arrest verurteilte, lächelte er bitter und brummte:

»Hm ... Mich hat man beleidigt, und ich soll dafür noch sitzen ... Man kann sich nur wundern ... Man muß, Herr Friedensrichter, nach dem Gesetz urteilen, aber nicht nach der Philosophie. Ihre verstorbene Mutter, Varvara Semënovna, Gott hab sie selig, ließ solche wie Osip auspeitschen, und Sie sehen ihm durch die Finger ... Was kommt dabei heraus? Sie sprechen die Spitzbuben frei, ein anderer spricht sie auch frei ... Wohin soll man da noch gehen, sich zu beschweren?«

»Gegen das Urteil kann innerhalb einer Frist von zwei Wochen Berufung eingelegt werden ... und ich bitte Sie, nicht mehr zu reden! Sie können gehen!«

»Gewiß ... Heutzutage kann man nicht vom Gehalt allein leben«, versetzte Gradusov und blinzelte vielsagend. »Notgedrungen wird man, da man essen will, einen Unschuldigen ins Kittchen stecken ... Das ist so ... Man kann auch keinem einen Vorwurf machen ...«

»Was?«

»Nichts ... Das habe ich nur so gesagt ... Sie denken, weil Sie eine goldene Kette tragen, gibt es für Sie keinen Richter? Seien Sie unbesorgt ... Ich werde es ans Tageslicht bringen!«

Über die Sache ›wegen Beleidigung des Richters‹ sollte später auch noch verhandelt werden, aber der Oberpriester der Domkirche setzte sich für ihn ein, und die Sache wurde vertuscht.

Als Gradusov seine Sache an das Kreisgericht weitergab, war er fest überzeugt, man würde ihn nicht nur freisprechen, sondern sogar Osip ins Gefängnis stecken. So dachte er auch während der Gerichtsverhandlung. Als er vor den Richtern stand, benahm er sich friedlich, zurückhaltend und sprach kein überflüssiges Wort. Nur einmal, als der Vorsitzende ihm anbot, sich zu setzen, war er beleidigt und sagte:

»Steht es etwa in den Gesetzen geschrieben, daß der Chormeister neben seinem Chorsänger sitzen soll?«

Aber als das Kreisgericht das Urteil des Friedensrichters bestätigte, kniff er die Augen zusammen ...

»Wie? Was?« fragte er. »Wie soll ich das verstehen? Wie meinen Sie das?«

»Das Gericht hat das Urteil des Friedensrichters bestätigt.

Wenn Sie unzufrieden sind, können Sie beim Senat ein Gesuch einreichen.«

»So ... Ich sage Ihnen, Euer Exzellenz, für das schnelle und gerechte Urteil meinen tiefgefühlten Dank. Natürlich, vom Gehalt allein kann man nicht leben, das verstehe ich sehr gut, aber entschuldigen Sie, wir werden auch ein unbestechliches Gericht finden.«

Ich will nicht alles das anführen, was Gradusov vor dem Kreisgericht zusammengeredet hat. Gegenwärtig läuft ein Verfahren ›wegen Beleidigung des Kreisgerichts‹, und er will nichts hören, wenn seine Bekannten ihm klarzumachen versuchen, daß er schuldig ist ... Er ist von seiner Unschuld überzeugt und glaubt, man werde ihm früher oder später für die Aufdeckung dieser Mißstände dankbar sein.

»Mit diesem Dummkopf ist nichts anzufangen«, sagt der Domprior und winkt resigniert ab. »Er begreift es nicht!«

Geeignete Maßnahmen

Über dem kleinen, abgelegenen Städtchen, das man nach den Worten des hiesigen Gefängnisaufsehers selbst mit einem Teleskop nicht auf der Landkarte finden kann, strahlt die Mittagssonne. Es ist still und ruhig. Vom Stadtratsgebäude zu den Marktbuden bewegt sich langsam eine Sanitätskommission, die sich aus dem Amtsarzt, dem Polizeiaufseher, zwei Bevollmächtigten des Stadtrats und einem Handelsdeputierten zusammensetzt. Dahinter schreiten ehrfurchtsvoll die Polizisten ... Der Weg der Kommission ist wie der Weg zur Hölle mit guten Vorsätzen gepflastert. Die Sanitäter fuchteln mit den Händen und reden über die Unsauberkeit, den Gestank, geeignete Maßnahmen und über andere choleraverdächtige Dinge. Die Gespräche sind so gescheit, daß der voranschreitende Polizeiaufseher plötzlich in Begeisterung gerät, sich umdreht und erklärt:

»Ja, meine Herrschaften, wir müßten uns öfter versammeln und reden! Es ist angenehm, man fühlt sich in Gesellschaft, sonst tun wir nichts anderes als uns streiten. Ja, bei Gott!«

»Bei wem sollen wir anfangen?« wendet sich der Handelsdeputierte an den Arzt im Ton eines Henkers, der sich sein Opfer aussucht. »Wollen wir nicht, Anikita Nikolaič, mit dem Laden von Ošejnikov anfangen? Erstens ist er ein Gauner und ... zweitens wird es längst Zeit, daß wir ihn erwischen. Neulich bringt man mir von ihm Buchweizengrütze, darin war, entschuldigen Sie, Rattendreck ... Meine Frau konnte gar nichts mehr essen!«

»Nun, was denn? Wenn wir bei Ošejnikov anfangen sollen, dann eben bei Ošejnikov«, meinte teilnahmslos der Arzt.

Die Sanitäter betreten den ›Laden für Tee, Zucker, Kaffee und andere Kolonialwaren von A. M. Ošejnikov‹ und beginnen sofort, ohne lange Vorrede, mit der Revision.

»Hm, ja ...« sagt der Arzt und betrachtet die schön gestapelten Pyramiden aus Kasaner Seife. »Was du hier aus Seife für Türme gebaut hast. Findig, denk mal an! Hehehe ... Was ist denn das? Schauen Sie mal her, meine Herrschaften! Demjan Gavrilyč beliebt Seife und Brot mit ein und demselben Messer zu schneiden!«

»Davon kommt keine Cholera, Anikita Nikolaič«, bemerkt der Inhaber sinnig.

»Mag sein, aber das ist doch ekelhaft! Ich kaufe doch auch mein Brot bei dir.«

»Für die Vornehmen haben wir ein besonderes Messer, seien Sie ganz unbesorgt ... Wo denken Sie hin ...«

Der Polizeiaufseher heftet seine kurzsichtigen Augen auf einen Schinken, kratzt lange mit dem Fingernagel daran, schnüffelt hörbar, schnippt mit dem Finger dagegen und fragt:

»Und hat er bei dir auch keine Strichninen?«

»Wo denken Sie hin ... Aber ich bitte Sie ... Wie sollte das möglich sein!«

Der Aufseher wird verlegen, läßt den Schinken sein und starrt mit zusammengekniffenen Augen auf die Preisliste von Asmolov und Co. Der Handelsdeputierte steckt die Hand in ein Fäßchen mit Buchweizengrütze und fühlt dort etwas Weiches, Samtiges ... Er schaut hinein, und sein Gesicht erstrahlt zärtlich ...

»Miezekätzchen ... Miezekätzchen! Meine Kleinchen!« lallt er. »Sie liegen in der Grütze und heben ihre Schnäuzchen ... sie liebkosen sich. Demjan Gavrilyč, könntest du mir nicht ein Kätzchen schicken?«

»Das geht zu machen ... Und hier, meine Herrschaften, sind die Vorspeisen, wenn Sie sie besichtigen wollen ... Da sind

Hering ... Käse ... gedörrter Störrücken, belieben zu sehen ... Den Störrücken habe ich am Donnerstag bekommen, den besten ... Miška, gib mal ein Messer her!«

Die Sanitäter schneiden sich jeder ein Stück von dem Störrücken ab, riechen daran und kosten.

»Bei dieser Gelegenheit werde ich auch etwas zu mir nehmen ...« sagt gleichsam zu sich selbst der Ladeninhaber Demjan Gavrilyč. »Dort hat doch irgendwo ein Fläschchen gestanden. Man sollte vor dem Stör etwas trinken. Dann schmeckt er gleich anders. Miška, gib mal das Fläschchen her.«

Miška bläst die Wangen auf, macht große Augen, entkorkt die Flasche und stellt sie geräuschvoll auf den Ladentisch.

»Auf nüchternen Magen trinken ...« meint der Polizeiaufseher und kratzt sich unentschlossen den Nacken. »Übrigens, wenn jeder einen ... Mach aber schnell, Demjan Gavrilyč, wir haben nicht viel Zeit für deinen Vodka!«

Nach einer Viertelstunde gehen die Sanitäter, während sie sich die Lippen wischen und mit Streichhölzern in den Zähnen herumstochern, zu Golorybenkos Laden. Hier kommen sie ärgerlicherweise nicht durch die Tür ... Fünf Burschen mit roten, verschwitzten Gesichtern rollen ein Faß mit Butter aus dem Laden.

»Rechts halten ...! Zieh am Rand ... zieh doch, zieh! Leg einen Klotz drunter ... ach, zum Teufel! Gehen Sie beiseite, Euer Wohlgeboren. Wir quetschen Ihnen sonst die Füße ab.«

Das Faß bleibt in der Tür stecken und ist nicht von der Stelle zu rücken. Die Burschen legen sich drauf und schieben aus Leibeskräften, dabei schnaufen sie laut und schimpfen, daß es über den ganzen Platz schallt. Nach solchen Anstrengungen, wobei von dem vielen Schnaufen die Luft bedeutend an Reinheit verliert, rollt das Faß endlich heraus, kommt aber aus irgendeinem Grunde, entgegen den Naturgesetzen, wieder zurück und bleibt abermals in der Tür stecken. Das Schnaufen beginnt von neuem.

»Pfui!« Der Aufseher spuckt aus. »Gehen wir zu Šibukin. Diese Teufel werden hier noch bis zum Abend rackern.«

Den Laden Šibukins finden die Sanitäter geschlossen.

»Aber der war doch geöffnet!« rufen die Sanitäter erstaunt und werfen sich Blicke zu. »Als wir zu Ošejnikov hineingingen, stand Šibukin auf der Schwelle und spülte einen kupfernen Kessel aus. Wo ist er denn?« wenden sie sich an einen Bettler, der neben dem geschlossenen Laden steht.

»Bitte um ein Almosen, um Christi willen«, krächzt der Bettler heiser, »für einen armen Krüppel, haben Sie die Güte, meine Herren Wohltäter ... für Ihre Eltern ...«

Die Sanitäter winken ab und gehen weiter, nur einer der beiden Bevollmächtigten des Stadtrats, Pljunin, bleibt stehen. Dieser gibt dem Bettler eine Kopeke, und als hätte er sich vor etwas erschrocken, bekreuzigt er sich schnell und läuft der Gesellschaft nach.

Nach etwa zwei Stunden kommt die Kommission zurück. Die Sanitäter sehen erschöpft und abgespannt aus. Die Arbeit war nicht umsonst: Einer der Polizisten schreitet feierlich daher und trägt eine mit faulen Äpfeln gefüllte Mulde.

»Jetzt, nach getaner Arbeit, wäre es nicht schlecht, sich etwas die Kehle anzufeuchten«, sagt der Aufseher und schielt auf das Schild ›Rheinwein- und Schnapskeller‹. »Man müßte sich stärken.«

»Nun ja, das wäre nicht verkehrt. Gehen wir hinein, wenn Sie wollen.«

Die Sanitäter steigen in den Keller und setzen sich an einen runden Tisch mit wackligen Beinchen. Der Aufseher nickt dem Gastwirt zu, und auf dem Tisch erscheint eine Flasche.

»Schade, daß kein Imbiß da ist«, sagt der Handelsdeputierte, nachdem er getrunken hat, mit verzogenem Gesicht. »Ein Gürkchen könnte er vielleicht dazugeben ... sonst ...«

Der Deputierte dreht sich zu dem Polizisten mit der Mulde um, sucht sich noch den besten Apfel aus und beißt hinein.

»Ach, hier sind auch welche dabei, die nicht so sehr verfault sind«, sagt der Aufseher und tut erstaunt. »Gib mal her, ich suche mir auch einen aus! Stell doch die Mulde hierhin ... Wir suchen uns die besten aus und schälen sie ab; die anderen kannst du vernichten. Anikita Nikolaič, gießen Sie ein! So müßten wir uns öfter versammeln und reden. Sonst lebt man so dahin in diesem Krähwinkel, ohne jede Bildung, ohne Klub, ohne Gesellschaft – ein Australien, weiter nichts! Gießt ein, Herrschaften! Ein Äpfelchen gefällig, Herr Doktor? Habe es eigenhändig für Sie geschält!«

»Euer Wohlgeboren, wo befehlen Sie die Mulde zu lassen?« fragt der Polizist den Aufseher, der mit der Gesellschaft den Keller verläßt.

»Mul-mulde? Was für eine Mulde? V-verstehe! Vernichte sie zusammen mit den Äpfeln .... wegen – Seuchengefahr!«

»Die Äpfel beliebten Sie aufzuessen.«

»Ah ... sehr angenehm! Hööör ... mal zu, geh zu mir nach Hause und sage Marja Vlasjevna, sie soll nicht böse sein ... Ich gehe nur auf ein Stündchen ... zu Pljunin schlafen ... Verstehst du? Schlafen ... in Morpheus' Armen ... Schprechen Sie deitsch, Ivan Andreič.«

Und die Augen zum Himmel erhoben, schüttelt der Aufseher bitter den Kopf, breitet die Arme aus und sagt:

»Und so ist unser ganzes Leben!«

Whint

In einer scheußlichen Herbstnacht fuhr Andrej Stepanovič Peresolin vom Theater nach Hause. Während der Fahrt dachte er über den Nutzen nach, den die Theater bringen könnten, wenn sie Stücke moralischen Inhalts spielten. Als er an dem Verwaltungsbüro vorbeifuhr, ließ er die Gedanken über den Nutzen fallen und betrachtete die Fenster des Hauses, in dem er, wie die Dichter und Schiffskapitäne sagen, das Steuer in der Hand hielt. Zwei Fenster des Dienstzimmers waren hell erleuchtet.

Ist es denn möglich, daß sie sich immer noch mit dem Bericht beschäftigen? dachte Peresolin. Vier Dummköpfe sitzen dort und sind immer noch nicht fertig! Am Ende werden die Leute denken, ich gönne ihnen auch nachts keine Ruhe. Ich werde mal hinaufgehen und sie antreiben ... »Halt an, Gurij!«

Peresolin stieg aus dem Wagen und ging ins Büro. Der Haupteingang war geschlossen, aber der Hintereingang, der nur einen beschädigten Riegel hatte, stand weit auf. Peresolin benutzte diesen Eingang und stand nach kaum einer Minute an der Tür des Dienstzimmers. Die Tür war einen Spalt geöffnet, und als Peresolin hineinschaute, erblickte er etwas Ungewöhnliches. Am Tisch, der mit großen Rechnungsbogen übersät war, saßen beim Schein zweier Lampen vier Beamte und spielten Karten ... Konzentriert, regungslos, mit Gesichtern, die von den Lampenschirmen grün gefärbt waren, erinnerten sie an Gnome aus dem Märchen oder, Gott behüte, an Falschmünzer ... Noch geheimnisvoller wirkten sie durch ihr Spiel. Nach ihrem

Benehmen und den Fachausdrücken, die sie von Zeit zu Zeit von sich gaben, zu urteilen, spielten sie Whint; nach allem aber, was Peresolin hörte, konnte man dieses Spiel weder Whint noch überhaupt ein Kartenspiel nennen. Das war etwas Unerhörtes, Seltsames und Geheimnisvolles ... Peresolin erkannte die Beamten Serafim Zvizdulin, Stepan Kulakevič, Eremej Nedoechov und Ivan Pisulin.

»Wie spielst du denn das, du holländischer Teufel«, sagte Zvizdulin ärgerlich und schaute seinen gegenübersitzenden Partner wütend an. »Wie kann man denn so ausspielen? Ich habe Dorofeev zu zweien in der Hand gehabt, den Šepelëv mit Frau und Stëpka Erkalov, und du spielst den Kofejkin aus. Da sind wir nun ohne zwei geblieben. Du Gartenzwerg hättest den Pogankin ausspielen sollen.«

»Nun, und was wäre dabei herausgekommen?« fauchte ihn der Partner an. »Ich hätte Pogankin ausgespielt, aber Ivan Andreevič hatte den Peresolin in der Hand.«

Mein Name kommt auch vor ... dachte Peresolin achselzuckend. Das begreife ich nicht!

Pisulin war wieder am Geben, und die Beamten fuhren fort: »Staatsbank ...«

»Zwei – Schatzkammer ...«

»Grand.«

»Du spielst Grand? Hm ...! Gouvernementsverwaltung – zwei ... Soll ich zugrunde gehen, so gehe ich eben zugrunde, zum Kuckuck! Das vorige Mal bin ich bei der Volksbildung ohne eins geblieben, jetzt werde ich bei der Gouvernementsverwaltung hängenbleiben. Ich pfeife drauf!«

»Klein Schlemm in der Volksbildung!«

»Begreife ich nicht!« flüsterte Peresolin.

»Ich spiele den Staatsrat aus ... Vanja, wirf irgendeinen Titularrat oder Gouvernementsrat ab.«

»Wozu brauchen wir einen Titularrat? Uns genügt auch der Peresolin ...«

»Und wir hauen deinem Peresolin eins aufs Maul, eins aufs Maul ... Wir haben den Rybnikov. Der bleibt ohne drei. Zeigt mal die Peresolina ... Braucht die Kanaille nicht hinter der Manschette zu verstecken!«

Meine Frau haben sie auch vor ... dachte Peresolin. Begreife ich nicht.

Und weil er nicht länger im Zweifel bleiben wollte, öffnete Peresolin die Tür und betrat das Dienstzimmer. Wenn vor den Beamten der Teufel selbst mit Hörnern und Schwanz erschienen wäre, er hätte sie nicht so in Erstaunen und Schrecken versetzt, wie ihr Vorgesetzter es tat. Wenn vor ihnen der im vorigen Jahr verstorbene Gerichtsvollzieher erschienen wäre und mit Grabesstimme gesagt hätte: »Kommt mit mir, ihr gefallenen Engel, zu dem Platz, der den Sündern bereitet ist«, und hätte er sie mit der Kälte des Grabes angehaucht, sie wären nicht so blaß geworden wie jetzt, als sie Peresolin erkannten. Nedoechov bekam vor Schreck Nasenbluten, Kulakevič pochte es im rechten Ohr, und seine Krawatte ging von selbst auf. Die Beamten warfen die Karten weg, erhoben sich langsam, schauten sich an und richteten dann ihre Blicke auf den Fußboden. Im Dienstzimmer herrschte einen Augenblick Stille ...

»Schön schreibt ihr den Bericht ab«, begann Peresolin. »Jetzt ist mir klar, warum ihr euch so gern mit dem Bericht beschäftigt ... Was habt ihr da eben gemacht?«

»Wir haben nur einen Augenblick, Euer -zellenz ...« flüsterte Zvizdulin. »Wir haben Photographien angesehen ... Ruhten uns aus.«

Peresolin ging zum Tisch und zuckte langsam mit den Achseln. Auf dem Tisch lagen keine Karten, sondern Photographien gewöhnlichen Formats, die vom Karton abgelöst und auf Spielkarten geklebt waren. Es lagen eine ganze Menge Photographien da.

Als Peresolin sie ansah, erblickte er sich selbst, seine Frau und viele seiner Untergebenen und Bekannten.

»Was für ein Unsinn! Wie spielt ihr denn das?«

»Das haben nicht wir uns ausgedacht, Euer -zellenz ... Gott bewahre uns davor ... Wir haben uns nur ein Beispiel genommen ...«

»Erkläre mal, Zvizdulin! Wie habt ihr das gespielt? Ich habe alles gesehen und gehört, wie ihr mich mit dem Rybnikov gestochen habt ... Nun, warum rückst du nicht raus mit der Sprache? Ich fresse dich doch nicht! Erzähle!«

Zvizdulin zierte sich lange, er hatte Angst. Endlich, als Peresolin zu zürnen begann, schnaubte und vor Ungeduld rot wurde, gehorchte er. Nachdem er die Photographien eingesammelt und gemischt hatte, breitete er sie auf dem Tisch aus und erklärte:

»Jedes Porträt, Euer -zellenz, hat wie jede Karte ... seinen Wert. Wie bei allen Kartenspielen, so gibt es auch hier zweiundfünfzig Karten und vier Farben ... Die Beamten der Schatzkammer sind Herz, die Gouvernementsverwaltung – Kreuz, die Angestellten im Ministerium für Volksbildung – Karo und die Abteilung der Staatsbank – Pik ... So ... Die Wirklichen Staatsräte sind bei uns die Asse, die Staatsräte die Könige, die Gattinnen von Persönlichkeiten der vierten und fünften Rangklasse die Damen, die Kollegienräte die Buben, Hofräte die Zehner und so weiter. Ich zum Beispiel, da ist meine Photographie, bin eine Drei, weil ich Gouvernementssekretär bin ...«

»Da sieh mal einer an. Ich bin also ein As?«

»Kreuzas, und Ihre Gattin ist die Kreuzdame.«

»Hm ...! Das ist originell ... Nun, wollen wir mal spielen! Ich werde ja sehen ...«

Peresolin legte den Mantel ab und setzte sich mißtrauisch lächelnd an den Tisch. Auf seine Anordnung hin nahmen auch die Beamten Platz, und das Spiel begann ...

Der Wächter Nazar, der um sieben Uhr früh kam, um das Dienstzimmer zu fegen, war erstaunt. Das Bild, das sich ihm bot, als er mit dem Besen hereinkam, war so verblüffend, daß er sich noch daran erinnert, wenn er, völlig betrunken, besinnungslos daliegt. Peresolin, blaß, verschlafen und ungekämmt, stand vor Nedoechov, hielt ihn am Kopf fest und sprach: »Begreif doch, du durftest nicht den Šepelëv ausspielen, wenn du gewußt hast, daß ich in den Händen mich selbst zu viert habe. Zvizdulin hatte Rybnikov mit seiner Frau, drei Lehrer vom Gymnasium und meine Frau, Nedoechov hatte die Bankbeamten und drei Kleine aus dem Gouvernementsbüro. Du hättest Kryškin ausspielen müssen! Was geht es dich an, daß sie die Schatzkammer ausspielen! Die haben es faustdick hinter den Ohren!«

»Ich spielte, Euer -zellenz, den Titularrat aus, weil ich dachte, sie haben den Wirklichen Staatsrat.«

»Ach, mein Lieber, so darf man doch nicht denken! Das ist kein Spiel. So spielen nur Schuster. Überleg mal! Als Kulakevič den Hofrat von der Gouvernementsverwaltung ausspielte, mußtest du Ivan Ivanovič Grenlandskij abwerfen, weil du wußtest, daß er Natalja Dmitrievna mit Egor Egoryč zu dritt hatte ... Du hast alles verpfuscht! Ich werde dir das gleich beweisen. Setzt euch, Herrschaften, wir spielen noch einen Robber!«

Und nachdem die Beamten den erstaunten Nazar weggeschickt hatten, nahmen sie wieder Platz und setzten das Spiel fort.

Die Maske

In dem öffentlichen Klub der Stadt X wurde zu wohltätigen Zwecken ein Maskenball gegeben oder, wie es die jungen Damen des Ortes nannten, ein Bal paré.

Es war Mitternacht. Die Intellektuellen, die nicht tanzten und auch nicht maskiert waren – es waren ihrer fünf –, saßen im Lesesaal an einem großen Tisch, steckten Nasen und Bärte in die Zeitungen, lasen, schlummerten und ›sinnierten‹, um den Ausdruck des hiesigen Korrespondenten hauptstädtischer Zeitungen, eines sehr liberalen Herrn, zu gebrauchen.

Aus dem Ballsaal drangen die Klänge einer Quadrille herüber. An der Tür liefen, fest auftretend und mit dem Geschirr klappernd, dauernd Lakaien vorbei. Im Lesesaal selbst herrschte tiefe Stille.

»Hier scheint es gemütlicher zu sein«, ertönte plötzlich eine tiefe, gedämpfte Stimme, die aus einem Ofen zu kommen schien. »Los, hierher! Hierher, Kinder!«

Die Tür öffnete sich, und den Lesesaal betrat ein breitschultriger, untersetzter, maskierter Mann. Er trug ein Kutscherkostüm und einen Hut mit Pfauenfedern. Ihm folgten zwei Damen in Masken und ein Lakai mit einem Tablett. Auf dem Tablett standen eine bauchige Flasche mit Likör, drei Flaschen Rotwein und mehrere Gläser.

»Hierher! Hier wird es auch kühler sein«, sagte der Mann. »Stell das Tablett auf den Tisch ... Setzt euch, Mamsellchen! Je vous prie à la trimontrant! Und ihr rückt ein bißchen zusammen, Herrschaften ... soviel Platz braucht ihr nicht!« Der Mann schwankte und fegte mit der Hand einige Zeitschriften vom Tisch.

»Stell das hierher! Und ihr, meine Herren Leser, rückt weiter, hier ist kein Platz für Zeitungen und Politik ... Laßt das!«

»Ich möchte Sie bitten, leiser zu sein«, sagte einer der Intellektuellen und schaute durch die Brille auf den Maskierten. »Hier ist ein Lesesaal und kein Büfett ... Das ist kein Ort zum Trinken.«

»Warum kein Ort? Wackelt etwa der Tisch, oder droht die Decke einzustürzen? Komisch! Aber ... ich habe keine Zeit, mich zu unterhalten! Weg mit den Zeitungen ... Ihr habt ein bißchen gelesen, das genügt für euch; ihr seid schon so klug genug, ihr verderbt euch nur die Augen, aber das Entscheidende ist – ich wünsche es nicht und Schluß damit!«

Der Lakai setzte das Tablett auf dem Tisch ab, warf sich die Serviette über den Arm und stellte sich an der Tür auf. Die Damen machten sich sofort an den Rotwein.

»Nein, daß es solche klugen Menschen gibt, die Zeitungen besser finden als diese Getränke«, begann der Mann mit den Pfauenfedern und schenkte sich einen Likör ein. »Aber meiner Meinung nach, meine verehrten Herren, schätzt ihr die Zeitungen nur deshalb, weil ihr kein Geld zum Trinken habt. Ist es nicht so? Haha ...! Ihr lest! Nun, und was steht da geschrieben? Der Herr mit der Brille! Was lesen Sie da gerade? Haha! Na, mach Schluß! Hast genug angegeben! Trink lieber!«

Der Mann mit den Pfauenfedern erhob sich und riß dem Herrn mit der Brille die Zeitung aus der Hand. Dieser wurde erst blaß, dann rot und blickte erstaunt auf die anderen Intellektuellen, diese wiederum auf ihn.

»Sie vergessen sich, gnädiger Herr!« brauste er auf. »Sie verwandeln den Lesesaal in eine Kneipe. Sie erlauben sich, Unfug zu treiben, einem die Zeitung aus der Hand zu reißen! Das dulde ich nicht! Sie wissen nicht, mit wem Sie es zu tun haben, gnädiger Herr! Ich bin Bankdirektor Žestjakov ...«

»Und ich pfeife drauf, daß du Žestjakov bist! Und deiner Zeitung erweis ich so die Ehre!«

Der Mann hob die Zeitung empor und zerfetzte sie.

»Meine Herrschaften, was soll das?« murmelte Žestjakov verdutzt. »Das ist merkwürdig, das ... ist geradezu unnatürlich ...«

»Sie sind böse.« Der Mann lachte. »Uff, habe ich mich aber erschrocken! Ich zittere schon am ganzen Leib. So ist es, verehrte Herren! Scherz beiseite, ich habe keine Lust, mich mit euch zu unterhalten ... Weil ich hier mit den Mamsells allein zu bleiben und mir ein Vergnügen zu machen wünsche, bitte ich, mir nicht zu widersprechen und rauszugehen ... Bitte! Herr Belebuchin, geh raus zu den andren Schweinehunden! Warum verziehst du deine Schnauze? Ich sage dir, hau ab, also hau schon ab! Bei mir muß es schnell gehen, sonst, paß auf, es dauert nicht lange, da kriegst du eins ins Genick!«

»Was soll das eigentlich bedeuten?« fragte der Kassierer des Waisengerichts, Belebuchin, errötend und achselzuckend. »Ich verstehe nicht recht ... Irgend so ein Rüpel dringt hier ein und ... erlaubt sich solche Sachen!«

»Was ist das für ein Ausdruck, Rüpel?« rief der Mann mit den Pfauenfedern erbost und hieb mit der Faust auf den Tisch, daß die Gläser auf dem Tablett herumhüpften. »Zu wem sagst du das? Du denkst, weil ich eine Maske trage, kannst du mich beschimpfen? So ein Giftpilz! Hau ab, sag ich dir! Und du, Bankdirektor, troll dich, ich sag's dir noch einmal im guten! Verschwindet alle, daß mir auch nicht ein Spitzbube hierbleibt! Ab zu den Schweinehunden!«

»Das werden wir gleich sehen«, sagte Žestjakov, bei dem vor Aufregung sogar die Brillengläser schwitzten. »Ich werde es Ihnen zeigen! He, ruf mal den Diensthabenden!«

Nach einer Minute trat der kleine rothaarige Älteste ins Zimmer; er trug ein blaues Bändchen am Rockaufschlag und war vom Tanzen noch ganz außer Atem.

»Ich bitte Sie hinauszugehen«, begann er. »Das ist hier nicht der Ort zum Trinken! Begeben Sie sich zum Büfett!«

»Wo bist du denn entsprungen?« fragte der Mann in der Maske. »Habe ich dich gerufen?«

»Ich bitte, mich nicht zu duzen, belieben Sie hinauszugehen!«

»Hör mal zu, mein lieber Freund: Ich gebe dir eine Minute Zeit ... Weil du der Älteste und die Hauptperson bist, nimm diese Artisten da bei der Hand und führ sie hinaus. Meine Mamsells mögen das nicht, wenn Fremde dabei sind ... Sie genieren sich, aber ich will sie für mein Geld im Naturzustand sehen.«

»Anscheinend begreift dieser Dickkopf nicht, daß er sich nicht im Stall befindet!« rief Žestjakov. »Holen Sie Evstrat Spiridonyč her!«

»Evstrat Spiridonyč!« schallte es durch den Klub. »Wo ist Evstrat Spiridonyč?«

Evstrat Spiridonyč, ein alter Mann in Polizeiuniform, ließ nicht auf sich warten.

»Ich bitte Sie, von hier wegzugehen«, sagte er mit heiserer Stimme, wobei er ihn mit seinen großen Augen drohend anglotzte und seinen gefärbten Schnurrbart drehte.

»Hast du mich aber erschreckt!« sagte der Mann und wieherte vor Vergnügen. »Wahrhaftig, du hast mich erschreckt! Was gibt es doch für schreckliche Dinge, großer Gott! Ein Schnurrbart wie bei einem Kater, und die Augen hat er aufgerissen . . . Hahaha!«

»Hör auf zu reden!« schrie Evstrat Spiridonyč mit ganzer Kraft und zitterte. »Geh raus! Ich werde dich hinauswerfen lassen!«

In dem Lesesaal entstand ein unvorstellbarer Lärm. Evstrat Spiridonyč, rot wie ein Krebs, schrie und trampelte mit den Füßen. Žestjakov schrie. Belebuchin schrie. Es schrie die ganze Intelligenz, aber ihre Stimmen übertönte der tiefe, dumpfe Baß des Mannes in der Maske. Wegen des allgemeinen Durcheinanders hörte der Tanz auf, und das Publikum strömte zum Lesesaal.

Evstrat Spiridonyč rief, um Eindruck zu machen, alle Polizisten zusammen, die im Klub anwesend waren, und nahm Platz, um ein Protokoll aufzunehmen.

»Schreib nur, schreib«, sagte die Maske und hielt ihm den Finger unter die Feder. »Was wird jetzt aus mir Armen werden? Mein armes Köpfchen! Warum richtet ihr mich Waisenkind zugrunde? Haha! Nun, was ist? Ist das Protokoll fertig? Haben alle unterschrieben? Na, jetzt guckt mal! Eins . . . zwei . . . drei!«

Der Mann erhob sich, stand in seiner ganzen Größe da und riß sich die Maske herunter. Nachdem er sein trunkenes Gesicht enthüllt und alle angesehen hatte, um sich an der hervorgerufenen Wirkung zu ergötzen, ließ er sich wieder in den Sessel fallen und lachte fröhlich. Und tatsächlich, er hatte ungewöhnlichen Eindruck gemacht. Alle Intellektuellen sahen sich fassungslos an und erblaßten, einige kratzten sich den Nacken. Evstrat Spiridonyč hüstelte wie einer, der unversehens eine große Dummheit begangen hat.

In dem Radaumacher hatten alle den Millionär des Ortes, den Fabrikanten und erblichen Ehrenbürger Pjatigorov erkannt, der durch seine Skandale, seine Wohltätigkeit und, wie es wiederholt in der Lokalzeitung geheißen hatte, durch seine Liebe zur Bildung bekannt war.

»Was ist, geht ihr nun oder nicht?« fragte Pjatigorov nach einer Minute des Schweigens.

Die Intellektuellen gingen stumm und auf Zehenspitzen aus dem Lesesaal, und Pjatigorov schloß hinter ihnen die Tür.

»Du hast doch gewußt, daß das Pjatigorov ist«, sagte gleich darauf mit heiserer, gedämpfter Stimme Evstrat Spiridonyč und rüttelte den Lakai, der Wein in den Lesesaal brachte, an der Schulter. »Warum hast du nichts gesagt?«

»Er hat verboten, es zu sagen!«

»Verboten, es zu sagen ... Wenn ich dich, du Verfluchter, für einen Monat einsperren lasse, wirst du schon wissen, was es heißt: ›verboten, es zu sagen‹. Raus! Und Sie sind auch gut, meine Herren«, wandte er sich an die Intellektuellen, »eine Meuterei anzuzetteln! Sie konnten nicht für zehn Minuten den Lesesaal verlassen! Jetzt löffeln Sie gefälligst die Suppe aus, die Sie sich eingebrockt haben! Meine Herren, meine Herren! Das gefällt mir nicht, bei Gott!«

Die Intellektuellen gingen niedergeschlagen, verwirrt und schuldbewußt durch den Klub und flüsterten miteinander, als ahnten sie Schlimmes ... Als ihre Frauen und Töchter erfuhren, daß Pjatigorov »beleidigt« sei und sich ärgere, verstummten sie und machten sich auf den Heimweg.

Der Tanz hörte auf.

Um zwei Uhr kam Pjatigorov aus dem Lesesaal; er war betrunken und wankte. Als er den Saal betrat, setzte er sich neben das Orchester und schlummerte bei der Musik ein, dann senkte er bekümmert den Kopf und begann zu schnarchen.

»Nicht spielen!« riefen die Ältesten und winkten den Musikern zu. »Pst ...! Egor Nilyč schläft ...«

»Befehlen Sie, daß man Sie nach Hause begleite, Egor Nilyč?« fragte Belebuchin und beugte sich zu dem Ohr des Millionärs.

Pjatigorov bewegte die Lippen, als wolle er sich eine Fliege von der Wange pusten.

»Befehlen Sie, daß man Sie nach Hause begleite«, wiederholte Belebuchin, »oder soll man die Equipage vorfahren lassen?«

»Wen? Du ... was willst du?«

»Nach Hause begleiten ... Zeit, ins Bettchen zu gehen ...«

»Ich will nach Ha-Hause ... Begleite mich!«

Belebuchin strahlte vor Begeisterung und begann Pjatigorov aufzuhelfen. Die anderen Intellektuellen sprangen hinzu, stützten, verklärt lächelnd, den erblichen Ehrenbürger und führten ihn vorsichtig zur Equipage.

»Eine ganze Gesellschaft so hinters Licht führen, das kann

doch nur ein Künstler, ein Talent«, sagte Žestjakov fröhlich, während er ihm half, sich zu setzen.

»Ich bin buchstäblich überrascht, Egor Nilyč! Ich lache noch jetzt ... Haha ... Und wir ereifern uns, machen Scherereien! Haha! Glauben Sie, auch im Theater habe ich noch nie so gelacht ... Ungemein komisch! Das ganze Leben werde ich mich an diesen unvergeßlichen Abend erinnern!«

Nachdem sie Pjatigorov heimbegleitet hatten, wurden die Intellektuellen fröhlich und beruhigten sich.

»Er hat mir zum Abschied die Hand gereicht«, sagte Žestjakov sehr zufrieden. »Also ist nichts, er ist nicht böse ...«

»Gott gebe es«, seufzte Evstrat Spiridonyč. »Er ist ein Halunke, ein niederträchtiger Mensch, aber ein Wohltäter ist er doch! Da kann man nichts machen!«

Die Ehe aus Berechnung

Roman in zwei Teilen

Erster Teil

Im Haus der Witwe Mymrina in der Pjatisobačij-Gasse wird ein Hochzeitssouper gegeben. Es nehmen dreiundzwanzig Personen teil, von denen aber acht nichts essen; sie dösen vor sich hin und klagen, ihnen sei übel. Die Kerzen, die Lampen und der windschiefe Kronleuchter, der aus dem Wirtshaus entliehen wurde, brennen so hell, daß einer der am Tisch sitzenden Gäste, ein Telegrafist, kokett die Augen zukneift und immer wieder höchst unpassend von der elektrischen Beleuchtung zu sprechen beginnt. Dieser Beleuchtung wie überhaupt der Elektrizität prophezeit er eine glänzende Zukunft, trotzdem hören ihm die Anwesenden nur mit gewisser Mißbilligung zu.

»Die Elektrizität ...« murmelt der Brautvater und schaut stumpfsinnig auf seinen Teller. »Aber meiner Meinung nach ist die elektrische Beleuchtung nur eine Gaunerei. Man steckt ein Stück Kohle hinein und denkt, man kann die Leute für dumm verkaufen. Nein, mein Lieber, wenn du mir schon eine Beleuchtung gibst, so gib mir kein Stück Kohle, sondern etwas Reelles, etwas Entzündbares, an das man sich halten kann. Gib mir

Feuer – verstehst du? – Feuer, das natürlich und nicht geistig ist.«

»Wenn Sie sehen würden, woraus eine elektrische Batterie zusammengesetzt ist«, sagt der Telegrafist wichtigtuerisch, »würden Sie anders reden.«

»Will ich gar nicht sehen. Eine Gaunerei ... Man betrügt das einfache Volk ... Die letzten Säfte preßt man aus ihm heraus. Wir kennen sie, diejenigen ... Und Sie, Herr junger Mann – ich habe nicht die Ehre, Ihren Vor- und Vatersnamen zu kennen –, sollten, statt sich für eine Gaunerei einzusetzen, lieber etwas trinken und den anderen einschenken.«

»Ich bin mit Ihnen völlig einverstanden, Papachen«, sagt mit heiserer Tenorstimme der Bräutigam Aplombov, ein junger Mann mit langem Hals und struppigen Haaren. »Wozu soll man gelehrte Gespräche führen? Ich bin keineswegs abgeneigt, über verschiedene Entdeckungen im wissenschaftlichen Sinne zu sprechen, aber dafür ist doch ein andermal Zeit! Welcher Meinung bist du, ma chère?« Der Bräutigam wendet sich an die neben ihm sitzende Braut.

Die Braut Dašenka, der man vom Gesicht alle Tugenden ablesen kann, außer einer – der Fähigkeit zu denken, errötet und meint:

»Sie wollen nur Ihre Bildung zeigen und sprechen immer über Unverständliches.«

»Gott sei Dank, wir haben unser Leben ohne Bildung verbracht und verheiraten mit Gottes Hilfe schon die dritte Tochter an einen guten Mann«, sagt vom anderen Tischende Dašenkas Mutter, indem sie sich seufzend an den Telegrafisten wendet. »Und wenn wir Ihrer Meinung nach ungebildet sind, warum kommen Sie da zu uns? Gehen Sie doch zu Ihren Gebildeten!«

Es tritt Schweigen ein. Der Telegrafist ist verlegen geworden. Er hat niemals erwartet, daß ein Gespräch über Elektrizität eine so seltsame Wendung nehmen könnte. Das eingetretene Schweigen trägt feindseligen Charakter, es scheint ihm ein Symptom für eine allgemeine Unzufriedenheit zu sein, und er hält es für notwendig, sich zu rechtfertigen.

»Ich habe immer, Tatjana Petrovna, Ihre Familie geachtet«, erklärt er, »und wenn ich hinsichtlich der elektrischen Beleuchtung etwas gesagt habe, so bedeutet das noch nicht, daß ich es aus Hochmut gesagt habe. Darauf kann ich sogar trinken ... Ich habe immer von ganzem Herzen Darja Ivanovna einen guten

Bräutigam gewünscht. In unserer Zeit, Tatjana Petrovna, ist es schwer, einen guten Menschen zu bekommen. Heutzutage heiratet jeder aus Berechnung, wegen des Geldes ...«

»Das ist eine Anspielung!« ruft der Bräutigam, wobei er purpurrot wird und mit den Augen blinzelt.

»Da ist gar keine Anspielung dabei«, erwidert der Telegrafist, der es ein bißchen mit der Angst bekommen hat. »Ich spreche nicht von den Anwesenden. Das habe ich so ... im allgemeinen ... Aber ich bitte Sie! Alle wissen, daß Sie aus Liebe ... Die Mitgift ist doch unbedeutend ...«

»Nein, die ist nicht unbedeutend«, wirft Dašenkas Mutter beleidigt ein. »Du kannst reden, was du willst, Herr, aber keinen Unsinn. Außer den tausend Rubel geben wir ihr drei Mäntel, die Betten und die ganzen Möbel mit. Such erst mal woanders so eine Mitgift.«

»Ich sage ja gar nichts ... Die Möbel sind wirklich schön ... ich meine es nur in dem Sinne, daß Sie sich beleidigt fühlen, als ob ich eine Anspielung gemacht hätte ...«

»Sie sollen aber keine Anspielungen machen«, sagt die Brautmutter. »Wir achten Sie wegen Ihrer Eltern und haben Sie zur Hochzeit eingeladen, und Sie sagen gleich so was ... Und wenn Sie gewußt haben, daß Egor Fëdoryč aus Berechnung heiratet, warum haben Sie da geschwiegen? Wären Sie gekommen und hätten Sie wie ein Verwandter gesagt: so und so, er hat es nämlich nur auf die Mitgift abgesehen ... Und nun zu dir, mein Lieber, das ist eine Sünde!« wendet sich die Brautmutter plötzlich an den Bräutigam und blinzelt weinerlich mit den Augen. »Ich habe sie doch genährt und aufgepäppelt ... behütet habe ich mein Kindchen ängstlicher als einen Edelstein, und du ... du hast aus Berechnung ...«

»Und Sie glauben dieser Verleumdung?« fragt Aplombov, während er vom Tisch aufsteht und sich nervös an seinen struppigen Haaren zupft. »Danke ergebenst! Merci für solch eine Meinung! Und Sie, Herr Blinčikov«, wendet er sich an den Telegrafisten, »wenn Sie auch mein Bekannter sind, so kann ich Ihnen doch nicht erlauben, in einem fremden Haus solchen Unsinn zu verzapfen. Wollen Sie bitte hinausgehen!«

»Was soll das heißen?«

»Wollen Sie bitte hinausgehen! Ich wünschte, Sie wären so ein Ehrenmann wie ich. Mit einem Wort: Wollen Sie bitte hinausgehen!«

»Aber laß doch! Es ist genug!« versuchen die Freunde den Bräutigam zu besänftigen. »Es lohnt doch nicht. Setz dich! Laß doch!«

»Nein, ich will ihm zeigen, daß er keinerlei Recht hat! Aus Liebe bin ich diese Ehe eingegangen. Warum bleiben Sie noch sitzen, das verstehe ich nicht. Wollen Sie bitte hinausgehen!«

»Ich habe nichts ... Ich habe doch ...« sagt der verblüffte Telegrafist und steht vom Tisch auf. »Ich verstehe selbst nicht recht ... Bitte, ich kann ja gehen ... Aber geben Sie mir erst die drei Rubel zurück, die Sie von mir für die Pikeeweste geborgt haben. Ich trinke noch aus und ... gehe weg, aber zuerst zahlen Sie die Schuld zurück.«

Der Bräutigam flüstert lange mit seinen Freunden. Sie geben ihm drei Rubel in Kleingeld, die er voller Empörung dem Telegrafisten hinwirft; dieser verbeugt sich, nachdem er lange nach seiner Dienstmütze gesucht hat, und geht weg.

So kann manchmal ein unschuldiges Gespräch über Elektrizität enden. Aber da geht das Abendessen zu Ende ... Die Nacht bricht an. Der wohlerzogene Autor legt seiner Phantasie feste Zügel an und wirft auf die laufenden Ereignisse den dunklen Schleier des Geheimnisses.

Die rosenfingrige Aurora findet noch Hymenäus in der Pjatisobačij-Gasse vor, aber da kommt der graue Morgen und gibt dem Autor reiches Material für den

Zweiten und letzten Teil

Ein grauer Herbstmorgen. Es ist noch nicht acht Uhr, aber in der Pjatisobačij-Gasse herrscht ungewöhnlicher Verkehr. Auf den Bürgersteigen laufen aufgeregte Polizisten und Hausknechte hin und her; am Tor drängen sich frierende Köchinnen mit dem Ausdruck äußerster Verwunderung auf dem Gesicht ... Aus allen Fenstern schauen Leute. Aus dem offenen Fenster einer Wäscherei schauen eng aneinandergepreßt Frauenköpfe.

»Entweder ist es Schnee, oder ... man kann gar nicht erkennen, was es ist«, hört man Stimmen.

Von der Erde bis zu den Dächern hinauf wirbelt etwas Weißes in der Luft umher, das wie Schnee aussieht. Die Dächer, das Straßenpflaster, die Straßenlaternen, die Bänke der Hausknechte vor den Toren, die Schultern und Mützen der Passanten – alles ist weiß.

»Was ist passiert?« fragen die Wäscherinnen die vorbeieilenden Hausknechte.

Diese winken nur ab und laufen weiter ... Sie wissen selber nicht, was los ist. Aber da kommt endlich langsam ein Hausknecht vorbei; er redet mit sich selbst und fuchtelt mit den Händen. Augenscheinlich kommt er vom Schauplatz der Ereignisse und weiß alles.

»Was ist los, Teuerster?« fragen ihn die Wäscherinnen aus dem Fenster.

»Ein Mißstand«, antwortet er. »In dem Haus der Mymrina, wo gestern die Hochzeit war, hat man den Bräutigam geprellt. Statt tausend hat man nur neunhundert gegeben.«

»Na, und er?«

»War böse. ›Ich‹ sagt er, ›werde schon‹ sagt er ... Im Zorn hat er das Federbett aufgeschlitzt und die Daunen aus dem Fenster geschüttelt ... Sieh mal, wieviel Daunen! Wie Schnee!«

»Sie führen ihn ab! Sie führen ihn ab!« hört man Stimmen. »Sie führen ihn ab!«

Aus dem Haus der Witwe Mymrina bewegt sich eine Prozession. Vorn gehen zwei Polizisten mit besorgten Gesichtern ... Hinter ihnen schreitet Aplombov im Mantel, den Zylinder auf dem Kopf. Auf seinem Gesicht ist zu lesen: Ich bin ein Ehrenmann, aber ich lasse mich nicht betrügen.

»Die Justiz wird euch schon zeigen, was ich für ein Mensch bin«, murmelt er und dreht sich dauernd um.

Hinter ihm gehen weinend Tatjana Petrovna und Dašenka. Den Zug beschließt der Hausknecht mit einem Buch und ein Haufen Buben.

»Worüber weinst du denn, junge Frau?« wenden sich die Wäscherinnen an Dašenka.

»Schade um das Federbett«, antwortet die Mutter für sie. »Drei Pud, meine Lieben. Und was für Daunen! Eine Daune wie die andere – kein einziges gewöhnliches Federchen. Auf meine alten Tage hat mich Gott so gestraft.«

Die Prozession biegt um die Ecke, und die Pjatisobačij-Gasse beruhigt sich langsam wieder. Die Daunen fliegen noch bis zum Abend in der Luft herum.

Austern

Ich brauche mein Gedächtnis nicht übermäßig anzustrengen, um mich in allen Einzelheiten an die regnerische, herbstliche Dämmerung zu erinnern: Ich stehe mit meinem Vater auf einer der belebten Moskauer Straßen und spüre, wie allmählich eine seltsame Krankheit sich meiner bemächtigt. Ich habe keine Schmerzen, aber meine Beine knicken ein, die Worte bleiben in der Kehle stecken, der Kopf sinkt kraftlos zur Seite ... Ich werde offenbar gleich umfallen und das Bewußtsein verlieren. Würde ich in diesen Minuten in ein Krankenhaus eingeliefert, so müßten die Ärzte auf meine Tafel das Wort ›Fames‹ schreiben – eine Krankheit, die es in den medizinischen Lehrbüchern nicht gibt.

Neben mir auf dem Bürgersteig steht mein leiblicher Vater in einem abgetragenen Sommermantel, auf dem Kopf eine Trikotmütze, aus der ein Stück weiß schimmernder Watte heraushängt. An den Füßen trägt er große, schwere Gummischuhe. Der eitle Mensch hat aus Angst, die Leute könnten merken, daß er in den Gummischuhen barfuß ist, alte Stiefelschäfte über die Waden gezogen.

Dieser arme, etwas beschränkte Sonderling, den ich um so stärker liebe, je abgerissener und schmutziger sein stutzerhafter Sommermantel wird, ist vor fünf Monaten in die Hauptstadt gekommen, um sich eine Stelle als Schreiber zu suchen. Die ganzen fünf Monate ist er durch die Stadt gelaufen und hat um Arbeit gebeten, und heute nun hat er sich das erstemal entschlossen, auf die Straße zu gehen und zu betteln ...

Uns gegenüber steht ein großes dreistöckiges Haus mit einem blauen Schild ›Gaststätte‹. Mein Kopf ist ein wenig seitlich zurückgebogen, und ich schaue unwillkürlich nach oben, zu den erleuchteten Fenstern der Gaststätte. Hinter den Fenstern huschen menschliche Gestalten vorbei. Man sieht die rechte Seite eines Orchestrions, zwei Öldrucke und Hängelampen ... Ich betrachte eines der Fenster und bemerke einen weiß schimmernden Fleck. Dieser Fleck bewegt sich nicht, und mit seinen gradlinigen Konturen sticht er kraß von dem allgemeinen dunkelbraunen Hintergrund ab. Ich strenge meine Augen an und erkenne in dem Fleck ein weißes Schild. Darauf steht etwas geschrieben, aber was, das ist nicht zu erkennen.

Eine halbe Stunde lang kann ich die Augen nicht von dem Schild losreißen. Seine weiße Farbe zieht meine Augen an und hypnotisiert gleichsam mein Gehirn. Ich versuche, es zu entziffern, aber ich bemühe mich vergeblich.

Endlich kommt die seltsame Krankheit zu ihrem Recht.

Der Lärm der Equipagen beginnt mir wie Donner zu erscheinen, ich unterscheide in dem Straßengestank tausend Düfte, die Wirtshauslampen und Straßenlaternen werden vor meinen Augen zu blendenden Blitzen. Meine fünf Sinne sind angespannt und überschreiten ihre Grenzen. Ich fange an zu sehen, was ich früher nicht sah.

»Austern«, entziffre ich auf dem Schild.

Ein sonderbares Wort. Ich bin genau acht Jahre und drei Monate auf der Welt, aber dieses Wort habe ich noch nie gehört. Was bedeutet es? Ist es der Name des Inhabers? Aber die Schilder mit den Namen hängt man doch an die Türen und nicht an die Wände!

»Papa, was bedeutet Austern?« frage ich mit heiserer Stimme, wobei ich mich anstrenge, den Kopf nach der Seite zu drehen, wo mein Vater steht.

Mein Vater hört nicht. Er beobachtet scharf die Bewegungen der Menschenmenge und begleitet jeden Passanten mit den Blicken ... An seinen Augen sehe ich, daß er den Passanten etwas sagen will, aber das fatale Wort hängt wie ein schweres Gewicht an seinen zitternden Lippen und will sich durchaus nicht losreißen. Einem der Passanten folgt er sogar ein paar Schritte und berührt ihn am Ärmel, aber als jener sich umdreht, sagt mein Vater »entschuldigen Sie«, wird verlegen und weicht zurück.

»Papa, was bedeutet Austern?« wiederhole ich.

»Das ist so ein Tier ... Es lebt im Meer ...«

Im Nu stelle ich mir dieses unbekannte Meerestier vor. Es muß ein Mittelding zwischen Fisch und Krebs sein. Weil es aus dem Meere kommt, bereitet man aus ihm natürlich eine sehr schmackhafte, heiße Fischsuppe mit duftendem Pfeffer und Lorbeerblättern, eine säuerliche Soljanka mit kleinen Knorpeln, Krebssoße und Fischsülze mit Meerrettich ... Ich stelle mir lebhaft vor, wie dieses Tier vom Markt geholt wird, wie es schnell ausgenommen und schnell in den Topf gesteckt wird ... schnell, schnell, weil alle essen wollen ... schrecklich gern essen wollen

... Aus der Küche dringt der Geruch von gebratenem Fisch und von Krebssuppe.

Ich spüre, wie dieser Geruch meinen Gaumen und die Nase kitzelt, wie er allmählich von meinem ganzen Körper Besitz ergreift ... Die Gaststätte, mein Vater, das weiße Schild, meine Ärmel – alles hat diesen Geruch angenommen, es riecht so stark, daß ich zu kauen beginne. Ich kaue und schlucke, als hätte ich tatsächlich ein Stück von diesem Meerestier im Mund ...

Mir werden die Knie weich von dem Genuß, den ich empfinde, und um nicht zu fallen, klammere ich mich an den Arm meines Vaters und schmiege mich an seinen nassen Sommermantel. Der Vater zittert und krümmt sich vor Kälte.

»Papa, darf man zur Fastenzeit Austern essen, oder sind sie verboten?«

»Man ißt sie lebendig ...« erwidert mein Vater. »Sie leben in Schalen wie die Schildkröten, aber ... mit zwei Hälften ...«

Der leckere Geruch kitzelt plötzlich nicht mehr meinen Körper, und die Illusion verschwindet ... Jetzt verstehe ich alles.

»Wie ekelhaft«, flüstere ich, »wie ekelhaft!«

Das also sind Austern. Ich stelle mir ein Tier vor, das Ähnlichkeit mit einem Frosch hat. Der Frosch sitzt in einer Muschelschale, schaut mit großen, glänzenden Augen heraus und bewegt seine abscheulichen Kiefer. Ich stelle mir vor, wie man dieses Tier, das in einer Schale hockt und Krebsscheren, glänzende Augen und glitschige Haut hat, vom Markt holt ... Die Kinder verstecken sich alle, und die Köchin verzieht angeekelt das Gesicht. Sie packt das Tier an den Scheren, legt es auf einen Teller und trägt es ins Eßzimmer. Die Erwachsenen nehmen und essen es ... essen es lebendig, mit den Augen, Zähnen und Pfötchen! Und es piepst und versucht, ihnen in die Lippen zu beißen ...

Ich verziehe mein Gesicht, aber ... aber warum fangen denn meine Zähne an zu kauen? Das Tier ist häßlich, widerlich, schrecklich, aber ich esse es, esse gierig und habe Angst, seinen Geschmack und Geruch wahrzunehmen. Ein Tier ist aufgegessen, aber ich sehe schon die glänzenden Augen eines zweiten und dritten ... Ich verspeise auch diese ... Schließlich esse ich die Serviette, Vaters Gummischuhe, das weiße Schild ... Ich esse alles, was mir unter die Augen kommt, weil ich fühle, daß meine Krankheit nur durch Essen vergehen kann. Die Austern blicken mich drohend an, sie sind widerlich, und ich zittere bei dem Gedanken an sie, aber ich will essen! Essen!

»Gebt mir Austern! Gebt mir Austern!« entringt sich meiner Brust ein Schrei, und ich strecke die Hände aus.

»Helfen Sie mir, meine Herrschaften!« höre ich gleichzeitig die dumpfe, bedrückte Stimme meines Vaters. »Ich schäme mich zu betteln, aber – mein Gott! – es geht über meine Kräfte!«

»Gebt mir Austern!« schreie ich und zupfe den Vater am Rockschoß.

»Ißt du denn Austern? So ein kleiner Junge!« Ich höre neben mir lachen.

Vor uns stehen zwei Herren im Zylinder und schauen mir lachend ins Gesicht ...

»Du ißt Austern, Bübchen? Wirklich? Das ist interessant! Wie ißt du sie denn?«

Ich erinnere mich, wie ich von einer kräftigen Hand in die erleuchtete Gaststätte geschleppt werde. Einen Augenblick später versammelt sich um mich eine Menschenmenge und schaut mich neugierig und lachend an. Ich sitze am Tisch und esse etwas Glitschiges, Salziges, was nach Feuchtigkeit und Schimmel riecht. Ich esse gierig, ohne zu kauen, ohne hinzuschauen und ohne mich zu vergewissern, was ich esse. Mir ist, als werde ich bestimmt glänzende Augen, Krebsscheren und scharfe Zähne sehen, falls ich die Augen öffne ...

Plötzlich kaue ich auf etwas Hartem. Man hört ein knackendes Geräusch.

»Haha! Er ißt die Schalen mit!« Die Menschenmenge lacht. »Du Dummchen, das kann man doch nicht essen!«

Dann erinnere ich mich an einen furchtbaren Durst: Ich liege auf meinem Bett und kann nicht einschlafen vor Sodbrennen und wegen eines seltsamen Geschmacks, den ich in meinem heißen Mund verspüre.

Mein Vater geht aus einer Ecke in die andere und gestikuliert mit den Händen.

»Ich habe mich anscheinend erkältet«, murmelt er. »Ich habe so ein Gefühl im Kopf ... als ob jemand drinsitzt ... Aber vielleicht ist es deshalb, weil ich heute nicht ... sozusagen ... nicht gegessen habe ... Ich bin wirklich irgendwie sonderlich und dumm ... Sehe, daß diese Herrschaften für die Austern zehn Rubel bezahlen, warum bin ich nicht an sie herangetreten und habe um etwas Geld gebeten ... leihweise? Sie hätten es mir sicher gegeben.«

Gegen Morgen schlafe ich ein und träume von einem Frosch mit Krebsscheren, der in einer Muschel sitzt und seine Augen spielen läßt. Mittags wache ich vor Durst auf und suche mit den Augen den Vater: er läuft immer noch herum und gestikuliert ...

Eine schreckliche Nacht

Ivan Petrovič Panichidin erblaßte, schraubte die Lampe etwas herunter und begann mit erregter Stimme:

»Tiefe, undurchdringliche Finsternis hing über der Erde, als ich in der Weihnachtszeit des Jahres 1883 von meinem jetzt verstorbenen Freund, bei dem wir uns allzu lange auf einer spiritistischen Sitzung aufgehalten hatten, nach Hause zurückkehrte. Die Gassen, durch die ich ging, waren aus irgendwelchen Gründen nicht beleuchtet, und ich mußte mich fast nur tastend vorwärts bewegen. Ich wohnte in Moskau, neben einer Kirche, im Haus des Beamten Trupov, in einer der abgelegensten Ecken des Stadtviertels Arbat. Meine Gedanken waren, als ich so dahinschritt, schwer und bedrückend ...

Dein Leben nähert sich dem Ende ... Tu Buße!

Das war der Satz, den Spinoza, dessen Geist herbeizuzitieren uns gelungen war, auf der Sitzung zu mir gesagt hatte ... Ich bat, den Satz zu wiederholen, und die Untertasse wiederholte nicht nur den Satz, sondern fügte auch noch hinzu: ›Heute nacht.‹ Ich glaube nicht an Spiritismus, aber der Gedanke an den Tod, sogar nur andeutungsweise, macht mich verzagt. Der Tod, meine Herrschaften, ist unvermeidlich und alltäglich, aber trotzdem ist der Gedanke daran der menschlichen Natur zuwider ... jetzt aber, da mich undurchdringliche, kalte Finsternis umhüllte, vor meinen Augen die Regentropfen wie rasend umhertanzten und über meinem Kopf der Wind klagend stöhnte, da ich ringsum keine einzige lebende Seele bemerkte und keinen menschlichen Laut hörte, erfüllte meine Seele eine unbestimmte, unaussprechliche Angst. Ich, ein Mensch, der von Vorurteilen frei ist, eilte vorwärts, ich fürchtete, mich umzusehen oder zur Seite zu schauen. Mir schien, ich würde, wenn ich mich umdrehte, unbedingt den Tod in der Gewalt eines Gespenstes erblicken.«

Panichidin atmete stoßweise, trank einen Schluck Wasser und fuhr fort:

»Dieses unbestimmte, Ihnen aber begreifliche Angstgefühl verließ mich auch dann nicht, als ich das vierte Stockwerk des Trupovschen Hauses erreicht hatte, die Tür öffnete und mein Zimmer betrat. In meiner bescheidenen Behausung war es dunkel. Im Ofen seufzte der Wind; er klopfte an die Ofentür, als bäte er um Einlaß ins Warme.

Wenn ich Spinoza glaube, dachte ich lächelnd, so muß ich noch heute bei diesem Klagelied sterben. Das ist aber gruselig!

Ich zündete ein Streichholz an ... Ein heftiger Windstoß jagte über das Dach des Hauses. Das leise Klagen verwandelte sich in ein boshaftes Geheul. Irgendwo unten klapperte ein halb losgerissener Fensterladen, und die Ofentür winselte kläglich um Hilfe ... In so einer Nacht geht es den Obdachlosen schlecht, überlegte ich.

Aber es war nicht die Zeit, sich solchen Gedanken hinzugeben. Als an meinem Streichholz mit einem blauen Flämmchen der Schwefel aufloderte und ich meine Augen durchs Zimmer schweifen ließ, bot sich mir ein unerwarteter und grauenhafter Anblick ... Wie schade, daß der Windstoß nicht auch über mein Streichholz hinweggejagt war. Dann hätte ich vielleicht nichts gesehen, und meine Haare hätten sich nicht gesträubt. Ich schrie auf, machte einen Schritt zur Tür und schloß voller Entsetzen, Verzweiflung und Verwunderung die Augen ...

In der Mitte des Zimmers stand ein Sarg.

Das blaue Flämmchen brannte nicht lange, aber ich konnte noch die Umrisse des Sarges erkennen ... Ich sah den rosa, wie Funken flimmernden Glanzbrokat, ich sah ein Kreuz aus goldener Litze auf dem Deckel. Es gibt Dinge, meine Herrschaften, die sich dem Gedächtnis einprägen, wenn man sie auch nur einen Augenblick gesehen hat. So ging es mir auch mit diesem Sarg. Ich hatte ihn nur eine Sekunde gesehen, aber ich erinnere mich noch an die kleinsten Einzelheiten. Es war ein Sarg, der für einen mittelgroßen Menschen und, der Farbe nach zu urteilen, für ein junges Mädchen bestimmt war. Der teure Glanzbrokat, die Füße und die Bronzegriffe – alles zeugte davon, daß die Verstorbene reich war.

Ich lief Hals über Kopf aus meinem Zimmer, und ohne zu überlegen, ohne zu denken, ohne etwas anderes zu fühlen als unsägliche Angst, rannte ich die Treppe hinunter. Im Korridor und auf der Treppe war es dunkel, meine Füße verwickelten sich in meinem Pelz, und es ist erstaunlich, daß ich nicht gestürzt bin und mir nicht den Hals gebrochen habe. Als ich wieder auf der Straße war, lehnte ich mich an einen nassen Laternenpfahl und versuchte mich zu beruhigen. Mein Herz klopfte furchtbar, und es verschlug mir den Atem ...«

Eine der Zuhörerinnen schraubte die Lampe höher, rückte näher an den Erzähler heran, und dieser fuhr fort:

»Ich wäre nicht erstaunt gewesen, wenn ich in meinem Zimmer einen Brand, einen Dieb oder einen tollen Hund vorgefunden hätte ... Ich hätte mich nicht gewundert, wenn die Decke eingestürzt, der Fußboden durchgebrochen oder die Wände eingefallen wären ... Das alles ist natürlich und verständlich. Aber wie konnte ein Sarg in mein Zimmer geraten? Woher kam er? Ein teurer Frauensarg, der offenbar für eine Aristokratin angefertigt worden war – wie konnte der in das armselige Zimmer eines kleinen Beamten geraten? War er leer, oder lag eine Leiche darin? Wer war *sie*, diese vorzeitig aus dem Leben geschiedene reiche Frau, dic mir einen so sonderbaren und schrecklichen Besuch abstattete?

Ein qualvolles Geheimnis!

Wenn das hier kein Wunder ist, dann ist es ein Verbrechen, schoß es mir durch den Kopf.

Ich rätselte hin und her. Während meiner Abwesenheit war die Tür verschlossen gewesen, und der Platz, wo der Schlüssel lag, war nur meinen nächsten Freunden bekannt. Und die Freunde hatten mir doch nicht den Sarg ins Zimmer gestellt. Man hätte auch vermuten können, daß der Sarg versehentlich von einem Sargtischler gebracht worden war. Sie konnten sich getäuscht, sich im Stockwerk oder in der Tür geirrt und den Sarg nicht dorthin gebracht haben, wohin er gehörte. Aber wem ist nicht bekannt, daß unsere Sargtischler das Zimmer nicht verlassen, bevor sie nicht das Geld für ihre Arbeit oder zumindest ein Trinkgeld bekommen haben?

Die Geister haben mir den Tod vorausgesagt, dachte ich. Vielleicht haben sie sich dabei schon bemüht, mir einen Sarg zu besorgen?

Ich glaube heute und glaubte auch damals nicht an Spiritismus, meine Herrschaften, aber ein solches Zusammentreffen kann sogar einen Philosophen in eine mystische Stimmung versetzen.

Aber das alles ist dumm, und ich bin feige wie ein Schuljunge, zu diesem Schluß kam ich. Es war eine optische Täuschung – mehr nicht! Als ich vorhin nach Hause ging, war ich in einer so düsteren Stimmung gewesen, daß es kein Wunder war, daß meine kranken Nerven einen Sarg erblickt hatten ... Natürlich war es eine optische Täuschung! Was denn sonst?

Der Regen peitschte mein Gesicht, und der Wind zerrte böse an meinem Pelz und meiner Mütze ... Ich fror und war völlig durchnäßt. Ich mußte weitergehen, aber ... wohin? Nach Hause zurückzukehren – das hätte bedeutet, mich dem Risiko auszusetzen, den Sarg noch einmal zu sehen, und dieser Anblick ging über meine Kräfte. Ich, der ringsum keine einzige lebende Seele erblicken und der keinen einzigen menschlichen Laut hören würde, hätte den Verstand verlieren können, wäre ich mit dem Sarg, in dem vielleicht eine Leiche lag, allein geblieben. In der Kälte und dem strömenden Regen auf der Straße zu bleiben war aber auch unmöglich.

Ich entschloß mich, bei meinem Freund Nepokoev zu übernachten, der sich später, wie Ihnen bekannt ist, erschossen hat. Er wohnte in der Pension des Kaufmannes Čerepov in der Mërtvyj-Gasse.«

Panichidin trocknete sich den kalten Schweiß auf seinem bleichen Gesicht und fuhr schweratmend fort:

»Meinen Freund traf ich nicht zu Hause an. Nachdem ich an seine Tür geklopft und mich überzeugt hatte, daß er nicht daheim war, tastete ich den Querbalken nach dem Schlüssel ab, öffnete die Tür und trat ein. Ich warf meinen nassen Pelz auf den Fußboden, tastete mich in der Dunkelheit zu dem Sofa und setzte mich, um auszuruhen. Es war dunkel ... In den Fensterventilatoren summte wehmütig der Wind. Im Ofen zirpte ein Heimchen sein eintöniges Lied. Im Kreml läutete man die Weihnachtsfrühmesse ein. Ich beeilte mich, ein Streichholz anzuzünden. Aber das Licht befreite mich nicht aus meiner düsteren Stimmung, sondern im Gegenteil. Von neuem wurde ich von unbeschreiblichem Entsetzen gepackt ... Ich schrie auf, taumelte und rannte wie von Sinnen aus dem Zimmer ...

Im Zimmer meines Kameraden hatte ich dasselbe erblickt wie bei mir – einen Sarg!

Der Sarg des Kameraden war fast doppelt so groß wie meiner, und der braune Überzug verlieh ihm ein besonders düsteres Kolorit. Wie war er hierhergeraten? Daß das eine optische Täuschung war, daran gab es nichts zu zweifeln ... In jedem Zimmer konnte doch kein Sarg stehen! Offenbar war das eine Erkrankung meiner Nerven, eine Halluzination. Wohin ich jetzt auch gehen würde, überall würde ich diese schreckliche Behausung des Todes vor mir sehen. Also war ich dabei, den Verstand zu verlieren, ich war an so etwas wie einer ›Sargomanie‹ erkrankt – nach der Ursache meiner Geistesstörung brauchte ich nicht lange zu suchen: es genügte, an die spiritistische Sitzung und die Worte Spinozas zu denken.

Ich werde verrückt! dachte ich voller Entsetzen und griff mir an den Kopf ...

Um Gottes willen! Was soll ich tun?

Mein Kopf brummte, die Beine versagten mir den Dienst ... Es goß wie aus Kübeln, der Wind ging durch und durch, und ich hatte weder meinen Pelz an noch meine Mütze auf. In das Zimmer zurückkehren, um beides zu holen, war unmöglich, das ging über meine Kräfte ... Die Angst hielt mich mit ihren kalten Armen umfangen. Die Haare standen mir zu Berge, vom Gesicht rann kalter Schweiß, obwohl ich immer noch glaubte, das alles sei nur eine Halluzination.

Was sollte ich tun?« fuhr Panichidin fort. »Ich war dabei, den Verstand zu verlieren, und riskierte, mich furchtbar zu erkälten. Zum Glück fiel mir ein, daß unweit der Mërtvyj-Gasse mein guter Freund Pogostov wohnte, der vor kurzem Arzt geworden ist und der in jener Nacht mit mir auf der spiritistischen Sitzung war. Ich eilte zu ihm ... Damals war er noch nicht mit der reichen Kaufmannsfrau verheiratet und wohnte im Haus des Staatsrates Kladbiščenskij im fünften Stockwerk.

Bei Pogostov mußten meine Nerven eine neue Tortur über sich ergehen lassen. Als ich zum fünften Stock hinaufstieg, hörte ich einen furchtbaren Lärm. Oben lief jemand hin und her, stampfte heftig mit den Füßen und schlug die Tür zu.

›Hierher!‹ hörte ich einen herzzerreißenden Schrei. ›Hierher! Hausmeister!‹

Und einen Augenblick später kam eine dunkle Gestalt im Pelz

und mit einem verbeulten Zylinder auf dem Kopf die Treppe heruntergelaufen...

›Pogostov!‹ rief ich, als ich meinen Freund erkannte. ›Sind Sie es? Was ist mit Ihnen?‹

Als Pogostov mich erreicht hatte, blieb er stehen und packte mich krampfhaft am Arm. Er war blaß, atmete schwer und zitterte. Seine Augen irrten ziellos umher, seine Brust hob und senkte sich...

›Sind Sie das, Panichidin?‹ fragte er mich mit dumpfer Stimme. ›Aber sind Sie es auch? Sie sind so bleich, als kämen Sie aus dem Grab... Aber sind Sie wirklich keine Halluzination? Um Gottes willen... Sie sehen schrecklich aus...‹

›Aber was ist denn mit Ihnen? Sie sind ja ganz verstört!‹

›Ach, lassen Sie mich erst einmal Atem holen, mein Lieber... Ich bin froh, Sie zu sehen, wenn Sie es wirklich sind und keine optische Täuschung. Die verfluchte spiritistische Sitzung... Sie hat meine Nerven zerrüttet, daß ich, als ich eben nach Hause kam, stellen Sie sich das nur vor, in meinem Zimmer... einen Sarg sah!‹

Ich traute meinen Ohren nicht und bat ihn, das zu wiederholen.

›Einen Sarg, einen richtigen Sarg‹, sagte der Arzt und setzte sich erschöpft auf eine Treppenstufe. ›Ich bin kein Feigling, aber der Teufel selbst würde sich erschrecken, wenn er nach einer spiritistischen Sitzung im Dunkeln auf einen Sarg stößt.‹

Verwirrt und stotternd erzählte ich dem Arzt von den Särgen, die ich gesehen hatte...

Eine Minute lang standen wir uns gegenüber und starrten uns mit großen Augen und offenem Mund an. Dann aber kniffen wir uns, um uns zu vergewissern, daß wir nicht phantasierten.

›Es tut uns beiden weh‹, sagte der Arzt, ›also schlafen wir jetzt nicht und sehen uns nicht im Traum. Folglich sind die Särge, meiner und auch Ihre beiden, keine optische Täuschung, sondern etwas Existentes. Was sollen wir jetzt tun, mein Lieber?‹

Als wir eine geschlagene Stunde auf der kalten Treppe gestanden, herumgerätselt und uns in Mutmaßungen verloren hatten, froren wir entsetzlich und kamen zu dem Schluß, unsere kleinmütige Angst zu überwinden, den Zimmerkellner zu wecken und mit ihm in das Zimmer des Arztes zu gehen. Das machten wir auch. Als wir das Zimmer betraten, zündeten wir eine Kerze an und erblickten tatsächlich einen Sarg, der mit weißem Glanzbrokat bespannt und mit goldenen Fransen und Quasten geschmückt war. Der Zimmerkellner bekreuzigte sich fromm.

›Jetzt werden wir erfahren‹, sagte der Arzt, der bleich war und am ganzen Körper zitterte, ›ob dieser Sarg leer ist oder aber . . . bewohnt.‹

Nach langem, begreiflichem Zaudern bückte sich der Arzt, biß vor Angst und Erwartung die Zähne zusammen und riß den Sargdeckel herunter. Wir schauten in den Sarg und . . .

Der Sarg war leer . . .

Es lag kein Toter darin, aber dafür fanden wir einen Brief folgenden Inhalts:

›Lieber Pogostov!

Du weißt, daß die Geschäfte meines Schwiegervaters furchtbar darniederliegen. Er steckt bis über die Ohren in Schulden. Morgen oder übermorgen soll sein Hab und Gut gepfändet werden, und das würde endgültig seine und meine Familie und unsere Ehe zugrunde richten, die mir das Teuerste auf Erden ist. Gestern haben wir im Familienrat beschlossen, alle wertvollen und teuren Sachen zu verstecken. Da nun das ganze Vermögen meines Schwiegervaters aus Särgen besteht (es ist Dir ja bekannt, daß er der beste Sargtischler der Stadt ist), haben wir uns entschlossen, die allerbesten Särge zu verstecken. Ich wende mich an Dich als an meinen Freund, hilf mir, rette unser Vermögen und unsere Ehre! In der Hoffnung, daß Du uns helfen wirst, unser Vermögen zu erhalten, schicke ich Dir, mein Lieber, einen Sarg, und bitte Dich, ihn bei Dir zu verstecken und bis auf Abruf aufzubewahren. Ohne Hilfe unserer Bekannten und Freunde gehen wir zugrunde. Ich hoffe, Du erteilst mir keine Absage, um so mehr, als der Sarg nicht länger als eine Woche bei Dir bleiben wird. Allen, die ich für unsere wahren Freunde halte, habe ich einen Sarg geschickt und hoffe auf ihre Großmut und ihren Edelsinn. Dein Dich liebender

Ivan Čeljustin.‹

Nach diesem Ereignis war ich etwa drei Monate lang wegen Nervenzerrüttung in ärztlicher Behandlung. Unser Freund aber, der Schwiegersohn und Sargtischler, hat Ehre und Vermögen gerettet und besitzt schon ein Begräbnisinstitut; er handelt mit Denkmälern und Grabsteinen. Seine Geschäfte gehen nicht besonders gut, und ich fürchte nun jeden Abend, wenn ich heimkomme, neben meinem Bett ein weißes Marmordenkmal oder einen Katafalk zu erblicken.«

Des Hauptmanns Uniform

Die aufgehende Sonne blickte verdrießlich auf die Kreisstadt, die Hähne begannen sich gerade zu recken, aber in der Kneipe von Onkel Rylkin saßen schon Gäste. Es waren ihrer drei: der Schneider Merkulov, der Schutzmann Žratva und der Kassenbote Smechunov. Alle drei waren angeheitert.

»Sag das nicht! Sag das nicht!« räsonierte Merkulov und hielt den Schutzmann am Kopf fest. »Ein Zivilbeamter, wenn es einer von höherem Rang ist, wird vom Standpunkt eines Schneiders einen General immer ausstechen. Nehmen wir nunmehr bloß einen Kammerherrn ... Was ist das für ein Mensch? Von welchem Stande? Rechne nur mal nach ... Vier Ellen vom allerbesten Tuch aus der Fabrik von Pründel und Söhne, Knöpfe, ein goldener Kragen, weiße Hosen mit goldenen Biesen, die ganze Brust voller Gold, auf dem Kragen, auf den Ärmeln und auf den Patten glänzt alles! Und nunmehr, wenn man für die Herren Hofmeister, Stallmeister, Zeremonienmeister und die übrigen Ministerien näht. Verstehst du das? Ich erinnere mich, wie wir für den Hofmeister Graf Andrej Semënyč Vonljarevskij genäht haben. Eine Uniform – nicht zum Anfassen! Faßt du sie mit den Händen an, gleich macht es in den Pulsadern tacktack! Wenn wirkliche Herrschaften sich was nähen lassen, dann untersteh dich nicht, sie zu belästigen. Wenn du Maß genommen hast, dann näh, aber zur Anprobe hingehen, das ist ganz unmöglich. Wenn du ein tüchtiger Schneider bist, mußt du die Sache nach dem Maßnehmen gleich fertigmachen ... Als wenn du vom Kirchturm herunter direkt in die Stiefel springst – so ist das! Neben uns aber, mein Lieber, war, wie ich mich deutlich erinnere, das Gendarmeriegebäude ... Unser Meister, Osip Jaklič suchte immer für die Anprobe passende Gendarmen aus, die eine ähnliche Figur wie der Besteller hatten. Nun, ebenso haben wir, mein Lieber, für die Uniform des Grafen einen passenden Gendarmen gefunden. Haben ihn kommen lassen ... Zieh an, du

Luder, und fühl dich ... Das war ein Spaß! Er zieht also nunmehr die Uniform an, schaut auf die Brust – und dann? Er erstarrt, weißt du, fängt an zu zittern und verliert die Besinnung ...«

»Habt ihr auch für Polizeichefs genäht?« erkundigte sich Smechunov.

»Was ist das schon, ist doch kein großes Tier! In Petersburg gibt es diese Polizeichefs wie Sand am Meer ... Hier reißt man die Mützen vor ihnen ab, aber dort – ›Platz da! Was drängelst du!‹ Wir haben für Herrschaften vom Militär genäht und für Personen der oberen vier Rangklassen. Person ist aber nicht Person ... Bist du, angenommen, von der fünften Klasse, so bist du – eine Null ... Komm in einer Woche wieder, und alles ist fertig, denn außer dem Kragen und den Ärmelaufschlägen ist ja nichts zu machen ... Aber wenn einer von der vierten, dritten oder, nehmen wir an, sogar von der zweiten Klasse ist, dann haut der Meister allen in die Fresse und schickt zu den Gendarmen. Einmal haben wir, mein Lieber, für den persischen Konsul gearbeitet. Wir haben ihm auf die Brust und auf den Rücken goldene Kringel für anderthalb Tausend genäht. Wir dachten, daß er nicht bezahlen würde, aber nein, er hat bezahlt ... In Petersburg sind sogar Tataren von edler Gesinnung.«

Merkulov erzählte noch lange. In der neunten Stunde fing er unter dem Eindruck der Erinnerungen an zu weinen und klagte bitter über das Schicksal, das ihn in ein Städtchen verschlagen habe, das nur von Kaufleuten und Kleinbürgern bevölkert sei. Der Schutzmann hatte schon zwei Mann zur Polizei gebracht, der Bote war schon zweimal zur Post und zum Rentamt gegangen und wieder zurückgekehrt, aber Merkulov klagte noch immer. Gegen Mittag stand er vor dem Küster, schlug sich mit der Faust auf die Brust und murrte:

»Will nicht für das gemeine Pack nähen! Damit bin ich nicht einverstanden! In Petersburg habe ich persönlich für den Baron Sputzel und die Herren Offiziere genäht! Heb dich weg von mir, Langschößiger, komm mir nicht mehr unter die Augen! Hau ab!«

»Sie bilden sich schon zuviel ein, Trifon Panteleič«, wies der Küster den Schneider zurecht. »Wenn Sie auch ein Künstler in Ihrem Fach sind, so dürfen Sie aber nicht Gott und die Religion vergessen. Arius war auch so eingebildet wie Sie und starb eines schmählichen Todes. O weh, Sie werden auch sterben!«

»Dann sterbe ich eben! Lieber sterben als Bauernröcke nähen!«

»Ist mein Alter hier, das verfluchte Stück?« ertönte plötzlich hinter der Tür eine Weiberstimme, und die Kneipe betrat Merkulovs Frau Aksinja, ein bejahrtes Weib mit aufgekrempelten Ärmeln und eingeschnürtem Bauch. »Wo ist das Rindvieh?« Sie musterte die Gäste mit einem empörten Blick. »Geh nach Hause, die Platze sollst du kriegen, dort fragt irgendein Offizier nach dir!«

»Was für ein Offizier?« Merkulov staunte.

»Weiß der Kuckuck! Er sagt, er will was bestellen.«

Merkulov kratzte sich mit allen fünf Fingern seine große Nase, was er immer tat, wenn er äußerstes Erstaunen ausdrücken wollte, und murmelte:

»Das Weib ist nicht recht bei Trost ... Fünfzehn Jahre habe ich keinen vornehmen Herrn gesehen, und plötzlich heute, am Fastentag – ein Offizier mit einer Bestellung! Hm ...! Na, mal anschaun ...« Merkulov verließ die Kneipe und wankte stolpernd nach Hause ... Seine Frau hatte ihn nicht belogen. An der Schwelle seines Hauses erblickte er den Hauptmann Určaev, den Schriftführer des Standortkommandanten.

»Wo treibst du dich denn herum?« empfing ihn der Hauptmann. »Eine ganze Stunde wart ich schon ... Kannst du mir eine Uniform nähen?«

»Euer Wohlgeb ... Mein Gott«, murmelte Merkulov, verschluckte sich und riß die Mütze samt einem Büschel Haare vom Kopf. »Euer Wohlgeboren! Als wär das was Neues für mich? Ach, mein Gott! Für den Baron Sputzel habe ich gearbeitet ... für Eduard Karlyč ... Herr Unterleutnant Zembulatov ist mir bis heute zehn Rubel schuldig. Ach! Frau, gib doch Seiner Wohlgeboren einen Stuhl, Gott straf mich ... Befehlen, Maß zu nehmen, oder erlauben, nach Augenmaß zu nähen?«

»Na los ... Du lieferst das Tuch, und daß mir der Rock in einer Woche fertig ist ... Wieviel nimmst du dafür?«

»Aber ich bitte Sie, Euer Wohlgeboren ... Was denken Sie.« Merkulov lächelte. »Bin doch nicht irgend so ein Kaufmann. Wir verstehen doch, wie man mit Herrschaften ... Als wir für den persischen Konsul genäht haben, ging das auch ohne Worte ...«

Nachdem Merkulov dem Hauptmann Maß genommen und ihn zur Tür begleitet hatte, stand er eine geschlagene Stunde mitten im Zimmer und schaute stumpfsinnig seine Frau an. Er konnte es nicht glauben ...

»Da sieh mal einer an, das ist ja eine tolle Geschichte!« brummte er schließlich. »Wo nehme ich denn jetzt das Geld für das Tuch her? Aksinja, meine Liebe, leih mir mal das Geld, das wir für die Kuh bekommen haben.«

Aksinja machte eine unflätige Bewegung und spuckte aus. Etwas später bearbeitete sie ihn mit dem Feuerhaken, sie zerschlug die Töpfe auf dem Kopf ihres Mannes, zerrte ihn am Bart, lief auf die Straße und schrie:

»Helft mir, wer an Gott glaubt! Er hat mich umgebracht ...!«

Aber diese Proteste führten zu nichts. Am anderen Morgen lag sie im Bett und versteckte vor den Gesellen ihre blauen Flecken, Merkulov aber ging durch die Läden, schimpfte mit den Kaufleuten und suchte ein passendes Tuch aus.

Für den Schneider begann eine neue Ära. Wenn er morgens aufwachte und mit trüben Augen seine kleine Welt überflog, spuckte er nicht mehr wütend aus ... Aber das ungewöhnlichste war: Er ging nicht mehr in die Kneipe, sondern beschäftigte sich mit seiner Arbeit. Nachdem er leise gebetet hatte, setzte er seine große Stahlbrille auf, verzog das Gesicht und breitete auf dem Tisch feierlich das Tuch aus.

Eine Woche darauf war die Uniform fertig. Nachdem Merkulov sie gebügelt hatte, ging er auf die Straße, hängte sie an den Zaun und begann sie zu reinigen; er entfernte ein Fusselchen, trat drei Schritte zurück, blinzelte und entfernte noch ein Fusselchen – und das zwei Stunden lang.

»Man hat seine liebe Not mit den Herrschaften«, sagte er zu den Vorübergehenden. »Ich kann schon gar nicht mehr, ich habe mich so abgerackert! Gebildete, delikate Menschen – versuch mal, es ihnen recht zu machen!«

Am Tag nach der Reinigung schmierte Merkulov seinen Kopf mit Öl ein, kämmte sich, schlug die Uniform in neuen Kaliko ein und ging zum Hauptmann.

»Ich habe jetzt keine Zeit, mit dir Tolpatsch zu quatschen!« sagte er unterwegs zu jedem Vorübergehenden. »Siehst du denn nicht, daß ich dem Hauptmann die Uniform bringe?«

Nach einer halben Stunde kehrte er vom Hauptmann zurück.

»Gratuliere zum Empfang des Geldes, Trifon Panteleič«, begrüßte ihn Aksinja, breit lächelnd und verschämt.

»Ach, du dumme Gans«, antwortete der Ehemann. »Wo zahlen denn wirkliche Herrschaften gleich? Das ist dir nicht irgendein Kaufmann, der dir gleich das Geld hinschmeißt! Dumme Gans . . .«

Zwei Tage lang lag Merkulov auf dem Ofen, aß nicht, trank nicht und gab sich dem Gefühl der Selbstzufriedenheit hin, genau wie Herkules nach den vollbrachten Heldentaten. Am dritten Tag machte er sich wieder auf den Weg, um das Geld zu kassieren.

»Sind Seine Wohlgeboren aufgestanden?« flüsterte er dem Burschen zu, als er ins Vorzimmer schlich.

Und blieb, als er eine verneinende Antwort erhielt, wie eine Salzsäule am Türpfosten stehen und wartete.

»Schmeiß ihn raus! Sag, er soll am Sonnabend kommen«, hörte er nach langem Warten die heisere Stimme des Hauptmanns.

Dasselbe hörte er am Sonnabend, an diesem und auch am nächsten . . . Den ganzen Monat ging er zum Hauptmann, lange Stunden verbrachte er im Vorzimmer, und statt des Geldes empfing er nur die Aufforderung, sich zum Teufel zu scheren und am Sonnabend wiederzukommen. Aber er verlor den Mut nicht und murrte auch nicht, im Gegenteil . . . Er wurde sogar voller dabei. Ihm gefiel das lange Warten im Vorzimmer, das »Schmeiß ihn raus!« klang in seinen Ohren wie eine süße Melodei.

»Man erkennt gleich den vornehmen Herrn«, sagte er jedesmal entzückt, wenn er vom Hauptmann nach Hause zurückkehrte. »Bei uns in Petersburg waren alle so . . .«

Merkulov wäre bis an sein Lebensende bereit gewesen, zu dem Hauptmann zu gehen und im Vorzimmer zu warten, wäre nicht Aksinja gewesen, die das Geld von der verkauften Kuh zurückforderte.

»Hast du das Geld gebracht?« empfing sie ihn jedesmal. »Nein? Was machst du bloß mit mir, du verrückter Hund? Was . . .? Mitka, wo ist der Feuerhaken?«

Eines Abends kam Merkulov vom Markt und schleppte einen Sack Kohlen auf dem Rücken. Ihm nach eilte Aksinja.

»Du wirst schon zu Hause dein Teil abkriegen! Warte nur!« murmelte sie, wobei sie an das Geld von der verkauften Kuh dachte.

Plötzlich blieb Merkulov wie angewurzelt stehen und schrie freudig auf. Aus dem Wirtshaus ›Zur Heiterkeit‹, an dem sie gerade vorbeigingen, stürzte Hals über Kopf ein Herr im Zylinder, mit rotem Gesicht und trunkenen Augen. Hinter ihm her jagte Hauptmann Určaev, ohne Mütze, zerzaust und strubbelig und mit einem Billardqueue in der Hand. Die neue Uniform war voller Kreide, und die eine Schulterklappe war verrutscht.

»Ich werde dich zum Spielen zwingen, du Falschspieler!« schrie der Hauptmann, wobei er wütend mit dem Billardqueue fuchtelte und sich den Schweiß von der Stirn wischte. »Ich werde dich lehren, du Bestie, wie man mit anständigen Menschen spielt!«

»Guck mal, du dumme Gans«, flüsterte Merkulov, stieß seine Frau in die Seite und kicherte. »Man sieht doch gleich den vornehmen Herrn. Wenn sich ein Kaufmann für seine Bauernfratze etwas nähen läßt, so trägt er's nie ab, an die zehn Jahre schleppt er das, und der hat seine Uniform schon abgetragen! Man könnte schon wieder eine neue nähen!«

»Geh hin und bitte ihn um das Geld«, sagte Aksinja. »Geh hin!«

»Was denn, du dumme Gans? Auf der Straße? Auf keinen Fall ...«

Wie sehr sich Merkulov auch sträubte, seine Frau zwang ihn, an den wütenden Hauptmann heranzutreten und vom Geld zu sprechen.

»Scher dich weg!« gab ihm der Hauptmann zur Antwort. »Ich hab's satt mit dir!«

»Ich versteh's ja, Euer Wohlgeboren ... Ich will ja nichts ... aber meine Frau ... ein unvernünftiges Geschöpf ... Sie wissen doch selbst, was für einen Verstand so ein Weib im Kopf hat ...«

»Ich hab's satt mit dir, sag ich dir!« brüllte der Hauptmann und glotzte ihn mit seinen trunkenen, trüben Augen an. »Hau ab!«

»Ich verstehe, Euer Wohlgeboren! Aber es ist wegen meines Weibes, denn Sie müssen wissen, das ist das Geld von der Kuh ... Dem Vater Judas haben wir die Kuh verkauft ...«

»Ah-ah-ah! Du willst noch lange reden, du Lausekerl!«

Der Hauptmann holte aus – und krach! Von Merkulovs Rücken rollten die Kohlen, aus seinen Augen sprühten Funken, seinen Händen entfiel die Mütze ... Aksinja erstarrte ... Einen Augenblick stand sie unbeweglich da wie Lots Weib, als sie in eine Salzsäule verwandelt wurde, dann trat sie vor und blickte ihrem Mann ängstlich ins Gesicht ... Zu ihrem großen Erstaunen schwamm auf Merkulovs Antlitz ein seliges Lächeln, und in seinen lachenden Augen glänzten Tränen ...

»Man erkennt doch gleich die wirklichen Herrschaften«, murmelte er. »Delikate, gebildete Menschen ... Genauso war's, auf dieselbe Stelle, als ich Baron Sputzel den Pelz gebracht habe, zu Eduard Karlyč ... Haben ausgeholt und – krach! Und Herr Unterleutnant Zembulatov auch ... Kam zu ihm, und er sprang auf, und aus Leibeskräften ... Ach, Frau, meine Zeit ist vorbei! Das kannst du gar nicht begreifen! Meine Zeit ist vorbei!«

Merkulov winkte resigniert ab, und nachdem er seine Kohlen aufgesammelt hatte, schleppte er sich nach Hause.

Bei der Witwe des Adelsmarschalls

Am 1. Februar jeden Jahres, am Tag des heiligen Märtyrers Trifon, herrscht auf dem Gut der Witwe des ehemaligen Kreisadelsmarschalls Trifon Lvovič Zavzjatov ungewöhnlich lebhaftes Treiben. An diesem Tag, dem Namenstag des Verstorbenen, läßt Ljubov Petrovna, die Witwe des Adelsmarschalls, eine Seelenmesse für ihn lesen und nach der Messe ein Dankgebet. Der ganze Kreis kommt bei dieser Seelenmesse zusammen. Man trifft hier den jetzigen Adelsmarschall Chrumov, den Vorsitzenden des Zemstvo Marfutkin, den ständigen Beisitzer Potraškov, die beiden Bezirksfriedensrichter, den Polizeichef Krinolinov, die beiden Polizeihauptleute, den nach Jodoform riechenden Zemstvo-Arzt Dvornjagin, alle großen und kleinen Gutsbesitzer und andere mehr. Im ganzen sind an die fünfzig Menschen versammelt.

Pünktlich um zwölf Uhr mittags drängen sich die Gäste mit langen Gesichtern aus allen Zimmern in den Saal. Auf dem Fußboden liegen Teppiche, und die Schritte sind geräuschlos, aber die Feierlichkeit des Ereignisses veranlaßt die Anwesenden instinktiv, auf Zehenspitzen zu gehen und dabei mit den Armen zu balancieren. Im Saal ist schon alles bereit. Vater Evmenij, ein kleiner Greis mit einer hohen verblichenen Priesterkappe auf dem Kopf, legt die schwarzen Meßgewänder an ... Der Diakon Konkordiev, rot wie ein Krebs und bereits im Ornat, blättert geräuschlos im Gebetbuch und legt Papierstreifen hinein. An der Tür zum Vorzimmer bläst der Küster Luka mit aufgepusteten Wangen und aufgerissenen Augen das Weihrauchfaß an. Allmählich füllt sich der Saal mit durchsichtigem bläulichen Rauch und Weihrauchduft. Der Volksschullehrer Helikonskij, ein junger Mann in einem neuen, sackartigen Gehrock und mit großen Pickeln auf dem verängstigten Gesicht, reicht auf einem neusilbernen Tablett Wachskerzen herum. Die Hausfrau Ljubov Petrovna steht vorn neben dem Tischchen mit dem Totengericht und preßt beizeiten ihr Taschentuch ans Gesicht. Ringsum herrscht Stille, die bisweilen von Seufzern unterbrochen wird. Alle haben gespannte, feierliche Gesichter ...

Die Seelenmesse beginnt. Aus dem Weihrauchfaß strömt blauer Rauch und spielt mit einem schräg einfallenden Sonnenstrahl; die angezündeten Kerzen knistern leise. Der Gesang, zuerst schrill und ohrenbetäubend, wird bald, nachdem sich die Chorsänger allmählich den akustischen Bedingungen der Räume angepaßt haben, leise und harmonisch ... Die Melodien sind alle traurig und schwermütig ... Nach und nach werden auch die Gäste melancholisch gestimmt und versinken in Nachdenken. In ihre Köpfe dringen Gedanken über die Kürze des menschlichen Lebens, über die Vergänglichkeit und die Eitelkeit der Welt ... Sie erinnern sich an den seligen Zavzjatov, diesen stämmigen, rotwangigen Mann, der eine Flasche Champagner in einem Zug leerte und mit der Stirn Spiegel zertrümmerte. Und als man ›Ruhe bei den Heiligen‹ singt und das Schluchzen der Hausfrau zu hören ist, treten die Gäste beklommen von einem Fuß auf den anderen. Bei den Empfindlicheren beginnt es in der Kehle zu kratzen und an den Lidern zu jucken. Der Vorsitzende des Zemstvo Marfutkin neigt sich, um ein unangenehmes Gefühl zu unterdrücken, zum Ohr des Polizeichefs und flüstert:

»Gestern war ich bei Ivan Fëdoryč ... Wir haben mit Pëtr Petrovič ... Groß Schlemm ohne Trümpfe gespielt ... Bei Gott ... Olga Andreevna war dermaßen in Wut, daß ihr ein künstlicher Zahn aus dem Mund fiel.«

Aber da wird ›Ewiges Gedenken‹ gesungen. Helikonskij sammelt ehrerbietig die Kerzen ein, und die Seelenmesse ist beendet. Es folgt ein kurzes Hin und Her, das Wechseln der Meßgewänder und das abschließende Dankgebet. Nach dem Dankgebet reiben sich die Gäste die Hände und husten, während Vater Evmenij das Gewand ablegt und die Hausfrau von der Herzensgüte des seligen Trifon Lvovič erzählt. »Bitte, meine Herren, zum Imbiß«, beendet sie seufzend ihre Erzählung.

Die Gäste eilen in das Speisezimmer, bemüht, nicht zu drängeln und einander nicht auf die Füße zu treten ... Hier erwartet sie ein Frühstück. Dieses Frühstück ist so luxuriös, daß sich der Diakon Konkordiev jedes Jahr bei seinem Anblick für verpflichtet hält, die Arme auszubreiten, vor Staunen mit dem Kopf zu wackeln und zu sagen:

»Das ist unfaßbar! Vater Evmenij, das gleicht eher den Opfergaben, die man den Göttern darbringt, als Menschenspeise.«

Das Frühstück ist in der Tat außergewöhnlich. Auf dem Tisch gibt es alles, was Flora und Fauna nur bieten können, unfaßbar ist daran vielleicht nur eines: auf dem Tisch gibt es alles außer ... alkoholischen Getränken. Ljubov Petrovna hat ein Gelübde abgelegt, weder Spielkarten noch alkoholische Getränke im Haus zu halten – die beiden Dinge, die ihren Mann zugrunde gerichtet haben. Und so stehen auf dem Tisch nur Flaschen mit Essig und Öl, wie zum Hohn und als Strafe für die Frühstückenden, die durchweg verwegene Zecher und Saufbrüder sind.

»Essen Sie, meine Herrschaften!« fordert die Frau Adelsmarschall auf. »Nur, Sie müssen entschuldigen, Vodka gibt es bei mir keinen ... davon halte ich nichts ...«

Die Gäste nähern sich dem Tisch und machen sich zögernd an die Pastete. Aber das Essen will nicht recht in Gang kommen. Das Gabelstochern, das Schneiden, das Kauen ist irgendwie träge und apathisch ... Offensichtlich fehlte etwas.

»Ich habe ein Gefühl, als ob ich etwas verloren hätte ...« flüstert der eine Friedensrichter dem andern zu. »Dasselbe Gefühl hatte ich, als meine Frau mit dem Ingenieur durchbrannte ... Ich kann nicht essen.«

Ehe Marfutkin mit dem Essen beginnt, kramt er lange in den Taschen herum und sucht sein Taschentuch.

»Aber das Taschentuch ist doch im Pelz! Und ich suche es hier ...« bemerkt er, sich erinnernd, mit lauter Stimme und geht in das Vorzimmer, wo die Pelze hängen.

Aus dem Vorzimmer kehrt er mit glänzenden Äuglein zurück und stürzt sich sofort mit großem Appetit auf die Pastete.

»Ist doch ekelhaft, so trocken zu essen, nicht wahr?« flüstert er dem Vater Evmenij zu. »Geh ins Vorzimmer, Väterchen, dort habe ich im Pelz eine Flasche ... Nur sei vorsichtig, daß die Flasche nicht klirrt!«

Vater Evmenij fällt ein, daß er Luka etwas befehlen muß, und er trippelt ins Vorzimmer.

»Väterchen, auf ein Wort ... im Vertrauen«, mit diesen Worten holt ihn Dvornjagin ein.

»Aber was für einen Pelz ich mir gekauft habe, Herrschaften, ein Gelegenheitskauf!« prahlt Chrumov. »Er ist tausend wert, aber ich habe ... Sie werden es nicht glauben ... nur zweihundertfünfzig gegeben! Nicht mehr!«

Zu jeder anderen Zeit hätten die Gäste diese Nachricht gleichgültig aufgenommen, aber jetzt äußern sie ihr Erstaunen und wollen es nicht glauben. Zu guter Letzt strömen sie alle ins Vorzimmer, um den Pelz zu besichtigen, und sie betrachten ihn so lange, bis der Diener des Arztes aus dem Vorzimmer heimlich fünf leere Flaschen hinausträgt ... Als man den gekochten Stör serviert, fällt Marfutkin ein, daß er sein Zigarettenetui im Schlitten vergessen hat, und er geht in den Pferdestall. Damit es ihm allein nicht zu langweilig wird, nimmt er den Diakon mit, der gerade nach seinem Pferd sehen muß ...

Am Abend desselben Tages sitzt Ljubov Petrovna in ihrem Arbeitszimmer und schreibt an eine alte Petersburger Freundin. »Heute fand nach dem Beispiel der vergangenen Jahre«, schreibt sie unter anderem, »bei mir eine Seelenmesse für den Verstorbenen statt. Alle meine Nachbarn waren zur Messe erschienen. Das Volk ist grob und einfach, aber was für Herzen! Ich habe sie ausgezeichnet bewirtet, aber natürlich gab es, wie immer in diesen Jahren, keinen Tropfen Alkohol. Seitdem er an Völlerei gestorben ist, habe ich mir geschworen, in unserem Kreise Enthaltsamkeit einzuführen und damit seine Sünden zu sühnen. Mit der Enthaltsamkeit habe ich im eigenen Hause begonnen. Vater Evmenij ist von meiner Aufgabe begeistert und hilft mir mit Rat und Tat. Ach, ma chère, wenn Du wüßtest, wie mich meine Bären lieben! Der Vorsitzende des Zemstvo Marfutkin beugte sich nach dem Frühstück über meine Hand und hielt sie lange an seine Lippen, wackelte komisch mit dem Kopf und fing an zu weinen: viel Gefühl, aber keine Worte! Vater Evmenij, dieser wundervolle kleine Greis, setzte sich zu mir, schaute mich weinerlich an und lallte lange irgend etwas, wie ein Kind. Ich habe seine Worte nicht verstanden, aber für ein aufrichtiges Gefühl habe ich Verständnis. Der Polizeichef, jener schöne Mann, von dem ich Dir geschrieben habe, lag vor mir auf den Knien und wollte selbstgedichtete Verse vortragen (er ist unser Dichter), aber ... seine Kräfte reichten nicht aus ... er wankte und fiel um ... Der Riese bekam einen hysterischen Anfall ... Kannst Du Dir meine Begeisterung vorstellen! Es ging allerdings auch nicht ohne Unannehmlichkeiten ab. Der arme Vorsitzende des Friedensgerichts Alalykin, ein beleibter apoplektischer Mann, fühlte sich unwohl und lag zwei Stunden bewußtlos auf dem Sofa. Man mußte ihn mit Wasser begießen ... Dank schulde ich dem Doktor Dvornjagin; er holte aus seiner Apotheke eine Flasche Kognak und feuchtete ihm damit die Schläfen an; davon kam er zu sich und konnte weggebracht werden ...«

Lebendige Chronologie

Der Salon des Staatsrates Šaramykin liegt in angenehmes Halbdunkel gehüllt. Eine große Bronzelampe mit grünem Schirm färbt Wände, Möbel und Gesichter grünlich à la ›Ukrainische Nacht‹ ... Von Zeit zu Zeit flammt im verlöschenden Kamin ein glimmendes Holzscheit auf und übergießt für einen Augenblick die Gesichter mit dem Widerschein des Feuers; aber das stört nicht die allgemeine Harmonie des Lichtes. Der Grundton ist, wie die Maler sagen, durchgehalten.

Im Sessel vor dem Kamin sitzt in der Pose eines Menschen, der soeben zu Mittag gespeist hat, Šaramykin selbst, ein älterer Herr mit dem grauen Backenbart des Beamten und sanften blauen Augen. Sein Gesicht ist zärtlich verklärt, die Lippen sind zu einem wehmütigen Lächeln verzogen. Zu seinen Füßen sitzt, die Beine zum Kamin hin ausgestreckt und sich faul rekelnd, auf einem Bänkchen der Vizegouverneur Lopnev, ein braver Mann von etwa vierzig Jahren. Neben dem Klavier balgen sich Šaramykins Kinder: Nina, Kolja, Nadja und Vanja. Durch die leicht geöffnete Tür, die in Frau Šaramykins Arbeitszimmer führt, schimmert schwaches Licht. Dort hinter der Tür sitzt an ihrem Schreibtisch Šaramykins Gattin Anna Pavlovna, die Vorsitzende des örtlichen Damenkomitees, ein lebhaftes, pikantes Dämchen; sie ist etwas über dreißig Jahre alt. Ihre flinken schwarzen Äuglein hinter dem Kneifer eilen über die Seiten eines französischen Romans. Unter dem Roman liegt der zerrissene Komiteebericht vom vergangenen Jahr.

»Früher war unsere Stadt in dieser Hinsicht glücklicher dran«, sagt Šaramykin und blickt mit zusammengekniffenen Augen auf die glühenden Kohlen. »Kein Winter verging, ohne daß nicht irgendein Star zu uns kam. Da kamen berühmte Schauspieler und Sänger, aber jetzt ... weiß der Teufel! Außer Gauklern und Drehorgelspielern kommt niemand mehr. Kein ästhetisches Vergnügen ... Wir leben wie Hinterwäldler. Jawohl ... Aber erinnern Sie sich, Exzellenz, noch an jenen italienischen Tragöden ... Wie hieß er doch gleich? So ein brünetter hochgewachsener Mann ... Gott, mein Gedächtnis ... Ach ja, Luigi Ernesto de Rugiero ... Ein wunderbares Talent ... Eine Kraft! Er brauchte nur ein Wort zu sagen, und das ganze Theater tobte. Meine Anjuta nahm großen Anteil an seinem Talent. Sie hat für ihn das Theater besorgt und sämtliche Karten für zehn Vorstellungen verkauft ... Dafür hat er sie in Deklamation und Mimik unterrichtet. Eine Seele von Mensch! Er kam hierher ... ich will nicht lügen, vor etwa zwölf Jahren ... Nein, ich lüge ... es sind weniger, vor etwa zehn Jahren ... Anjutočka, wie alt ist unsere Nina?«

»Sie wird zehn!« ruft Anna Pavlovna aus ihrem Arbeitszimmer. »Weshalb?«

»Es ist nichts, Mamachen, nur so ... Auch gute Sänger pflegten zu kommen ... Erinnern Sie sich an den tenore di grazia Prilipčin? Was für eine Seele von Mensch. Was für eine Erscheinung! Ein Blondkopf ... ein so ausdrucksvolles Gesicht und diese Pariser Manieren ... Und was für eine Stimme, Exzellenz! Nur eins war schlimm: er sang einige Noten mit dem Bauch, und das D sang er im Falsett, aber sonst war alles in Ordnung. Bei Tamberlik hat er gelernt, sagte er ... Anjuta und ich haben ihm im Klub einen Saal verschafft, und aus Dankbarkeit hat er uns dafür ganze Tage und Nächte vorgesungen ... Er lehrte Anjutočka singen ... Er kam angereist, ich erinnere mich noch wie heute, in der großen Fastenzeit ... vor etwa ... zwölf Jahren.

Nein, mehr ... Habe ich ein Gedächtnis, verzeih mir Gott! Anjutočka, wie alt ist unsere Nadečka?«

»Zwölf!«

»Zwölf ... wenn man zehn Monate zurechnet ... Nun; so sind es auch ... dreizehn ...! Früher war bei uns in der Stadt mehr Leben ... Nehmen wir als Beispiel unsere wohltätigen Abende. Was für herrliche Abende haben wir früher veranstaltet. Wie reizend! Man sang, man spielte, man las ... Nach dem Krieg, erinnere ich mich, als hier gefangene Türken lagen, hat Anjutočka zugunsten der Verwundeten einen Abend organisiert. Man sammelte elfhundert Rubel ... Die türkischen Offiziere, erinnere ich mich, waren wie verrückt nach Anjutočkas Stimme, und alle küßten ihr die Hand. Hehe ... Wenn sie auch Asiaten sind, so sind sie doch eine dankbare Nation. Der Abend war so gelungen, daß ich, glauben Sie mir, ihn in mein Tagebuch eingetragen habe. Das war, ich erinnere mich noch wie heute, im Jahre ... sechsundsiebzig ... Nein! Erlauben Sie, wann lagen bei uns die Türken? Anjutočka, wie alt ist unser Kolečka?«

»Papa, ich bin sieben Jahre alt!« ruft Kolja, ein Bub mit bräunlichem Gesicht und kohlrabenschwarzem Haar.

»Ja, alt sind wir geworden, und die Energie von früher fehlt uns!« pflichtet Lopnev seufzend bei. »Hier liegt die Ursache ... Das Alter, mein Lieber! Es gibt keine neuen Initiatoren, und die alten sind alt geworden ... Man hat kein Feuer mehr. Als ich jünger war, konnte ich es nicht mit ansehen, wenn sich die Gesellschaft langweilte ... Ich war der erste Helfer Ihrer Anna Pavlovna ... Ob man einen Abend für wohltätige Zwecke organisierte, eine Lotterie oder eine hergereiste Berühmtheit unterstützen mußte – ich ließ alles stehen und liegen und kümmerte mich um alles. Einen Winter, erinnere ich mich, habe ich mich so abgerackert und bin ich so viel herumgelaufen, daß ich erkrankte ... Diesen Winter werde ich nie vergessen! Erinnern Sie sich, was für eine Aufführung wir und Ihre Anna Pavlovna zugunsten der Abgebrannten veranstaltet haben?«

»In welchem Jahr war denn das?«

»Noch nicht lange her ... Neunundsiebzig ... Nein, wie es scheint, war es achtzig! Gestatten Sie, wie alt ist Ihr Vanja?«

»Fünf!« ruft Anna Pavlovna aus dem Arbeitszimmer.

»Nun, dann war das also vor sechs Jahren ... Ja, mein Lieber, das waren Zeiten! Jetzt sieht es anders aus! Man hat nicht mehr das gleiche Feuer!«

Lopnev und Šaramykin sinnen vor sich hin. Das glimmende Holzscheit flammt zum letztenmal auf und wird zu Asche.

Ein unbedeutender Mensch

»Sehr geehrter Herr, Vater und Wohltäter!« so begann der Beamte Nevyrazimov den Entwurf eines Gratulationsschreibens. »Ich wünsche Ihnen, daß Sie dieses Osterfest wie auch noch viele künftige in guter Gesundheit und Wohlergehen verbringen. Und auch Ihrer Familie wün ...«

Die Lampe, in der das Petroleum schon am Versiegen war, qualmte, und es roch brenzlig. Auf dem Tisch, neben der schreibenden Hand Nevyrazimovs, krabbelte aufgeregt eine verirrte Schabe herum. Zwei Zimmer von dem Dienstzimmer entfernt wichste der Pförtner Paramon schon zum drittenmal seine Paradestiefel mit solcher Energie, daß sein Spucken und Bürsten in allen Zimmern zu hören war.

Was soll ich bloß diesem Schuft noch schreiben? überlegte Nevyrazimov und richtete seine Augen auf die verrußte Zimmerdecke.

An der Decke bemerkte er einen dunklen Kreis – den Schatten des Lampenschirms. Darunter waren die verstaubten Gesimse, noch weiter unten die Wände, die man einstmals mit einer bräunlichen Farbe gestrichen hatte. Das Dienstzimmer erschien ihm so öde, daß es ihm nicht nur um sich selbst, sondern sogar um die Schabe leid tat ...

Ich gehe nach Dienstschluß weg, aber sie muß ihr ganzes Schabenleben hier Dienst tun, dachte er und rekelte sich dabei. Ist das langweilig! Ob ich mir vielleicht auch die Stiefel putze?

Er rekelte sich noch einmal und schlenderte träge in die Portierloge, Paramon wichste keine Stiefel mehr ... Er stand am offenen Klappfenster und lauschte, wobei er in der einen Hand die Bürste hielt und sich mit der anderen bekreuzigte.

»Man läutet«, flüsterte er Nevyrazimov zu und blickte ihn mit starren, weit aufgerissenen Augen an. »Es ist soweit!«

Nevyrazimov hielt sein Ohr unter das Klappfenster und

horchte. Durch das Fenster strömte mit der frischen Frühlingsluft das Ostergeläut ins Zimmer. Das Gedröhn der Glocken vermischte sich mit dem Rattern der Equipagen, und aus dem Chaos der Töne hörte man nur das lebhafte helle Geläut der nahe gelegenen Kirche und ein lautes, kreischendes Lachen heraus.

»Wie viele Leute da sind!« Nevyrazimov, der auf die Straße hinunterblickte, wo an den angezündeten Lämpchen nacheinander die Schatten von Menschen vorbeihuschten, seufzte. »Alle gehen sie zur Frühmesse ... Die Unseren haben jetzt bestimmt schon getrunken und bummeln durch die Stadt. Wieviel zu lachen es gibt, wie viele Gespräche! Nur ich bin so ein Unglücksvogel und muß an einem solchen Tag hier sitzen. Und jedes Jahr muß ich das!«

»Wer verlangt denn von Ihnen, daß Sie den Dienst übernehmen? Sie hätten doch heute gar keinen Dienst gehabt, Sastupov hat Sie als Vertretung engagiert. Wenn die Leute feiern wollen, lassen Sie sich engagieren ... Bloße Habgier!«

»Wieso Habgier, zum Teufel? Da ist nichts, um habgierig zu sein: nur zwei Rubel und als Zugabe eine Krawatte ... Das ist Not, aber keine Habgier! Aber schön wäre es, weißt du, jetzt mit den Freunden zur Frühmesse zu gehen und dann nach dem Fasten wieder richtig Fleisch zu essen ... Etwas trinken, etwas essen und sich dann schlafen legen ... Du sitzt am Tisch vor einem geweihten Osterkuchen, der Samovar zischt, und neben dir sitzt der Gegenstand deiner Leidenschaft ... Du hast ein Gläschen getrunken und eine Weile das Kinn auf die Hand gestützt – und da fühlt man sich ... als Mensch fühlt man sich ... Ach, mein Leben ist verpfuscht! Da ist eben irgendein Gauner in einer Kalesche vorbeigefahren, und unsereiner sitzt hier und hängt seinen Gedanken nach ...«

»Jedem das Seine, Ivan Danilyč. Gott gebe, Sie erreichen es auch und werden in einer Kalesche fahren.«

»Ich? Nein, mein Lieber, mach keine Witze! Weiter als bis zum Titularrat bringe ich es nicht, und wenn ich mich auf den Kopf stelle ... Bin ein ungebildeter Mensch.«

»Unser General ist auch ohne jede Bildung, und trotzdem ...«

»Nun, der General hat, ehe er das erreichte, hunderttausend Rubel gestohlen. Und er hat auch, mein Lieber, eine ganz andere Haltung als ich ... Mit meiner Haltung kommt man nicht weit!

Und mein Name ist mehr als gemein: Nevyrazimov! Mit einem Wort, mein Lieber, die Lage ist hoffnungslos. Wenn du willst – kannst du leben, willst du nicht – häng dich auf ...«

Nevyrazimov trat von dem Klappfenster zurück und schritt schwermütig durch die Zimmer. Das Gedröhn der Glocken wurde immer lauter ... Um es zu hören, brauchte man nicht mehr am Fenster zu stehen. Und je deutlicher man das Geläut vernahm, je lauter die Equipagen ratterten, desto dunkler erschienen die braunen Wände und die verrußten Gesimse, desto stärker qualmte die Lampe.

Soll ich vielleicht vom Nachtdienst weglaufen? dachte Nevyrazimov.

Aber diese Flucht versprach nichts Gescheites ... Hätte Nevyrazimov das Amt verlassen und wäre er ein wenig durch die Stadt gebummelt, so hätte er sich schließlich doch in seine Wohnung begeben, und dort war es noch grauer und schlimmer als in dem Dienstzimmer ... Nehmen wir an, er würde diesen Tag angenehm und komfortabel verbringen, aber was dann? Immer dieselben grauen Wände, immer derselbe Vertretungsdienst und dieselben Gratulationsschreiben ... Nevyrazimov blieb in der Mitte des Dienstzimmers stehen und überlegte.

Das Bedürfnis nach einem neuen, besseren Leben drückte ihm schier das Herz ab. Er hatte plötzlich den leidenschaftlichen Wunsch, auf der Straße zu sein, sich unter die wogende Menschenmenge zu mischen und an der Feierlichkeit teilzunehmen, um derentwillen alle Glocken dröhnten und die Equipagen ratterten. Er sehnte sich nach dem, was er einst in der Kindheit erlebt hatte: einen Familienkreis, die feierlichen Gesichter der Angehörigen, ein weißes Tischtuch, Licht, Wärme ... Er dachte an die Kalesche, in der eben eine vornehme Dame vorbeigefahren war, an den Mantel, in dem der Gerichtsvollzieher herumstolzierte, die goldene Kette, die die Brust des Sekretärs schmückte. Er dachte an ein warmes Bett, den Stanislausorden, ein Paar neue Stiefel, einen Uniformrock ohne durchgewetzte Ellenbogen ... Er dachte daran, weil er das alles nicht besaß ...

Soll ich etwa stehlen gehen? dachte er. Das Stehlen ist ja, nehmen wir mal an, nicht schwer, aber das Verstecken ist nicht einfach ... Man sagt, mit Gestohlenem muß man nach Amerika flüchten, aber weiß der Teufel, wo dieses Amerika liegt! Auch um zu stehlen, muß man Bildung haben!

Das Geläut erstarb. Man hörte nur noch das ferne Rattern der Equipagen und Paramons Husten, aber der Gram und die Erbitterung Nevyrazimovs wurden immer größer und unerträglicher. Im Amtszimmer schlug die Uhr halb eins.

Soll ich etwa eine Anzeige erstatten? Proškin hat denunziert, und von da ab ging es mit ihm bergauf ...

Nevyrazimov setzte sich an seinen Tisch und überlegte. Die Lampe, in der das Petroleum schon ganz niedergebrannt war, qualmte stark und drohte auszugehen. Die verirrte Schabe lief immer noch auf dem Tisch herum und fand keinen Zufluchtsort.

Denunzieren kann man, aber wie soll man es machen! Man muß mit allen Zweideutigkeiten, mit Kniffen und Schlichen, wie Proškin ... Das kann ich aber nicht! Werde so etwas verfassen, daß ich dabei noch reinfliege. Ein Dummkopf bin ich, der Teufel soll mich gänzlich holen!

Nevyrazimov starrte auf den Entwurf seines Schreibens und zerbrach sich dabei den Kopf auf der Suche nach einem Ausweg aus seiner hoffnungslosen Lage. Dieses Schreiben war an einen Menschen gerichtet, den er mit ganzer Seele haßte und fürchtete, von dem er aber schon seit zehn Jahren die Versetzung von seiner Sechzehnrubelstelle auf eine mit achtzehn dotierte zu erreichen versuchte.

»Ach ... du läufst hier herum, du Teufel!« Er schlug voller Wut mit der Hand nach der Schabe, die das Unglück hatte, ihm unter die Augen zu kommen. »So ein ekelhaftes Vieh!«

Die Schabe fiel auf den Rücken und zappelte verzweifelt mit den Beinen ... Nevyrazimov ergriff sie an einem Beinchen und warf sie in den Zylinder der Lampe. In der Lampe leuchtete es auf und knisterte es ...

Und Nevyrazimov wurde es leichter ums Herz.

Hoffnungslos

Skizze

Der Zemstvo-Vorsitzende Egor Fëdoryč Šmachin stand am Fenster und trommelte wütend mit den Fingern an die Scheiben. Die Langsamkeit, mit der die Stunden und Minuten in die Ewigkeit hinübergingen, brachte ihn in erbitterte Verzweiflung

... Zweimal hatte er sich schon schlafen gelegt und war wieder aufgewacht, zweimal hatte er sich ans Essen gemacht und an die sechsmal Tee getrunken, aber immer noch neigte sich der Tag dem Abend zu.

Die Aussicht, die sich vor den Augen des Vorsitzenden ausbreitete, schien ihm grau und langweilig. Durch die kahlen Bäume des verödeten Gartens war das steile, lehmige Flußufer zu sehen ... und einen halben Aršin unter dem Uferrand eilte der vom Eis befreite Fluß dahin. Er eilte und drängte vorwärts, als fürchte er, man könne ihn zurückholen und ihm wieder die Fesseln des Eises anlegen. Bisweilen kam Šmachin eine verspätete weiße Eisscholle unter die Augen, die ebenfalls vorwärts eilte, ohne sich umzuschauen.

»Man müßte auf dieser Eisscholle irgendwohin ... zum Teufel ...«

Am Ufer entlang schritt breitbeinig und mit gesenktem Kopf der Wächter Andrian; er hatte einen langen Fischspeer in der Hand, blieb immer wieder stehen und richtete seinen gelangweilten Blick auf den Fluß. Neben den Bäumen bewegte sich eine schwarze Kuh und beschnupperte die vorjährigen Blätter ... Dieses kleine Bild, mit Šmachin und seinem Landsitz, war von schweren, unbeweglichen Wolken wie mit einer zottigen Mütze bedeckt, aber der Frühling lag schon in der Luft ... Šmachin jedoch war es öde und bedrückend zumute. Er stand am Fenster, schaute auf das verhaßte Bild und dachte daran, daß man gegen Abend bei dem nichtständigen Beisitzer Rjablov Karten spielen und daß bei Marja Nikolaevna an diesem Tage der Geburtstag ihres Petja gefeiert würde ... Wenn er zu einem dieser Leute führe, würde er nicht merken, wie die langweilige Zeit verginge ... Aber wie konnte er fahren, wenn der über die Ufer getretene Fluß alle Wege überschwemmte und wenn der Gutshof von einer Kette Staueis und von wassergefüllten Schluchten umgeben war? Šmachin fühlte sich wie im Gefängnis ... Lange blieb er am Fenster stehen ... Schließlich wurde ihm der Gedanke unerträglich, daß man bei Rjablov schon ohne ihn beim Kartenspiel saß und daß man bei Marja Nikolaevna bereits Tee trank und über die Cholera sprach.

»Pfui!« Dieser Ruf galt dem Wetter, er trat vom Fenster zurück und setzte sich an den runden Tisch.

Auf dem Tisch lag neben der Lampe und dem Aschenbecher ein Album. Šmachin hatte dieses Album schon tausendmal angesehen, aber aus Langeweile zog er es zu sich heran und betrachtete zum tausendundersten Male die Bilder. Vor seinen Augen tauchten die Schwestern auf, die vergilbten Photographien von Tanten, ein Offizier mit schmaler Taille, die Großmutter mit einer weißen Haube, sein Vater Efimij mit der Mutter, irgendeine Schauspielerin im Trikot, er selbst, seine verstorbene Frau mit einem Hündchen auf dem Arm ... Sein Blick ruhte eine Zeitlang auf seiner Frau ... hochgezogene Brauen, verwunderte Augen, ein schwerer Haarknoten, auf der Brust eine Brosche – all das rief in ihm Erinnerungen wach ...

»Pfui!«

Die Uhr schlug halb sieben. Šmachin erhob sich vom Sofa, ging auf und ab und blieb schließlich ohne jeden Zweck mitten im Zimmer stehen.

Wenn man auf einem Bahnhof sitzt und wartet, dachte er, so hat man immerhin die Hoffnung, daß jeden Augenblick der Zug kommt, mit dem man wegfährt, aber hier wartet man ohne Ziel, ohne Ende ... es ist zum Aufhängen, weiß der Teufel ... Soll ich zu Abend essen? Nein, es ist noch zu früh dafür, und hinunterschlingen will ich auch nichts ... Ich werde inzwischen ein wenig rauchen ...

Als er zu der Blechdose mit dem Tabak ging, schaute er in eine Ecke und bemerkte auf einem runden Tischchen ein Damebrett.

»Vielleicht spiele ich Dame? Was?«

Nachdem Šmachin die schwarzen und weißen Steine aufgestellt hatte, setzte er sich an das runde Tischchen und begann mit sich selbst Dame zu spielen. Die Partner waren seine rechte und seine linke Hand.

»So sollst du ziehen ... Hm ... Warte, mein Lieber ... Ich würde so ziehen! Einverstanden ... wir werden sehen ...«

Aber die linke Hand wußte, was die rechte wollte, und bald verwechselte Šmachin die Hände und verlor die Übersicht.

»Iljuška!« rief er.

Ein hochgewachsener, hagerer Bursche in einem abgetragenen, fettigen Gehrock und in zerrissenen Stiefeln mit herrschaftlichen Schäften betrat das Zimmer.

»Was machst du da?« fragte der Gutsherr.

»Nichts ... sitze auf der Truhe ...«
»Komm, wir wollen eine Partie Dame spielen! Setz dich!«
»Wie meinen?« Iljuška grinste. »Kann ich denn das?«
»Komm, du Dummkopf! Setz dich!«
»Nein, nein, wir werden stehen ...«
»Man sagt dir – setz dich, also setz dich! Denkst du, es ist angenehm für mich, wenn du wie ein Klotz dastehst?«
Iljuška setzte sich zögernd auf den Rand des Stuhles, wobei er immer noch grinste, und blinzelte verlegen.
»Du ziehst!«
Iljuška überlegte und machte mit dem kleinen Finger den ersten Zug.
»So habt ihr gezogen«, sagte Šmachin nachdenklich und bedeckte sein Kinn mit der Hand. »So ... Nun, und ich so! Zieh, du Lausekerl!«
Iljuška machte den zweiten Zug.
»Aha ... Ich verstehe, wo du Fratze hinwillst ... Verstehe ... Wie du aber nach Zwiebeln stinkst! Du ziehst so, und ich ... so!«
Das Spiel zog sich hin ... Šmachin hatte anfangs Glück ... er schlug Stein auf Stein und bewegte sich schon auf die oberste Reihe zu, aber richtig überlegen und sich in das Spiel vertiefen konnte er nicht, daran hinderte ihn ein immer wiederkehrender Gedanke ...
Angenehmer wäre, gegen einen Ebenbürtigen zu kämpfen und ihn zu besiegen, dachte er, gegen einen Menschen zu kämpfen, der in gesellschaftlicher Hinsicht mit dir auf gleicher Stufe steht ... Aber was für ein Interesse habe ich, Iljuška zu besiegen? Ob ich ihn besiege oder nicht, das ist einerlei und macht kein Vergnügen ... Oh, er hat mir einen Stein weggenommen und lächelt! Es macht Spaß, den Herrn zu schlagen! Und ob! Er stinkt nach Zwiebeln, und vielleicht freut er sich noch, daß er dem Alten alles dreckig macht!
»Scher dich raus!« schrie Šmachin.
»Was?«
»Scher dich raus!« schrie Šmachin, rot im Gesicht. »Was hast du dich hier breitgemacht, du Luder!«
Iljuška ließ den Damestein fallen, schaute den Herrn verwundert an und ging, langsam zurückweichend, aus dem Salon. Šmachin blickte auf die Uhr: es war erst zehn Minuten vor sie-

ben ... Bis zum Abendessen und bis zur Nacht blieben noch etwa fünf Stunden ... An das Fenster schlugen große Regentropfen ... Im Garten brüllte heiser und wehmütig die schwarze Kuh, und das Rauschen des dahineilenden Flusses war so eintönig und melancholisch wie schon vor einer Stunde. Šmachin winkte resigniert ab, stieß gegen einen Türpfosten und schleppte sich ziellos in sein Arbeitszimmer.

Mein Gott, dachte er. Die anderen machen, wenn sie Langeweile haben, Laubsägearbeiten, befassen sich mit Spiritismus, kurieren die Bauern mit Rizinus, schreiben Tagebücher, nur ich bin so unglücklich und besitze keinerlei Talent ... Was soll ich jetzt tun? Ich bin Zemstvo-Vorsitzender, ehrenamtlicher Friedensrichter, Gutsbesitzer und ... trotzdem finde ich nichts, um die Zeit totzuschlagen ... Ob ich vielleicht was lese?

Šmachin trat zu einem Regal, das mit allerlei Bücherkram vollgestopft war. Dort gab es alle möglichen Gerichtsanzeiger, Reiseführer, ein zerknittertes, aber noch nicht aufgeschnittenes Heft der Zeitschrift ›Sadovodstvo‹, ein Kochbuch, Traktate und alte Journale ... Šmachin zog unentschlossen eine Nummer des ›Sovremennik‹ vom Jahrgang 1859 heraus und überflog sie ...

›Ein Adelsnest?‹ Von wem ist das? Aha! Von Turgenev! Habe ich schon gelesen ... Erinnere mich ... Habe vergessen, worum's sich handelt, also kann ich's ruhig noch mal lesen ... Turgenev schreibt ausgezeichnet ... tja ...

Šmachin streckte sich auf dem Sofa aus und begann zu lesen ... Und seine unruhevolle Seele fand Ruhe bei dem großen Schriftsteller. Nach zehn Minuten betrat Iljuška auf Zehenspitzen das Arbeitszimmer, er legte dem Herrn ein Kissen unter den Kopf und nahm das geöffnete Buch von seiner Brust ...

Der Herr schnarchte ...

Ein schwieriger Fall

Auf dem Chor steht der Küster Otlukavin; zwischen seinen ausgestreckten feisten Fingern hält er einen Gänsekiel. Seine niedrige Stirn ist in Falten gelegt, auf seiner Nase glänzen Flecken in allen Farben von Rosarot bis Dunkelblau. Vor ihm auf dem rötlichen Einband des Meßrituals liegen zwei Zettel. Auf dem einen ist ›für die Gesundheit‹ zu lesen, auf dem anderen ›Für das Seelenheil«, unter beiden Überschriften eine Reihe von Namen ... Neben dem Chor steht eine kleine alte Frau mit einem sorgenvollen Gesicht und einem Quersack auf dem Rücken. Sie überlegt.

»Wen noch?« fragt der Küster und kratzt sich träge hinter dem Ohr. »Überleg ein bißchen schneller, du Häufchen Elend, sonst habe ich keine Zeit mehr. Ich fang nämlich gleich an, die Stundengebete zu lesen.«

»Gleich, Väterchen ... Nun, so schreib ... Für die Gesundheit der Knechte Gottes: Andrej und Darja mit Kindern ... Mitri, wieder Andrej, Antip, Marja ...«

»Warte mal, nicht so schnell ... Du rennst doch nicht hinter einem Hasen her, du schaffst es schon noch.«

»Hast du Marja aufgeschrieben? Na, dann Kirill, Gordej, das Kind von dem gerade verstorbenen Gerasim Pantelej ... Hast du den entschlafenen Pantelej aufgeschrieben?«

»Warte mal ... Pantelej ist gestorben?«

»Ja ...« seufzt die Alte.

»Wieso läßt du ihn da ›Für die Gesundheit‹ aufschreiben?« fragt der Küster ärgerlich, während er den Namen Pantelej streicht und ihn auf den anderen Zettel schreibt. »Hier ist auch noch Platz ... Du sollst deinen Verstand zusammennehmen und nicht alles durcheinanderbringen. Wen noch ›Für das Seelenheil‹?«

»Für das Seelenheil? Gleich ... warte mal ... Na, schreib ... Ivan, Avdotja, dann noch Darja, Egor ... Schreib den Soldaten Zacharij auf ... Wo er schon das vierte Jahr dient und man seitdem nichts von ihm gehört hat ...«

»Das heißt, er ist gestorben?«

»Wer soll das wissen? Kann sein, er ist gestorben, kann sein, er lebt noch ... Schreib nur ...«

»Wo soll ich ihn denn aufschreiben? Wenn er, sagen wir mal, gestorben ist, dann ›Für das Seelenheil‹, wenn er aber lebt, dann ›Für die Gesundheit‹. Bei eurer Sippschaft soll einer noch durchsteigen!«

»Hm! Schreib ihn doch, mein Lieber, auf beide Zettelchen, dann wird man schon sehen. Und ihm ist's ganz gleich, wo du ihn aufschreibst: Ein liederlicher Mensch ist er ... ein verlorener

... Hast du geschrieben? Dann noch für das Seelenheil von Mark, Levontij, Arina ... na, und Kuzma und Anna ... die kranke Fedosja ...«

»Die kranke Fedosja ›Für das Seelenheil‹? Nanu!«

»Etwa mich ›Für das Seelenheil‹? Du bist wohl verrückt geworden, was?«

»Pfui! Du Strunk hast mich ganz durcheinandergebracht! Wenn sie noch nicht gestorben ist, so sag, daß sie noch nicht gestorben ist, aber sie darf doch nicht auf den Zettel ›Für das Seelenheil‹. Du spinnst ja! Ich muß jetzt die Fedosja da ausstreichen und auf den anderen Zettel schreiben ... den ganzen Zettel habe ich verhunzt! Nun hör zu, ich les dir's vor ... Für die Gesundheit von Andrej, Darja mit Kindern, wieder Andrej, Antip, Marja, Kirill, dem gerade verstorbenen Kind von Ger ... Warte mal, wie ist denn dieser Gerasim hierhergeraten? Gerade verstorben, und auf einmal – ›Für die Gesundheit‹! Nein, du hast mich ganz durcheinandergebracht, du Häufchen Elend! Weiß Gott, völlig durcheinander!«

Der Küster dreht den Kopf hin und her, streicht Gerasim und überträgt ihn auf den Zettel ›Für das Seelenheil‹.

»Hör zu! Für die Gesundheit von Marja, Kirill, den Soldaten Zacharij ... Wen noch?«

»Hast du Avdotja aufgeschrieben?«

»Avdotja? Hm ... Advotja ... Evdokija!« – der Küster überfliegt beide Zettel. »Mir fällt ein, ich habe sie aufgeschrieben, aber jetzt, weiß der Kuckuck, kann ich sie nirgends finden ... Da ist sie! Auf dem Zettel ›Für das Seelenheil‹ ist sie notiert!«

»Advotja für das Seelenheil?« Die Alte wundert sich. »Ist noch kein Jahr her, wo sie geheiratet hat, und du faselst schon von ihrem Tod ...! Du selbst, mein Guter, bringst alles durcheinander, und auf mich bist du böse. Du sollst betend schreiben, aber wenn du Groll im Herzen hast, freut sich der Böse. Dich führt der böse Geist an der Nase herum und verwirrt dich ...«

»Hör auf, stör mich nicht ...«

Der Küster blickt finster, überlegt und streicht dann langsam auf dem Seelenmessenblatt den Namen Avdotja. Bei dem Buchstaben d kreischt die Feder auf und macht einen großen Klecks. Der Küster wird verlegen und kratzt sich den Nacken.

»Avdotja soll also von hier weg«, brummt er betreten, »und

dort aufgeschrieben werden ... So? Warte mal ... Wenn dorthin, dann ist es für die Gesundheit, wenn hier, dann für das Seelenheil ... Das Weib hat mich ganz durcheinandergebracht! Und dann ist noch dieser Soldat Zacharij hierhergeraten ... Ein Kobold hat ihn hier aufgeschrieben. Ich begreife überhaupt nichts mehr! Ich muß wieder von vorn ...«

»Schmeiß Zacharij raus, wenn es so ist ...« sagt die Alte. »Gott sei mit ihm, schmeiß ihn raus ...«

»Schweig!«

Der Küster taucht langsam die Feder ein und schreibt die Namen von beiden Zetteln auf ein neues Blatt.

»Ich schreib sie alle auf wie eine Herde«, sagt er, »und du bringst sie zum Vater Diakon ... Soll der Diakon rauskriegen, wer davon lebt und wer tot ist; er hat im Seminar studiert, und ich kann diese Sachen da ... Und wenn man mich totschlägt, ich begreife nichts mehr.«

Die Alte nimmt das Blatt Papier, gibt dem Küster ein paar alte Kopekenstücke und trippelt zum Altar.

Die letzte Mohikanerin

An einem herrlichen Frühlingsmorgen saßen ich und ein Gutsbesitzer, der pensionierte Stabsrittmeister Dokukin, bei dem ich im Frühjahr zu Besuch war, im Großvatersessel und schauten träge durchs Fenster. Wir langweilten uns schrecklich.

»Pfui!« murmelte Dokukin. »Ist das langweilig, man könnte sich sogar über einen Gerichtsvollzieher freuen!«

Vielleicht sollte man sich schlafen legen? überlegte ich.

Und wir dachten eine ganze Zeit über die Langeweile nach, bis wir durch die schon lange nicht mehr geputzten, in allen Regenbogenfarben schillernden Fensterscheiben eine kleine Veränderung bemerkten, die sich im Kreislauf des Weltalls vollzogen hatte: Ein Hahn, der neben dem Tor auf einem Haufen vorjährigen Laubes gestanden und mal das eine, mal das andere Bein gehoben hatte (er wollte beide Beine auf einmal heben), fuhr plötzlich auf und lief, wie von einer Tarantel gestochen, vom Tor weg zur Seite.

»Da kommt jemand gegangen oder gefahren ...« Dokukin

lächelte. »Wenn der Teufel doch Gäste herführen würde. Dann wäre es immerhin ein bißchen lustiger ...«

Der Hahn hatte uns nicht betrogen. Im Tor zeigte sich zuerst ein Pferdekopf mit einem grünen Krummholz, dann das ganze Pferd und endlich eine dunkle, schwere Kalesche mit großen unförmigen Türen, die an die Flügel eines Käfers erinnerten, der gerade losfliegen will. Die Kalesche fuhr in den Hof, bog schwerfällig nach links ein und rollte unter Kreischen und Poltern zum Pferdestall. Zwei menschliche Gestalten saßen darin: eine Frauengestalt und eine andere, kleinere – die eines Mannes.

»Hol's der Teufel ...« murmelte Dokukin, sah mich mit erschrockenen Augen an und kratzte sich die Schläfe. »Da hat doch der Teufel seine Hand im Spiel gehabt. Nicht umsonst habe ich heute von einem Ofen geträumt.«

»Was denn? Wer ist da gekommen?«

»Mein Schwesterchen mit ihrem Mann, sollen sie ...«

Dokukin erhob sich und schritt nervös im Zimmer auf und ab.

»Mir ist sogar unterm Herzen kalt geworden ...« brummte er. »Es ist zwar eine Sünde, wenn man der leiblichen Schwester gegenüber keine verwandtschaftlichen Gefühle hegt, aber – glauben Sie mir – es fällt mir leichter, mich im Wald mit einem Räuberhauptmann zu treffen als mit ihr. Wollen wir uns nicht verstecken? Soll Timoška schwindeln und sagen, daß wir zu einer Versammlung gefahren sind.«

Dokukin rief laut nach Timoška. Aber es war schon zu spät, um zu lügen und sich zu verstecken. Einen Augenblick später hörte man im Vorzimmer Tuscheln: ein weiblicher Baß flüsterte mit einem männlichen Tenor.

»Leg mir unten den Volant zurecht«, sagte der Frauenbaß. »Du hast wieder die falschen Hosen angezogen!«

»Die blauen haben Sie dem Onkel Vasilij Antipyč gegeben, und die bunten befahlen Sie mir bis zum Winter wegzulegen«, rechtfertigte sich der Tenor. »Soll ich Ihnen den Schal nachtragen, oder befehlen Sie, ihn hierzulassen?«

Endlich öffnete sich die Tür, und ins Zimmer trat eine hochgewachsene, üppige Dame von etwa vierzig Jahren in einem hellblauen Seidenkleid. Auf ihrem rotwangigen, sommersprossigen Gesicht las man so viel stumpfsinnigen Hochmut, daß ich sofort fühlte, warum Dokukin sie nicht mochte. Hinter der üppigen Dame trippelte ein kleines, schmächtiges Männchen in einem bunten Gehröckchen, weiten Hosen und einer Samtweste – er hatte schmale Schultern, sein bartloses Gesicht zierte ein rotes Näschen. An seiner Weste baumelte ein goldenes Kettchen, das einer Ampelkette glich. Mit seiner Kleidung, seinen Bewegungen, seinem Näschen, mit seiner ganzen lächerlichen Gestalt machte er einen sklavisch-demütigen, niedergeschlagenen Eindruck ... Die gnädige Frau kam herein, und als hätte sie uns nicht bemerkt, begab sie sich zu den Heiligenbildern und begann sich zu bekreuzigen.

»Bekreuzige dich!« wandte sie sich an den Mann. Das Männchen mit der roten Nase zuckte zusammen und bekreuzigte sich.

»Guten Tag, Schwester«, sagte Dokukin seufzend und wandte sich an die Dame, als diese mit Beten fertig war.

Die Dame lächelte selbstbewußt und streckte Dokukin ihre Lippen zum Kuß entgegen.

Das Männchen drängte sich ebenfalls zum Kuß.

»Gestatten vorzustellen ... Meine Schwester Olympiada Egorovna Chlykina ... Ihr Mann Dosifej Andreič. Und das ist ein guter Bekannter von mir ...«

»Sehr erfreut«, sagte Olympiada Egorovna gedehnt, ohne mir die Hand zu geben. »Sehr erfreut ...«

Wir setzten uns und schwiegen eine Minute lang.

»Du hast wohl keine Gäste erwartet?« begann Olympiada Egorovna und wandte sich dabei an Dokukin. »Ich habe selbst nicht gedacht, daß ich heute bei dir sein würde, Brüderchen, aber ich fahre zum Adelsmarschall, also im Vorbeifahren ...«

»Und weshalb fährst du zum Adelsmarschall?« fragte Dokukin.

»Weshalb? Na, um mich über ihn zu beklagen«, antwortete die Dame und wies mit einer Kopfbewegung auf ihren Mann.

Dosifej Andreič schlug die Äuglein nieder, steckte die Beine unter den Stuhl und hüstelte verwirrt in die Faust.

»Weswegen willst du dich über ihn beklagen?«

Olympiada Egorovna seufzte.

»Er vergißt seinen Stand«, sagte sie. »Was soll ich machen? Ich habe mich, Brüderchen, bei dir beschwert, bei seinen Eltern, ich bin mit ihm zum Vater Grigorij gefahren, damit er ihm die Leviten liest, und selbst habe ich auch verschiedene Maßnahmen ergriffen, aber nichts ist dabei herausgekommen! Notgedrungen muß ich den Herrn Adelsmarschall belästigen ...«

»Aber was hat er denn eigentlich getan?«

»Nichts hat er getan, aber seinen Stand vergißt er! Wenn er auch nicht trinkt und fromm und ehrerbietig ist, was hat denn das alles für einen Sinn, wenn er seinen Stand vergißt! Schau mal, wie krumm er dasitzt, als ob er irgendein Bittsteller oder Raznotschinze wäre. Sitzen denn Adlige so da? Sitze, wie es sich schickt! Hörst du?«

Dosifej Andreič reckte den Hals und hob das Kinn, wahrscheinlich, um sich zu setzen, wie es sich schickt, und schaute ängstlich und mürrisch auf seine Frau. So blicken kleine Kinder, wenn sie sich schuldig fühlen. Als ich merkte, daß die Unterhaltung einen intimen, familiären Charakter annahm, erhob ich mich und wollte hinausgehen. Die Chlykina bemerkte meine Bewegung.

»Macht nichts, bleiben Sie ruhig sitzen«, mit diesen Worten hielt sie mich zurück. »Für junge Leute ist es ganz nützlich, sich das mit anzuhören. Wenn wir auch keine Gelehrten sind, aber erlebt haben wir schon mehr als Sie. Gott gebe, daß alle so leben, wie wir gelebt haben ... Und wir, Brüderchen, werden noch zusammen zu Mittag essen.« Die Chlykina drehte sich nach ihrem Bruder um. »Aber wahrscheinlich ist bei euch heute Fleischtag ... Du entsinnst dich gewiß nicht, daß heute Mittwoch ist.« Sie seufzte. »Bitte, laß für uns eine Fastenspeise bereiten; mach, wie du denkst, Brüderchen, aber wir essen kein Fleisch.«

Dokukin rief Timoška und bestellte ein Fastenessen. »Wir essen zu Mittag, und dann geht's zum Adelsmarschall ...« fuhr die Chlykina fort. »Ich werde ihn anflehen, daß er ihm seine Aufmerksamkeit zuwendet. Das ist seine Sache, aufzupassen, daß die Adligen nicht auf Abwege geraten ...«

»Ist Dosifej etwa auf Abwege geraten?« fragte Dokukin.

»Als ob du das zum erstenmal hörst«, antwortete die Chlykina stirnrunzelnd. »Um die Wahrheit zu sagen, dir ist es ja egal ... Du selbst besinnst dich nicht allzuoft auf deinen Stand ... Aber wir werden mal den jungen Herrn hier fragen. Junger Mann«, wandte sie sich an mich, »ist es Ihrer Meinung nach gut und richtig, wenn ein vornehmer Mensch mit allerlei Pöbel verkehrt?«

»Es kommt drauf an, mit wem ...« entgegnete ich verlegen.

»Nehmen wir meinetwegen den Kaufmann Gusev. Ich lasse

diesen Gusev nicht über die Schwelle, aber er spielt mit ihm Dame und geht zu ihm frühstücken. Schickt es sich für ihn, mit einem Schreiber auf die Jagd zu gehen? Worüber kann er sich mit einem Schreiber unterhalten? Ein Schreiber hat sich nicht mit ihm zu unterhalten, er darf in seiner Gegenwart nicht einmal wagen, piep zu sagen, wenn Sie's wissen wollen, gnädiger Herr.«

»Ich habe einen schwachen Charakter ...« flüsterte Dosifej Andreič.

»Ich werde dir schon den Charakter beibringen!« drohte ihm seine Frau und klopfte wütend mit dem Ring auf die Stuhllehne. »Ich werde dir nicht erlauben, unsere Familie in Verlegenheit zu bringen! Wenn du auch mein Mann bist, aber ich werde dich blamieren! Begreifst du das! Ich habe dich zu einem Menschen gemacht! Sein Geschlecht, das der Chlykins, ist ein heruntergekommenes Geschlecht, und wenn ich, eine geborene Dokukina, ihn geheiratet habe, so muß er das schätzen und fühlen. Er kommt mich teuer zu stehen, mein Herr, wenn Sie es wissen wollen. Was hat es mich gekostet, ihm eine Anstellung zu verschaffen! Fragen Sie ihn selbst! Wenn Sie es wissen wollen, allein sein Examen für die erste Rangklasse kostete mich dreihundert Rubelchen. Aber weshalb gebe ich mir solche Mühe? Meinst du Tölpel, ich bemühe mich deinetwegen? Bilde dir das nicht ein! Der Name unseres Geschlechts ist mir teuer. Wäre nicht die Familie, so wärest du bei mir schon längst in der Küche verfault, wenn du es wissen willst!«

Der arme Dosifej Andreič hörte zu, schwieg und krümmte sich nur, ich weiß nicht, warum – ob vor Angst oder vor Scham. Auch während des Mittagessens ließ ihn die gestrenge Gattin nicht in Ruhe. Sie verfolgte ihn mit den Blicken und beobachtete jede seiner Bewegungen.

»Salz dir die Suppe! Du hältst den Löffel falsch! Schieb die Salatschüssel von dir weg, sonst stößt du mit dem Ärmel daran! Blinzele nicht mit den Augen!«

Und er aß hastig und duckte sich unter ihrem Blick wie ein Kaninchen unter dem Blick einer Riesenschlange. Er aß mit seiner Frau die Fastenspeise und schaute immer wieder gierig auf unsere Koteletts.

»Bete!« befahl ihm seine Frau nach dem Essen. »Bedanke dich bei dem Brüderchen!«

Nach dem Mittagessen ging Frau Chlykina in das Schlafzimmer, um sich auszuruhen. Als sie gegangen war, griff sich Dokukin in die Haare und ging im Zimmer auf und ab.

»Na, bist du aber ein unglücklicher Mensch, mein Lieber«, sagte er zu Dosifej und holte tief Atem. »Ich habe eine Stunde mit ihr zusammengesessen und bin erschöpft; wie kannst du es mit ihr bloß Tage und Nächte . . . ach! Du bist ein Märtyrer, ein unglücklicher Märtyrer! Du bist ein Kind Bethlehems, von Herodes getötet!«

Dosifej blinzelte und meinte:

»Streng ist sie, das stimmt, aber ich muß für sie Tag und Nacht zu Gott beten, weil ich von ihr nichts als Wohltat und Liebe erfahre.«

»Ein verlorener Mensch!« Dokukin winkte ab. »Und einst hat er in den Versammlungen Reden gehalten und sich mit der Erfindung einer neuen Sämaschine befaßt. Die Hexe hat diesen Menschen fertiggemacht! Ach!«

»Dosifej!« ertönte der Frauenbaß. »Wo bist du denn? Komm her, verjag mir die Fliegen!«

Dosifej Andreič fuhr zusammen und eilte auf Zehenspitzen in das Schlafzimmer . . .

»Pfui!« rief Dokukin und spuckte hinter ihm aus.

Im Hotel

»Hören Sie mal, Teuerster!« schrie schäumend und rot vor Wut die Mieterin des Hotelzimmers Nummer siebenundvierzig, Frau Oberst Našatyrina, den Wirt an. »Entweder geben Sie mir ein anderes Zimmer, oder aber ich verlasse endgültig Ihr verfluchtes Hotel. Das ist ja eine Spelunke! Ich bitte Sie, ich habe erwachsene Töchter, und hier hört man Tag und Nacht nur Gemeinheiten. Was soll das heißen! Tag und Nacht! Manchmal platzt er mit Sachen heraus, daß es nicht zum Anhören ist! Einfach wie ein Droschkenkutscher! Es ist noch gut, daß meine armen Mädchen das nicht verstehen, sonst müßte man mit ihnen auf die Straße laufen . . . Auch jetzt erzählt er irgend etwas! Hören Sie mal zu!«

»Ich kenne dir, mein Lieber, noch einen tolleren Fall«, ertönte eine heisere Baßstimme aus dem Nachbarzimmer. »Erinnerst du dich an den Leutnant Družkov? Also dieser selbe Družkov schickt einst mit Klopfstoß den Gelben in die Ecke, und wie gewöhnlich, weißt du, hat er das Bein dabei gehoben ... Plötzlich macht es: krach! Man dachte zuerst, er hätte das Billardtuch zerrissen, aber als man ihn ansah, mein Lieber, waren es seine Unaussprechlichen, bei denen alle Nähte geplatzt waren. So hoch hat das Luder das Bein gehoben, daß keine Naht heil blieb ... Hahaha. Und gerade zu diesem Zeitpunkt waren Damen da ... unter anderem die Frau des geifernden Unterleutnants Okurin ... Okurin wurde wütend ... Wie untersteht er sich, im Beisein seiner Frau sich so unanständig zu benehmen? Ein Wort gab das andere ... du kennst doch unsere Leute ... Okurin schickt Družkov seine Sekundanten, aber Družkov ist nicht dumm und sagt ... hahaha ... und sagt: ›Er soll sie nicht zu mir schicken, sondern zu dem Schneider, der mir die Hosen genäht hat. Der ist doch schuld!‹ Hahaha!«

Lilja und Mila, die Töchter der Frau Oberst, die am Fenster saßen und ihre vollen Wangen auf die Fäuste stützten, schlugen ihre verschwommenen Äuglein nieder und erröteten.

»Haben Sie es nun gehört?« fuhr die Našatyrina fort und wandte sich an den Wirt. »Und das ist Ihrer Meinung nach nichts? Mein lieber Herr, ich bin eine Frau Oberst! Mein Mann ist Militärkommandeur! Ich werde nicht erlauben, daß fast in meinem Beisein irgendein Droschkenkutscher solche Gemeinheiten redet!«

»Das ist kein Droschkenkutscher, gnädige Frau, sondern der Stabskapitän Kikin ... Von adliger Herkunft.«

»Wenn er seinen Adel so vergessen hat, daß er sich wie ein Droschkenkutscher ausdrückt, dann verdient er noch mehr Verachtung! Mit einem Wort, machen Sie keine Einwände, sondern ergreifen Sie bitte Maßnahmen!«

»Aber was kann ich denn machen, gnädige Frau? Nicht Sie allein beschweren sich, alle klagen – doch was soll ich mit ihm machen? Man kommt zu ihm ins Zimmer und beginnt ihm ins Gewissen zu reden: ›Hannibal Ivanyč! Fürchten Sie Gott! Es ist doch peinlich!‹ – da hält er einem gleich die Faust unter die Nase und schimpft: ›Kannst mal das hier riechen!‹ und so weiter. Eine Gemeinheit! Wacht er morgens auf, schon läuft er im Korridor auf und ab, lediglich, entschuldigen Sie, in Unterwäsche. Oder er nimmt sich da im betrunkenen Zustand einen

Revolver und feuert Kugeln in die Wand. Am Tag säuft er Wein, nachts spielt er mit Leidenschaft Karten ... Und nach dem Kartenspiel gibt es eine Prügelei ... Man schämt sich ja vor den Mietern!«

»Warum kündigen Sie diesem Halunken nicht?«

»Kann man denn so einen ausräuchern? Er ist für drei Monate die Miete schuldig, wir verzichten schon auf das Geld, zieh nur aus, sei so gut ... Der Friedensrichter verurteilte ihn, das Zimmer zu räumen, aber er hat Berufung und Revision eingelegt, und so zieht er es in die Länge ... Nur Kummer hat man mit ihm! Mein Gott, was ist das aber für ein Mensch! Jung, schön, klug ... Wenn er nicht betrunken ist, gibt es keinen besseren Menschen. Neulich, als er mal nüchtern war, schrieb er den ganzen Tag Briefe an seine Eltern.«

»Arme Eltern!« seufzte die Frau Oberst.

»Natürlich sind die zu bedauern. Ist es denn angenehm, so einen Taugenichts zum Sohn zu haben? Man beschimpft ihn und jagt ihn aus dem Hotel, und es vergeht kein Tag, daß er nicht wegen eines Skandals vor Gericht muß. Ein Unglück!«

»Arme, unglückliche Gattin!« seufzte Frau Oberst.

»Er ist nicht verheiratet, gnädige Frau. Wie sollte er denn! Wenn nur sein Kopf heil bleibt, sollte er schon Gott danken ...«

Die Frau Oberst ging von einer Ecke in die andere.

»Er ist nicht verheiratet, sagen Sie?«

»Keineswegs, gnädige Frau.«

Die Frau Oberst ging abermals von einer Ecke in die andere und überlegte ein wenig.

»Hm ...! Nicht verheiratet«, sagte sie nachdenklich. »Hm ...! Lilja und Mila, sitzt nicht am Fenster – es zieht! Wie schade! Ein junger Mann läßt sich so gehen! Und warum? Ihm fehlt der gute Einfluß! Keine Mutter, die ihn ... Nicht verheiratet? Nun, das ist es ... wirklich ... Bitte, seien Sie so lieb«, fuhr die Frau Oberst milder gestimmt fort, nachdem sie nachgedacht hatte, »gehen Sie zu ihm und bitten Sie in meinem Namen, daß er ... sich mit seinen Ausdrücken zurückhält ... Sagen Sie: Frau Oberst Našatyrina bittet ihn darum ... Sie wohnt, sagen Sie, mit ihren Töchtern in Zimmer siebenundvierzig ... Sie ist von ihrem Gut gekommen ...«

»Zu Befehl.«

»Sagen Sie so: Frau Oberst mit ihren Töchtern. Soll er wenigstens kommen und sich entschuldigen ... Nachmittags sind wir immer zu Hause. Ach, Mila, mach das Fenster zu!«

»Aber Mama, was haben Sie an diesem ... Trunkenbold gefunden?« sagte Lilja gedehnt, nachdem der Wirt gegangen war. »Was ist denn in Sie gefahren, ihn einzuladen? Ein Säufer, ein Raufbold, ein Vagabund!«

»Ach, sag das nicht, ma chère ... Ihr redet ewig so, nun, und ... bleibt sitzen! Was ist denn dabei? Wie er auch sein mag, aber man soll ihn auch nicht verachten ... Jedes Hälmchen hat seinen Nutzen. Wer weiß?« seufzte die Frau Oberst und betrachtete voller Sorge ihre Töchter. »Vielleicht liegt hier euer Schicksal. Zieht euch auf alle Fälle an ...«

Die Krähe

Es war nicht später als sechs Uhr abends, als der durch die Stadt irrende Leutnant Strekačov an einem großen dreistöckigen Haus vorüberkam und zufällig einen Blick auf die rosafarbenen Gardinen im ersten Stock warf.

Hier wohnt Madame Doudou ... fiel ihm ein. Schon lange war ich nicht mehr bei ihr. Ob ich nicht mal vorspreche?

Aber bevor Strekačov über diese Frage entschied, nahm er seine Geldbörse aus der Tasche und schaute zaghaft hinein. Er erblickte dort nur einen zerknitterten, nach Petroleum riechenden Rubelschein, einen Knopf, zwei Kopeken und – weiter nichts.

Zuwenig ... Nun, macht nichts. Ich spreche nur mal vor und bleibe ein wenig sitzen, beschloß er.

Eine Minute später stand Strekačov schon im Vorzimmer und atmete in vollen Zügen einen starken Duft von Parfüm und Glyzerinseife ein. Es roch nach etwas, was unmöglich zu beschreiben ist, aber was man in jeder sogenannten Junggesellenwohnung einer Frau wahrnehmen kann: ein Gemisch von weiblichem Patschuli und männlichem Zigarrenduft. Auf dem Kleiderständer hingen einige Pelerinen, Damenmäntel und ein glänzender Herrenzylinder. Als der Leutnant den Saal betrat, erblickte er das gleiche, was er auch im vergangenen Jahr gesehen hatte: ein Klavier mit zerrissenen Noten, eine kleine Vase mit verwelkten Blumen und auf dem Fußboden einen Fleck von vergossenem Likör ... Die eine Tür führte in den Salon, die andere in ein kleineres Zimmer, in dem Mme Doudou schlief oder mit dem Tanzlehrer Vrondij, einem Greis, der Offenbach ähnlich sah, Pikett spielte. Schaute man in den Salon, erblickte man geradezu eine Tür, durch die ein Bettrand mit einem Vorhang aus rosafarbenem Musselin zu sehen war. Dort wohnten die ›Zöglinge‹ von Mme Doudou: Barbe und Blanche.

Im Saal war niemand. Der Leutnant begab sich in den Salon, und hier erblickte er ein lebendes Wesen. An einem runden Tisch saß, auf ein Sofa hingelümmelt, ein junger Mann mit borstigen Haaren und trüben blauen Augen, auf seiner Stirn stand kalter Schweiß, und er zog ein Gesicht, als sei er aus einer tiefen Grube herausgekrochen, in der es dunkel und schrecklich war. Er war stutzerhaft in einen neuen Trikotanzug gekleidet, der noch die Spuren eifrigen Bügelns aufwies; auf seiner Brust baumelte eine Berlocke; an den Füßen hatte er lackierte Stiefeletten mit Schnallen und rote Strümpfe. Der junge Mann stützte seine feisten Wangen auf die Fäuste und schaute trübe auf ein vor ihm stehendes Fläschchen Selterswasser. Auf einem anderen Tisch standen ebenfalls mehrere Flaschen sowie ein Teller Apfelsinen.

Als der Stutzer den Leutnant eintreten sah, riß er Mund und Augen auf. Strekačov wich erstaunt einen Schritt zurück ... In dem Stutzer hatte er mit einiger Mühe den Schreiber Filenkov erkannt, den er erst heute früh wegen eines fehlerhaft geschriebenen Dokumentes tüchtig heruntergeputzt hatte; er hatte nämlich statt Kohl Kol geschrieben.

Filenkov erhob sich langsam und stützte sich dabei mit den Händen auf den Tisch. Einige Augenblicke wandte er kein Auge von dem Gesicht des Leutnants, und er lief sogar vor innerer Spannung blau an.

»Wie bist du denn hierhergeraten?« fragte Strekačov streng.

»Ich bin, Euer Wohlgeboren«, stammelte der Schreiber und schlug die Augen nieder, »ich bin zum Geburtstag ... Bei der allgemeinen militärischen Dienstpflicht, als man alle gleichgestellt hat, die ...«

»Ich frage dich, wie du hierhergeraten bist?« wiederholte der Leutnant mit gehobener Stimme. »Und was ist das für ein Anzug?«

»Ich fühle mich schuldig, Euer Wohlgeboren, aber ... wenn

man bedenkt, daß man bei der allgemeinen Dienst ... Militärgemeinheit alle gleichgestellt hat, und weil ich doch ein gebildeter Mensch bin, kann ich beim Geburtstag von Mamsell Barbe nicht in der Uniform eines Gemeinen anwesend sein, daher habe ich auch diesen Anzug angezogen, der meinen häuslichen Bräuchen entspricht, weil ich nämlich ein erblicher Ehrenbürger bin.«

Als Filenkov merkte, daß die Blicke des Leutnants immer böser wurden, schwieg er und senkte den Kopf, als erwarte er, man werde ihm gleich einen Schlag in den Nacken versetzen. Der Leutnant machte den Mund auf, um »Pack dich!« hervorzustoßen, aber in diesem Moment trat mit hochgezogenen Augenbrauen eine Blondine in den Salon, die in einen grellgelben Morgenrock gekleidet war.

Als sie den Leutnant erkannte, kreischte sie auf und stürzte auf ihn zu.

»Vasja! Mein Offizier!«

Als der Schreiber sah, daß Barbe (es war eine von den Zöglingen der Mme Doudou) mit dem Leutnant auf vertrautem Fuße stand, faßte er sich und lebte auf. Die Finger gespreizt, sprang er hinter dem Tisch hervor und fuchtelte mit den Armen.

»Euer Wohlgeboren!« begann er, sich überstürzend. »Ich habe die Ehre, zum Geburtstag des geliebten Wesens zu gratulieren! Solch eine findet man nicht einmal in Paris! Jawohl! Ein Feuer! Dreihundert taten mir nicht leid, und ich ließ dem geliebten Wesen dieses Morgenkleid nähen, aus Anlaß des Geburtstags! Champagner, Euer Wohlgeboren! Auf das Geburtstagskind!«

»Und wo ist Blanche?« fragte der Leutnant.

»Sie kommt gleich, Euer Wohlgeboren«, antwortete der Schreiber, obwohl die Frage nicht an ihn, sondern an Barbe gerichtet war. »Sofort! Ein Mädchen a la komprenee arewuar konsomee! Neulich kam ein Kaufmann aus Kostroma, fünfhundert hat er springen lassen ... Keine Kleinigkeit, fünfhundert! Ich gebe tausend, aber erst muß man meinem Charakter Rechnung tragen! Urteile ich richtig? Euer Wohlgeboren, darf ich bitten!«

Der Schreiber reichte dem Leutnant und Barbe ein Glas Champagner, er selbst nahm aber ein Gläschen Vodka. Der Leutnant trank, doch sogleich besann er sich eines anderen.

»Du erlaubst dir zuviel, wie ich sehe«, sagte er. »Geh mal los und sag Demjanov, er soll dich für vierundzwanzig Stunden einsperren.«

»Euer Wohlgeboren, Sie denken wohl, ich bin irgendein Schwein? Denken Sie so? Mein Gott! Mein Papachen ist doch erblicher Ehrenbürger, ein Ordensritter! Und mich hat, wenn Sie es wissen wollen, ein General getauft. Und Sie denken, wenn ich ein Schreiber bin, so bin ich schon ein Schwein ...? Bitte noch ein Gläschen ... von dem perlenden ... Mach hin, Barbe! Genier dich nicht, ich kann alles bezahlen. Bei der heutigen Bildung sind alle gleichgestellt. Ob es ein Generalssohn oder ein Kaufmannssohn ist, zum Dienst geht jeder wie ein Bauer. Ich war, Euer Wohlgeboren, im Gymnasium, in der Realschule und in der Handelsschule ... Überall hat man mich hinausgeworfen! Barbe, mach hin! Nimm einen bunten, laß ein Dutzend holen! Euer Wohlgeboren, ein Gläschen!«

Da trat Mme Doudou ein, eine hochgewachsene üppige Dame mit einem Habichtsgesicht. Hinter ihr her trippelte der Offenbach ähnelnde Vrondij. Etwas später kam auch Blanche, eine kleine Brünette von etwa neunzehn Jahren mit einem strengen Gesicht und einer griechischen Nase, augenscheinlich eine Jüdin. Der Schreiber warf noch einen bunten Geldschein auf den Tisch.

»Verbrate das! Mach's alle! Erlauben Sie mir, diese Vase zu zerschlagen! Aus Gefühl!«

Mme Doudou begann zu erzählen, daß jedes ehrbare Mädchen jetzt eine gute Partie machen könne und daß es für Mädchen unschicklich sei zu trinken; wenn sie ihren Mädchen erlaubt habe zu trinken, so nur, weil sie hoffe, die Männer seien anständig, aber wären die Männer anders, hätte sie ihnen nicht einmal erlaubt, hier zu sitzen.

Vom Wein und von Blanches Nähe wurde dem Leutnant schwindlig, und er hatte den Schreiber vergessen.

»Musik!« brüllte der Schreiber mit verwegener Stimme. »Musik her! Auf Grund des Befehls Nummer hundertzwanzig schlage ich Ihnen vor zu tanzen! Lei-ser!« fuhr der Schreiber aus vollem Halse zu brüllen fort, wobei er anzunehmen schien, daß nicht er, sondern ein anderer schreie. »Leiser! Ich wünsche, daß getanzt wird! Ihr müßt meinem Charakter Rechnung tragen! Eine Cachucha! Eine Cachucha!«

Barbe und Blanche berieten sich mit Mme Doudou, und der alte Vrondij setzte sich ans Klavier. Der Tanz begann. Filenkov klopfte mit den Füßen den Takt, verfolgte die Bewegungen der vier Damenbeine und wieherte vor Begeisterung. »Reiß es hoch!

Richtig! Mehr Gefühl! Hoch das Bein, es ist ja wie angefroren!«

Etwas später fuhr die ganze Gesellschaft in Kutschen zu dem Restaurant ›Arkadia‹. Filenkov fuhr mit Barbe, der Leutnant mit Blanche, Vrondij mit Mme Doudou. Im ›Arkadia‹ nahmen sie einen Tisch und bestellten ein Abendessen. Hier betrank sich Filenkov so, daß er ganz heiser wurde und nicht mal mehr mit den Händen herumfuchteln konnte. Er saß finster da und blinzelte mit den Augen, als wolle er gleich losheulen.

»Wer bin ich? Bin ich etwa ein Mensch? Ich bin eine Krähe! Ein erblicher Ehrenbürger ...« äffte er sich selber nach. »Du bist eine Krähe, aber kein Bür ... Bürger.«

Der Leutnant, vom Wein benebelt, bemerkte ihn kaum. Nur einmal, als er im Nebel sein trunkenes Gesicht erblickte, runzelte er die Brauen und sagte:

»Ich sehe, du erlaubst dir seh ...«

Aber sofort verlor er die Fähigkeit zu überlegen und stieß mit ihm an.

Vom ›Arkadia‹ fuhr man in den Krestovskij-Park. Hier verabschiedete sich Mme Doudou von der Jugend; sie sagte, sie verlasse sich auf die Anständigkeit der Männer, und fuhr mit Vrondij nach Hause. Danach bestellte man zur Erfrischung Kaffee und Kognak und Liköre, darauf Kvas, Vodka und Kaviar. Der Schreiber beschmierte sich das Gesicht mit Kaviar und sagte:

»Ich bin jetzt ein Araber oder so etwas wie ein unsauberer Geist.«

Am nächsten Tage ging der Leutnant in die Kanzlei; sein Kopf war bleiern und sein Mund heiß und trocken. Filenkov saß in Schreiberuniform auf seinem Platz und heftete mit zitternden Händen irgendwelche Papiere zusammen. Sein Gesicht war finster und uneben wie Kopfsteinpflaster, seine borstigen Haare standen nach allen Seiten ab, die Augen fielen ihm zu ... Als er den Leutnant erblickte, erhob er sich schwerfällig, seufzte und stand stramm. Der Leutnant, böse und noch nicht ganz nüchtern, drehte sich um und machte sich an seine Arbeit. Das Schweigen dauerte etwa zehn Minuten, aber da trafen sich seine Augen mit den trüben Augen des Schreibers, und in diesen Augen las er alles: rote Vorhänge, den aufreizenden Tanz, das ›Arkadia‹, Blanches Profil ...

»Bei der allgemeinen militärischen Dienstpflicht«, fing Filenkov an zu murmeln, »wenn man sogar ... Professoren einzieht

... wenn man alle gleichgestellt hat ... Und sogar die Freiheit der öffentlichen Meinung ...«

Der Leutnant wollte ihn abkanzeln und ihn zu Demjanov schicken, aber er winkte nur ab und sagte leise:

»Nun, hol dich der Teufel!«

Und er verließ die Kanzlei.

Die Stiefel

Der Klavierstimmer Murkin, ein Mann mit einem bartlosen gelben Gesicht, einer Tabaknase und Watte in den Ohren, trat aus seinem Hotelzimmer auf den Korridor und rief mit dröhnender Stimme:

»Semën! Zimmerkellner!«

Wenn man sein erschrockenes Gesicht sah, konnte man denken, ihm sei die Decke auf den Kopf gefallen oder er habe soeben im Zimmer ein Gespenst gesehen.

»Aber ich bitte dich, Semën!« schrie er, als er den Zimmerkellner herbeieilen sah. »Was soll denn das heißen? Ich bin ein rheumatischer, kränklicher Mensch, und du zwingst mich, barfuß herumzulaufen? Warum hast du mir bis jetzt meine Stiefel nicht gebracht? Wo sind sie?«

Semën betrat Murkins Zimmer, schaute auf den Platz, wo er gewöhnlich die geputzten Stiefel hinstellte, und kratzte sich am Hinterkopf: die Stiefel waren nicht da.

»Wo sollen denn die verfluchten Dinger sein?« sagte Semën. »Am Abend habe ich sie doch, meine ich, geputzt und hierhergestellt ... Hm ... Gestern war ich, offen gesagt, betrunken ... Man muß annehmen, daß ich sie in ein anderes Zimmer gestellt habe. Das stimmt, so ist es, Afanasij Egoryč, in ein anderes Zimmer! Bei so vielen Stiefeln soll sich einer auskennen, noch dazu wenn er betrunken ist und nicht alle Sinne beisammen hat ... Wahrscheinlich habe ich sie zu der gnädigen Frau gestellt, die nebenan wohnt ... zu der Schauspielerin ...«

»Jetzt soll ich deinetwegen zu der gnädigen Frau gehen und sie stören! Einer Lappalie wegen eine ehrbare Frau wecken!«

Seufzend und hüstelnd ging Murkin zu der Tür des Nachbarzimmers und klopfte vorsichtig an.

»Wer ist da?« hörte man nach einer Weile eine Frauenstimme.

»Ich bin's!« begann Murkin mit kläglicher Stimme und nahm die Pose eines Kavaliers an, der mit einer vornehmen Dame spricht. »Entschuldigen Sie die Störung, gnädige Frau, aber ich bin ein kränklicher, rheumatischer Mensch ... Die Ärzte, gnädige Frau, haben mir verordnet, die Füße warm zu halten, um so mehr, als ich gleich zu der Generalin Ševelicyna gehen muß, den Flügel stimmen. Ich kann doch zu ihr nicht barfuß gehen ...!«

»Und was brauchen Sie? Was für einen Flügel?«

»Keinen Flügel, gnädige Frau, sondern in bezug auf die Stiefel! Der Dummkopf Semën hat meine Stiefel geputzt und aus Versehen in Ihr Zimmer gestellt. Seien Sie so liebenswürdig, gnädige Frau, geben Sie mir meine Stiefel!«

Man hörte ein Rascheln, einen Sprung aus dem Bett und ein Schlürfen von Pantoffeln, dann öffnete sich ein wenig die Tür, und ein molliges Frauenhändchen warf Murkin ein Paar Stiefel vor die Füße.

Der Klavierstimmer bedankte sich und begab sich in sein Zimmer.

»Eigenartig ...« murmelte er, als er die Stiefel anzog. »Als ob da kein rechter Stiefel wäre. Das sind ja zwei linke Stiefel! Beide links! Hör mal, Semën, das sind doch nicht meine Stiefel! Meine Stiefel haben rote Ösen und keine Flicken, und diese hier sind zerrissen und ohne Ösen!«

Semën hob die Stiefel auf, drehte sie ein paarmal vor seinen Augen hin und her und machte ein finsteres Gesicht.

»Das sind die Stiefel von Pavel Aleksandryč ...« brummte er und blickte von der Seite.

Er schielte auf dem linken Auge.

»Von was für einem Pavel Aleksandryč?«

»Dem Schauspieler ... jeden Dienstag kommt er hierher ... Er hat also statt der seinen Ihre angezogen ... Ich habe demnach zu ihr ins Zimmer beide Paare gestellt: seine und Ihre. Eine schöne Bescherung!«

»So geh hin und tausch sie um!«

»Na, prost Mahlzeit!« Semën lächelte. »Geh hin und tausch sie um! Wo soll ich ihn denn jetzt hernehmen? Er ist schon seit einer Stunde weg ... Geh und such den Wind auf dem Feld!«

»Wo wohnt er denn?«

»Wer soll das wissen! Er kommt jeden Dienstag hierher, aber

wo er wohnt, das ist uns nicht bekant. Er kommt, übernachtet hier, und dann kannst du auf ihn bis zum nächsten Dienstag warten ...«

»Da siehst du Flegel, was du angerichtet hast! Was soll ich jetzt tun! Es ist schon Zeit für mich, zur Generalin Ševelicyna zu gehen, du verwünschtes Subjekt! Ich friere an den Füßen!«

»Die Stiefel umtauschen dauert nicht lange. Ziehen Sie diese Stiefel an, laufen Sie darin bis zum Abend, und abends gehen Sie ins Theater ... Fragen Sie dort nach dem Schauspieler Blistanov ... Wenn Sie nicht ins Theater gehen wollen, müssen Sie bis nächsten Dienstag warten. Er kommt nur dienstags hierher ...«

»Aber warum sind hier zwei linke Stiefel?« fragte der Klavierstimmer und griff widerwillig nach den Stiefeln.

»Was ihm der Himmel schickt, das trägt er auch. Aus Armut ... Wo soll ein Schauspieler was hernehmen ...? ›Sie haben aber Stiefel, Pavel Aleksandryč‹, sage ich. ›Die reine Schande!‹ Er aber sagt: ›Verstumme‹, sagt er, ›und erblasse! In diesen Stiefeln habe ich Grafen und Fürsten gespielt.‹ Ein komisches Volk! Mit einem Wort, ein Künstler. Wenn ich ein Gouverneur oder irgendein Vorgesetzter wäre, ich würde alle diese Schauspieler festnehmen – hinter Schloß und Riegel mit ihnen!«

Unter endlosem Ächzen und mit schmerzverzogenem Gesicht zog Murkin die Stiefel an und begab sich hinkend zu der Generalin Ševelicyna. Den ganzen Tag lief er in der Stadt herum und stimmte Klaviere, und den ganzen Tag schien es ihm, als blicke die ganze Welt auf seine Füße und sähe dort die Stiefel mit den Flicken und den schiefen Absätzen. Außer den moralischen mußte er auch noch physische Qualen erdulden: er lief sich Blasen.

Abends war er im Theater. Man spielte ›Ritter Blaubart‹. Erst vor dem letzten Akt, und auch das nur dank der Protektion eines ihm bekannten Flötisten, ließ man ihn hinter die Kulissen. Als er die Herrengarderobe betrat, traf er dort das ganze männliche Personal an. Die einen zogen sich um, die anderen schminkten sich, die dritten rauchten. Blaubart stand vor dem König Bobèche und zeigte ihm einen Revolver.

»Kaufe ihn«, sagte Blaubart. »Ich habe ihn in Kursk für acht Rubel erstanden, es war ein Gelegenheitskauf, dir gebe ich ihn für sechs ... Wunderbare Zündung!«

»Vorsichtig ... Er ist geladen!«

»Kann ich Herrn Blistanov sprechen?« fragte der eintretende Klavierstimmer.

»Bin es selbst«, antwortete Blaubart und drehte sich zu ihm um. »Was wünschen Sie?«

»Entschuldigen Sie die Störung, gnädiger Herr«, begann der Klavierstimmer mit flehender Stimme, »aber glauben Sie mir, ich bin ein kränklicher, rheumatischer Mensch ... Die Ärzte haben mir verordnet, die Füße warm zu halten ...«

»Was wünschen Sie denn eigentlich?«

»Sehen Sie ...« fuhr der Klavierstimmer fort, während er sich an Blaubart wandte. »Nämlich ... Sie waren diese Nacht im Hotel Buchteev ... im Zimmer Nummer vierundsechzig ...«

»Na, was lügst du da!« sagte der König Bobèche lächelnd. »Im Zimmer Nummer vierundsechzig wohnt meine Frau!«

»Ihre Frau? Sehr angenehm ...« Murkin lächelte. »Ihre Gattin hat mir eigentlich auch seine Stiefel ausgehändigt ... Als er« – der Klavierstimmer zeigte auf Blistanov – »von ihr weggegangen war, vermißte ich plötzlich meine Stiefel ... ich rufe, wissen Sie, den Zimmerkellner, und der Zimmerkellner sagt: ›Gnädiger Herr, ich habe Ihre Stiefel in das Nachbarzimmer gestellt!‹ Er hat aus Versehen, weil er betrunken war, meine und Ihre Stiefel in die Nummer vierundsechzig gestellt« – Murkin drehte sich zu Blistanov um –, »und als Sie von seiner Gattin weggingen, haben Sie meine angezogen ...«

»Aber was soll das heißen?« fragte Blistanov und machte ein finsteres Gesicht. »Sind Sie hierhergekommen, um zu tratschen?«

»Keineswegs! Gott behüte! Sie haben mich nicht verstanden ... Weswegen bin ich denn ... Wegen der Stiefel! Sie haben doch im Zimmer vierundsechzig übernachtet?«

»Wann?«

»In dieser Nacht.«

»Haben Sie mich dort gesehen?«

»Nein, ich habe Sie nicht gesehen«, antwortete Murkin in großer Verlegenheit, während er sich setzte und eilig die Stiefel auszog. »Ich habe Sie nicht gesehen, aber diese Ihre Stiefel hat mir die Gattin von ihm herausgeworfen ... Statt der meinigen.«

»Aber was für ein Recht haben Sie, gnädiger Herr, solche Sachen zu behaupten? Ich spreche nicht einmal von mir, aber Sie beleidigen eine Frau, und noch dazu in Anwesenheit ihres Mannes!«

Hinter den Kulissen erhob sich ein fürchterlicher Lärm. König Bobèche, der gekränkte Ehemann, wurde plötzlich purpurrot und hieb aus voller Kraft mit der Faust auf den Tisch, so daß es in der Nebengarderobe zwei Schauspielerinnen übel wurde.

»Und du glaubst das?« schrie ihn Blaubart an. »Du glaubst diesem Schurken? Ooh! Wenn du willst, ich töte ihn wie einen Hund! Willst du? Ich mach aus ihm ein Beefsteak! Ich werde ihn zerschmettern!«

Und alle, die an diesem Abend im städtischen Garten neben dem Sommertheater spazierengingen, erzählen jetzt, sie hätten gesehen, wie vor dem vierten Akt vom Theater herüber ein barfüßiger Mann mit gelbem Gesicht und schreckerfüllten Augen die Hauptallee entlanggerannt sei. Ihm nach jagte ein Mann im Blaubartkostüm und mit einem Revolver in der Hand. Was weiter passierte, hatte niemand gesehen. Man weiß nur, daß Murkin nach der Bekanntschaft mit Blistanov zwei Wochen krank darniederlag und den Worten: »Ich bin ein kränklicher, rheumatischer Mensch«, noch hinzufügte: »Ich bin ein verwundeter Mensch . . .«

Die Nerven

Der Architekt Dmitrij Osipovič Vaksin war unter dem frischen Eindruck einer gerade erlebten spiritistischen Sitzung nach seinem Landhaus zurückgekehrt. Während er sich auszog und auf sein einsames Lager bettete (Madame Vaksin war zum Pfingstgottesdienst gefahren), rief sich Vaksin unwillkürlich alles, was er gehört und gesehen hatte, ins Gedächtnis zurück. Eine regelrechte Sitzung war es eigentlich nicht gewesen, aber der Abend verging ausschließlich in furchterregenden Gesprächen. Ein Fräulein hatte mir nichts, dir nichts vom Gedankenlesen geredet. Von den Gedanken war man unwillkürlich zu Geistern übergegangen, von Geistern zu Gespenstern und von Gespenstern zu lebendig Begrabenen . . . Ein Herr hatte die schreckliche Erzählung von einem Toten vorgelesen, der sich im Sarg herumgedreht hatte. Vaksin selbst hatte eine Untertasse verlangt und den jungen Damen gezeigt, wie man mit den Geistern sprechen müsse. Er hatte unter anderem seinen Onkel Klavdij Mironovič herbeizitiert und ihn in Gedanken gefragt:

Ist es nicht an der Zeit, mein Haus auf den Namen meiner Frau zu übertragen? Worauf der Onkel geantwortet hatte: Zur rechten Zeit ist alles gut.

In der Natur gibt es viel Geheimnisvolles und ... Schreckliches ... dachte Vaksin, als er unter die Decke kroch. Schrecklich sind nicht die Toten, sondern diese Ungewißheit ...

Es schlug ein Uhr nachts. Vaksin drehte sich auf die andere Seite und blickte unter der Decke hervor auf das blaue Flämmchen der Ikonenlampe. Die Flamme schimmerte und beleuchtete schwach den Heiligenschrein und das große Porträt des Onkels Klavdij Mironovič, das dem Bett gegenüber an der Wand hing.

Und was, wenn in diesem Halbdunkel auf einmal des Onkels Geist erscheint? schoß es Vaksin durch den Kopf. Nein, das ist unmöglich!

Gespenster sind ein Vorurteil, eine Frucht unreifer Verstandeskräfte, aber nichtsdestoweniger zog Vaksin die Decke über die Ohren und schloß die Augen noch fester. In seiner Einbildung tauchte der sich im Grabe herumwälzende Leichnam auf, es erschienen die Bilder seiner verstorbenen Schwiegermutter, eines Kameraden, der sich ertränkt hatte, eines ertrunkenen Mädchens ...

Vaskin versuchte die finsteren Gedanken aus seinem Kopf zu verjagen, aber je energischer er sie verjagte, desto deutlicher wurden die Bilder und desto schrecklicher die Gedanken. Es wurde ihm unheimlich zumute.

Weiß der Teufel ... Du fürchtest dich wie ein kleiner Junge ... zu dumm!

»Tick, tick, tick«, machte die Uhr an der Wand. In der Friedhofskirche läutete der Wächter. Die Töne waren getragen und wehmütig und griffen ans Herz ... Ein kalter Schauer rieselte Vaksin über Nacken und Rücken. Es schien ihm, als atme über seinem Kopf jemand schwer, als sei der Onkel aus seinem Rahmen herausgetreten und beuge sich über den Neffen ... Vaksin bekam unerträgliche Angst. Er preßte die Zähne zusammen und unterdrückte das Atmen. Als schließlich durch das geöffnete Fenster ein Maikäfer geflogen kam und über seinem Bett zu summen begann, konnte er es nicht länger aushalten und zog verzweifelt an der Klingelschnur.

»Demetrij Osipyč, was wollen Sie?« hörte man nach einer Weile hinter der Tür die Stimme der deutschen Gouvernante.

»Ach, Sie sind das, Rozalija Karlovna?« Vaksin freute sich. »Weshalb lassen Sie sich stören? Gavrila hätte doch ...«

»Gavrila haben Sie selbst in die Stadt beurlaubt, und Glafira ist am Abend irgendwohin gegangen ... Es ist niemand zu Hause ... Was wollen Sie?«

»Ich wollte, Mütterchen, folgendes sagen ... Nämlich ... Kommen Sie doch rein, genieren Sie sich nicht! Bei mir ist es dunkel ...«

Die dicke, rotwangige Rozalija Karlovna trat ins Schlafzimmer und blieb in abwartender Haltung stehen.

»Setzen Sie sich, Mütterchen ... Sehen Sie, es handelt sich um folgendes.« Wonach könnte ich sie fragen? dachte Vaksin, während er auf das Bild des Onkels schielte und bemerkte, wie sich sein Herz allmählich wieder beruhigte. »Ich wollte Sie eigentlich um folgendes bitten ... Wenn morgen jemand in die Stadt fährt, so vergessen Sie nicht, ihm zu bestellen, daß er ... nämlich Zigarettenhülsen kaufen soll ... Setzen Sie sich doch!«

»Hülsen! Gut! *Was wollen Sie noch?«*

»Ich will ... Nichts *will* ich, aber ... So setzen Sie sich doch! Ich muß noch etwas nachdenken ...«

»Es gehört sich nicht für eine Jungfrau, im Zimmer eines Mannes zu sein ... Sie sind ein Schelm, wie ich sehe, Demetrij Osipyč ... eine Spottdrossel ... Ich verstehe schon ... Wegen Hülsen weckt man einen Menschen nicht ... Ich verstehe ...«

Rozalija Karlovna drehte sich um und ging hinaus. Vaksin, der sich während des Gesprächs etwas beruhigt hatte und sich seines Kleinmuts schämte, zog die Decke über den Kopf und schloß die Augen. Etwa zehn Minuten fühlte er sich einigermaßen, aber danach geisterte wieder der gleiche Unsinn durch seinen Kopf ... Er spuckte aus, tastete nach den Streichhölzern und zündete die Kerze an, ohne die Augen zu öffnen. Aber auch das Licht half nichts. In seiner schreckerfüllten Einbildung schien es Vaksin, als blicke jemand aus der Ecke und als blinzele der Onkel mit den Augen.

Ich werde noch einmal nach ihr läuten, entschloß er sich. Ich werde ihr sagen, ich sei krank ... Ich werde nach Tropfen verlangen.

Vaksin läutete, aber es erfolgte keine Antwort. Er läutete abermals, und gleichsam als Antwort auf sein Klingeln läutete es auf dem Kirchhof. Von Furcht übermannt und ganz kalt geworden, lief er Hals über Kopf aus dem Schlafzimmer und rannte, sich bekreuzigend und sich seines Kleinmuts wegen beschimpfend, barfuß und lediglich in Unterwäsche zu dem Zimmer der Gouvernante.

»Rozalija Karlovna!« rief er mit zitternder Stimme und klopfte an die Tür. »Rozalija Karlovna! Schlafen ... Sie? Ich bin ... nämlich ... krank ... brauche Tropfen!«

Es erfolgte keine Antwort. Ringsum herrschte tiefe Stille.

»Ich bitte Sie ... verstehen Sie? Ich bitte! Was soll diese ... Prüderie, das verstehe ich nicht, besonders, wenn der Mensch ... krank ist? Was sind Sie doch für eine *Zierlichmanierlich*. In Ihren Jahren ...«

»Ich werde es Ihrer Frau sagen ... Läßt ein ehrbares Mädchen nicht in Ruhe ... Als ich bei dem Baron Anzig wohnte und der Baron wollte wegen Streichhölzern zu mir kommen, da habe ich gleich verstanden, was für Streichhölzer er wollte, und habe es der Baronesse gesagt ... Ich bin ein ehrbares Mädchen ...«

»Ach, was kümmert mich Ihre Ehrpusseligkeit? Ich bin krank ... und bitte um Tropfen. Verstehen Sie! Ich bin krank!«

»Ihre Gattin ist eine ehrbare, gute Frau, Sie sollten sie lieben! Ja! Sie ist edel! Ich möchte nicht ihr Feind werden!«

»Sie sind eine dumme Gans, das ist alles! Verstehen Sie? Eine dumme Gans!«

Vaksin lehnte sich an den Türpfosten, verschränkte die Arme über der Brust und wartete, daß die Angst vorüberging. In das Schlafzimmer zurückzukehren, wo das Lämpchen schimmerte und der Onkel aus dem Rahmen blickte, ging über seine Kräfte, aber in Unterwäsche an der Tür der Gouvernante zu stehen war in jeder Hinsicht unschicklich. Was war zu tun? Es schlug zwei Uhr, aber die Angst wollte noch immer nicht vergehen, sie ließ nicht einmal nach. Im Korridor war es dunkel, und aus jeder Ecke blickte irgend etwas Finsteres. Vaksin drehte sich mit dem Gesicht zum Türpfosten, aber sogleich schien es ihm, als zupfe ihn jemand von hinten am Hemd und berühre seine Schulter ...

»Hol's der Teufel! Rozalija Karlovna!«

Keine Antwort erfolgte. Vaksin öffnete unentschlossen die Tür und schaute in das Zimmer. Die tugendhafte Deutsche schlummerte friedlich. Eine kleine Nachtkerze beleuchtete die Umrisse ihres gewichtigen, vor Gesundheit strotzenden Körpers.

Vaksin ging in das Zimmer und setzte sich auf einen Reisekorb, der neben der Tür stand. In Gegenwart eines zwar schlafenden, aber lebenden Wesens fühlte er sich wohler.

Soll sie schlafen, die Deutsche ... dachte er. Ich werde bei ihr sitzen bleiben, und wenn es hell wird, gehe ich wieder ... Jetzt wird es ja zeitig hell.

In Erwartung des Tagesanbruchs kauerte sich Vaksin auf den Reisekorb, stützte den Kopf auf seine Hand und überlegte.

Was doch die Nerven zu bedeuten haben! Ein ausgewachsener, denkender Mensch, und dabei ... weiß der Teufel was! Direkt peinlich ...

Er lauschte auf die friedlichen, regelmäßigen Atemzüge von Rozalija Karlovna und hatte sich bald völlig beruhigt ...

Um sechs Uhr morgens begab sich Vaksins Frau, die vom Pfingstgottesdienst zurückgekehrt war und ihren Mann nicht im Schlafzimmer fand, zu dem Zimmer der Gouvernante. Sie wollte sie um Kleingeld bitten, um den Kutscher zu entlohnen. Als sie zu der Deutschen kam, bot sich ihr folgendes Bild: Im Bett, vor Hitze ganz aufgedeckt, schlummerte Rozalija Karlovna, und einen Sažen von ihr entfernt schlief, auf dem Reisekorb zusammengekringelt, ihr Mann den Schlaf des Gerechten. Er war barfuß und in Unterwäsche. Was die Gattin sagte und wie dumm der Gesichtsausdruck ihres Mannes war, als er erwachte – das zu schildern, überlasse ich anderen. Ich aber strecke machtlos die Waffen.

Der Holzkopf

Eine kleine Episode

Archip Eliseič Pomoev, ein pensionierter Kornett, setzte die Brille auf und las stirnrunzelnd: »Der Friedensrichter des Kreises ... Bezirk ... lädt Sie und so weiter und so weiter ... als Beschuldigten vor, in Sachen tätlicher Beleidigung des Bauern Grigorij Vlasov ... Der Friedensrichter P. Šestikrylov.«

»Von wem ist denn das?« Pomoev hob die Augen und sah den Boten an.

»Vom Herrn Friedensrichter, von Pëtr Sergeič ... Šestikrylov ...«

»Hm ... Von Pëtr Sergeič? Warum lädt er mich denn vor?«

»Wahrscheinlich zur Verhandlung ... Dort steht es ja geschrieben ...«

Pomoev las die Vorladung noch einmal, schaute erstaunt den Boten an und zuckte mit den Achseln.

»Tsss ... Als Beschuldigten ... Dieser Pëtr Sergeič ist ein Spaßvogel! Na meinetwegen, sag ihm, es sei gut. Er soll nur ein schönes Frühstück vorbereiten ... Sag ihm, daß ich komme! Grüße Natalja Egorovna und die Kinderchen!«

Pomoev unterschrieb die Quittung und begab sich in das Zimmer, in dem der Bruder seiner Frau, Leutnant Nitkin, wohnte, der zu ihm auf Urlaub gekommen war.

»Schau mal, was für einen Wisch mir Petka Šestikrylov da geschickt hat«, sagte er und reichte Nitkin die Vorladung. »Bittet mich Donnerstag zu sich ... Fährst du mit?«

»Er bittet dich doch nicht zu Gast«, sagte Nitkin, nachdem er die Vorladung gelesen hatte. »Er lädt dich als Beschuldigten vor Gericht ... Man wird über dich zu Gericht sitzen ...«

»Über mich? Tsss ... Ist noch nicht trocken hinter den Ohren und will mich richten ... Ist keine Leuchte ... Das hat er nur so ... zum Spaß ...«

»Gar nicht zum Spaß! Verstehst du denn das nicht? Hier ist deutlich gesagt: wegen tätlicher Beleidigung ... Du hast Griška geschlagen, deshalb mußt du vor Gericht.«

»Bist du aber ein wunderlicher Kauz, bei Gott! Wie kann er mich denn richten, wenn wir beide, das kann man wohl sagen, Freunde sind? Was für ein Richter ist er für mich, wenn wir zusammen Karten gespielt, getrunken und weiß der Teufel was gemacht haben? Und was für ein Richter ist er? Haha! Petka – ein Richter! Haha!«

»Lach nur, lach, aber wenn er dich einsperrt, nicht aus Freundschaft, sondern auf Grund der Gesetze, dann wird dir das Lachen schon vergehen!«

»Du bist wohl übergeschnappt, Bruderherz! Was heißt hier auf Grund der Gesetze, wo er doch meinen Vanja getauft hat? Fahren wir am Donnerstag zu ihm, da wirst du sehen, was für Gesetze das sind ...«

»Und ich würde dir raten, lieber nicht hinzufahren, sonst bringst du dich und ihn in eine peinliche Situation ... Soll er doch in deiner Abwesenheit entscheiden ...«

»Nein, warum in meiner Abwesenheit? Ich fahre hin und

werde mal sehen, wie er Gericht hält ... Ich bin neugierig, was für ein Richter aus Petka geworden ist ... Übrigens war ich schon lange nicht mehr bei ihm ... das ist peinlich ...«

Am Donnerstag begaben sich Pomoev und Nitkin zu Šestikrylov. Sie trafen den Friedensrichter im Gerichtssaal an, bei einer Verhandlung.

»Guten Tag, Petjuška«, sagte Pomoev, während er an den Richtertisch trat und die Hand hinüberstreckte. »Richtest ein bißchen? Verdrehst die Gesetze? Richte nur, richte ... ich werde warten und zugucken ... Das ist, darf ich vorstellen, der Bruder meiner Frau ... Ist deine Frau gesund?«

»Ja, ja ... Setzen Sie sich dorthin ... zum Publikum ...«

Als der Richter das gemurmelt hatte, wurde er rot. Angehende Richter werden überhaupt immer verlegen, wenn sie in ihren Amtsräumen Bekannte sehen; wenn sie aber gezwungen sind, über Bekannte zu Gericht zu sitzen, machen sie den Eindruck von Menschen, die vor Verlegenheit am liebsten in den Erdboden versinken möchten. Pomoev trat von dem Tisch zurück und setzte sich neben Nitkin auf die vorderste Bank.

»Wie wichtig sich diese Bestie tut«, flüsterte er Nitkin ins Ohr. »Nicht wiederzuerkennen. Und lächelt nicht einmal! Mit einer goldenen Kette sitzt er da! Sieh mal einer an! Als hätte er niemals bei mir in der Küche die schlafende Agaška mit Tinte bemalt. Ein Gaudium! Können denn solche Menschen Richter sein? Ich frage dich: können solche Menschen Richter sein? Dazu braucht man einen Menschen, der etwas vorstellt, der einen gesetzten Eindruck macht ... damit er, weißt du, Angst einflößt, da kann man nicht irgendeinen hinsetzen – los, richte! Hehe ...«

»Grigorij Vlasov!« rief der Friedensrichter. »Herr Pomoev!«

Pomoev lächelte und trat an den Tisch. Aus dem Publikum löste sich ein Bursche in einem abgetragenen Gehrock mit hoher Taille und in gestreiften Beinkleidern, die in kurzen rotbraunen Stiefelschäften steckten. Er stellte sich neben Pomoev.

»Herr Pomoev!« begann der Friedensrichter und schlug die Augen nieder. »Sie werden beschuldigt, Ihrem Angestellten da ... diesem Grigorij Vlasov ... eine tätliche Beleidigung zugefügt zu haben. Bekennen Sie sich schuldig?«

»Das wäre noch schöner! Bist du schon lange so streng? Hehe ...«

»Sie bekennen sich also nicht schuldig?« unterbrach ihn der

Richter und rutschte dabei vor Verlegenheit auf dem Stuhl hin und her. »Vlasov, erzählen Sie, wie die Sache gewesen ist!«

»Ganz einfach! Sehen Sie, ich stand bei ihm als Lakai im Dienst, sozusagen als Kammerdiener ... Es ist bekannt, daß unser Dienst verteufelt schwer ist, Euer Hochwohlgeboren ... Die Herren selbst stehen in der neunten Stunde auf, unsereiner aber muß schon vor Tagesanbruch auf den Beinen sein ... Gott weiß, ob sie Stiefel oder Halbschuhe anziehen oder den ganzen Tag in Pantoffeln rumlaufen wollen, aber ich muß alles putzen: die Stiefel, die Halbschuhe und die Überschuhe ... Na schön ... Eines Morgens ruft er mich zum Ankleiden. Ich bin natürlich hingegangen ... Habe ihm das Hemd angezogen, die Beinkleider, die Stiefelchen, alles, wie es sich gehört ... Wollte ihm dann die Weste anziehen ... Da sagt er aber: ›Reich mir den Kamm, Griška. Der ist‹, sagt er, ›in der Seitentasche im Gehrock.‹ Na schön ...! Ich krame in der Seitentasche, aber den Kamm hat wohl die Katze gefressen – ist nicht da! Ich habe gekramt und gekramt und sage: ›Da ist aber kein Kamm, Archip Eliseič!‹ Er macht ein finsteres Gesicht, geht zu dem Gehrock und holt einen Kamm raus, aber nicht aus der Seitentasche, wie er es befohlen hat, sondern aus der Vordertasche. ›Und was ist das? Etwa kein Kamm?‹ So sagt er und schlägt mich mit dem Kamm auf die Nase. Mit allen Zinken ist er über meine Nase gefahren. Den ganzen Tag kam Blut aus der Nase. Sie sehen selbst, die ganze Nase ist geschwollen ... Ich habe Zeugen, alle haben es gesehen.«

»Was haben Sie zu Ihrer Rechtfertigung vorzubringen?« fragte der Friedensrichter und heftete seine Augen auf Pomoev.

Pomoev schaute fragend auf den Richter, dann auf Griška, dann wieder auf den Richter und wurde puterrot.

»Wie soll ich das verstehen?« murmelte er. »Das ist doch Hohn!«

»Sie werden hier nicht verhöhnt«, bemerkte Griška, »ich habe mit reinem Gewissen gesprochen. Werden Sie nicht handgreiflich!«

»Schweig!« brüllte Pomoev und klopfte mit dem Stock auf den Fußboden. »Dummkopf! Gesindel!«

Der Friedensrichter nahm schnell die Amtskette ab, sprang auf und lief in seine Kanzlei.

»Ich unterbreche die Sitzung für fünf Minuten!« rief er im Hinausgehen.

Pomoev folgte ihm.

»Hör mal zu«, begann der Friedensrichter und schlug die Hände zusammen, »willst du mir etwa einen Skandal machen? Oder ist es dir Esel angenehm, zu hören, wie dich deine Köchinnen und Lakaien in ihren Aussagen herunterputzen? Wozu bist du gekommen? Konnte ich etwa die Sache nicht ohne dich regeln?«

»Und ich bin bei ihm noch der Schuldige!« Pomoev spreizte die Finger. »Hat diese Komödie selbst organisiert und ist noch auf mich böse. Sperr diesen Griška ein und ... und damit basta!«

»Den Griška einsperren? Pfui! Du bist derselbe Dummkopf geblieben, der du warst! Wie kann ich denn den Griška einsperren?«

»Sperr ihn ein, das ist alles! Willst du etwa mich festsetzen?«

»Haben wir denn noch die Zeiten von früher? Er hat den Griška geschlagen, und der Griška soll eingesperrt werden! Eine erstaunliche Logik! Hast du überhaupt einen Begriff von der gegenwärtigen Rechtspflege?«

»Nie im Leben habe ich einen Prozeß geführt und war auch nie Richter, aber soviel verstehe ich, wenn dieser Griška bei mir mit einer Klage über dich erschienen wäre, ich hätte ihn so die Treppe hinuntergeworfen, daß er auch noch seinen Enkeln verboten hätte, sich zu beschweren, aber ich hätte ihm nicht noch erlaubt, freche Bemerkungen zu machen. Sag, daß du mich einfach foppen, daß du nur deine Bravour zeigen willst, und dann Schluß! Als meine Frau die Vorladung las und als sie sah, daß du allen Köchinnen und Viehmägden eine Vorladung geschickt hast, da hat sie gestaunt. Solche Stückchen hatte sie von dir nicht erwartet. So geht das nicht, Petja! Freunde tun so was nicht.«

»Aber so begreife doch meine Lage!«

Und Šestikrylov begann Pomoev seine Lage zu erklären.

»Bleib hier sitzen«, schloß er, »und ich gehe hinein und werde in deiner Abwesenheit entscheiden. Komm mir um Gottes willen nicht nach! Mit deinen vorsintflutlichen Begriffen platzt du da mit so etwas heraus, daß man gezwungen wird, zu guter Letzt ein Protokoll aufzunehmen.«

Šestikrylov ging in den Saal und führte die Verhandlung weiter. Pomoev saß in der Kanzlei an einem kleinen Tisch, las zum Zeitvertreib neuausgefertigte Vollstreckungsbefehle und hörte, wie der Friedensrichter Griška zu einem Vergleich zu überreden versuchte. Griška sträubte sich lange, aber schließlich willigte er ein und forderte für die Beleidigung zehn Rubel.

»Na, Gott sei Dank!« sagte Šestikrylov, als er nach der Verlesung des Urteils in die Kanzlei kam. »Ich bin froh, daß die Sache so ausgegangen ist ... Als wäre ich eine Last von hundert Zentnern losgeworden. Du zahlst an Griška zehn Rubel und kannst ruhig sein.«

»Ich an Griška ... zehn ... Rubel?« Pomoev erstarrte. »Bist du noch bei Verstande?«

»Da, schon gut, schon gut, ich bezahle für dich.« Šestikrylov winkte stirnrunzelnd ab. »Ich wäre sogar bereit, hundert Rubel zu geben, nur um keinen Anlaß zur Unzufriedenheit zu geben. Und Gott bewahre mich davor, über Bekannte zu Gericht zu sitzen. Statt Griška zu schlagen, mein Lieber, ist es besser, jedes Mal zu mir zu kommen und mich zu verdreschen! Das ist tausendmal einfacher. Gehen wir zu Nataša essen!«

Nach zehn Minuten saßen die Freunde in der Wohnung des Friedensrichters und aßen zum Frühstück gebratene Karauschen.

»Nun gut«, begann Pomoev und trank das dritte Glas, »du hast Griška zehn Rubel zugesprochen, aber für wie lange hast du ihn eingelocht?«

»Habe ihn gar nicht eingelocht. Wofür denn?«

»Was heißt wofür?« Pomoev riß die Augen auf. »Na dafür, daß er eine Beschwerde eingereicht hat. Wie kann er sich unterstehen, über mich Beschwerden einzureichen?«

Der Friedensrichter und Nitkin bemühten sich, Pomoev die Sache zu erklären, aber er wollte nicht begreifen und bestand auf seiner Ansicht.

»Man kann sagen, was man will, aber Petka taugt nicht zum Friedensrichter!« sagte er seufzend, als er sich mit Nitkin auf dem Heimweg unterhielt. »Er ist ein gutmütiger, gebildeter Mensch, so gefällig, aber ... dazu taugt er nicht! Entscheidet nicht, wie es sich gehört ... Wenn es einem auch leid tut, aber in der nächsten Wahlperiode darf er nicht weitermachen. Es bleibt nichts anderes übrig!«

Die Simulanten

Die Generalin Marfa Petrovna Pečonkina oder, wie die Bauern sie nennen, die Pečončicha, die sich schon zehn Jahre lang auf dem Gebiet der Homöopathie betätigt, empfängt an einem Dienstag des Monats Mai in ihrem Arbeitszimmer die Kranken. Vor ihr auf dem Tisch steht eine homöopathische Hausapotheke, daneben liegen ein Arzneibuch und Rechnungen der homöopathischen Apotheke. An der Wand hängen unter Glas und in goldenen Rahmen Briefe eines Petersburger Homöopathen, der nach Marfa Petrovnas Meinung sehr berühmt, ja sogar ein großer Meister ist, sowie ein Porträt des Vaters Aristarch, dem die Generalin ihre Rettung verdankt: die Abkehr von der schändlichen Allopathie und die Erkenntnis der Wahrheit.

Im Vorzimmer sitzen die Patienten, meist Bauern, und warten. Alle, außer zweien oder dreien, sind barfuß, weil die Generalin befohlen hat, die übelriechenden Stiefel auf dem Hof zu lassen.

Marfa Petrovna hat bereits zehn empfangen und ruft den elften auf: »Gavrila Gruzd!«

Die Tür öffnet sich, doch statt des Gavrila Gruzd betritt Zamuchrišin das Arbeitszimmer, der Nachbar der Generalin, ein verarmter Gutsbesitzer, ein kleiner Greis mit verzagten Äuglein und einer Adelsmütze unter dem Arm. Er stellt seinen Stock in die Ecke, nähert sich der Generalin und läßt sich vor ihr schweigend auf ein Knie nieder.

»Was tun Sie! Was tun Sie, Kuzma Kuzmič!« ruft die Generalin, die ganz rot geworden ist, entsetzt. »Um Gottes willen!«

»Solange ich lebe, stehe ich nicht auf«, sagt Zamuchrišin und schmiegt sich an ihre Hand. »Mag das ganze Volk meinen Kniefall sehen, Sie, unser Engel, unsere Beschützerin, Sie Wohltäterin des Menschengeschlechts! Soll es nur! Ich bin bereit, vor der wohltätigen Fee, die mir das Leben schenkte, mir den rechten Weg wies und meine skeptische Besserwisserei erleuchtete, nicht nur auf den Knien zu liegen, sondern für sie auch durchs Feuer zu gehen, für unsere wunderbare, uns alle heilende Mutter der Verwaisten und Verwitweten. Ich bin geheilt! Ich bin auferstanden, o Zauberin!«

»Ich ... bin sehr froh ...« flüstert die Generalin und errötet vor Genugtuung. »Das ist so angenehm zu hören ... Setzen Sie sich bitte! Und Sie waren an jenem Dienstag so schwer krank!«

»Und wie krank ich war! Schon die Erinnerung daran ist furchtbar«, erzählt Zamuchrišin, während er sich setzt. »In allen Körperteilen und Organen steckte der Rheumatismus. Acht Jahre lang habe ich mich gequält, habe keine Ruhe gekannt ... Weder bei Tage noch bei Nacht, meine Wohltäterin! Ich habe mich von Ärzten behandeln lassen, bin zu Professoren nach Kazan gefahren, mit allerlei Heilschlamm wurde ich kuriert, Mineralquellen habe ich getrunken, und was habe ich nicht noch alles ausprobiert! Mein ganzes Vermögen habe ich für die Kuren ausgegeben, schönstes Mütterchen. Diese Ärzte haben mir nichts als Schaden zugefügt. Sie haben meine Krankheit nach innen getrieben. Richtig hineingetrieben haben sie sie mir, aber sie wieder auszutreiben, darauf ist ihre Wissenschaft nicht gekommen ... Sie nehmen nur alle gern Geld, die Räuber, aber was den Nutzen für die Menschheit betrifft, das kümmert sie wenig. Er verschreibt irgendwelche Chiromantie, und du trink. Mit einem Wort: sie sind Mörder. Wenn Sie nicht wären, unser Engel, ich läge schon längst im Grabe. Wie ich an jenem Dienstag von Ihnen nach Hause komme, da schaue ich mir die Körnchen an, die Sie mir damals gegeben haben, und denke: Nun, was für einen Sinn sollen sie haben? Können denn die Sandkörnchen, die kaum zu sehen sind, meine riesengroße verschleppte Krankheit heilen? So denke ich Kleingläubiger und lächle, aber wie ich ein Körnchen eingenommen habe – im selben Moment ist mir, als ob ich nicht mehr krank bin, einfach wie weggeblasen. Meine Frau macht große Augen und glaubt mir nicht: ›Bist du das, Kolja?‹ – ›Ja‹, sage ich. Und wir fielen beide vor dem Heiligenbild auf die Knie und beteten für unseren Engel. ›Schicke, o Herr, ihr alles, was wir für sie empfinden!‹«

Zamuchrišin wischt sich mit dem Ärmel die Augen, erhebt sich vom Stuhl und läßt die Absicht erkennen, sich wieder auf ein Knie niederzulassen, aber die Generalin hält ihn zurück und heißt ihn sich setzen.

»Nicht mir haben Sie das zu danken«, sagt sie rot vor Aufregung und schaut verzückt auf das Porträt des Vaters Aristarch. »Nicht mir! Ich bin hier nur ein gehorsames Werkzeug ... Es ist tatsächlich ein Wunder! Ein verschleppter, achtjähriger Rheumatismus von einem einzigen Körnchen Skrofulosum!«

»Sie haben mir, mit Verlaub, drei Körnchen gegeben. Das eine davon habe ich zum Mittag eingenommen, und momentan! Das andere am Abend und das dritte am nächsten Tag – und von jener Zeit an habe ich nichts mehr! Wenn es auch nur irgendwo gepiekt hätte! Und ich habe schon sterben wollen, habe meinem Sohn nach Moskau geschrieben, er möchte kommen! Gott hat Ihnen Weisheit geschenkt, Sie, unsere Heilkundige! Jetzt laufe ich herum und fühle mich wie im Paradies ... An jenem Dienstag, als ich bei Ihnen war, war ich lahm, und jetzt könnte ich sogar hinter einem Hasen herlaufen ... Meinetwegen könnte ich noch hundert Jahre leben. Eines nur ist schlimm – unsere Not. Ich bin gesund, aber wozu ist die Gesundheit, wenn man nichts zum Leben hat? Die Not hat uns schlimmer als die Krankheit übermannt. Nehmen wir zum Beispiel so eine Sache ... Jetzt ist die Zeit, Hafer zu säen, aber wie soll man säen, wenn man keinen Samen hat? Man müßte welchen kaufen, aber das Geld ... es ist bekannt, was wir an Geld haben.«

»Ich gebe Ihnen Hafer, Kuzma Kuzmič. Bleiben Sie sitzen, bleiben Sie sitzen. Sie haben mir so eine Freude gemacht, so ein Vergnügen bereitet, daß nicht Sie bei mir, sondern ich mich bei Ihnen bedanken muß!«

»Sie, unsere Freude! Daß der Herrgott solch eine Herzensgüte geschaffen hat! Freuen Sie sich, Mütterchen, wenn Sie auf Ihre guten Taten sehen! Aber wir Sünder können uns an nichts erfreuen ... Wir sind kleine Leute, kleinmütig, nutzlos, Kroppzeug ... Nur dem Namen nach sind wir Adlige, im materiellen Sinne aber geht es uns nicht besser als den Bauern, sogar noch schlimmer ... Wir leben zwar in steinernen Häusern, aber das täuscht nur, denn es regnet durchs Dach ... Man hat nichts, um Bretter zu kaufen.«

»Ich gebe Ihnen Bretter, Kuzma Kuzmič.«

Zamuchrišin erbittet sich noch eine Kuh, ein Empfehlungsschreiben für seine Tochter, die er in ein Institut bringen will, und ... von den Wohltaten der Generalin ergriffen, schluchzt er unter dem Ansturm der Gefühle auf, verzieht den Mund und greift in die Taschen nach seinem Schnupftuch ... Die Generalin sieht, wie zusammen mit dem Tuch ein Stück rotes Papier aus seiner Tasche fällt und geräuschlos zu Boden schwebt.

»Bis in alle Ewigkeit werde ich das nicht vergessen ...« murmelt er. »Den Kindern und den Enkeln werde ich befehlen, daran zu denken ... von Geschlecht zu Geschlecht ... Kinder, da ist sie, die mich vom Tode errettet hat, diejenige, welche ...«

Nachdem die Generalin ihren Patienten hinausgeleitet hat, schaut sie einige Augenblicke mit tränenfeuchten Augen auf den Vater Aristarch, dann überfliegt sie mit einem zärtlichen, verehrungsvollen Blick die Hausapotheke, die Arzneibücher, die Rechnungen und den Sessel, auf dem noch soeben der von ihr vom Tode errettete Mann gesessen hat. Schließlich fällt ihr Blick auf das Stück Papier, das der Patient verloren hat. Die Generalin hebt das Papier auf und erblickt darin drei Körnchen, dieselben Körnchen, die sie Zamuchrišin am vorigen Dienstag gegeben hat.

»Das sind dieselben ...« sagt sie erstaunt. »Sogar das Papier ist dasselbe ... Er hat sie nicht einmal ausgewickelt! Was hat er denn in diesem Fall eingenommen? Eigenartig ... Er wird mich doch nicht betrügen!«

Und zum erstenmal in den ganzen Jahren ihrer Praxis schleicht sich ein Zweifel in die Seele der Generalin ... Sie ruft die nächsten Kranken auf, und während sie mit ihnen über ihre Krankheiten spricht, bemerkt sie etwas, was früher auf unmerkliche Weise ihren Ohren entgangen ist.

Die Kranken, alle, bis auf den letzten, lobpreisen sie zuerst wie verabredet für ihre wunderbare Heilung, sind von ihrer medizinischen Weisheit entzückt, schimpfen auf die Allopathen, dann aber, wenn sie vor Aufregung rot wird, schildern sie ihre Nöte. Der eine bittet um ein Stück Acker, der zweite um Brennholz, der dritte um die Erlaubnis, in ihren Wäldern zu jagen, und so weiter ... Sie schaut auf das breite, gutmütige Gesicht des Vaters Aristarch, der ihr die Wahrheit enthüllt hat, und eine neue Wahrheit beginnt ihr Herz zu beunruhigen. Eine unschöne, eine bittere Wahrheit ...

Arglistig ist der Mensch!

Die Aalraupe

Ein Sommermorgen. Ringsum Stille; nur am Ufer zirpt ein Grashüpfer, und irgendwo piept zaghaft ein Vogel. Am Himmel stehen unbeweglich Federwolken, die verschüttetem Schnee ähneln ... Neben einem im Bau befindlichen Badehaus rumort unter den grünen Zweigen eines Weidengebüschs der Zimmermann Gerasim im Wasser herum, ein hochgewachsener hagerer Bauer mit einem roten Schopf und behaartem Gesicht. Er pustet, keucht und blinzelt heftig mit den Augen, während er sich bemüht, etwas unter den Wurzeln des Weidengebüschs hervorzuholen. Sein Gesicht ist schweißbedeckt. Drei Schritt von Gerasim entfernt steht bis zum Hals im Wasser der Zimmermann Ljubim, ein junger buckliger Bauer mit einem dreieckigen Gesicht und Schlitzäuglein. Wie Gerasim, so ist auch Ljubim nur mit Hemd und Hose bekleidet. Beide sind blau vor Kälte, weil sie schon über eine Stunde im Wasser stecken ...

»Was stößt du denn immer mit der Hand?« schreit der bucklige Ljubim, der wie im Fieber zittert. »Du Dummkopf! Halt sie doch fest, sonst ist das verfluchte Ding weg. Halt fest, sage ich!«

»Sie kann nicht weg ... Wohin soll sie denn? Sie hat sich unter die Wurzeln verkrochen«, antwortet Gerasim mit einer heiseren, dumpfen Baßstimme, die nicht aus der Kehle, sondern aus der Tiefe des Bauches kommt. »Das Luder ist glitschig, wo soll man sie denn anpacken?«

»Pack sie bei den Riemen, bei den Riemen!«

»Die Riemen sind doch nicht zu sehen ... Warte mal, jetzt hab ich was angefaßt ... An der Lippe hab ich sie gefaßt ... Das Luder beißt!«

»Zieh sie nicht an der Lippe, zieh bloß nicht – sonst läßt du sie los! Faß sie bei den Riemen, bei den Riemen! Wieder fängst du an, mit der Hand zu stoßen! Bist du aber ein unverständiger Bauerntrampel, verzeih mir, Mutter Gottes! Pack zu!«

»Pack zu«, äfft ihn Gerasim nach. »Was für ein Kommandeur sich da gefunden hat ... Solltest lieber selber kommen und sie packen, du buckliger Satan ... Was stehst du noch da?«

»Ich hätte sie gepackt, wenn es möglich gewesen wäre ... Kann ich denn bei meinem niedrigen Wuchs am Ufer stehen? Dort ist es doch tief!«

»Macht doch nichts, wenn es tief ist ... Schwimmst du eben ...«

Der Bucklige breitet die Arme aus, schwimmt an Gerasim heran und hält sich an den Zweigen fest. Bei dem ersten Versuch, sich aufrecht zu stellen, versinkt er unter Wasser, und Blasen steigen hoch.

»Ich hab's dir doch gleich gesagt, es ist zu tief«, sagt er und rollt böse die Augen. »Soll ich mich etwa auf deine Schultern setzen?«

»Stelle dich doch auf die Baumwurzeln ... Da sind viele Wurzeln, es ist wie eine Treppe ...«

Der Bucklige betastet mit der Ferse die Baumwurzeln und stellt sich darauf, dabei hält er sich an mehreren Ästen zugleich fest ... Als er das Gleichgewicht wiederhat und fest auf beiden Beinen steht, beugt er sich herunter und wühlt mit der rechten Hand zwischen den Baumwurzeln herum, wobei er sich bemüht, kein Wasser in den Mund zu bekommen. Seine Hand gerät zwischen Wasserpflanzen, gleitet von dem Moos ab, das die Baumwurzeln bedeckt, und stößt an die scharfen Scheren eines Krebses ...

»So einen Satan wie dich hat's hier auch noch nicht gegeben«, schimpft Ljubim und schmeißt den Krebs wütend ans Ufer.

Endlich findet seine tastende Hand Gerasims Arm, und als sie an ihm abwärts gleitet, faßt sie an etwas Glitschiges und Kaltes.

»Daa ist sie ...!« Ljubim lächelt. »Grüüß dich, altes Luder ... Spreiz mal die Finger, ich nehm sie gleich ... bei den Riemen ... Wart mal, stoß mich nicht mit dem Ellbogen ... Ich habe sie gleich ... gleich, laß mich nur anfassen ... Das Luder hat sich tief unter die Baumwurzeln verkrochen, man kann sich nirgends festhalten. Man kommt nicht an den Kopf ran ... Nur der Bauch ist zu spüren ... Schlag die Mücke auf meinem Hals tot – sie sticht mich! Ich pack sie gleich ... unter den Riemen ... Komm von der Seite, stoß sie, stoß! Hau sie mit dem Finger!«

Der Bucklige bläst die Backen auf, hält den Atem an, reißt die Augen weit auf und greift anscheinend auch schon mit den Fingern ›unter die Kiemen‹, aber da brechen die Äste, an denen er sich mit der linken Hand festhält, er verliert das Gleichgewicht und plumpst ins Wasser. Wie erschreckt, laufen kreisförmige Wellen vom Ufer weg, und an der Stelle des Sturzes bilden sich Blasen. Der Bucklige taucht auf und langt schnaufend nach den Zweigen.

»Wirst noch ersaufen, du Satan, da wird man noch wegen dir zur Verantwortung gezogen werden ...« schreit Gerasim heiser. »Hau ab, scher dich zum Kuckuck! Ich hol sie selber raus!«

Es beginnt ein Geschimpfe ... Die Sonne aber brennt und brennt. Die Schatten werden kürzer und ziehen sich in sich selbst zurück wie die Fühlhörner einer Schnecke ... Das hohe Gras, von der Sonne erwärmt, strömt einen satten süßlichen Honiggeruch aus. Es ist bald Mittag, aber Gerasim und Ljubim zappeln noch immer unter dem Weidengebüsch herum. Der heisere Baß und der frostige, kreischende Tenor stören unaufhörlich die Stille des Sommertages.

»Zieh sie an den Riemen, zieh! Warte, ich stoße sie raus! Wo willst du denn mit der Faust hin? Stoß mit dem Finger, aber nicht mit der Faust – in die Schnauze! Komm von der Seite! Komm von links, rechts ist eine tiefe Stelle. Du kommst sonst gerade dem Teufel zum Abendbrot zurecht! Zieh an der Lippe!«

Man hört das Knallen einer Peitsche ... Das abschüssige Ufer entlang schleppt sich träge, von dem Hirten Efim getrieben, eine Herde zur Tränke.

Der Hirt, ein gebrechlicher Alter mit nur einem Auge und einem schiefen Mund, geht mit gesenktem Kopf und schaut auf seine Füße. Als erste kommen die Schafe ans Wasser, nach ihnen die Pferde, nach den Pferden die Kühe.

»Stoß sie von unten!« hört er Ljubims Stimme. »Steck den Finger durch! Bist du denn taub, du Satan? Pfui!«

»Wen habt ihr da, Brüderchen?« ruft Efim.

»Eine Aalraupe! Wir können sie nicht rausziehen! Hat sich unter die Baumwurzeln verkrochen! Komm von der Seite! Komm ran, komm ran!«

Efim heftet für einen Augenblick sein zusammengekniffenes Auge auf die Angler, wirft ein Säckchen von den Schultern und zieht das Hemd aus. Ihm fehlt die Geduld, auch noch die Hosen abzulegen; er bekreuzigt sich, balanciert mit seinen mageren, dunklen Armen und steigt mit den Hosen ins Wasser ... Etwa fünfzig Schritt geht er über den schlammigen Grund, dann schwimmt er los.

»Wartet mal, Jungs!« schreit er. »Wartet! Zieht sie nicht unüberlegt raus, sie entwischt euch! Das muß man verstehen ...!«

Efim schließt sich den Zimmerleuten an, und alle drei schubsen einander keuchend und schimpfend mit den Ellbogen und Knien und bedrängen sich auf engem Raum. Der bucklige Ljubim verschluckt sich, und die Luft ist erfüllt von seinem schrillen, krampfhaften Husten.

»Wo ist der Hirt?« ruft jemand vom Ufer herüber. »Efim!

Hirte! Wo steckst du? Die Herde ist in den Garten eingedrungen. Jag sie aus dem Garten raus! Schnell! Wo ist er denn, der alte Raufbold?!«

Man hört Männerstimmen, darauf eine Frauenstimme. Aus dem mit einem Gitter umzäunten herrschaftlichen Garten kommt der gnädige Herr Andrej Andreevič, er hat einen Schlafrock aus persischem Wollstoff an und hält eine Zeitung in der Hand ... Er schaut fragend zum Flußufer hinüber, aus dessen Richtung Schreie ertönen, und trippelt dann schnell zum Badehaus ...

»Was ist hier los? Wer brüllt hier so?« fragt er streng, als er durch die Äste des Weidengebüsches die drei nassen Köpfe der Angler erblickt. »Was wühlt ihr hier herum?«

»Wir fangen Fi ... Fischchen ...« stammelt Efim, ohne den Kopf zu heben.

»Ich werde dir gleich ein Fischchen geben! Die Herde ist in den Garten eingedrungen, und er fängt Fischchen ...! Wann wird das Badehaus fertig, ihr Teufelsbraten? Zwei Tage arbeitet ihr schon, und wo ist was von eurer Arbeit zu sehen?«

»Wi ... wird fertig ...« ächzt Gerasim. »Der Sommer ist lang, wirst noch Zeit haben, Euer Hochwohlgeboren, dich zu waschen ... Brrr ... Wir können hier nicht mit der Aalraupe fertig werden ... Hat sich unter die Baumwurzeln versteckt und sitzt wie in einer Höhle: weder raus noch rein.«

»Eine Aalraupe?« fragt der Herr, und seine Augen beginnen zu glänzen. »So zieht sie doch schnell heraus!«

»Dann gib aber fünfzig Kopeken ... Wenn wir dir den Gefallen tun sollen ... Kräftig ist die Aalraupe, wie eine Kaufmannsfrau ... Ist ihre fünfzig Kopeken wert ... Euer Wohlgeboren ... für die Mühe. Drück sie nicht, Ljubim, drück sie nicht, sonst quälst du sie noch zu Tode! Stoß von unten! Zieh mal die Baumwurzel hoch, mein Guter ... wie heißt du? Hoch, aber nicht runter, du Satan! Haltet die Beine still!«

Es vergehen fünf Minuten, es vergehen zehn ... Dem gnädigen Herrn reißt die Geduld.

»Vasilij!« ruft er und wendet sich dabei nach dem Gutshof um. »Vaska! Ruft mir mal den Vasilij her!«

Der Kutscher Vasilij kommt angelaufen. Er kaut etwas und atmet schwer.

»Steig ins Wasser«, befiehlt ihm der Herr. »Hilf ihnen, eine

Aalraupe herauszuziehen ... Sie kriegen die Aalraupe nicht raus!«

Vasilij zieht sich schnell aus und steigt ins Wasser.

»Gleich, gleich ...« brummt er. »Wo ist die Aalraupe? Gleich, gleich ... Wir schaffen das im Nu! Geh du lieber weg, Efim! Du alter Mann brauchst dich nicht in fremde Angelegenheiten zu mischen! Welches ist hier die Aalraupe? Gleich, gleich ... Da ist sie. Nehmt die Hände weg!«

»Was heißt das, nehmt die Hände weg? Das wissen wir selbst: nehmt die Hände weg! Zieh du sie mal raus!«

»Ja, kann man sie denn so rausziehen? Man muß am Kopf anfassen.«

»Aber der Kopf ist unter der Baumwurzel! So steht die Sache, du Trottel!«

»Nun, schnauze mal nicht, sonst setzt's was! So ein Pack!«

»Vor dem gnädigen Herrn und solche Worte ...« ächzt Efim. »Ihr werdet sie nicht rausziehen, Brüder! Hat sich da zu geschickt versteckt.«

»Warte mal! Ich komme gleich ...« sagt der Herr und entkleidet sich hastig. »Vier Dummköpfe seid ihr und könnt eine Aalraupe nicht rausziehen.«

Nachdem Andrej Andreevič sich entkleidet hat, kühlt er sich noch etwas ab und steigt ins Wasser. Aber auch sein Einschreiten führt zu keinem Erfolg.

»Man muß die Baumwurzel abhauen«, entscheidet endlich Ljubim. »Gerasim, hol die Axt! Reicht mir die Axt!«

»Haut euch nicht die Finger ab!« mahnt der Herr, als er hört, wie unter Wasser mit der Axt auf die Baumwurzel eingehauen wird. »Efim, mach, daß du wegkommst! Wartet mal, ich ziehe die Aalraupe heraus ... Ihr schafft das nicht ...«

Die Baumwurzel ist von unten angehauen. Sie läßt sich leicht knicken, und Andrej Andreevič fühlt zu seinem großen Vergnügen, wie seine Finger unter die Kiemen der Aalraupe gleiten.

»Ich ziehe, Brüder! Drängelt nicht so ... bleibt stehen ... ich ziehe!«

An der Oberfläche taucht der große Kopf einer Aalraupe auf und danach ein schwarzer Körper, einen Aršin lang. Die Aalraupe bewegt heftig ihren Schwanz und versucht sich loszureißen.

»So siehst du also aus ... Pustekuchen, mein Schatz! Bist reingefallen, was?«

Alle Gesichter sind von honigsüßem Lächeln überzogen. Einige Augenblicke vergehen in schweigender Betrachtung.

»Eine ansehnliche Aalraupe.« Efim stöhnt und kratzt sich am Schlüsselbein. »An die zehn Pfund wird sie wohl haben . . .«

»Tja . . .« stimmt der Herr zu. »Die Leber ist ganz geschwollen . . . drängt nur so aus dem Innern raus. A . . . ach!«

Die Aalraupe bewegt plötzlich und unerwartet heftig den Schwanz, die Angler hören einen gewaltigen Platsch . . . Alle breiten die Arme aus, aber es ist schon zu spät – die Aalraupe ist spurlos verschwunden.

In der Apotheke

Es war spät am Abend. Der Hauslehrer Egor Alekseič Svojkin begab sich, um nicht unnütz Zeit zu verlieren, vom Arzt direkt zur Apotheke.

Als ginge man zu einer reichen Mätresse oder zu einem Eisenbahner, dachte er, als er die glänzende und mit teuren Teppichen belegte Treppe zur Apotheke hinaufstieg. Man traut sich kaum aufzutreten!

Als Svojkin die Apotheke betrat, schlug ihm ein Geruch entgegen, der allen Apotheken der Welt eigen ist. Die Wissenschaft und die Arzneien ändern sich mit der Zeit, aber der Apothekengeruch ist so ewig wie die Materie. Bereits unsere Großväter haben ihn gerochen, und auch unsere Enkel werden ihn noch riechen. Wegen der späten Stunde waren keine Kunden in der Apotheke. Hinter einem glänzenden gelben Schreibpult, das mit signierten Döschen vollgestellt war, stand ein hochgewachsener Herr mit eindrucksvollem zurückgeworfenem Kopf, strengem Gesicht und gepflegtem Backenbart – allem Anschein nach der Provisor. Von der kleinen Glatze bis zu den langen rosigen Fingernägeln war an diesem Mann alles so sorgfältig gebügelt, gesäubert und wie geleckt, als wolle er zur Trauung gehen. Seine finster blickenden Augen schauten auf die auf dem Schreibpult liegende Zeitung hinab. Er las. Seitwärts hinter einem Drahtgitter saß der Kassierer und zählte das Kleingeld. Auf der anderen Seite des Ladentisches, der die lateinische Küche von der Kundschaft trennte, hantierten im Dämmerlicht zwei dunkle Gestalten. Svojkin trat an das Schreibpult und reichte dem gebügelten

Herrn ein Rezept. Der nahm es, ohne hinzusehen, las in der Zeitung bis zum nächsten Punkt, machte eine leichte Kopfbewegung nach rechts und murmelte:

»Calomeli grana duo, sacchari albi grana quinque, numero decem!«

»Ja!« rief aus der Tiefe der Apotheke eine schrille metallische Stimme.

Mit derselben dumpfen, gemessenen Stimme diktierte der Provisor die Mixtur.

»Ja!« rief es aus der anderen Ecke.

Der Provisor schrieb etwas auf das Rezept, machte ein finsteres Gesicht, warf den Kopf zurück und senkte dann die Augen wieder auf die Zeitung.

»In einer Stunde ist es fertig«, brummte er durch die Zähne und suchte mit den Augen den Punkt, wo er stehengeblieben war.

»Geht es nicht schneller?« murmelte Svojkin. »Es ist für mich ganz unmöglich zu warten.«

Der Provisor antwortete nicht. Svojkin setzte sich auf das Sofa und wartete. Der Kassierer war mit dem Zählen des Kleingeldes fertig, er seufzte tief und klapperte mit den Schlüsseln. Im Hintergrund begann eine der dunklen Gestalten mit einem Marmormörser zu hantieren. Die andere Gestalt schüttelte etwas in einem blauen Fläschchen durcheinander. Irgendwo tickte rhythmisch und behutsam eine Uhr.

Svojkin war krank. In seinem Mund brannte es, in den Händen und Füßen spürte er ein Ziehen, durch seinen schwer gewordenen Kopf schwirrten nebelhafte Bilder, die Ähnlichkeit mit Wolken und vermummten menschlichen Gestalten hatten. Den Provisor, die Regale mit den Glasnäpfen, die Gasbrenner und die Wandschränkchen sah er wie durch einen Schleier, und das eintönige Klopfen des Marmormörsers und das langsame Ticken der Uhr schienen nicht von außen zu kommen, sondern in seinem Kopf zu sein ... Das Gefühl der Zerschlagenheit und Nebelschleier breitete sich immer mehr über seinen Körper aus. Er wartete noch etwas, und als er fühlte, daß ihm von dem Klopfen des Mörsers übel wurde, entschloß er sich, mit dem Provisor zu reden, um sich aufzumuntern ...

»Ich bekomme wahrscheinlich Fieber«, erklärte er. »Der Arzt hat gesagt, es sei noch schwer, zu bestimmen, was für eine

Krankheit ich habe, aber ich bin schon sehr schwach ... Ein Glück, daß ich in der Hauptstadt erkrankt bin, aber Gott bewahre mich vor solch einem Mißgeschick auf dem Lande, wo es keine Ärzte und Apotheken gibt!«

Der Provisor stand regungslos, hatte den Kopf zurückgeworfen und las. Er antwortete Svojkin weder mit einem Wort noch mit einer Bewegung, er tat, als habe er nichts gehört ... Der Kassierer gähnte laut und strich mit einem Streichholz über seine Hosen ... Das Klopfen des Marmormörsers wurde immer lauter und klangvoller. Als Svojkin merkte, daß man ihm nicht zuhörte, blickte er auf die Regale mit den Glasnäpfen und begann die Aufschriften zu lesen ... An seinen Augen huschten zuerst alle möglichen Radixe vorbei: von Enzian, Pimpinelle, Tormentill, Sedoaria und anderen. Nach den Radixen tauchten Tinkturen, Öle und Samen auf, mit Namen, von denen einer immer schwieriger und vorsintflutlicher war als der andere.

Wieviel unnötigen Ballast es hier wohl gibt! dachte Svojkin. Wieviel Routine steckt in diesen Näpfen, die hier nur aus Tradition stehen, und wie ist das gleichzeitig alles solide und eindrucksvoll!

Von den Regalen wandte Svojkin seinen Blick auf das neben ihm stehende Glasschränkchen. Hier sah er Gummiringe, Kügelchen, Spritzen, Büchschen mit Zahnpasta, Pierrottropfen, Adelheimtropfen, kosmetische Seifen und Salben zur Förderung des Haarwuchses ...

Ein Junge mit einer schmutzigen Schürze betrat die Apotheke und verlangte für zehn Kopeken Ochsengalle.

»Sagen Sie bitte, wozu benutzt man Ochsengalle?« Der Lehrer wandte sich an den Provisor und freute sich, daß er ein Gesprächsthema gefunden hatte.

Da Svojkin auf seine Frage keine Antwort erhielt, begann er die strenge, arrogant-gelehrte Physiognomie des Provisors zu betrachten.

Eigenartige Menschen sind das, bei Gott! dachte er. Weswegen setzen sie eine so gelehrte Miene auf. Sie knöpfen ihren lieben Nächsten das Dreifache ab und verkaufen Salben für Haarwuchs, aber sieht man ihre Gesichter an, möchte man meinen, sie seien in Wirklichkeit Adepten der Wissenschaft. Sie schreiben lateinisch und sprechen deutsch ... Sie täuschen etwas Mittelalterliches vor ... Wenn man gesund ist, bemerkt man diese trockenen, harten Gesichter nicht, ist man aber krank, so wie ich jetzt, dann ist man entsetzt, daß eine heilige Sache in die Hände dieser gefühllosen, geschniegelten Figur geraten ist ...

Als Svojkin das regungslose Gesicht des Provisors weiter betrachtete, fühlte er plötzlich den Wunsch, sich um jeden Preis hinzulegen, weit weg vom Licht, von der gelehrten Physiognomie und dem Klopfen des Marmormörsers ... Eine krankhafte Müdigkeit bemächtigte sich seines ganzen Körpers. Er trat an den Ladentisch und bat mit einer flehenden Grimasse:

»Seien Sie so liebenswürdig und lassen Sie mich gehen! Ich ... ich bin krank ...«

»Gleich ... Bitte, lehnen Sie sich nicht an!«

Der Lehrer setzte sich auf das Sofa, verjagte die nebelhaften Bilder aus seinem Kopf und beobachtete den rauchenden Kassierer.

Erst eine halbe Stunde ist vergangen, dachte er, ebensoviel ist noch geblieben ... Unerträglich!

Aber endlich trat ein kleiner, schwarzer Pharmazeut an den Provisor heran und legte eine Schachtel mit Pulver und ein Fläschchen mit einer rosafarbenen Flüssigkeit vor ihm auf den Tisch ... Der Provisor las bis zum Punkt, trat langsam vom Schreibpult zurück, nahm das Fläschchen in die Hand und schüttelte es vor seinen Augen ... Dann schrieb er eine Signatur, band sie an den Hals des Fläschchens und langte nach dem Siegel ...

Na, wozu diese Zeremonien? dachte Svojkin. Ein Zeitverlust, und man wird außerdem noch Geld dafür nehmen.

Nachdem der Provisor die Mixtur eingewickelt, verschnürt und versiegelt hatte, machte er dasselbe auch mit dem Pulver.

»Wollen Sie es bitte in Empfang nehmen!« sagte er endlich, ohne Svojkin anzusehen. »Zahlen Sie an der Kasse einen Rubel sechs Kopeken!«

Svojkin griff in die Tasche und holte einen Rubel heraus; dabei fiel ihm ein, daß er außer diesem Rubel keine Kopeke mehr bei sich hatte ...

»Einen Rubel sechs Kopeken?« brummte er verlegen. »Aber ich habe nur einen Rubel bei mir. Ich dachte, ein Rubel würde reichen ... Was ist da zu machen?«

»Weiß ich nicht«, sagte der Provisor betont scharf und machte sich wieder an die Zeitung.

»In diesem Falle müssen Sie schon entschuldigen ... Ich bringe Ihnen die sechs Kopeken morgen vorbei oder schicke sie ...«

»Das geht nicht ... Wir geben keinen Kredit ...«

»Was soll ich nun machen?«

»Gehen Sie nach Hause, bringen Sie die sechs Kopeken, dann bekommen Sie auch die Arznei.«

»Meinetwegen, aber ... das Laufen fällt mir schwer, und ich kann niemanden schicken ...«

»Ich weiß nicht. Das geht mich nichts an ...«

»Hm ...« Der Lehrer überlegte. »Gut, ich gehe nach Hause ...«

Svojkin verließ die Apotheke und begab sich heimwärts ... Bis er sein Hotelzimmer erreicht hatte, mußte er sich fünfmal hinsetzen, um auszuruhen. Als er endlich angelangt war und im Tischkasten einige Kupfermünzen gefunden hatte, setzte er sich auf das Bett, um zu verschnaufen ... Irgendeine Kraft zog seinen Kopf auf das Kissen ... Er legte sich hin, vielleicht für eine Minute ... Die nebelhaften Bilder in Form von Wolken und die vermummten Gestalten begannen sein Bewußtsein zu trüben ... Nach einiger Zeit fiel ihm ein, daß er in die Apotheke gehen mußte, er wollte sich zum Aufstehen zwingen, aber die Krankheit hatte ihn übermannt. Die Kupfermünzen fielen ihm aus der Hand, und der Kranke träumte, er sei schon in die Apotheke gegangen und rede dort mit dem Provisor.

Der Name mit Pferd

Der pensionierte Generalmajor Buldeev hatte Zahnschmerzen. Er spülte den Mund mit Vodka und Kognak, behandelte den kranken Zahn mit Tabakasche, Opium, Terpentin und Petroleum, rieb die Backe mit Jod ein und steckte sich spiritusgetränkte Watte in die Ohren, aber all das half entweder nichts oder rief Übelkeit hervor. Es kam der Arzt. Er stocherte in dem Zahn herum und verschrieb Chinin, aber auch das half nichts. Auf den Vorschlag, den kranken Zahn ziehen zu lassen, antwortete der General ablehnend. Alle Hausgenossen – die Gattin, die Kinder, das Gesinde und sogar der Küchenjunge Petka – schlugen ihre eigenen Mittel vor. Unter anderem kam auch Buldeevs Gutsverwalter Ivan Evseič und riet ihm, den Zahn besprechen zu lassen.

»Hier in unserem Kreis, Euer Exzellenz«, sagte er, »war vor etwa zehn Jahren der Steuerbeamte Jakov Vasiljič tätig. Er besprach Zähne – erstklassig. Er wendete sich gewöhnlich zum Fenster, flüsterte etwas, spuckte aus – und der Schmerz war wie weggeblasen! Eine solche Kraft war ihm gegeben ...«

»Wo ist er denn jetzt?«

»Nachdem man ihn bei der Steuer entlassen hat, lebt er bei seiner Schwiegermutter in Saratov. Jetzt ernährt er sich nur von Zähnen. Wenn da einem Menschen ein Zahn weh tut, dann geht man zu ihm, und er hilft ... Die Leute aus Saratov behandelt er bei sich zu Hause, und sind welche aus anderen Städten, macht er es telegraphisch. Schicken Sie ihm, Euer Exzellenz, eine Depesche, daß da, nämlich, so und so ... dem Knecht Gottes Aleksej die Zähne weh tun, und bitten Sie um Behandlung. Und das Geld für die Kur schicken Sie mit der Post.«

»Unsinn! Quacksalberei!«

»Versuchen Sie es doch mal, Euer Exzellenz. Er ist zwar ein großer Liebhaber von Vodka, er lebt nicht mit seiner Frau, sondern mit einer Deutschen zusammen, er schimpft gern, aber er ist sozusagen ein Wundertäter!«

»Schick hin, Alëša!« bat die Generalin. »Du glaubst zwar nicht an das Besprechen, aber ich habe es bei mir schon versucht. Wenn du auch nicht daran glaubst, warum sollte man nicht doch hinschicken? Die Hände werden dir schon nicht dabei abfallen.«

»Na meinetwegen«, stimmte Buldeev zu. »In meiner Lage würde ich nicht nur dem Steuerbeamten, sondern sogar dem Teufel eine Depesche schicken ... Och! Nicht zum Aushalten! Nun, wo wohnt denn dein Steuerbeamter? Wie soll ich an ihn schreiben?« Der General setzte sich an den Tisch und nahm den Federhalter zur Hand.

»In Saratov kennt ihn jeder Hund«, sagte der Verwalter. »Belieben Euer Exzellenz sozusagen nach Saratov zu schreiben. An den Wohlgeboren Herrn Jakov Vasiljič ... Vasiljič ...«

»Nun?«

»Vasiljič ... Jakov Vasiljič ... aber den Familiennamen ... den habe ich vergessen ...! Vasiljič ... zum Teufel ... Wie war doch gleich der Familienname? Vorhin, als ich herkam, wußte ich ihn noch ... Erlauben Sie ...«

Ivan Evseič starrte auf die Zimmerdecke und bewegte die Lippen. Buldeev und die Generalin warteten voller Ungeduld.

»Na, was ist? Überleg ein bißchen schneller!«

»Sofort ... Vasiljič ... Jakov Vasiljič ... Hab's vergessen! Es war ein so einfacher Name ... hatte irgendwas mit Pferden zu tun ... Stutheim? Nein, Stutheim nicht. Warten Sie mal ... Vielleicht Hengstenberg? Nein, Hengstenberg auch nicht. Ich entsinne mich, es war ein Name mit Pferd, aber was für einer, ist mir ganz entfallen ...«

»Fohlenhof?«

»Aber nein. Warten Sie ... Rennert ... Roßberg ... Rüdmann ...«

»Das hat doch was mit Hunden und nicht mit Pferden zu tun. Roßfeld?«

»Nein, auch nicht Roßfeld ... Pferdmann ... Roßkopf ... Alles nicht!«

»Na, wie soll ich ihm denn da schreiben? Denk mal nach!«

»Sofort. Roßbach ... Stützfeld ... Schimmel ...«

»Schimmelpfennig?« fragte die Generalin.

»Keinesfalls. Rappfeld ... Nein, auch nicht! Hab's vergessen!«

»Was kommst du denn da, hol dich der Teufel, mit Ratschlägen gekrochen, wenn du's vergessen hast?« grollte der General. »Mach, daß du wegkommst!«

Ivan Evseič ging langsam hinaus, der General aber griff sich an die Backe und wanderte stöhnend durch die Zimmer.

»Du liebe Güte!« jammerte er. »Du lieber Himmel! Das ist ja nicht mehr zum Aushalten!«

Der Verwalter ging in den Garten, hob die Augen gen Himmel und versuchte sich an den Namen des Steuerbeamten zu erinnern:

»Hengsthausen ... Hengstheim ... Hengstberger ... Nein, so nicht! Roßfeld, Roßburger ... Hengstburg ... Stutheim ...«

Etwas später wurde er zu den Herrschaften gerufen.

»Ist er dir eingefallen?« fragte der General.

»Nein, Euer Exzellenz.«

»Vielleicht Gaulberg? Oder Roßhagen? Nein?«

Im Hause begannen alle um die Wette Namen zu erfinden, die etwas mit Pferden zu tun hatten. Man untersuchte alle Altersstufen, Geschlechter und Rassen der Pferde, nahm sich Mähne, Hufe und Geschirr vor ... Im Haus, im Garten, in der Gesindestube und in der Küche, überall gingen die Leute von einer Ecke in die andere und suchten den Namen ...

Der Verwalter wurde immerzu ins Haus geholt.

»Koppfeld?« fragte man ihn. »Hufeland? Hengstheim?«

»Niemals«, antwortete Ivan Evseič und fuhr mit nach oben gerichteten Augen laut fort zu denken: »Roßberg ... Roßburg ... Hengstfeld ... Stutfeld ...«

»Papa«, rief es aus dem Kinderzimmer. »Kutschberger!« – »Zaumberger!«

Der ganze Gutshof war in Aufregung. Der ungeduldige, gequälte General hatte demjenigen fünf Rubel versprochen, der auf den richtigen Namen kommen würde, und Scharen von Leuten strömten zu Ivan Evseič ...

»Falbe!« sagte man zu ihm. »Fuchs! Renner!«

Aber der Abend kam, und der Name war noch immer nicht gefunden. So legte man sich schlafen, ohne die Depesche abgeschickt zu haben.

Der General konnte die ganze Nacht nicht schlafen, er wanderte von einer Ecke in die andere und stöhnte ... Gegen drei Uhr morgens ging er aus dem Haus und klopfte an das Fenster der Verwalterswohnung.

»Heißt er vielleicht Wallach?« fragte er mit weinerlicher Stimme.

»Nein, Wallach nicht, Euer Exzellenz«, antwortete Ivan Evseič und seufzte schuldbewußt.

»Da hat der Name vielleicht gar nichts mit Pferd zu tun, sondern mit irgendwas anderem!«

»Ehrenwort, Euer Exzellenz, es ist ein Name mit Pferd ... Daran erinnere ich mich sogar sehr gut.«

»Wo hast du bloß dein Gedächtnis, mein Lieber ... Für mich ist dieser Name jetzt teurer als alles auf der Welt. Ich bin schon ganz erschöpft!«

Am anderen Morgen schickte der General wieder zum Arzt.

»Soll er ihn ziehen!« beschloß er. »Ich kann es nicht länger aushalten ...«

Der Doktor kam und zog den kranken Zahn. Der Schmerz ließ augenblicklich nach, und der General beruhigte sich. Nachdem der Arzt seine Arbeit getan und dafür seinen Lohn erhalten hatte, setzte er sich in seine Kutsche und fuhr nach Hause.

Hinter dem Dorf auf dem Feld traf er Ivan Evseič ... Der Verwalter stand am Wegesrand, blickte unverwandt auf seine Füße und überlegte. Seiner zerfurchten Stirn und dem Ausdruck der Augen nach zu urteilen, waren seine Gedanken anstrengend und qualvoll ...

»Sattelwitz ... Zügelmann ...«, flüsterte er. »Trensenius ... Mährenburg ...«

»Ivan Evseič!« rief ihn der Doktor an. »Kann ich nicht, mein Bester, bei euch ein paar Zentner Heu kaufen? Unsere Bäuerlein verkaufen mir Heu, das schon ganz verdorben ist ...«

Ivan Evseič blickte den Arzt stumpfsinnig an, lächelte verwundert, schlug die Hände über dem Kopf zusammen und eilte, ohne auch nur ein Wort zu erwidern, mit solcher Geschwindigkeit zum Gutshaus, als jage ein tollwütiger Hund hinter ihm her.

»Ich habe ihn, Euer Exzellenz!« rief er freudig aus vollem Halse, als er in das Arbeitszimmer des Generals gestürmt kam. »Ich habe ihn gefunden, Gott schenke dem Doktor Gesundheit! Heuberger! Heuberger ist der Name des Steuerbeamten! Heuberger, Euer Exzellenz! Schicken Sie eine Depesche an Heuberger!«

»Da hast du!« sagte der General verächtlich und machte eine unanständige Handbewegung. »Jetzt brauche ich deinen Namen mit Pferd nicht mehr! Da hast du was!«

Der Jäger

Die Mittagshitze ist drückend und schwül. Kein Wölkchen zeigt sich am Himmel ... Das von der Sonne ausgedörrte Gras sieht verzagt und hoffnungslos aus: auch wenn es Regen gäbe, würde es nicht mehr grün werden ... Schweigend und regungslos steht der Wald, als betrachte er etwas mit seinen Wipfeln oder erwarte etwas.

Am Rand der Lichtung watschelt träge ein hochgewachsener, schmalschultriger Mann von etwa vierzig Jahren entlang, bekleidet mit einem roten Hemd, geflickten herrschaftlichen Beinkleidern und großen Stiefeln. Er geht langsam den Weg entlang. Rechts grünt die Lichtung, links erstreckt sich bis an den Horizont das goldgelbe Meer des reifen Roggens ... Er ist rot und in Schweiß geraten. Auf seinem schönen blonden Kopf sitzt verwegen eine kleine weiße Mütze mit geradem Jockeischirm, offensichtlich das Geschenk eines freigebigen Junkers. Über seiner

Schulter hängt eine Jagdtasche, in der zusammengedrückt ein Birkhahn liegt. In seinen Händen hält der Mann eine Doppelflinte mit gespannten Hähnen; er blickt mit zusammengekniffenen Augen auf seinen alten, mageren Hund, der vorneweg läuft und das Gebüsch beschnuppert. Ringsum ist es still, kein Laut ist zu hören ... Alles Lebende hat sich vor der Gluthitze versteckt.

»Egor Vlasyč«, hört der Jäger plötzlich eine leise Stimme.

Er fährt zusammen, sieht sich um und runzelt die Stirn. Neben ihm steht wie aus dem Erdboden gestampft ein blasses Weib von etwa dreißig Jahren mit einer Sichel in der Hand. Sie bemüht sich, in sein Gesicht zu schauen, und lächelt verlegen.

»Ach, du bist es, Pelageja«, sagt der Jäger, bleibt stehen und läßt langsam die Hähne los. »Hm! Wie kommst du denn hierher?«

»Hier arbeiten Frauen aus unserem Dorf, ich bin mit ihnen zusammen ... Als Arbeiterin, Egor Vlasyč.«

»Soo ...« brummte Egor Vlasyč und geht langsam weiter.

Pelageja folgt ihm. Sie gehen schweigend etwa zwanzig Schritte.

»Ich habe Sie lange nicht mehr gesehen, Egor Vlasyč ...«, sagt Pelageja und schaut zärtlich auf die sich bewegenden Schultern des Jägers. »Seit Sie in der Osterwoche zu uns kamen, um Wasser zu trinken, seit jener Zeit habe ich Sie nicht mehr gesehen ... Sie kamen für einen Augenblick, aber Gott weiß auch in was für einem Zustand ... Sie haben geschimpft, mich geschlagen und sind weggegangen. Ich habe gewartet, gewartet ... habe mir die Augen ausgeguckt, so habe ich auf Sie gewartet ... Ach, Egor Vlasyč, Egor Vlasyč! Wenn Sie doch einmal gekommen wären!«

»Was soll ich denn bei dir machen?«

»Das stimmt, zu tun ist nichts, aber so ... es ist doch eine Wirtschaft ... Nachsehen, wie und was ... Sie sind doch der Hausherr ... Da schau her, einen Birkhahn haben Sie geschossen, Egor Vlasyč. Setzen Sie sich doch, ruhen Sie sich aus ...«

Während Pelageja das alles spricht, lacht sie wie eine kleine Närrin und schaut zu Egors Gesicht auf ... Sie strahlt nur so vor Glück ...

»Mich hinsetzen? Meinetwegen ...« sagt Egor gleichgültig und sucht sich ein Plätzchen zwischen zwei hochgewachsenen Tannen aus. »Warum stehst du denn? Setz dich doch auch!«

Pelageja setzt sich ein Stück von ihm entfernt in die pralle Sonne; sie schämt sich ihrer Freude und bedeckt den lächelnden Mund mit der Hand. Etwa zwei Minuten vergehen in Schweigen.

»Wenn Sie nur einmal kämen!« sagt Pelageja leise.

»Wozu?« Egor seufzt, nimmt seine Schirmmütze ab und wischt sich mit dem Ärmel die rote Stirn. »Es besteht doch keinerlei Notwendigkeit. Für ein oder zwei Stunden kommen – das ist nur mit Scherereien verbunden und für dich eine Aufregung, aber ständig im Dorf leben, das hält meine Seele nicht aus ... Du weißt selbst, ich bin verwöhnt ... Ich brauche ein Bett, guten Tee und delikate Gespräche ... Für mich muß alles dasein, aber bei dir dort im Dorf gibt es nur Armut, Ruß ... Nicht einen Tag könnte ich es da aushalten. Wenn, nehmen wir mal an, ein Befehl herauskäme, daß ich bei dir leben müßte, so würde ich entweder unser Haus niederbrennen oder mir das Leben nehmen. Von klein auf bin ich so verwöhnt, da ist nichts zu machen.«

»Wo wohnen Sie jetzt?«

»Bei dem gnädigen Herrn Dmitrij Ivanyč, bin als Jäger ... Ich liefre für seine Küche Wild, aber in der Hauptsache ... hält er mich so ... zum Vergnügen.«

»Ihre Tätigkeit ist keine ernsthafte, Egor Vlasyč ... Für die Menschen ist das eine Spielerei, aber Sie betreiben es gleichsam als Handwerk ... eine regelrechte Beschäftigung ...«

»Das verstehst du nicht, dummes Frauenzimmer«, sagt Egor und blickt verträumt zum Himmel hinauf. »Du hast mich nie verstanden, und du wirst dein Leben lang nicht verstehen, was für ein Mensch ich bin ... Nach deiner Meinung bin ich ein zügelloser, auf Abwege geratener Mensch, aber wer was versteht, für den bin ich der beste Schütze im ganzen Kreis. Die Herrschaften spüren das und haben über mich sogar in einer Zeitschrift geschrieben. Kein Mensch kann sich mit mir, was die Jagd betrifft, messen ... Aber wenn ich einen Widerwillen gegen eure Landarbeit habe, so ist es nicht aus Übermut und nicht aus Stolz. Seit meiner Kinderzeit, weißt du, habe ich außer dem Gewehr und den Hunden keine andere Beschäftigung kennengelernt. Hat man mir das Gewehr abgenommen, nahm ich die Angel, hat man mir die Angel abgenommen, ernährte ich mich durch meiner bloßen Hände Arbeit. Nun, und mit Pferden habe ich auch Handel getrieben, habe mich auf den Jahrmärkten herumgedrückt, wenn ich Geld hatte, und du weißt doch selbst, wenn ein Bauer sich zu den Jägern oder Pferdehändlern gesellt, dann leb wohl, Pflug! Wenn sich der Geist der Freiheit erst einmal im Menschen festsetzt, kann man ihn mit nichts wieder austreiben. Das ist auch so, wenn irgendein Gutsherr zu den Schauspielern geht oder andere Künste betreibt – dann kann er weder Beamter noch Gutsbesitzer mehr sein. Du begreifst das nicht, Weib, aber das muß man begreifen.«

»Ich begreife schon, Egor Vlasyč.«

»Offensichtlich begreifst du es nicht, wenn du zu weinen anfängst ...«

»Ich ... ich weine nicht ...« sagt Pelageja und dreht sich um. »Es ist eine Sünde, Egor Vlasyč! Wenn Sie doch nur einen Tag mit mir Unglücklichen gelebt hätten. Es sind schon zwölf Jahre, seit ich Sie geheiratet habe, und ... und zwischen uns war noch keine Liebe ... Kein einziges Mal ... Ich ... ich weine nicht ...«

»Liebe ...« brummt Egor und kratzt sich an der Hand. »Zwischen uns kann von Liebe keine Rede sein. Wir sind nur dem Namen nach Mann und Frau, und muß es nicht so sein? Ich bin für dich ein wilder Mann, und du bist für mich ein einfaches, unverständiges Weib. Sind wir denn ein richtiges Paar? Ich bin frei, verwöhnt, ein Bummler, und du bist ein Arbeitstier, trägst Bastschuhe, lebst im Schmutz und kannst deinen Rücken vor Arbeit kaum noch geradebiegen. Ich bin in bezug auf mich der Meinung, daß ich auf dem Gebiet der Jagd der erste Mann bin, und du schaust mich voll Mitleid an ... Wo ist denn hier ein Paar?«

»Wir sind doch getraut, Egor Vlasyč!« schluchzt Pelageja.

»Wir wurden nicht freiwillig getraut ... Hast du das etwa vergessen? Bedanke dich beim Grafen Sergej Pavlyč ... und bei dir ... Der Graf hat aus Neid, weil ich besser schieße als er, mich einen ganzen Monat mit Wein traktiert, und einen Betrunkenen kann man nicht nur heiraten, sondern auch zu einem anderen Glauben verleiten. Aus Rache hat er mich, betrunken, wie ich war, plötzlich mit dir verheiratet ... Egor mit einer Viehmagd! Du hast doch gesehen, daß ich betrunken war, warum hast du mich geheiratet? Bist doch keine Leibeigene, konntest dich dagegen sträuben! Natürlich, eine Viehmagd kann von

Glück reden, wenn sie einen Jäger kriegt, aber man muß auch überlegen. Da mußt du nun leiden und weinen. Für den Grafen ist das ein Scherz, aber du weinst ... möchtest mit dem Kopf gegen die Wand rennen ...«

Es tritt Schweigen ein.

Über die Lichtung fliegen drei wilde Enten. Egor blickt ihnen nach und begleitet sie mit den Augen, bis sie sich in drei kaum noch sichtbare Punkte verwandelt haben und sich weit hinter dem Wald niederlassen.

»Wovon lebst du denn?« fragt er und lenkt seinen Blick von den Enten auf Pelageja.

»Jetzt gehe ich arbeiten, und im Winter nehme ich ein Kindchen aus dem Findelhaus und ernähre es mit der Flasche. Man gibt mir dafür anderthalb Rubel im Monat.«

»So ...«

Wieder Schweigen. Von dem gemähten Feld her ertönt ein leises Lied, das gleich am Anfang abbricht. Es ist zu heiß zum Singen ...

»Man erzählt, Sie hätten Akulina ein neues Haus gebaut«, sagt Pelageja.

Egor schweigt.

»Also liegt sie Ihnen am Herzen ...«

»Du hast schon ein Glück, das ist Schicksal«, sagt der Jäger und streckt sich. »Dulde, Waise. Aber leb wohl, habe die Zeit verplaudert ... Ich muß noch bis zum Abend in Bolotovo sein ...«

Egor steht auf, reckt sich und wirft das Gewehr über die Schulter. Pelageja erhebt sich ebenfalls.

»Und wann kommen Sie ins Dorf?« fragt sie leise.

»Das ist zwecklos. Nüchtern komme ich niemals, und von einem Betrunkenen hast du wenig. Ich bin boshaft, wenn ich betrunken bin ... Leb wohl!«

»Leben Sie wohl, Egor Vlasyč ...«

Egor schiebt seine Schirmmütze ins Genick, schnalzt mit der Zunge, um den Hund zu rufen, und setzt seinen Weg fort. Pelageja bleibt auf demselben Fleck stehen und schaut ihm nach ... Sie sieht, wie sich seine Schultern bewegen, sieht den strammen Nacken, seinen trägen, nachlässigen Gang, und ihre Augen sind erfüllt von Wehmut und zärtlicher Liebkosung. Ihr Blick streicht voller Zärtlichkeit über die hagere, hochgewachsene Gestalt ihres

Mannes ... Und als habe er diesen Blick gefühlt, bleibt er stehen und schaut sich um ... Er schweigt, aber an seinem Gesicht und den leicht gehobenen Schultern erkennt Pelageja, daß er ihr etwas sagen will. Sie nähert sich ihm schüchtern und sieht ihn mit flehenden Augen an.

»Da hast du!« sagt er und wendet sich ab.

Er reicht ihr einen abgenutzten Rubelschein und geht eilig weg.

»Leben Sie wohl, Egor Vlasyč«, sagt sie, als sie mechanisch den Rubelschein in Empfang nimmt.

Er geht den geraden Weg entlang, der sich wie ein endloser Riemen dahinzieht. Sie steht blaß und regungslos da, wie eine Statue, und verfolgt jeden seiner Schritte mit ihrem Blick. Aber dann fließt die rote Farbe seines Hemdes mit der dunklen der Beinkleider zusammen, die Schritte sind nicht mehr zu sehen, der Hund ist nicht mehr von den Stiefeln zu unterscheiden ... Nur seine kleine Schirmmütze leuchtet noch, aber ... da wendet sich Egor scharf nach rechts zu einer Lichtung, und die Schirmmütze verschwindet im Grünen.

»Leben Sie wohl, Egor Vlasyč!« flüstert Pelageja und stellt sich auf die Fußspitzen, um wenigstens noch einmal die kleine weiße Mütze zu sehen.

Der Übeltäter

Vor dem Untersuchungsrichter steht ein kleines, ungewöhnlich hageres Bäuerlein in einem bunten Leinenhemd und geflickten Hosen. Sein behaartes, von Pockennarben entstelltes Gesicht und die Augen, die unter den dichten, buschigen Brauen kaum zu sehen sind, haben einen mürrischen, strengen Ausdruck. Auf dem Kopf hat er ein richtiges Storchennest lange nicht gekämmter und strubbeliger Haare, was ihm eine noch größere, spinnenhafte Strenge verleiht. Er ist barfuß.

»Denis Grigorjev!« beginnt der Untersuchungsrichter. »Komm näher und beantworte meine Fragen. Am siebenten Juli dieses Jahres ertappte dich der Eisenbahnwächter Ivan Semënov Akinfov, als er morgens die Strecke abging, am Verstpfahl hunderteinundvierzig beim Abschrauben einer Mutter, mit der die

Schienen an den Schwellen befestigt sind. Da ist die Mutter ...! Mit dieser Mutter hat er dich auch festgenommen! War das so?«

»Was?«

»Ob das alles so war, wie Akinfov aussagt?«

»Bekanntlich war es so.«

»Gut; nun, und wozu hast du die Mutter abgeschraubt?«

»Was?«

»Laß mal dein ›was‹, antworte lieber auf die Frage: Wozu hast du die Mutter abgeschraubt?«

»Wenn ich sie nicht gebraucht hätte, hätte ich sie nicht abgeschraubt«, antwortet Denis heiser und schielt zur Decke hinauf.

»Wozu hast du diese Mutter gebraucht?«

»Die Mutter? Wir machen aus den Muttern Senkbleie ...«

»Wer ist das – wir?«

»Wir, das Volk ... Das heißt die Bauern aus Klimovo.«

»Hör mal, mein Lieber, spiel hier nicht den Idioten, sondern rede vernünftig. Es hat keinen Zweck, hier was von Senkbleien vorzulügen!«

»Nie im Leben habe ich gelogen, und hier soll ich lügen ...« brummt Denis und blinzelt mit den Augen. »Euer Wohlgeboren, wie kann man denn ohne Senkblei auskommen? Wenn du einen kleinen Fisch oder einen anderen Köder auf den Angelhaken spießt, versinkt er doch ohne Senkblei nicht! Ich soll lügen ...« Denis lächelt. »Als ob der Teufel drinsteckt, in dem Köder nämlich, daß er oben schwimmt! Der Barsch, der Hecht und die Aalraupe gehen immer auf Grund, aber die, wo oben schwimmen, die kann nur der Dickkopf schnappen, und auch der nur selten ... In unserem Fluß gibt es diesen Fisch nicht. Er liebt die Weite ...«

»Wozu erzählst du mir vom Dickkopf?«

»Was? Sie haben doch selbst danach gefragt! Bei uns angeln auch die Herrschaften so. Der allerletzte Bengel wird dir nicht ohne Senkblei angeln. Natürlich einer, der nichts davon versteht, der geht auch ohne Senkblei angeln. Für den Dummkopf ist das Gesetz nicht geschrieben.«

»Du sagst also, du hast diese Mutter abgeschraubt, um ein Senkblei draus zu machen?«

»Wozu denn sonst? Doch nicht zum Kegeln!«

»Aber für das Senkblei konntest du doch Blei nehmen, eine Kugel ... irgendeinen Nagel ...«

»Blei liegt nicht auf der Straße, man muß es kaufen, und ein Nagel taugt nicht. Was Besseres als eine Schraubenmutter kann man nicht finden ... Ist schwer und hat ein Loch.«

»Wie dumm du dich stellst! Als wärst du erst gestern geboren oder vom Himmel gefallen. Verstehst du denn nicht, du Dummkopf, wohin dieses Abschrauben führt? Hätte der Wächter nicht aufgepaßt, so hätte doch der Zug entgleisen können, Menschen wären getötet worden. Du hättest Menschen getötet!«

»Gott behüte, Euer Wohlgeboren! Wozu denn töten? Sind wir denn Ungetaufte oder irgendwelche Bösewichter? Gott sei Dank, guter Herr, ich habe mein Leben lang nicht getötet und auch nicht einmal im Traum daran gedacht ... Mutter Gottes, rette mich und erbarme dich ... Was denken Sie!«

»Und woher kommt deiner Meinung nach ein Eisenbahnunglück? Schraub mal zwei, drei Muttern ab, da hast du das Unglück!«

Denis lächelt und blinzelt den Untersuchungsrichter mißtrauisch an.

»Na! Wieviel Jahre schon schraubt das ganze Dorf die Muttern ab, und Gott hat uns beschützt, und hier heißt es gleich Eisenbahnunglück ... Menschen töten ... Wenn ich eine Schiene weggetragen hätte, oder ich hätte, angenommen, einen Balken quer über die Geleise gelegt, nun dann, meinetwegen, könnte der Zug umkippen, aber sonst ... Pfui! Eine Mutter!«

»Aber begreif doch, mit den Muttern werden die Schienen an den Schwellen befestigt.«

»Das wissen wir ... Wir schrauben ja auch nicht alle ab ... lassen ein paar übrig ... Machen es nicht ohne Verstand ... verstehen doch was davon ...«

Denis gähnt und bekreuzigt sich den Mund.

»Im vorigen Jahr ist hier ein Zug entgleist«, sagt der Untersuchungsrichter. »Jetzt ist es klar, warum ...«

»Was meinen Sie?«

»Jetzt, sage ich, ist es klar, warum hier im vorigen Jahr ein Zug entgleist ist ... Ich verstehe!«

»Dafür seid ihr auch gebildet, um das zu verstehen, dafür seid ihr auch unsere Wohltäter ... Gott hat schon gewußt, wem er Verstand gegeben hat. Da haben Sie auch verstanden, was und wie, aber der Wächter ist vielleicht ein Bauer, ohne jeden Verstand packt er mich am Kragen und schleppt mich mit ... Man muß erst überlegen, und dann kann man schleppen! Wie gesagt – ein Bauer, und der Verstand ist auch bäuerlich ... Schreiben Sie auf, Euer Wohlgeboren, daß er mich zweimal ins Gesicht und auf die Brust geschlagen hat.«

»Als man bei dir Haussuchung machte, fand man noch eine Mutter ... An welcher Stelle und wann hast du sie abgeschraubt?«

»Sie meinen die Mutter, die unter dem kleinen roten Kasten gelegen hat?«

»Ich weiß nicht, wo sie bei dir gelegen hat, man hat sie aber gefunden. Wann hast du sie abgeschraubt?«

»Die hab ich nicht abgeschraubt, die hat mir Ignaška gegeben, der Sohn vom einäugigen Semën. Ich spreche von der, die unter dem kleinen Kasten war, aber die auf dem Hof im Schlitten, die hab ich mit Mitrofan gemeinsam abgeschraubt.«

»Mit welchem Mitrofan?«

»Mit Mitrofan Petrov ... Haben Sie denn nicht gehört? Er macht Fischnetze und verkauft sie an Herrschaften. Er braucht sehr viel von diesen Muttern. Für jedes Fischnetz braucht er beinahe zehn Stück ...«

»Hör mal zu ... Der Artikel Tausendeinundachtzig des Strafgesetzbuches besagt: Für jede mit Vorbedacht verübte Beschädigung der Eisenbahn, wenn sie einen Transport, der auf dieser Bahn unterwegs ist, in Gefahr bringt und der Schuldige wußte, daß infolgedessen ein Unglück geschehen kann – verstehst du? Und du hast unbedingt wissen müssen, wohin dieses Abschrauben führt –, wird der Schuldige zu Verbannung und Zwangsarbeit verurteilt.«

»Natürlich wissen Sie es besser ... Wir sind unwissende Menschen, wie sollen wir das begreifen?«

»Du begreifst alles! Du lügst und verstellst dich!«

»Warum soll ich denn lügen? Fragen Sie doch im Dorf, wenn Sie es nicht glauben! Ohne Senkblei angelt man nur den Ukelei, und was gibt es Schlimmeres als einen Gründling, und auch der läßt sich nicht ohne Senkblei angeln.«

»Du mußt noch mal vom Dickkopf erzählen!« Der Untersuchungsrichter lächelt.

»Der Dickkopf kommt bei uns nicht vor ... Wir lassen die Angelschnur mit einem Schmetterling ohne Senkblei zu Wasser; dann beißt der Großkopf an, aber auch nur selten.«

»Nun hör auf . . .«

Schweigen tritt ein. Denis tritt verlegen von einem Fuß auf den anderen, schaut auf den mit grünem Tuch bespannten Tisch und blinzelt heftig mit den Augen, als sähe er vor sich nicht das Tuch, sondern die Sonne. Der Untersuchungsrichter schreibt eifrig.

»Darf ich gehen?« fragt Denis nach längerem Schweigen.

»Nein. Ich muß dich in Gewahrsam nehmen und ins Gefängnis stecken.«

Denis hört auf zu blinzeln, zieht seine dichten Augenbrauen hoch und schaut den Beamten fragend an.

»Was heißt denn ins Gefängnis? Euer Wohlgeboren! Ich habe keine Zeit, ich muß zum Jahrmarkt; ich habe von Egor drei Rubel für den Speck zu bekommen.«

»Schweig und stör mich nicht!«

»Ins Gefängnis . . . Wenn ich wüßte wofür, würde ich gehen, aber so . . . für nichts und wieder nichts . . . Wofür? Ich habe nicht gestohlen, meine ich doch, und mich nicht geprügelt . . . Wenn Sie aber wegen der Rückstände Zweifel haben, Euer Wohlgeboren, glauben Sie doch dem Dorfältesten . . . Fragen Sie den Herrn ständigen Beisitzer . . . Er hat doch kein Gewissen, der Älteste da . . .«

»Schweig!«

»Ich schweige ja schon . . .« brummt Denis. »Aber daß der Dorfälteste bei der Abrechnung gemogelt hat, das kann ich beschwören . . . Wir sind drei Brüder: Kuzma Grigorjev nämlich, Egor Grigorjev und ich, Denis Grigorjev . . .«

»Wir sind drei Brüder«, murmelt Denis, als zwei stämmige Soldaten ihn packen und aus der Stube führen. »Ein Bruder ist für den anderen nicht verantwortlich . . . Kuzma zahlt nicht, und du, Denis, mußt das verantworten . . . Das sind Richter! Der gnädige Herr, der General, ist tot. Gott hab ihn selig! Sonst hätte er es euch Richtern gezeigt . . . Das Richten muß man verstehen, aber nicht ohne Grund . . . Man kann auch einen auspeitschen lassen, aber verdientermaßen und mit reinem Gewissen . . .«

Der Bräutigam und der Papa

(Etwas Zeitgenössisches)

Eine ›Kleine Episode‹

»Ah, ich habe gehört, Sie wollen heiraten!« – mit diesen Worten wandte sich auf einem Sommerball an Pëtr Petrovič Milkin einer seiner Bekannten. »Wann werden Sie Junggesellenabschied feiern?«

»Woher haben Sie denn, daß ich heiraten will!« sagte Milkin aufbrausend. »Welcher Esel hat Ihnen das erzählt?«

»Alle erzählen es, und man merkt es ja auch an allem ... Da hilft keine Heimlichtuerei, mein Lieber ... Sie denken wohl, wir wissen von nichts, aber wir durchschauen Sie und wissen alles! Hehehe ... An allem merkt man es ... Ganze Tage verbringen Sie bei den Kondraškins, Sie essen dort zu Mittag und zu Abend, singen Romanzen ... Sie gehen nur mit Nastenka Kondraškina spazieren, nur ihr allein bringen Sie Blumensträuße ... Wir sehen alles! Neulich treffe ich Papa Kondraškin, und der sagt mir, daß Ihre Sache schon unter Dach und Fach ist und daß gleich, nachdem Sie vom Landhaus wieder in die Stadt umgezogen sind, auch die Hochzeit stattfinden wird ... Na und? Gott gebe es! Ich freue mich nicht so sehr für Sie als für Kondraškin ... Der Ärmste hat sieben Töchter! Sieben! Ist das etwa ein Spaß? Wenn ihn Gott wenigstens erst mal eine unter die Haube bringen läßt ...«

Hol's der Teufel, dachte Milkin ... Da ist nun schon der zehnte, der mit mir über eine Heirat mit Nastenka spricht. Woraus schließen sie das – der Teufel soll sie allesamt holen! Daraus, daß ich täglich bei den Kondraškins zu Mittag esse, daß ich mit Nastenka spazierengehe ... Nein, es wird Zeit, diesem Gerede ein Ende zu bereiten, höchste Zeit, sonst kann es dir jeden Augenblick passieren, daß sie dich verheiraten, diese Strolche ...! Ich werde morgen zu diesem Dummkopf von Kondraškin hingehen und mich mit ihm aussprechen, damit er sich keine falschen Hoffnungen macht, und dann – heidi!

Am Tage nach dem geschilderten Gespräch betrat Milkin mit einem Gefühl der Verlegenheit und einer gewissen Angst das Arbeitszimmer des Landhauses von Hofrat Kondraškin.

»Pëtr Petrovič!« begrüßte ihn der Hausherr. »Wie geht's uns denn? Haben Sie Sehnsucht bekommen, mein Engel? Hehehe … Nastenka kommt gleich … Sie ist nur auf einen Sprung zu den Gusevs gegangen …«

»Ich möchte, offen gesagt, nicht zu Nastasja Kirillovna«, brummte Milkin und kratzte sich verlegen am Auge, »sondern zu Ihnen … Ich muß mit Ihnen etwas besprechen … Mir ist da etwas zu Ohren gekommen …«

»Worüber beabsichtigen Sie denn zu sprechen?« erwiderte Kondraškin und zwinkerte mit einem Auge. »Hehehe … Was sind Sie denn so verlegen, mein Bester? Ach, was ist das für ein Mann! Man hat seine Not mit euch, mit der Jugend! Ich weiß schon, worüber Sie jetzt sprechen wollen! Hehehe …'s ist auch höchste Zeit …«

»Offen gestanden, gewissermaßen … die Sache verhält sich nämlich so, daß ich … Ich reise morgen ab …«

»Das heißt, wie wollen Sie denn abreisen?« fragte Kondraškin und riß verwundert die Augen auf.

»Sehr einfach … Ich reise ab, das ist alles … Gestatten Sie, daß ich Ihnen für die liebenswürdige Gastfreundschaft danke … Ihre Töchter sind so liebe Mädchen … Niemals werde ich die Minuten vergessen, die …«

»Erlauben Sie …« unterbrach ihn Kondraškin und wurde puterrot. »Ich verstehe Sie wohl nicht ganz … Natürlich hat jeder Mensch das Recht abzureisen … Sie können alles tun, was Ihnen beliebt, aber Sie … machen Ausflüchte, mein Herr … Das ist nicht ehrenhaft!«

»Ich … ich … ich weiß nicht, wieso soll ich Ausflüchte machen?«

»Sie sind den ganzen Sommer hergekommen, haben gegessen, getrunken, haben Hoffnungen erweckt, von morgens bis abends mit den Mädchen geschwatzt, und jetzt – bitte schön, ich reise ab!«

»Ich … ich habe keine Hoffnungen erweckt …«

»Natürlich, Sie haben keinen Heiratsantrag gemacht, aber war es denn nicht zu sehen, worauf Ihr Benehmen abzielte? Jeden Tag haben Sie bei uns gespeist, mit Nastja ganze Nächte Hand in Hand gesessen … sollte das alles nichts bedeutet haben? Nur Freier essen täglich im fremden Hause, und hätte ich Sie etwa gefüttert, wenn Sie kein Freier wären? Ja, Sie handeln nicht ehrenhaft! Ich will nichts mehr hören! Machen Sie bitte einen Heiratsantrag, sonst werde ich ... nämlich ...«

»Nastasja Kirillovna ist ein sehr liebes ... ein gutes Mädchen ... Ich schätze sie und ... könnte mir keine bessere Frau wünschen, aber ... wir stimmen nicht in unseren Überzeugungen und Ansichten überein.«

»Ist denn das ein Grund?« Kondraškin lächelte. »Ist es nur das? Ach, du, mein Herzchen, wo findet man eine Frau, die die Ansichten ihres Mannes teilt? Ach, mein Junge! Nein, so ein Grünschnabel! Was er sich da für eine Theorie zurechtgelegt hat, bei Gott ... hehehe ... mich überläuft's ganz heiß ... Jetzt stimmt ihr in den Ansichten nicht überein, aber lebe erst mal zusammen, da werden sich alle diese Unebenheiten schon glätten ... Eine neugepflasterte Straße fährt sich zuerst auch nicht gut, aber wenn sie etwas eingefahren ist, dann – meine Hochachtung!«

»Das mag schon sein, aber ... ich bin Nastasjas nicht würdig ...«

»Würdig, würdig! So ein Unsinn! Du bist ein feiner Kerl!«

»Sie kennen nicht alle meine Fehler ... Ich bin arm ...«

»Unwichtig! Sie bekommen Gehalt, und Gott sei Dank ...«

»Ich bin ein ... Trinker ...«

»Aber nicht doch! Kein einziges Mal habe ich dich betrunken gesehen ...!« Kondraškin winkte ab. »Die Jugend muß ab und zu mal trinken ... Ich war auch jung und habe mal einen über den Durst getrunken. Ohne das geht's nicht ...«

»Aber ich bin ein Quartalssäufer. Das ist bei mir ein ererbtes Laster!«

»Das glaube ich nicht! So ein rosiger Jüngling und plötzlich ein Quartalssäufer! Glaube ich nicht!«

Diesen Satan kann man nicht übers Ohr hauen! dachte Milkin. Er möchte nur zu gern seine Töchter loswerden! – »Nicht genug, daß ich an Trunksucht leide«, fuhr er laut fort, »ich habe auch noch andere Laster. Ich nehme Bestechungsgelder ...«

»Mein Lieber, wer nimmt die nicht? Hehehe. Was für eine Überraschung!«

»Und außerdem kann ich nicht heiraten, ehe nicht über mein Schicksal entschieden ist ... Ich habe es Ihnen verheimlicht, aber jetzt sollen Sie alles erfahren ... Gegen ... gegen mich läuft ein Verfahren wegen Unterschlagung ...«

»Ein Verfahren?« rief Kondraškin und erstarrte. »Na, das ist ja eine Neuigkeit ... Davon habe ich nichts gewußt. In der Tat, man darf nicht heiraten, solange man sein Schicksal nicht kennt ... Haben Sie viel unterschlagen?«

»Hundertvierundvierzigtausend.«

»Na, eine hübsche Summe! Ja, diese Geschichte riecht tatsächlich nach Sibirien ... So kann das Mädchen für nichts und wieder nichts zugrunde gehen. Wenn es so ist, dann ist nichts zu machen, Gott mit Ihnen ...«

Milkin atmete erleichtert auf und streckte die Hand nach seinem Hut aus ...

»Übrigens«, fuhr Kondraškin fort, nachdem er ein wenig nachgedacht hatte, »wenn Nastenka Sie liebt, kann sie Ihnen auch dorthin folgen. Was ist das für eine Liebe, wenn sie Opfer scheut? Und außerdem ist das Tomsker Gouvernement sehr fruchtbar. In Sibirien, mein Lieber, lebt es sich besser als hier. Ich würde selber hinfahren, wenn ich keine Familie hätte. Sie können einen Heiratsantrag machen!«

So ein halsstarriger Teufel! dachte Milkin. Er wäre bereit, seine Tochter dem Bösen zu geben, nur um sie sich vom Hals zu schaffen. – »Aber das ist noch nicht alles ...«, fügte er laut hinzu. »Man wird mich nicht nur wegen der Unterschlagung verurteilen, sondern auch wegen Urkundenfälschung.«

»Das ist egal! Ein und dieselbe Strafe!«

»Pfui!«

»Weshalb spucken Sie so laut aus?«

»Nur so ... Hören Sie, ich habe Ihnen noch nicht alles entdeckt ... Zwingen Sie mich nicht, Ihnen das Geheimnis meines Lebens zu offenbaren ... ein schreckliches Geheimnis!«

»Ich will Ihre Geheimnisse gar nicht wissen! So ein Unsinn!«

»Kein Unsinn, Kirill Trofimyč! Wenn Sie es hören ... erfahren, wer ich bin, dann werden Sie sich angewidert abwenden. Ich ... bin ... ein ... ein entlaufener Zuchthäusler!«

Kondraškin sprang, wie von einer Tarantel gestochen, von Milkin zurück und blieb starr vor Entsetzen stehen. Eine Minute lang stand er schweigend und unbeweglich da und blickte Milkin mit schreckerfüllten Augen an, dann ließ er sich in einen Sessel fallen und stöhnte.

»Das hatte ich nicht erwartet ...« flüsterte er. »Wen habe ich da an meinem Busen genährt! Gehen Sie! Um Gottes willen, gehen Sie. Ich will Sie nicht mehr sehen. Oh!«

Milkin ergriff seinen Hut und schritt, über seinen Sieg triumphierend, zur Tür ...

»Warten Sie!« Kondraškin hielt ihn zurück. »Wieso hat man Sie denn bis jetzt nicht verhaftet?«

»Ich lebe unter falschem Namen ... Es ist schwer, mich zu verhaften ...«

»Vielleicht leben Sie auch bis zu Ihrem Tode so weiter, ohne daß jemand erfährt, wer Sie sind ... Warten Sie! Jetzt sind Sie doch ein Ehrenmann, Sie haben längst gebüßt ... Gott mit Ihnen, sei's drum, heiraten Sie schon!«

Milkin geriet in Schweiß ... Weiter als bis zu einem entlaufenen Zuchthäusler konnte der Schwindel nicht getrieben werden, und es blieb nur noch eins: schmählich zu flüchten, ohne die Flucht zu motivieren ... Und er war schon bereit, durch die Tür zu entwischen, als ihm ein Gedanke durch den Kopf schoß ...

»Hören Sie, Sie wissen ja noch nicht alles«, sagte er. »Ich ... bin ... geisteskrank, und Verrückten und Geisteskranken ist das Heiraten nicht erlaubt ...«

»Das glaube ich nicht! Geisteskranke urteilen nicht so logisch.«

»Wahrscheinlich begreifen Sie nicht ganz, wenn Sie so urteilen! Wissen Sie denn nicht, daß viele Geisteskranke nur zu bestimmten Zeiten verrückt sind, sich in den Zwischenzeiten aber in nichts von gewöhnlichen Menschen unterscheiden?«

»Glaube ich nicht! Reden Sie keinen Unsinn!«

»In diesem Falle werde ich Ihnen ein ärztliches Attest bringen.«

»Einem Attest glaube ich, aber Ihnen nicht ... Ein schöner Geisteskranker!«

»In einer halben Stunde bringe ich Ihnen ein Attest ... Bis dahin leben Sie wohl ...«

Milkin ergriff seinen Hut und eilte fort. Fünf Minuten später sprach er schon bei seinem Freund, Doktor Fitjuev, vor, kam aber unglücklicherweise in einem Augenblick zu ihm, als dieser gerade nach einem kleinen Streit mit seiner Frau seine Frisur in Ordnung brachte.

»Ich komme mit einer Bitte, mein Freund«, wandte sich Milkin an den Arzt. »Es handelt sich um folgendes: Man will mich um jeden Preis verheiraten ... Um dieser Gefahr zu entgehen, habe ich mich für geisteskrank ausgegeben ... Das Verfahren Hamlets, gewissermaßen ... Geisteskranke, verstehst du, dürfen nicht heiraten ... Sei mein Freund, gib mir eine Bescheinigung, daß ich geisteskrank bin!«

»Du willst nicht heiraten?« fragte der Arzt.

»Unter gar keinen Umständen!«

»In diesem Fall kann ich dir keine Bescheinigung geben«, sagte der Doktor und griff an seine Frisur. »Wer nicht heiraten will, der ist nicht geisteskrank, sondern ganz im Gegenteil ein sehr vernünftiger Mensch ... Aber wenn du mal heiraten willst – nun, dann komm nach einem Attest ... Dann ist es klar, daß du verrückt geworden bist ...«

Der Gast

Eine kleine Episode

Dem Rechtsanwalt Zelterskij drohten die Augen zuzufallen. Die Natur versank im Dunkel. Der leichte Wind hatte sich gelegt, die Vöglein waren verstummt, und die Viehherden legten sich zur Ruhe. Zelterskijs Gattin war schon längst schlafen gegangen, das Gesinde schlief auch, alles Lebendige war entschlummert, allein Zelterskij durfte nicht in sein Schlafzimmer gehen, obwohl an seinen Augenlidern eine zentnerschwere Last hing. Die Sache war die, bei ihm saß ein Gast, der Nachbar der Sommerwohnung, Oberst a. D. Peregarin. Seit er nach dem Mittagessen gekommen war und sich auf das Sofa gesetzt hatte, war er kein einziges Mal aufgestanden, als wäre er angeleimt. Er saß und erzählte mit heiserer, näselnder Stimme, wie ihn im Jahre 1842 in der Stadt Krementschug ein tollwütiger Hund gebissen hatte. Er erzählte und fing dabei immer wieder von vorne an. Zelterskij war verzweifelt. Was hatte er nicht alles getan, um den Gast loszuwerden! Immer wieder schaute er auf die Uhr und sagte, er habe Kopfschmerzen, immer wieder verließ er das Zimmer, in dem der Gast saß, aber es half nichts. Der Gast begriff nicht und fuhr fort, von dem tollwütigen Hund zu erzählen.

Dieser alte Zausel wird noch bis morgen früh dasitzen! Zelterskij ärgerte sich. So ein Klotz! Nun, wenn er schon die gewöhnlichen Andeutungen nicht versteht, bleibt nichts weiter übrig, als ein gröberes Geschütz aufzufahren. – »Hören Sie mal«, sagte er laut, »wissen Sie, warum mir das Leben auf dem Lande gefällt?«

»Warum?«

»Weil man hier das Leben regulieren kann. In der Stadt fällt es schwer, sich an irgendeine bestimmte Lebensweise zu halten, hier ist aber das Gegenteil der Fall. Um neun Uhr stehen wir auf, um drei essen wir zu Mittag, um zwölf gehen wir schlafen. Um zwölf bin ich immer im Bett. Gott bewahre mich davor, später ins Bett zu gehen, am nächsten Tag werde ich meine Migräne nicht los!«

»Was Sie nicht sagen ... Wie man es eben gewohnt ist, so ist es tatsächlich. Wissen Sie, ich hatte einen Bekannten, einen gewissen Stabskapitän Kljuškin. Ich lernte ihn in Serpuchov kennen. Nun, dieser selbe Kljuškin ...«

Und stotternd, schmatzend und mit seinen fetten Fingern gestikulierend, erzählte er von Kljuškin. Es schlug zwölf, der Uhrzeiger wanderte allmählich auf halb eins, aber er erzählte noch immer. Zelterskij geriet in Schweiß.

Er begreift es einfach nicht! Er ist dumm! dachte er ärgerlich. Meint er denn wirklich, daß er mir mit seinem Besuch ein Vergnügen bereitet? Nun, aber wie soll man ihn hinausekeln? – »Hören Sie mal«, unterbrach er den Oberst, »was soll ich tun? Ich habe furchtbare Halsschmerzen. Der Teufel hat mich verleitet, heute früh einen Bekannten zu besuchen, dessen Kind an Diphtherie erkrankt ist. Wahrscheinlich habe ich mich angesteckt. Ja, ich spüre, ich habe mich angesteckt. Ich habe Diphtherie!«

»Das kommt vor!« näselte Peregarin gelassen.

»Diese Krankheit ist gefährlich! Nicht genug, daß ich selbst krank bin, ich kann auch noch andere anstecken. Die Krankheit ist sehr leicht übertragbar. Daß ich Sie nur nicht anstecke, Parfenij Savvič!«

»Mich? Hehe! Ich habe in Typhuslazaretten gelegen und mich nicht angesteckt, und auf einmal soll ich mich bei Ihnen anstecken? Hehe ... Mich alten Kohlstrunk überwältigt so schnell keine Krankheit, mein Lieber. Wir Alten sind zähe. Bei uns in der Brigade war ein ganz alter Oberstleutnant, Trèsbien ... er war französischer Abstammung. Nun, dieser Trèsbien ...«

Und Peregarin erzählte von der Zähigkeit dieses Trèsbien. Die Uhr schlug halb eins.

»Entschuldigen Sie, daß ich Sie unterbreche, Parfenij Savvič.« Zelterskij stöhnte. »Um wieviel Uhr legen Sie sich eigentlich immer schlafen?«

»Mal um zwei, mal um drei, aber es kommt auch vor, daß ich mich überhaupt nicht hinlege, besonders wenn ich mich in guter Gesellschaft befinde oder der Rheumatismus den Schlaf verscheucht. Heute zum Beispiel werde ich mich so um vier Uhr hinlegen, weil ich mich vor dem Mittagessen ausgeschlafen habe. Ich bin imstande, überhaupt nicht zu schlafen. Im Krieg haben wir uns wochenlang nicht hingelegt. Da war so ein Fall. Wir standen vor Achalcych ...«

»Entschuldigen Sie. Aber ich gehe immer um zwölf ins Bett. Ich stehe um neun auf, da muß ich mich notgedrungen früher hinlegen.«

»Natürlich. Früh aufstehen ist gut für die Gesundheit. Nun, es war so ... wir stehen vor Achalcych ...«

»Weiß der Teufel, was mit mir los ist. Mal fröstelt mich, mal überläuft es mich ganz heiß. So ist es immer bei mir vor einem Anfall. Ich muß Ihnen sagen, daß ich manchmal seltsame nervöse Anfälle bekomme. Des Nachts, so gegen ein Uhr – am Tag habe ich keine Anfälle –, summt es mir plötzlich in den Ohren ... Ich verliere das Bewußtsein, springe auf und bewerfe meine Angehörigen mit allen Gegenständen, die mir gerade in die Hände fallen. Wenn mir ein Messer in die Hände fällt, werfe ich mit dem Messer, wenn es ein Stuhl ist – dann mit dem Stuhl. Jetzt fröstelt's mich, wahrscheinlich steht ein Anfall bevor. Er beginnt immer mit Schüttelfrost.«

»Sieh mal an ... Sie müssen sich ärztlich behandeln lassen!«

»Ich war in Behandlung, es hat nichts geholfen. Ich beschränke mich darauf, daß ich kurz vor dem Anfall meinen Bekannten und Angehörigen mitteile, sie möchten weggehen, aber eine Behandlung habe ich schon seit langem aufgegeben ...«

»Tsss ... Was es nicht alles für Krankheiten auf der Welt gibt! Pest, Cholera und allerlei Anfälle ...«

Der Oberst schüttelte den Kopf und wurde nachdenklich. Es trat Schweigen ein.

Ich werde ihm mal mein Werk vorlesen, dachte Zelterskij. Dort irgendwo treibt sich doch der Roman herum, den ich auf dem Gymnasium geschrieben habe ... Vielleicht erweist er mir einen Dienst ... – »Ach, da fällt mir ein«, unterbrach Zelterskij die Überlegungen Peregarins. »Möchten Sie nicht, daß ich Ihnen ein Werk von mir vorlese? Ich habe es einst in meinen Mußestunden zustande gebracht ... Es ist ein Roman in fünf Teilen mit einem Prolog und einem Epilog ...«

Und ohne eine Antwort abzuwarten, sprang Zelterskij auf und zog aus einer Schublade ein altes, vergilbtes Manuskript, auf dem mit großen Buchstaben geschrieben stand: »Meereswogen. Roman in fünf Teilen.«

Jetzt geht er bestimmt, hoffte Zelterskij, während er in seiner Jugendsünde blätterte. Ich werde ihm so lange vorlesen, bis er heult ... – »Nun, hören Sie zu, Parfenij Savvič ...«

»Mit Vergnügen ... Ich liebe so etwas ...«

Zelterskij begann. Der Oberst schlug die Beine übereinander, setzte sich bequemer und machte ein ernstes Gesicht; augenscheinlich bereitete er sich darauf vor, lange und aufmerksam zuzuhören ... Es fing mit einer Naturbeschreibung an. Als die Uhr eins schlug, wurde die Naturschilderung von der Beschreibung des Schlosses abgelöst, in dem der Held des Romans, Graf Valentin Blenskij, wohnte.

»In so einem Schloß müßte man wohnen!« Peregarin seufzte. »Und wie gut es geschrieben ist! Eine Ewigkeit könnte ich sitzen und zuhören!«

Na warte! dachte Zelterskij. Du wirst noch heulen!

Um halb zwei wurde die Beschreibung des Schlosses von der schönen Erscheinung des Helden abgelöst ... Punkt zwei las Zelterskij mit leiser, gedämpfter Stimme:

»›Sie fragen, was ich will? Oh, ich will, daß dort, in der Ferne unter dem Gewölbe des südlichen Himmels, Ihr kleines Händchen in meiner Hand schmachtend beben möge ... Nur dort, nur dort wird mein Herz unter dem Gewölbe meines Seelengebäudes lebhafter schlagen ... Ich brauche Liebe ... Liebe ...!‹ – Nein, Parfenij Savvič ... ich habe keine Kraft mehr ... Ich bin erschöpft!«

»Hören Sie doch auf! Lesen Sie morgen zu Ende, und jetzt wollen wir plaudern ... Ach ja, ich habe Ihnen noch nicht erzählt, was bei Achalcych war ...«

Der erschöpfte Zelterskij warf sich gegen die Rückenlehne des Sofas, schloß die Augen und hörte zu ...

Ich habe alles versucht, dachte er. Keine einzige Kugel hat diesen Elefanten durchbohrt. Jetzt wird er bis vier Uhr dasitzen ... Gott, hundert Rubel würde ich geben, wenn ich jetzt gleich schlafen könnte ... Bah! Ich werde ihn mal bitten, mir Geld zu borgen! Ein wunderbares Mittel ... – »Parfenij Savvič!« unterbrach er den Oberst. »Ich unterbreche Sie schon wieder. Ich möchte Sie um eine kleine Gefälligkeit bitten ... Die Sache ist die, daß ich mich in der letzten Zeit, seit ich in der Sommerwohnung lebe, schrecklich verausgabt habe. Ich habe keine Kopeke mehr, und dabei habe ich mein Gehalt erst Ende August zu erwarten.«

»Ich habe mich aber ... bei Ihnen sehr lange aufgehalten ...« Peregarin schnaufte und suchte mit den Augen seine Mütze. »Es geht schon auf drei ... Wovon sprachen Sie gerade?«

»Ich möchte mir gern bei jemandem so zwei-, dreihundert Rubel borgen ... Kennen Sie nicht einen solchen Menschen?«

»Woher soll ich einen kennen? Indessen, für Sie ist es Zeit, ins Heiabett zu gehen ... Leben Sie wohl, Empfehlung an die Frau Gemahlin ...«

Der Oberst nahm die Mütze und machte einen Schritt zur Tür.

»Wohin gehen Sie denn?« Zelterskij triumphierte. »Und ich wollte Sie bitten ... Weil ich Ihre Güte kenne, habe ich gehofft ...«

»Morgen, aber jetzt marsch zum Frauchen! Sie hat sicher ihren Herzensfreund schon mit Ungeduld erwartet ... Hehehe ...! Leben Sie wohl, mein Teurer. Gehen Sie schlafen!«

Peregarin drückte Zelterskij eilig die Hand, setzte sich die Mütze auf und ging hinaus. Der Hausherr triumphierte.

Schwätzer

Aleksej Fëdorovič Vosmërkin führte seinen Bruder, den Magister, der zu Besuch gekommen war, durch seinen Gutshof und zeigte ihm die Wirtschaft. Beide hatten gerade gefrühstückt und waren leicht angeheitert.

»Das ist die Schmiede, lieber Bruder«, erklärte Vosmërkin. »An diesem Galgen werden die Pferde beschlagen ... Und das hier, lieber Bruder, ist das Badehäuschen ... Da steht ein langes Sofa drin, unter dem Sofa sitzen Puten in Käfigen und brüten ... Wenn man das Sofa anguckt, fällt einem so manches ein ... Ich heize das Bad nur im Winter ... Eine feine Sache, Bruder! Nur ein Russe konnte sich so ein Dampfbad ausdenken! In einer Stunde erlebt man auf der obersten Planke so viel, wie ein Italiener oder Deutscher in hundert Jahren nicht erlebt ... Man liegt wie in der Hölle, und dann kommt Avdotja mit dem Birkenbesen und ... zackzack ... zackzack ... Man steht auf, trinkt kalten Kvas, und wieder geht es zackzack ... Dann kriecht man, rot wie ein Satan, von der Planke herunter ... Und das hier ist die Gesindestube ... Da wohnt mein Gesinde ... Wollen wir reingehen?«

Der Gutsbesitzer und der Magister bückten sich und betraten eine niedrige, nicht verputzte, baufällige Hütte mit eingefallenem Dach und einem zerbrochenen Fenster. Bei ihrem Eintritt schlug ihnen der Geruch von Suppe entgegen. In der Gesindestube wurde zu Mittag gegessen ... Männer und Frauen saßen an einem langen Tisch und aßen mit großen Löffeln Erbsensuppe. Als sie die Herrschaft erblickten, hörten sie auf zu kauen und erhoben sich.

»Da sind sie, meine Leute ...« begann Vosmërkin, während er die Essenden musterte. »Guten Appetit, Kinder!«

»Dandandankekeke ...«

»Da sind sie! Da ist Rußland, lieber Bruder! Das wirkliche Rußland! Ein Volk, wie gemalt! Und was für ein Volk! Welches Vieh – verzeih mir Gott – von Franzosen oder Deutschen kann sich mit ihm vergleichen? Unserem Volk gegenüber sind alle Schweine, Lausekerle!«

»Nun, sag das nicht ...«, lallte der Magister, der sich, um die Luft zu verbessern, eine Zigarre ansteckte. »Jedes Volk hat seine historische Vergangenheit ... seine Zukunft ...«

»Du bist ein Westler! Begreifst du denn nicht? Darin liegt ja gerade das Unglück, daß ihr Gelehrten das Fremde lernt, aber von eurem Eigenen nichts wissen wollt! Ihr verachtet es, geht ihm aus dem Wege! Ich habe aber gelesen, und ich bin damit einverstanden: die Intelligenz ist angefault, und wenn man noch Ideale finden kann, dann nur bei denen hier, bei diesen Tagedieben ... Nehmen wir mal den Filka ...«

Vosmërkin trat zu dem Viehhirten Filka und rüttelte ihn an der Schulter. Filka grinste und gab einen dumpfen Laut von sich ...

»Nehmen wir nur diesen Filka... Nun, was lachst du Dummkopf? Ich spreche im Ernst, aber du lachst... Nehmen wir nur diesen Tölpel... Guck mal, Magister! Ein Kreuz wie ein Spind! Eine Brust wie bei einem Elefanten! Diesen verflixten Kerl wirst du nicht von der Stelle rücken! Und wieviel moralische Kraft sich in ihm verbirgt! Wieviel sich verbirgt! Diese Kraft reicht für zehn von euch Intellektuellen... Nur Mut, Filka! Paß auf! Weiche nicht ab von deinem Weg! Halte dich tapfer! Wenn dir jemand was erzählen, dich verleiten will, spuck aus und hör nicht hin... Du bist stärker und besser! Wir müssen dir nacheifern!«

»Unsere gnädigen Herrschaften!« sagte würdevoll der Kutscher Antip und blinzelte mit den Augen. »Merkt er denn das? Begreift er überhaupt die Güte seines Herrn? Bis zur Erde solltest du Tropf dich verneigen und die Hand küssen... Sie, unsere Wohltäter! Einem so bösen Menschen wie Filka versprechen Sie auch noch was, wenn aber der Mensch nüchtern ist und kein Spitzbube, für so einen ist das kein Leben, sondern ein Paradies... gebe es Gott einem jeden von uns... Und Sie belohnen und Sie strafen.«

»Bravo! Das Leben selbst hat gesprochen! Ein Patriarch der Wälder! Verstehst du, Magister? Und Sie belohnen und Sie strafen... In diesen einfachen Worten liegt die Idee der Gerechtigkeit. Ich verneige mich, Bruder! Glaubst du das? Ich lerne von ihnen! Ich lerne!«

»Das stimmt...« bemerkte Antip.

»Was stimmt?«

»Was das Lernen angeht...«

»Was für Lernen? Was faselst du da?«

»Ich meine, was Ihre Worte angeht... das Lernen angeht... Dafür sind Sie die Herren, daß Sie jede Lehre begreifen... Wir leben in der Finsternis! Wir sehen zwar, daß ein Schild beschrieben ist, aber was da steht, welchen Sinn das hat, das kapieren wir nicht... Mit der Nase verstehen wir mehr... Wenn es nach Vodka riecht, so bedeutet das eine Kneipe, wenn nach Teer, so ist da ein Laden...«

»Na, Magister? Was sagst du nun? Wie ist das Volk? Jedes Wort hat zwar einen Schnörkel, jeder Satz ist aber eine tiefe Wahrheit! Ein Hort der Wahrheit, Bruder, ist Antips Kopf! Und guck dir mal die Dunjaška an! Dunjaška, komm mal her!«

Die Viehmagd Dunjaška, ein Mädchen mit Sommersprossen und einer Stupsnase, schämte sich und kratzte mit dem Fingernagel auf dem Tisch.

»Dunjaška, man sagt zu dir: komm her! Warum schämst du dich, dumme Gans? Wir beißen nicht!«

Dunjaška kam hinter dem Tisch hervor und blieb vor dem Herrn stehen.

»Wie ist sie? Wie sie vor Kraft strotzt! Hast du so was bei dir in Petersburg gesehen? Bei euch sind sie wie die Streichhölzer, nur Haut und Knochen, aber die hier, sieh mal, die ist wie Milch und Blut! Diese Schlichtheit, diese Breite! Schau dir das Lächeln an, die roten Wangen! Das ist Natur, Wahrheit, Wirklichkeit, nicht so wie bei euch! Was hast du dir da in die Backen gestopft?«

Dunjaška kaute und schluckte etwas ...

»Und schau mal, lieber Bruder, die breiten Schultern, die großen Füße!« fuhr Vosmërkin fort. »Wenn sie ihrem Liebsten mit der Faust über den Rücken fährt, dann dröhnt es wie aus einem Faß ... Was ist, treibst du dich immer noch mit dem Andrjuška herum? Sieh dich vor, Andrjuška, ich werde dir Pfeffer geben. Lach nur, lach ... Was, Magister? Formen sind das, Formen ...«

Vosmërkin beugte sich zu dem Ohr des Magisters und flüsterte etwas ... Das Gesinde begann zu lachen.

»So weit hast du es gebracht, man lacht dich schon aus, du liederliches Frauenzimmer ...« bemerkte Antip und schaute Dunjaška vorwurfsvoll an. »Was, du bist rot wie ein Krebs geworden? Über ein anständiges Mädchen würde man so etwas nicht erzählen ...«

»Jetzt, Magister, schau dir die Ljubka an«, fuhr Vosmërkin fort. »Sie ist bei uns die Vorsängerin ... Du fährst da bei deinen Esten herum und sammelst die Früchte der Volkskunst ... Nein, unsere sollst du hören! Wenn dir unsere Leute was vorsingen, läuft dir das Wasser im Munde zusammen! Na los, Kinder! Los! Fang an, Ljubka! Na aber, ihr Schweine! Gehorchen!«

Ljubka hüstelte verlegen in die Faust und begann mit schriller, krächzender Stimme ein Lied zu singen. Die übrigen sangen den Kehrreim mit ... Vosmërkin schwenkte die Arme, zwinkerte mit den Augen und gackerte; er bemühte sich, auf dem Gesicht des Magisters Zeichen der Begeisterung zu lesen.

Der Magister machte ein finsteres Gesicht, preßte die Lippen zusammen und hörte mit der Miene eines profunden Kenners zu.

»Tja ...«, sagte er. »Eine Variante dieses Liedes gibt es bei Kireevskij, siebente Auflage, Abschnitt drei, Lied elf ... Tja ... Muß ich mir aufschreiben ...«

Der Magister zog ein Büchlein aus der Tasche und machte sich, noch finsterer dreinschauend, ein paar Notizen ... Nachdem sie das Lied gesungen hatten, begannen die ›Leute‹ ein zweites ... Die Suppe war inzwischen kalt geworden, und der Grützebrei, den sie aus dem Ofen genommen hatten, dampfte nun nicht mehr.

»So ist's recht!« sagte Vosmërkin und stampfte mit den Füßen den Takt. »So ist's recht! Prächtig! Meine Anerkennung!«

Die Sache wäre wahrscheinlich noch bis zum Tanzen gediehen, wäre nicht der Diener Pëtr in die Gesindestube gekommen und hätte den Herrschaften gemeldet, das Essen sei aufgetragen.

»Und wir Abtrünnigen, wir Ausgestoßenen wagen es noch, uns für höher und besser zu halten!« entrüstete sich Vosmërkin mit weinerlicher Stimme, als er mit seinem Bruder die Gesindestube verließ. »Was sind wir denn? Wer sind wir? Wir kennen keine Ideale, keine Wissenschaft, keine Arbeit ... Hörst du, wie sie lachen? Das gilt uns! Und sie haben recht! Sie spüren die Heuchelei! Tausendmal recht haben sie und ... und ... Und hast du Dunjaška gesehen? Ein Schlingel von einem Mädchen! Warte, nachher, nach dem Essen, rufe ich sie ...«

Beim Mittagessen sprachen die beiden Brüder die ganze Zeit von Eigenständigkeit, Unberührtheit und Unversehrtheit, schmähten sich selbst und suchten nach dem Sinn des Wortes ›Intellektueller‹.

Nach dem Essen legten sie sich hin. Als sie ausgeschlafen hatten, gingen sie auf die Veranda, ließen sich Selterswasser servieren und begannen wieder von den gleichen Dingen zu sprechen ...

»Petka!« rief Vosmërkin den Diener. »Geh mal und ruf Dunjaška, Ljubka und die anderen her! Sag, sie sollen einen Reigen aufführen! Und ein bißchen schnell! Es muß fix gehn bei mir!«

Ein Familienvater

So etwas passiert gewöhnlich nach einem ordentlichen Spielverlust oder nach einem Trinkgelage, wenn sich ein Kater einstellt. Stepan Stepanyč Žilin erwacht in ungewöhnlich trübseliger Stimmung. Er macht eine säuerliche Miene und sieht zerknautscht und zerzaust aus; auf seinem grauen Gesicht zeigt sich ein Ausdruck von Unzufriedenheit: halb ist er beleidigt, halb ekelt er sich vor irgend etwas. Er kleidet sich langsam an, trinkt langsam seinen Brunnen und wandert dann durch alle Zimmer.

»Möchte wissen, welches Rrrindvieh hier rausgeht und die Türen nicht zumacht?« knurrt er ärgerlich, wobei er sich in seinen Schlafrock hüllt und laut ausspuckt. »Weg mit diesem Papier! Wozu liegt das hier herum? Wir halten zwanzig Diener, aber es ist weniger Ordnung als in einer Kneipe. Wer hat da geläutet? Wen bringt's denn da angedreht?«

»Das ist Großmütterchen Anfisa, die bei der Geburt unseres Fedja geholfen hat«, antwortet seine Frau.

»Treibt sich hier bloß rum ... Schmarotzer!«

»Ich verstehe dich nicht, Stepan Stepanyč. Du hast sie selbst eingeladen, und jetzt schimpfst du.«

»Ich schimpfe nicht, sondern rede. Sie müßte mit irgend was beschäftigt werden, meine Liebe, so sitzt sie bloß herum, legt die Hände in den Schoß und mischt sich in Streitigkeiten! Ich verstehe diese Frauen nicht, bei meiner Ehre! Ich ver-ste-he sie nicht! Wie können sie ganze Tage verbringen, ohne etwas zu tun? Der Mann arbeitet und schuftet wie ein Ochse, wie ein Pferd, und die Frau, die Lebensgefährtin, sitzt da wie eine Zierpuppe, tut nichts und wartet nur auf eine Gelegenheit, sich aus Langeweile mit dem Mann zu zanken. Höchste Zeit, meine Liebe, um mit diesen Institutsmoden Schluß zu machen! Du bist jetzt kein Pensionsfräulein mehr, kein Mädchen, sondern Mutter und Ehefrau! Du wendest dich ab? Aha! Ist wohl unangenehm, bittere Wahrheiten zu hören?«

»Komisch, daß du nur bittere Wahrheiten sagst, wenn dir die Leber weh tut.«

»Ja, ja, mach mir nur gleich wieder eine Szene, immer mach ...«

»Warst du gestern außerhalb der Stadt? Oder hast du irgendwo gespielt?«

»Und wenn es so wäre? Wen geht das was an? Bin ich etwa verpflichtet, Rechenschaft abzulegen? Verspiele ich etwas anderes als mein eigenes Geld? Was ich ausgebe und was in diesem Haus ausgegeben wird, gehört mir! Verstanden? Mir!«

Und so weiter, immer dasselbe. Aber zu keinem anderen Zeitpunkt pflegt Stepan Stepanyč so vernünftig und wohltätig, so streng und gerecht zu sein wie beim Essen, wenn alle seine Hausgenossen um ihn herumsitzen. Gewöhnlich beginnt es mit der Suppe. Hat er den ersten Löffel gekostet, verzieht er das Gesicht und hört auf zu essen.

»Weiß der Teufel ...« brummte er. »Ich werde wohl im Gasthaus essen müssen.«

»Was ist denn?« fragt seine Frau beunruhigt. »Ist die Suppe nicht gut?«

»Ich weiß nicht, was für einen verhunzten Geschmack man haben muß, um diese Brühe zu essen! Sie ist versalzen und stinkt nach Waschlappen ... wohl Wanzen statt Zwiebeln ... Einfach empörend, Anfisa Ivanovna!« wendet er sich an das zu Gast weilende Großmütterchen. »Jeden Tag gibt man eine Unmenge Geld für Lebensmittel hin ... sich selbst versagt man alles, und mit so etwas wird man gefüttert! Sie wollen anscheinend, daß ich meinen Dienst aufgebe und selbst in die Küche gehe und koche.«

»Die Suppe ist gut«, bemerkt die Gouvernante schüchtern.

»Ja? Finden Sie?« sagt Žilin und blinzelt sie ärgerlich an. »Na ja, jeder hat seinen eigenen Geschmack. Im übrigen muß ich gestehen, daß wir beide in Fragen des Geschmacks stark auseinandergehen, Varvara Vasiljevna. Ihnen gefällt beispielsweise das Benehmen dieses Bengels« (Žilin zeigt mit tragischer Geste auf seinen Sohn Fedja), »Sie sind entzückt von ihm, ich aber ... ich bin empört! Jawohl!«

Fedja, ein siebenjähriger Junge mit bleichem, kränklichem Gesicht, hört auf zu essen und schlägt die Augen nieder. Sein Gesicht ist noch bleicher geworden.

»Jawohl, Sie sind entzückt, aber ich bin empört ... Wer von uns recht hat, weiß ich nicht, aber ich wage zu behaupten, daß ich als Vater meinen Sohn besser kenne als Sie. Sehen Sie bloß, wie er dasitzt. Sitzen denn so wohlerzogene Kinder? Setz dich anständig hin!«

Fedja hebt das Kinn und reckt den Hals, und es scheint ihm, er sitze gerader. Seine Augen werden feucht.

»Iß! Halt den Löffel, wie sich's gehört! Warte, ich werde dir gleich, du garstiger Bengel! Wage nicht zu flennen! Schau mir in die Augen!«

Fedja bemüht sich, ihm in die Augen zu schauen, aber sein Gesicht zittert, und seine Augen füllen sich mit Tränen.

»Ah . . . du willst flennen? Bist schuld und flennst auch noch? Marsch, stell dich in die Ecke, du Rindvieh!«

»Nun, soll er doch erst essen!« bittet die Mutter für ihn.

»Ohne Mittagessen! Solche Schur . . . solche Schelme haben kein Recht zu essen!«

Fedja verzieht das Gesicht, klettert, am ganzen Körper zitternd, vom Stuhl und geht in die Ecke.

»Das machst du mir nicht noch einmal!« fährt der Vater fort. »Wenn sich niemand mit deiner Erziehung befassen will, so fange ich eben damit an . . . Bei mir, Freundchen, wirst du nicht mutwillig beim Mittagessen weinen! Dummkopf! Man muß seine Pflicht tun! Verstehst du? Seine Pflicht tun! Dein Vater arbeitet, und du arbeite auch! Niemand soll sein Brot umsonst essen! Man muß Mensch sein! Ein Mensch!«

»Um Gottes willen, hör auf!« bittet seine Frau auf französisch. »Verschlinge uns wenigstens nicht, wenn Fremde dabei sind . . . Die Alte hört alles, und von ihr wird es die ganze Stadt erfahren . . .«

»Ich fürchte die Fremden nicht«, antwortet Žilin auf russisch. »Anfisa Ivanovna sieht, daß ich gerecht urteile. Soll ich denn etwa deiner Meinung nach mit diesem Bengel zufrieden sein? Weißt du, wieviel er mich kostet? Weißt du, garstiger Bengel, wieviel du mich kostest? Oder meinst du, ich mache das Geld selbst oder kriege es umsonst? Heul nicht! Schweig! Na, hörst du mich oder nicht? Willst du, daß ich dich Schurken auspeitsche?«

Fedja schluchzt laut auf und beginnt zu heulen.

»Das ist ja wirklich unerträglich!« sagt seine Mutter, die vom Tisch aufsteht und ihre Serviette wegwirft. »Niemals läßt er einen ruhig Mittag essen! Da bleibt einem ja der Bissen im Halse stecken!«

Sie zeigt auf ihren Hals, hält sich das Taschentuch vor die Augen und eilt aus dem Zimmer.

»Sie sind beleidigt ...« knurrt Žilin und lächelt krampfhaft. »Zu weich erzogen ... So ist es, Anfisa Ivanovna, heutzutage will niemand gern die Wahrheit hören ... Wir sind auch daran schuld!«

Einige Minuten vergehen in Schweigen. Žilin überfliegt mit einem Blick die Teller, und als er bemerkt, daß noch niemand die Suppe angerührt hat, stöhnt er laut und starrt auf das gerötete und besorgte Gesicht der Gouvernante.

»Warum essen Sie denn nicht, Varvara Vasiljevna?« fragt er. »Also beleidigt? Äh ... Die Wahrheit ist unangenehm. Nun, entschuldigen Sie, das liegt in meiner Natur, ich kann nicht heucheln ... Ich sage immer die unverblümte Wahrheit ...« (Er seufzt.) »Doch ich merke, daß meine Anwesenheit unangenehm ist. In meiner Gegenwart kann man nicht sprechen, nicht essen ... Na was denn? Hätte man es mir gleich gesagt, wäre ich weggegangen. Ich gehe auch so.«

Žilin erhebt sich und schreitet würdevoll zur Tür. Als er an dem weinenden Fedja vorbeikommt, bleibt er stehen.

»Nach dem, was hier geschehen ist, sind Sie frrrei!« sagt er zu Fedja und wirft würdevoll den Kopf zurück. »Ich mische mich nicht mehr in Ihre Erziehung ein. Ich wasche meine Hände in Unschuld! Ich bitte um Verzeihung, daß ich, da ich als Vater aufrichtig Ihr Bestes wünschte, Sie und Ihre Erzieherinnen beunruhigt habe. Gleichzeitig weise ich ein für allemal die Verantwortung für Ihr Schicksal von mir ...«

Fedja schluchzt und heult noch lauter. Žilin wendet sich würdevoll zur Tür und geht in sein Schlafzimmer.

Nach dem Mittagsschlaf verspürt Žilin Gewissensbisse. Er schämt sich vor seiner Frau, seinem Sohn und vor Anfisa Ivanovna, und es wird ihm sogar unerträglich bange, wenn er sich an das beim Essen Vorgefallene erinnert, aber seine Eigenliebe ist zu groß, er bringt es nicht übers Herz, aufrichtig zu sein, und so schmollt und brummt er weiter ...

Als er am anderen Morgen erwacht, fühlt er sich in ausgezeichneter Stimmung, und beim Waschen pfeift er fröhlich. Als er zum Kaffeetrinken in das Eßzimmer kommt, trifft er dort Fedja, der beim Anblick des Vaters aufsteht und ihn verwirrt ansieht.

»Na was denn, junger Mann?« fragt Žilin fröhlich und setzt sich an den Tisch. »Was gibt's bei euch Neues, junger Mann?

Lebst du noch? Nun, komm her, Pausback, gib deinem Vater einen Kuß.«

Bleich und mit ernster Miene geht Fedja zum Vater und berührt mit zitternden Lippen dessen Wange, dann tritt er wieder zurück und setzt sich schweigend auf seinen Platz.

Das Glück der Frauen

Der Generalleutnant Zapupyrin sollte beerdigt werden. Zu dem Hause des Verstorbenen, wo dumpf die Trauermusik ertönte und die Kommandos erschallten, strömten von allen Seiten scharenweise Menschen, die sich das Leichenbegängnis ansehen wollten. In einer der Gruppen, die dorthin eilten, befanden sich die Beamten Probkin und Svistkov. Beide waren in Begleitung ihrer Frauen.

»Nicht weitergehen!« rief der Gehilfe des Polizeichefs, der ein gutmütiges, sympathisches Gesicht hatte, und hielt sie zurück, als sie bei der Kette anlangten. »Nicht weitergehen! Treten Sie bitte etwas zurück! Meine Herrschaften, das liegt doch nicht an uns! Bitte treten Sie zurück! Allerdings – die Damen können meinetwegen passieren ... bitte sehr, Mesdames, aber Sie, meine Herren, leider Gottes ...«

Die Frauen von Probkin und Svistkov erröteten bei der unerwarteten Liebenswürdigkeit des Polizeigehilfen und schlüpften durch die Kette, ihre Männer aber blieben diesseits der lebenden Mauer und beschäftigten sich damit, die Ordnungshüter, die zu Fuß und zu Pferde waren, von hinten zu betrachten.

»Sie sind durchgekrochen«, sagte Probkin neidisch, ja beinahe mit Haß, während er den sich entfernenden Damen nachblickte. »Ein Glück haben diese Chignons, weiß Gott! Das männliche Geschlecht wird niemals solche Privilegien erhalten wie das weibliche. Was ist denn an ihnen so Besonderes? Es sind doch, kann man wohl sagen, ganz gewöhnliche Frauen voller Vorurteile, aber man hat sie durchgelassen. Doch uns beide würde man um nichts auf der Welt durchlassen, und wenn wir Staatsräte wären.«

»Sie urteilen aber merkwürdig, meine Herren«, meinte der Polizeigehilfe und schaute Probkin vorwurfsvoll an. »Läßt man

Sie durch, so werden Sie gleich drängeln und sich unanständig benehmen; eine Dame dagegen wird sich mit ihrem Zartgefühl niemals so etwas erlauben.«

»Lassen Sie das bitte!« erwiderte Probkin ärgerlich. »Eine Dame drängelt immer als erste in der Menge! Der Mann steht da und schaut auf einen Punkt, die Dame aber hebt die Ellbogen und drängelt, damit man ihre Kleidung nicht zerdrückt. Reden wir nicht mehr davon! Dem weiblichen Geschlecht ist Fortuna in allem hold. Man steckt die Frauen nicht zu den Soldaten, die Tanzabende können sie kostenlos besuchen, und von der Prügelstrafe sind sie befreit ... Aber es fragt sich, für welche Verdienste? Ein junges Mädchen läßt das Taschentuch fallen – du mußt es aufheben, kommt sie – mußt du aufstehen und ihr deinen Stuhl anbieten, geht sie weg – hast du sie zu begleiten ... Und nehmen Sie die Rangstufen! Um beispielsweise den Rang eines Staatsrats zu erreichen, mußt du oder ich das ganze Leben schuften, ein junges Mädchen aber läßt sich in einer halben Stunde mit einem Staatsrat trauen – und schon ist sie jemand. Um ein Fürst oder Graf zu werden, muß ich die ganze Welt erobern, den Šipka-Paß einnehmen, eine Zeitlang Minister sein, aber irgendeine, Gott verzeih mir, Varenka oder Katinka, die noch nicht trocken hinter den Ohren ist, braucht nur vor einem Grafen mit der Schleppe zu wedeln und mit den Äuglein zu zwinkern – und schon ist sie Ihre Durchlaucht ... Du bist jetzt Gouvernementssekretär ... Dieser Rang hat dich, das kann man wohl sagen, viel Schweiß gekostet; und deine Marja Fomišna? Wofür ist die Gouvernementssekretärin? Popentochter war sie und ist Beamtenfrau geworden. Eine schöne Beamtenfrau! Gib ihr unsere Arbeit, und sie wird dir Eingangs- und Ausgangsbuch verwechseln.«

»Dafür bringt sie mit Schmerzen die Kinder zur Welt«, bemerkte Svistkov.

»Was ist das schon groß! Würde sie vor dem Vorgesetzten stehen, wenn der einen anhustet, würde ihr das Kinderkriegen als Vergnügen erscheinen. Allüberall haben sie Privilegien. Irgend so ein junges Mädchen oder eine Dame aus unseren Kreisen kann vor einem General mit so etwas herausplatzen, was du sogar einem Gerichtsvollzieher gegenüber nicht zu sagen wagst. Ja ... Deine Marja Fomišna kann ohne weiteres mit einem Staatsrat untergehakt gehen, aber nimm du mal den Arm eines Staatsrats!

Nimm mal, versuch's mal! In unserem Haus, gerade unter uns, mein Lieber, wohnt so ein Professor mit seiner Frau ... Er ist im Generalsrang, verstehst du, hat den Annenorden erster Klasse, aber man hört dauernd, wie seine Frau ihn anplärrt: ›Dummkopf! Dummkopf! Dummkopf!‹ Und dabei ist sie ein einfaches Frauenzimmer, eine Kleinbürgerin. Im übrigen handelt es sich hier um eine Legitime, na meinetwegen ... von jeher ist es so, daß die legitimen Ehefrauen schimpfen, aber nimm mal die illegitimen! Was sie sich erlauben! Mein ganzes Leben lang werde ich einen Vorfall nicht vergessen. Es wäre beinahe um mich geschehen gewesen, und ich bin wahrscheinlich nur dank den Gebeten meiner Eltern unversehrt geblieben. Erinnerst du dich, wie unser General, als er im vorigen Jahr in Urlaub ging und aufs Land fuhr, mich mitnahm, damit ich für ihn die Korrespondenz erledigte ... Eine nichtige Sache, für eine Stunde Arbeit. Hast du deine Arbeit getan, kannst du in den Wald gehen oder in der Gesindestube Romanzen hören. Unser General ist Junggeselle. Er lebt im Überfluß, Dienstboten hat er so viel wie Hunde, aber keine Frau, niemanden, der das alles dirigiert. Die Leute sind alle undiszipliniert und ungehorsam ... und alle werden von einem Weib kommandiert, der Wirtschafterin Vera Nikitišna. Sie schenkt Tee ein, bestellt das Mittagessen und schnauzt die Diener an. Das Weib, mein Lieber, ist böse, giftig und guckt wie ein Satan. Dick ist sie, rot und keifig ... Wenn sie jemanden anschreit und dabei zu kreischen beginnt, möchte man am liebsten davonlaufen. Ihr Geschimpfe ist nicht so unerträglich wie dieses Gekreische! Mein Gott! Keiner konnte es mit ihr aushalten. Die Bestie hat nicht nur mit den Dienstboten gestänkert, sondern auch mit mir ... Na, denke ich, wart mal ab; ich werde mir mal einen Augenblick Zeit nehmen und dem General alles von dir erzählen. Er ist so in seine Aufgaben vertieft, denke ich, daß er nicht sieht, wie du ihn bestiehlst und die Leute quälst, wart mal, ich werde ihm die Augen öffnen. Und ich habe sie ihm geöffnet, mein Lieber, aber so, daß sich meine eigenen Augen für immer hätten schließen können; noch jetzt, wenn ich nur daran denke, wird mir angst und bange. Ich gehe eines Tages über den Korridor und höre plötzlich Gekreische. Zuerst dachte ich, da wird ein Schwein geschlachtet, dann aber lausche ich und höre, daß es Vera Nikitišna ist, die mit jemandem schimpft: ›Luder! So ein Lump! Du Satan!‹ Wen beschimpft sie da? denke ich. Plötzlich, mein Lieber, sehe ich: die Tür geht auf, und heraus fliegt unser General, ganz rot, mit weit aufgerissenen Augen und mit Haaren, als ob der Teufel hineingeblasen hätte. Und sie hinter ihm her: ›Du Lump! Du Satan!‹«

»Du lügst!«

»Mein Ehrenwort. Es überlief mich ganz heiß, weißt du. Unser General rannte in sein Zimmer, und ich stehe im Korridor wie ein Dummkopf und begreife nichts. Ein einfaches, ungebildetes Weibsstück, eine Köchin, ein Dreck – und erlaubt sich plötzlich solche Worte und solch ein Benehmen! Das bedeutet, denke ich, daß der General sie entlassen wollte, und sie hat die Tatsache ausgenutzt, daß keine Zeugen dabei waren, und hat ihn nach Strich und Faden ausgeschimpft. Wenn man gehen muß, ist nämlich alles gleich. Ich war empört ... Ich gehe also zu ihr ins Zimmer und sage: ›Wie konntest du es wagen, du Schlampe, einer hochgestellten Persönlichkeit solche Worte zu sagen? Du denkst wohl, weil er schwach und alt ist, tritt keiner für ihn ein?‹ Und weißt du, da habe ich ihr zweimal auf die fetten Backen gehauen. Da fing sie, mein Lieber, zu kreischen und zu brüllen an, daß mir Hören und Sehen verging. Ich hielt mir die Ohren zu und ging in den Wald. Nach etwa zwei Stunden kommt mir ein Junge entgegen: ›Bitte zum gnädigen Herrn.‹ Ich gehe also zu ihm. Er sitzt da, mürrisch wie ein Truthahn, und sieht mich nicht an. ›Was stellen Sie‹, sagt er, ›in meinem Hause an?‹ – ›Was heißt das?‹ sage ich. ›Wenn Sie‹, sage ich, ›das mit der Nikitišna meinen, Euer -zellenz, so habe ich mich doch nur für Sie eingesetzt.‹ – ›Das ist nicht Ihre Sache‹, sagt er, ›sich in fremde Familienangelegenheiten einzumischen!‹ Verstehst du? Familienangelegenheiten! Und dann, mein Lieber, putzte er mich runter und wusch mir den Kopf – ich bin fast gestorben! Er redete und redete, brummte und brummte, und plötzlich, mein Lieber, brach er mir nichts, dir nichts in Lachen aus. ›Aber wie konnten Sie nur?‹ sagte er. ›Woher haben Sie denn den Mut genommen? Erstaunlich! Aber ich hoffe, mein Freund, das bleibt alles unter uns ... Ihre Heftigkeit ist mir verständlich, aber Sie werden einsehen, daß Ihr weiteres Verbleiben in meinem Haus unmöglich ist ...‹ So ist's, mein Lieber. Für ihn ist es sogar erstaunlich, wie ich diese aufgeblasene Truthenne hauen konnte. Das Weib hat ihn betört! Er ist Geheimrat, hat den Weißen Adlerorden, kennt keinen Vorgesetzten über sich, aber einem Weib hat er nachgegeben ... Gro-oße Privilegien, mein Lieber, hat das weibliche Geschlecht! Aber ... nimm die Mütze ab! Man bringt den General ... Wieviel Orden, du meine Güte! Nun, weiß Gott, warum hat man die Damen nach vorn gelassen, verstehen die vielleicht was von Orden?«

Die Musik begann zu spielen.

Die Köchin heiratet

Griša, ein kleiner, siebenjähriger Knirps, stand an der Küchentür, lauschte und spähte durch das Schlüsselloch. In der Küche geschah nach seiner Meinung etwas Außergewöhnliches, bislang nicht Erlebtes. Am Küchentisch, auf dem gewöhnlich Fleisch gehackt und Zwiebeln geschnitten wurden, saß ein großer, stämmiger Mann in Kutscherkleidung; er war rothaarig und bärtig und hatte einen großen Schweißtropfen auf der Nase. Er balancierte auf den fünf Fingern der rechten Hand eine Untertasse und trank Tee, wobei er so laut den Zucker zerbiß, daß es Griša kalt über den Rücken lief. Ihm gegenüber saß auf einem schmutzigen Schemel die alte Kinderfrau Aksinja Stepanovna, sie trank ebenfalls Tee. Das Gesicht der Kinderfrau war ernst, zugleich aber strahlte es irgendwie feierlich. Die Köchin Pelageja wirtschaftete am Ofen herum, offenbar bemüht, ihr Gesicht abzuwenden. Und auf ihrem Gesicht bemerkte Griša eine ganze Illumination: es glühte und schillerte in allen Farben, von flammender Röte bis zur Totenblässe. Sie griff unaufhörlich mit zitternden Händen nach Messern, Gabeln und Lappen, lief hin und her, knurrte und klopfte, in Wirklichkeit aber tat sie gar nichts. Zu dem Tisch, an dem man Tee trank, sah sie kein einziges Mal hin, und auf die von der Kinderfrau gestellten Fragen antwortete sie kurz angebunden, streng und ohne sie anzusehen.

»Essen Sie, Danilo Semënyč«, forderte die Kinderfrau den Kutscher auf. »Aber warum denn immer Tee und nur Tee? Trinken Sie doch mal ein Schnäpschen!«

Und die Kinderfrau schob dem Gast eine Flasche Vodka und ein Schnapsgläschen hin, wobei ihr Gesicht einen ganz boshaften Ausdruck annahm.

»Hab es mir nicht angewöhnt . . . nein . . .« Der Kutscher weigerte sich. »Nötigen Sie mich nicht, Aksinja Stepanovna.«

»Was sind Sie bloß für einer . . . Ein Droschkenkutscher, der nicht trinkt . . . Für einen ledigen Mann ist es unmöglich, daß er nicht trinkt. Trinken Sie!«

Der Kutscher schielte erst auf den Vodka, dann auf das boshafte Gesicht der Kinderfrau, und sein eigenes Gesicht nahm einen nicht weniger boshaften Ausdruck an: nein, hieß das, mich fängst du nicht, alte Hexe.

»Ich trinke nicht, verschonen Sie mich damit . . . In unserem Beruf taugt solche Kleinmütigkeit nicht. Ein Handwerker kann trinken, denn er sitzt auf ein und demselben Fleck, unsereiner aber steht immer in der Öffentlichkeit. Ist's nicht so? Man geht in die Kneipe, und inzwischen ist das Pferd weg; wenn man sich betrinkt, ist's noch schlimmer: da kann man jeden Augenblick einschlafen oder vom Bock stürzen. So ist die Sache.«

»Und wieviel verdienen Sie am Tag, Danilo Semënyč?«

»Kommt auf den Tag an. An manch einem Tag verdient man einen grünen Schein, und ein andermal kommt man ohne einen Groschen nach Hause. Die Tage fallen verschieden aus. Heute ist unsere Arbeit überhaupt nichts mehr wert. Sie wissen selbst, Droschkenkutscher gibt es wie Sand am Meer, das Heu ist teuer, und vom Fahrgast gar nicht zu reden, ist immer drauf aus, mit der Pferdebahn zu fahren. Und doch kann man, Gott sei's gedankt, nicht klagen. Man ist satt und bekleidet und . . . kann auch einen anderen glücklich machen« – der Kutscher schielte zu Pelageja hinüber –, »wenn es einem danach ums Herz ist.«

Was weiter gesprochen wurde, hörte Griša nicht. Mama kam zur Tür und schickte ihn ins Kinderzimmer zum Lernen.

»Geh und lerne. Das gehört sich nicht, hier zu lauschen!«

Als Griša in das Kinderzimmer kam, legte er das Lesebuch vor sich auf den Tisch, aber es war ihm nicht nach Lesen zumute. Was er soeben gehört und gesehen hatte, weckte in seinem Kopf eine Menge von Fragen.

Die Köchin heiratet . . . dachte er. Sonderbar. Ich verstehe nicht, weshalb man heiraten soll? Mama hat den Papa geheiratet, die Kusine Veročka den Pavel Andreič. Aber Papa und Pavel Andreič kann man meinetwegen heiraten: sie haben goldene Uhrketten, schöne Anzüge, und ihre Schuhe sind immer geputzt; aber diesen fürchterlichen Kutscher mit der roten Nase und den Filzstiefeln heiraten ... pfui! Und warum will die Kinderfrau, daß die arme Pelageja heiraten soll?

Als der Gast die Küche verlassen hatte, kam Pelageja in die Zimmer und machte sich ans Aufräumen. Die Aufregung hatte sich bei ihr noch nicht gelegt. Ihr Gesicht war rot und geradezu erschreckt. Sie berührte den Fußboden kaum mit dem Besen und fegte jede Ecke fünfmal. Lange blieb sie in dem Zimmer, in dem Mama saß. Augenscheinlich bedrückte sie das Alleinsein, und sie wollte sich aussprechen, jemandem ihre Eindrücke mitteilen, ihr Herz ausschütten.

»Er ist fort«, brummte sie, als sie sah, daß Mama kein Gespräch begann.

»Aber er ist, das merkt man, ein guter Mensch«, sagte Mama, ohne ihre Augen von der Strickerei zu heben. »So nüchtern und gesetzt.«

»Bei Gott, gnädige Frau, ich heirate nicht!« schrie Pelageja plötzlich auf und wurde ganz rot. »Bei Gott, ich heirate nicht!«

»Sei nicht albern, du bist doch kein Kind mehr. Das ist ein ernster Schritt, man muß ihn gut überlegen, aber nicht so dummes Zeug schreien. Gefällt er dir?«

»Was denken Sie, gnädige Frau!« sagte Pelageja verschämt. »Sie sagen so was, daß ... bei Gott.«

Hätte sie doch gesagt: er gefällt mir nicht! dachte Griša.

»Was zierst du dich eigentlich so ... Gefällt er dir?«

»Aber, gnädige Frau, er ist zu alt! Uh!«

»Quatsch kein dummes Zeug!« fauchte die Kinderfrau aus dem anderen Zimmer Pelageja an. »Er ist noch keine vierzig. Was brauchst du einen jungen Burschen? Auf das Gesicht kommt es doch nicht an, dumme Gans ... Heirate, und damit basta!«

»Bei Gott, ich heirate nicht!« kreischte Pelageja.

»Sei nicht so störrisch! Was für einen Waldteufel brauchst du denn noch! Eine andere würde sich alle zehn Finger lecken, und du – ich heirate nicht. Möchtest bloß immer mit den Briefträgern und Nachhilfelehrern liebäugeln! Zu Grišenka kommt doch, gnädige Frau, der Nachhilfelehrer, da hat sie sich die Augen aus dem Kopf geguckt. O du Schamlose!«

»Hast du diesen Danilo schon früher gesehen?« fragte die gnädige Frau Pelageja.

»Wo hätte ich ihn sehen sollen? Ich habe ihn heute zum erstenmal gesehen. Aksinja hat ihn von irgendwoher mitgebracht ... den verfluchten Teufel ... Und was drängt er sich mir denn auf?«

Während des Mittagessens, als Pelageja die Speisen servierte, schauten alle, die mitaßen, ihr ins Gesicht und neckten sie mit dem Kutscher. Sie wurde furchtbar rot und kicherte gezwungen.

Wahrscheinlich ist es peinlich zu heiraten ... dachte Griša. Furchtbar peinlich!

Alle Speisen waren versalzen, aus dem nicht durchgebratenen Hähnchen tropfte Blut, und zu guter Letzt rutschten Pelageja während des Essens Teller und Messer aus der Hand wie von einem schiefen Wandbrett, aber niemand machte ihr einen Vorwurf, weil alle ihren Gemütszustand begriffen. Nur einmal warf Papa im Zorn die Serviette auf den Tisch und sagte zu Mama:

»Was hast du nur für ein Vergnügen daran, alle zu verheiraten! Was geht das dich an? Laß sie doch heiraten, wie sie wollen.«

Nach dem Mittagessen tauchten in der Küche die Köchinnen und Stubenmädchen aus der Nachbarschaft auf, und bis zum späten Abend vernahm man ihr Geflüster. Der liebe Gott allein weiß, wie sie von der Brautwerbung Wind bekommen hatten. Als Griša um Mitternacht erwachte, hörte er, wie im Kinderzimmer hinter einem Vorhang die Kinderfrau mit der Köchin flüsterte. Die Kinderfrau redete ihr zu, und die Köchin schluchzte und kicherte abwechselnd. Nachdem Griša eingeschlafen war, träumte er von Pelagejas Entführung durch den Zauberer Černomor und eine Hexe ...

Vom anderen Tag an trat Ruhe ein. Das Küchenleben nahm wieder seinen gewohnten Lauf, als hätte es nie einen Kutscher gegeben. Hin und wieder legte die Kinderfrau ihren neuen Schal um und ging mit einem feierlich-strengen Gesichtsausdruck auf zwei Stunden irgendwohin, offenbar, um Verhandlungen zu führen ... Pelageja traf sich mit dem Droschkenkutscher nicht, und wenn man sie an ihn erinnerte, errötete sie und rief:

»Sei er doch dreimal verflucht, wenn ich an ihn gedacht habe!«

Eines Abends, als Pelageja und die Kinderfrau eifrig mit Zuschneiden beschäftigt waren, trat meine Mama in die Küche und sagte:

»Heiraten kannst du ihn natürlich, das ist deine Sache, aber Pelageja, hier kann er nicht wohnen ... Du weißt, ich habe es nicht gern, wenn jemand in der Küche sitzt. Paß also auf, denke daran ... Und dich werde ich nachts nicht fortlassen.«

»Gott weiß, was Sie sich da ausdenken, gnädige Frau!« schluchzte die Köchin auf. »Warum halten Sie mir ihn immer unter die Nase? Soll er toll werden! Das fehlte noch, daß er sich mir aufdrängt, soll er doch . . .«

Als Griša an einem Sonntagmorgen einen Blick in die Küche warf, erstarrte er vor Staunen. Die Küche war voller Menschen. Da waren die Köchinnen vom ganzen Hof, der Hauswart, zwei Polizisten, ein Unteroffizier mit Tressen und der junge Filka . . . Dieser Filka trieb sich gewöhnlich in der Nähe der Waschküche herum und spielte mit den Hunden, jetzt aber war er gekämmt und gewaschen und hielt eine in Metallfolie gerahmte Ikone. Mitten in der Küche stand Pelageja in einem neuen Kattunkleid, eine Blume auf dem Kopf. Neben ihr stand der Droschkenkutscher. Die beiden waren rot, verschwitzt und zwinkerten heftig mit den Augen.

»Nun . . . es ist Zeit, scheint's . . .« begann der Unteroffizier nach langem Schweigen.

Pelagejas Gesicht fing an zu zucken, und sie heulte los . . . Der Unteroffizier nahm ein großes Brot vom Tisch, stellte sich neben die Kinderfrau und begann das Paar zu segnen. Der Kutscher trat zu dem Unteroffizier, machte vor ihm eine tiefe Verbeugung und küßte schmatzend seine Hand. Dasselbe machte er auch vor Aksinja. Pelageja folgte ihm mechanisch und verbeugte sich ebenfalls. Schließlich öffnete sich die Außentür, in die Küche wallte weißer Nebel, und die ganze Gesellschaft begab sich lärmend aus der Küche in den Hof.

Die Arme, die Arme, dachte Griša, als er das Schluchzen der Köchin hörte. Wohin hat man sie geführt? Warum setzen sich Papa und Mama nicht für sie ein?

Nach der Trauung wurde bis zum späten Abend in der Waschküche gesungen und Harmonika gespielt. Mama ärgerte sich die ganze Zeit über, weil die Kinderfrau nach Schnaps roch und weil wegen dieser Hochzeit niemand da war, der den Samovar aufstellte. Als Griša zu Bett ging, war Pelageja noch nicht zurückgekehrt.

Die Arme, sie weint jetzt irgendwo im Finstern, dachte er. Und der Kutscher macht: Pst, pst!

Am anderen Tag war die Köchin schon morgens wieder in der Küche. Für einen Augenblick kam der Droschkenkutscher. Er bedankte sich bei Mama, schaute Pelageja streng an und sagte:

»Gnädige Frau, achten Sie auf sie. Seien Sie zu ihr wie Vater und Mutter. Und auch Sie, Aksinja Stepanovna, lassen Sie sie nicht unbeobachtet, passen Sie auf, daß alles anständig zugeht, ohne Übermut ... Und dann, gnädige Frau, geben Sie mir bitte fünf Rubelchen auf Rechnung von ihrem Gehalt. Ich muß ein neues Kumt kaufen.«

Das war wieder eine Aufgabe für Griša: Pelageja lebte frei, wie sie wollte, ohne jemandem Rechenschaft abzulegen, und plötzlich, mir nichts, dir nichts, erschien ein Fremder und erhielt das Recht, auf ihr Betragen zu achten und über ihr Eigentum zu verfügen. Griša wurde traurig. Dem Weinen nahe, empfand er den leidenschaftlichen Wunsch, dieses scheinbare Opfer menschlicher Willkür, als das sie ihm erschien, zu liebkosen. Nachdem er in der Vorratskammer den größten Apfel ausgesucht hatte, schlich er in die Küche, drückte ihn Pelageja in die Hand und lief Hals über Kopf davon.

Nach der Benefizvorstellung

Eine kleine Episode

Der Tragöde Unylov und der Heldenvater Tigrov saßen in Zimmer siebenunddreißig des Hotels ›Venezia‹ und ernteten die Früchte einer Benefizvorstellung. Vor ihnen auf dem Tisch standen Vodka, schlechter Rotwein, eine halbe Flasche Kognak und Sardinen. Tigrov, ein beleibter Mann mit einem Gesicht voller Pickel, blickte versonnen auf eine Karaffe und schwieg mürrisch. Unylov dagegen glühte. Mit einem Päckchen Banknoten in der einen Hand und einem Bleistift in der anderen rutschte er unruhig auf seinem Stuhl hin und her, während er sein Herz ausschüttete.

»Was mich tröstet und ermuntert, Maksim«, sagte er, »das ist die Tatsache, daß mich die Jugend liebt. Gymnasiasten und Realschüler – das ist zwar grünes Gemüse, von der Erde aus gar nicht zu sehen, aber lache nicht, mein Lieber! Sie sitzen auf der Galerie, die Bestien, wo sich die Füchse gute Nacht sagen, für dreißig Kopeken, aber man hört nur sie, diese Knirpse. Die ersten Kritiker und Kunstkenner! Mancher ist nicht größer als ein Spatz, reicht kaum bis an die Tischkante, aber wenn du seine

Schnauze siehst – wie ein Dobroljubov. Wie sie gestern geschrien haben! U-ny-lov! U-ny-lov!! Das hatte ich überhaupt nicht erwartet, mein Lieber. Sechzehnmal haben sie mich herausgerufen! Und die Einnahme ist nicht übel: hundertdreiundzwanzig Rubel und dreißig Kopeken! Trinken wir!«

»Vasečka, du mußt mir nämlich ...« murmelte Tigrov und blinzelte verwirrt, »heute zwanzig Taler verehren. Ich muß nach Elec fahren. Dort ist mein Onkel gestorben. Vielleicht hat er etwas hinterlassen. Wenn du mir nichts gibst, muß ich auf Schusters Rappen hinreiten. Gibst du's mir?«

»Hm ... Aber du gibst es doch nicht zurück, Maksim!«

»Nein, Vasečka ...« Der Heldenvater seufzte. »Wo soll ich es hernehmen? Du mußt schon so ... aus Freundschaft.«

»Warte mal, kann sein, das reicht nicht mal für mich! Ich habe Einkäufe zu machen und muß etwas bestellen. Komm, rechnen wir.«

Unylov zog das Papier, in dem der Kognak eingewickelt war, zu sich heran und schrieb mit dem Bleistift darauf.

»Für dich zwanzig, meiner Schwester muß ich fünfundzwanzig schicken. Die arme Frau bittet mich schon seit drei Jahren, ihr etwas zu schicken. Ich werde das unbedingt tun! Sie ist eine so liebe ... gute Frau. Dann lasse ich mir einen neuen Anzug nähen, macht etwa dreißig Rubel. Mit der Bezahlung des Zimmers und des Mittagessens warte ich noch, das hat noch Zeit. Drei Pfund Tabak ... Halbschuhe ... Was noch? Meinen Frack muß ich einlösen ... und die Uhr. Dir kaufe ich eine neue Mütze, in der da siehst du ja wie ein Teufel aus. Man schämt sich, mit dir auf die Straße zu gehen. Wart, was noch?«

»Kaufe einen Revolver für die ›Irrlichter‹, Vasečka. Unserer schießt nicht.«

»Ja, du hast recht. Der Direktor, dieser Schuft, kauft bestimmt keinen. Von Requisiten will er nichts wissen, dieser Antichrist. Nun, also sechs, sieben Rubel für den Revolver. Was noch?«

»Geh mal ins Bad und wasch dich mit Seife.«

»Bad, Seife und dergleichen – ein Rubel.«

»Hier läuft ein Tatar herum, Vasečka, der hat einen ausgestopften Fuchs zu verkaufen. Den solltest du dir zulegen!«

»Was soll ich denn mit einem Fuchs?«

»Nur so. Auf den Tisch stellen. Wenn du morgens aufwachst,

guckst du, und auf deinem Tisch steht ein Tier, und ... dann wird dir froh ums Herz!«

»Das ist Luxus! Lieber kaufe ich mir ein neues Zigarrenetui. Überhaupt, weißt du, wäre es ganz gut, meine Garderobe aufzufrischen. Ich müßte mir Hemden mit Stehkragen kaufen. Stehkragen sind jetzt modern. Ach ja! Beinahe hätte ich's vergessen. Eine Pikeeweste!«

»Unbedingt. In den Stücken von Krylov kann man nicht ohne Pikeeweste auftreten. Halbschuhe mit Knöpfchen ... ein Spazierstöckchen. Wirst du die Waschfrau bezahlen?«

»Nein, damit warte ich noch. Ich brauche Handschuhe, weiße, schwarze und farbige. Was noch? Natron und Borsäure. Rizinusöl, dreimal ... Briefpapier, Umschläge. Was noch?«

Unylov und Tigrov richteten den Blick auf die Zimmerdecke, runzelten die Stirn und dachten nach.

»Insektenpulver!« fiel Unylov ein. »Mit diesen Wanzen ist es ja nicht auszuhalten! Was noch? Ein Mantel, du meine Güte! Die Hauptsache haben wir vergessen, Maksim! Wie soll ich den Winter ohne Mantel überstehen? Ich schreibe vierzig auf ... Aber ... das reicht nicht mal für mich! Pfeif auf deinen Onkel, Maksim!«

»Das kann ich nicht. Er ist mein einziger Angehöriger und auf einmal soll ich auf ihn pfeifen! Wahrscheinlich hat er mir was hinterlassen.«

»Was wird's schon sein? Eine Meerschaumpfeife oder ein Bild der Tante? Weiß Gott, pfeif drauf!«

»Ich begreife nicht, wie man so ego ... egoi ... egoistisch sein kann, Vasečka?« sagte Tigrov und blinzelte wieder. »Wenn ich Geld hätte, denkst du, mir würde es darum leid tun? Hundert ... dreihundert ... tausend ... nimm, soviel du willst! Meine Eltern hatten mir zehntausend hinterlassen. Alles habe ich an Schauspieler verteilt!«

»Schön, schön, nimm deine zwanzig!«

»Merci. Meine Taschen sind ganz zerrissen, ich kann sie nirgends reinstecken. Aber inzwischen geht es schon auf sechs. Es wird Zeit, zum Bahnhof zu gehen.«

Tigrov erhob sich schwerfällig und zwängte seinen kugelrunden Körper in einen kleinen Mantel mit schmalen Schultern.

»Vasečka, erzähl unseren Leuten nicht, daß ich weggefahren bin«, sagte er. »Unser Halunke macht bloß Wind, wenn er erfährt, daß ich weggefahren bin, ohne etwas zu sagen. Sollen sie ruhig denken, ich sei betrunken. Du könntest mich zum Bahnhof begleiten, Vasečka, sonst gerate ich unterwegs plötzlich in eine Kneipe und verjuble alle deine Taler. Du kennst doch meine Schwäche! Begleite mich, mein Lieber!«

»Na schön.«

Die Schauspieler zogen sich an und gingen auf die Straße.

»Vielleicht sollte man so etwas kaufen?« murmelte Unylov, als er unterwegs in die Schaufenster der Läden blickte. »Guck mal, Maksim, was für ein wundervoller Schinken! Hätten wir eine volle Kasse gehabt, straf mich Gott, ich würde ihn kaufen. Aber weißt du, warum wir keine volle Kasse gehabt haben? Weil beim Kaufmann Čudakov Hochzeit war. Alle Plutokraten waren dort. Wie können diese Teufel bloß zu so unpassender Zeit heiraten! Guck dir mal den Zylinder da im Fenster an! Soll ich ihn nicht kaufen? Doch zum Kuckuck damit!«

Auf dem Bahnhof angelangt, setzten sich die beiden Freunde in den Wartesaal erster Klasse und rauchten Zigarren.

»Hol's der Teufel«, meinte Unylov und legte sein Gesicht in Falten, »ich würde gern etwas trinken. Komm, laß uns ein Bier trinken. Obäär, ein Bier. Es hat noch nicht das erstemal geläutet, du brauchst dich also nicht zu beeilen. Bleib aber nicht so lange weg, Kleiner. Steck dir bei dem toten Onkel ein bißchen was ein und komm zurück. Das ist es . . . äh, Obäär! Ach, wozu Bier! Bring eine Flasche Neuilly! Wir trinken noch zum Abschied einen Rotwein . . . und dann kannst du abfahren.«

Eine halbe Stunde später hatten die Schauspieler bereits die zweite Flasche geleert. Unylov stützte seinen erhitzten Kopf in die Fäuste, schaute liebevoll in Tigrovs feistes Gesicht und lallte mit schwerer Zunge:

»Das Hauptübel in unserer Welt, das ist der Dirr . . . rektor . . . Nur dann wird ein Künstler fest auf den Beinen stehen, wenn er sich in seiner Sache an kol . . . kollektive Prinzipien halten kann.«

»An Anteile.«

»Ja, an Anteile. Der Wein ist scheußlich. So ist es, trinken wir noch ein Rheinweinchen!«

»Das zweite Klingelzeichen, Vasečka!«

»Pfeif drauf! Fährst mit dem Nachtzug, und jetzt werde ich dir . . . etwas sagen. Obäär, eine Flasche Rheinwein! Der

Dirr . . . rektor sieht im Schauspieler nur eine Sache . . . Kanonenfutter. Er ist ein Ausbeuter. Kann einen Schauspieler nicht verstehen. Nehmen wir mal dich. Bist ein Mensch ohne Talent, aber . . . bist ein nützlicher Schauspieler. Man muß dich achten. Warte, nicht küssen, das ist peinlich . . .! Weshalb habe ich dich denn gern? Weil du ein Herz hast . . . ein wahrhaftes Künstlerherz. Maksim, morgen bestelle ich dir einen Anzug! Alles für dich. Und den Fuchs auch. Komm, drück mir die Hand!«

Es verging eine Stunde. Die Schauspieler saßen immer noch da und schwatzten.

»Gebe Gott, daß ich wieder auf die Beine komme«, sagte Unylov, »da wirst du was erleben . . . Dann werde ich zeigen, was die Bühne bedeutet! Du wirst bei mir zweihundert im Monat bekommen ... Ich brauchte nur fürs erste tausend Rubel . . . würde das Sommertheater mieten . . . Was ist, wollen wir nicht was essen? Sag's ruhig . . . Willst du? Obäär, ein paar gebratene Schnepfen!«

»Schnepfen sind zur Zeit nicht da«, sagte der Kellner.

»Weiß der Teufel, bei euch ist auch nie was da! In diesem Fall, du Strohkopf, bring . . . was habt ihr denn an Wild da? Bring alles! Die Halunken haben sich angewöhnt, die Kaufleute mit allerlei Dreckzeug zu füttern, da denken sie, auch ein Künstler frißt ihr Dreckzeug! Bring alles her! Auch Liköre! Willst du eine Zigarre, Maksim? Bring auch Zigarren.«

Kurze Zeit darauf gesellte sich der Komiker Dudkin zu den beiden Freunden.

»Da sieht man, wo gezecht wird!« sagte Dudkin erstaunt.

»Fahren wir ins ›Bellevue‹. Da sind jetzt alle von uns . . .«

»Zahlen!« rief Unylov.

»Sechsunddreißig Rubel zwanzig Kopeken . . .«

»Da nimm . . . stimmt so! Fahren wir, Maksim! Pfeif auf den Onkel! Soll der arme Yorick ohne Erben bleiben! Gib die zwanzig Rubel wieder her! Kannst morgen fahren!«

Im ›Bellevue‹ bestellten die Freunde Austern und Rheinwein.

»Und morgen kaufe ich dir Stiefel«, sagte Unylov und schenkte Tigrov ein. »Trink! Wer die Kunst liebt, der . . . Auf die Kunst!«

Nacheinander kamen die Kunst, die kollektiven Prinzipien, die Anteile, die Einmütigkeit, die Solidarität und die übrigen Schauspielerideale an die Reihe . . . Die Reise nach Elec aber, der

Kauf von Tee, Tabak und Kleidung, die Einlösung der Pfänder und die Zahlungen selbst rückten in weite ... in sehr weite Ferne ... Die Rechnung im ›Bellevue‹ verschlang die gesamte Einnahme der Benefizvorstellung.

Allgemeinbildung

Die neuesten Ergebnisse der zahnärztlichen Wissenschaft

»Ich habe kein Glück, was die Zähne betrifft, Osip Francyč!« sagte seufzend ein hagerer kleiner Mann, der mit einem abgetragenen Mantel und geflickten Stiefeln bekleidet war und einen wie gerupft aussehenden grauen Schnurrbart hatte. Er sprach mit seinem Kollegen, einem wohlbeleibten Deutschen, der einen neuen, teuren Mantel trug und eine Havanna rauchte. »Überhaupt kein Glück! Weiß der Kuckuck, woher das kommt! Ob das daher kommt, daß es heutzutage mehr Zahnärzte als Zähne gibt ... oder ob ich kein wirkliches Talent besitze, das wissen die Götter! Fortuna ist schwer zu verstehen. Nehmen wir mal zum Beispiel Sie. Wir haben zusammen in der Kreisschule den Lehrgang absolviert, wir haben zusammen bei dem Juden Berka Švacher gearbeitet – und welcher Unterschied ist zwischen uns! Sie besitzen zwei Häuser und eine Sommervilla und fahren in einer Kutsche, aber ich bin, wie Sie sehen, ein armer Teufel. Woher kommt das wohl?«

Der Deutsche Osip Francyč hatte den Lehrgang in der Kreisstadt absolviert und war dumm wie ein Auerhahn, aber Wohlgenährtheit, Beleibtheit und Hausbesitz gaben ihm ein übertriebenes Selbstbewußtsein. Würdevoll zu sprechen, zu philosophieren und Sentenzen von sich zu geben, hielt er für sein verbrieftes Recht.

»Alles Unglück liegt bei uns selbst«, antwortete er würdevoll seufzend auf die Klagen seines Kollegen. »Du bist selber schuld, Pëtr Iljič. Sei nicht böse, aber ich habe immer gesagt: Uns Spezialisten verdirbt der Mangel an Allgemeinbildung. Wir stecken bis über die Ohren in unserem Spezialgebiet, aber darüber hinaus interessiert uns nichts. Das ist nicht gut, mein Lieber! Ach, wie wenig gut ist das! Du denkst, weil du die Zähne ziehen gelernt hast, kannst du auch schon der Gesellschaft Nutzen bringen? Aber nein, mein Lieber, mit solch engen, einseitigen Ansichten wirst du nicht weit kommen ... in gar keinem Fall. Allgemeinbildung muß man haben!«

»Und was ist Allgemeinbildung?« fragte Pëtr Iljič schüchtern.

Der Deutsche blieb die Antwort schuldig und schwatzte dummes Zeug, aber als er den Wein ausgetrunken hatte, geriet er in Fahrt und erklärte seinem russischen Kollegen, was er unter ›Allgemeinbildung‹ verstand.

Er erläuterte es nicht unmittelbar, sondern indirekt, indem er von etwas anderem sprach.

»Die Hauptsache für unsereinen ist eine anständige Einrichtung«, erzählte er. »Das Publikum urteilt nur nach der Einrichtung. Wenn du eine schmutzige Treppe, enge Zimmer und erbärmliche Möbel hast, so bedeutet das, du bist arm, und wenn du arm bist, wird sich auch niemand von dir behandeln lassen. Ist es nicht so? Weshalb soll ich zu dir zur Behandlung kommen, wenn sich niemand bei dir behandeln läßt? Ich gehe lieber zu dem, der eine große Praxis hat! Schaff dir Plüschmöbel an und installiere überall elektrische Klingeln, so giltst du als erfahrener Mann und hast eine große Praxis. Sich eine elegante Wohnung und anständige Möbel zuzulegen, das ist eine Kleinigkeit. Die Möbeltischler müssen sich heutzutage nach der Decke strecken, treten nicht mehr so auf wie ehedem. Kredit bekommst du, soviel du willst, und seien es hunderttausend, besonders wenn du die Rechnung mit ›Doktor Soundso‹ unterschreibst. Und anständig kleiden mußt du dich auch. Das Publikum urteilt so: wenn du abgerissen bist und im Schmutz lebst, dann genügt für dich auch ein Rubel, wenn du aber eine goldene Brille und eine dicke Uhrkette trägst und ringsum alles Plüsch ist, dann ist es schon peinlich, dir bloß einen Rubel zu geben, es müssen fünf oder zehn sein. Ist es nicht so?«

»Das ist wahr ...« pflichtete Pëtr Iljič bei. »Ich muß zugeben, daß ich mir anfangs auch eine Einrichtung zugelegt hatte. Ich besaß alles: Tischdecken aus Plüsch und Zeitschriften im Wartezimmer, neben dem Spiegel hing ein Bild von Beethoven, aber ... weiß der Teufel! Geistesverwirrung kam über mich. Ich gehe in meiner luxuriösen Wohnung umher, und es ist mir aus irgendeinem Grunde peinlich! Als sei ich in eine fremde Wohnung geraten oder hätte das alles gestohlen ... ich kann es nicht! Ich kann nicht in einem Plüschsessel sitzen, und damit basta!

Und da ist auch noch meine Frau ... ein einfaches Weib, sie versteht nicht, wie man die Wohnungseinrichtung zu behandeln hat. Da stinkt das ganze Haus nach Kohlsuppe oder Gänsebraten, da putzt sie die Kronleuchter mit Ziegelmehl, da wäscht sie in Gegenwart der Kranken den Fußboden im Wartezimmer auf ... weiß der Teufel! Glauben Sie mir, als wir die ganze Einrichtung auf einer Auktion verkauft hatten, bin ich richtig aufgelebt.«

»Das bedeutet, du bist ein anständiges Leben nicht gewohnt ... Was ist denn dabei? Man muß sich eben daran gewöhnen! Außer einer Einrichtung braucht man dann noch ein Aushängeschild! Je geringer der Mensch ist, ein um so größeres Schild muß er haben. Ist es nicht so? Das Schild muß so gewaltig sein, daß es noch außerhalb der Stadt zu sehen ist. Wenn du nach Petersburg oder Moskau kommst, dann fallen dir, ehe du die Kirchenglocken erblickst, die Schilder der Zahnärzte in die Augen. Darin, mein Lieber, sind die Ärzte uns beiden weit voraus. Auf dem Schild müssen goldene und silberne Kringel gemalt sein, damit die Leute denken, du besitzt Medaillen: Sie haben gleich mehr Achtung! Außerdem ist Reklame notwendig. Verkauf deine letzte Hose, aber laß eine Anzeige drucken. Setze sie jeden Tag in alle Zeitungen. Wenn du den Eindruck hast, daß einfachere Anzeigen nicht genügen, so komm mit allerlei Hokuspokus: Laß die Anzeige auf dem Kopf stehend drucken, bestelle ein Klischee ›mit Zähnen‹ und ›ohne Zähne‹, bitte die Leser, dich nicht mit anderen Dentisten zu verwechseln, gib bekannt, daß du aus dem Ausland zurückgekehrt bist, daß du Arme und Studierende umsonst behandelst ... Du mußt die Anzeigen überall aushängen – auf dem Bahnhof, in den Erfrischungsräumen ... Es gibt viele Methoden!«

»Das ist wahr!« Pëtr Iljič seufzte.

»Viele sagen auch, es sei egal, wie man sich den Leuten gegenüber verhält ... Nein, das ist nicht egal! Man muß verstehen, mit den Leuten umzugehen ... Die Leute sind heutzutage, wenn auch gebildet, so doch ungeschliffen und unvernünftig. Sie wissen selbst nicht, was sie wollen, und es ist recht schwer, sich ihnen anzupassen. Du kannst ein ganz berühmter Professor sein; wenn du es aber nicht verstehst, auf ihren Charakter einzugehen, laufen sie eher zu einem Quacksalber als zu dir ... Nehmen wir mal an, da kommt eine gnädige Frau zu mir wegen ihrer

Zähne. Kann man sie denn ohne Hokuspokus behandeln? Keineswegs! Ich mache zuerst ein finsteres Gesicht wie ein Gelehrter und weise schweigend auf den Stuhl: Gelehrte, heißt es, haben keine Zeit, mit den Leuten zu sprechen. Und auch an meinem Behandlungsstuhl ist allerhand Hokuspokus: er hat Schrauben! Wenn du an diesen Schrauben drehst, fährt die Gnädige rauf und runter. Dann stocherst du in dem kranken Zahn herum. Mit dem Zahn ist nichts mehr los, man muß ihn ziehen und weiter nichts, aber du mußt lange stochern, mit Unterbrechungen ... du mußt ihr an die zehnmal den Spiegel in den Mund stecken, denn die Damen haben es gern, wenn man sich lange mit ihren Krankheiten beschäftigt. Die Gnädige kreischt, und du sagst zu ihr: ›Gnädige Frau! Es ist meine Pflicht, Ihre schrecklichen Leiden zu lindern, deshalb bitte ich Sie, vertrauen Sie mir‹, und das, weißt du, erhaben, mit tragischer Geste ... Auf dem Tisch vor der Dame liegen Kinnbacken, Schädel, allerlei Knochen, alle möglichen Instrumente, daneben stehen Gläser mit aufgeklebten Totenköpfen – alles ist furchterregend und geheimnisvoll. Ich selbst trage einen schwarzen Kittel wie ein Inquisitor. Gleich neben dem Behandlungsstuhl steht eine Lachgasmaschine. Diese Maschine benutze ich zwar niemals, aber trotzdem macht es einen schreckenerregenden Eindruck! Den Zahn ziehe ich mit einer gewaltig großen Zange. Überhaupt – je größer und schrecklicher die Instrumente, desto besser. Ziehen tue ich schnell, ohne Zaudern.«

»Auch ich ziehe nicht schlecht, Osip Francyč, aber weiß der Teufel! Ich bin gerade dabei, eine Traktion zu machen, und will den Zahn ziehen, da kommt mir auf einmal der Gedanke: Was, wenn ich ihn nicht rauskriege oder wenn er abbricht? Bei diesem Gedanken zittert mir die Hand. Und das regelmäßig!«

»Der Zahn mag abbrechen, das ist nicht deine Schuld.«

»Das mag schon sein, aber trotzdem. Es ist schlecht, wenn man kein sicheres Auftreten hat. Nichts ist schlimmer, als wenn man nicht an sich glaubt oder wenn man Zweifel hat. Da war so ein Fall. Ich setze die Zange an, ziehe ... ziehe und merke plötzlich, daß ich schon sehr lange ziehe. Ich war vor Schreck wie gelähmt! Ich hätte loslassen und noch einmal anfangen müssen, aber ich ziehe und ziehe ... ich war verblüfft! Der Kranke sieht an meinem Gesicht, daß ich schwach werde und unsicher, da springt er auf, und vor Schmerz und Bosheit versetzt er mir eins mit dem

Hocker! Ein anderes Mal kam ich ebenfalls durcheinander und zog statt des kranken Zahnes einen gesunden.«

»Eine Lappalie, das passiert jedem. Zieh die gesunden Zähne, du wirst sonst nicht an die kranken kommen. Aber du hast recht, ohne sicheres Auftreten geht es nicht. Ein gebildeter Mensch muß sich auch gebildet benehmen. Die Leute begreifen doch nicht, daß wir beide nicht auf der Universität waren. Für sie sind alles Doktoren. Botkin ist Doktor, ich bin Doktor, und du bist Doktor. Deshalb mußt du dich auch benehmen wie ein Doktor. Um gelehrt zu erscheinen und den anderen Sand in die Augen zu streuen, mußt du eine Broschüre herausgeben: ›Wie erhalte ich mir meine Zähne.‹ Wenn du sie selbst nicht schreiben kannst, dann beauftrage einen Studenten damit. Er wird dir für zehn Rubel auch noch eine Einleitung zusammenschmieren und mit Zitaten französischer Autoren um sich werfen. Ich habe schon drei Broschüren herausgegeben. Was noch? Erfinde ein Zahnpulver. Bestelle dir Schachteln mit einem Stempel drauf, schütte hinein, was du willst, bringe eine Plombe an und schreib drauf: ›Preis zwei Rubel, vor Nachahmungen wird gewarnt!‹ Ersinne ein Elixier. Rühre etwas zusammen, was duftet und brennt, und fertig ist das Elixier. Setze keine runden Preise fest, sondern mach das so: Elixier Nummer eins kostet siebenundsiebzig Kopeken, Nummer zwei zweiundachtzig Kopeken und so weiter. Das ist geheimnisvoller. Verkaufe Zahnbürsten mit deinem Stempel für einen Rubel das Stück. Hast du meine Zahnbürsten gesehen?«

Pëtr Iljič kratzte sich nervös den Nacken und ging aufgeregt auf den Deutschen zu...

»Sieh mal einer an!« sagte er gestikulierend. »So ist das also! Aber ich verstehe das nicht, ich kann es nicht! Nicht, weil ich das für Kurpfuscherei und Gaunerei halte, aber ich kann es nicht, das steht nicht in meiner Macht! Ich habe es hundertmal probiert, aber es ist nichts dabei herausgekommen. Sie sind satt und gut gekleidet. Sie besitzen Häuser, aber ich bekomme eins mit dem Hocker! Ja, es ist tatsächlich schlecht, so ohne Allgemeinbildung! Da haben Sie recht, Osip Francyč! Sehr schlecht ist das!«

Unteroffizier Prišibeev

»Unteroffizier Prišibeev! Sie werden beschuldigt, am 3. September dieses Jahres den Landpolizisten Žigin, den Dorfältesten Aljapov, den Polizeikommissar Efimov, die Zeugen Ivanov und Gavrilov und weitere sechs Bauern durch Wort und Tat beleidigt zu haben, wobei den drei erstgenannten die Beleidigung bei Ausübung ihres Dienstes zugefügt wurde. Bekennen Sie sich schuldig?«

Prišibeev, ein verrunzelter Unteroffizier mit stacheligem Gesicht, legt die Hände an die Hosennaht und antwortet mit heiserer, erstickter Stimme, jedes Wort deutlich betonend, als kommandiere er:

»Euer Hochwohlgeboren, Herr Friedensrichter! Also, nach allen Paragraphen des Gesetzes kommt es heraus, daß man jeden Umstand wechselseitig attestieren muß. Der Schuldige bin nicht ich, sondern alle die anderen. Die ganze Sache kam wegen dem, Gott hab ihn selig, toten Leichnam. Ich gehe am 3. mit meiner Frau Anfisa ruhig und anständig spazieren und sehe – am Ufer steht ein Haufen von allerlei Volk. Mit welchem Recht hat sich hier das Volk versammelt? frage ich. Wozu? Steht es denn im Gesetz, daß das Volk in Herden rumlaufen soll? Ich rufe: Wegtreten! und fange an, die Leute auseinanderzustoßen, und damit sie sich nach Hause trollen, habe ich dem Polizeikommissar befohlen, sie mit Genickschlägen wegzujagen ...«

»Erlauben Sie, Sie sind doch kein Landpolizist und kein Dorfältester – ist es denn Ihre Sache, das Volk auseinanderzutreiben?«

»Nicht seine Sache! Nicht seine Sache!« ertönen Stimmen aus allen Ecken des Verhandlungsraumes. »'s ist nicht auszuhalten mit ihm, Euer Hochwohlgeboren! Fünfzehn Jahre leiden wir schon unter ihm! Seit der Zeit, da er vom Dienst zurückgekehrt ist, möchte man auf dem Dorf davonlaufen. Er quält alle bis aufs Blut!«

»So ist es, Euer Hochwohlgeboren!« sagt der Dorfälteste, der als Zeuge auftritt. »Die ganze Dorfgemeinde beschwert sich. Es ist unmöglich, mit ihm auszukommen! Ob wir mit den Heiligenbildern rumgehen, ob eine Hochzeit ist oder, angenommen, irgendein anderer Fall, überall schreit er, lärmt und führt seine

Ordnung ein. Die Kinder zieht er an den Ohren, die Weiber belauert er, damit nichts passiert, als ob er ihr Schwiegervater wäre ... Neulich ist er durch die Bauernhäuser gegangen und hat befohlen, daß man keine Lieder singen und kein Licht anzünden soll. In keinem Gesetz steht, sagt er, daß man Lieder singen darf.«

»Warten Sie, Sie können noch rechtzeitig Ihre Aussagen machen«, sagt der Friedensrichter, »aber jetzt soll Prišibeev fortfahren. Fahren Sie fort, Prišibeev!«

»Zu Befehl!« antwortet der Unteroffizier mit heiserer Stimme. »Sie, Euer Hochwohlgeboren, belieben zu sagen, daß es nicht meine Sache ist, das Volk auseinanderzutreiben ... Gut ... Aber wenn Unordnung herrscht? Kann man denn erlauben, daß das Volk Unfug treibt? In welchem Gesetz steht denn geschrieben, daß man dem Volk seinen Willen lassen soll? Ich kann das nicht erlauben. Wenn ich sie nicht auseinanderjage und sie nicht im Zaum halte, wer dann? Keiner kennt die Ordnungen richtig, man kann wohl sagen, daß im ganzen Dorf, Euer Hochwohlgeboren, nur ich alleine weiß, wie man mit Leuten von einfachem Stand umgehen muß, und ich, Euer Hochwohlgeboren, verstehe alles! Ich bin kein Bauer, ich bin Unteroffizier, ehemaliger Waffenwart, ich diente in Warschau beim Stab, und nachdem ich, belieben zu wissen, verabschiedet wurde, war ich Feuerwehrmann, und danach verließ ich wegen der Schwäche meiner Krankheit die Feuerwehr und diente zwei Jahre in dem klassischen Progymnasium für Knaben als Hausmeister ... Ich kenne alle Ordnungen. Aber der Bauer ist ein einfacher Mensch, er kapiert nichts und muß auf mich hören, weil es zu seinem Nutzen ist. Nehmen wir doch diese Sache zum Beispiel ... Ich verjage das Volk, und am Ufer, auf dem Sand, liegt der ertrunkene Leichnam eines toten Menschen. Mit welcher Berechtigung, frage ich, liegt er dort? Ist denn das etwa in Ordnung? Was glotzt der Landpolizist? ›Warum‹, sage ich, ›meldest du Polizist das nicht der Obrigkeit?‹ Vielleicht ist dieser ertrunkene Verstorbene von selbst ertrunken, aber vielleicht riecht diese Sache hier auch nach Sibirien. Vielleicht ist das hier ein krimineller Totschlag ... Aber der Landpolizist Žigin schenkt dem keinerlei Aufmerksamkeit und raucht nur seine Zigarette. ›Was habt ihr da‹, sagt er, ›für einen Lehrmeister? Woher habt ihr‹, sagt er, ›denn den genommen? Als ob wir nicht ohne ihn wissen‹, sagt er, ›wie wir uns zu verhalten haben?‹ – ›Also‹, sage ich, ›weißt du es nicht, du Dummkopf, wenn du hier stehst und auf nichts achtest.‹ – ›Ich‹, sagt er, ›habe es noch gestern dem Polizeikommissar gemeldet.‹ – ›Warum‹, frage ich, ›dem Polizeikommissar? Laut welchem Paragraphen des Gesetzbuches? Kann denn etwa in solchen Fällen, wie bei Ertrunkenen und Erhängten und anderen und dergleichen mehr, kann denn in solchen Fällen der Polizeikommissar was machen? Hier‹, sage ich, ›ist eine kriminelle Sache, eine zivile . . . Hier muß man‹, sage ich, ›schnell eine Stafette an den Herrn Untersuchungsrichter und die Richter schikken. Und zuallererst mußt du‹, sage ich, ›ein Protokoll aufnehmen und es dem Friedensrichter schicken.‹ Und er, der Landpolizist, hört zu und lacht. Und die Bauern auch. Alle haben gelacht, Euer Hochwohlgeboren. Unter Eid kann ich das aussagen. Dieser hat gelacht und der da auch, und Žigin hat gelacht. ›Warum grinst ihr?‹ frage ich. Und der Landpolizist sagt: ›Der Friedensrichter ist für solche Sachen nicht zuständig.‹ Von diesen selben Worten wurde mir ganz heiß. Polizist, das hast du doch gesagt?« wendet sich der Unteroffizier an den Landpolizisten Žigin.

»Ja, das habe ich gesagt.«

»Alle haben gehört, wie du das da vor dem ganzen gewöhnlichen Volk gesagt hast: Der Friedensrichter ist für solche Sachen nicht zuständig. Alle haben gehört, wie du das da . . . Mir wurde, Euer Hochwohlgeboren, ganz heiß, und ich war wie vor den Kopf gestoßen. ›Wiederhole‹, sage ich, ›wiederhole, du Dingsda, was du gesagt hast!‹ Und wieder dieselben Worte . . . Ich trete zu ihm. ›Wie kannst du‹, sage ich, ›so über den Herrn Friedensrichter aussagen. Du, ein Polizeibeamter, bist gegen die Staatsmacht? Was? Aber weißt du denn, daß der Herr Friedensrichter, wenn er will, dich für solche Worte in die Gouvernementsgendarmerieverwaltung bringen kann, auf Grund deines verdächtigen Betragens? Und weißt du‹, sage ich, ›wohin dich der Herr Friedensrichter für solche politischen Worte schicken kann?‹ Und der Dorfälteste sagt: ›Der Herr Friedensrichter‹, sagt er, ›kann über seinen Bereich hinaus nichts unternehmen. Nur für kleine Sachen ist er zuständig.‹ So hat er das gesagt, und alle haben es gehört . . . ›Wie kannst du denn wagen‹, sage ich, ›die Staatsmacht so zu beschimpfen? Nun‹, sage ich, ›mach mit mir keine Späßchen, das, Freundchen, wird dir schlecht bekommen.‹ Früher in Warschau oder als ich Hausmeister in dem klassischen Knabenprogymnasium war, wenn ich da irgendwelche unziemlichen Worte gehört habe, schaute ich auf die Straße, ob kein Gendarm zu sehen war. ›Komm mal her‹, sage ich, ›du Kavalier‹ – und habe ihm alles gemeldet. Aber hier auf dem Dorf, wem soll man es sagen? Mich hat die Wut gepackt. Es hat mich gekränkt, daß sich das hiesige Volk im Eigensinn und Ungehorsam vergessen hat. Ich hole zum Schlag aus und ... natürlich nicht so stark, sondern ganz korrekt und nur sachte, damit er sich nicht untersteht, von Euer Hochwohlgeboren so zu reden ... Für den Dorfältesten hat der Landpolizist Partei genommen. Also habe ich auch den Landpolizisten ... Und so ging es los ... Ich bin in Eifer geraten, Euer Hochwohlgeboren, aber es geht doch nicht ohne das, ohne daß man prügelt. Wenn man einen dummen Menschen nicht prügelt, lädt man Schuld auf seine Seele. Besonders, wenn es verdient ist, wenn Unordnung herrscht ...«

»Erlauben Sie mal! Es sind doch Leute eingesetzt, die gegen die Unordnung einschreiten! Dafür gibt es den Landpolizisten, den Dorfältesten, den Polizeikommissar ...«

»Der Landpolizist kann nicht auf alles achten, und er versteht auch nicht das, was ich verstehe ...«

»Aber begreifen Sie doch, das ist nicht Ihre Sache!«

»Was? Wieso nicht meine Sache? Komisch ... Die Leute treiben Unfug, und das ist nicht meine Sache! Soll ich sie denn etwa loben? Sie beklagen sich bei Ihnen, daß ich ihnen verbiete, Lieder zu singen ... Was gibt's denn Gutes an diesen Liedern? Statt sich mit was zu beschäftigen, singen sie Lieder ... Und sie haben noch eine Mode eingeführt, abends bei Licht zu sitzen. Man muß schlafen gehen, aber bei ihnen hört man Gespräche und Lachen. Ich habe alles notiert!«

»Was haben Sie notiert?«

»Wer bei Licht sitzt.«

Prišibeev holt einen schmutzigen Zettel aus der Tasche, setzt seine Brille auf und liest: »Welche Bauern bei Licht sitzen: Ivan Prochorov, Savva Nikiforov, Pëtr Petrov. Die Soldatenwitwe Šustrova lebt in ungesetzlicher Sittenlosigkeit mit Semën Kislov. Ignat Sverčok treibt Zauberei, und seine Frau Mavra ist eine Hexe, geht nachts fremde Kühe melken.«

»Genug«, sagt der Richter und beginnt die Zeugen zu verhören.

Unteroffizier Prišibeev schiebt die Brille auf die Stirn und schaut erstaunt den Friedensrichter an, der offenbar nicht auf seiner Seite ist. Seine hervorquellenden Augen funkeln, seine Nase färbt sich purpurrot. Er schaut den Friedensrichter und die Zeugen an und kann durchaus nicht begreifen, warum der Richter so aufgeregt ist und warum man aus allen Ecken des Verhandlungsraumes bald Gemurmel, bald unterdrücktes Lachen hört. Unbegreiflich ist ihm auch das Urteil: ein Monat Haft!

»Wofür?« fragt er und breitet fassungslos die Hände aus. »Nach welchem Gesetz?«

Und ihm wird klar, daß sich die Welt verändert hat und daß es ganz unmöglich geworden ist, auf dieser Welt zu leben. Finstere, trostlose Gedanken bemächtigen sich seiner. Aber als er den Verhandlungsraum verläßt und die Bauern erblickt, die sich zusammendrängen und über etwas reden, legt er nach alter Gewohnheit, die er nicht mehr lassen kann, die Hände an die Hosennaht und schreit mit heiserer, böser Stimme:

»Wegtreten, Leute! Nicht zusammenrotten! Nach Hause gehen!«

In der Fremde

Sonntagmittag. Der Gutsbesitzer Kamyšev sitzt in seinem Speisezimmer am üppig gedeckten Tisch und frühstückt gemächlich. Das Mahl teilt mit ihm ein reinliches, glattrasiertes altes Französlein, Monsieur Champougne. Dieser Champougne war einst bei Kamyšev als Erzieher tätig, brachte seinen Kindern gute Manieren, gute Aussprache und das Tanzen bei, später aber, als Kamyševs Kinder erwachsen waren und Leutnants wurden, blieb Champougne so etwas wie eine Bonne männlichen Geschlechts.

Die Pflichten des früheren Erziehers sind nicht kompliziert. Er muß sich anständig kleiden, nach Parfüm duften, das müßige Geschwätz von Kamyšev anhören, essen, trinken, schlafen – mehr anscheinend nicht. Dafür bekommt er Kost, ein Zimmer und ein unbestimmtes Gehalt.

Kamyšev ißt und schwätzt wie gewöhnlich.

»Verdammt!« sagt er und wischt sich die Tränen ab, die ihm nach einem dick mit Senf bestrichenen Stück Schinken in die

Augen getreten sind. »Uff! In den Kopf und in alle Gelenke ist mir das gefahren. Aber bei eurem französischen Senf passiert das nicht, wenn man auch ein ganzes Glas davon verzehrt.«

»Der eine hat den französischen gern, der andere den russischen ...« erklärt Champougne sanftmütig.

»Niemand hat den französischen gern, es sei denn allenfalls die Franzosen selber. Und was man einem Franzosen auch servieren mag – er frißt alles: Frösche, Ratten und sogar Schaben ... brrr! Dieser Schinken zum Beispiel gefällt Ihnen nicht, weil er russisch ist, aber serviert man Ihnen gebratenes Glas und sagt, es sei französisch, so werden Sie das essen und schmatzen ... Ihrer Meinung nach ist alles Russische schlecht.«

»Das sage ich nicht.«

»Alles Russische ist schlecht, aber das Französische – oh, c'est très joli! Ihrer Meinung nach gibt es kein besseres Land als Frankreich, aber meiner Meinung nach ... was ist schon Frankreich, um die Wahrheit zu sagen? Ein Stückchen Erde! Wenn man dorthin unseren Polizeichef schickt, wird er nach einem Monat um Versetzung bitten: man kann sich ja nirgends umdrehen! Euer ganzes Frankreich kann man an einem Tag bereisen, tritt man aber bei uns durchs Tor – da ist kein Ende abzusehen! Man fährt und fährt ...«

»Ja, Monsieur, Rußland ist ein riesiges Land.«

»Na eben, das ist es! Ihrer Meinung nach gibt es keine besseren Menschen als die Franzosen. Ein gelehrtes, kluges Volk! Und die Zivilisation! Einverstanden, die Franzosen sind alle gelehrt und wohlerzogen ... das stimmt ... Ein Franzose wird sich niemals eine Unhöflichkeit erlauben: einer Dame wird er zur rechten Zeit den Stuhl anbieten, die Krebse wird er nicht mit der Gabel essen, er wird nicht auf den Fußboden spucken, aber ... ihm fehlt ein gewisser Geist! Jener Geist fehlt ihm! Ich kann es Ihnen nur nicht so erklären, wie soll ich das ausdrücken – dem Franzosen fehlt ein gewisses Etwas« (der Sprechende bewegt die Finger) »... so etwas ... Juristisches. Ich entsinne mich, daß ich irgendwo gelesen habe, ihr sollt alle euren Verstand nur aus Büchern haben, aber bei uns ist der Verstand angeboren. Wenn man einem Russen die Wissenschaften gehörig beibringt, kann sich keiner von euren Professoren mit ihm messen.«

»Vielleicht ...« meint Champougne gleichsam widerwillig.

»Nein, nicht vielleicht, sondern bestimmt! Sie brauchen nicht das Gesicht zu verziehen, ich spreche die Wahrheit! Der russische Verstand ist ein erfinderischer Verstand. Nur gibt man ihm natürlich keine Möglichkeit, sich zu entfalten, und zu prahlen versteht er auch nicht ... Er erfindet etwas und macht es kaputt, oder er gibt es den Kinderchen zum Spielen; wenn aber ein Franzose irgendeinen Quatsch erfindet, schon schreit er's in die ganze Welt hinaus. Neulich hat der Kutscher Jona ein Männlein aus Holz geschnitzt: Zieht man bei diesem Männlein an einem Faden, macht es etwas Unanständiges. Dennoch brüstet sich Jona nicht damit. Überhaupt ... die Franzosen gefallen mir nicht! Ich spreche nicht von Ihnen, sondern im allgemeinen ... Ein unmoralisches Volk! Äußerlich sind sie ja den Menschen ziemlich ähnlich, aber leben tun sie wie die Hunde ... Nehmen wir zum Beispiel die Ehe. Wenn bei uns einer geheiratet hat, so bleibt er bei seiner Frau hocken und macht keine Geschichten, aber bei euch ist weiß der Teufel was los. Der Mann sitzt den ganzen Tag in einem Kaffeehaus, und seine Frau hat das ganze Haus voller Franzosen und macht mit ihnen Cancan.«

»Das ist nicht wahr!« braust Champougne auf, der es nicht mehr aushält. »In Frankreich wird das Prinzip der Familie sehr hoch gehalten!«

»Wir kennen dieses Prinzip! Und Sie sollten sich schämen, es noch zu verteidigen. Man muß objektiv sein. Schweine bleiben Schweine ... Man muß den Deutschen dankbar sein, daß sie euch besiegt haben ... Bei Gott, dankbar ... Gott gebe ihnen Gesundheit ...«

»In diesem Falle, Monsieur, verstehe ich nicht«, sagt der Franzose, der mit funkelnden Augen aufspringt, »wenn Sie die Franzosen hassen, warum halten Sie dann mich?«

»Wo soll ich denn mit Ihnen hin?«

»Entlassen Sie mich, und ich fahre nach Frankreich!«

»Waaas? Wer wird Sie nach Frankreich reinlassen? Sie sind doch ein Vaterlandsverräter! Mal ist Napoleon bei Ihnen ein großer Mann, mal Gambetta ... Keiner wird aus Ihnen klug!«

»Monsieur«, sagt Champougne auf französisch, Speichel verspritzend und die Serviette in der Hand zerknüllend. »Eine größere Beleidigung, als Sie soeben meinen Gefühlen zufügten, hätte sich auch mein ärgster Feind nicht ausdenken können! Es ist alles zu Ende!«

Der Franzose macht mit der Hand eine tragische Geste, wirft

manieriert die Serviette auf den Tisch und geht würdevoll hinaus.

Nach etwa drei Stunden wird auf dem Tisch das Geschirr gewechselt, und die Dienstboten tragen das Mittagessen auf. Kamyšev setzt sich allein an den Tisch. Nach dem Gläschen der Einleitung fühlt er das Verlangen zu schwätzen. Er möchte plaudern, hat aber keinen Zuhörer . . .

»Was macht Alphonse Ludovikovič?« fragt er den Diener.

»Packt seinen Koffer.«

»So ein Dummkopf, verzeih mir Gott . . .!« sagt Kamyšev und geht zu dem Franzosen.

Champougne hockt auf dem Fußboden in der Mitte seines Zimmers und packt mit zitternden Händen Wäsche, Parfümfläschchen, Gebetbücher, Hosenträger und Krawatten in seinen Koffer. Seine ganze artige Gestalt, der Koffer, das Bett und der Tisch atmen gleichsam Eleganz und Fraulichkeit. Dicke Tränen tropfen aus seinen großen blauen Augen auf den Koffer.

»Wo wollen Sie denn hin?« fragt Kamyšev, nachdem er eine Weile dagestanden hat.

Der Franzose schweigt.

»Sie wollen abreisen?« fährt Kamyšev fort. »Nun, wie Sie wollen . . . Ich kann Sie nicht zurückhalten . . . Nur das eine ist merkwürdig: Wie sollen Sie ohne Paß reisen? Ich bin erstaunt; Sie wissen doch, daß ich Ihren Paß verloren habe. Ich habe ihn irgendwo zwischen die Papiere gesteckt, und er ist verlorengegangen . . . Und bei uns ist man hinsichtlich der Pässe streng. Sie werden keine fünf Verst fahren, da wird man Sie schnappen.«

Champougne hebt den Kopf und schaut mißtrauisch auf Kamyšev.

»Ja . . . Sie werden's erleben! Man wird es Ihnen am Gesicht ansehen, daß Sie keinen Paß haben, und gleich heißt es: wer ist das! Alphonse Champougne! Wir kennen diese Alphonse Champougnes! Möchten Sie nicht auf dem Etappenweg in eine nicht so weit entfernte Gegend reisen?«

»Sie scherzen wohl?«

»Weshalb sollte ich scherzen! Hab ich das nötig! Passen Sie auf, eine Bedingung: Jammern Sie dann bitte nicht und schreiben Sie mir keine Briefe. Ich werde auch keinen Finger rühren, wenn man Sie in Fesseln vorbeiführen wird.«

Champougne springt auf und läuft ganz blaß und mit weit aufgerissenen Augen im Zimmer auf und ab.

»Was machen Sie mit mir?!« sagt er und faßt sich vor Verzweiflung an den Kopf. »Mein Gott! Oh, verflucht sei diese Stunde, da mir der unheilvolle Gedanke kam, mein Vaterland zu verlassen!«

»Nun, nun, nun ... ich habe ja nur gescherzt«, sagt Kamyšev in gemäßigtem Ton. »So ein Sonderling, versteht keinen Spaß. Man kann nicht mal ein Wort sagen.«

»Mein Teurer!« kreischt Champougne, beruhigt durch Kamyševs Ton. »Ich schwöre Ihnen, ich hänge an Rußland, an Ihnen und Ihren Kindern ... Sie zu verlassen wäre für mich genauso schwer wie zu sterben! Aber jedes Wort von Ihnen schneidet mir ins Herz!«

»Ach, Sie komischer Kauz! Wenn ich auf die Franzosen schimpfe, wie kommen Sie dazu, sich beleidigt zu fühlen? Ich schimpfe auf so viele, sollen die sich alle beleidigt fühlen? Sie sind wirklich ein Kauz! Nehmen Sie sich ein Beispiel an Lazar Isakovič, dem Pächter ... Ich geb's ihm auf jede mögliche Weise, nenne ihn einen dreckigen Juden, zerre ihn an den Haaren ... und er fühlt sich nicht beleidigt!«

»Das ist doch eine Knechtsseele! Für eine Kopeke ist er zu jeder Gemeinheit bereit!«

»Nun, nun, nun ... genug davon! Gehen wir Mittag essen! Friede und Eintracht!«

Champougne pudert sein verweintes Gesicht und geht mit Kamyšev ins Eßzimmer. Der erste Gang wird schweigend eingenommen, nach dem zweiten aber beginnt dieselbe Geschichte, und auf diese Art nehmen Champougnes Leiden kein Ende.

Schläfrigkeit

Im Saal des Kreisgerichts findet eine Verhandlung statt. Auf der Anklagebank sitzt ein Herr in mittleren Jahren mit einem ausgemergelten Gesicht, er wird der Unterschlagung und Urkundenfälschung beschuldigt. Ein hagerer, schmalbrüstiger Sekretär verliest mit leiser Tenorstimme die Anklageschrift. Er beachtet weder Punkt noch Komma, und sein monotones Lesen ähnelt dem Summen von Bienen oder dem Plätschern eines Baches. Bei solchem Lesen läßt sich gut träumen, nachdenken, schlafen ... Die Richter, die Beisitzer und das Publikum, alle machen vor Langeweile ein finsteres Gesicht ... Es herrscht Stille. Nur von Zeit zu Zeit klingt der Klang gemessener Schritte aus dem Gerichtskorridor herein, oder ein gähnender Beisitzer hüstelt vorsichtig in die Faust.

Der Verteidiger hat seinen Lockenkopf in die Faust gestützt und döst vor sich hin. Unter dem Einfluß des Summens des Sekretärs haben seine Gedanken jegliche Ordnung verloren und schweifen umher.

Was doch dieser Gerichtsdiener für eine lange Nase hat, denkt er und blinzelt mit den schwer gewordenen Lidern. Das bringt auch nur die Natur fertig, ein kluges Gesicht so zu verpfuschen! Wenn alle Menschen so zwei, drei Sažen lange Nasen hätten, dann wäre es gewiß zu eng zum Leben, und die Häuser müßten geräumiger gebaut werden ...

Der Verteidiger schüttelt den Kopf wie ein Pferd, das von einer Bremse gestochen wurde, und fährt in seinen Betrachtungen fort:

Was wird jetzt bei mir daheim los sein? Zu dieser Stunde sind gewöhnlich alle zu Hause: meine Frau, die Schwiegermutter und die Kinder ... Die Kinderchen Kolja und Žina sind wahrscheinlich gerade in meinem Arbeitszimmer ... Kolja steht auf dem Sessel, lehnt sich mit der Brust gegen die Tischkante und zeichnet allerlei auf meine Akten. Er hat schon ein Pferd gemalt mit einem spitzen Maul und einem Punkt als Auge, einen Menschen mit ausgestrecktem Arm und ein schiefes Häuschen. Žina steht ebenfalls am Tisch; sie reckt den Hals und bemüht sich, zu sehen, was ihr Bruder gezeichnet hat ...

»Male den Papa«, bittet sie.

Kolja nimmt sich nun mich vor. Ein Männchen hat er schon, er muß nur noch einen schwarzen Bart daran zeichnen – und Papa ist fertig. Dann sucht Kolja im Gesetzbuch nach Bildern, und Žina macht sich auf dem Tisch zu schaffen. Kommt ihr die Tischglocke unter die Augen, wird geläutet; sieht sie das Tintenfaß, muß unbedingt der Finger angefeuchtet werden. Wenn der Tischkasten nicht verschlossen ist, bedeutet das, man muß darin herumwühlen. Zu guter Letzt bilden sich beide ein, sie seien Indianer und könnten sich unter meinem Tisch großartig vor ihren Feinden verstecken. Beide kriechen unter den Tisch, schreien, kreischen und toben so lange, bis eine Lampe oder eine Vase vom Tisch fällt ... Ach! Und im Salon wandelt jetzt wohl die Amme würdevoll mit dem dritten Produkt auf und ab ... Das Produkt brüllt und brüllt ... ohne Ende!

»Auf die laufenden Konten von Kopelov, Ačkasov, Zimakovskij und Čikina«, summt der Sekretär, »wurden nicht die Zinsen ausgezahlt; der Gesamtbetrag von tausendvierhundertfünfundzwanzig Rubel einundvierzig Kopeken wurde dem Rest vom Jahre 1883 zugeschlagen ...«

Möglicherweise essen sie bei uns auch schon zu Mittag! überlegt der Verteidiger weiter. Am Tisch sitzen die Schwiegermutter, die Gattin Nadja, ihr Bruder Vasja und die Kinder ... Das Gesicht der Schwiegermutter zeigt wie gewöhnlich stumpfsinnige Besorgnis und einen Ausdruck von Würde. Nadja, schlank, schon welkend, aber noch immer mit einem idealen weißen, durchsichtigen Teint, sitzt mit einer Miene am Tisch, als habe man sie mit Gewalt zum Sitzen gezwungen; sie ißt nichts und gibt sich den Anschein, krank zu sein. Ihr Gesicht ist wie das ihrer Mutter von Sorge erfüllt. Kein Wunder! Sie muß sich um die Kinder, die Küche, die Wäsche des Mannes, die Gäste, die Motten in den Pelzen, den Empfang der Gäste und das Klavierspiel kümmern! Wie viele Verpflichtungen und wie wenig Arbeit! Nadja und ihre Mutter tun rein gar nichts. Wenn sie aus Langeweile die Blumen gießen oder mit der Köchin schimpfen, stöhnen sie noch zwei Tage danach vor Erschöpfung und sprechen von Zwangsarbeit ... Der Bruder der Gattin, Vasja, kaut und schweigt mürrisch, weil er heute in Latein eine Fünf bekommen hat. Der Junge ist still, hilfsbereit und dankbar, aber er hat einen derartigen Verschleiß an Stiefeln, Hosen und Büchern, daß man seine liebe Not hat ... Die Kinderchen benehmen sich natürlich wieder launenhaft. Sie verlangen Essig und Pfeffer, beklagen sich einer über den anderen und lassen dauernd den Löffel fallen. Schon bei dem Gedanken daran schwindelt einem! Gattin und Schwiegermutter achten streng auf den guten Ton ... Gott behüte, wenn sich jemand mit dem Ellbogen auf den Tisch stützt, wenn man das Messer in die Faust oder in den Mund nimmt oder wenn man die Speisen von rechts statt von links serviert. Alle Gerichte, sogar Schinken mit Erbsen, riechen nach Puder und Fruchtbonbon. Alles ist ohne Geschmack, widerlich süß und erbärmlich ... Keine Spur von den guten Kohlsuppen und dem Grützbrei, die ich als Junggeselle gegessen habe. Schwiegermama und Gattin sprechen die ganze Zeit französisch, nur wenn die Rede auf mich kommt, spricht die Schwiegermutter russisch, denn ein so gefühlsroher, herz- und schamloser Grobian wie ich ist nicht würdig, daß man über ihn im zärtlichen Französisch spricht ...

»Der arme Michèle wird wahrscheinlich Hunger haben«, sagt die Gattin. »Er hat heute früh nur ein Glas Tee getrunken und kein Brot dazu gegessen, und so ist er zum Gericht gelaufen ...«

»Sei unbesorgt, meine Gute!« sagt die Schwiegermutter schadenfroh. »Der hungert nicht! Sicher ist er schon fünfmal zum Büfett gerannt. Sie haben sich im Gericht ein Büfett eingerichtet, und alle fünf Minuten bitten sie den Vorsitzenden, er soll eine Pause machen.«

Nach dem Mittagessen reden Schwiegermutter und Gattin über eine Verringerung der Ausgaben ... Sie rechnen, machen Notizen und finden zu guter Letzt, daß die Ausgaben unverschämt hoch sind. Die Köchin wird geholt, sie rechnen mit ihr gemeinsam, machen ihr Vorwürfe und feilschen um jeden Sechser ... Es gibt Tränen, und giftige Worte fallen ... Dann folgt das Aufräumen der Zimmer, das Umstellen der Möbel – alles aus Langeweile.

»Der Kollegienassessor Čerepkov hat ausgesagt«, summt der Sekretär, »daß er, obwohl ihm die Quittung Nummer einundachtzig zugesandt wurde, die ihm zustehenden sechsundvierzig Rubel zwei Kopeken nicht erhalten hat, wogegen er damals auch protestiert hat ...«

Wie man auch überlegt und urteilt und alle Umstände abwägt, fährt der Verteidiger in seinen Gedanken fort, schließlich resigniert man und wünscht alle zum Teufel ... Man wird matt und verwirrt, und weil einen dieser Dunst von Langeweile und Banalität den ganzen Tag über benebelt, möchte man unwillkürlich seinem Herzen Ruhe geben, sei's auch nur für ein paar Augenblicke. Du eilst zu Nataša oder, wenn Geld vorhanden ist, zu den Zigeunern – und vergißt alles ... Ehrenwort, alles! Irgendwo weit außerhalb der Stadt, in einem separaten Kabinett, liegst du ausgestreckt auf dem Sofa, Asiaten singen, springen und lärmen, und du spürst, wie deine ganze Seele umgekrempelt wird von der Stimme dieser bezaubernden, dieser schrecklichen, tollen Zigeunerin Glaša ... Glaša! Liebe, herrliche, wunderbare Glaša! Was für Zähne, Augen ... was für ein Rücken!

Und der Sekretär summt, summt, summt ... In den Augen des Verteidigers beginnt alles zu verschwimmen und zu tanzen. Die Richter und die Beisitzer schrumpfen zusammen, das Publikum flimmert, die Saaldecke hebt und senkt sich ... Die Gedanken tanzen ebenfalls und reißen schließlich ab ... Nadja, die Schwiegermutter, die lange Nase des Gerichtsdieners, der Angeklagte, Glaša – alles tanzt, dreht sich und entschwindet weit, weit weg ...

»Schön«, flüstert der Verteidiger leise beim Einschlafen.

»Schön – du liegst auf dem Sofa, und ringsum ist es gemütlich ... warm ... Glaša singt ...«

»Herr Verteidiger!« ertönt ein scharfer Anruf.

»Schön ... warm. Weder die Schwiegermama ist da noch die Amme ... noch die Suppe, die nach Puder riecht ... Glaša ist gut und nett ...«

»Herr Verteidiger!« ertönt die gleiche scharfe Stimme noch einmal.

Der Verteidiger zuckt zusammen und öffnet die Augen. Ihn starren die schwarzen Augen der Zigeunerin Glaša an, ihre vollen Lippen lächeln, ihr schönes braunes Gesicht strahlt. Verdutzt, noch nicht völlig aufgewacht und in der Annahme, das sei ein Traum oder eine Erscheinung, erhebt er sich langsam und blickt mit offenem Mund auf die Zigeunerin.

»Herr Verteidiger, möchten Sie noch Fragen an die Zeugin stellen?« fragt der Vorsitzende.

»Ach ... ja! Das ist die Zeugin ... Nein ... nicht. Ich habe nichts.«

Der Verteidiger schüttelt den Kopf und erwacht endgültig. Jetzt ist ihm klar, daß da tatsächlich die Zigeunerin Glaša steht, daß sie als Zeugin geladen wurde.

»Übrigens, entschuldigen Sie, ich habe doch etwas zu fragen«, sagt er laut. »Zeugin«, wendet er sich an Glaša, »Sie sagen, Sie arbeiten in Kuzmičovs Zigeunerchor, wie oft hat der Angeklagte in Ihrem Restaurant gezecht? So ... Erinnern Sie sich, ob er jedesmal für sich selbst bezahlt hat oder ob es vorgekommen ist, daß auch andere für ihn bezahlt haben? Ich danke Ihnen ... das genügt.«

Er trinkt noch zwei Glas Wasser, und die Schläfrigkeit ist endgültig vorbei . . .

Der teure Hund

Leutnant Dubov, ein nicht mehr junger Armeeoffizier, und der Freiwillige Knaps saßen zusammen und tranken.

»Ein prachtvoller Hund«, sagt Dubov und zeigt Knaps seinen Hund Milka. »Ein her-vor-ragender Hund! Beachten Sie bitte die Schnauze! Was allein die Schnauze wert ist! Wenn man einen Liebhaber fände, der würde für die Schnauze allein zweihundert Rubel geben! Sie glauben das nicht? Dann verstehen Sie davon nichts . . .«

»Ich verstehe, aber . . .«

»Das ist doch ein Setter, ein reinrassiger englischer Setter! Auf dem Anstand ist er großartig, und erst die Witterung . . . der Spürsinn! Mein Gott, was für ein Spürsinn! Wissen Sie, was ich für Milka gegeben habe, als er noch ein Welpe war? Hundert Rubel! Ein wunderbarer Hund! Milka, du Schlingel, du Dummchen! Komm her, so komm doch her . . . mein Hündchen, mein Käferchen . . .«

Dubov zog Milka zu sich heran und küßte das Tier zwischen die Ohren. In seine Augen traten Tränen.

»An niemanden gebe ich dich ab . . . mein schöner Hund . . . du Räuber! Du liebst mich doch, Milka? Liebst du mich? Marsch, raus!« rief plötzlich der Leutnant. »Kletterst einfach mit deinen schmutzigen Pfoten auf meine Uniform! Ja, Knaps, hundertfünfzig Rubel habe ich für den Hund gegeben, als er Welpe war. Es hat sich aber gelohnt! Eins tut mir nur leid; ich habe keine Zeit zum Jagen! Der Hund geht ohne Arbeit zugrunde, sein Talent verkümmert . . . Darum verkaufe ich ihn auch. Kaufen Sie ihn, Knaps! Das ganze Leben werden Sie mir dankbar sein! Nun, wenn Sie nicht soviel Geld haben, lasse ich meinetwegen die Hälfte nach . . . Nehmen Sie ihn für fünfzig! Machen Sie mich arm!«

»Nein, mein Lieber . . .« Knaps seufzte. »Wäre Ihre Milka männlichen Geschlechts, hätte ich ihn vielleicht gekauft, aber so . . .«

»Milka ist nicht männlichen Geschlechts?« fragte Dubov erstaunt. »Knaps, was ist mit Ihnen los? Milka ist männlichen

... Geschlechts? Haha! Was ist er dann Ihrer Meinung nach? Eine Hündin? Haha ... Der Junge ist gut! Kann noch nicht mal einen Rüden von einer Hündin unterscheiden!«

»Sie sprechen zu mir, als sei ich blind oder ein Kind ...« antwortete Knaps gekränkt. »Natürlich ist das eine Hündin!«

»Am Ende werden Sie noch sagen, ich sei eine Dame! Ach, Knaps! Und Sie haben das Technikum absolviert! Nein, mein Lieber, das ist ein echter, reinrassiger Rüde! Einem jeden Rüden gibt er wenigstens zehn Punkte vor, und Sie sagen ... nicht männlichen Geschlechts! Haha ...«

»Entschuldigen Sie, Michail Ivanovič, aber Sie ... scheinen mich einfach für einen Dummkopf zu halten ... Das ist direkt beleidigend ...«

»Nun, Sie brauchen ja nicht, hol Sie der Teufel ... Kaufen Sie ihn eben nicht ... Man kann es Ihnen einfach nicht klarmachen! Sie sind imstande und sagen, das sei nicht der Schwanz, sondern ein Bein ... Sie brauchen nicht. Ich wollte Ihnen doch nur einen Gefallen tun. Vachrameev, Kognak!«

Der Offiziersbursche brachte Kognak. Die Freunde gossen sich jeder ein Glas ein und wurden nachdenklich. Eine halbe Stunde verging in Schweigen.

»Und wenn er schon weiblichen Geschlechts wäre ...« unterbrach der Leutnant das Schweigen und schaute mürrisch auf die Flasche. »Was ist daran Erstaunliches! Für Sie ist es sogar besser, sie wirft Ihnen junge Hunde, und jedes Hündchen bringt fünfundzwanzig Rubel ... Jeder wird gern bei Ihnen kaufen. Ich weiß nicht, warum Ihnen die Rüden so gefallen. Die Hündinnen sind tausendmal besser. Das weibliche Geschlecht ist dankbarer und anhänglicher ... Nun, wenn Sie so eine Angst vor dem weiblichen Geschlecht haben, nehmen Sie sie meinetwegen für fünfundzwanzig.«

»Nein, mein Lieber ... Keine Kopeke gebe ich. Erstens brauche ich keinen Hund, und zweitens habe ich kein Geld.«

»Das hätten Sie früher sagen sollen, Milka, scher dich weg!«

Der Bursche servierte Rühreier. Die Freunde machten sich darüber her und leerten schweigend die Bratpfanne.

»Sie sind ein guter Mensch, Knaps, so ehrlich ...« sagte der Leutnant und wischte sich den Mund ab. »Es tut mir leid, Sie so gehen zu lassen, hol's der Teufel ... Wissen Sie was? Nehmen Sie den Hund umsonst!«

»Wo soll ich denn mit ihm hin, mein Lieber?« sagte Knaps und seufzte. »Wer wird sich denn bei mir um ihn kümmern?«

»Nun, Sie brauchen nicht, Sie brauchen nicht ... Hol Sie der Teufel! Wenn Sie nicht wollen, brauchen Sie nicht ... Wohin wollen Sie denn? Bleiben Sie sitzen!«

Knaps reckte sich, stand auf und griff nach dem Hut.

»Es ist Zeit für mich, leben Sie wohl ...« sagte er gähnend.

»So warten Sie doch, ich werde Sie begleiten.«

Dubov und Knaps zogen sich an und gingen auf die Straße. Die ersten hundert Schritte legten sie schweigend zurück.

»Kennen Sie nicht jemanden, an den ich den Hund abgeben könnte?« begann der Leutnant. »Haben Sie nicht jemanden unter Ihren Bekannten? Sie haben gesehen, der Hund ist gut und reinrassig, aber ... ich brauche ihn wirklich nicht!«

»Ich weiß auch nicht, mein Lieber ... Was habe ich schon für Bekannte?«

Bis zu Knaps' Wohnung sprachen die Freunde kein einziges Wort mehr. Erst als Knaps dem Leutnant die Hand drückte und die Gartenpforte öffnete, räusperte sich Dubov und sagte zögernd:

»Wissen Sie nicht, ob die hiesigen Abdecker Hunde annehmen?«

»Wahrscheinlich nehmen sie welche ... Ich kann es nicht bestimmt sagen.«

»Ich werde ihn morgen mit Vachrameev hinschicken ... Hol ihn der Teufel, sollen sie ihm das Fell abziehen ... Ein scheußlicher Hund! Ein widerlicher Köter! Nicht genug, daß er nicht stubenrein ist, gestern hat er in der Küche das ganze Fleisch aufgefressen, der Schschschuft ... Wenn es noch ein reinrassiger wäre, aber er ist weiß der Teufel was, eine Kreuzung zwischen einem Hofhund und einem Schwein ... Gute Nacht!«

»Leben Sie wohl!« sagte Knaps. Die Gartenpforte fiel ins Schloß, und der Leutnant blieb allein.

Der Schriftsteller

Im Zimmer neben der Teehandlung des Kaufmanns Eršakov saß an einem hohen Schreibpult Eršakov selbst, ein junger, nach der letzten Mode gekleideter Mann, dessen Gesicht einen verlebten Eindruck machte, offenbar hatte er sein Leben stürmisch genossen. Nach seiner schwungvollen, verschnörkelten Handschrift, der Frisur und dem feinen Zigarrenduft zu urteilen, war ihm die europäische Zivilisation nicht fremd. Aber er strahlte noch mehr Kultur aus, als aus dem Laden ein Junge hereinkam und meldete: »Der Schriftsteller ist gekommen!«

»Ah! Ruf ihn her! Und sage ihm, er möchte seine Gummischuhe im Laden lassen.«

Nach einer Weile betrat ein grauhaariger, glatzköpfiger Alter in einem schäbigen rotbraunen Mantel leise das Zimmer. Sein Gesicht war vom Frost gerötet, und es malten sich darin Schwäche und Unsicherheit, wie sie gewöhnlich Menschen aufweisen, die, wenn auch nur wenig, so doch ständig trinken.

»Ah, habe die Ehre ...« sagte Eršakov, ohne sich nach dem Eintretenden umzudrehen. »Was gibt's Schönes, Herr Heinius?«

Eršakov warf die Wörter ›Genius‹ und ›Heine‹ durcheinander, sie verschmolzen bei ihm zu ›Heinius‹, wie er den Alten stets nannte.

»Ja, hier habe ich das Bestellte mitgebracht«, antwortete Heinius. »Es ist schon fertig ...«

»So schnell?«

»In drei Tagen, Zachar Semënyč, kann ich nicht nur einen Reklametext, sondern sogar einen Roman verfassen. Für eine Reklame genügt auch eine Stunde.«

»Nur? Und du feilschst immer, als ob du eine Jahresarbeit übernimmst. Nun, zeigen Sie mal, was Sie geschrieben haben.«

Heinius zog einige zerknitterte, mit Bleistift beschriebene Zettel aus der Tasche und trat an das Schreibpult.

»Es ist noch im unreinen, nur so in großen Zügen ...« sagte er. »Ich werde es Ihnen vorlesen, und Sie können sich einfühlen und darauf hinweisen, falls Sie einen Fehler entdecken. Irren ist menschlich, Zachar Semënyč ... Glauben Sie das? Ich habe für drei Geschäfte gleichzeitig Reklametexte geschrieben ... Auch einem Shakespeare hätte sich davon der Kopf gedreht.«

Heinius setzte die Brille auf, zog die Augenbrauen hoch und begann mit trauriger Stimme zu lesen, so als deklamiere er:

»›Saison 1885/86. Lieferant für chinesische Teesorten in alle Städte des europäischen und asiatischen Rußlands und des Auslands, S. S. Eršakov. Die Firma besteht seit 1804.‹ Diese ganze Einleitung, verstehen Sie, wird von Ornamenten umrahmt und zwischen Wappen gesetzt. Ich habe einmal für einen Kaufmann einen Reklametext verfaßt, da hat der für die Anzeige Wappen verschiedener Städte genommen. So können Sie es auch machen, und ich habe mir schon für Sie folgendes Ornament ausgedacht, Zachar Semënyč: ein Löwe mit einer Leier zwischen den Zähnen. Jetzt weiter: ›Zwei Worte an unsere Käufer. Sehr geehrte Herrschaften! Weder die politischen Ereignisse der letzten Zeit noch der kalte Indifferentismus, der immer stärker in alle Schichten unserer Gesellschaft eindringt, auch nicht die Versandung der Volga, auf die noch vor kurzem der beste Teil unserer Presse hinwies – nichts kann uns in Verlegenheit bringen. Das langjährige Bestehen unserer Firma und die Sympathien, die wir uns sichern konnten, geben uns die Möglichkeit, fest auf unserem Boden zu stehen und dem ein für allemal eingeführten System in unseren Beziehungen zu den Besitzern der Teeplantagen wie auch in der gewissenhaften Ausführung der Bestellungen treu zu bleiben. Unsere Devise ist zur Genüge bekannt. Sie findet ihren Ausdruck in den wenigen, aber vielsagenden Worten: Gewissenhaft, preiswert und prompt!‹«

»Gut! Sehr gut!« unterbrach ihn Eršakov und bewegte sich auf seinem Stuhl. »Habe gar nicht erwartet, daß Sie es so abfassen werden. Fein! Aber folgendes, lieber Freund ... man muß da noch irgendwie eine Schattierung anbringen, die Sache ein bißchen vernebeln, irgendwie, weißt du, ein Kunststück arrangieren. Wir geben hier bekannt, daß die Firma soeben eine Sendung frischer Teesorten von der ersten Frühlingslese der Saison 1885 bekommen hat. Nicht wahr? Aber man muß außerdem darauf hinweisen, daß dieser soeben eingetroffene Tee bei uns schon drei Jahre auf Lager liegt, und trotzdem muß es so aussehen, als hätten wir ihn erst in der vorigen Woche aus China erhalten.«

»Ich verstehe ... Das Publikum wird den Widerspruch gar nicht bemerken. Zu Beginn der Anzeige werden wir schreiben, wir hätten den Tee eben erst bekommen, und am Schluß sagen wir so: ›Da wir einen großen Vorrat an Tee haben, der noch nach den früheren Zolltarifen eingeführt wurde, können wir ihn ohne Schädigung unserer eigenen Interessen nach der Preisliste der letzten Jahre verkaufen ...‹ und so weiter. Nun, und auf der anderen Seite ist dann die Preisliste. Hier werden wieder Wappen und Ornamente angebracht ... Darunter in großen Buchstaben: ›Preisliste für die auserlesenen, aromatischen Teesorten der ersten Frühlingsernte aus Fučan, Kjachta und Bajcha, soeben von den neuerworbenen Plantagen eingetroffen ...‹ Weiter: ›Wir lenken die Aufmerksamkeit der wirklichen Kenner auf die Teesorten aus Lan-sin, von denen ‚Chinesisches Emblem' oder ‚Der Neid der Konkurrenten' zu drei Rubel fünfzig Kopeken größte und verdiente Wertschätzung genießen. Von den rosenduftenden Teesorten empfehlen wir besonders ‚Rose des Bogdo Khan' zu zwei Rubel und ‚Augen der Chinesin' zu einem Rubel achtzig Kopeken.‹ Nach den Preisen kommt in Petit etwas über das Auswiegen und den Versand des Tees. Hier steht auch etwas über Rabatt und Prämien. ›Die meisten unserer Konkurrenten werfen, um Käufer anzulocken, Köder in Gestalt von Prämien aus. Wir unsererseits protestieren gegen dieses empörende Vorgehen und bieten unseren Käufern nicht in Gestalt von Prämien, sondern kostenlos alle Lockspeisen, mit denen die Konkurrenten ihre Opfer bewirten. Jeder, der bei uns für mindestens fünfzig Rubel einkauft, erhält kostenlos und nach eigener Wahl eine der folgenden fünf Sachen: einen Teekessel aus englischem Metall, hundert Visitenkarten, einen Stadtplan von Moskau, eine Teebüchse in Gestalt einer nackten Chinesin oder das Buch ‚Der Bräutigam ist erstaunt oder Die Braut unter dem Trog – Erzählung eines frivolen Spaßvogels'.‹«

Nachdem Heinius zu Ende gelesen und einige Korrekturen vorgenommen hatte, schrieb er den Reklametext ins reine und überreichte ihn Eršakov. Hierauf trat Schweigen ein ... Beide verspürten Unbehagen, als hätten sie irgendeine Gemeinheit begangen.

»Kann ich das Geld für die Arbeit gleich bekommen oder später?« fragte Heinius unschlüssig.

»Wenn Sie wollen, können Sie es auch gleich haben ...« antwortete Eršakov nachlässig. »Geh in den Laden und nimm dir für fünf Rubel fünfzig, was du willst.«

»Ich möchte gern Geld, Zachar Semënyč.«

»Ich habe nicht die Gewohnheit, bar zu zahlen. Ich bezahle alle mit Tee und Zucker: Sie wie die Chorsänger, wo ich der Älteste bin, und auch die Hausknechte. Da gibt es weniger Betrunkene.«

»Kann man denn meine Arbeit, Zachar Semënyč, der von Hausknechten und Chorsängern gleichstellen? Ich leiste geistige Arbeit.«

»Was ist das schon für eine Arbeit! Hast dich hingesetzt und geschrieben, das ist alles. Geschriebenes kann man nicht aufessen und auch nicht trinken ... ist doch nicht der Rede wert.«

»Hm ... Wie Sie über das Schreiben urteilen«, erwiderte Heinius beleidigt. »Man kann es nicht aufessen und nicht trinken. Sie verstehen aber nicht, daß ich vielleicht seelisch gelitten habe, als ich diesen Reklametext verfaßte. Man schreibt und fühlt dabei, daß man ganz Rußland hinters Licht führt. Geben Sie mir Geld, Zachar Semënyč!«

»Ich habe es satt, mein Lieber. Es ist nicht schön, so aufdringlich zu sein.«

»Nun, meinetwegen! Dann nehme ich Puderzucker. Ihre Burschen werden ihn für acht Kopeken das Pfund von mir zurücknehmen. Bei dieser Transaktion werde ich etwa vierzig Kopeken einbüßen, aber was soll man tun! Leben Sie wohl!«

Heinius machte kehrt und ging, blieb aber in der Tür stehen, seufzte und sagte mißmutig:

»Ich betrüge Rußland! Ganz Rußland! Für ein Stück Brot betrüge ich das Vaterland! Ach!«

Und er ging hinaus. Eršakov zündete sich eine Havanna an, und in seinem Zimmer roch es noch stärker nach einem kultivierten Menschen.

Zu dick aufgetragen

Der Landmesser Gleb Gavrilovič Smirnov war auf der Station Gniluški angekommen. Bis zu dem Gutshof, wohin er zur Feldvermessung bestellt war, mußte er noch dreißig bis vierzig Verst mit dem Wagen fahren. (Wenn der Kutscher nicht betrunken ist und die Pferde keine Schindmähren sind, dann dürften es keine dreißig Verst sein, wenn aber der Kutscher einen Schwips hat und die Pferde erschöpft sind, dann können es sogar fünfzig werden.)

»Sagen Sie bitte, wo kann ich hier Postpferde bekommen?« wandte sich der Landmesser an den Stationsgendarmen.

»Was für welche? Postpferde? Hier findet man im Umkreis von hundert Verst keinen anständigen Hund, geschweige denn Postpferde ... Aber wohin wollen Sie überhaupt fahren?«

»Nach Devkino, auf das Gut des Generals Chochotov.«

»Was ist das schon?« Der Gendarm gähnte. »Gehen Sie hinter die Station, dort stehen auf dem Hof manchmal Bauern, die Fahrgäste befördern.«

Der Landmesser seufzte und begab sich hinter die Station. Nach langem Suchen, langem Hin und Her und einigem Schwanken fand er dort schließlich einen sehr kräftigen Bauern mit einem finsteren, pockennarbigen Gesicht, der einen zerrissenen Rock und Bastschuhe trug.

»Weiß der Teufel, was du für einen Wagen hast!« schimpfte der Landmesser und verzog das Gesicht, als er in den Wagen kletterte. »Man kann gar nicht feststellen, wo hier hinten und wo vorne ist ...«

»Was gibt's hier festzustellen? Wo der Pferdeschwanz ist, da ist vorne, und wo Euer Gnaden sitzt, da ist hinten ...«

Das Pferdchen war jung, aber dürr, es hatte nach außen stehende Beine und zerbissene Ohren. Als der Kutscher aufgestiegen war und ihm mit der Leine einen Hieb versetzte, wackelte es nur mit dem Kopf; als er ihm aber schimpfend einen zweiten Hieb versetzte, kreischte der Wagen und zitterte wie im Fieber. Nach dem dritten Hieb schaukelte der Wagen, nach dem vierten setzte er sich in Bewegung.

»Werden wir den ganzen Weg so fahren?« fragte der Landmesser, als er ein starkes Rütteln verspürte. Er staunte über die Fähigkeit der russischen Kutscher, eine ruhige Fahrt im Schneckentempo mit einem Rütteln zu verbinden, das einem die Seele aus dem Leib trieb.

»Wir werden schon hinkommen«, beruhigte ihn der Kutscher. »Die Stute ist jung und flink ... Laß sie erst mal loslaufen, dann kann man sie nicht mehr zum Stehen bringen ... Looos, Verfluch ... te!«

Als der Wagen die Station verließ, brach schon die Dämmerung herein. Rechts von dem Landmesser breitete sich eine dunkle frosterstarrte Ebene aus, ohne Grenze und Ende. Wenn man da entlangfährt, kommt man bestimmt dorthin, wo sich die Füchse gute Nacht sagen. Am Horizont, wo die Ebene verschwand und mit dem Himmel zusammenfloß, brannte träge die kalte herbstliche Abendröte ... Links vom Weg ragten in der dunkel werdenden Luft irgendwelche Erhöhungen auf, entweder vorjährige Schober oder ein Dorf. Was vorn los war, konnte der Landmesser nicht sehen, weil der breite, plumpe Rücken des

Kutschers ihm die Sicht versperrte. Es war still, aber kalt und frostig.

Ist das hier eine Einöde, dachte der Landmesser und versuchte den Mantelkragen über die Ohren zu ziehen. Weder Haus noch Hof. Unversehens kann man hier überfallen und beraubt werden, und keiner würde etwas davon erfahren, selbst wenn man aus Kanonen schösse ... Und der Kutscher ist auch unzuverlässig ... Sieh mal, was für einen breiten Rücken er hat! Wenn so ein Naturbursche einen mit dem Finger antippt, gibt man seinen Geist auf! Und seine Fresse ist brutal und verdächtig.

»He, mein Lieber«, fragte der Landmesser, »wie heißt du?«

»Ich? Klim.«

»Na, Klim, wie ist es hier bei euch? Ist es nicht gefährlich? Kommen hier keine Überfälle vor?«

»Nein, Gott ist uns gnädig ... Wer soll hier schon solche Dummheiten machen?«

»Das ist gut, daß man keine solche Dummheiten macht. Aber für alle Fälle habe ich doch drei Pistolen mitgenommen«, log der Landmesser. »Und mit einer Pistole ist schlecht zu spaßen. Da kann man sogar mit zehn Räubern fertig werden ...«

Es wurde dunkel. Der Wagen begann plötzlich zu knarren, er kreischte und zitterte und machte unwillkürlich eine Wendung nach links.

Wohin fährt er mich? dachte der Landmesser. Er fuhr doch immer geradeaus, und auf einmal geht's nach links. Zu guter Letzt wird mich der Schurke noch in irgendeinen Schlupfwinkel schleppen und ... und ... Es gibt solche Fälle! – »Hör mal«, wandte er sich an den Kutscher. »Du sagst also, hier sei es nicht gefährlich? Schade ... Ich schlage mich gern mit Räubern ... Dem Aussehen nach bin ich hager und kränklich, aber Kräfte habe ich wie ein Bulle ... Einmal haben mich drei Räuber überfallen ... Und was meinst du? Dem einen habe ich so einen Hieb versetzt, daß ... daß er, verstehst du, seinen Geist aufgegeben hat, und die beiden anderen sind meinetwegen nach Sibirien gekommen, zur Zwangsarbeit. Wo ich diese Kraft herhabe, weiß ich nicht ... Mit einer Hand packe ich so einen stämmigen Kerl wie dich, und ... und mache ihn fertig.«

Klim sah sich nach dem Landmesser um, er zuckte mit dem ganzen Gesicht und hieb auf das Pferdchen ein.

»Ja, mein Lieber ...« fuhr der Landmesser fort. »Gott

bewahre jeden, sich mit mir einzulassen. Nicht genug, daß der Räuber ohne Hände und ohne Beine bleibt, er muß sich noch vor dem Gericht verantworten ... Ich bin mit allen Richtern und Polizeichefs bekannt. Ich bin eine Staatsperson, ein wichtiger Mann. Ich fahre hier lang, aber die Obrigkeit weiß das ... Man paßt auf, daß mir niemand etwas Böses antut. Überall längs des Weges, hinter den Büschen stecken Landpolizisten und Kommissare ... Wa ... wa ... warte mal!« schrie der Landmesser. »Wohin willst du denn? Wohin fährst du mich?«

»Sehen Sie denn nicht? Es ist ein Wald!«

Tatsächlich, ein Wald ... überlegte der Landmesser. Und ich habe mich so erschrocken! Man soll aber seine Aufregung nicht zeigen ... Er hat schon gemerkt, daß ich mich fürchte. Warum dreht er sich so oft nach mir um? Wahrscheinlich führt er etwas im Schilde ... Erst ist er ganz langsam gefahren, ein Bein vors andere, und jetzt, sieh mal an, wie der dahinjagt!

»Hör mal, Klim, wozu treibst du das Pferd so?«

»Ich treibe es doch nicht. Es ist von selbst losgerannt... Wenn es erst einmal rennt, kann man es auf keine Weise zum Stehen bringen ... Und selbst ist es auch nicht froh, daß es solche Beine hat.«

»Du lügst, mein Lieber! Ich sehe, du lügst! Ich rate dir aber, nicht so schnell zu fahren. Halt mal das Pferd ein bißchen zurück ... Hörst du? Fahr langsamer!«

»Wozu?«

»Weil ... weil mir von der Station vier Kameraden nachkommen. Sie sollen uns einholen ... Sie haben versprochen, mich in diesem Wald einzuholen ... Mit ihnen wird das Fahren mehr Spaß machen ... Es sind gesunde, kräftige Leute ... jeder von ihnen hat eine Pistole ... Was schaust du dich immer um und bewegst dich, als säßest du auf Nadeln? Was? Ich, mein Lieber, sozusagen ... nämlich ... Nach mir brauchst du dich nicht umzuschauen ... bei mir gibt es nichts Interessantes ... es sei denn die Pistolen ... Bitte, wenn du willst, hole ich sie raus und zeige sie dir ... Bitte ...«

Der Landmesser gab sich den Anschein, als wühle er in seinen Taschen, und da geschah etwas, was er bei all seiner Feigheit nie erwartet hätte. Klim ließ sich plötzlich aus dem Wagen fallen und lief auf allen vieren ins Gebüsch.

»Hilfe!« schrie er. »Hilfe! Nimm das Pferd und den Wagen, du verfluchter Satan, nur laß mich am Leben! Hilfe!«

Man hörte schnelle, sich entfernende Schritte, das Knacken von Reisig, und alles war still ... Der Landmesser, der eine solche Wendung nicht erwartet hatte, brachte zunächst das Pferd zum Stehen, dann machte er es sich auf dem Wagen bequem und überlegte.

Er ist weggelaufen ... hat Angst bekommen, der Dummkopf ... Nun, was soll ich jetzt machen? Allein kann ich nicht weiterfahren, weil ich den Weg nicht kenne, und man könnte auch denken, ich hätte ihm das Pferd gestohlen. Was soll ich machen?

»Klim! Klim!«

»Klim ...!« antwortete das Echo.

Bei dem Gedanken, er könnte gezwungen sein, die ganze Nacht in dem dunklen Wald und in der Kälte zu verbringen und nichts als das Heulen der Wölfe, das Echo und das Schnauben der hageren Stute zu hören, lief es dem Landmesser eiskalt über den Rücken.

»Klimuška!« schrie er. »Mein Liebster! Wo bist du, Klimuška?«

Zwei Stunden lang schrie der Landmesser, und erst nachdem er heiser geworden war und sich mit dem Gedanken abgefunden hatte, im Wald zu übernachten, trug der schwache Wind ein Stöhnen zu ihm herüber.

»Klim! Bist du das, mein Lieber? Laß uns weiterfahren!«

»Du wirst mich tö ... töten!«

»Ich habe doch nur Spaß gemacht, mein Lieber! Gott strafe mich, ich habe gescherzt! Wo habe ich denn Pistolen bei mir! Ich habe nur aus Angst gelogen! Sei so gut, laß uns weiterfahren! Ich friere!«

Klim, der wahrscheinlich kapiert hatte, daß ein wirklicher Räuber schon längst mit Pferd und Wagen über alle Berge wäre, kam aus dem Wald und ging unentschlossen auf seinen Fahrgast zu.

»Nun, wovor hast du Narr dich erschreckt? Ich ... ich habe Spaß gemacht, und du hast Angst bekommen ... Setz dich!«

»Gott mit dir, Herr«, brummte Klim und kletterte auf den Wagen. »Wenn ich das gewußt hätte, nicht für hundert Rubel hätte ich dich gefahren. Ich bin vor Angst beinahe gestorben ...«

Klim hieb auf das Pferdchen ein. Der Wagen zitterte. Klim hieb noch einmal mit der Peitsche, und der Wagen schwankte. Nach dem vierten Hieb, als der Wagen sich vom Platz rührte, zog der Landmesser den Kragen über die Ohren und sann vor sich hin. Der Weg und Klim schienen ihm nicht mehr gefährlich.

Im Alter

Der Architekt und Staatsrat Uzelkov traf in seiner Heimatstadt ein, in die man ihn zur Restaurierung der Friedhofskirche gerufen hatte. In dieser Stadt war er geboren, hier hatte er die Schule besucht, hier war er groß geworden und hatte geheiratet. Als er aber aus dem Abteil stieg, erkannte er sie kaum wieder. Alles hatte sich verändert ... Vor achtzehn Jahren, als er nach Petersburg übersiedelte, fingen zum Beispiel auf dem Platz, wo jetzt der Bahnhof stand, die Jungen Zieselmäuse. Jetzt erhob sich an der Einfahrt in die Hauptstraße das vierstöckige Hotel ›Wien‹, damals zog sich hier ein gräßlicher grauer Zaun entlang. Doch es waren nicht die Zäune und nicht die Häuser – die Menschen hatten sich so sehr verändert. Von dem Hoteldiener, den er befragte, erfuhr Uzelkov, daß mehr als die Hälfte der Menschen, an die er sich erinnern konnte, verstorben, verarmt oder vergessen war.

»Aber an Uzelkov erinnerst du dich?« fragte er den alten Diener nach sich selbst. »Uzelkov, den Architekten, der sich von seiner Frau scheiden ließ ... Er hatte ein Haus in der Svirebeevskaja-Straße ... Sicherlich erinnerst du dich!«

»Kann mich nicht entsinnen ...«

»Nun, wie kann man das vergessen! Es war eine aufsehenerregende Geschichte, sogar die Droschkenkutscher wußten alle davon. Denk mal nach! Seine Scheidung von der Frau hatte der Anwalt Šapkin geregelt, ein Gauner ... ein bekannter Falschspieler, derselbe, den man im Klub verprügelte ...«

»Ivan Nikolaič?«

»Nun ja, ja ... Lebt er noch, oder ist er gestorben?«

»Er lebt noch, Gott sei Dank! Er ist jetzt Notar und hat sein Büro. Es geht ihm gut. Hat zwei Häuser in der Kirpičnaja-Straße. Vor kurzem hat er seine Tochter verheiratet ...«

Uzelkov schritt eine Weile von einer Ecke in die andere, überlegte und entschloß sich, aus Langeweile Šapkin zu besuchen. Als er das Hotel verließ und langsam zur Kirpičnaja-Straße schlenderte, war es Mittag. Er traf Šapkin im Büro an und erkannte ihn kaum wieder. Aus dem einst schlanken, gewandten Anwalt mit der lebhaften, frechen Schnapsphysiognomie war ein bescheidener, grauhaariger, kränklicher Greis geworden.

»Sie erkennen mich wohl nicht, haben mich vergessen ...« begann Uzelkov. »Ich bin Ihr früherer Klient Uzelkov ...«

»Uzelkov? Was für ein Uzelkov? Ach ja!«

Šapkin entsann sich, erkannte ihn und war ganz verblüfft. Es hagelte Ausrufe, Fragen, Erinnerungen wurden ausgetauscht.

»Das habe ich nicht erwartet! Das habe ich nicht gedacht!« gackerte Šapkin. »Was darf ich Ihnen anbieten? Wollen Sie Champagner? Vielleicht mögen Sie Austern? Mein Lieber, ich habe Ihnen seinerzeit soviel Geld abgeknöpft, daß ich jetzt gar nicht weiß, wie ich Sie bewirten soll ...«

»Bitte bemühen Sie sich nicht«, sagte Uzelkov. »Ich habe keine Zeit, ich muß gleich zum Friedhof fahren und die Kirche besichtigen. Ich habe einen Auftrag angenommen.«

»Ausgezeichnet! Wir nehmen einen Imbiß, trinken etwas dazu und fahren dann gemeinsam. Ich habe ausgezeichnete Pferde! Ich werde Sie hinbringen und mit dem Kirchenältesten bekannt machen ... ich regle alles ... Aber was haben Sie, mein Lieber, Sie scheinen mir ja auszuweichen und Angst vor mir zu haben? Rücken Sie doch näher zu mir heran. Jetzt braucht man mich nicht mehr zu fürchten ... Hehe ... Früher war ich tatsächlich ein fixer Kerl, ein geriebener Bursche ... niemand durfte mir zu nahe treten, aber jetzt bin ich klein und häßlich geworden; bin gealtert, habe Familie ... Kinder. Es ist Zeit zum Sterben.«

Die Freunde nahmen einen Imbiß, tranken etwas dazu und fuhren mit einem Zweispänner zu dem vor der Stadt gelegenen Friedhof.

»Ja, das waren noch Zeiten!« sagte Šapkin, in Erinnerungen schwelgend, als er im Schlitten saß. »Wenn man daran denkt, glaubt man es einfach nicht mehr. Entsinnen Sie sich noch, wie Sie sich von Ihrer Frau scheiden ließen? Es ist schon fast zwanzig Jahre her, und Sie haben wohl alles vergessen, aber ich entsinne mich, als hätte ich Sie gestern erst geschieden. Mein Gott, wieviel böses Blut habe ich damals gemacht! Ich war ein geriebener Bursche, ein Kasuist, ein Rechtsverdreher, ein tollkühner Kopf ... So riß ich mich immer nach ungewöhnlichen Fällen, besonders wenn das Honorar gut war, wie zum Beispiel in

Ihrem Prozeß. Was haben Sie mir damals gezahlt? Fünf- oder sechstausend! Nun, wie soll man da kein böses Blut machen? Sie verreisten nach Petersburg und überließen mir die ganze Sache: Mach, wie du denkst! Aber Ihre verstorbene Gattin, Sofja Michajlovna, wenn sie auch aus einer Kaufmannsfamilie stammte, war doch stolz und empfindlich. Sie zu bestechen, damit sie die Schuld auf sich nahm, war schwer ... furchtbar schwer! Ich ging damals öfter zu ihr, zu Besprechungen, aber wenn sie mich sah, rief sie immer dem Dienstmädchen zu: ›Maša, ich habe dir doch befohlen, keine Lumpen zu empfangen!‹ Ich habe es auf jede mögliche Weise versucht ... habe ihr Briefe geschrieben und es darauf angelegt, sie unverhofft zu treffen – es war nichts zu machen! Ich mußte durch eine dritte Person verhandeln. Lange machte sie mir zu schaffen, und erst als Sie sich bereit erklärten, ihr zehntausend Rubel zu geben, willigte sie ein ... Vor den zehntausend kapitulierte sie, da konnte sie nicht widerstehen ... Sie begann zu weinen, spuckte mir ins Gesicht, aber sie war einverstanden und nahm die Schuld auf sich!«

»Sie hat, glaube ich, von mir nicht zehn-, sondern fünfzehntausend bekommen«, sagte Uzelkov.

»Ja, ja ... fünfzehn, ich habe mich geirrt«, erwiderte Šapkin verlegen. »Übrigens ist die Sache verjährt, und eine Sünde soll man bekennen. Ich habe ihr zehn gegeben, die restlichen fünf habe ich in meine eigene Tasche gesteckt. Habe euch beide betrogen ... Die Sache ist verjährt, man braucht sich nicht mehr zu schämen ... Und von wem hätte ich es nehmen sollen, Boris Petrovič, wenn nicht von Ihnen, urteilen Sie selbst ... Sie waren ein reicher, saturierter Mann ... Aus Übermut haben Sie geheiratet, aus Übermut ließen Sie sich scheiden. Verdient haben Sie eine Unmenge ... Ich entsinne mich, bei einem Auftrag haben Sie allein zwanzigtausend eingesteckt. Von wem sollte man es da nehmen, wenn nicht von Ihnen? Und auch der Neid plagte mich, offen gesagt ... Wenn Sie was schnappten, zog man vor Ihnen den Hut, mich aber pflegte man wegen ein paar Rubel zu prügeln und im Klub zu ohrfeigen ... Nun, warum sich daran erinnern! Es ist nun an der Zeit, es zu vergessen.«

»Sagen Sie bitte, wie lebte denn Sofja Michajlovna danach?«

»Mit den zehntausend? Schlechtissime ... Weiß Gott, ob sie solch eine Leidenschaft ergriffen hatte oder ob das Gewissen und der Stolz sie so quälten, weil sie sich für Geld verkauft hatte, oder ob sie Sie vielleicht liebte, sie begann, wissen Sie, zu trinken. Als sie das Geld bekommen hatte, fuhr sie mit Offizieren in Trojkas aus. Trunksucht, Bummelei, Sittenlosigkeit ... Kam sie mit Offizieren in ein Lokal, trank sie nicht Portwein oder etwas Leichtes, sondern Kognak, es sollte brennen und sie berauschen.«

»Ja, sie war exzentrisch ... Ich habe mit ihr viel durchgemacht. Sie hat sich oft beleidigt gefühlt, dann gingen ihr die Nerven durch ... Und was war später?«

»So verging eine Woche und noch eine ... Ich sitze einmal bei mir zu Hause und kritzele irgend etwas. Plötzlich geht die Tür auf, und sie kommt herein ... betrunken. ›Nehmen Sie‹, sagt sie, ›Ihr verdammtes Geld zurück!‹ und wirft mir das Päckchen ins Gesicht. Sie hat es also nicht ausgehalten. Ich sammelte das Geld auf und zählte es ... Es fehlten nur fünfhundert. Nur fünfhundert hatte sie also verjubeln können.«

»Wo haben Sie das Geld gelassen?«

»Eine verjährte Sache braucht man nicht zu verheimlichen ... Für mich habe ich es genommen. Warum sehen Sie mich so an? Warten Sie, was noch kommt ... Ein ganzer Roman, die reine Psychiatrie! Nach etwa zwei Monaten komme ich einmal nachts nach Hause, betrunken, in scheußlicher Verfassung ... Ich zünde das Licht an und sehe, auf meinem Sofa sitzt Sofja Michajlovna, auch betrunken, ganz außer Rand und Band, wie eine Wilde, wie aus einem Tollhaus entsprungen ... ›Geben Sie mir‹, sagt sie, ›mein Geld zurück, ich habe es mir überlegt. Wenn man fällt, dann soll man auch fallen, wie es sich gehört, ganz tief! Machen Sie schnell, Sie Schuft, und geben Sie mir das Geld!‹ Eine schlimme Geschichte!«

»Und Sie haben ... es ihr gegeben?«

»Ich habe ihr, wie ich mich entsinne, zehn Rubel gegeben ...«

»Ach! Wie konnten Sie nur?« sagte Uzelkov und verzog sein Gesicht. »Wenn Sie selbst es ihr nicht geben konnten oder wollten, hätten Sie mir doch schreiben sollen ... Und ich wußte nichts davon! Was? Und ich wußte nichts davon!«

»Mein Lieber, wozu sollte ich schreiben, wenn sie Ihnen selbst geschrieben hat, als sie später im Krankenhaus lag?«

»Übrigens war ich damals so mit meiner neuen Ehe beschäftigt, so durcheinander, daß ich für Briefe keinen Sinn hatte ... Aber Sie als Privatmann haben doch für Sofja keine Antipathie empfunden, warum haben Sie ihr nicht die Hand gereicht?«

»Mit dem heutigen Maßstab kann man da nicht messen, Boris Petrovič. Jetzt denken wir so, aber damals haben wir ganz anders gedacht ... Jetzt würde ich ihr vielleicht auch tausend Rubel geben, aber damals habe ich auch jene zehn ... nicht umsonst gegeben ... Eine häßliche Geschichte! Man muß es vergessen ... Aber wir sind da ...«

Der Schlitten hielt vor dem Friedhofstor. Uzelkov und Šapkin kletterten heraus, gingen durch das Tor und schritten dann durch eine lange, breite Allee. Die kahlen Kirschbäume und Akazien, die grauen Grabkreuze und Denkmäler schimmerten im Rauhreif wie Silber. In jedem Schneekristall spiegelte sich der klare sonnige Tag. Es roch, wie es auf allen Friedhöfen riecht: nach Weihrauch und frisch aufgegrabener Erde ...

»Einen hübschen Friedhof haben wir«, sagte Uzelkov. »Ein richtiger Garten!«

»Ja, aber leider stehlen Diebe die Denkmäler ... Und dort, hinter dem gußeisernen Denkmal rechts, liegt Sofja Michajlovna begraben. Wollen Sie sich's ansehen?«

Die Freunde wandten sich nach rechts und stapften durch den tiefen Schnee zu dem gußeisernen Denkmal.

»Das hier ist es ...« sagte Šapkin und zeigte auf einen kleinen Grabstein aus weißem Marmor. »Irgendein Fähnrich hat das Denkmal auf ihr Grab gesetzt.«

Uzelkov nahm langsam die Mütze ab und zeigte der Sonne seine Glatze. Šapkin sah ihn an und nahm ebenfalls die Mütze ab, und eine zweite Glatze glänzte in der Sonne. Ringsum herrschte eine Grabesstille, als sei auch die Luft tot. Die Freunde sahen sich das Denkmal an, schwiegen und dachten nach.

»Da ruht sie nun«, mit diesen Worten unterbrach Šapkin das Schweigen. »Und es kümmert sie nicht mehr, daß sie die Schuld auf sich genommen und Kognak getrunken hat. Gestehen Sie es nur, Boris Petrovič.«

»Was?« fragte Uzelkov mürrisch.

»Nun das ... Wenn auch die Vergangenheit widerlich war, so war sie doch besser als das hier.«

Und Šapkin zeigte auf sein graues Haar.

»Früher habe ich auch nicht an die Sterbestunde gedacht ... Wäre ich dem Tod begegnet, so hätte ich ihm wahrscheinlich zehn Punkte vorgegeben, aber jetzt ... Nun, lassen wir das.«

Uzelkov wurde von Schwermut übermannt. Er wollte plötzlich weinen, leidenschaftlich, so wie er einst das Bedürfnis hatte zu lieben. Und er fühlte, daß dieses Weinen für ihn gut und erfrischend wäre. Die Augen wurden ihm feucht, und seine Kehle schnürte sich zusammen, aber ... neben ihm stand Šapkin, und Uzelkov schämte sich, vor einem Zeugen kleinmütig zu sein. Er wandte sich plötzlich um und ging zur Kirche.

Erst zwei Stunden später, nachdem er mit dem Kirchenältesten verhandelt und die Kirche besichtigt hatte, paßte er, als Šapkin sich mit dem Priester unterhielt, einen Augenblick ab und lief weg, um zu weinen ... Er schlich sich heimlich wie ein Dieb zu dem Denkmal und drehte sich dabei jeden Augenblick um. Das kleine weiße Grabmal sah ihn nachdenklich, traurig und so unschuldig an, als läge darunter ein Mädchen und keine lasterhafte geschiedene Frau.

Weinen, weinen! dachte Uzelkov.

Aber der Augenblick zum Weinen war schon vorbei. Sosehr auch der Alte mit den Augen blinzelte, sosehr er sich darauf einstellte, die Tränen wollten nicht fließen, die Kehle schnürte sich nicht mehr zusammen ... Nachdem Uzelkov etwa zehn Minuten so gestanden hatte, winkte er resigniert ab und ging Šapkin suchen.

Das Unglück

Der Drechsler Grigorij Petrov, der von jeher im ganzen Amtsbezirk von Galčino als ausgezeichneter Meister, gleichzeitig aber auch als der unsolideste Bauer bekannt ist, bringt seine kranke, alte Frau in das Landkrankenhaus. Er muß an die dreißig Verst fahren, und dabei ist der Weg so entsetzlich, daß ein fiskalischer Postkutscher ihn nicht bewältigen würde, schon gar nicht ein Faulenzer wie der Drechsler Grigorij. Ein scharfer, kalter Wind peitscht ihm ins Gesicht. In der Luft wirbeln, wohin man auch sieht, ganze Wolken von Schneeflocken, so daß man nicht feststellen kann, ob der Schnee vom Himmel oder von der Erde kommt. Durch den Schneevorhang sind weder das Feld noch die Telegraphenmasten noch der Wald zu sehen, und wenn Grigorij ein besonders starker Windstoß entgegenbraust, dann sieht er nicht einmal mehr das Krummholz. Die altersschwache kraftlose Stute schleppt sich mühsam dahin. Mit letzter Energie zieht sie immer wieder die Beine aus dem tiefen Schnee und zuckt mit dem Kopf. Der Drechsler hat es eilig. Er rutscht unruhig auf dem Kutschersitz hin und her, und immer wieder schlägt er mit der Peitsche auf den Rücken des Pferdes.

»Weine doch nicht, Matrëna ...« brummt er. »Gedulde dich noch ein bißchen. So Gott will, kommen wir noch im Krankenhaus an, und im Nu wirst du ... Pavel Ivanyč wird dir Tropfen geben, oder er wird befehlen, dich zur Ader zu lassen, oder er wird die Güte haben, dich mit Spiritus einzureiben, es wird dann sozusagen ... den Schmerz von der Seite abziehen. Pavel Ivanyč wird sich Mühe geben ... Er wird ein bißchen schreien und mit den Füßen stampfen, aber er wird sich schon Mühe geben ... Ein netter Herr ist er, so liebenswürdig, Gott gebe ihm Gesundheit ... Gleich wenn wir da sind, kommt er aus seiner Wohnung gelaufen und hat es mit dem Teufel. ›Wie? Was ist los?‹ wird er schreien. ›Warum bist du nicht rechtzeitig gekommen? Bin ich denn irgendein Hund, daß ich mich den ganzen Tag mit euch Teufeln herumplagen muß? Warum bist du nicht am Morgen gekommen? Raus! Ich will dich nicht sehen. Komm morgen wieder!‹ Und ich werde sagen: ›Herr Doktor! Pavel Ivanyč! Euer Hochwohlgeboren!‹ Lauf doch schon, hol dich der Kuckuck! Hü!«

Der Drechsler gibt dem Pferdchen die Peitsche, und ohne die alte Frau anzusehen, brummt er vor sich hin: »›Euer Hochwohlgeboren! Wahrhaftig, bei Gott ... bei dem heiligen Kreuz, ich bin vor Tagesanbruch losgefahren. Wie kann man rechtzeitig herkommmen, wenn der Herrgott ... die Mutter Gottes ... sich erzürnt und uns so einen Schneesturm geschickt hat? Belieben selbst zu sehen ... Ein edleres Pferd würde das auch nicht schaffen, und das ist doch kein Pferd, belieben selbst zu sehen, sondern eine Schindmähre!‹ Aber Pavel Ivanyč wird finster dreinschauen und schreien: ›Wir kennen euch! Ihr findet immer eine Entschuldigung! Besonders du, Griška! Ich kenne dich schon! Bist bestimmt fünfmal eingekehrt!‹ Aber ich sage zu ihm: ›Euer Hochwohlgeboren, bin ich denn irgendein Bösewicht oder Heide? Die Alte gibt ihren Geist auf, sie stirbt, da renne ich doch nicht in die Kneipen! Was denken Sie, ich bitte Sie! Der Kuckuck soll die Kneipen holen!‹ Dann wird Pavel Ivanyč befehlen, dich ins Krankenhaus zu tragen. Und ich falle ihm zu Füßen ... ›Pavel Ivanyč! Euer Hochwohlgeboren! Wir danken

Ihnen ganz ergebenst! Verzeihen Sie uns Dummköpfen, uns Nichtswürdigen, nehmen Sie es uns Bauern nicht übel! Man müßte uns hochkant rausschmeißen, und Sie belieben sich noch die Mühe zu machen, Ihre Füße mit Schnee zu beschmieren!‹ Und Pavel Ivanyč wird mich ansehen, als ob er losschlagen möchte, und wird sagen: ›Statt dich nur zu Füßen zu stürzen, hättest du Dummkopf besser keinen Vodka saufen und deine Alte bemitleiden sollen. Prügeln müßte man dich!‹ – ›Wahrhaftig, prügeln, Pavel Ivanyč, straf mich Gott, prügeln! Aber vor wem sollten wir uns denn bis zur Erde verbeugen, wenn nicht vor euch, unseren Wohltätern, unseren lieben Vätern? Euer Hochwohlgeboren! So wahr ich hier stehe ... so wie vor Gott ... spucken Sie mir in die Augen, wenn ich Sie übers Ohr haue: Wenn meine Matrëna hier gesund wird und wieder auf die Beine kommt, werde ich alles, was Sie zu befehlen geruhen, für Euer Gnaden machen. Ein Zigarettenetui aus karelischer Birke, wenn Sie wünschen ... Kugeln für das Krocket und Kegel, alles kann ich drechseln wie die Ausländischen ... ich mache alles für Sie! Keine Kopeke nehme ich von Ihnen! In Moskau würde man von Ihnen für so ein Zigarettenetui vier Rubel verlangen, aber ich keine Kopeke.‹ Der Doktor wird lachen und sagen: ›Schon gut, schon gut ... Ich merke es! Es ist nur bedauerlich, daß du ein Säufer bist ...‹ Ich weiß schon, liebe Alte, wie man mit Herrschaften reden muß. Es gibt keinen Herrn, mit dem ich nicht reden könnte. Gott gebe nur, daß wir nicht vom Wege abkommen. Sieh mal, wie es stöbert! Meine Augen sind schon ganz verklebt.«

Und der Drechsler brabbelt ohne Ende. Er plappert mechanisch vor sich hin, um sein ungutes Gefühl wenigstens etwas zu betäuben. Viele Worte hat er auf der Zunge, aber noch mehr Gedanken und Fragen im Kopf. Das Unglück hat den Drechsler überrascht, ganz unvermutet, und jetzt kann er sich gar nicht zurechtfinden und die Sache begreifen. Er hat bis jetzt ungestört und ruhig in dem halbohnmächtigen Zustand der Trunkenheit dahingelebt, hat weder Kummer noch Freuden gekannt, und nun verspürt er plötzlich im Herzen einen furchtbaren Schmerz. Der sorglose Faulpelz und Trunkenbold ist auf einmal in die Lage eines beschäftigten, besorgten, vorwärts eilenden und mit der Natur kämpfenden Menschen versetzt.

Der Drechsler entsinnt sich, daß das Unglück am gestrigen

Abend begonnen hat. Als er gestern abend nach Hause zurückkehrte, wie immer betrunken, und nach alter Gewohnheit schimpfen und mit den Fäusten fuchteln wollte, da sah die Alte ihren Raufbold an, wie sie ihn noch niemals angesehen hatte. Gewöhnlich war der Ausdruck ihrer greisen Augen märtyrerhaft, sanft, wie bei Hunden, die viel geschlagen und schlecht gefüttert werden. Jetzt aber blickte sie ihn streng und starr an, wie die Heiligen auf den Ikonen oder die Sterbenden blicken. Mit diesem eigenartigen, unangenehmen Blick begann auch das Unglück. Der kopflos gewordene Drechsler bat sich beim Nachbarn ein Pferdchen aus, und nun bringt er die alte Frau ins Krankenhaus, in der Hoffnung, daß Pavel Ivanyč der Alten mit Pulvern und Salben ihren früheren Blick zurückgeben wird.

»Du, Matrëna, hör mal ...« murmelte er. »Wenn Pavel Ivanyč dich fragt, ob ich dich geschlagen habe, sage: niemals! Und ich werde dich auch nicht mehr schlagen. Das ist mein Kreuz. Hab ich dich denn aus Bosheit geschlagen? Ich schlug nur so, unbedacht. Ich habe Mitleid mit dir. Ein anderer hätte sich nichts draus gemacht, aber ich fahre ... plage mich. Aber wie das nur immer schneit! Herr, es ist dein Wille! Gebe Gott, daß wir nicht vom Weg abkommen. Was ist, schmerzt dir die Seite? Matrëna, warum schweigst du? Ich frage dich, hast du noch Schmerzen in der Seite?«

Es scheint ihm seltsam, daß auf dem Gesicht der Alten der Schnee nicht schmilzt, seltsam, daß sich das Gesicht irgendwie gestreckt und eine blaßgraue, schmutzige Wachsfarbe angenommen hat, daß es streng und ernst geworden ist.

»Bist du aber ein Dummchen!« brummt der Drechsler. »Ich spreche mit dir aufrichtig wie vor Gott ... und du, sozusagen ... Bist du aber dumm! Da fahre ich dich eben nicht zu Pavel Ivanyč!«

Der Drechsler läßt die Zügel sinken und denkt nach. Er kann sich nicht entschließen, sich nach der Alten umzudrehen: es ist schrecklich. Ihr eine Frage zu stellen und keine Antwort zu bekommen ist auch schrecklich. Um die Ungewißheit zu beenden, betastet er schließlich die kalte Hand der alten Frau, jedoch ohne sich nach ihr umzudrehen. Die hochgehobene Hand fällt herunter wie ein Stock.

»Also ist sie gestorben. So eine Geschichte!«

Und der Drechsler weint. Es tut ihm nicht so sehr leid, wie es ihm ärgerlich ist. Er denkt: Wie schnell geht doch alles auf dieser

Welt! Sein Unglück hat kaum angefangen, und schon ist das Ende da. Er hatte nicht einmal Zeit, mit der Alten richtig zu leben, sich mit ihr auszusprechen, sie zu bemitleiden, da ist sie schon tot. Er hat mit ihr vierzig Jahre gelebt, aber diese vierzig Jahre vergingen wie im Nebel. Vor lauter Trunksucht, Schlägereien und Not hat man das Leben nicht empfunden. Und wie zum Trotz ist die Alte gerade zu der Zeit gestorben, da er merkte, daß er sie gern hat, daß er ohne sie nicht leben kann und vor ihr furchtbar schuldig ist.

Und sie ist betteln gegangen! entsinnt er sich. Ich habe sie selbst geschickt, bei den Leuten um Brot zu bitten, so ein Ärger. Sie müßte noch an die zehn Jahre leben, die Dumme, sonst denkt sie noch, ich bin wirklich so einer. Heilige Mutter, wo zum Teufel fahre ich denn hin? Jetzt muß man sie nicht behandeln lassen, sondern beerdigen. Umkehren!

Der Drechsler wendet und schlägt mit ganzer Kraft auf das Pferdchen ein. Der Weg wird von Stunde zu Stunde schlechter. Jetzt sieht man schon das Krummholz nicht mehr. Hier und da fährt der Schlitten auf eine junge Tanne zu, ein dunkler Gegenstand kratzt die Hände des Drechslers, huscht an seinen Augen vorbei, und ringsum ist alles wieder weiß und voller wirbelnder Flocken.

Wenn man doch das Leben noch einmal von vorn beginnen könnte, denkt der Drechsler.

Er entsinnt sich, daß Matrëna vor etwa vierzig Jahren jung, schön und fröhlich gewesen war, sie stammte von einem reichen Bauernhof. Man verheiratete sie mit ihm, weil man sich von seiner Meisterschaft verlocken ließ. Alles, was man für ein gutes Leben braucht, war vorhanden, aber das Schlimme war eben, daß er sich nach der Hochzeit betrank und auf den Ofen legte, und es war, als sei er bis heute noch nicht aufgewacht. An die Hochzeit erinnerte er sich noch, aber was sich nach der Hochzeit abspielte, davon weiß er wirklich nichts mehr, außer vielleicht, daß er getrunken, geschlafen und gerauft hat. So sind die vierzig Jahre vertan worden.

Die weißen Schneeflocken werden allmählich grau. Die Dämmerung bricht herein.

Wo fahre ich bloß hin? fragt er sich plötzlich. Man muß sie beerdigen, und ich fahre ins Krankenhaus ... Als ob ich den Kopf verloren hätte!

Der Drechsler wendet abermals, und wieder schlägt er auf das Pferd ein. Die Stute spannt alle Kräfte an und läuft schnaubend in leichtem Trab weiter. Der Drechsler peitscht sie immerzu auf den Rücken ... Von hinten hört er ein Klopfen, und obwohl er sich nicht umdreht, weiß er, daß das der Kopf der Verstorbenen ist, der auf den Schlittenboden schlägt. Die Luft wird immer dunkler, der Wind immer kälter und schärfer ...

Könnte man das Leben von vorn beginnen, denkt der Drechsler. Ich würde neues Werkzeug anschaffen, Aufträge annehmen ... das Geld der Alten abgeben ... ja!

Und da läßt er die Zügel fallen. Er sucht sie, will sie aufheben und kann es nicht. Die Hände versagen den Dienst ...

Ist egal ... denkt er, das Pferd wird schon alleine gehen, es kennt den Weg. Man müßte jetzt schlafen ... Bis zur Beerdigung oder der Totenmesse müßte man sich aufs Ohr legen.

Der Drechsler schließt die Augen und schlummert ein. Nach kurzer Zeit hört er, daß das Pferd stehenbleibt. Er öffnet die Augen und sieht vor sich etwas Dunkles, das einem Bauernhaus oder einem Heuschober gleicht ...

Er müßte aus dem Schlitten klettern und sich erkundigen, was los ist, aber seinen ganzen Körper hat eine solche Trägheit erfaßt, daß es besser ist zu erfrieren, als sich vom Platz zu rühren ... Und er schläft ruhig ein.

Er erwacht in einem großen Zimmer mit gestrichenen Wänden. Durch die Fenster strahlt helles Sonnenlicht. Der Drechsler sieht Menschen vor sich und will sich vor allen Dingen als solider und verständiger Mensch zeigen.

»Eine Totenmesse für die Alte, meine Lieben«, beginnt er. »Man müßte es dem Priester sagen ...«

»Nun, schon gut! Schon gut! Bleib ruhig liegen«, unterbricht ihn eine Stimme.

»Mein Lieber! Pavel Ivanyč!« Der Drechsler staunt, als er den Arzt vor sich sieht. »Euer Hochwohlgeboren! Wohltäter!«

Er will aufspringen und dem Mediziner zu Füßen fallen, aber er spürt, daß seine Arme und Beine ihm nicht gehorchen. »Euer Hochwohlgeboren! Wo sind denn meine Füße? Meine Hände?«

»Verabschiede dich von deinen Händen und Füßen ... Sie sind abgefroren. Nun, nun ... warum weinst du? Danke Gott, du hast lange genug gelebt! Sechzig Jahre hast du wohl gelebt – das reicht für dich!«

»Ein Unglück ...! Euer Hochwohlgeboren, das ist doch ein Unglück! Verzeihen Sie großmütig! Wenn man wenigstens noch fünf, sechs Jährchen ...«

»Wozu?«

»Es ist doch ein fremdes Pferd, ich muß es zurückgeben. Die Alte muß ich beerdigen ... Und wie schnell geht doch alles auf dieser Welt! Euer Hochwohlgeboren! Pavel Ivanyč! Ein Zigarettenetui aus karelischem Holz, das allerbeste! Ein Krocketspiel werde ich drechseln ...«

Der Arzt winkt ab und verläßt das Krankenzimmer. Dem Drechsler – ein Amen!

Inkognito

Mit einer gewöhnlichen Trojka und sein Inkognito auf das strengste wahrend, eilte Pëtr Pavlovič Posudin über die Feldwege in die kleine Kreisstadt N., wohin ihn ein anonymer Brief gerufen hatte.

Sie erwischen ... Wie der Blitz aus heiterem Himmel ... träumte er und versteckte sein Gesicht in den Kragen. Haben Gemeinheiten ausgeheckt, diese Lumpen, und triumphieren, bilden sich wahrscheinlich ein, alle Spuren verwischt zu haben ... Haha ... Ihren Schreck und ihre Überraschung kann ich mir vorstellen, wenn sie auf dem Höhepunkt ihres Triumphes zu hören bekommen: Her mit dem Tjapkin-Ljapkin! Das wird einen Tumult geben! Haha ...

Nachdem Posudin genug geträumt hatte, knüpfte er mit dem Kutscher ein Gespräch an. Als Mensch, der nach Popularität strebt, fragte er zuerst nach sich selbst: »Den Posudin kennst du doch?«

»Wie soll ich den nicht kennen!« Der Kutscher grinste. »Wir kennen ihn!«

»Warum lachst du so?«

»Ist doch komisch! Das kleinste Schreiberlein kennt man, und da soll man den Posudin nicht kennen! Dafür ist er hier eingesetzt, damit ihn alle kennen.«

»So ist es ... Na und? Wie ist er deiner Meinung nach? Gut?«

»'s geht ...« Der Kutscher gähnte. »Ist ein guter Herr, versteht seine Sache ... Sind noch keine zwei Jahre her, daß man ihn hierhergeschickt hat, und er hat schon allerhand gemacht.«

»Was hat er denn so Besonderes gemacht?«

»Viel Gutes hat er gemacht, Gott gebe ihm Gesundheit. Die Eisenbahn hat er angeschafft, und den Chochrjukov hat er entlassen ... Bei diesem Chochrjukov war das Ende von weg ... Ein Spitzbube war er, ein Gauner, alle, die früher da waren, haben ihm die Stange gehalten, aber als Posudin kam, ist Chochrjukov so schnell zum Teufel gejagt worden, als ob er gar nicht dagewesen wäre ... So ist das, Verehrtester! Den Posudin kann man nicht bestechen, neein! Du kannst ihm hundert, sogar tausend bieten, er wird dir diese Sünde nicht auf sich laden ... Neein!«

Gott sei Dank, wenigstens von dieser Seite haben sie mich verstanden, dachte Posudin und frohlockte. Das ist gut.

»Ein gebildeter Herr ...« fuhr der Kutscher fort, »und gar nicht stolz ... Unsere sind zu ihm gefahren, um sich zu beschweren, da behandelte er sie wie Herrschaften: gab allen die Hand, ›nehmen Sie Platz ...‹ Ein Hitziger ist das, ein Flinker ... Kein unnützes Wort sagt er dir, nur immer – hm, hm! Daß er mal langsam geht oder so – Gott behüte, nur immer im Laufschritt, immer im Laufschritt! Unsere hatten noch kein Wort zu ihm gesagt, da rief er schon ›Pferde!‹ und sauste hierher ... Ist hier angekommen und hat alles erfolgreich erledigt, hat keine Kopeke genommen. Ist viel besser als der vorige! Natürlich, der vorige war auch gut. So stattlich, ansehnlich, im ganzen Gouvernement hat keiner lauter geschrien als er ... Wenn der so angefahren kam, war er schon aus zehn Verst Entfernung zu hören, aber geht es nach dem Äußeren oder um die inneren Qualitäten, so ist der jetzige viel gewandter! Der jetzige hat hundertmal mehr Grips im Kopf ... Eins nur ist schlecht ... In allem ist er ein guter Mensch, aber eins ist schlimm: er ist ein Säufer!«

Da haben wir den Salat! dachte Posudin.

»Woher weißt du denn«, fragte er, »daß ich ... daß er ein Säufer ist?«

»Natürlich, Euer Wohlgeboren, ich selbst habe ihn nicht betrunken gesehen, ich will nicht lügen, aber die Leute reden das. Und die Leute haben ihn auch nicht betrunken gesehen, aber es geht so ein Gerücht über ihn ... In der Öffentlichkeit oder wenn er irgendwo eingeladen ist, zum Ball oder zu einer Gesellschaft – da trinkt er nie! Zu Hause aber säuft er ... Er steht morgens auf, reibt sich die Augen, und das erste ist – Vodka! Der Kammerdiener bringt ihm ein Glas, aber er verlangt schon das zweite ... So spült er den ganzen Tag die Kehle. Und hast du Worte: er trinkt, und es ist ihm nicht anzusehen! Also kann er sich zusammennehmen. Früher, wenn unser Chochrjukov zu trinken anfing, da haben nicht nur die Leute, sondern auch die Hunde geheult. Posudin aber – der kriegt nicht mal eine rote Nase! Er schließt sich in sein Arbeitszimmer ein und süffelt. Damit die Leute es nicht merken, hat er sich am Tisch so einen Kasten angebracht mit einem Röhrchen. In diesem Kasten ist immer Vodka ... Du beugst dich zu dem Röhrchen hinunter, saugst ein bißchen und bist betrunken ... In der Kutsche hat er das auch und in der Aktentasche ...«

Woher wissen die das? Posudin erschrak. Um Gottes willen, sogar das ist bekannt! Wie abscheulich ...

»Und auch was das weibliche Geschlecht betrifft ... ein Schelm!« (Der Kutscher lachte und drehte den Kopf hin und her.) »Das ist schon eine Schande! Stücker zehn hat er davon ... Flittchen ... Zwei wohnen bei ihm im Haus. Die eine, diese Nastasja Ivanovna, ist so was bei ihm wie eine Haushälterin, die andere – wie heißt sie gleich, zum Teufel? –, die Ljudmila Semënovna, ist so was wie eine Schreiberin ... Die Hauptperson ist Nastasja. Er macht alles, was sie will, tanzt nach ihrer Pfeife. Große Macht ist ihr gegeben. Vor ihm hat man nicht solche Angst wie vor ihr ... Haha ... Und das dritte Flittchen wohnt in der Kačalnaja-Straße ... Eine Schande!«

Er kennt sie sogar mit Namen! dachte Posudin errötend. Und wer weiß das? Ein Bauer, ein Kutscher, der noch nie in der Stadt gewesen ist ...! Wie abscheulich, wie gemein, wie häßlich!

»Woher weißt du das alles?« fragte er gereizt.

»Die Leute haben es erzählt ... Selbst habe ich es nicht gesehen, aber von den Leuten gehört. Ist denn das so schwer zu erfahren? Einem Kammerdiener oder einem Kutscher kann man eben die Zunge nicht abschneiden ... Na ja, und die Nastasja selbst geht doch durch alle Gassen und prahlt mit ihrem Glück. Dem menschlichen Auge bleibt nichts verborgen ... Da hat sich dieser Posudin angewöhnt, in aller Stille zu den Untersuchungen zu fahren ... Der vorige, wenn der irgendwohin fuhr, posaunte das einen Monat vorher aus, und fuhr er dann, so gab es Lärm, Gepolter und Geläute ... zum Gotterbarmen! Und vorn galoppierten welche, und hinten galoppierten welche, und an den Seiten galoppierten welche. War er angelangt, schlief er sich aus, schlug sich den Bauch voll, betrank sich, und dann plärrte er dienstlich herum. Er brüllte eine Weile, trampelte, schlief sich wieder aus, und dann ging es in derselben Art und Weise wieder von vorne los ... Aber der jetzige, wenn der was erfährt, legt es drauf an, heimlich zu fahren, schnell, damit ihn ja niemand sieht und erkennt ... Ein Spaaß! Er verläßt unbemerkt das Haus, damit die Beamten es nicht spitzkriegen, und ab zur Bahn ... Er fährt bis zu der Station, zu der er will, und nimmt dann keine Postkutsche oder etwas Vornehmes, sondern mietet einen Bauernwagen. Er mummelt sich ein wie ein Weib, und den ganzen Weg röchelt er wie ein alter Köter, daß man seine Stimme nicht erkennt. Der Bauch platzt einem beinahe vor Lachen, wenn die Leute das erzählen. Er fährt, der Dummkopf, und denkt, man erkennt ihn nicht! Aber ihn zu erkennen ist für einen Menschen, der was versteht, ein Kinderspiel ...«

»Wie erkennt man ihn denn?«

»Sehr einfach. Früher, als unser Chochrjukov heimlich reiste, haben wir ihn an seinen klobigen Händen erkannt. Wenn ein Fahrgast einem ins Gesicht schlug – so war das eben Chochrjukov. Den Posudin kann man sofort erkennen. Ein einfacher Fahrgast benimmt sich auch einfach, aber Posudin ist nicht so einer, der sich an das Einfache hält. Kommt er, sagen wir, auf eine Poststation, geht es schon los ...! Bald riecht es ihm nicht gut genug, bald ist ihm heiß, bald kalt ... Man soll ihm Hähnchen servieren, und Obst, und allerlei Konfitüren ... Also weiß man auf den Stationen schon: Wenn einer im Winter Hähnchen und Obst verlangt, ist das Posudin. Wenn einer den Vorsteher mit ›Mein Liebster‹ anredet und die Leute wegen verschiedener Lappalien herumjagt – kann man schwören, daß es Posudin ist. Und er riecht auch nicht so wie andere Leute, sogar schlafen legt er sich auf seine Art: legt sich auf der Station auf das Sofa, verspritzt Parfüm um sich und läßt neben dem Kissen drei Kerzen aufstellen. Er liegt und liest Akten ... Da muß ja nicht nur dem Vorsteher, sondern auch einer Katze klarwerden, was das für ein Mensch ist ...«

Das ist wahr, alles wahr ... dachte Posudin. Warum habe ich das nicht früher gewußt!

»Und wer es nötig hat, der erkennt ihn auch ohne Obst und Hähnchen. Über das Telegraphenamt erfährt man alles ... Du kannst die Schnauze noch so einmummeln oder dich noch so verstecken, hier weiß man schon, daß du unterwegs bist. Man erwartet dich ... Posudin hat sein Haus noch nicht verlassen, und hier – bitte sehr, ist alles vorbereitet! Er kommt, um sie auf frischer Tat zu ertappen, sie vor Gericht zu stellen oder einen rauszuschmeißen, und sie lachen ihn nur aus. Wenn du, werden sie sagen, Euer Erlaucht, auch heimlich gekommen bist, sieh mal her: bei uns ist alles in Ordnung! Er wird sich ein bißchen drehen und wenden und schließlich wieder so wegfahren, wie er gekommen ist ... Und wird sie noch loben, ihnen allen die Hand drücken und wegen der Störung um Entschuldigung bitten ... So ist das! Und was hast du dir gedacht? Hoho, Euer Wohlgeboren! Das Volk hier ist pfiffig, lauter geriebene Kunden! Eine wahre Pracht, was das für Teufel sind! Nehmen wir doch nur den heutigen Fall ... Ich fahre heute früh leer, und kommt mir vom Bahnhof her der Büfettier entgegengeflogen. ›Wohin fährst du‹, frage ich, ›Euer jüdisches Wohlgeboren?‹ Und er sagt: ›Ich bringe Wein und Vorspeisen in die Stadt N. Dort erwartet man heute den Posudin.‹ Gerissen, was? Posudin macht sich vielleicht erst reisefertig oder mummt sein Gesicht ein, damit man ihn nicht erkennt, keiner kann wissen, daß er kommt, und für ihn ist, bitte schön, schon alles vorbereitet: Wein, Lachs und Käse und allerlei Vorspeisen ... Was? Er fährt und denkt: Jetzt ist es aus mit euch, ihr Burschen! – aber die Burschen machen sich nichts daraus! Soll er kommen! Sie haben längst alles versteckt!«

»Zurück!« röchelte Posudin. »Fahr zurück, Rrrindvieh!«

Und der erstaunte Kutscher kehrte um.

Das Ausrufezeichen

Eine Weihnachtsgeschichte

In der Weihnachtsnacht ging der Kollegiensekretär Efim Fomič Perekladin beleidigt, ja sogar tief verletzt zu Bett.

»Laß mich in Ruhe, du Teufelin!« brüllte er seine Frau wütend an, die ihn fragte, warum er so finster dreinschaue.

Die Sache war die, er war eben erst von einem Besuch zurückgekehrt, wo viele unangenehme und für ihn beleidigende Dinge gesagt worden waren. Anfangs hatte man ganz allgemein über den Nutzen der Bildung gesprochen, dann aber war man unmerklich zu der Bildung der Beamtenschaft übergegangen, wobei starkes Bedauern, viele Vorwürfe und sogar Spötteleien über das niedrige Niveau geäußert wurden. Und dann war man, wie das in allen russischen Gesellschaften so üblich ist, von allgemeinen auf persönliche Dinge gekommen.

»Nehmen wir doch zum Beispiel nur mal Sie, Efim Fomič«, wandte sich ein junger Mann an Perekladin. »Sie bekleiden einen ansehnlichen Posten ... aber was für eine Bildung haben Sie genossen?«

»Gar keine. Aber von uns wird auch keine Bildung verlangt«, antwortete Perekladin sanft. »Man muß richtig schreiben, das genügt ...«

»Wo haben Sie denn richtig schreiben gelernt?«

»Aus Gewohnheit ... In vierzig Dienstjahren kann man sich das schon aneignen ... Zu Anfang war es natürlich schwer, ich habe Fehler gemacht, aber dann habe ich mich eingewöhnt ... und es geht ...«

»Und die Interpunktionszeichen?«

»Auch mit den Interpunktionszeichen komme ich zurecht ... Ich setze sie richtig.«

»Hm ...!« meinte der junge Mann verlegen. »Aber Gewohnheit ist etwas ganz anderes als Bildung. Es reicht nicht, daß Sie die Interpunktionszeichen richtig setzen ... reicht nicht! Man muß sie bewußt setzen! Sie setzen ein Komma und müssen sich bewußt sein, warum Sie es setzen ... ja! Aber diese Ihre unbewußte ... reflektorische Rechtschreibung ist keinen Pfifferling wert. Das ist eine rein mechanische Produktion und nichts weiter.«

Perekladin hatte geschwiegen und sogar sanft gelächelt (der junge Mann war der Sohn eines Staatsrats und hatte selbst Anrecht auf den Rang der X. Klasse), aber jetzt, wo er schlafen ging, war er voller Empörung und Zorn.

Vierzig Jahre bin ich im Dienst, dachte er, und niemand hat mich je einen Dummkopf genannt, aber jetzt, sieh mal einer an, was sich da für ein Kritiker findet! Unbewußt ...! Lefrektorisch! Mechanische Produktion ... Ach du, der Teufel soll dich holen! Ich verstehe vielleicht mehr als du, wenn ich auch nicht auf deinen Universitäten war!

Nachdem Perekladin in Gedanken alle ihm bekannten Schimpfworte an die Adresse des Kritikers gerichtet und sich unter der Bettdecke erwärmt hatte, beruhigte er sich.

Ich weiß ... verstehe schon ... dachte er beim Einschlafen. Ich werde keinen Doppelpunkt setzen, wo ein Komma hingehört, also tue ich es bewußt und verstehe es. Ja ... So ist es, junger Mann ... Man muß erst eine gewisse Zeit leben und dienen, dann erst kann man über Ältere urteilen ...

Vor den geschlossenen Augen des einschlafenden Perekladin flog durch eine Schar dunkler, lächelnder Wolken wie ein Meteor ein feuriges Komma vorbei. Ihm folgten ein zweites und ein drittes, und bald war der ganze grenzenlose dunkle Hintergrund, den seine Phantasie vor ihm ausbreitete, mit dichten Schwärmen fliegender Kommas bedeckt ...

Nehmen wir nur mal diese Kommas ... dachte Perekladin, während er fühlte, wie der ihn überkommende Schlaf seine Glieder wohlig ermatten ließ. Ich kenne sie ausgezeichnet. Für jedes kann ich einen Platz finden, wenn du es willst ... und ... und bewußt, nicht so ... Prüf mich, und du wirst sehen ... Kommas setzt man an verschiedenen Stellen, wo es nötig ist und auch wo es unnötig ist. Je unklarer so ein Papier ist, desto mehr Kommas sind nötig. Man stellt sie vor ›welcher‹ und vor ›daß‹. Wenn auf so einem Papier die Beamten aufgezählt werden, muß man den einen von dem anderen durch ein Komma trennen ... Ich weiß das!

Die goldenen Kommas drehten sich im Kreis und flogen davon. An ihre Stelle traten feurige Punkte ...

Und einen Punkt setzt man ans Ende eines Schriftstückes ... Wo man eine große Atempause machen muß, um den Zuhörer anzusehen, dort steht ebenfalls ein Punkt. Nach allen langen Stellen ist ein Punkt nötig, damit der Sekretär beim Lesen nicht sabbelt. Aber sonst wird nirgends ein Punkt gesetzt ...

Wieder kamen Kommas angeflogen ... Sie vermischten sich mit den Punkten, drehten sich im Kreise – Perekladin erblickte eine Unmenge von Semikolons und Doppelpunkten ...

Auch die kenne ich ... dachte er. Wo ein Komma zuwenig ist, ein Punkt aber zuviel, dort braucht man ein Semikolon. Vor ›aber‹ und ›folglich‹ setze ich immer ein Semikolon ... Na, und der Doppelpunkt? Den Doppelpunkt setzt man nach den Worten ›wurde beschlossen‹, ›wurde entschieden‹ ...

Die Semikolons und die Doppelpunkte erloschen. Jetzt kamen die Fragezeichen an die Reihe. Diese kamen aus den Wolken gesprungen und begannen Cancan zu tanzen ...

Was ist das schon: ein Fragezeichen! Meinetwegen können auch tausend davon dasein, ich finde für alle einen Platz. Sie werden immer gesetzt, wenn man eine Frage stellen oder zum Beispiel Erkundigungen über ein Schriftstück einziehen will: ›Wohin wurde der Rest der Beträge für das Jahr soundso übertragen?‹ oder: ›Hält es die Polizeiverwaltung nicht für möglich, die bewußte Ivanova ...?‹ und so weiter.

Die Fragezeichen winkten beifällig mit ihren Haken, streckten sich augenblicklich wie auf Kommando und verwandelten sich in Ausrufezeichen ...

Hm ...!

Dieses Interpunktionszeichen wird oft in Briefen gebraucht. ›Mein gnädiger Herr!‹ oder ›Euer Exzellenz, Vater und Wohltäter ...!‹ Aber wann braucht man es in Akten?

Die Ausrufezeichen reckten sich noch mehr und blieben erwartungsvoll stehen ...

In Akten werden sie gesetzt, wenn ... sozusagen ... dieses ... wie heißt es? Hm ... Wirklich, wann setzt man sie in Akten? Warte mal ... Gott erleuchte mich ... Hm ...!

Perekladin öffnete die Augen und drehte sich auf die andere Seite. Aber kaum hatte er die Augen wieder geschlossen, als auf dem dunklen Hintergrund von neuem die Ausrufezeichen erschienen.

Hol sie der Teufel ... Wann muß man sie denn setzen? Er dachte nach und bemühte sich, die ungebetenen Gäste aus seiner Phantasie zu verscheuchen. Sollte ich das vergessen haben? Entweder habe ich es vergessen, oder aber ... ich habe sie niemals gesetzt ...

Perekladin begann sich den Inhalt aller Schriftstücke ins Gedächtnis zurückzurufen, die er im Laufe seiner vierzigjährigen Dienstzeit geschrieben hatte. Aber soviel er auch nachdachte, wie sehr er auch seine Stirn runzelte, in seiner Vergangenheit fand er kein einziges Ausrufezeichen.

Na so ein Kasus! Vierzig Jahre habe ich geschrieben und kein einziges Mal ein Ausrufezeichen gesetzt ... Hm ... Aber wann wird denn nun dieser lange Satan gesetzt?

Hinter einer Reihe feuriger Ausrufezeichen tauchte die

hämisch lachende Fratze des jungen Kritikers auf. Die Zeichen selbst grinsten und verschmolzen zu einem einzigen großen Ausrufezeichen.

Perekladin schüttelte den Kopf und öffnete die Augen.

Weiß der Teufel ... dachte er. Morgen muß ich zum Frühgottesdienst, und mir geht diese Teufelei nicht aus dem Kopf ... Pfui! Aber ... wann wird es denn nun gesetzt? Da hast du die Gewohnheit! Da hast du das Aneignen! In vierzig Jahren kein einziges Ausrufezeichen! Was?

Perekladin bekreuzigte sich und schloß die Augen, aber er öffnete sie sofort wieder; auf dem dunklen Hintergrund stand noch immer das große Zeichen ...

Pfui! So kann ich die ganze Nacht nicht einschlafen. – »Marfuša!« wandte er sich an seine Frau, die oft damit prahlte, daß sie in einem Pensionat einen Kursus absolviert hatte. »Weißt du denn nicht, mein Herzchen, wann in den Schriftstücken ein Ausrufezeichen gesetzt wird?«

»Und ob ich das weiß! Nicht umsonst habe ich sieben Jahre in einem Pensionat studiert. Die ganze Grammatik kenne ich auswendig. Dieses Zeichen wird bei Anreden, Ausrufen und bei Ausdrücken der Begeisterung, der Entrüstung, der Freude, des Zornes und anderer Gefühlsäußerungen gesetzt.«

Soso ... dachte Perekladin. Begeisterung, Entrüstung, Freude, Zorn und andere Gefühlsäußerungen ...

Der Kollegiensekretär wurde nachdenklich ... Vierzig Jahre hatte er Schriftstücke geschrieben, Tausende, Zehntausende, aber er konnte sich an keine Zeile erinnern, die Begeisterung, Entrüstung oder etwas Derartiges ausgedrückt hätte ...

Und andere Gefühlsäußerungen ... dachte er. Aber braucht man denn in Akten Gefühle? Akten kann auch ein gefühlloser Mensch schreiben ...

Die Fratze des jungen Kritikers blickte wieder hinter dem feurigen Zeichen hervor und lächelte hämisch. Perekladin erhob sich und setzte sich im Bett auf. Der Kopf schmerzte ihm, auf seine Stirn trat kalter Schweiß ... In der Ecke schimmerte freundlich das Ikonenlämpchen, die Möbel sahen festlich und sauber aus, überall spürte man Wärme und die Anwesenheit einer Frauenhand, aber der armen Schreiberseele war es kalt und ungemütlich, als sei er an Typhus erkrankt. Das Ausrufezeichen stand nicht mehr vor seinen geschlossenen Augen, sondern vor ihm im Zimmer, neben dem Toilettentisch seiner Frau, und blinzelte ihm spöttisch zu ...

»Schreibmaschine! Maschine!« flüsterte die Vision und blies den Beamten mit trockner Kälte an. »Gefühlloser Klotz!«

Der Beamte kroch unter die Decke, aber auch dort erschien ihm die Vision; er schmiegte sein Gesicht an die Schulter seiner Frau, aber hinter der Schulter sah er das gleiche ... Die ganze Nacht quälte sich der arme Perekladin, aber auch am Tage verließ ihn die Vision nicht. Er sah sie überall: in den Stiefeln, die er anzog, in der Untertasse mit dem Tee, in dem Stanislausorden ...

Und andere Gefühlsäußerungen, dachte er. Es stimmt schon, man hatte kein Gefühl ... Ich werde gleich zu meinem Vorgesetzten gehen und mich eintragen ... aber wird denn das mit Gefühl gemacht? Man tut es eben, ohne Überlegung ... Eine Gratulationsmaschine ...

Als Perekladin auf die Straße trat und nach einer Droschke rief, schien es ihm, als käme statt des Kutschers ein Ausrufezeichen angefahren.

Im Vorzimmer seines Vorgesetzten erblickte er statt des Portiers das gleiche Zeichen ... Und das alles sprach ihm von Begeisterung, von Entrüstung und Zorn ... Der Federhalter mit der Feder sah auch wie ein Ausrufezeichen aus. Perekladin nahm ihn, tauchte die Feder in die Tinte und schrieb sich ein: ›Kollegiensekretär Efim Perekladin!!!‹

Und als er diese drei Zeichen setzte, war er begeistert, entrüstet, erfreut und kochte vor Wut.

»Da hast du's! Da hast du's!« brummte er und drückte die Feder aufs Papier.

Das feurige Zeichen gab sich zufrieden und verschwand.

Der Spiegel

Silvesterabend. Nelly, die junge und hübsche Tochter eines Gutsbesitzers und Generals, die Tag und Nacht vom Heiraten träumt, sitzt in ihrem Zimmer und schaut mit müden, halbgeschlossenen Augen in den Spiegel. Sie ist blaß, gespannt und regungslos wie der Spiegel.

Die unwirkliche, aber sichtbare Perspektive, einem endlosen schmalen Korridor ähnlich, eine Reihe unzähliger Kerzen, die Widerspiegelung ihres Gesichts und ihrer Hände, der Spiegelrahmen – alles das ist schon längst mit einem Nebelschleier überzogen und zu einem grenzenlosen grauen Meer verschmolzen. Das Meer bewegt sich, glitzert, und zeitweise flammt es auf, als brenne es.

Schaut man auf Nellys starre Augen und ihren geöffneten Mund, ist es schwer, zu entscheiden, ob sie schläft oder wacht, trotzdem sieht sie etwas. Zuerst sieht sie nur ein Lächeln und den weichen, anmutigen Ausdruck fremder Augen, dann zeichnen sich auf dem schwankenden grauen Hintergrund nach und nach die Umrisse eines Kopfes ab, das Gesicht, die Augenbrauen, der Bart. Das ist er, der ihr vom Schicksal Bestimmte, der Gegenstand ihrer Träume und Hoffnungen. Der Ersehnte bedeutet Nelly alles: den Sinn des Lebens, persönliches Glück, Karriere, das Schicksal. Ohne ihn gibt es auf dem grauen Hintergrund nur Finsternis, Leere und Sinnlosigkeit. Deshalb ist es kein Wunder, daß sie ein wohliges Gefühl spürt, wenn sie den schönen, sanft lächelnden Kopf vor sich sieht; sie empfindet einen unsagbar lieblichen Albdruck, den man weder mit Worten noch auf dem Papier wiedergeben kann. Darauf hört sie seine Stimme, sie sieht, wie sie mit ihm unter einem Dach wohnt, wie ihr Leben allmählich mit dem seinen verschmilzt. Auf dem grauen Hintergrund eilen Monate und Jahre dahin ... und Nelly sieht deutlich und mit allen Einzelheiten ihre Zukunft vor sich.

Über den grauen Hintergrund huscht Bild auf Bild. Da sieht Nelly auf einmal, wie sie in einer kalten Winternacht bei dem Kreisarzt Stepan Lukič Einlaß begehrt. Hinter dem Tor bellt faul und heiser ein alter Hund. Die Fenster der Arztwohnung sind dunkel. Ringsum ist alles still.

»Um Gottes willen ... um Gottes willen«, flüstert Nelly.

Aber endlich knarrt die Pforte, und Nelly sieht die Köchin des Arztes vor sich.

»Ist der Doktor zu Hause?«

»Er schläft ...« flüstert die Köchin in den vorgehaltenen Ärmel, als hätte sie Angst, ihren Herrn zu wecken. »Ist eben von der Epidemie zurückgekommen. Hat befohlen, ihn nicht zu wecken.«

Aber Nelly hört die Köchin nicht an. Sie schiebt sie mit der

Hand beiseite und läuft wie eine Besessene in die Wohnung des Arztes. Nachdem sie einige dunkle und schwüle Zimmer durchquert und dabei zwei, drei Stühle umgeworfen hat, findet sie endlich des Doktors Schlafzimmer. Stepan Lukič liegt angezogen, aber ohne seinen Gehrock im Bett und haucht mit vorgestreckten Lippen in die hohle Hand. Neben ihm leuchtet schwach eine kleine Nachtlampe. Ohne ein Wort zu sagen, setzt sich Nelly auf einen Stuhl und beginnt zu weinen. Sie weint bitterlich und zittert am ganzen Körper.

»Mein Ma ... Mann ist krank!« stößt sie hervor.

Stepan Lukič schweigt. Er erhebt sich langsam, stützt den Kopf auf die Faust und sieht den Gast mit verschlafenen, unbeweglichen Augen an.

»Mein Mann ist krank!« wiederholt Nelly, ein Schluchzen unterdrückend. »Fahren wir zu ihm, um Gottes willen ... schnell ... möglichst schnell!«

»Was?« murmelt der Arzt und haucht in die hohle Hand.

»Fahren wir! Und zwar sofort! Sonst ... sonst ... es ist furchtbar auszusprechen ... Um Gottes willen!«

Die bleiche erschöpfte Nelly schluckt die Tränen hinunter und beginnt hastig dem Arzt die plötzliche Erkrankung ihres Mannes und ihre unsagbare Angst zu beschreiben. Ihre Leiden können einen Stein erweichen, aber der Arzt sieht sie nur an, haucht in die hohle Hand und rührt sich nicht von der Stelle.

»Ich komme morgen ...« murmelt er.

»Das ist unmöglich!« ruft Nelly erschrocken. »Ich weiß, mein Mann hat ... Typhus! Sie werden gleich ... sofort gebraucht!«

»Ich bin ... sozusagen ... eben erst gekommen ...« murmelt der Arzt. »Drei Tage bin ich wegen der Epidemie herumgefahren. Ich bin erschöpft und selbst krank ... Ich kann absolut nicht! Absolut nicht! Ich ... ich habe mich selbst angesteckt ... Da!«

Und der Arzt hält Nelly ein Fieberthermometer vor die Augen.

»Die Temperatur geht auf vierzig ... Ich kann absolut nicht! Ich ... bin nicht einmal mehr imstande zu sitzen. Entschuldigen Sie: ich muß mich wieder hinlegen ...«

Der Arzt legt sich nieder.

»Aber ich bitte Sie, Herr Doktor!« Nelly stöhnt verzweifelt. »Ich flehe Sie an! Helfen Sie mir, um Gottes willen. Nehmen Sie alle Ihre Kräfte zusammen und lassen Sie uns fahren ... Ich werde Sie bezahlen, Herr Doktor ...«

»Mein Gott ... ich habe Ihnen doch gesagt! Ach!«

Nelly springt auf und geht nervös im Zimmer auf und ab. Sie möchte dem Arzt alles erklären, erläutern ... Ihr dünkt, er würde seine Ermüdung und seine Krankheit vergessen, wenn er wüßte, wie teuer ihr ihr Mann und wie unglücklich sie jetzt ist. Aber wo soll sie die Beredsamkeit hernehmen?

»Fahren Sie zum Zemstvo-Arzt ...« hört sie Stepan Lukičs Stimme.

»Das ist unmöglich ...! Er wohnt fünfundzwanzig Verst von hier entfernt, und die Zeit ist kostbar. Auch die Pferde halten das nicht aus: von uns bis hierher sind vierzig Verst, und von hier bis zum Zemstvo-Arzt fast genausoviel ... Nein, das ist unmöglich! Fahren wir, Stepan Lukič! Ich verlange von Ihnen eine Heldentat. Nun, vollbringen Sie diese Tat! Erbarmen Sie sich!«

»Weiß der Teufel ... Ich habe Fieber ... Der Kopf ist wie betäubt, und sie begreift das nicht. Ich kann nicht! Lassen Sie mich in Ruhe!«

»Aber Sie sind verpflichtet zu fahren! Sie können sich nicht weigern. Das ist Egoismus! Ein Mensch muß für seinen Nächsten das Leben opfern, und Sie ... Sie lehnen es ab mitzufahren ...! Ich werde Sie verklagen!«

Nelly spürt, daß sie eine beleidigende und unverdiente Lüge ausspricht, aber um ihren Mann zu retten, ist sie fähig, Logik, Takt und ihr Mitleid mit den Menschen zu vergessen ... Als Antwort auf ihre Drohung trinkt der Arzt gierig ein Glas kaltes Wasser. Nelly beginnt wieder flehentlich zu bitten und appelliert an sein Mitleid wie die niedrigste Bettlerin ... Endlich gibt der Arzt nach. Er erhebt sich langsam, atmet schwer, stöhnt und sucht seinen Gehrock.

»Da ist er, der Gehrock!« sagt Nelly eifrig. »Erlauben Sie, ich werde Ihnen beim Anziehen behilflich sein ... So. Fahren wir. Ich werde Sie bezahlen ... mein ganzes Leben lang werde ich Ihnen dankbar sein ...«

Aber was für eine Qual ist das! Nachdem der Arzt den Gehrock angezogen hat, legt er sich wieder hin. Nelly zieht ihn hoch und schleppt ihn in das Vorzimmer ... Dort gibt es eine lange, qualvolle Plackerei mit den Gummischuhen und dem Pelz ...

Die Mütze ist verschwunden ... Aber endlich sitzt Nelly in der Equipage, neben ihr der Arzt. Jetzt brauchen sie nur noch vierzig Verst zu fahren, und ihr Mann wird medizinische Hilfe bekommen. Über der Erde liegt Finsternis, man sieht nicht die Hand vor den Augen ... Es weht ein kalter, winterlicher Wind. Die Räder rollen über hartgefrorene Erdklumpen. Der Kutscher bleibt immer wieder stehen und überlegt, welchen Weg er nehmen soll ...

Nelly und der Arzt schweigen den ganzen Weg über. Sie werden furchtbar geschüttelt, aber sie fühlen weder die Kälte noch das Rütteln.

»Fahr zu! Fahr zu!« bittet Nelly den Kutscher.

Gegen fünf Uhr morgens biegen die abgehetzten Pferde in den Hof ein. Nelly erblickt das bekannte Tor, den Ziehbrunnen, die lange Reihe der Ställe und Schuppen ... Endlich ist sie zu Hause.

»Warten Sie, ich komme sofort ...« sagt sie zu Stepan Lukič und setzt ihn im Eßzimmer auf das Sofa. »Erholen Sie sich ein wenig, ich werde nachsehen, wie es ihm geht.«

Als sie nach einer Weile von ihrem Mann zurückkehrt, findet sie den Arzt lang ausgestreckt. Er liegt auf dem Sofa und murmelt etwas.

»Bitte, Herr Doktor ... Herr Doktor!«

»Was: Fragen Sie Domna ...« murmelt Stepan Lukič.

»Was?«

»Auf dem Kongreß sprach man ... Vlasov hat gesprochen ... Wen? Was?«

Und Nelly erkennt zu ihrem großen Schrecken, daß der Arzt ebenso phantasiert wie ihr Mann. Was soll sie tun?

»Zum Zemstvo-Arzt!« beschließt sie.

Es folgen wieder Dunkelheit, schneidendkalter Wind, hartgefrorene Erdklumpen. Sie leidet an Leib und Seele, und um diese Leiden abzugelten, wird die trügerische Natur weder über genug Mittel noch Täuschungen verfügen ...

Weiterhin sieht sie auf dem grauen Hintergrund, wie ihr Mann in jedem Frühjahr Geld aufzutreiben versucht, um die Zinsen an die Bank zu zahlen, bei der ihr Gut verpfändet ist. Er schläft nicht, sie schläft nicht, und beide überlegen, bis ihnen der Kopf schmerzt, wie man den Besuch des Gerichtsvollziehers vermeiden könnte.

Sie sieht Kinder. Da ist die ewige Angst vor Erkältung, Scharlach, Diphtherie, vor den Fünfen in der Schule, vor der Trennung ... Von den fünf, sechs Knirpsen wird bestimmt einer sterben.

Der graue Hintergrund ist nicht frei von der Gestalt des Todes. Das ist auch verständlich. Mann und Frau können nicht zu derselben Zeit sterben. Einer von beiden muß auf jeden Fall die Beerdigung des anderen erleben. Und Nelly sieht, wie ihr Mann stirbt. Dieses furchtbare Unglück steht ihr in allen Einzelheiten vor Augen. Sie sieht den Sarg, die Kerzen und sogar die Spuren, die der Sargtischler im Vorzimmer hinterlassen hat.

»Wozu das? Wozu?« fragt sie und schaut stumpf auf das Gesicht ihres toten Mannes.

Und das vorangegangene Leben mit ihrem Mann erscheint ihr nur als eine dumme nutzlose Vorrede zu diesem Tod.

Etwas gleitet aus Nellys Händen und fällt krachend auf den Fußboden. Sie zuckt zusammen, springt auf und öffnet weit die Augen. Der eine Spiegel liegt zu ihren Füßen, der andere steht wie vorher auf dem Tisch. Sie betrachtet sich im Spiegel und sieht ein blasses, verweintes Gesicht. Der graue Hintergrund ist nicht mehr da.

Ich bin eingeschlafen ... glaube ich ... denkt sie und seufzt erleichtert.

Anhang

Zu dieser Ausgabe

In Auswahl und Übersetzung ist unsere Ausgabe der Čechovschen Prosa identisch mit der dreibändigen Dünndruck-Ausgabe des Winkler Verlags, München: ›Anton Tschechow, Kurzgeschichten und frühe Erzählungen (1883–1887)‹, ›Erzählungen aus den mittleren Jahren (1887–1892)‹ und ›Späte Erzählungen (1893–1903)‹, München 1968/1969.

Diese bislang vollständigste deutsche Čechov-Edition geht zurück auf die von den DDR-Slavisten Gerhard Dick und Wolf Düwel besorgte Ausgabe: ›Anton Tschechow, Gesammelte Werke in Einzelbänden‹, insgesamt acht Bänden (Prosa, Dramen, Briefe, Notizbücher, ›Insel Sachalin‹), erschienen im Verlag Rütten & Loening, Berlin 1964 f.

Die Übersetzung dieser beiden Ausgaben basiert auf der – was die Textgestalt betrifft – bis heute aktuellsten russischen Čechov-Edition des Moskauer Staatsverlags für Schöne Literatur (Goslitizdat), 12 Bände, Moskau 1954–1957. Die neue, auf 30 Bände berechnete wissenschaftlich-kritische Čechov-Ausgabe, deren erste Bände 1975 erschienen, konnte bei der Revision der Übersetzungen nicht mehr berücksichtigt werden.

Mit Ausnahme der ›Kleinen Romane‹ (oder ›Novellen‹ – der russische Terminus »povesti« deckt beide Begriffe unvollkommen und besitzt im Deutschen keine rechte Entsprechung) sind die Erzählungen wie in der Ausgabe bei Rütten & Loening chronologisch geordnet, entsprechend den Daten der russischen Erstveröffentlichung.

Die Anmerkungen unserer Ausgabe nennen an erster Stelle jeweils Titel und Titel des russischen Originals sowie Datum und Ort der Erstveröffentlichung; ein Verzeichnis der Abkürzungen der Zeitschriftentitel findet sich in jedem Band gesondert, den Anmerkungen vorangestellt. Es folgen Hinweise auf Korrekturen und Veränderungen, die Čechov bei Nachdrucken der Texte in den Erzählungs-Sammelbänden bis 1899 vorgenommen hat, d. h. bis zum Erscheinen der ersten russischen Gesamtausgabe bei A. F. Marks, Petersburg.

Schließlich der Vermerk, welche Erzählung Čechov in welchen Band der ›Gesammelten Werke‹, der einzigen von ihm selbst kontrollierten Gesamtausgabe aufgenommen hat; diese Information erscheint insofern wichtig, als Čechov dabei vom streng chronologischen Ordnungsprinzip abgegangen ist, vielmehr den Charakter der einzelnen Erzählung zum Maßstab machte und dadurch, aus der Distanz von etwa 15 Jahren, eine eigene Einschätzung seiner frühen Arbeiten vorgenommen hat.

Die Anmerkungen greifen bewußt zurück auf ältere, Čechov zeitgenössische Nachschlagewerke; Zitate daraus besitzen ein eigenes Kolorit und vermitteln vom damaligen Wissensstand oft mehr als moderne Lexika dies vermögen. Pëtr Kropotkins Literaturgeschichte des russischen XIX. Jahrhunderts, ›Ideale und Wirklichkeit in der russischen Literatur‹, erstmals 1906 auf deutsch erschienen und eine der besten Informationsquellen über Literatur und Gesellschaft der Čechov-Zeit, liegt inzwischen im Nachdruck als Band 762 der ›edition suhrkamp‹ vor.

Zeitschriften, in denen Čechov publizierte

Budilnik – ›Der Wecker‹, illustrierte satirische Wochenzeitung, erschien 1865–1871 in Petersburg, ab 1873 (bis 1917) in Moskau. Čechovs Mitarbeit am B. zwischen 1881 und 1887, besonders in den Jahren 1882 und 1885, sonst nur sporadisch.

Mirskoj tolk – ›Die Weltmeinung‹, Wochenschrift für gesellschaftliches Leben, Politik und Literatur, erschien 1879–1884 in Moskau. Čechov veröffentlichte in MT. gelegentlich, insgesamt etwa 10 Erzählungen.

Oskolki – ›Splitter‹; humoristische illustrierte Wochenzeitung, erschien 1881–1916 in Moskau, liberal-demokratischer Linie. Čechovs Mitarbeit an den O. begann 1882, ab 1883 veröffentlichte Čechov in den O. bis 1886 wöchentlich mindestens eine, oft zugleich mehrere Kurzgeschichten, Erzählungen und Feuilletons; er führte darüber hinaus unter den Pseudonymen ›Ruver‹ und ›Uliss‹ 1883–1885 eine vierzehntägige Spalte ›Splitter des Moskauer Lebens‹. Insgesamt erschienen in den O. etwa 270 Arbeiten Čechovs. Der Verlag O. brachte 1886 die Erstausgabe des Erzählungsbandes ›Pëstrye rasskazy‹ von Čechov heraus.

Peterburgskaja gazeta – ›Petersburger Zeitung‹, Tageszeitung, erschien 1867–1917, Boulevardblatt. Parallel zu seiner Tätigkeit für die Moskauer ›Oskolki‹ publizierte Čechov in den Jahren 1885–1887 regelmäßig wöchentlich in der PG.

Razvlečenie – ›Zerstreuung‹; liberal humoristische Wochenzeitung auf geringem Niveau, ausgerichtet auf den kleinbürgerlichen Geschmack, erschien 1859–1905 in Moskau, ab 1906 als Beilage der Zeitung ›Moskovskij listok‹ (›Moskauer Kleines Blatt‹). Nur gelegentliche Mitarbeit Čechovs 1884/85.

Russkij satiričeskij listok – ›Russisches satirisches Blatt‹, humoristische, illustrierte Zeitung; in ihr erschienen einige kleinere Arbeiten Čechovs.

Strekoza – ›Die Libelle‹, illustrierte humoristische Wochenzeitung, erschien in Petersburg 1875–1908, mit bürgerlich-liberalem Kurs; zu den Illustratoren gehörte auch Čechovs Bruder Nikolaj. In der S.

erschien die erste Arbeit Čechovs (20. Januar 1880) und weitere frühe Geschichten; 1883 im ›Almanach der S.‹ das ›Schwedische Zündholz‹. Auch später noch gelegentliche Mitarbeit Čechovs, z. B. 1886.

Zritel – ›Der Zuschauer‹, ›Der Betrachter‹, illustrierte humoristische Wochenzeitung, erschien 1881–1885 in Moskau. Zu den ersten Mitarbeitern ab Nr. 5, 1881 gehörte Čechov; einige Erzählungen dann nochmals im Jahr 1883.

Abkürzungen

NR – *Nevinnye reči* (Unschuldige Worte), M. (›Sverčok‹) 1887.

PR – *Pëstrye rasskazy* (Bunte Erzählungen), Spb. (›Oskolki‹) 1886; 2., durchges. Auflage Spb. (A. S. Suvorin) 1891; [14]1899.

SS – *Sobranie sočinenij* (Gesammelte Werke), Spb. (A. F. Marks) 1899 ff. Band I erschien 1899, Band II – 1900; die Bände III bis XI – 1901; Band XII – 1903; Band XIII posthum 1906.

Zur Transkription

Die Transkription der russischen Namen folgt der in der Slavistik üblichen, die für die spezifisch russischen Laute diakritische Zeichen benützt. Die wichtigsten, vom deutschen Alphabet abweichenden Laute des Russischen sind:

č – ›tsch‹, wie Čechov
c – immer ›ts‹, wie in ›Zeichen‹
ch – immer hartes ›ch‹, wie in ›ach!‹ (nie wie in ›ich‹)
s – immer stimmloses, scharfes ›s‹, wie in ›essen‹
š – immer stimmloses, scharfes ›sch‹, wie in ›Asche‹
šč – nicht ›schtsch‹, sondern weiches, gedehntes ›sch‹ (š)
v – im Silbenanlaut, vor Vokalen und stimmhaften Konsonanten = ›w‹
im Silbenauslaut und vor stimmlosen Konsonanten = ›ff‹
z – immer stimmhaftes, weiches ›s‹, wie in ›Rose‹
ž – immer stimmhaftes, weiches ›sch‹, wie in frz. ›jour‹

Jedes ›e‹ und ›i‹ palatalisiert den vorausgehenden Konsonanten, das heißt, wird mit einem leichten ›j‹-Vorschlag gesprochen.

Betontes ›e‹ (ë) wird wie ›jo‹ gesprochen und zieht automatisch die Wortbetonung auf sich.

Unbetontes ›o‹ wie ›a‹; betontes ›o‹ immer offen, wie im Wort ›offen‹ (nie wie in ›Ofen‹).

Namen und Anrede im Russischen

Im Russischen setzt sich jeder Name aus drei Teilen zusammen – dem Vornamen (Anton), dem Vatersnamen (Pavlovič oder, bei Frauen, Pavlovna) und dem Familiennamen (Čechov). Die offizielle Anrede besteht aus Vor- und Vatersnamen (was das im Deutschen übliche ›Herr‹ bzw. ›Frau‹ ersetzt) – ›Anton Pavlovič‹ ist demnach soviel wie deutsch ›Herr Čechov‹. Die intim-vertrauliche Anrede beschränkt sich wie im Deutschen auf den Vornamen bzw. dessen Koseformen.

Im gesprochenen Russisch werden die ›korrekten‹ Formen des Vatersnamens gelegentlich abgeschliffen (für ›Ivan Ivan*ovič*‹, oft auch nur ›Ivan Ivan*yč*‹), woraus sich zuweilen zweierlei Schreibweisen ergeben. Die ›abgeschliffene‹ Form wird gegenüber Personen gebraucht, die man zwar siezt, mit denen man aber doch auf bestimmte Weise vertraut ist, während die ›korrekte‹ Form des Vatersnamens in hochoffiziellen Situationen gebraucht wird, gegenüber Respektspersonen, Höhergestellten usw.

Maße und Gewichte

Gewichte:
1 *Pud* = 40 Pfund oder 16,38 kg
1 *Pfund* = 32 Lot oder 96 Zolotnik oder 410 g
1 *Lot* = 3 Zolotnik oder 12,80 g
1 *Zolotnik* = 4,26 g

Längenmaße:
1 *Verst* = 500 Sažen oder 1067 m
1 *Sažen* = 3 Aršin = 48 Veršok oder 2,134 m
1 *Aršin* = 16 Veršok oder 71,1 cm
1 *Veršok* = 44,45 mm

Flächenmaße:
1 *Desjatine* = 2400 Quadrat-Sažen oder 1,0925 ha
1 *Quadrat-Verst* = 104,17 Desjatinen = 1,138 km²

Russische Feiertage, Kirchenfeste, Fasten

Die Zahl der Feiertage lag im zaristischen Rußland wesentlich höher als in westlichen Ländern zur selben Zeit; das ›Große Enzyklopädische Wörterbuch‹, der russische Brockhaus, zählt in Band 48 (1898) in Rußland 98 Feiertage bei 267 Arbeitstagen (zum Vergleich Preußen: 60 bei 305 Arbeitstagen). Unter die Feiertage fielen, zu Čechovs Zeiten und in der zeitgenössischen Sprache des Baedeker, Staatsfeiertage wie das »Namensfest der Kaiserin«, »Geburtsfest des Kaisers«,

»Krönungsfest«, »Namensfest der Kaiserin-Witwe«, »Geburtsfest des Thronfolgers Alexei Nikolajewitsch« u. a.

Kirchenfeste waren neben dem Weihnachtsfest (am 25., 26. und 27. Dezember – die Datenangaben jeweils nach dem alten Kalender), Ostern (Donnerstag, Freitag und Samstag in der Karwoche sowie 1., 2. und 3. Osterfeiertag), Christi Himmelfahrt, Pfingsten (zwei Tage) sowie dem Freitag und Samstag in der Butterwoche, d. h. der Woche vor Beginn der Großen Osterfasten:

6. Januar	Erscheinung Christi
2. Februar	Christi Darstellung
25. März	Mariä Verkündigung
9. Mai	Fest des hl. Nikolaus des Wundertäters
29. Juni	Fest der Apostel Petrus und Paulus
6. August	Verklärung Christi
15. August	Mariä Himmelfahrt
29. August	Johannis Enthauptung
30. August	Fest des hl. Alexander Nevskij
8. September	Mariä Geburt
14. September	Kreuzeserhöhung
26. September	Fest des Evangelisten Johannes
1. Oktober	Mariä Schutz und Fürbitte
22. Oktober	Fest des wundertätigen Bildes der hl. Muttergottes von Kazan
21. November	Mariä Opfer
6. Dezember	Fest des hl. wundertätigen Nikolaus

Die Fasten (russisch ›post‹) der russisch-orthodoxen Kirche unterteilen sich in ein- und mehrtägige Fasten.
Die mehrtägigen Fasten sind:

1. die *Großen Fasten*, beginnend mit dem Montag nach der Karnevals- oder Butterwoche, 40 Tage vor Ostern;
2. die *Apostel-* oder *Petersfasten* vor Peter und Paul; diese sind vom Datum des Osterfestes abhängig, daher von unterschiedlicher Länge;
3. *Uspenskij post* vom 1. bis 15. August zu Ehren der Muttergottes, vor Mariä Himmelfahrt;
4. die *Weihnachts-* oder *Philippifasten* vor Weihnachten, beginnend mit dem 14. November, 40 Tage vor Christi Geburt.

Eintägige Fasten jeweils mittwochs und freitags, mit Ausnahme der Karwoche (da diese Woche als »ein einziger lichter Tag« angesehen wurde), der Pfingstwoche, der zwölf Tage zwischen Weihnachten und Christi Erscheinung; ferner am

14. September zur Kreuzeserhöhung
29. August zu Johannis Enthauptung und am

5. Januar, dem Vorabend von Christi Erscheinung.
(Nach dem ›Großen Enzyklopädischen Wörterbuch‹, St.-Petersburg, Brockhaus/Efron, 1898, Band 48.)

Die russischen Rangklassen

Die Liste der Rangklassen in Rußland geht zurück auf Peter I. In Anlehnung an westliche Vorbilder (Frankreich, Preußen, Dänemark und Schweden) wurden durch Erlaß 1722 vierzehn Rangklassen geschaffen, die praktisch und ohne wesentliche Veränderung bis 1917 in Kraft blieben. Der petrinischen Reform des Staats- und Militärsdiensts lag der Gedanke zugrunde, daß auch Nichtadelige durch Leistung (durch Erreichen eines Rangs) in den Adel erhoben werden konnten.

Zu Čechovs Zeiten wurden folgende Ränge an Zivil- bzw. Militärbeamte verliehen:

Klasse	*Zivildienst*	*Militärdienst*
1	Kanzler	Generalfeldmarschall
		General-Admiral
2	Wirklicher Geheimrat	General
		Admiral
3	Geheimrat	Generalleutnant
		Vize-Admiral
4	Wirklicher Staatsrat	Generalmajor
	Oberstaatsanwalt	Konter-Admiral
5	Staatsrat	
6	Kollegienrat	Oberst
	Militärrat	Kapitän 1. Ranges
7	Hofrat	Oberstleutnant
		Kapitän 2. Ranges
8	Kollegienassessor	Hauptmann
		Rittmeister
9	Titularrat	Stabshauptmann
		Stabsrittmeister
		Leutnant
10	Kollegiensekretär	Leutnant
		Schiffsfähnrich
11	Schiffssekretär	
12	Gouvernementssekretär	Sekondeleutnant
		Kornett
13	Provinzsekretär	
	Senatsregistrator	
	Synodalregistrator	

Kabinettsregistrator
14 Kollegienregistrator

Personen der oberen vier Rangklassen gebührte die Anrede ›Euer Exzellenz‹.

Der Adelstitel, der auf dem Dienstwege verliehen wurde, war erblich für den, der ein Amt des 9. Rangs erreicht hatte; den Adelstitel beantragen konnte z. B. auch ein Unternehmen, das sein 100jähriges Jubiläum feierte (vgl. die Novelle ›Drei Jahre‹, vgl. Gaevs Rede im 1. Akt des ›Kirschgarten‹).

Čechov hat am 10. Mai 1886 in den ›Oskolki‹ folgende literarische Rangliste aufgemacht:

Rang-Tabelle in der Literatur

Wirkliche Geheimräte (nicht besetzt).
Geheimräte: Lev Tolstoj, Gončarov.
Wirkliche Staatsräte: Saltykov-Ščedrin, Grigorovič.
Staatsräte: Ostrovskij, Leskov, Polonskij.
Kollegienräte: Majkov, Suvorin, Garšin, Burenin, Sergej Maksimov, Gleb Uspenskij, Katkov, Pypin, Pleščeev.
Hofräte: Korolenko, Skabičevskij, Averkiev, Boborykin, Gorbunov, Gr. Salias, Danilevskij, Muravlin, Vasilevskij, Nadson, N. Michajlovskij.
Kollegienassessoren: Minaev, Mordovcev, Avseenko, Nezlobin, A. Michajlov, Palmin, Trefolev, Pëtr Vejnberg, Salov.
Titularräte: Albov, Barancevič, Michnevič, Zlatovratskij, Špažinskij, Sergej Atava, Čujko, Meščerskij, Ivanov-Klassik, Vas. Nemirovič-Dančenko.
Kollegiensekretäre: Frug, Apuchtin, Vs. Solovjëv, V. Krylov, Jurjev, Goleniščev-Kutuzov, Ėrtel, K. Slučevskij.
Gouvernementssekretäre: Notovič, Maksim Belinskij, Nevežin, Karazin, Vengerov, Nefedov.
Kollegienregistratoren: Minskij, Trofimov, F. Berg, Mjasnickij, Linev, Zasodimskij, Bažin.
Ohne Rang: Okrejc.

Nicht übersetzte Ausdrücke

Bliny – im Singular blin: der Pfannkuchen, der Fladen aus Buchweizen-, Weizen- oder Gerstenmehl (Pavlovskij), vgl. deutsch Plinse, auch Plinze. Russisches Backwerk, in schwimmendem Fett gebacken.

Bliny wurden vor allem in der Butterwoche, der russischen Karnevalswoche vor den 40tägigen Großen Fasten gebacken.

Katorga – vgl. Pavlovskij: »1. (veralt.) die Galeere, das Ruderschiff; 2. die Festungsbau-, Bergbaustrafe, Zwangsarbeit in den Bergwerken«; so auch oft übersetzt, zu Čechovs Zeiten meist in Sibirien, auf Sachalin oder in den Bergwerken am Karischen Meer verbüßt, verbunden mit anschließender Verbannung zur Zwangskolonisierung Sibiriens. *Katorga* aber auch im übertragenen Sinne – schweres, unerträgliches Leben, Hundeleben. Davon abgeleitet: *Katoržnik*, ›Zuchthäusler‹, der die Katorga verbüßt. Über Katorga und russischen Strafvollzug vgl. ausführlich Čechov, ›Die Insel Sachalin‹ (detebe 20270).

Kulak – wörtl. (Pavlovskij): »1. die Faust; ... 5. der Aufkäufer, Kleinhändler, Wiederverkäufer; 6. der Geizhals, Knicker«; davon abgeleitetes Abstraktum: Aufkäuferei, Mäklerei; die Wucherei. Meint abschätzig den reichen, durch Wuchergeschäfte reichgewordenen Bauern, für den es in der russischen Literatur zahlreiche Beispiele gibt – vgl. etwa Vosmibratov in Ostrovskijs Komödie ›Der Wald‹, vgl. zu diesem Begriff auch Čechov über die Rolle Lopachins im ›Kirschgarten‹.

Kvas – auch Kwaß, erfrischendes Getränk, zubereitet aus gesäuertem Schwarzbrotteig oder Schwarzbrot und Malz (Pavlovskij). Ein in Rußland beliebtes Getränk, das die Stelle des Biers vertritt. Bei den Bauern besteht der K. nur aus einem trüben, sauern, noch gärenden Aufguß auf geschrotenes Getreide. Dagegen sind die feinern Sorten K., besonders der Äpfel- und Himbeerkwas, sehr wohlschmeckend (Brockhaus, 14. Aufl., Leipzig 1902).

Njanja – die russische Kinderfrau, die Amme; ist Bezeichnung und Anrede zugleich für die Amme, die neben den Dienstboten gehalten wurde und die – vgl. ›Drei Schwestern‹, ›Onkel Vanja‹ – im Hause verblieb, auch wenn die Kinder längst herangewachsen waren.

Varenje – russische Spezialität, Eingemachtes, erscheint in Übersetzungen als ›Konfitüre‹, ›Marmelade‹, als ›das Eingemachte‹ (›Eingemachtes‹), aber auch als ›Saft‹ (so auch Pavlovskij). Wird anstelle von Zucker oft zum Süßen des Tees benützt.

Zakuska – vgl. Pavlovskij: »1. der Imbiß, das Gabelfrühstück; 2. die Zukost, das Zugemüse, Beiessen; 3. das Nachessen, Dessert, der Nachtisch.« In den vorliegenden Übersetzungen oft auch mit ›Imbiß‹ übersetzt, meint das, was man unmittelbar nach dem heruntergestürzten Glas Vodka ißt und was in Rußland unabdingbar zum Vodkatrinken gehört. Was als Zakuska alles genossen werden kann, diskutieren exemplarisch Lebedev, Borkin und Šabelskij im III. Akt des ›Ivanov‹ (detebe 20102).

Zemstvo – russischer Terminus technicus aus der Verwaltung, bezeichnet die teilweise Selbstverwaltung des Landes im lokalen Bereich, eine der Errungenschaften aus der Zeit der ›großen‹ Reformen, eingeführt nach Aufhebung der Leibeigenschaft 1861, um die staatliche Verwaltung zu entlasten. Auf drei Jahre gewählte Vertreter der Adeligen, Bürger und Bauern (wobei das Wahlrecht dem Adel die führende Position sicherte) entschieden ab 1864 über die Instandhaltung von Straßen und Brücken, Unterhaltung von Fuhr- und Postdiensten, über den Ausbau des Elementarschulwesens, über Einrichtungen des Gesundheitswesens, z. B. den Bau neuer Krankenhäuser (vgl. ›Krankenzimmer Nr. 6‹; der in den Übersetzungen erscheinende ›Landarzt‹, zemskij vrač, ist der vom Zemstvo angestellte, der Zemstvo-Arzt). Die Zemstvos auf Kreis- und Gouvernementsebene befanden sich in ständiger Rivalität zur staatlichen Verwaltung und wurden 1890 durch Gesetz in ihren Kompetenzen derart eingeschränkt, daß sie praktisch zur Bedeutungslosigkeit verurteilt waren.

Anmerkungen

Freude (Radost'). Zritel', Zensurstempel: 8. Januar 1883; Titel dort: ›Eine hohe Ehre‹; ›A. Čechonte‹. Mit neuem Titel, Korrekturen, gekürzt in SS I, 1899.

Kollegienregistrator – eine der untersten Stufen in der zaristischen Beamtenhierarchie.

Malaja Bronnaja – Straße in Moskau.

Drotov – russ. ›drot‹: 1. der Wurfspieß, Speer, die Lanze, auch Stricknadel, 2. Der Draht.

Die Mütze mit der Kokarde – der Schüleruniform der russischen Gymnasiasten.

In der Barbierstube (V cirul'ne). Zritel', 7. Februar 1883; Titel dort: ›Drama in der Barbierstube‹; ›Čelovek bez selezenki‹ (Der Mann ohne Milz). Mit verändertem Titel, erheblichen Korrekturen und Kürzungen in SS I, 1899.

Blestkin – russ. ›blestka‹: der Flitter, das was glänzt (auch im Sprichwort: »Es ist nicht alles Gold ...«); blesk: der Glanz, Schein, Schimmer, das Glitzern.

Roter Teich – russ. ›Krasnyj prud‹, im Nordwesten Moskaus gelegen, damals weit vom alten Stadtkern entfernt, hinter dem Rjazaner Bahnhof auf dem Weg zur Sommerhäusersiedlung Sokolniki; vgl. die Novelle ›Drei Jahre‹, detebe 20269.

Šejkin – russ. ›šejka‹: der Hals, das Hälschen.

Artel – im alten Rußland Erwerbs- und Wirtschaftsgenossenschaft von Handwerkern und Gewerbetreibenden, die sich zu Artels zusammenschlossen, um ihre Interessen gegenüber den Arbeitgebern gemeinsam vertreten zu können; den deutschen Innungen vergleichbar.

Die Frau ohne Vorurteile (Ženščina bez predrassudkov). Zritel', 10. Februar 1883; ›A. Čechonte‹. Nicht in SS.

Saljutov – russ. ›saljut‹: der Salut, davon abgeleitet auch salutieren, grüßen.

Eremitage – eines der ersten Speiserestaurants in Moskau, Trubnaja ploščad', mit Konzertgarten.

Tambov – Hauptstadt des gleichnamigen Gouvernements in Mittelrußland, 1897 mit ca. 50 000 Einwohnern.

Die Bittstellerin (Baran i baryšnja, wörtl.: Der Hammel und das Fräulein). Oskolki, 19. Februar 1883; ›A. Čechonte‹. Nicht in SS.

Hofrat – Beamter der 7. Rangklasse in der russischen Beamtenhierarchie.

Palcev – russ. ›palec‹: der Finger

Kursk – Hauptstadt des gleichnamigen Gouvernements in Mittelrußland, 1897 ca. 50 000 Einwohner, aus Sicht eines Petersburgers und ›gnädigen Herrn‹: tiefste Provinz, Entfernung ca. 1100 Verst.

Eine grausame Lektion (Razmaznja, wörtl.: Die Schlafmütze; der Waschlappen, Schlappschwanz). Oskolki, 19. Februar 1883; ›A. Čechonte‹. Unverändert in PR, 1886. Nicht in SS.

So ein Waschlappen – die Erzählung nimmt hier das Titelwort (s. o.) auf.

Der Triumph des Siegers (Toržestvo pobeditelia). Oskolki, 26. Februar 1883; Titel dort ›Triumph der Sieger‹; ›A. Čechonte‹. Mit Korrekturen in SS I, 1899.

Butterwoche – erste Woche vor den großen Osterfasten, vgl. allgemeine Erklärungen.

Plinsen – russisches Backwerk, vgl. ›Bliny‹ in den allgemeinen Erklärungen.

Kozulin –russ. ›kozël‹: der Ziegenbock; kozulja: das Reh.

Kuricyn – russ. ›kurica‹: das Huhn, die Henne.

Der gescheite Hausknecht (Umnyj dvornik). Zritel', 3. März 1883; Titel dort: ›Die Moral‹; ›A. Čechonte‹. Stark gekürzt, mit zahlreichen Korrekturen in SS I, 1899.

Das Wissen ist Licht ... – russ. sprichwörtliche Redensart, vgl. deutsch ›Wissen ist Macht‹.

Ein Fall aus der Gerichtspraxis (Slučaj iz sudebnoj praktiki). Zritel', 17. März 1883, dort mit dem Untertitel ›Kriminalerzählung‹; ›A. Čechonte‹. Ohne Untertitel, gekürzt in PR, 1886. Nicht in SS.

Šelmecov – russ. ›šel'ma‹: der Schurke, Schuft, Spitzbube, Gauner (von dt. Schelm).

Der Weidenbaum (Verba). Oskolki, 9. April 1883; ›A. Čechonte‹. Mit geringen Korrekturen in PR, 1886. Nicht in SS.

Der Dieb (Vor). Oskolki, 16. April 1883; ›A. Čechonte‹. Mit geringen Korrekturen in PR 1886. Nicht in SS.

Christ ist erstanden – russ. ›Christos voskres‹, der traditionelle russische Ostergruß.

der Verbannte – nach Verbüßung der Katorga (Zwangsarbeit) in den sibirischen Straflagern folgte die Verbannung in entlegene Gebiete Sibiriens. Der ehemalige Häftling hatte nicht das Recht, in die Heimat zurückzukehren. Über Strafgefangene, Katorga, Lebensbedingungen in der Verbannung zu Čechovs Lebzeiten vgl. ausführlich ›Die Insel Sachalin‹, detebe 20270.

Stanislausorden – Orden des hl. Stanislaus (Stanislav), eine der geringsten Auszeichnungen, die im zaristischen Rußland an Beamte und Militärs vergeben werden konnten.

Aus dem Tagebuch eines Hilfsbuchhalters (Iz dnevnika pomoščnika buchgaltera). Oskolki, 18. Juni 1883; ›Čelovek bez selezenki‹. Mit Korrekturen in SS I, 1899.

Glotkin – russ. ›glotat'‹: schlucken, hinunterschlucken.

Kleščëv – russ. ›klešči‹: die Zange, Schere.

Vetljanka – Station am Unterlauf der Volga, wo im Jahre 1878 Pest ausgebrochen war.

Einmal im Jahr (Raz v god). Strekoza, 19. Juni 1883; ›A. Č.‹ Dann in PR, 1886, auch für Übernahme in SS I, 1899 geplant, wo die Erzählung dann jedoch nicht erschien.

Burlastov – vgl. russ. ›burlak‹: Bauer, Barkenknecht; grober Kerl.

Bitkov – russ. ›bitka‹: »1. das Knöchelchen, mit dem im Babchenspiel geworfen wird; bitka v kon' – der letzte Satz eines, der alles verspielt hat; 2. (im Billardspiel) der Ball, mit d. man spielt; 3. nach dem Kaliber d. Flinte langgezogener Bleidraht; 4. (prov.) fig. dreister, unternehmender Mensch.« (Pavlovskij)

Der Tod des Beamten (Smert' činovnika). Oskolki, 2. Juli 1883; ›A. Čechonte‹. Mit geringfügigen Korrekturen in PR, 1886, und in SS II, 1900.

Červjakov – russ. ›červjak‹: der Wurm.

Die Glocken von Corneville – populäre komische Oper des französischen Komponisten Robert Planquette (1848–1903) aus dem Jahre 1877.

Brizžalov – russ. ›brjazžat'‹: leeres Geschwätz machen, klatschen, zanken; auch: klirren, klimpern, klappern.

Der böse Knabe (Zloj mal'čik). Oskolki, 23. Juli 1883; Titel dort: ›Ein übler Knabe. Erzählung für Besitzer kleiner Sommerhäuser‹; ›A. Čechonte‹. Ohne Untertitel, mit Kürzungen und Korrekturen in SS I, 1899.

Lapkin – russ. ›lapka‹: das Pfötchen, Händchen.

Die Aussteuer (Pridanoe). Budil'nik, Zensurstempel: 30. Juli 1883; Titel dort: ›Die Aussteuer. Geschichte einer Manie‹; ›A. Čechonte‹. Mit erheblichen Kürzungen, Korrekturen umgearbeitet in SS I, 1899.

Où est mon cravate ... – franz. »Wo ist meine Krawatte, die mir mein Vater aus Kursk geschickt hat?«

Ah, est-ce que Marie, que ... – franz., etwa: »Ah, war es Marie, die ...«, oder: »Ah, vielleicht hat Marie ...«

Nous avons donc chez nous ... – franz. »Bei uns ist doch jemand, den wir kaum kennen«, oder: »Wir haben doch jemand zu Gast, den wir sehr wenig kennen.«

Je suis charmée ... – franz. »Ich freue mich sehr, Sie wiederzusehen, mein Herr.«

Die Tochter Albions (Doč' Al'biona). Oskolki, 13. August 1883; ›A. Čechonte‹. Mit geringfügigen Korrekturen in PR, 1886, dann in SS II, 1900.

Albion – alte Bezeichnung für England, keltisch-lateinischen Ursprungs, nurmehr poetisch verwendet.

Otcov – russ. ›otec‹: der Vater.

Wilka Charlesowna Twice – in der phonetischen russ. Transkription (›unaussprechbar‹): Uilka Čarlzovna Tfajs.

Je vous prie – franz. ›Ich bitte Sie‹, ›Bitte sehr‹.

Die Auskunft (Spravka). Oskolki, 3. September 1883; Titel dort: ›Ein Irrtum‹; ›A. Čechonte‹. Mit Korrekturen in SS I, 1899.

Voldyrev – russ. ›voldyr'‹: Blase, Geschwür; Geschwulst, Beule.

Gugulina – russ. redensartlich (in der Verneinung): ›ni gugu‹ – kein Wort! Keine Silbe! Keinen Laut!, für: Halt den Mund!

Der alte Lakai (Otstavnoj rab). Oskolki, 10. September 1883; ›A. Čechonte‹. Geringfügig verändert in PR, 1886. Nicht in SS.

Svincov – russ. ›svinja‹: das Schwein; svincovyj: bleiern, bleifarben, bleigrau.

Tverskaja – Pracht- und Einkaufsstraße in Moskau, heute die Gorkij-Straße.

Im Herbst (Osen'ju). Budil'nik, September 1883; ›A. Čechonte‹; nahezu unverändert in den PR, 1886. Nicht dagegen in SS.
1885 arbeitete Čechov diese Erzählung in einen Einakter (›Auf der Landstraße‹) um, der im Gegensatz zu der Erzählung von der Zensur verboten wurde.

Der Dicke und der Dünne (Tolstyj i tonkij). Oskolki, 1. Oktober 1883; ›A. Čechonte‹. Mit Korrekturen in PR, 1886; erneut überarbeitet in SS I, 1899.

Bahnhof der Nikolaj-Eisenbahn – wahrscheinlich *der* Nikolaj- oder St. Petersburger Bahnhof in Moskau, von wo die Züge nach Petersburg abgingen.

Sherry – eigentlich der bei Čechov häufig auftauchende Jerez, russ. transkribiert ›cheres‹.

Fleur d'Orange – Parfum.

Herostratos – setzte der Legende nach im Geburtsjahr Alexanders d. Großen, 356 v.u.Z., in seiner Heimatstadt Ephesos den berühmten Artemistempel in Brand.

Ephialtes – Grieche aus Malis, zeigte den Persern in der Schlacht bei den Thermopylen (480 v.u.Z.) den Weg über den Kallidromos, auf dem sie den Griechen in den Rücken fielen.

Stanislausorden – Orden des hl. Stanislaus, russ. Stanislav, eine der geringsten Auszeichnungen des zaristischen Rußland für Beamte und Militärs.

Auf See (V more. Rasskaz matrosa). Mirskij tolk, 29. Oktober 1883; dort ohne Untertitel; ›A. Čechov‹. In veränderter Gestalt in der Anthologie ›Severnye cvety‹ (dort unter dem Titel ›Nachts‹). Mit neuen Korrekturen in SS XII, 1903.

Die Verleumdung (Kleveta). Oskolki, 12. November 1883; ›A. Čechonte‹. Nahezu unverändert in PR, 1886; mit geringfügigen Korrekturen dann in SS II, 1900.

Kalligraphie – griech. ›Schönschrift‹.

Achineev – vgl. russ. ›achinejnyj‹: unsinnig, abgeschmackt.

Lošadinych – russ. ›lošad'‹: das Pferd.

Tarantulov – vgl. Tarantel.

Pasdequoi – franz. »il n'y a pas de quoi«: Keine Ursache, macht nichts; Herr Machtnichts.

Mzda – russ. ›mzda‹: 1. Lohn, Belohnung, Vergeltung; 2. Gewinn, Vorteil. In Zusammensetzungen auch: bestechlich, käuflich.

Miasma – griech. ›Verunreinigung‹.

Vysekin – russ. ›vysekat'‹, ›vyseč'‹: verhauen, verdreschen, verprügeln.

Das schwedische Zündholz (Švedskaja spička). Almanach der Zeitschrift Strekoza auf das Jahr 1884; Zensurstempel: 5. Dezember 1883; ›A. Čechov‹. Mit geringfügigen Korrekturen in PR, 1886; mit neuen Korrekturen in SS II, 1900.

Geschrieben im August 1883.

Kljauzov – russ. ›kljauza‹: Kniff, Intrige, Ränke.

Psekov – russ. ›pes‹: der Hund.

Čubikov – russ. ›čub‹, ›čubak‹: der Schopf (bei Tier und Mensch).

Svistakovskij – russ. ›svistet'‹: pfeifen.

die Serben haben wieder Krawall gemacht – Serbien, seit 1882 Königreich Serbien, war in der zweiten Hälfte des XIX. Jahrhunderts fortlaufend in Kriege mit der Türkei und, nach Beendigung des Russisch-Türkischen Krieges von 1877/78, auch mit dem neu geschaffenen Fürstentum Bulgarien in Konflikte verwickelt, steckte aber zugleich auch tief in innenpolitischen Schwierigkeiten. Um welche Art ›Krawall‹ es sich hier handelt – Čechov nennt das Datum 6. Oktober 1885 –, ist nicht klar; am 13. November 1885 »benutzte« der serbische König Milan »die Gelegenheit der Vereinigung Bulgariens mit Ostrumelien, um Bulgarien den Krieg zu erklären« (Brockhaus, 14. Aufl. Leipzig 1903).

Nana – Dame der Halbwelt, Titel des gleichnamigen Romans von Emile Zola (1840–1902), erschien 1879/80.

Non dubitandum est – latein. »Das ist nicht zu bezweifeln«.

Heureka – griech. »Ich habs gefunden!« Ausruf des Archimedes (287–212 v.u.Z.), als er bei der Untersuchung des Goldgehalts einer für König Hiero von Syrakus angefertigten Krone das Gesetz des spezifischen Gewichts entdeckt hatte.

Dostoevskij, Leskov, Pečerskij – russische Autoren, die sich alle mit der russischen Religiosität und, damit im Zusammenhang, auch mit den Problemen des Schismas der russischen Kirche befaßten, der Spaltung der Kirche in Rechtgläubige (Orthodoxe) und Altgläubige. Nikolaj Leskov, 1831–1895, bekanntgeworden durch seine ironisch-satirische Chronik aus dem Leben der Geistleichkeit ›Die Klerisei‹ (1872) sowie Legenden und Erzählungen (›Der versiegelte Engel‹ u. a.), Pavel Ivanovič Melnikov-Pečerskij, 1818–1883, schilderte in seiner Roman-Epopöe ›In den Wäldern‹ (1871–74) das Leben der Altgläubigen in den Wäldern am Mittellauf der Volga, in der Gegend von Nižnij Novgorod, heute Gorkij.

Veni, vidi, vici – latein. »Ich kam, ich sah, ich siegte«, Ausspruch Caesars, mit dem er seinen schnell errungenen Sieg bei Zela (47 v. Chr.) beschrieb.

Gaboriau – Emile, französischer Kriminalschriftsteller, 1832–1873, ›L'affaire Lerouge‹ (1866), ›Monsieur Lecoq‹ (1869) u. a. Fast vollständig ins Russische übersetzt.

Niva – russ. ›Die Flur‹, weit verbreitete illustrierte Wochenzeitung, erschien in Petersburg 1870 bis 1918.

dieser Gladstone – William Ewart Gladstone, 1809–1898, britischer Staatsmann, Tory, in der zweiten Hälfte des XIX. Jahrhunderts Führer der Liberalen Partei; Premierminister 1868–1874, 1880 bis 1885, 1886 und 1892–1894. Zugleich Autor zahlreicher wissenschaftlicher Publikationen und Übersetzungen vor allem aus der antiken Literatur (über Homer, Übersetzung der Oden des Horaz u. a.).

Der Orden (Orden). Oskolki, 14. Januar 1884; ›A. Čechonte‹. Unverändert in PR, 1886; mit geringen Korrekturen, gekürzt in SS II, 1900.

Pustjakov – russ. ›pustjaki‹: Lappalien, Banalitäten, Kleinkram.

Ledencov – russ. ›led‹: das Eis.

Spičkin – russ. ›spički‹: die Streichhölzer.

Tremblant – franz. ›trembler‹: zittern, beben, zagen.

Annenorden – gestiftet 1735 zu Ehren von Anna Petrovna, der Tochter Peters d. Großen, 1797 von Zar Paul für Rußland übernommen; bestand aus drei Klassen »zur Belohnung des Verdienstes für alle Stände«; Nikolaus I. fügte, für Unteroffiziere und Soldaten eine fünfte Klasse hinzu.

Vladimirorden – Orden zum Andenken an den Großfürsten Vladimir I., 1782 gestiftet, für alle Stände. Von Alexander I. erneuert als »Belohnung für bürgerliche Auszeichnungen im Frieden«, hat vier Klassen.

Die Rache einer Frau (Mest' ženščiny). Russkij satiričeskij listok, 28. Januar 1884; ›Anče‹. Nicht in SS.

Čelobitjev – russ. ›čelo‹: die Stirn; ›bit'‹: schlagen.

Der Nachhilfelehrer (Repetitor). Oskolki, 11. Februar 1884; dort mit dem Untertitel: ›Kleine Szene‹; ›A. Čechonte‹. Ohne Untertitel in PR, 1886; mit geringfügigen Korrekturen in SS I, 1899.

Udodov – russ. ›udod‹: der Wiedehopf.

fructus – latein. ›die Frucht‹.

Kühner – Raphael Kühner (1802–1878), Philologe und Pädagoge, veröffentlichte u. a. eine ›Schulgrammatik der lateinischen Sprache‹.

Vokativ – latein. Bezeichnung für den grammatischen Fall der An-

rede (im Lateinischen, aber auch einzelnen slavischen Sprachen).
meus filius – latein. ›Mein Sohn‹.
dea – latein. ›die Göttin‹.

Die Chorsänger (Pevčie). Oskolki, 25. Februar 1884; ›A. Čechonte‹. Unverändert in PR, 1886, mit geringfügigen Korrekturen in SS III, 1901.
Bortnjanskij – Dmitrij Stepanovič Bortnjanskij, russischer Komponist, 1751–1825; schrieb Kirchenmusik und Opern im italienischen und französischen Stil.

Perpetuum mobile (Perpetuum mobile). Oskolki, 17. März 1884, dort mit dem Untertitel: ›Erzählung‹; ›A. Čechonte‹. Ohne Untertitel, mit Korrekturen in SS II, 1900.
Grišutkin – vgl. Koseform des Vornamens Grigorij (›Griša‹) und russ. ›utka‹: die Ente; russ. ›šutka‹: der Scherz.
Svistickij – russ. ›svistet'‹: pfeifen; ›svistun‹: der Schwätzer.
Zeit vor den Reformen – ›die‹ Reformen, auch ›die großen‹ Reformen der 60–70er Jahre, die die Anpassung der zaristischen Monarchie an die Bedürfnisse der kapitalistischen Entwicklung widerspiegeln: Abschaffung der Leibeigenschaft 1861, Einführung der Zemstvo-Selbstverwaltung, Justizreform 1864.
Tjulpanskij – vgl. tjulipan: die Tulpe.
Whist (zu dritt mit einem Strohmann) – aus England stammendes Kartenspiel, aus dem später Bridge hervorgegangen ist; vgl. auch russ. Variante, ›Whint‹ (vint).
Ein Leben für den Zaren – Oper von Michail Glinka (1804–1852), klassische russische Oper, heute unter dem Titel ›Ivan Susanin‹ bekannt.

Lektüre (Čtenie). Oskolki, 24. März 1884, Titel dort: ›Vorsicht im Umgang mit Feuer!‹ ›A. Čechonte‹. Mit neuem Titel, Korrekturen in SS I, 1899.
Semipalatov – Zusammensetzung aus russ. ›sem'‹: sieben, und ›palata‹: Zimmer, Saal; Palast.
Galamidov – vgl. Galam, Landschaft in Senegal; Galam-Butter.
Merdjaev – vgl. franz. ›merde‹: Scheiße.
Gogoltypen – Anspielung auf die Personen des ›Revisor‹, der klassischen russischen Komödie von Nikolaj Gogol (1809–1852), aus dem Jahr 1836.
Der Graf von Monte Christo – berühmter Roman von Alexandre Dumas (Père), erschien 1845/46; Dumas war auch in Rußland äußerst populär, 1905 lag eine russische Dumas-Ausgabe in 24 Bänden vor.
Budylda – russ. ›budyl'‹: der Stengel, Halm; das Rohr.

Podchodcev – russ. ›podchodit'‹: herbeikommen, herzutreten, herbeitreten.

Der Ewige Jude – ›Le juif errant‹, Roman des französischen Schriftstellers Eugène Sue (1804–1857), erschien 1844/45; Abenteuerroman um eine Millionenerbschaft, in dem *Jesuiten* durch Intrigen und undurchsichtige Machenschaften versuchen, eine Reihe von Erben auszuschalten und das Millionenvermögen einem der Ihren, dem weltfremden Missionar zuzuschustern, der die Erbschaft schon im voraus dem Jesuitenorden vermacht hat. Čechovs Bruder Michail berichtet in seinen Čechov-Erinnerungen, daß Čechov, nachdem sein Verleger A. S. Suvorin die Absicht hatte, die Erfolgsromane von Sue und Dumas (›Der Graf von Monte Christo‹, ›Die drei Musketiere‹) in einer Volksausgabe zu publizieren, darauf bestand, daß diese längst (1850, 1860) veröffentlichten Romane in einer gekürzten Fassung erschienen, »und Anton Pavlovič machte sich an grimmige Streichungen von ganzen Druckbogen, ohne den Text zu schonen«. Es gab, berichtet Michail Čechov weiter, sogar eine Karikatur, auf der Čechov, den ›Grafen von Monte Christo‹ in Händen, ganze Seiten streichend, zu sehen war und hinter ihm Alexandre Dumas, der große Tränen auf diese Seiten fallen ließ.

Trifon. Oskolki, 31. März 1884; ›A. Čechonte‹; nahezu unverändert in PR, 1886. Nicht in SS.

Und Vergangenes bereu ich nicht – Vers aus einem Gedicht von Michail Lermontov (1814–1841), hier zitiert aus einer Übersetzung von Rainer Maria Rilke mit dem Titel ›Strophen‹.

Triša, Triška – von Trifon.

Nachtwächter, Klopfholz – auf russischen Gutshöfen war in der Regel ein Nachtwächter beschäftigt, der in den Abendstunden das Anwesen umschritt und auf einem Holzbrett die jeweils volle Stunde schlug; vgl. Čechovs Erzählung ›Vanka‹, auch die Stücke ›Onkel Vanja‹, ›Waldschrat‹.

Früher – meint die Zeit vor 1861, vor der sogenannten Bauernbefreiung.

Das Album (Al'bom). Oskolki, 5. Mai 1884; ›A. Čechonte‹. Mit Korrekturen in SS I, 1899.

Kraterov – russ. ›krater‹: Krater, Schlund.

Admiralitätsgebäude – in Petersburg, am Ufer der Neva gelegen; über dem Tor befindet sich der Admiralitätsturm, der, 70 Meter hoch, in eine dünne, vergoldete Spitze ausläuft.

Žmychov – russ. ›žmychi‹: Ölkuchen.

Zakusin – vgl. russ. ›zakuska‹: jemand, der gern und häufig zur Zakuska greift, etwas ›dazuißt‹, also auch trinkt.

Gärung der Gemüter (Broženie umov.) Oskolki, 16. Juni 1884; dort mit dem Untertitel: ›Stück aus der Chronik der Stadt Niščegladsk‹; ›A. Čechonte‹. Fast unverändert in PR, 1886. Mit Korrekturen in SS 1, 1899.

Réaumur – Erfinder des Weingeistthermometers (1730), hier für: Thermometer; 35,8°, in Réaumur gemessen, entsprächen einer Temperatur von ca. 45° Celsius.

Počešichin – početuj: die Hämorrhoiden.

Syn otečestva – russ. ›Der Sohn des Vaterlands‹, politische, wissenschaftliche und literarische Zeitschrift gemäßigt liberaler Richtung, erschien in Petersburg, 1856–61 als Wochen-, ab 1862 als Tageszeitung.

Vratoadov – Zusammensetzung aus russ. ›vrata‹ (Tür, Tor) und ›ad‹ (die Hölle).

Vosmistišiev – Zusammensetzung aus ›vosem'‹ (acht) und ›stich‹ (Vers).

Purov – russ. ›purit'‹: fließen, strömen lassen; Wasser abschlagen, pissen.

Fertikulov – russ. ›fertik‹: Stutzer, Zierbengel; süßes Herrchen.

Greškin – russ. ›grech‹: Sünde, Fehl, Frevel wider die göttlichen Gesetze.

Krušenskij – russ. ›krušenie‹: Zertrümmern, Zerstören; in Zusammensetzungen, z. B. Eisenbahnunglück, Schiffbruch.

Portupeev – vgl. franz. portepée, die Degen-, Säbelquaste.

Die Beamtenprüfung (Ėkzamen na čin). Oskolki, 14. Juli 1884, dort mit dem Untertitel: ›Erzählung‹; ›A. Čechonte‹. Ohne den Untertitel in PR, 1886. Mit Korrekturen in SS 1, 1899.

Galkin – russ. ›galka‹: die Dohle.

Kuchtin – russ. ›kuchta‹: der Reif an Bäumen.

Pivomedov – ›pivo‹: das Bier; ›med‹: Honig.

Chamov – russ. ›cham‹: der Pöbel, das Volk.

Zmiežalov – russ. ›zmij‹, ›zmeja‹: die Schlange, der Drachen; ›žalo‹: der Stachel.

Achachov – russ. ›achnut'‹: ›Ach!‹ sagen; ›chochotat'‹: laut lachen (onomatopoetisch).

Landlehrer – meint den Dorfschullehrer, der in der vom Zemstvo unterhaltenen Schule Dienst tat, den Zemstvo-Lehrer, vgl. das Stichwort ›Zemstvo‹ in den allgemeinen Erläuterungen, entsprechend dem Zemstvo-Arzt.

Wörter, die anders geschrieben werden – es folgt bei Čechov ein Beispielsatz, phonetisch umschrieben so: »Charaša chalodnaja vada, kagda chočica pit'« (für: »Choroša cholodnaja voda, kogda chočetsja pit'«, »Gut ist kaltes Wasser, wenn man Durst hat«); entsprechende Beispiele im folgenden Absatz.

Saul – nach der biblischen Geschichte litt Saul, König von Israel, unter Verfolgungswahn, der sich besonders gegen seinen Waffenträger, den späteren König David richtete.

Mariä Fürbitte – kirchliches Fest der Russisch-Orthodoxen, wird, nach Julianischem Kalender, am 1. Oktober gefeiert.

Chirurgie (Chirurgija). Oskolki, 11. August 1884, dort mit dem Untertitel: ›Kleine Szene‹; ›A. Čechonte‹. Mit geringfügigen Korrekturen in PR, 1886; nahezu unverändert dann in SS II, 1900.

Landkrankenhaus – oder Zemstvo-Krankenhaus, Krankenhaus, das vom Zemstvo (vgl. allgemeine Erläuterungen) unterhalten wurde.

Kurjatin – russ. ›kurjatina‹: Hühnerfleisch; ›kurja‹: das Küken.

Berg Athos – heiliger Berg der orthodoxen Kirche auf der griechischen Halbinsel Chalkidike, mit zahlreichen Klöstern; den von dort stammenden Amuletten wurde wundertätige Wirkung zugeschrieben.

Vonmiglasov – russ. ›von‹: raus (z. B. in der Redensart: ›Wer Altes nicht vergessen kann, soll ein Auge verlieren‹: ›tomu glaz von‹): russ. ›glas‹: die Stimme.

Egipetskij – russ: ›egipetskij‹: ägyptisch; ›der aus Ägypten‹, ›der Ägypter‹.

Geißfuß – »In der zahnärztlichen Technik ist der G. ein nur noch wenig benutztes Instrument, das nach dem Prinzip des einarmigen Hebels wirkt und zum Ausziehen von Zahnstümpfen und Zahnwurzeln verwendet wird. Es besteht aus einem in einem Holzgriff befestigten, stumpfwinklig gebogenen Stahlstab, der an seinem freien Ende in zwei stumpfe kurze Spitzen ausläuft« (Brockhaus, 14. Aufl., Lpz. 1902).

Traktion – latein. medizin. ›Ziehung‹.

Solch ein Kasus – ›casus‹ latein.: der Fall.

Ein Chamäleon (Chameleon). Oskolki, 8. September 1884; Untertitel: ›Kleine Szene‹; ›A. Čechonte‹. Unverändert, ohne Untertitel, in PR, 1886; SS II, 1900.

Očumelov – russ. ›čuma‹: die Pest, Seuche; ›očumet'‹: verrohen, verdummen; an Pest erkranken.

Pičugin – russ. ›pičuga‹: der Vogel; davon abgeleitetes Verbum: sich zieren, kokettieren, zu gefallen suchen.

Chrjukin – russ. ›chrjukalo‹: der Rüssel; ›chrjukat'‹: grunzen (von Schweinen).

Žigalov – russ. ›žiga‹: das Schimpfen, Geschimpfe, Scheltworte, Drohung, Einschüchterung.

Vom Regen in die Traufe (Iz ognja da v polymja). Razvlečenie, 20.

September 1884; ›A. Čechonte‹. Mit geringfügigen Korrekturen in SS II, 1900.

Gradusov – russ. ›gradus‹: Grad, auch als Prozentangabe bei Alkohol gebraucht.

Kaljakin – russ. ›kaljaka‹: Schwätzer, Schwatzmaul.

Derevjaškin – russ. ›derevo‹: Baum, Holz; ›derevjannyj‹: hölzern, aus Holz.

Gladstone – William Gladstone, englischer Staatsmann, 1809–1898; war zur Zeit des Erscheinens dieser Geschichte britischer Premierminister, vgl. Anm. zur Erz. ›Das schwedische Zündholz‹ in diesem Band.

Russisch-Türkischer Krieg – oder Balkankrieg 1877/78 gegen die Türkei, endete mit der Niederlage der Türken und dem Frieden von San Stefano (3. März 1878). Der Sieg der russischen Armee hatte die Befreiung Bulgariens zur Folge und garantierte die Unabhängigkeit von Rumänien, Serbien und Montenegro.

Examen als Kollegienregistrator – vgl. weiter oben ›Die Beamtenprüfung‹.

Samopljuev – in diesem Namen steckt der Wortstamm des Verbums ›plevat'‹: speien, spucken, erbrechen; ›samo-‹ in Zusammensetzungen: selbst.

Slavophile – griech. ›Slavenfreund‹; Vertreter einer Strömung des russischen Geisteslebens Mitte des XIX. Jahrhunderts, mit überwiegend reaktionärem Charakter. Im Gegensatz zu den sogenannten Westlern, die für eine westlich-kapitalistische Entwicklung Rußlands plädierten, beharrten die Slavophilen auf einem ›eigenständig‹ russischen Weg der Entwicklung im Geist der russischen Orthodoxie, russischer Tradition.

Geeignete Maßnahmen (Nadležaščie mery). Oskolki, 22. September 1884; Untertitel: ›Kleine Szene‹; ›A. Čechonte‹. Unverändert in PR, 1886, mit Korrekturen, ohne Untertitel in SS I, 1899.

Ošejnikov – russ. ›ošejnik‹: Halsband, Halsbinde.

Golorybenko – russ. ›golo‹ (in Zusammensetzungen): nackt, bloß; ›ryba‹: der Fisch. Ukrainisch gebildeter Name.

Šibukin – russ. šibnut‹: einen Wurf tun, mit einem Wurf treffen, ›šibkij‹: hurtig, flink.

Schade, daß kein Imbiß da ist – vgl. ›zakuska‹.

Pljunin – russ. ›pljunut'‹: ausspucken, -speien.

Schprechen Sie deitsch – bei Čechov deutsch, in russischer Transkription: ›Šprechen zi deič‹.

Whint (Vint). Oskolki, 29. September 1884; Titel dort: ›Neuheit. Der Aufmerksamkeit der Hrr. Whintspieler gewidmet‹; ›A. Čechonte‹.

Nahezu unverändert in PR, 1886. Mit Korrekturen und neuem Titel in SS II, 1900.

Whint – Kartenspiel, Glücksspiel, das sich in Rußland großer Beliebtheit erfreute, in Rußland aufgekommen Ende der 60er Jahre des XIX. Jahrhunderts, anfangs ›sibirischer Whist‹ genannt; eine Mischung aus Préférance und Whist.

Zu den Whist-Regeln: »Whist, ein aus England stammendes Kartenspiel, welches, wie der Name selbst andeutet, große Aufmerksamkeit und deshalb ›Stille‹ erfordert. Es wird von vier Personen mit voller französischer Karte (Whistkarte, zu 52 Blättern) gespielt. Wer die niedrigste Karte zieht, ist erster Geber und wählt seinen Platz; der Folgende ist sein vis-à-vis und Verbündeter (aide, Freund). In gleicher Weise sind der Dritte und Vierte verbündet und sitzen einander gegenüber. Jeder erhält 13 Blätter; es wird rechts abgehoben und links herumgegeben, jedesmal nur ein Blatt. Die Vorhand bestimmt den Trumpf, indem sie aus einem andern, vom Aide des Gebers gemischten Kartenspiel ein Blatt aufschlägt; hat man aber kein zweites Spiel in der Hand, so deckt der Geber die letzte (ihm selbst gehörige) Karte als Trumpf auf. Der Werth der Karten ist der natürliche vom Aß bis auf die Zwei; à-tout sticht selbstverständlich die übrigen Farben. Es muß stets Farbe bekannt werden, und nur in Ermangelung derselben *darf* man mit Trumpf stechen. Man zählt im W. nach Stichen. Hat eine Partei 7 Stiche gemacht, so hat sie 1 Stich mehr als die Gegenpartei oder den niedrigsten Gewinn erzielt. Die Mehrstiche über 6 heißen Tricks und werden mit je einer Marke angelegt. Sind auf einer Partei 6 Tricks, so daß die andere nur 1 Stich hat, so ist letztere ›klein Schlemm‹ (slam); hat aber die eine Partei gar keinen Stich, so ist sie ›groß Schlemm‹. Klein Schlemm wird extra mit 3 oder 4, groß Schlemm mit 6 oder 8 Marken angelegt. Die fünf höchsten Trumpfkarten (Aß bis Zehn) heißen Honneurs und werden angelegt wie die Tricks. Diejenige Partei, welche 3 jener Bilder hat, legt 2 an (deux d'honneurs), die, welche 4 hat, 4, und die, welche 5 hat, 5. Früher wurde auch häufig mit nur 4 Honneurs gespielt. Eine ›Partie‹ endet mit 10 Points auf Seiten der Sieger, und zwei Gewinnpartien derselben Alliierten enden den ›Robber‹.« usw. Zitiert nach: ›Meyers Konversations-Lexikon‹, Leipzig, 1887, Band XV.

Der russische Name ›vint‹ ist abgeleitet von dem Begriff ›Schraube‹ (vint), entsprechend der Spielrichtung; russ. ›vintit'‹: 1. Whint spielen, 2. schrauben.

Über die Beamtenränge, die Čechov in dieser Erzählung verwendet, vgl. die allgemeinen Erklärungen.

Peresolin – russ. ›peresolit'‹: versalzen, übersalzen; fig. übertreiben, dick auftragen.

Zvizdulin – russ. ›zviznut'‹: jemandem einen Hieb, einen Schlag versetzen.

Kulakevič – russ. ›kulak‹: die Faust; der Kulak, d. i. ein durch Wuchergeschäfte reichgewordener Bauer.

Nedoechov – russ. ›doechat'‹: ankommen; einer, der nie ankommt bzw. nicht angekommen ist, nie dorthin gelangt, wohin er will.

Pisulin – russ. ›pisulja‹: der Zettel, das Briefchen.

Šepelëv – russ. ›šepeljat'‹: lispeln.

Kofejkin – russ. ›kofe‹: der Kaffee; ›kofejnik‹: Kaffeemaschine.

Pogankin – russ. ›poganin‹: der Unreine, Heide; Nichtchrist.

Grenlandskij – der Grönländer, der von Grönland.

Robber – im Whint, Whist, Bridge: ein durch zwei Gewinnspiele abgeschlossenes Spiel, vgl. oben.

Die Maske (Maska). Razvlečenie, 27. Oktober 1884; Titel dort: ›Noli me tangere. Aus dem Leben der Provinz-Könige‹; ›A. Čechonte‹. Mit Korrekturen in SS II, 1900.

Noli me tangere – geflügeltes Wort, latein. »Rühr mich nicht an!« In der Vulgata Worte des auferstandenen Jesus zu Maria (Johannes 20, 17).

Je vous prie à la trimontrant – französ. »Ich bitte Sie im Namen der Dreifaltigkeit«.

Žestjakov – russ. ›žestkij‹: hart, fest, rauh; ›žest'‹: das Blech.

Belebuchin – russ. ›belyj‹: weiß; ›buchonja‹: dickes, dralles Kind.

Pjatigorov– russ. ›pjat'‹, in Zusammensetzung ›pjati‹: fünf; ›gora‹: der Berg.

Die Ehe aus Berechnung (Brak po rasčetu. Roman v dvuch častjach). Razvlečenie, 8. November 1884, Titel dort: ›Ehe aus Berechnung. Roman in 2 einzelnen betrüblichen Teilen‹; ›Čelovek bez selezenki‹ (Der Mann ohne Milz). Unverändert in PR, 1886; mit neuem Titel und Korrekturen dann in SS I, 1899.
Vgl. zu dieser Erzählung den Einakter ›Hochzeit‹.

Mymrina – russ. ›mymra‹, ›mumra‹: Stubenhocker; Gaffer.

Pjatisobačij-Gasse – die Fünf-Hunde-Gasse.

Ihren Vor- und Vatersnamen zu kennen – vgl. oben zum Thema Anrede.

Aplombov – franz. ›aplomb‹: Sicherheit im Auftreten.

Blinčikov – russ. ›bliny‹: Plinsen, Eierkuchen.

Hymenäus – in der griechischen Mythologie der Gott der Hochzeit (Hymenaios).

Austern (Ustricy). Budilnik, Nr. 48, 1884; Untertitel dort: ›Skizze‹;

›A. Čechonte‹. Nahezu unverändert in PR, 1886; mit Kürzungen und Korrekturen in SS III, 1901.

fames – latein. ›der Hunger‹.

Soljanka – russische Suppe aus verschiedenem Fleisch, Kraut (Kohl), Zwiebel und Gurke, stark gewürzt.

Eine schreckliche Nacht (Strašnaja noč'). Razvlečenie, 27. Dezember 1884; Untertitel dort: ›Eine Weihnachtsgeschichte‹; Widmung ›Dem Totengräber M. P. F. ...‹; ›A. Čechonte‹. Ohne Untertitel in NR, 1887. Überarbeitet in SS I, 1899.

Panichidin – russ. ›panichida‹: Leichenbegängnis, die Seelenmesse.

Trupov – russ. ›trup‹: die Leiche, der Leichnam, Toter.

Spinoza, Baruch – (lat. Benedikt), niederländischer Philosoph, 1632 bis 1677; seine Lehre ist ein aus dem Gegensatz zu Descartes hervorgegangener Pantheismus, der ausgeht von dem Satz: »Es gibt nur eine unendliche Substanz (Gott) mit unendlichen Attributen, von denen der Mensch nur zwei, nämlich das Denken und die Ausdehnung, erkennen kann. Aus der Unendlichkeit der einen Substanz muß Unendliches auf unendliche Weise folgen, und zwar mit Notwendigkeit, daher der Zweckbegriff vollkommen wegfällt und unter die Vorurteile des menschlichen Verstandes gerechnet wird. Gott oder die eine, unteilbare Substanz ist die innere (immanente) Ursache alles dessen, was ist und geschieht; die Welt ist die Selbstdarstellung Gottes, die keine andere sein kann, als sie ist.« (Brockhaus, 14. Aufl., Leipzig 1903)

Spiritismus – »latein., Glaube an die Möglichkeit eines Verkehrs mit den Seelen Verstorbener durch Beschwörung u. Zaubermittel, früher durch Swedenborg und magnetisierende Aerzte (Justinus Kerner) vertreten, neuerlich wieder von Amerika aus (Geschw. Fox, 1849) durch das Auftreten von Vermittlern dieses Verkehrs (Medium) und in Verbindung mit Tischrücken, Geisterklopfen (Klopfgeister) und Geisterschrift (Psychograph) verbreitet.« (Meyers Handlexikon, Leipzig, ^{2}1878). Auch im Rußland der 70–90er Jahre ein verbreitetes ›Gesellschaftsspiel‹, wie überhaupt das Interesse für okkulte Kräfte stark verbreitet war. So hatte z. B. 1884 der Gaukler Bishop großen Erfolg, der die Kunst des Gedankenlesens demonstrierte. Vgl. Čechovs Erzählung ›Das Geheimnis‹. In Čechovs literarischen Notizbüchern findet sich folgende Eintragung: »Ein Mensch, sehr intelligent, redet sein Leben lang Unsinn über Hypnotismus, Spiritismus – und alle glauben ihm; aber ein guter Mensch.«

Mërtvyj-Gasse – russ. ›mërtvyj‹: tot.

Nepokoev – russ. ›pokoj‹: die Ruhe, auch die ewige (vgl. ›pokojnik‹: der Verstorbene); ›nepokoj‹: Unruhe.

Čerepov – russ. ›čerep‹: der Schädel, Totenschädel.
Pogostov – russ. ›pogost‹: der Dorfkirchhof, Friedhof.
Kladbiščenskij – russ. ›kladbišče‹: der Friedhof.
Čeljustin – russ. ›čeljust'‹: der Kiefer, Kinnbacken, die Kinnlade.

Des Hauptmanns Uniform (Kapitanskij mundir). Oskolki, 26. Januar 1885; ›A. Čechonte‹. Leicht gekürzt in PR, 1886; mit neuen Korrekturen in SS II, 1900.

Rylkin – russ. ›rylo‹: Schnauze, Maul, Rüssel (von Tieren); die Fresse.
Merkulov – russ. ›mera‹: das Maß; ›merka‹: Maß (von Kleidern, Schuhen).
Žratva – russ. ›žrat'‹: fressen.
Smechunov – russ. ›smech‹: das Lachen, Gelächter; ›smechun‹: jemand, der viel und laut lacht.
Arius – kirchlicher Würdenträger, lebte um 280–336 in Alexandria; er bekämpfte die Lehre von der Gottgleichheit Christi, starb in der Verbannung.
Určaev – russ. ›určanie‹: das Magenknurren; das Schnurren der Katze; das Gluckern (von Flüssigkeiten).
Lots Weib – nach der biblischen Geschichte erstarrte Lots Weib zur Salzsäule, als sie sich gegen das Verbot umdrehte, um die Vernichtung Sodoms mitanzusehen.

Bei der Witwe des Adelsmarschalls (U predvoditel'ši). Oskolki, 9. Februar 1885, dort mit Untertitel: ›Erzählung‹; ›A. Čechonte‹. Nahezu unverändert in PR, 1886; Korrekturen in PR, ²1891; nicht weiterverändert in SS III, 1901.

Adelsmarschall – Vorsitzender der Adelsversammlung, der Interessenvertretung des russischen Erbadels gegenüber der staatlichen Verwaltung sowie den Zemstvos gegenüber; diese Versammlung wählte, auf Stadt-, Kreis- und Gouvernementsebene, ihren Adelsmarschall. Vgl. über die Befugnisse des A. z. B. ›Mein Leben‹, Kap. VIII.
Zavzjatov – russ. ›vzjatie‹: die Einnahme, Wegnahme, Eroberung; ›vzjatok‹: 1. der Stich (im Kartenspiel), 2. Geschenk, Bestechungsgeld.
Chrumov – russ. ›chrumkat'‹: knabbern, nagen; schmatzen.
Potraškov – russ. ›potrata‹: die Ausgabe, Aufwendung, Kosten; Verlust (im Spiel).
Dvornjagin – russ. ›dvorjanin‹: der Adelige, Edelmann, Aristokrat.
Krinolinov – vgl. ›Krinoline‹, der Reifrock.
Helikonskij – Helikon, Gebirge im südlichen Böotien (heute Zagora), Sitz der Musen und des heilenden Apollon.

mit dem Totengericht – (kut'ja) »ein Gericht aus Graupen od. Reis mit Honig und Rosinen, welches bei einer Todtenfeier zum Einsegnen in die Kirche gebracht wird; in Süd- u. Westrußl. wird es auch am Weihnachtsabend, am Silvesterabend gegessen« (Pavlovskij).

Groß Schlemm ohne Trumpf – im Whint, Whist; vgl. Anmerkung zu der Erzählung ›Whint‹.

Alalykin – russ. ›alaluja‹: ungereimtes, albernes Zeug.

Lebendige Chronologie (Živaja chronologija). Oskolki, 23. Februar 1885; ›A. Čechonte‹. So auch in PR, 1886; mit geringen Korrekturen in SS II, 1900.

à la ›Ukrainische Nächte‹ – Anspielung auf das Gemälde ›Nacht am Dnepr‹ von A. I. Kuindži (1842–1910).

tenore di grazia – italienisch: lyrischer Tenor.

Tamberlik – Enrico Tamberlik, 1820–1889, italien. Tenor.

Prilipčin – russ. ›prilipčivyj‹: klebrig, ansteckend (von Krankheiten).

Nach dem Krieg – meint den Russisch-Türkischen Krieg, 1877/78.

Ein unbedeutender Mensch (Meljuzga). Oskolki, 23. März 1885; ›A. Čechonte‹. Leicht verändert in PR, 1886; mit neuen Korrekturen in SS III, 1901.

Nevyrazimov – russ. ›vyrazit'sja‹: sich ausdrücken; einer, der sich nicht ausdrücken kann; ›nevyrazimyj‹: unsagbar, unsäglich, unbeschreiblich.

Proškin – russ. (sibir.) ›proška‹: der Schnupftabak.

Hoffnungslos (Beznadežnyj). Budilnik, April 1885; ›A. Čechonte‹. Nicht in den SS.

Šmachin – russ. ›šmachtovat‹: vergolden, polieren; ›šmachtovka‹: die Polierung.

Rjablov – russ. ›rjaboj‹: pockennarbig.

Zeitschrift ›Sadovodstvo‹ – russ. ›Der Gartenbau‹.

der ›Sovremennik‹ – russ. ›Der Zeitgenosse‹, wichtige russische Literaturzeitschrift; begründet von Aleksandr Puškin 1836 als Vierteljahresschrift, ab 1847 bis zu ihrem Verbot im Jahre 1866 monatlich erscheinend, herausgegeben von Nikolaj Nekrasov und I. I. Panaev. In den 60er Jahren war der ›Sovremennik‹ Organ der revolutionären Demokraten und der fortschrittlichen Intelligenz (Dobroljubov, Černyševskij, Pisarev); im ›Sovremennik‹, in dem auch Belinskij und bis zu seiner Emigration Aleksandr Herzen publizierten, wurden fast sämtliche große Werke der russischen Literatur jener Zeit veröffentlicht, Werke von Gončarov, Lev Tolstoj, Turgenev (u. a. auch das ›*Adelsnest*‹), Gedichte Nekrasovs u. a.

Ein schwieriger Fall (Kanitel'). Oskolki, 27. April 1885; ›A. Čechonte‹. Leicht verändert in PR, 1886; dann in SS II, 1900.

Otlukavin – russ. ›otluka‹: die Trennung; in Zusammensetzung mit ›Kirche‹: Exkommunikation.

Die letzte Mohikanerin (Poslednjaja Mogikanša). Peterburgskaja gazeta, 6. Mai 1885; ›A. Čechonte‹. Leicht verändert in PR, 1886, neue Korrekturen für PR ²1891; weitere Korrekturen in SS II, 1901.

Dokukin – russ. ›dokuka‹: Zudringlichkeit, Belästigung.

Chlykina – russ. ›chlynut'‹: hervorstürzen, -sprudeln, sich ergießen.

Rasnotschinze – Bezeichnung für Angehörige einer Gesellschaftsschicht des XIX. Jahrhunderts in Rußland, die sich vorwiegend aus Kleinbürgern, Kaufleuten, Geistlichen, aber auch aus kleinen Beamten und verarmten Adeligen zusammensetzte; der Begriff wurde auch im Sinne von ›Demokrat‹ verwendet, hier als Gegensatz zum standesbewußten Adeligen.

Gusev – russ. ›gus‹: die Gans.

ein Kind Bethlehems – nach der biblischen Geschichte ließ Herodes, König der Juden, in Bethlehem alle neugeborenen Kinder töten, nachdem ihm verkündet worden war, daß in dieser Stadt der künftige König der Juden geboren worden sei.

Im Hotel (V nomerach). Oskolki, 18. Mai 1885; ›A. Čechonte‹. Mit Korrekturen in SS I, 1899.

Našatyrina – russ. ›našatyr'‹: Salmiak, Chlorammonium, salzsaures Ammoniak.

Družkov – russ. ›drug‹, Demin. ›družok‹: Freund, Freundchen.

Okurin – russ. ›okurok‹: Zigarettenstummel, Kippe.

Kikin – russ. ›kika‹: weiblicher Kopfschmuck.

Die Krähe (Vorona). Oskolki, 1. Juni 1885, dort unter dem Titel: ›Der Pfau in Krähenfedern. Erzählung‹; ›A. Čechonte‹. Mit beträchtlichen Korrekturen, Kürzungen besonders der Rede des Schreibers in SS II, 1900.

Strekačov – russ. ›strekač‹: das Davonlaufen, die Flucht; in Zusammensetzungen: Reißaus nehmen, sich aus dem Staube machen.

Patschuli – tropische Pflanze, besonders in Ostasien und Indien verbreitet. »Die Blätter enthalten ein dickflüssiges ätherisches Öl (Patchouli, Patschuli) von ganz außerordentlicher Kraft und Intensität des Geruchs, welcher besonders bei einiger Konzentration vielen Leuten unerträglich, ebenso vielen aber, besonders in Ostasien, sehr angenehm ist. Das Kraut dient ziemlich häufig zum Parfümieren von Wäsche und Kleidern und zum Vertreiben von Motten.« (Meyers Konversationslexikon, Leipzig, 1878).

Offenbach – Jacques Offenbach, 1819–1880, französischer Komponist, dessen Operetten, auch in Rußland überaus populär, als Inbegriff ›des Französischen‹ und Pariser Lebens galten.

Pikett – auch Piket, französisch ›piquet‹, seinerzeit beliebtes Kartenspiel, dessen Erfindung den Franzosen zugeschrieben wird.

Berlocke – Schmuckstück, Anhängsel an Uhrketten.

Filenkov – russ. ›filenka‹: die Türfüllung.

Mädchen a la komprenee arewuar konsomee – verballhorntes und falsches Französisch, vermutlich »à la, comprenez, à revoir consommée«, dem Sinn nach etwa »ein Mädchen zum Vernaschen, Sie verstehen«.

Cachucha – spanischer Tanz, aus Andalusien stammend, graziöser Solotanz im 3/4-Takt mit Kastagnettenbegleitung.

Krestovskij-Park – Vergnügungspark auf dem Krestovskij Ostrov in Petersburg.

Die Stiefel (Sapogi). Peterburgskaja gazeta, 3. Juni 1885, Untertitel dort: ›Kleine Szene‹; ›A. Čechonte‹. Überarbeitet für SS I, 1899.

›Ritter Blaubart‹ – Operette von Jacques Offenbach, 1819–1880, aus dem Jahre 1866; *›König Bobèche‹* – Gestalt daraus.

Ševelicyna – russ. ševelit': sich bewegen, sich rühren, wenden; ševeljuga: Scheusal, garstiger Mensch (als Schimpfwort).

Blistanov – russ. ›blistat'‹: glänzen, schimmern, strahlen, leuchten, glitzern.

Buchteev – russ. ›buchtej‹, ›buchonja‹: 1. dickes, volles Kind; dgl. Frauenzimmer; 2. der Wollsack; 3. der Süd-, Mittagswind (Pavlovskij). Buchta: die Bucht.

Die Nerven (Nervy). Oskolki, 8. Juni 1885; dort mit dem Untertitel: ›Erzählung‹; ›A. Čechonte‹. Mit geringen Korrekturen in NR, 1887; erneut überarbeitet für SS I, 1899.

Vaksin – russ. ›vaksa‹: die Stiefelwichse, Schuhcrème.

Demetrij Osipyč, was wollen Sie? – »Was wollen Sie?« im Original deutsch; desgleichen nach »Es ist niemand zu Hause ...« und zwar: »Was wollen Sie *doch*?« Wo Rozalija Russisch spricht, spricht sie es mit typisch deutschen Fehlern und hanebüchenem Akzent.

Zierlichmanierlich – im Russischen transkribiert: cirlichmanirlich.

Der Holzkopf (Intelligentnoe brevno). Peterburgskaja gazeta, 23. Juni 1885; Untertitel: ›Kleine Szene‹; ›A. Čechonte‹. Nicht in den SS.

Pomoev – russ. ›pomyt'‹: etwas abwaschen, reinwaschen.

Šestikrylov – Zusammensetzung aus russ. ›šest'‹: sechs, und ›krylo‹: der Flügel.

Nitkin – russ. ›nitka‹: Faden, Garn, Zwirn.

Karauschen – auch Gareis oder Bauernkarpfen, karpfenartiger Süßwasserfisch Nordeuropas, wird bis zu 30 cm lang.

Die Simulanten (Simuljanty). Oskolki, 29. Juni 1885; Untertitel dort: ›Erzählung‹; ›A. Čechonte‹. Unverändert in PR, 1886; mit Korrekturen dann in SS I, 1899.

Pečonkina – russ. ›pečënka‹: die Leber.

Homöopathie/Allopathie – »Allopathie (Allöopathe, griech., ›das Leiden eines Theils für einen andern‹), die Übertragung einer Krankheit von einem Theile auf einen andern. Gewöhnlich wird aber der Ausdruck A. auf die Wirkung der Heilmittel angewendet, und A. bedeutet dann die Heilung durch ein dem Krankheitsprozeß entgegengesetztes Mittel und bildet den Gegensatz zur Homöopathie. Letztere geht bekanntlich von dem Grundsatz aus, daß Krankheitssymptome durch solche Mittel beseitigt werden, welche, in den gesunden Organismus eingeführt, eben jene Symptome hervorrufen (Gleiches mit Gleichem, similia similibus). Unpassend gebrauchen einige das Wort, um die gewöhnliche Heilkunst im Gegensatz zur Homöopathie zu bezeichnen, da sich erstere keineswegs bloß auf entgegengesetzt wirkende Mittel beschränkt, sondern überhaupt alle Mittel anwendet, von welchen man sich einen Erfolg versprechen kann, gleichgültig, auf welchem Wege der Erfolg eintritt.« (Meyers Konversationslexikon, Dritte gänzlich umgearbeitete Aufl., Leipzig, 1874.)

Gruzd – russ. ›gruzd‹: Pilzsorte; Pfifferling.

Zamuchrišin – russ. zamuchryga: unsauberer, kleiner, unansehnlicher Mensch.

Chiromantie – griech. die Handlesekunst; »Wahrsagen aus der Hand, d. i. die vermeintliche Kunst, aus Bau, Linien und Zügen der hohlen Hand eines Menschen sein Schicksal zu entziffern.« (Meyers Konversationslexikon, Leipzig, 1875.) Hier als unverständlich-unverstandenes Fremdwort gebraucht für ›irgend so eine‹ Heilmethode.

Skrofulosum – Skrofeln: Bezeichnung für eine bestimmte Art von geschwollenen Drüsen, bes. der Lymphdrüsen, Scrophulose; ebenfalls als unverstandenes Fremdwort verwendet.

Die Aalraupe (Nalim). Peterburgskaja gazeta, 1. Juni 1885, Untertitel dort: ›Kleine Szene‹; ›A. Čechonte‹. Ohne Untertitel, leicht verändert in PR, 1886; erneut überarbeitet in SS II, 1900.

Aalraupe – auch Aalquappe, Aalrutte, dorschähnlicher Süßwasser-Raubfisch, wird bis zu 1 Meter lang; als Delikatesse gilt die Leber dieses Fischs.

bei den Riemen – statt des gebräuchlichen Wortes ›žabra‹ (für

›Kiemen‹) benützt das russische Original hier ein schönes älteres Wort (›zebri‹), das ebensoviel bedeutet wie Kiemen und, weitergehend, Unterkiefer.

In der Apotheke (V apteke). Peterburgskaja gazeta, 6. Juli 1885, Untertitel dort: ›Kleine Szene‹; ohne Untertitel, gekürzt in PR, 1886; nicht in den SS.

Svojkin – russ. ›svoj‹: sein; auch mein, besitzanzeigendes Fürwort.

Provisor – latein. allgemein für ›Verwalter‹, ›Verweser‹; in Apotheken früher der ›erste Gehilfe‹ des Apothekers.

Calomeli grana duo ... – latein. ›Zwei Gran Kalomel, fünf Gran weißen Zucker, Numero Zehn.‹ *Kalomel* oder Quecksilberchlorür, früher als Arzneimittel verwendet bei entzündlichen Affektionen, Wassersucht, Milz- und Leberleiden; als Abführmittel, bei Brechdurchfall, Syphilis u. a.

›Ja!‹ rief aus der Tiefe – ›Ja!‹ im Original deutsch.

Radixe – im Original in Anführung; lat. ›Wurzeln‹, korrekter Plural: radices.

Öle und Samen – im Original lateinisch mit russischen Pluralendungen, etwa: ›oleum's und semen's‹.

Der Name mit Pferd (Lošadinaja familija). Peterburgskaja gazeta, 7. Juli 1885; Untertitel dort: ›Kleine Szene‹; ›A. Čechonte‹. Mit Korrekturen, beträchtlich gekürzt in SS II, 1900.

Buldeev – russ. ›buldyga‹: 1. der Knochen, Knüttel, Prügel, die Keule; 2. der Säufer, Herumtreiber, Raufbold, Liederling, Bummler.

Hatte was mit Pferd zu tun ... Stutheim? – ›Stutheim, Hengstenberg‹ usw. Sämtliche folgenden Namen sind, russisch, abgeleitet von den Wortstämmen ›kobyla‹ (Stute), ›žerebënok‹ (Fohlen), ›lošad'‹ (Pferd): Kobylin, Kobyljatnikov, Kobelev, Kobylicyn, Kobylkin; Lošadinin, Lošadkin, Lošakov; Žerebcov, Žerebjatnikov, Žerebčikov u. v. a. m.

Heuberger – russisch ›Ovsov‹; ›ovës‹: der Hafer; ›Hafermann‹.

Der Jäger (Eger'). Peterburgskaja gazeta, 18. Juli 1885, ›Kleine Szene‹; ›A. Čechonte‹. Mit Korrekturen in PR, 1886; gekürzt für PR, ²1891. Mit erneuten Korrekturen in SS III, 1901.

Der Übeltäter (Zloumyšlennik). Peterburgskaja gazeta, 24. Juli 1885; ›Kleine Szene‹; ›A. Čechonte‹. Ohne Untertitel, leicht verändert in PR, 1886; erneut überarbeitet für PR, ²1891, mit neuen Korrekturen in SS III, 1901.

Verstpfahl – deutsche Entsprechung etwa: Kilometerstein.

Aalraupe – vgl. Anm. zur gleichnamigen Erz.

Der Bräutigam und der Papa (Ženich i papen'ka. Nečto sovremennoe. Scenka). Peterburgskaja gazeta, 31. Juli 1885; ›A. Čechonte‹. Nicht in SS.

Milkin – russ. ›milyj‹: lieb, liebenswert.

Der Gast (Gost'). Peterburgskaja gazeta, 5. August 1885; ›A. Čechonte‹. Nicht in SS.

Zelterskij – russ. ›zelterskaja voda‹: Selterswasser.

Peregarin – russ. ›peregarok‹: Brandrest, Überrest beim Brennen, Schmelzen; Überschuß an Spiritusgehalt.

Kremenčug – Stadt im Gouvernement Poltava, ca. 60 000 Einw.

Kljuškin – russ. ›kljuša‹: Schlagholz, Treibstock im Ballspiel.

Serpuchov – Kreis u. Kreisstadt (25 000 Einw.) im südlichen Teil des Gouvernements Moskau.

im Krieg, vor Achalcych – im Russisch-Türkischen Krieg 1877/78; Achalcych: Distrikt und Festungsstadt in Russisch-Transkaukasien, fiel erst 1829 an Rußland.

Schwätzer (Svistuny). Oskolki, 24. August 1885; Untertitel: ›Erzählung‹; ›A. Čechonte‹. Mit Korrekturen in PR, 1886; nicht in SS.

Vosmërkin – russ. ›vosem'‹: acht; ›vosmërka‹: die Acht.

Du bist ein Westler – in der russischen Geistesgeschichte des XIX. Jahrhunderts Terminus technicus für die Vertreter einer politischen, wirtschaftlichen und sozialen Öffnung Rußlands nach Westen, Vertreter liberaler Reformen nach westlichem Vorbild, im Gegensatz zu den konservativen ›Slavophilen‹, die auf einer eigenständig russischen Entwicklung beharrten und deren Ideologie später zum Panslavismus degenerierte. Prominente Westler: Belinskij, Herzen, Ogarëv, Petraševskij, Bakunin.

Kireevskij – Petr Vasiljevič, 1808–56, russischer Folklorist, Sammler russischer Volkslieder; Slavophiler wie sein Bruder Ivan Kireevskij, der als Hauptvertreter des religiös ausgerichteten Slavophilentums gilt.

Ein Familienvater (Otec semejstva). Peterburgskaja gazeta, 26. August 1885, Titel dort: ›Sündenböcke. Vielen Papas gewidmet‹; ›A. Čechonte‹. Nahezu unverändert in PR, 1886; beträchtlich überarbeitet für SS 1, 1899.

Žilin – russ. ›žila‹: die Ader, Sehne.

außerhalb der Stadt – lagen die mondänen Vergnügungslokale: »Dagegen versäume der Fremde nicht, falls er die Kosten eines teuren Soupers und das Zusammentreffen mit möglicherweise lockerer Gesellschaft nicht scheut, die russischen und die Zigeuner-

Sängerchöre anzuhören, die ihre sehr originellen Vorträge meist in den eleganten außerstädtischen Restaurants zum besten geben, die im Winter das Ziel der nächtlichen Troiken-(Schlitten-)Fahrten der Jeunesse dorée sind.« (Baedeker, ›Rußland‹, Leipzig, 7. Aufl. 1912.)

Das Glück der Frauen (Ženskoe sčast'e). Oskolki, 14. September 1885; ›A. Čechonte‹. Mit Korrekturen in SS I, 1899.

Zapupyrin – russ. ›zapupyrit‹: ›einschlagen‹ (Nägel); refl. ›mit Hitzebläschen bedeckt sein‹.

Probkin – russ. ›probka‹: der Korken, Propfen.

Svistkov – russ. ›svist‹: der Pfiff; ›svistun‹: der Schwätzer.

Chignon – franz. Haarknoten; Modefrisur in der 2. Hälfte des XIX. Jahrhunderts.

Mesdames – im russischen Original französisch.

Šipka-Paß – wichtiger Paß im Balkangebirge, heute Bulgarien (zwischen Grabovo und Kasanlik, 1333 m); im Russisch-Türkischen Krieg (1877/78) versuchten die Türken vergeblich, den von den Russen besetzten Paß zurückzuerobern.

Annenorden – hoher russischer Orden, seit 1835 in fünf Klassen ›für alle Stände‹; Ritter der Ersten Klasse konnten nur Generalmajore und, im Zivilbereich, Wirkliche Staatsräte werden, also von der 4. Rangklasse aufwärts.

Weißer Adler – russischer Orden polnischen Ursprungs, 1831 in die russischen Orden eingereiht; Devise: »Pro fide, rege et lege«, gehörte zu den höchsten Auszeichnungen des zaristischen Rußland.

Die Köchin heiratet (Kucharka ženitsja). Peterburgskaja gazeta, 16. September 1885; ›Erzählung‹; ›A. Čechonte‹. Korrekturen, ohne Untertitel in PR, 1886; mit weiteren Korrekturen in SS II, 1900.

Nach der Benefizvorstellung (Posle benefisa). Peterburgskaja gazeta, 23. September 1885; ›A. Čechonte‹. Weder in PR, 1886, noch in SS.

Unylov – russ. ›unylyj‹: mutlos, traurig, niedergeschlagen.

Tigrov – vgl. ›Tiger‹, russ. ›tigr‹.

Dobroljubov – Nikolaj Aleksandrovič, 1836–1861, russischer Kritiker und Publizist, Vertreter der revolutionären Demokraten, Aufsätze in der Zeitschrift ›Sovremennik‹. »Er fragt bei einem Kunstwerk nur danach, ob es treu und richtig das Leben wiedergibt, oder nicht. Wenn nicht, so geht er daran vorüber; aber wenn es das wirkliche Leben darstellte, dann schrieb er Essays *über dieses Leben*; und seine Essays wurden Essays über moralische, politische oder ökonomische Fragen, während das Kunstwerk nur die Unterlagen zu einer solchen Diskussion lieferte.

[...] Solche Essays von solch einer Persönlichkeit geschrieben, waren genau das, was man in der Unruhe dieser Jahre brauchte, um bessere Menschen für die kommenden Kämpfe vorzubereiten. Sie waren eine Schule für die politische und moralische Erziehung.« (Pëtr Kropotkin, ›Ideale und Wirklichkeit in der russischen Literatur‹, dt. Leipzig 1906.)

›Irrlichter‹ – Boulevardkomödie des Dramatikers und Schriftstellers Luka Nikolaevič Antropov, 1843–1884, Komödie in 5 Akten und angeblich sein bestes Stück, wurde im Theater der M.me Brenko in Moskau mit Erfolg gespielt.

Und die Einnahme ist nicht übel – ›Einnahme‹ im russischen Original transkribiertes Französisch: ›am poše‹; ›empocher‹: einstekken, einstreichen, in die Tasche stecken.

Elec – »Kreisstadt im Gouv. Orel mit 52 000 Einw., am l. Ufer der Sosna freundlich gelegen, mit Fabriken und Viehhandel. Sehenswert sind die Kathedrale mit der heil. Mutter Gottes, mit alten Heiligenbildern, das festungsartige Nonnenkloster zur Erscheinung der Hl. Jungfrau, das ehemalige Mönchskloster der Hl. Dreifaltigkeit (XII. Jahrh.), dessen Kapellen über den Gräbern der bei der Verteidigung der Stadt gegen die Tataren 1395 Gefallenen erbaut worden sein sollen.« (Baedeker, ›Rußland‹, Leipzig, 7. Aufl. 1912.)

Kaufmann Čudakov – russ. ›čudak‹: Kauz, Sonderling.

Es hat noch nicht das erstemal geläutet – auf russischen Bahnhöfen wurde die Abfahrt des Zuges durch drei Klingelsignale annonciert; nach dem dritten fuhr der Zug ab.

Komiker Dudkin – russ. ›dudka‹: Pfeife, Rohrpfeife, Schalmei; auch Dickwanst, Dickbauch. Als komisch hat Čechov diesen Namen auch im ›Ivanov‹ verwendet, vgl. Lebedev: »All diese Dudkins, Budkins ...«

›Bellevue‹ – ein Restaurant ›Bellevue‹ gab es in Petersburg, außerhalb der Stadt, im Vergnügungspark auf dem Kamennyj ostrov.

Soll der arme Yorick ... – Gestalt des Hofnarren in Shakespeares ›Hamlet‹, dessen Schädel Hamlet auf dem Friedhof betrachtet; »ach, armer Yorick ...« (v. Akt.)

Allgemeinbildung (Obščee obrazovanie). Peterburgskaja gazeta, 30. September 1885; ›A. Čechonte‹. Weder in PR noch später in SS.

Botkin – Sergej Pavlovič Botkin, 1832–1889, bekannter russischer Mediziner, Mitbegründer der klinischen Medizin, baute deren Studium als erster auf naturwissenschaftlicher Basis auf, Professor an der Medizin.-Militär. Akademie.

Unteroffizier Prišibeev (Unter Prišibeev). Peterburgskaja gazeta, Nr.

273 (5. Oktober) 1885; Titel dort: ›Der Intrigant. Kleine Szene‹; ›A. Čechonte‹. Stark überarbeitet, teilweise neu geschrieben für SS II, 1900.

Prišibeev – russ. ›prišibat'‹: verletzen, beschädigen (durch Stoßen, Schlagen); einem Tier den Garaus machen.

diente in Warschau – Warschau, seit dem Wiener Kongreß unter russischer Verwaltung, »Hauptstadt des Generalgouvernements Warschau« (Baedeker, ›Rußland‹, Leipzig 1912); Garnisonsstadt, Schauplatz der polnischen Aufstände von 1830 und 1861/63 gegen die russische Herrschaft.

riecht nach Sibirien – d. h. nach Kapitalverbrechen und Verbannung nach Sibirien, vgl. dazu ausführlich Čechovs Bericht über den russischen Strafvollzug, ›Die Insel Sachalin‹, detebe 20270.

Žigin – russ. ›žiga‹: die Drohung, Einschüchterung; Schläge.

Šustrova – russ. ›šustryj‹: gewitzt, gerieben, durchtrieben, findig.

Kislov – russ. ›kislyj‹: sauer.

Sverčok – russ. ›die Grille, das Heimchen‹.

In der Fremde (Na Čužbine). Oskolki, 12. Oktober 1885; ›A. Čechonte‹. Nahezu unverändert in NR, 1887; leicht gekürzt in PR, ²1891; dann in SS II, 1900.

Kamyšev – russ. ›kamyš‹: das Schilfrohr, Riedgras, Röhricht.

Bonne – franz. ›das Dienstmädchen‹, ›die Zofe‹.

C'est très joli! – franz. »Das ist sehr hübsch!« »Das ist sehr nett!«

Cancan – 1830, 1840 als ›Quadrille parisienne‹ bekanntgewordener Tanz, »mit allerlei muthwilligen, ins Unanständige und Unzüchtige ausartenden Abweichungen in Touren, Geberden, Stellung etc., weshalb er von der Polizei oft, aber vergebens, verboten ward« (Meyers Konversations-Lexikon, 3. Aufl., Leipzig, 1875).

Gambetta – Léon Gambetta, 1838–1882, französischer Staatsmann und Gegner Napoléons III. War in den Jahren 1881/82 französischer Premierminister.

auf dem Etappenweg in eine nicht so weit entfernte Gegend – meint ironisch die Verbannung nach Sibirien; die offizielle Sprachregelung dafür lautete Verbannung ›in entfernte Gegenden‹, ›entfernte Gebiete‹. Dafür gab es die ironische Redensart ›in gar nicht so entfernte Gebiete reisen‹, und zwar auf dem Weg durch die Etappengefängnisse. Vgl. dazu ausführlich Čechovs Bericht über den russischen Strafvollzug, ›Die Insel Sachalin‹, detebe 20270.

Schläfrigkeit (Sonnaja odur'). Peterburgskaja gazeta, 21. Oktober 1885, ›Kleine Szene‹; ›A. Čechonte‹. Ohne Untertitel in PR, 1886; beträchtlich überarbeitet in SS I, 1899.

Der teure Hund (Dorogaja sobaka). Oskolki, 9. November 1885; ›A. Čechonte‹. Gekürzt in NR, 1887, erneut überarbeitet für SS I, 1899.

Dubov – russ. ›dub‹: die Eiche.

Der Schriftsteller (Pisatel'). Peterburgskaja gazeta, 11. November 1885; ›Kleine Szene‹; ›A. Čechonte‹. Stark verändert, gekürzt für SS II, 1900.

Eršakov – russ. ›ërš‹: Kaulbarsch, Kaulbars, Schroll.

Heinius – russ. ›Gejnim‹: Kontamination aus ›Heine‹ (Gejne) ›Genius‹ (genij).

Zu dick aufgetragen (Peresolil). Oskolki, 16. November 1885; ›A. Čechonte‹. Unverändert in PR, 1886, mit Korrekturen in PR, ^{2}1891; dann in SS II, 1900.

Smirnov – russ. ›smirnyj‹: demütig.

Gniluški – fiktivier Name, russ. ›gnilyj‹: verfault, vermodert.

Chochotov – russ. ›chochotat'‹: laut(hals) lachen.

Im Alter (Starost'). Oskolki, 23. November 1885; ›A. Čechonte‹. Unverändert in PR, 1886; mit stilistischen Korrekturen in PR, ^{2}1891. Erneut überarbeitet für SS III, 1901.

Schlechtissime – im Russischen plochissime, zusammengesetzt aus russ. ›plochoj‹ (schlecht) und der lateinischen Adverbialendung des Superlativs, analog ›fortissime‹ u. ä.

Das Unglück (Gore). Peterburgskaja gazeta, 25. November 1885; Untertitel dort: ›Bilder aus dem Winter‹; ›A. Čechonte‹. Ohne Untertitel, in PR, 1886; leicht gekürzt in PR, ^{2}1891; nochmals gekürzt in SS III, 1901.

Galčino – von russ. ›galka‹: die Dohle.

Inkognito (Šilo v meške, wörtlich: Die Ahle im Sack). Oskolki, 14. Dezember 1885; ›A. Čechonte‹. Dort den Untertitel ›Erzählung‹, leicht verändert in PR, 1886; erneute Korrekturen in PR, ^{2}1891; nur geringfügig verändert dann in SS II, 1900.

Posudin – russ. ›posud‹: das Tischgeschirr; ›posud'e‹: der Dienst, die Gefälligkeit.

Her mit dem Tjapkin-Ljapkin! – Zitat nach Gogol (eigentlich ›Ljapkin-Tjapkin‹), aus der Komödie ›Der Revisor‹; hier Anspielung darauf, wie ein inkognito reisender Revisor den Kreisrichter Ljapkin-Tjapkin zu sich zitiert und überprüft.

Chochrjukov – russ. ›chochrit'sja‹: knurren, maulen, mürrisch sein; ›chochrja‹: kränklicher, schwächlicher, stets klagender Mensch.

Das Ausrufezeichen (Vosklicatel'nyj znak). Oskolki, 28. Dezember 1885; ›A. Čechonte‹. Unverändert in PR, 1886; gekürzt für PR ²1891; erneute Korrekturen dann für SS II, 1900.

Perekladin – russ. ›perekladyvat'‹: umsetzen, umstapeln (von Holz): umpacken.

Cancan – aus Frankreich stammender Tanz, vgl. Anmerkung zur Erzählung ›In der Fremde‹.

So ein Kasus – latein. ›casus‹: der Fall.

Der Spiegel (Zerkalo). Peterburgskaja gazeta, 30. Dezember 1885; ›Kleine Szene‹; ›A. Čechonte‹. Ohne Untertitel in PR, 1886, mit Korrekturen dann in PR, ²1891; neue Korrekturen für SS III, 1901.

Zemstvo-Arzt – oder Landarzt, vgl. Stichwort ›Zemstvo‹.

Anton Čechov im Diogenes Verlag

»Er hat seine Erzählungen mit vollkommener Kunstfertigkeit gestaltet: *Die Bauern* zum Beispiel sind ebenso vollkommen wie Flauberts *Madame Bovary*. Er bemühte sich, einfach, klar und knapp zu schreiben. Seine drastischste Forderung war, daß der Schriftsteller Anfang und Ende seiner Erzählung weglassen sollte. Er selbst hat das getan, und zwar so rigoros, daß seine Freunde sagten, man solle ihm die Manuskripte wegschnappen, bevor er die Möglichkeit habe, sie zu verstümmeln: ›Sonst beschränken sich am Ende die Erzählungen darauf, daß sie jung waren, sich verliebten, heirateten und unglücklich wurden.‹ Als man das Čechov erzählte, sagte er: ›Aber so ist es doch tatsächlich.‹« *W. Somerset Maugham*

»Ein Poet wie Whitman? ein Dramatiker wie Shakespeare? ein großer Mann wie sie alle? – all das vereinigt er ja in sich. Aber Čechov ist noch mehr. Er ist mein Freund.« *Sean O'Casey*

»Welche Schriftsteller mich als jungen Menschen beeinflußt haben? Čechov! Als Dramatiker? Čechov! Als Erzähler? Čechov!« *Tennessee Williams*

● **Das dramatische Werk**
Neu übersetzt, transkribiert und herausgegeben von Peter Urban. Jeder Band bringt den unzensurierten Text mit sämtlichen Varianten und Lesearten, Auszüge aus Čechovs Notizbüchern, Anmerkungen und einen editorischen Bericht

Der Kirschgarten
Komödie in vier Akten

Der Waldschrat
Komödie in vier Akten

Die Möwe
Komödie in vier Akten

Onkel Vanja
Szenen aus dem Landleben in vier Akten

Ivanov
Drama in vier Akten

Drei Schwestern
Drama in vier Akten

Die Vaterlosen
[Platonov]. Das ›Stück ohne Titel‹

Sämtliche Einakter

● Das erzählende Werk
Deutsch von Gerhard Dick, Wolf Düwel, Ada Knipper, Georg Schwarz, Hertha von Schulz und Michael Pfeiffer. Gesamtredaktion, Anmerkungen und Nachweise von Peter Urban

Ein unbedeutender Mensch
Erzählungen 1883–1885

Gespräch eines Betrunkenen mit einem nüchternen Teufel
Erzählungen 1886

Die Steppe
Erzählungen 1887–1888

Flattergeist
Erzählungen 1888–1892

Rothschilds Geige
Erzählungen 1893–1896

Die Dame mit dem Hündchen
Erzählungen 1897–1903

Eine langweilige Geschichte / Das Duell
Kleine Romane I

Krankenzimmer Nr. 6 / Erzählung eines Unbekannten
Kleine Romane II

Drei Jahre / Mein Leben
Kleine Romane III

Die Insel Sachalin
Reisebericht

Ein unnötiger Sieg
Frühe Novellen und Kleine Romane. Deutsch von Beate Rausch und Peter Urban. Herausgegeben, mit Anmerkungen und einem Nachwort von Peter Urban

Das Drama auf der Jagd
Eine wahre Begebenheit. Neu übersetzt von Peter Urban

Die Dame mit dem Hündchen / Herzchen
Zwei Erzählungen

Meistererzählungen
Ausgewählt von Franz Sutter

● Briefe
in 5 Bänden. Die größte nicht-russische Briefausgabe in der Neuübersetzung und -edition von Peter Urban. Jeder Band enthält Faksimiles, einen umfangreichen Anhang mit editorischem Bericht, Anmerkungen und einer Chronik; im letzten Band zusätzlich ein Personen- und Werkregister

● Tagebücher Notizbücher
Herausgegeben und vollständig neu übersetzt von Peter Urban. Mit Vorwort, editorischem Bericht, ausführlichen Anmerkungen und Personenregister

● Čechov-Chronik
Leben und Werk von Anton Čechov Herausgegeben von Peter Urban. Der Anhang bringt ein Nachwort, das Inhaltsverzeichnis der ersten russischen Gesamtausgabe und eine Bibliographie aller deutschen Übersetzungen

● Anton Čechov Sein Leben in Bildern
Herausgegeben von Peter Urban. Mit 739 Abbildungen, einem Anhang mit Daten zu Leben und Werk und einem Personenregister

● Freiheit von Gewalt und Lüge
Gedanken über Aufklärung, Fortschritt, Kunst, Liebe, Müßiggang und Politik. Zusammengestellt von Peter Urban. Mit fünf Porträts und einer Selbstkarikatur von Doktor Čechov

● Das Čechov Lesebuch
Herausgegeben, kommentiert und mit einem Vorwort von Peter Urban

● Über Čechov
Herausgegeben von Peter Urban

● Wie soll man leben?
Anton Čechov liest Marc Aurel
Herausgegeben, übersetzt und mit einem Vorwort von Peter Urban

Peter Urban
Anton Čechov – Sein Leben in Bildern

Mit 739 Abbildungen,
einem Anhang mit Daten zu Leben und Werk
und einem Personenregister

»Ein prächtiger Bildband breitet das Leben des russischen Dichters Anton Čechov in Fotos und Dokumenten aus: Ein Jahrhundertbuch! Ein Meisterwerk, Lieblingsbuch, Kultbuch! Am liebsten würde ich es einfach betrachten, studieren, genießen.
Dieses Buch muß von nun an immer, egal auf welchen Seiten aufgeschlagen, bei mir in Reichweite liegen.
Diskreter und gleichzeitig doch ergiebiger läßt sich eine derartige Biographie in Bildern und Selbstzeugnissen nicht arrangieren – wirklich, ein Wunder.
Nochmals: ein Jahrhundertbuch. Der für die Vollkommenheit der Umsetzung von Urbans Präzisionsarbeit verantwortliche Diogenes Verlag muß mitgewürdigt werden.« *Gabriele Wohmann/Die Welt, Bonn*

»Sicher kein ganz billiger Band, aber eine Anschaffung fürs ganze Leben. Denn Čechov liest man nicht nur einmal. Was nicht nur Marc Chagall bekannte, dessen Bilder an Čechov erinnern und der als seine Lieblingslektüre nannte: die Bibel und Čechov.«
Armin Halstenberg, Norddeutscher Rundfunk

»Dies Buch hält mehr bereit als nur die lebenspiegelnde Porträt-Galerie eines außergewöhnlichen Schriftstellers. Den Wegen Čechovs folgend, macht uns Peter Urban mit aus der Zeit genommenen Stadtansichten und Landschaftspanoramen bekannt. Wir sind eingeladen, uns zu versetzen und mit Čechovs Augen auf Taganrog zu sehen oder auf den Lubjankaplatz von einst, wir blicken auf das Sträflingselend von Sachalin, auf birkenhelle Flußidylle und rührende Bahnhöfe, die in ihrer Verlorenheit die Weite des Landes bezeugen. Eine unerwartete Dimension des Ver-

stehens öffnet sich beim Anblick einer Steppenstraße, eines Anlegeplatzes der Fähre oder eines ausgestorben wirkenden Herrenhauses. Große Lese-Eindrücke bringen sich da wie von selbst in Erinnerung.
Es ist ein reiches, ein aus großer Kenntnis und mit Liebe hergestelltes Buch, das Čechovs Leben und seine Zeit überzeugend vergegenwärtigt.«
Siegfried Lenz/Frankfurter Allgemeine Zeitung

»Spannend war Urbans zum Teil abenteuerliche Suche nach Bildmaterial. Nicht weniger als 17 Jahre lang hat er das Projekt einer Bildchronik verfolgt, hat sämtliche Schauplätze von Čechovs Leben in Europa und Rußland bereist, hat Archive, Bibliotheken, Phototheken und Antiquariate durchforscht. Einzig nach Melichovo, das heute in einem militärischen Sperrgebiet liegt, ließ man ihn nicht reisen. Am Anfang der Idee, Čechovs Leben photographisch zu dokumentieren, standen Originalaufnahmen von den Uraufführungen seiner Stücke am Moskauer Künstlertheater. Porträts, Familienbilder, Aufnahmen von seinem kulturellen Umfeld, von seinen Lebensräumen kamen dazu.« *Regula Heusser/Neue Zürcher Zeitung*

»Anton Čechovs Leben in Bildern nachzuvollziehen – das ist eine einzige Freude für den Betrachter dieses Bildbandes.« *Elsbeth Wolffheim/*
Deutsches Allgemeines Sonntagsblatt, Hamburg

Honoré de Balzac im Diogenes Verlag

»Balzac möchte ich empfehlen. Das riesenhafte Werk des Franzosen (welches in meiner Bibliothek zwischen dem Homer und *Tausendundeiner Nacht* steht) hat nichts von seiner Bedeutung eingebüßt, nichts von seiner Kraft zu faszinieren. Im Gegenteil. Mit wachsender Entfernung stellt sich erst die eigentliche Dimension dar. Dieses scheinbar planlose und doch so genau konzipierte Durcheinander von Aristokraten, Eheleuten, Bürgern und Kleinbürgern, Bankiers, Dirnen, Heiligen, Sonderlingen, Geizhälsen, Teufeln, Journalisten, Advokaten und Politikern (Reihenfolge ganz zufällig) und was sonst noch das Paris jener Tage bevölkerte, diese unvergeßlichen Gestalten, umbrandet von Elend und gierig nach Reichtum, nach Luxus, nach Ruhm, nach Liebe, diese Menschen aller Klassen, mit denen der große, unbestechliche Epiker wie mit Bällen spielt, bald grausam, bald gnädig, sie bald in die Hölle, bald in irgendein Kloster schickend, doch nie aus Zynismus, nie aus Moral, sondern alle Geschöpfe seiner Phantasie gleicherweise liebend, stets ›ihren‹ Gesetzen folgend: Kurz, dies alles liest man zwar wohl immer noch mit der gleichen Begeisterung, jedoch mit steigender Bewunderung.«
Friedrich Dürrenmatt

Zwei Frauen
Roman. Aus dem Französischen von Gabrielle Betz

Die Frau von dreißig Jahren
Roman. Deutsch von Erich Noether. Mit einem Nachwort von Eugen Lerch

Vater Goriot
Roman. Deutsch von Rosa Schapire. Mit einem Nachwort von W. Somerset Maugham

Eugenie Grandet
Roman. Deutsch von Mira Koffka

Junggesellenwirtschaft
Roman. Deutsch von Franz Hessel

Verlorene Illusionen
Roman. Deutsch von Otto Flake. Mit einem Nachwort von Hans-Jörg Neuschäfer

Glanz und Elend der Kurtisanen
Roman. Deutsch von Emil A. Rheinhardt

Tante Lisbeth
Roman. Deutsch von Paul Zech

Vetter Pons
Roman. Deutsch von Otto Flake

Eine dunkle Geschichte
Roman. Deutsch von Friedrich von Oppeln-Bronikowski

Der Landpfarrer
Roman. Deutsch von Emmi Hirschberg. Mit einem Nachwort von Hippolyte Taine

Das ungekannte Meisterwerk
Erzählungen. Deutsch von Heinrich E. Jacob und Hete Maass

Die tödlichen Wünsche
Das Chagrinleder. Roman. Deutsch von Emil A. Rheinhardt

Pariser Geschichten
Deutsch von Otto Flake. Mit einem Nachwort von Egon Friedell

Mystische Geschichten
Deutsch von Franz Hessel, Else von Hollander und Emmi Hirschberg. Mit einem Nachwort von Wilhelm Dilthey

Tolldreiste Geschichten
Deutsch und mit einem Nachwort von Herbert Kühn. Mit vielen Bildern von Gustave Doré

Albert Savarus/Kehrseite der Geschichte unserer Zeit
Zwei Romane. Deutsch von Max Krell und Hugo Kaatz. Mit einem Nachwort von Ingrid Peter

Cäsar Birotteaus Größe und Niedergang
Roman. Deutsch von Hugo Kaatz. Mit einem Nachwort von Stefan Zweig

Modeste Mignon
Roman. Deutsch von Friedrich Sieburg. Mit einem Nachwort von Richard Mellein

Pierrette/Der Landpfarrer von Tours
Zwei Romane. Deutsch von Rosa Schapire. Mit einem Nachwort von Hermann Hesse

Ursula Mirouet
Roman. Deutsch von Walter Benjamin. Mit einem Nachwort von Oscar Wilde

Geliebtes Leben
Ein Brevier. Herausgegeben von Werner Fuchs-Hartmann

Meistererzählungen
Ausgewählt von Auguste Amédée de Saint-Gall. Mit einem Nachwort von Georges Simenon

Balzac – Leben und Werk
Zeugnisse und Aufsätze von Victor Hugo bis Georges Simenon. Mit einem Repertorium der wichtigsten Romanfiguren. Chronik und Bibliographie. Herausgegeben von Claudia Schmölders. Erweiterte Neuausgabe 1993

Außerdem lieferbar:

Die Menschliche Komödie
Das gigantischste Romanwerk aller Literaturen in 40 Bänden und einem Supplementband. Reprint der legendären Ausgabe der zwanziger Jahre im Originalformat 9 x 14,5 cm im klassischen blauen Einband. Übertragen von den bekanntesten Übersetzern der Zeit von Walter Benjamin bis Paul Zech. Wird nur geschlossen abgegeben

Theodor Fontane im Diogenes Verlag

L'Adultera

Roman. Mit einem Nachwort von Werner Weber

Melanie de Caparoux führt seit zehn Jahren eine gutbürgerliche Ehe mit dem weit älteren Kommerzienrat van der Straaten. Als dieser eines Tages ein Bild erwirbt, das in der Galerie des Hauses aufgehängt werden soll – es handelt sich um eine Kopie von Tintorettos ›L'Adultera‹ (Die Ehebrecherin) –, wird plötzlich ein Thema heraufbeschworen, dessen Verwirklichung mit der Ankunft eines Gastes im Haus, des eleganten Frankfurters Ebenezer Rubehn, ihren Lauf nimmt.

»Gleich Ibsen in der *Nora,* so schildert auch Fontane in *L'Adultera* eine Mutter, die von ihren Kindern geht, ohne Blick und Abschied, weil es ihr widersteht, Unheiliges und Heiliges durcheinanderzuwerfen.«
Otto Brahm

Schach von Wuthenow

Erzählung aus der Zeit des Regiments Gensdarmes
Mit einem Nachwort von Marcel Reich-Ranicki

Schach von Wuthenow, Regimentsoffizier von altem Adel, beginnt ein Verhältnis mit Victoire von Carayon, der Tochter jener Frau, die er eigentlich liebt. Durch Blatternarben hat die intelligente Victoire ihre frühere Schönheit eingebüßt, was sie in den Kreisen der höheren Gesellschaft zu keiner vorzeigbaren Partie macht. Der preußische Ehrenkodex aber gebietet Schach, aus seinem Verhältnis mit Victoire Konsequenzen zu ziehen und sie zu heiraten. Doch Schach ist ein Mann, der den Spott der Gesellschaft nicht ertragen kann…

»Ein noch lange nicht in seiner vollen Bedeutung erkannter einsamer Gipfel der deutschen historischen Erzählkunst.« *Georg Lukács*

Irrungen Wirrungen

Roman. Mit einem Nachwort von Otto Brahm

Fontanes Geschichte von Lene Nimptsch, die mit ihrer Pflegemutter in kleinbürgerlichen Verhältnissen lebt und eines Tages dem jungen Botho von Rienäcker begegnet, spaltete seinerzeit die Gemüter. Die kleine Plätterin und der Baron verbringen einen glücklichen Sommer zusammen und wissen doch zugleich, daß ihrer Liebe Schranken gesetzt sind und ihnen früher oder später die Trennung bevorsteht, denn eine Heirat wider die Standesgrenzen ist undenkbar. Daß Fontane das Liebesverhältnis der beiden so unvoreingenommen und unbefangen schilderte, nahmen ihm Adlige wie Sittlichkeitsfanatiker übel, gleichzeitig jedoch wurde der Roman zu einem großen Erfolg und machte Fontane für seine Zeit zu einem ›modernen Autor‹.

»Er ist ein herrlicher Dichter. Haben Sie seinen Roman *Irrungen Wirrungen* gelesen? Es ist ein Meisterwerk mit tausend feinen Zügen.« *Detlev von Liliencron*

Stine

Roman. Mit einem Nachwort von Thomas Mann

Eine ›unmögliche‹ Liebe im Berliner Milieu: Die Näherin Stine Rehbein und der kranke Graf Waldemar entdecken während vieler »Sonnenuntergangsstunden« in der Wohnung der Witwe Pittelkow ihre gegenseitige Zuneigung. Anders als das ebenfalls un-gleiche Paar in *Irrungen Wirrungen* finden sich Stine und Waldemar hier nicht ab mit den ›Verhältnissen‹, anders als Botho möchte Waldemar die von der Gesellschaft gesetzten Schranken durchbrechen und Stine heiraten. Sein Wunsch nach einem Andauern ihres Glücks bedeutet jedoch, so sieht es Stine bedauernd voraus, daß dieses Glück ein um so schnelleres Ende, ja daß das Unglück seinen Lauf nehmen muß.

»Theodor Fontane gelang, was den großen ausländischen Meistern mit Paris, London und Petersburg gelungen war. Er schuf Berlin zum zweiten Male.«
Erich Kästner

Frau Jenny Treibel

Roman. Mit einem Nachwort von Kurt Tucholsky

Die Berliner Kommerzienrätin Jenny Treibel, ursprünglich aus kleinen Verhältnissen stammend und seit ihrer Heirat der wohlhabenden Bourgeoisie angehörig, lädt zum Diner. Unter den geladenen Gästen ist Corinna, die Tochter ihres Jugendfreundes Willibald Schmidt, die mit Charme und Esprit die allgemeine Aufmerksamkeit auf sich zieht. Nicht zuletzt ihr Vetter Marcell Wedderkopp verehrt sie. Ins Auge gefaßt hat Corinna an jenem Abend allerdings den jungen Leopold Treibel, den sie der besseren gesellschaftlichen Position wegen heiraten möchte. Als Jenny Treibel, die sich selbst für eine sentimentale Idealistin hält, von diesen Intentionen erfährt, vergißt sie überraschend schnell ihren Idealismus und wehrt sich heftig gegen eine Verbindung ihres Sohns mit der mittellosen Corinna…

»Den stärksten Eindruck machte Fontanes Jenny Treibel auf mich; in dieser abgeklärten, lächelnden Schilderung sah ich, was Goethe als das Reizvollste und Wichtigste hervorhebt: die Persönlichkeit, und zwar eine recht überlegene und sympathische zugleich.« *Ludwig Thoma*

Effi Briest

Roman. Mit einem Nachwort von Max Rychner

Eine Ehe zwischen dem naiven siebzehnjährigen Fräulein von Briest und dem 20 Jahre älteren, steifen und überkorrekten Baron von Innstetten kann nicht gutgehen. Die gelangweilte junge Frau verstrickt sich in eine belanglose Affäre und ist froh, als sie zu Ende ist. Doch Jahre später findet ihr Mann die törichterweise aufgehobenen Briefe des Verehrers...

»Effi Briest steht bei Madame Bovary, das märkische Landfräulein neben der Bauerntochter aus der Normandie. Beide Romane haben die ganze Schönheit der großen Menschenschilderung.« *Heinrich Mann*

Der Stechlin

Roman. Mit einem Nachwort von Peter Härtling

Stechlin – so heißt ein stiller See in der Grafschaft Ruppin, und so heißt auch der Besitzer des alten märkischen Guts: Dubslav von Stechlin. An einem schönen Oktobertag kündigt ein Telegramm den Besuch seines Sohns Woldemar an, der zusammen mit seinen Regimentskameraden erscheint. Stechlin, seit Jahrzehnten Witwer, freut sich über diese Gesellschaft, noch andere Gäste werden geladen, und so kommen zahlreiche Gespräche und Erzählungen in Gang, Plaudereien, von denen Thomas Mann bewundernd schrieb, sie seien »Lebensmusik, hohe, heitere und wehe, das Menschliche auf eine nie vernommene Art umspielende Lebensmusik«.

»Eines der weisesten Spiele, die mit der Sprache gespielt wurden.« *Max Rychner*

Die schönsten Gedichte

Ausgewählt von Franz Sutter

»Mir sei das Bekenntnis erlaubt, daß kein Schriftsteller der Vergangenheit oder Gegenwart mir die Sympathie und Dankbarkeit, dies unmittelbare und instinktmäßige Entzücken, diese unmittelbare Erheiterung, Erwärmung, Befriedigung erweckt, die ich bei jedem Vers, jeder Briefzeile, jedem Dialogfetzchen von ihm empfinde.« *Thomas Mann*